三十八位诗论家论现代汉诗

主　编：王　珂

东南大学出版社
·南京·

图书在版编目(CIP)数据

三十八位诗论家论现代汉诗/王珂主编. —南京：东南大学出版社，2018. 3

ISBN 978-7-5641-7485-9

Ⅰ. ①三… Ⅱ. ①王… Ⅲ. ①诗歌评论—中国—当代 Ⅳ. ①I207.22

中国版本图书馆 CIP 数据核字(2017)第 281510 号

⊙ 东南大学现代汉诗研究所 2017 年度规划重点项目“当代诗论家论现代汉诗”(项目编号：DX201704)成果。

三十八位诗论家论现代汉诗

出版发行：东南大学出版社
社　　址：南京四牌楼 2 号　邮编：210096
出 版 人：江建中
网　　址：http://www.seupress.com
经　　销：全国各地新华书店
印　　刷：兴化印刷有限责任公司
开　　本：700mm×1000mm　1/16
印　　张：29.25
字　　数：557 千字
版　　次：2018 年 3 月第 1 版
印　　次：2018 年 3 月第 1 次印刷
书　　号：ISBN 978-7-5641-7485-9
定　　价：118.00 元

现代汉诗精品文库

主编简介

王珂：男，重庆人，文学博士，1966年生，东南大学人文学院中文系教授、博士生导师，东南大学中文系主任，东南大学现代汉诗研究所研究中心主任，湖州师范学院中国散文诗研究中心副主任，西南大学中国诗学研究中心客座教授，首都师范大学中国诗歌研究中心兼职研究员。1987年在西南师范大学外语系获得学士学位，1990年在西南师范大学中国新诗研究所获得硕士学位(导师邹绛教授、吕进教授、方敬教授)，2002年在北京师范大学文学院获得博士学位(导师童庆炳教授)，2004年在首都师范大学完成博士后(导师吴思敬教授)。主要从事新诗研究和文艺理论研究。出版专著8部：《诗歌文体学导论——诗的原理和诗的创造》(61万字，北方文艺出版社，2001年)；《百年新诗诗体建设研究》(21万字，上海三联书店，2004年)；《新诗诗体生成史论》(58万字，九州出版社，2007年)；《诗体学散论——中外诗体生成流变研究》(39万字，上海三联书店，2008年)；《新时期三十年新诗得失论》(42万字，上海三联书店，2012年)；《两岸四地新诗文体比较研究》(43万字，知识产权出版社，2015年)；《新诗现代性建设研究》(55万字，东南大学出版社，2015年)；《王珂学术会议诗学论文集1994 2017》(66万字，东南大学出版社，2017年)。主编著作6部，主要有：《五十一位理论家论现代诗创作研究技法》(55万字，海峡文艺出版社，2012年)；《向容冰新诗评论集》(32万字，作家出版社，2014年)；《李吉华诗选》(25万字，团结出版社，2015年)；《小诗磨坊小诗精选》(26万字，东南大学出版社，2017年)；《曾心小诗500首》(27万字，东南大学出版社，2017年)；《二十三位诗论家论小诗》(22万字，泰国留中出版社，2017年)。参编(译)著作10部，发表论文400余篇。共出版发表诗作、译作、散文和学术文字约1000万字。主持国家社科基金一般项目“新诗现实功能及现代性建设研究”(2017年)、教育部人文社会科学研究规划基金项目“两岸四地新诗文体比较研究”(2012年)、中国博士后科学基金课题“新诗文体研究”(2002年)、福建省教育厅A类项目“新诗文体的特征和文体建设”(2005年)、福建省社会科学规划项目“新诗诗体的历史考察与构建策略研究”(2006年)、福建省社会科学规划项目“现代汉语诗歌诗体语体意象功能综合研究”(2012年)、东南大学中央高校基本科研业务费专项资金资助项目“全球新诗文体生态调查及新诗现代性建设研究”(2015年)、江苏省级智库东南大学道德发展智库项目“当前中国文学作品中的伦理变迁与道德取向”(2016年)、东南大学2017年基本科研业务费重大引导项目“全球汉语新诗文体的变异融通调查、研究和数据库建设”(2017年)、教育部省级研究中心——首都师范大学中国诗歌研究中心重点研究基地项目“百年新诗体建设研究”(2002年)和“新诗功能学”(2015年)等。参与“九五”国家社科基金重点项目“现代汉诗的百年演变”(1996年)、教育部人文社会科学重点研究基地重大项目“社会发展与文学语言的演变”(2016年)等。获得福建省政府哲学社会科学二等奖和三等奖各一次。

序　言

新诗现代性建设的意义及策略

王　珂

中国的20世纪是革命、战争、运动、改革……此起彼伏的动荡时代，21世纪是否应该是“可持续发展”的建设时代？中国建设“和谐社会”是否有利于建设“和谐诗歌”——自由诗与格律诗并存、传统与现代共处的诗歌？建设新诗是否首先应该完成新诗现代性建设？新诗现代性建设是否有利于中国人成为现代人，有利于把中国建设成为现代化强国？答案当然是肯定的。百年新诗的历史就是新诗现代性建设的历史。新诗本身就是一种现代性文体，是与政治文化的现代性建设基本同步的先锋性文体。今日新诗与古诗以及不同时期的新诗比较，这种文体在功能、体裁、题材、技法，特别是在写作方式和传播方式方面都有较大变化，这种变化通常是“现代性变化”。这种变化有的有利于新诗的健康成长，有的却产生了负面作用。但不能用进化论的观念来肯定新诗现代性建设的价值，还需要有“现代性批评”。实际上从30年代开始，新诗就不再“全盘西化”，多次出现“反现代性”潮流，如“大跃进诗歌”及“新民歌运动”。甚至直到今天，不仅波德莱尔的阳光还没有普照到中国新诗的大地上，也没有建立起“现代语言”和“现代诗体”，更没有培养出“现代情感”和“现代精神”。

21世纪的新诗现代性建设仍然要强调“新”，甚至要“与时俱进”地重视“当下性”，要充分利用“现代性的动力”。“现代性的动力首先是在一个拥有传统和固定信念的世界里开始动摇传统和信念的。它们在催生一种现代社会格局上是有帮助的。但它们仅仅有一次成功地完成了这一任务，在它出现在所谓的世界舞台上之后两千年。在它们最初出现的时候，现代性的动力遇到了一种非常暧昧的接受。”[1]21世纪的新诗现代性建设强调的“新”与20世纪的“新”有本质差异。20世纪的“新”是“标新立异”的“新”，是与“旧”极

[1] [匈]阿格尼丝·赫勒：《现代性理论》，李瑞华译，商务印书馆，2005年，第65页。

端对抗的“新”，是为了“破坏”，而且是“只破不立”的“破坏”的“新”。所以20世纪新诗坛流行“弑父式写作”。21世纪的“新”更多是为了“建设”的“新”，“新”既有“创新”的“新”，也有“推陈出新”的“新”，新与旧的关系更多是“和解”，甚至不能作好与坏的价值评判。“新的未必就是现代的”，“新诗”也不能与“现代诗”等同。新诗与旧诗是断裂的甚至对抗的，打破了“无韵则非诗”的做诗原则。新诗是在“诗体大解放”甚至“作诗如作文”的口号下，在“白话诗运动”甚至“新诗革命”的洪流中，在文化激进主义甚至政治激进主义的思潮中“意外”问世的。它丝毫没有对先前的诗歌进行再造，它只有现代性激进的一面。所以今日的新诗现代性建设必须强调现代性面孔的丰富性，一定要重视现代性的中庸甚至保守的一面。新诗现代性建设的目的是为中国的现代化建设服务，为培养现代中国人和建设现代中国作贡献。要把这种先锋性与世俗化、启蒙性和审美性并存的文体，真正建设成为用现代汉语和现代诗体，抒写现代生活和现代情感，具有现代意识和现代精神的语言艺术。它可以分为新诗启蒙现代性建设和审美现代性建设，具体为一大问题、两大需要、三大功能、四大任务、五大建设、六大特质、七大类型、八大诗体、九大题材和十大关系。一大问题指生存问题。两大需要指人的生理需要与审美需要。三大功能指启蒙、抒情与治疗功能。四大任务指新诗要促进改革开放，记录现代生活，优美现代汉语和完美汉语诗歌。五大建设指新诗建设要有现代情感、现代意识、现代思维、现代文化和现代政治。具体为：一、现代情感重视自然情感和社会情感的和谐。二、现代意识重视个人意识和群体意识的融合。三、现代思维重视语言思维与图像思维的综合。四、现代文化强调保守主义与激进主义的共处。五、现代政治追求宽松自由与节制法则的和解。六大特质指要重视新诗在新世纪的六大文体特质。具体为：一、在写什么上多变的情绪多于稳定的情感。二、在写作手法上叙述受到重视，但是诗的叙述是从主观世界，尤其是从感觉和感受出发，写的是所感所思；散文的叙述是从客观世界，尤其是从生相和物象出发，写的是所见所闻。三、在写作语言上平民化口语多于贵族性书面语，意象语言受到轻视，口语甚至方言受到重视。四、在诗的音乐性上诗的内在节奏大于诗的外在节奏，诗的音乐性减弱。五、在诗的结构形式上诗的视觉结构大于听觉结构，诗的排列形式重于诗的音乐形式。六、在写诗的思维方式上图像思维受到重视，语言思维受到轻视。七大类型指现实主义、浪漫主义、现代主义、后现代主义、先锋派、颓废和媚俗艺术。八大诗体指自由诗、格律诗、小诗、长诗、散文诗、图像诗、网络诗和跨界诗。九大题材指校园诗、城市诗、乡土诗、生态诗、旅游诗、爱情诗、打油诗、哲理诗、政治诗。十大关系指新诗现代性建设分别与时代、政治、经济、文化、科技、宗教、性别、年龄、地域、民族的关系。

新诗现代性建设要突出的一大问题是“生存问题”。新诗，尤其是今日新诗必须关注“生存”，尤其是人的生存问题。诗不仅要反映和记录现代人，准确点说是当代人的生存境遇，还要给社会和人提供实用的生存帮助。前者可以通过诗的启蒙，甚至宣传功能来完成。后者可以通过诗的抒情功能，甚至治疗功能来实现。阿德勒在《生命对你意味着什么》一书中把一切人类问题归为三大问题：职业类、社会类和性类，认为三者构成了生命的三项任务。他指出：任何人的生活都受限于三个约束，而且他必须考虑到这三个约束。它们构成了他的现实，因为他面对的所有问题都源于这三个约束。由于这些问题无时无刻不缠绕他，他因此总是被迫回答处理这些问题。个体心理学发现，一切人类问题均可主要归为三类：职业类、社会类和性类。今日新诗还没有获得可以“高空翱翔”的生态，它只能“低空滑行”，尤其在“写什么”上，很有必要强调“接地气”，新诗现代性建设需要重视“接地气”，要充分肯定现代性的世俗性，要满足人的低级需要——生理需要和高级需要——审美需要，关注现代人的生物性情感、心理性情感和审美性情感，尤其不能排斥宣泄式情感写作和纯形式美感写作，特别是本能写作和快感写作。通常情况下，人的生物性情感产生情色诗，心理性情感产生抒情诗，审美性情感产生图像诗。两种需要既是人的各种需要的两极，也可以互相转换。性问题既是生理问题也是心理问题，人们追求性与爱实质上是在追求肉体的本能需要和情感的甚至灵魂的精神需要，前者如马斯洛所言的如食物、水一样的性的需要，后者如他所言的爱与归宿的需要。过度的性压抑是近年精神性疾病，如忧郁症流行的一大原因。因此可以通过写作或欣赏爱情诗和色情诗来满足生理需要，来释放压抑，缓和焦虑，增加自信。在实际爱情诗的写作过程中，本能性的“性爱”往往会升华为精神性的“情爱”，低级情感会向高级情感转化，以追求抒情的“快感”为目的的本能写作往往变成追求诗意的“美感”的艺术写作。前者可以满足马斯洛总结的人的低级需要——对性爱和归宿的需要；后者能够满足人的高级需要——对美和自我实现的需要，特别是可以呈现出人的“审美本能”。把爱情诗，甚至色情诗写得很美、很有艺术性的诗人，大多具有加登纳所言的较好的“语言智能”和马斯洛所说的较强烈的“审美需要”。一些优秀诗作可以同时满足人的生理需要和审美需要，让读者读后既有“美感”，也有“快感”。波德莱尔给“现代诗歌”下的定义是:“现代诗歌同时兼有绘画、音乐、雕塑、装饰艺术、嘲世哲学和分析精神的特点,不管修饰得多么得体,多么巧妙,它总是明显地带有取之于各种不同的艺术的微妙之处。”[1]这样的“现代诗歌”能够满足人的生理需要和审美需要,阿多诺认为波德莱尔的现代诗能够把社会压制自然与人性的复杂真实反映出来:“当编制性的社会愈超越个人,Lyric 的艺术的情况愈游移不定。波特莱尔是第一个关注这个现象的诗人,……通过一种自身绝对客观性的建立,这种诗无视现行社会狭窄的、受限历史性的、意识形态片面的所谓客观性的传达方式……而设法保持一种活泼泼、未变形、未玷污的诗。”[2]新诗的现代性建设需要重视的正是这种“活泼泼、未变形、未玷污的诗”。这种诗能够让人体会到“感性”和“感受性”,更能让人欣赏到“艺术”和“美学”。

新诗的“现代性”建设必须要重视的一大问题是人的生存问题,两大需要是人的生理需要和审美需要,在前两者的基础上,自然就产生了三大功能:治疗功能、抒情功能和启蒙功能。三大功能更多涉及新诗题材及内容,与语言形式及文体也有关系。文体本身具有政治革命的潜能,新诗的诗体就具有政治性,百年新诗的历史是格律诗体与自由诗体的对抗史,也是现代文体与传统文体的对抗史。在“五四”时期、抗战时期、改革开放初期,新诗都是一种政治性文体,启蒙功能远远大于其他功能。今日中国诗坛,既需要纯艺术派的诗歌,更需要人生的艺术派的“人的诗歌”。把启蒙功能放在第三位,并非它不重要。高度严肃性是新诗重要的文体特色,启蒙功能曾是新诗最重要的功能。“社会化写作”长期是“主旋律写作”,不同时期的诗人都具有强烈的“使命意识”,创作了大量黄钟大吕式的作品,如“五四诗歌”“抗战诗歌”和“改革诗歌”,都激励了大众的斗志。改革开放新时期是中国文化大转型时期,诗的功能也发生了巨变:20 世纪 80 年代初流行政治抒情诗,80 年代中期流行先锋诗;90 年代流行个人化写作;21 世纪流行平民化写作。在改革开放 30 年里流行的热门词汇是“使命意识”“生命意识”“身体意识”和“底层意识”。这些词都可以用一句话来概括:诗应该是实在的、正经的生活。也可以把当代新诗的功能归纳为四点:抒情功能、审美功能、启蒙功能和治疗功能。在

---

〔1〕[法]波德莱尔:《对几位同代人的思考》,波德莱尔:《波德莱尔美学论文选》,郭宏安译,人民文学出版社,1987 年,第 93 页。

〔2〕[美]叶维廉:《散文诗——为“单面人”而设的诗的引桥》,叶维廉:《叶维廉文集》,第五卷,安徽教育出版社,2004 年,第 22 页。

不同时期侧重不同的功能，80 年代重视启蒙功能，90 年代重视抒情功能，21 世纪初重视审美功能，近年重视治疗功能。因为审美功能更多属于诗的形式而非内容上的，属于贵族的而非平民的范畴，所以在生存问题仍然是国人的最大问题的“社会主义初级阶段”，在人的生理需要比审美需要更重要的特殊时期，当前新诗现代性建设中的功能建设应该突出治疗功能、抒情功能和启蒙功能。新诗的现代性建设要重视三大功能建设，并不排除其他功能，尤其是由人基本的审美需要导致的审美功能的建设。在生活方式都可以多元的社会，新诗的功能也应该是多元的，作为一种与政治关系密切的抒情性文体，新诗应该如马尔库塞所言，有义务“解放主观性与客观性之一切范围内的感觉、想象和理智”[1]。解放的结果是不仅可以让人获得心灵的自由与思想的自由，还可以让人获得心理的安慰与生理的宣泄。前者达到的效果就是启蒙，后者达到的效果就是抒情，两者结合就可以治病。

中国教育的现代性与新诗的现代性也有点异曲同工，都不是一种极端的，尤其是富有后现代特质的现代性，都会兼顾传统与现代、个体与群体，甚至重视传统和规则，不极端强调自由与主体。写现代诗的最大目的就是培养现代人，首先应该通过写诗，使诗人自己成为现代人。把促进改革开放置于新诗现代性建设的四大任务之首，是为了突出中国特色和时代特色。既是为了强调中国文学的“文以载道”、中国诗歌的“诗教”和中国文人的“达则兼济天下”的传统品格，更是为了突出中国新诗的先锋性及政治性的文体特征和中国新诗诗人的浪漫性及革命性的现代品质。虽然“完美汉语诗歌”被放在四大任务之尾，但是并非“本末倒置”地让“现代中国人”大于“现代中国诗人”，“写好诗”和“当好诗人”仍然是四大任务中的重中之重，即要以诗人的身份，通过写出好诗来促进改革开放和优美现代汉语，来完美汉语诗歌。当下的中国诗人也必须关注这三类问题，既仰望星空又直视大地。这三类问题集中起来即是“生存问题”，今天已经不是诗歌的轰动时代，对绝大多数诗人，尤其是普通诗人，新诗现代性建设中的第二大任务——记录现代生活才是首要和直接的任务。如果说上个世纪 80 年代初是政治抒情诗流行的时代，90 年代初是哲理抒情诗流行的时代，那么今天应该是生活抒情诗流行的时代。对记录现代生活的重视实质上是对新诗的写实传统和抒情传统的重视。

[1] [美]赫·马尔库塞：《现代美学析疑》，绿原译，文化艺术出版社，1987 年，第 9 页。

“‘应该绝对地现代’。”[1]这是1870年法国诗人兰波发出的声音。中国新诗也“应该绝对地现代”，强调现代性是新诗的本质特性。近百年中国的历史是中国如何现代化，中国人如何成为现代人的历史。百年新诗的历史就是新诗现代性建设的历史。在中国的现代化进程中，新诗作为一种特殊的抒情文体，始终发挥着小说、散文、戏剧等其他文体不能取代的启蒙作用。所以百年新诗的最大成就，不是诗歌上的成就，也不是语言上的成就，而是政治上的成就，它以既参与政治又逃离政治的方式，前者如直接干预政治生活的政治抒情诗，后者如追求唯美写作和纯形式快感的审美图像诗，参与了中国社会的现代性建设，甚至可以说是推进了中国的民主进程，造就了一批又一批现代人。今天，中国已经进入了前所未有的和平建设时期，新诗更应该承担起培养现代人的历史重任，尤其是造就健康的和健全的现代人的重任。让每一个中国人，尤其是年轻一代少一些商业时代的病态人格，多一些文化时代的乐观向上的健康精神。今日中国人应该是有现代情感、现代意识和现代思维的现代人，今日中国社会应该是有现代文化和现代政治的现代社会，今日中国诗歌应该是有现代语体和现代诗体的现代诗歌。在中国，写现代诗难，做现代人更难。新诗现代性建设要致力于现代文化建设，这种文化要强调保守主义与激进主义的共处。尤其是在肯定自由精神在现代生活中的积极作用时，也要考虑到它的消极因素。如它会过分强调自然情感和个人意识，忽视社会情感和群体意识。现代诗人应该是人格健全、心理健康的人，是热爱生活、珍惜生命的人，是富有爱心和同情心的人。所以现代诗人的现代情感要重视自然情感和社会情感的和谐。诗人既有自然人的情感，更有社会人的情感。新诗现代性建设的一大任务是培养现代人的现代意识，要重视个人意识和群体意识的融合。现代自由意识是现代意识的重要内容，这种自由不是极端的自由。自由导致了新诗的先锋性，如果说自由是新诗最可贵的品质，那么世俗性是新诗现代性的一大特点。古代汉诗是贵族的文学，现代汉诗是平民的诗歌。百年新诗的历史可以说是汉语诗歌世俗化的历史。白话诗运动的领袖们的诗歌理想就是把汉语诗歌从象牙塔中解放出来，让它在贫民窟里如鱼得水。正是世俗性导致了新诗的主体性和本体性，黄遵宪的“我手写我口”和胡适的“作诗如作文”的目的并不是为了否认诗与文的文体界限，而是想借此降低写诗的难度，让普通人获得写诗的权力。新诗现代性建设的一大

[1] [美]R. S. 弗内斯：《表现主义》，艾晓明译，昆仑出版社，1989年，第90页。

目的是建设起富有中国特色的现代政治，这种现代政治应该有宽松而有节制的上层建筑，这种上层建筑才能让公民享受到做人的自由，也可以让他们乐于遵守社会的法则。这是由新诗的先锋性甚至革命性的文体性质决定的。在20世纪的中国，革命、战争、改革此起彼伏，动荡的生态强化了新诗的政治功能，形成了以自由诗为霸权诗体的动态诗体。20世纪社会具有过多的政治革命潜能，20世纪诗人具有过多的革命激情，20世纪新诗也具有过多的文体革命潜能。20世纪初“文学革命”的先锋——“白话诗运动”打造出的新诗是一种意识形态性较浓的政治性抒情文体。在21世纪之交，尽管流行个人化写作，大陆新诗文体的政治性并没有减弱，只是以更隐蔽的方式存在。可以简要地把30年来与政治关系密切的新诗写作分为十大类型，并用简洁的政治话语描述。一、浪漫主义写作：浪漫即革命。二、现代及后现代写作：先锋即革命。三、低俗写作：身体即政治。四、精致写作：审美即政治。五、口语诗写作：语言即政治。六、个人化写作：艺术自由即政治自由。七、底层写作：生存诉求即政治诉求。八、网络诗歌写作：媒体开放即政治开放。九、诗歌群落运动：艺术多元化即政治多元化。十、诗歌研究论争：学术即政治。新诗现代性建设要做好六大建设：现代情感、现代意识、现代思维、现代文化、现代政治和现代文体，尤其是新诗的启蒙现代性建设要建设好前五种。其中有的应该激进一点，如人的现代意识和社会的现代文化的建设，但是必须坚持这样的建设总方针：应该绝对地现代，但是不能极端地现代。

新诗现代性建设既要考虑新诗的启蒙现代性建设，回答“新诗何为”；也要考虑新诗的审美性建设，回答“何为新诗”。只有回答了这两个问题，才能回答“如何新诗，怎样现代”这一新诗现代性建设必须解决的根本问题。分别考察今日新诗文体六大特质，不难发现新诗现代性建设最应该考虑的是第一大特质——新诗在写什么上多变的情绪多于稳定的情感的巨变。必须意识到今非昔比，新诗已经“旧貌换新颜”，又“万变不离其宗”，所以新诗的现代性建设只能采取“守常应变”的原则。将“诗是抒写感情的语言艺术”改为“诗是抒发情绪的语言艺术”，仍然离不了一个“情”字。古代汉诗在诗的功能巨变方面是从“诗言志”到“诗缘情”。现代汉诗的功能巨变是从“诗写感情（情感）”到“诗写感觉（情绪）”。今日新诗更多的是情绪的艺术而不是情感的艺术。即在写什么上，新诗出现了情绪取代情感这一“题材巨变”。现代人写现代诗越来越不重视“平静中回忆起来的情感”，直抒胸臆的写作方式越来越受到重视，推崇的是感情的放纵和个性的表现。今日新诗越来越是“情绪的直接的语言表现”。“快”成为新诗写作的一大特色——以最快（有感而发）的速度，最快（短小精干）的语言表达最快（转瞬即逝）的情绪。也可以用“短、平、快”来形容。这也是近年小诗流行的重要原因。新诗现代性建设需要考虑的第二个文体特质是叙述在新诗中越来越重要，甚至有取代抒情的趋势。新诗百年，前 70 年是抒情时代，叙述只是一种可有可无的创作手法甚至修辞手段，甚至被视为抒情的敌人。后 30 年，尤其是今天，是叙事与抒情共生的时代，甚至叙事有“喧宾夺主”之势，“拒绝抒情”成为近年诗坛的流行口号。今日新诗已经不像过去是纯抒情类文学，而是叙事的抒情类文学。诗应该是抒情文体，叙述、描写只是为了更好地完成抒情的辅助性表达方式，可以形成新诗的“散文美”，还可以改变新诗的滥情与矫情，克服林以亮所言的新诗有高度的抒情性和严肃性的缺点。但是因为叙述的常常是现实中已有的事情，甚至原生态的东西，不需要作者的艺术加工，再加上这些叙事诗，采用的是不加提炼的原生态语言，写作难度大大降低，显示不出诗人是最具有语言智能的人。近年很多诗人已经缺乏这种诗人应该有的对文字的敏感性，口语诗甚至沦落为口水诗。这与诗人过分重视叙述，轻视抒情有关。因为诗人在写诗时很容易把诗需要的精炼叙述与散文需要的松散叙述混淆。偏爱叙事是今日新诗第二大文体特质，导致了新诗的第三大文体特质——平民化口语多于贵族性书面语，口语诗流行，意象诗受到极端的轻视。新诗现代性建设要考虑的第四大文体特质是诗的音乐性减弱，应该高度重视诗的内在节奏，适度轻视诗的外在节奏，但是要意识到今天已经不是朗诵诗时代，很多诗是用来默读的，新诗的音乐性就不重要了。随着文化的大普及，诗的专业性、知识性越来越重要，强调诗的音乐性的民间诗歌作为新诗诗体建设的资源也就没有过去那么重要，因此不能极端强调新诗的音乐性。今天新诗的主导诗体应该是“准定型诗体”而不是“定型诗体”，新诗的诗体建设不一定非要走“格律化之路”。不能通过建设重视格律的定型诗体来极端重视诗的音乐性，不能不顾现代汉语和当代人的生存特点，如现代汉语自由散漫，音乐性比古代汉语弱；当代人追求民主政治及多元生存方式，甚至生活在解构主义时代。新诗现代性建设需要考虑的第五个文体特质是新诗是视觉的艺术，诗的视觉结构大于听觉结构，诗的排列形式重于诗的音乐形式。诗的音乐美和建筑美是新诗最重要的两大形式美，百年来，新诗一直非常重视诗的视觉形式及排列方式。新诗表面音乐形式缺失造成的形式美的减少需要通过对视觉形式的加强来弥补。汉字的形象性、欣赏价值和汉语的模糊性、多义性以及汉诗的图像诗传统都有利于新诗的形体建设，但是不能过分强调新诗是视觉的艺术。新诗重视诗的视觉形式，强调诗的建筑美或排列美，甚至出现了图像诗的创作热潮，与新诗的第六大特质有关，即今日新诗在写诗的思维方式上，图像思维受到重视，语言思维受到轻视。

“现实主义”，甚至“浪漫主义”在今日中国，尤其是在经济文化相对落后的地区不但没有过时，而且应该是新诗现代性建设的重要类型，应该得到高度重视。同时也要意识到新诗现代性建设不能过分重视现实主义和浪漫主义，尤其是现实主义，必须更加重视现代主义和后现代主义，尤其是在现代诗歌信息相对闭塞，现代诗歌教育相对落后的基层地区，一些诗人，甚至一些成名诗人的当务之急就是要完成由现实主义诗人到现代主义诗人的角色大转化，尤其要完成在写作方法及写作技法上的技巧大转型。马泰·卡林内斯库的著作《现代性的五副面孔》考察了“现代”的概念和“新”的概念，认为它们在20世纪前期被等同起来。所以他总结出现代性有五个基本概念：现代主义、先锋派、颓废、媚俗艺术和后现代主义。这种将“现代”与“新”等同的现象在20世纪中国的政治、经济、文化等众多领域十分普遍。以文学界为例，“新文学”与“现代文学”“新诗”与“现代诗”几乎是等同的。但是今日中国的新诗现代性建设却不能照搬马泰·卡林内斯库的观点，认为今日新诗的现代性只有他所说的“五副面孔”。他也不完全肯定现代性就只有这“五副面孔”，他在这本书的序言中认为现代的不明确性游移于现代主义与现代性之间和后现代主义与后现代性之间，甚至认为“现代化”可能是现代性的“第六副面孔”。他甚至提出现代性可以有许多面孔，也可以只有一副面孔或者没有一副面孔。所以今天的新诗现代性建设也应该适度强调“中国特色”，尤其是中国(大陆)的“初级阶段”特色和“幅员辽阔”特色。应该把新诗的现代性区分为“七副面孔”或七大类型，分别是现实主义、浪漫主义、现代主义、后现代主义、先锋派、颓废和媚俗艺术。七大类型各自独立又相互依存，甚至可以互相转化，尤其是现代主义诗歌在很大程度上存在于现实主义诗歌和浪漫主义诗歌的“现代性转移”而被“中国化重构”的境况之中。因此今日新诗现代性建设的重大任务是要务实地完成现实主义诗歌向现代主义诗歌的改造，这种改造既要有“接地气”的现实，更要有“望天空”的理想，最重要的是要强调“低空滑行”。正是因为应该把新形势下或者“新常态”下的现实主义诗歌和浪漫主义诗歌纳入今日新诗现代性的“七大类型”之中，才有必要把新诗现代性建设分为启蒙现代性建设和审美现代性建设两大类，虽然两者有交叉，但是前者更关注新诗题材的现代性建设，后者更重视新诗体裁的现代性建设。既重视文体狂欢又重视文体自律是新诗文体建设的基本方针。新诗文体现代性建设的总方针应该是高度重视题材的“现代”和适度坚持体裁的“保守”，前者重视以“现代精神”及“现代意识”为代表的启蒙现代性建设，后者重视以“诗家语”及“准定型诗体”为代表的审美现代性建设。

诗的文体主要由诗体呈现，没有文体就没有文学，没有诗体就没有诗。不能把诗体只归入诗的形式（怎么写）范畴，它也属于诗的内容（写什么）范畴，更属于诗的技巧（如何写好）范畴。“诗体，即是对诗的形式属性及文体属性的制度化的具体呈现。”[1]所以应该从如何写好（技巧）、怎么写（形式）和写什么（内容）三个方面来完成新诗诗体现代性建设，一定要坚持技巧大于形式，形式大于内容的原则。新诗诗体现代性建设不仅要有形式为内容服务的旧观念，还要有形式反作用于内容，形式就是内容，甚至形式大于内容的新观念。今天的新诗诗体现代性建设仍然要强调诗的内容的平民化和形式的贵族化，要致力于四大类诗体的建设。一、改建百年新诗已有一定建设基础的旧诗体，如新格律诗体、自由诗体、十四行诗体、小诗体、长诗体、图像诗体、朗诵诗体等。二、古为今用、洋为中用，借鉴中外诗体建设新诗体，如借鉴古代汉诗的优秀诗体分别建设赋体新诗、古体新诗、近体新诗、词体新诗、曲体新诗，可以称为古诗体新诗；借鉴中国民歌的优秀诗体如信天游、花儿等建设民歌体新诗；借鉴外国优秀诗体，如具象诗、俳句、萨福体、十四行诗等建设中国式外国诗体新诗，可以称为西体新诗或外国体新诗。三、利用科技创建多媒体新诗，如博客诗、微博诗、微信诗、QQ 诗、手机诗、网络诗。四、利用其他艺术进行跨界写作，创建艺术体新诗，如以歌词为代表的音乐诗，以图案诗为代表的美术诗等。新诗诗体建设应该重点建设八大诗体：自由诗、格律诗、小诗、长诗、散文诗、图像诗、网络诗和跨界诗，前四种是新诗的“传统”诗体，已有一定的建设基础，需要“重建”或“改建”；后三种，尤其是后两种是新诗的现代诗体，需要“创建”或“新建”。自由诗现代性建设要重视诗体、意象、语言等诗的元素及叙述、描写等诗的技法上的现代性建设。自由诗现代性建设要适当重视诗的音乐性，高度重视诗的排列，格律诗的诗体建设主要是音乐形式的建设，自由诗的形式建设主要是视觉形式的建设，即格律诗要更重视诗的

---

〔1〕 王珂：《诗体学散论》，上海三联书店，2008 年，第 12 页。

音乐美，自由诗要更重视诗的排列美。格律诗要重视韵律，尤其是外在韵律；自由诗要重视旋律，尤其是内在旋律。自由诗现代性建设还要重视诗的基本要素——诗的意象，和写诗的基本技术——诗的叙述。意象传统不仅是古代诗歌的传统，也是现代诗歌的重要技巧。古代汉诗讲究“含蓄”，所以“诗出侧面”“无理而妙”是古代汉诗的常规技巧。格律诗现代性建设的两大任务是：一、完善新诗史上一直在建设的准定型诗体——现代格律诗体，又称新格律诗和格律体新诗。二、借用古代汉诗已有的定型诗体——古代格律诗体，创建古诗体新诗，具体为赋体新诗、格律诗体新诗和词体新诗等。“从心所欲而不逾矩”是今日格律诗现代性建设应该采用的基本原则。小诗一开始就呈现出强烈的现代品质，写作小诗是现代人的一种日常化生存方式。如果说自由诗的诗体自由是人的自由精神的诗体呈现，小诗诗体中准定型诗体的有限制中有自由的诗体形式，可以呈现出现代人推崇的循序感和自由欲有机结合的生活方式与现代社会，尤其是现代政治追求的宽松而有节制的上层建筑的生存方式。这正是小诗现代性建设在文体学意义之外的政治学、伦理学意义。与小诗相比，长诗现代性建设更偏向于诗体的限制。近年中年诗人写的长诗，尤其是革命题材或主旋律题材的长诗，大多是“颂歌”，缺乏“诗人的主体性”，叙事成分太多，缺乏“诗的抒情性”。所以长诗现代性建设要加强诗人的主体性建设和诗的抒情性建设。散文诗现代性建设与长诗现代性建设相反，偏向于诗体的自由甚至解放，仍要确定出散文诗的基本要素：丰富的想象、优美的语言、新颖的意象、跳跃的情节、生动的情景、细致的抒情、简洁的叙事、准确的描写、灵活的句式和精致的结构等。大陆散文诗现代性建设要改变今日流行的散文诗比诗好写的观念，要接受中国台湾诗界的观念——散文诗不但是诗，而且是诗中的精品甚至极品，只有优秀诗人才敢写散文诗。图像诗更是一种在现代诗歌运动中产生的现代诗体，是人的创新精神及喜新厌旧的本性、文体的革命潜能及质文代变的天性和社会的进化意识及与时俱进的本性结合的产物，也是人的语言思维与图像思维在现代社会完美结合的结果。图像诗现代性建设不能过分推崇图像思维在诗的创作中的作用和图像在诗中的价值。尽管网络诗流行，却极少有人把网络诗当成新诗的一种诗体来进行现代性建设，尤其是没有诗人如百年前未来主义诗人重视人与机器那样，探讨科技与诗歌、机器与诗人在现代社会的复杂关系。这是今日网络诗现代性建设需要解决的基本问题。还要针对不同的传播方式来构建诗体，如微信与微博、电脑与手机传播信息的方式不同，微信诗与微博诗、电脑诗和手机诗的现代性建设就应该有差异。跨界诗主要指诗与音乐、美术等其他艺术门类融合的诗。跨界写作近年在中国大陆并不流行，诗坛出现了多位诗人画家，还出现了多次“诗人画展”。这些并不能说明诗与画的跨界已经成功了。与美术相关的跨界诗可以具体为“诗配画”“诗画诗”“画诗”，与音乐相关的跨界诗可以具体为“诗配音”“音乐诗”“音诗”。跨界诗现代性建设要落实到每一种具体的诗的建设上，要强调“以诗为本”和“跨界有界”的原则。

尽管有必要强调诗的体裁变革的现代性意义，如朦胧诗以自由诗的形式打破了近 30 年新格律诗的束缚，如舒婷的《致橡树》是很散文化的自由诗，但是在新诗的现代性意义上，尤其在启蒙现代性的意义上，诗的题材比体裁更有力量，更能直接促进社会的变革。如朦胧诗更是以题材取胜，《致橡树》强调女性独立的主题深得人心，甚至被视为“当代女性的独立宣言”。在百年新诗史上，尤其是在当代诗坛，新诗按诗的主题及功能可以分为城市诗、乡土诗、校园诗、军旅诗、生态诗、山水诗、旅游诗、怀乡诗、广告诗、打工诗、政治诗、爱情诗、情色诗、打油诗等。当下的新诗现代性建设在新诗的题材上，应该重点关注九大类型的诗：校园诗、城市诗、乡土诗、生态诗、旅游诗、爱情诗、打油诗、哲理诗、政治诗。九种诗在“写什么”上也有交叉，只能相对区分出各自的风格。校园，尤其是大中学校园是培养诗人的摇篮。随着教育，特别是高等教育的大普及，绝大部分高中生都可以上大学，大学更将成为诗人成长的主要场所。校园诗从 90 年代初期就开始萧条，直到现在也没有恢复元气。今天的大学教育，尤其是硕士、博士教育更重学术轻创作，严重影响了校园诗的建设。尽管中学语文教材中有专章教新诗，但是师资严重匮乏，中学普遍出现了“新诗教学难”的现象。新诗几乎还没有进入小学课堂。大中小学新诗教育的严重滞后，不仅影响了新诗的现代性建设，还影响了对青少年的现代情感和现代精神的有效培养。现在必须确立新诗教育有利于学生的全面发展，尤其要确立它对开发孩子的语言智能和空间智能，提高孩子的审美能力和想象能力大有好处的语文教育观，只有通过新诗教育来丰富孩子的情感，启迪孩子的思想，才能把他们培养成为能够建设现代中国的现代公民。人类的现代化建设首先是从城市开始的，乡村的城市化进程是一个国家的现代化进程的重要内容。但是百年来，中国的城市化进程落后于日本、韩国等东方国家。中国长期是乡土中国，农业文明一直比商业文明和工业文明重要。但是新诗在草创期就关注城市，这标志着新诗一开始就是一种城市化的现代性文体。进入新世纪，诗坛写作出现多元化，越来越多的诗人重视城市书写。如生活在北京的侯马写了大量反映都市人生活的诗。中国城市诗人不但要在城市生活中获得快乐，这种快乐不仅是享受城市丰富的物质和完善的服务带来的世俗生活的快乐，还要品味到城市沙龙式艺术生活的快乐，更要体会到在城市群居生活中孤独地思想的精神生活的快乐。还要在城市诗的写作中获得波德莱尔所说的“写诗的快乐”。“诗除了自身外并无其他目的，它不可能有其他目的，除了纯粹为写诗的快乐而写的诗外，没有任何诗是伟大、高贵、真正无愧于诗这个名称的。”〔1〕不管现代人，特别是生态主义者多么讨厌城市，城市仍然是人类生活的理想之地，因为城市集中了人类最重要的成就——都市文明。都市不但可以给人带来舒适方便的物质文明，还给人带来丰富多彩的精神文明，可以让人“诗意地栖居”，让人有更多追求“精致”生活和“精致”艺术的都市意识，还可以给人带来平等、自由、博爱、包容、合作等城市精神，让人更重视精神生活，产生责任感及批判意识。因此可以说正是现代都市造就了现代诗歌，都市诗的现代性应该与都市的现代化进程相对同步。目前中国大陆城市诗的最大问题是城市诗人要把城市文明视为现代文明的重要代表，要热爱而不是抵触城市文明，要克服小农意识。城市诗人要写出城市生活的百味人生，对城市文明既要有强烈的批判意识，更要享受城市文明带来的幸福快乐。今日城市诗人应该是“城市的情人”而不是“城市的仇人”。今日新诗现代性建设必须加强城市诗建设，现代城市除需要“愤怒诗人”外，更需要“快乐诗人”，还需要“审美诗人”“精致诗人”和“形式诗人”。城市诗现代性建设必须突出城市的现代特色和城市人的现代人特色。两者的共同特色都有“多元”甚至“民主”，所以常用“斑斓”甚至“光怪陆离”来形容城市，用“丰富”甚至“多姿多彩”来描述城市人。如同现代性既强调自由又重视法则，人类现代性建设的最大目的是建设具有宽松而有节制的上层建筑的现代社会，培养既有自由欲也有秩序感的现代公民。写诗是诗人向社会索取权力，既得到安慰又对抗生活的艺术生存方式。这是城市诗人推崇“颓废”，比乡村诗人更推崇个人化写作及私人化写作的重要原因，也是“诗歌疗法”通过写诗这种“书写表达”治疗城市人的心理疾病颇有效果的重要原因。但是在肯定个人化写作对城市诗现代性建设很有必要的同时，也要强调社会化写作，如同中国古代允许文人的“独善其身”和“兼济天下”两种有些对立的

〔1〕［法］波德莱尔：《再论埃德加·爱伦·坡》，波德莱尔：《波德莱尔美学论文选》，郭宏安译，人民文学出版社，1987年，第190页。

生存方式存在，城市诗也应该有“个人性”和“公共性”两种风格。尽管近年中国的城市化进程提速很快，但是中国仍然是传统的农业国家，而不是现代的工业国家。尤其是在心理上，很多生活在城里的诗人仍然有浓郁的乡土情节，喜欢写乡土诗，加上农村还有大量的乡土诗人，所以乡土诗比城市诗繁荣。很多从乡村进入城市的诗人在工业化、城市化为代表的现代化大潮中都出现困惑与无助。他们是“两栖人”，常常是身在城市心在农村。乡村文明在他们身上打下了深深的烙印，城市文明又带给他们无情的冲击。由于无法明确自己是城市人还是农村人，他们的创作总是游移在城市诗与乡土诗之间，身份的合法性危机导致了诗歌的合法性危机，身份的混乱更导致了创作的混乱，乡村文明使他们保守，城市文明使他们激进，他们始终是在非常态的生态中写诗，很难以现代人的身份写出名副其实的现代诗。尤其当他们目睹到乡村文明被商业文明和工业文明无情破坏时，他们总是为失去的家园悲哀，不由自主地悲歌一曲。失去的才是美好的，何况乡村本身就是美好的，更何况这种失去是被迫的，并不是正常的现代化建设，而是类似原始资本主义积累时期才有的“掠夺式开发”的结果，当然会让诗人们以乡村守护神和村民代言人的身份，痛心疾首地抨击时政，甚至会用诗笔放大乡村在城市化、工业化和商业化进程中的种种问题，甚至抵制以城市化为代表的现代化。自由精神是现代精神的重要内容，批判精神是自由精神的具体体现。乡土诗现代性建设需要的正是这种批判精神，乡土诗人也应该成为乡土社会的“精神脊梁”，应该有写作的伦理和诗人的良心，但是不能因为乡村的封闭文化使自己成为阻碍乡村的现代化进程的“卫道士”，也不能为思想而思想，为批判而批判地“玩深沉”。目前大陆乡土诗最缺乏的不是启蒙现代性建设，而是审美现代性建设，写乡土诗必须以诗人的身份说话，而不是以乡村的代言人，更不是以思想家的身份写诗。面对乡村现代化进程中出现的种种问题，诗人不能袖手旁观，也不能风言风语，更不能横加指责，一定要冷静客观，力求解决问题而不只是发现问题。很多乡土诗就是生态诗，朴素的乡土就是自然的生态。新诗现代性建设最需要关注的问题就是现代人的生存问题，生态诗不但直接关注这个问题，而且可以反思现代性的弊端，完成对现代性的批判。但是正如某个地区过度的经济发展会付出环境恶化的代价一样，一些过分强调生态保护的生态诗是反现代性的，会阻碍现代化进程，所以生态诗人必须有科学精神和经济意识，尤其要明白工业文明中投入与产出的关系，力求可持续地和谐发展。旅游诗中也有生态诗，很多诗人在旅游中生态意识会觉醒，自然生态与诗歌生态及诗人生态休戚相关，所以旅游诗常常与生态诗有异曲同工之处。旅游是旅游者面对的自然生态和文化生态上的变换，来自自然和来自社会的“他者”的出现，有助于确立旅游者正确的自我意识，增加他的社会意识，让他更能够融入自然和社会。在他者视域中的自我意识是人的现代意识的重要内容，所以旅游有助于改善人与自然、人与社会的对抗关系，使人成为更健康更优秀的现代人。只有将人的自然性与社会性有机融合的人才有能力解决人类这三大问题，只有健康的个体才能组成健康的群体。旅游诗记录了人对时间、空间及生态的不同反映，旅游诗写作有助于完成新诗把中国人培养成现代人的重任。尤其是当前倡导旅游诗，有利于改变上个世纪90年代出现的个人化写作风气，将诗人从书斋中解放出来，让个人化写作适当向社会化写作转变，使诗的功能由单一的个体抒情转向将人与自然合为一体的抒情。开放自己走进大自然，诗人的身心会更健康，诗歌作品的境界也会提高。对诗人而言，旅游诗写作如同旅游一样，应该是轻松快乐的，没必要因为写诗“玩深沉”毁了旅游的乐趣。对读者而言，无法从旅游诗中获得旅游信息，非诗人或者诗歌爱好者的普通读者并不关心诗人的感触，更不愿意接受诗人的思想教育，他们自然不会喜欢思想性太强的旅游诗。旅游诗的现代性建设应该把两者的优势结合起来。爱情诗有助于解决人的生存问题，满足人的生理需要，完成诗的抒情功能和治疗功能，还有助于现代人、现代家庭和现代社会的现代性建设。有必要通过现代爱情诗来建设中国人的现代爱情，来达到通过新诗现代性建设培养现代中国人的目的。现代爱情诗应该包括抒写人的生物性情感的情色诗和人的心理性情感的情爱诗。情色诗现代性建设应该强调治疗功能大于抒情功能，抒情功能大于启蒙功能，要允许抒发那种低级情感，强调诗人写作的自由和发表作品的限制。一些忧郁症患者或狂躁症病人是由于性压抑造成的，就是因为他们没有一种发泄的途径。写情色诗就是一种发泄方式，它可以缓解人身体上的压抑。新诗现代性建设强调重视诗的治疗功能就是希望能够造就心理健康、人格健全的现代中国人。打油诗如情色诗，也可以缓解人的生存压力，它的应用范围更广。情色诗的作者通常是年轻人，打油诗更受中老年人喜欢，尤其是中国文人自古有用打油诗自我解嘲给自己增加生存乐趣甚至生存勇气的传统。以诗自我解嘲，寻求心理平衡，摆脱时局窘境，是中国文人特有的生存方式，从古到今打油诗都是文人自我解脱的一种自娱性“快乐”诗体。打油诗可以增加人的幽默感，让人减少些时代的病态人格，多些乐观向上的优良品质。新诗不仅要反映和记录现代人的生存境遇，还要尽量给社会和人提供实用的生存帮助。前者可以通过诗的启蒙，甚至宣传功能来完成。后者可以通过诗的抒情功能，甚至治疗功能来实现。新诗现代性建设的一大任务是培养有现代思想的中国人，哲理诗是完成这一使命的重要诗体。情色诗需要上升到思想的层面，哲理诗更应该推崇思想的高度。一个不会思考的民族是没有前途的民族，一个不会思考的人不可能是有独立人格和自由精神的现代人。人是情感的动物，更是思想的动物，人的审美需要也会带来人的审智需要。也可以把诗人在写作中迷恋哲理追寻归于人的神经过敏的需要，即诗人的思想上的洞察力与情感上的敏感力异曲同工，都与人的低级需要和高级需要有关，思想在某种意义上是人的高级情感。采用这种写作来宣泄被压抑的低级情感，特别是“力比多”过剩产生的压抑，让身体和心灵得到解放。但是这是完全不够的，真正有效的治疗是用高级的情感对付低级的情感。人对哲理的追求就是对高级情感的渴望，可以让人更理性，让世俗生活更高尚，更有品味，让人能够真正“诗意地栖居”。今天虽然没有必要像郑敏那样过分强调“诗歌与哲学是近邻”，极端追求诗的哲理性。但是在哲理性受到极端轻视，诗的“主题轻化”现象已经持续了 20 多年，“口语诗”及“生活流写作”已经泛滥了十多年的诗坛，通过追求诗的哲理性来提升写作的高度有较大的现实意义。新诗现代性建设要重视的三大功能是启蒙功能、抒情功能和宣泄功能，哲理诗不但具有启蒙功能，也如爱情诗甚至情色诗一样，具有一定的宣泄功能甚至治疗功能。政治诗比哲理诗更能够完成新诗的启蒙功能甚至宣传功能，主要分为政治抒情诗和政治讽刺诗，前者通常针对重大政治事件，重在抨击；后者通常写政治生活中的一些小事件，重在讽刺。新诗政治诗现代性建设的重点是建设政治抒情诗，它是用现代汉语写的具有现代意识的抒情诗，必须重视诗歌精神，关注政治生活，它应该是呈现当代诗人的使命意识和当代诗歌的济世功能的语言艺术。政治抒情诗现代性建设应该注意以下十点：一、以政治家的身份思考，以诗人的名义写作。二、处理好歌颂与暴露的关系，不当极端的“歌德派”或“缺德派”。三、采用尽精微、致远大的方式，小处敏感，大处茫然，重视个人体验。四、反对极端推崇“立意高远，境界自出”，反对“玩深沉”。五、重视想象，与日常生活保持适当距离，艺术真实大于生活真实。六、重视技法，通过意象来提高语言的诗性和诗作的艺术性。七、坚持抒情是诗的第一要素，同时借鉴叙事、议论、戏剧化等手段。八、重视诗体建设，诗体要适合朗诵，采用适当讲究音乐性的准定型诗体。九、重视学养，提高写作的难度。十、重视传播，采用科学手段来完成大众传播。

按照诗的写作类型及文体功能做大致的区分，可以把新诗现代性建设要处理的十大关系具体为：新诗现代性建设与时代（先锋诗歌和保守诗歌）、新诗现代性建设与政治（官方诗歌和民间诗歌）、新诗现代性建设与经济（商业诗歌和艺术诗歌）、新诗现代性建设与文化（文人诗歌和大众诗歌）、新诗现代性建设与科技（纸质诗歌和网络诗歌）、新诗现代性建设与宗教（神性诗歌和人性诗歌）、新诗现代性建设与性别（女性诗歌和男性诗歌）、新诗现代性建设与年龄（青少年诗歌和中老年诗歌）、新诗现代性建设与地域（国语诗歌和方言诗歌）、新诗现代性建设与民族（汉语诗歌和民族语诗歌）。处理新诗现代性建设与时代的关系需要重视激进与保守的对抗，具体为要重点建设"与时俱进"的先锋诗歌和"不知有汉"的保守诗歌，前者更多指"后现代诗歌"，后者更多指"现代诗歌"。处理新诗现代性建设与政治的关系需要减少官方诗歌和民间诗歌的对抗。这种对抗也是造成当代诗歌与政治的关系不正常的重要原因，一些诗人拥抱政治，一些诗人对抗政治，一些诗人逃避政治。"文革"时期出现"官方诗歌"与"地下诗歌"的对立，改革开放初期出现民间诗刊刊发的"民间诗歌"与官方诗刊发表的"官方诗歌"的对立。近年中国现代化进程加快，新诗与政治的关系日渐正常，尤其是民间获得了空前的办刊自由，已经没有了官方诗歌和民间诗歌的极端对抗，真正出现了北岛所言的当年《今天》追求的"纯文学"。但是过度的"唯美写作"及"个人化写作"也导致了题材的轻化和思想的淡化，新诗的启蒙功能没有得到应有的发挥。现代社会离不开工业文明和商业文明，新诗现代性建设必须处理与经济的关系，处理好商业诗歌和艺术诗歌的关系，尤其要向广告人学习，借鉴艺术性广告的制作方式，创作艺术性广告诗。新诗现代性建设要处理好与科技的关系，要弄清纸质诗歌和网络诗歌的差异，高度重视网络诗。网络诗写作可以真正满足人的这种基本的审美需要及结构的需要，会改变诗人的思维方式及智能结构，需要将人的语言思维与意象思维，人的语言智能与空间智能、音乐智能等多种智能融合，还会改变诗人的知识结构，将传统的艺术类型合为一体，还需要将艺术与技术结合。诗人的智能潜能有可能在网络诗的写作中得到挖掘，网络诗写作有可能成为一种"智力游戏"或者"智力体操"，这有助于开发人的智力。网络诗还可能将诗人由艺术家变成匠人，把诗由"艺术"降格为"技术"，如近年甚至出现了写诗软件，导致了人的主体性的丧失。诗人创作诗受到读者、机器及技术的制约，有助于诗人过分自恋的主体性的消解，诗人的"超人角色"

和“神性写作”都容易降格为“凡人角色”和“人性写作”。这有助于新诗现代性建设中的世俗化。新诗现代性建设要将纸质诗与网络诗分开，要特别重视网络诗的科学性，用科学的眼光来打量网络诗的生产方式和传播方式，既要认识到科学给诗带来的好处，更要发现它的害处。如网络诗对纸质诗的文体功能、文体形态、语言方式、诗体传统进行了“全方位”的，甚至是“颠覆性”的改变，这种改变反而使新诗的诗体建设的生态变得更恶劣。在消费文化泛滥的读图时代，读图方式不是字斟句酌的读字方式。即使是好诗也因为没有反复细读而无法品出诗味，读者不可能透过诗的表面看到诗的本质。他们也没有耐心去精雕细琢般地解读诗歌作品。今天在小说、散文和诗歌三种文体中，大众传媒对诗歌的冲击最大。近年的网络诗歌的无序发展证明网络对新诗的诗体建设是一把双刃剑，现代科技非常有利于诗的构形与造图，有利于图像诗的创作，对新诗的诗形建设具有前所未有的好处。但是正是因为造形太方便，网络诗人们更不愿意将诗体定型，更不会遵守已有的诗体规范。网络自动排版的方便，大大削弱了诗人创作图像诗需要的想象力和创造力，写纸质诗时需要绞尽脑汁才能排出的图案，电脑可以轻而易举地完成。机器取代人完成有难度的写作，会让精明的现代人变成了呆板的机器人。这会影响新诗现代性建设培养现代人的任务的完成。新诗现代性建设要处理与宗教的关系，不只是因为新诗可以写宗教，更是因为很多诗人的写作都有宗教情绪，或多或少地受到了宗教的影响。如近年出现的“神性写作”，甚至解非等女诗人主张的“灵性写作”也有宗教意味，从容等女诗人近年还写了大量抒发宗教情感的诗。新诗现代性建设必须回答“宗教情感是否是现代情感”和“宗教诗歌，尤其是有宗教色彩的诗是否有存在价值”等问题。更要弄清神性诗歌和人性的关系，不能把宗教视为封建迷信否定宗教诗的价值，更不能因为写宗教诗就把自己放在一个道德高地，就可以任意贬低其他写作，尤其是人性诗歌的写作。世俗性是现代性的一大特点，有的宗教其实是很世俗的，也很重视现实生存，所以才能在社会生活中广为传播。要建设具有宗教意味的诗，要肯定新诗宗教倾向的合理性，它有利于人的生存，还可以提高诗的思想深度，也要意识到这种追求“立意高远”，就会出现“境界自出”的“灵魂式写作”的缺点，它会让诗人越来越自恋，越来越轻视语言技法，越来越脱离诗的抒情本质。新诗现代性建设要处理与性别的关系，具体为减少女性诗歌和男性诗歌的对抗，不过分强调性别，有时也要凸显出写作者的性别，强调写作者应该有性别意识。要意识到女性诗歌写作已经进入了一个多元抒情和多极写作的时代，原因是在中国现代化进程中，女诗人的生活方式和人生观念都发生了巨大的变化。从无性别写作到有性别写作，从心理性情感写作到生物性情感写作，从身外写作到身体内写作，女诗人关注的对象及抒情视野有的从自然社会转到内心身体，有的甚至走进了宗教。新诗现代性建设还要考虑诗人的年龄，按年龄分，新诗写作有“青年写作”“中年写作”“老年写作”，他们的作品可以分为青少年诗歌和中老年诗歌。诗人的年龄段不同，新诗的生态、功能甚至文体都不同，如青年人比老年人更喜欢采用自由诗体写作，甚至更追求思想的自由。所以现代性建设的重点也不同，如通过诗体规范的严格与宽松来纠正青年诗人和老年诗人在新诗现代性建设上的弱点，具体为用现代格律诗来抑制青年诗人的写作激情，用自由诗来刺激老年诗人的写作惰性。新诗现代性建设要处理与地域的关系，具体为处理好国语诗歌和方言诗歌的矛盾。一方水土养一方人，一种地域养一种文化。很早就有人意识到地域文化影响着文学艺术。诗是先锋性文体，对自由的追求往往多于对法则的遵守。地域文化对它的影响属于文体外部的影响，这种影响常常因为诗歌文体特有的文体自主性和诗人固有的主体性被削弱。诗是主情的艺术，人的个体情感和人类情感都与人类文化休戚相关，说明文化对诗人的创作会产生一定的影响。但是现代诗歌功能的多元性也会削弱地域文化的影响。在上个世纪后期，地域文化，特别是诗人成长和生活的自然地理对新诗创作产生了较大的影响，当时的“西部诗歌”创作呈现出地域文化对当代诗歌创作影响的多样化和复杂性。中国的改革开放加快了诗人的流动，地域文化的影响，特别是地理因素对新诗的影响有减弱之势，人文地理（文化）的影响渐渐大于自然地理（地域）的影响。今天是计划没有变化快的动感时代，处理新诗现代性建设与地域的关系时，要坚持诗歌本位，要以变应变。如上个世纪80年代有“西部文学”和“西部诗歌”概念，但是现在已经很少提及“西部文学”和“西部诗歌”。近年受国外的“文学地理学”影响，一些新诗学者提出了“南方诗歌”，研究南方诗歌的精神。这种精神应该包括传统精神，如江南水乡的田园精神，更应该有现代精神，如南方的改革创新精神。新诗现代性建设处理与民族的关系时要考虑汉语诗歌和民族语诗歌的关系，尤其要研究民族诗人如何用汉语写作，重视这种“汉化”写作在民族地区现代化进程中的作用甚至后果。由于生态环境的差异，虽然民族诗人的汉语诗歌创作大多被“汉化”，但因汉化的程度各异，出现了纯粹的、富有民族品质的、含有民族气质的和完全被汉化的四类民族诗歌，并形成各具特色的四大抒情范式。新诗现代性建设处理与民族的关系时，要学习汉族诗人提出的“坚持在差异”中写作，在新诗已经多元发展的今天，民族诗歌再也不能一元发展，民族诗人不能老是限制在高度的严肃性和抒情性之中，不能总要求诗人当本民族的代言人，故作高深地写作；也不能总要求他们当民族的歌颂者，故作天真地唱着牧歌。但是随着诗人的流动性越来越强，近年新诗的地域性及新诗诗人的空间感越来越弱，民族诗人写作中的民族性也会越来越弱。社会在发展，已经出现“全球化”的大趋势，中国各民族之间的文化交融也越来越紧密，人的生活方式也越来越呈现多元状态，民族诗歌也应该多元发展，也应该在“差异”中写作。只要是能够提高人的现实生活质量、完美人的精神生活的诗歌，无论是否能够贴得上“民族诗歌”的标签，都是民族诗人应该写和可以写的诗歌。要正视民族诗歌，特别是用汉语写作的民族诗歌的生存现实和越来越多的民族诗人生活在越来越汉化的环境中的客观情况，提出新的有利于民族诗歌发展的生存策略：改变一向强调的民族诗歌高度的“民族性”，民族诗人只能写民族风情和采用民族的抒情方式等旧观念，让民族诗人写的汉语诗歌无论是在诗的内容还是在诗的艺术上，都能与汉族诗人媲美，真正使他们成为现代汉诗中的一个重要的组成部分。同时，也要倡导民族诗歌的多元格局。

综上所述，新诗现代性建设的策略是必须兼顾审美现代性建设和启蒙现代性建设，21 世纪的新诗现代性建设必须吸取 20 世纪新诗革命过度重视诗的启蒙性建设的教训，只有把它限定为稳健的现代汉语诗歌改良活动，而不是激进的现代汉语诗歌革命运动，才能通过新诗的现代性建设促进中国人的现代性建设和中国社会的现代性建设。只有通过新诗的诗体现代性建设带动新诗文体现代性建设，通过新诗的文体建设带动整个新诗的建设；通过改善诗歌生态来改善文学生态，通过改善文学生态来改善政治文化生态，才能完成新诗现代性建设培养现代公民和建设现代国家的神圣使命，才能拓展新诗的功能，完善新诗的文体，提升新诗的价值，净化新诗的生态，让“现代诗”真正具有“现代”品格，让“新诗”真正有“新”的品德，成为真正的“现代汉诗”！

东南大学现代汉诗研究所

目　录

《〈玛琳娜·茨维塔耶娃诗集〉序》[1]：当代诗中的茨维塔耶娃

洪子诚

阿赫玛托娃在1950年代的中国

现在被高度评价的俄国20世纪初的一些作家、诗人，在中国当代的五六十年代却很受冷落，他们的作品没有得到介绍，大多数人连他们的名字也没有听说过。不过，阿赫玛托娃可能是个例外。原因是1946年，苏联作协机关刊物《星》和《列宁格勒》，刊登了左琴科的小说和阿赫玛托娃的诗[2]，它们被认为是“无思想性”和“思想有害”的作品。这引起苏共中央的愤怒，联共（布）中央于1945年8月14日发布《关于〈星〉和〈列宁格勒〉两杂志》的决议，苏联作家协会主席团紧接着检查自己的错误，开除左琴科和阿赫玛托娃出作家协会，解除吉洪诺夫的作协主席职务，并改组苏联作协。随后，苏共掌管意识形态的书记日丹诺夫，9月在列宁格勒“党积极分子会议和作家会议”上作了长篇的批判报告。[3] 这些报告和文件的中译，连同30年代的苏联作家会议章程，以及日丹诺夫在第一次苏联作家代表大会上的讲话等，收入《苏联文艺艺术问题》[4]一书；这本书50年代初学习社会主义现实主义时，被中国作协列为重要参考文件，所以文学界许多人知道阿赫玛托娃的名字。

联共（布）中央的决议中，对阿赫玛托娃创作定下的基调是：……她的文

---

〔1〕 中译本收入“世界文学参考资料”之一的《爱伦堡论文集》，张孟恢译，《世界文学》编辑部1962年编辑出版，内部发行。

〔2〕 除《星》和《列宁格勒》刊登阿赫玛托娃的诗作外，苏联《文学报》1945年11月还刊登阿赫玛托娃的访问记和照片，苏联作家协会当时还批准阿赫玛托娃在莫斯科的演说。

〔3〕 上述报告、决议的中文译者为曹葆华。曹葆华（1906—1978），四川乐山人。1935年毕业于清华大学研究院。诗人，翻译家。译有梵乐希（瓦雷里）、瑞恰慈的诗论。1939年去延安，在鲁艺和中共中央宣传部翻译处工作。50年代后主要从事苏联政治、文学论著，以及斯大林、普列汉诺夫等的著作的翻译工作。

〔4〕 《苏联文艺艺术问题》，人民文学出版社，1953年版。

学的和社会政治的面貌是早为苏联公众所知道的。阿赫玛托娃是与我国人民背道而驰的空洞的无思想的诗歌的典型代表。她的诗歌渗透着悲观和失望的情绪，表现着那停滞在资产阶级贵族的唯美主义和颓废主义……

日丹诺夫的报告对这一思想艺术倾向有具体的描述。与现在中国（俄国那边大概也是这样）对“白银时代”文学的主流看法相反，日丹诺夫的评价是：高尔基在当年曾经说过，1907 到 1917 这十年，够得上称为俄国知识界历史上最可耻和最无才能的十年，从 1905 年革命以后，知识界大部分都背叛了革命，滚到了反动的神秘主义和淫秽的泥坑里，把无思想作为自己的旗帜高举起来，用下列“美丽的”词句掩盖自己的叛变：“我焚毁了自己所崇拜的一切，我崇拜过我所焚毁了的一切。”……社会上出现了象征派、意象派、各种各样的颓废派，他们离弃了人民，宣布“为艺术而艺术”的提纲，宣传文学的无思想性，以追求没有内容的美丽形式来掩盖自己思想和道德的腐朽。

这个描述，经历那个年代的人相信并不陌生；而阿赫玛托娃，日丹诺夫说，她是“这种无思想的反动的文学泥坑的代表之一”——（她的诗的）题材是彻头彻尾个人主义的。她的诗歌是奔跑在闺房和礼拜堂之间的贵妇人的诗歌，它的范围是狭小得可怜的。她的基本情调是恋爱和色情，并且同悲哀、忧郁、死亡、神秘和宿命的情调交织着。宿命的情感，——在垂死集团的社会意识中，这种情感是可以理解的。死前绝望的悲惨调子，一半色情的神秘体验——这就是阿赫玛托娃的精神世界，她是一去不复返的“美好的旧喀萨琳时代”古老贵族文化世界的残渣之一。并不完全是尼姑，并不完全是荡妇，说得确切些，而是混合着淫秽和祷告的荡妇和尼姑。

因为涉及 20 世纪初俄国思想界和诗歌界的状况，日丹诺夫报告中也提到曼德尔施塔姆。他的名字当年译为“欧西普・曼杰里希唐”。译者曹葆华所加的注释是：“俄国阿克梅派的代表诗人，其作品十分晦涩难懂”。日丹诺夫说，阿克梅派的社会政治和文学理想，在这个集团“著名代表之一——欧西普・曼杰里希唐在革命前不久”的言论中得到体现，这就是对中世纪的迷恋，“回到中世纪”：“……中世纪对于我们之所以可贵，是因为它具有着高度的界限之感。”“……理性与神秘性的高贵混合，世界之被当作活的平衡来感受，使我们和这个时代发生血统关系，而且鼓舞我们从大约 1200 年前在罗马文化的基础上产生的作品中吸取力量。”日丹诺夫认为，阿赫玛托娃和西普・曼杰里希唐的诗，是迷恋旧时代的俄国几万古老贵族、上层人物的诗，这些人是注定要灭亡的，他们除了怀念“美好的旧时代”，就什么也没有了。喀萨琳时代[1]的大地主庄园，以及几百年的菩提树林荫路、喷水池、雕像、石拱门、温室、供人畅叙幽情的花亭、大门上的古纹章，贵族的彼得堡、沙皇村、巴甫洛夫斯克车站与其他贵族文化遗迹，这一切都沉入永不复返的过去了！这种离弃和背叛人民的文化渣滓，当作某种奇迹保存到了我们的时代，除了闭门深居和生活在空想中之外，已没有什么事情可做了。“一切都被夺去了，被背叛了，被出卖了”。

日丹诺夫对阿赫玛托娃和20世纪初俄国文学的描述，也就是中国当代“前三十年”对这段历史的基本看法。不过，从80年代开始到现在，中国学界和诗歌界占主流位置的评价出现翻转，基本上被另一种观点取代。这种观点，回顾历史，或许可以追溯到时代亲历者别尔嘉耶夫[2]的描述。按照法国作家路易·阿拉贡的说法，俄国思想家别尔嘉耶夫颇为复杂：在20世纪初，他“既承认革命行动是合理的，但在意识形态上，又主张神秘主义，而反对革命行动。他和马克思主义的奠基者走了相反的道路，开头信的是他们，后来却回到费尔巴哈的立场上”[3]。这位矛盾的神秘主义者的描述，显然与日丹诺夫大相径庭，包括所谓唯美主义、颓废主义等等。20世纪初俄罗斯文学没有创作与19世纪长篇小说类似的大部头长篇小说，但是却创作了非常出色的诗歌。这些诗歌对于俄罗斯意识，对于俄罗斯思潮史都有非常重要的意义。那是个象征主义的时代……（象征主义作家）他们意识到自己是新的潮流并且处在与旧文学的代表的冲突之中。索洛维约夫的影响对于象征主义的作家起了主要作用。他在自己的一首诗中这样表达象征主义的实质：

> 我们所看到的一切，
> 只是反光，只是阴影，
> 来自肉眼看不见的东西。

---

〔1〕 指叶卡捷琳娜二世（1729—1796）时代。她1762—1796年在位，俄国唯一女沙皇。50年代曹葆华依德语的英语转写，翻译为喀萨琳。现在我国台湾、香港等华语译界仍译为凯瑟琳二世或凯瑟琳大帝。

〔2〕 别尔嘉耶夫（1874—1948），生于基辅。20世纪俄国重要思想家。1922年被驱逐出境，流亡德国、法国，在法国去世。

〔3〕 路易·阿拉贡：《在有梦的地方做梦，或敌人……》，中译刊于《现代文艺理论译丛》1993年第1期。中国科学院文学研究所主编，人民文学出版社，1993年版，内部发行。

象征主义在所看到的这种现实的背后看到了精神的现实。……象征主义者的诗歌超出了艺术的范围之外，这也是纯粹的俄罗斯特征。在我们这里，所谓"颓废派"和唯美主义时期很快就结束了，转变为那种为着对精神方面寻求的修正象征主义，转变为神秘主义。……世纪初的俄罗斯文学和诗歌具有精神崇拜性。诗人——象征主义作家以他们特有的敏感感觉到，俄罗斯正在跌向深渊，古老的俄罗斯终结了，应该出现一个没有过的新的俄罗斯……[1]

20世纪的历史最不缺乏的是裂痕，是断层的沟壑，情感、观念的急剧反复是家常便饭。不能预见今后是否还会出现如此泾渭分明的阐释转换。值得庆幸的是，阐释所需要的材料、资讯将会较容易获取，不像中国当代"前三十年"那样，在日丹诺夫指引下曾"恶毒地"想象阿赫玛托娃，而她的诗我们读到的，只有日丹诺夫报告中所引的那三行：

可是我对着天使的乐园向你起誓
对着神奇的神像和我们的
热情的夜的陶醉向你起誓……

（阿赫玛托娃：Anno Domini）

爱伦堡带来的茨维塔耶娃

到了60年代，中国少数读者知道了茨维塔耶娃，以及曼德尔斯塔姆的名字。并非有人翻译、出版了他们的作品；他们是爱伦堡带来的。1962年，《世界文学》编辑部编选了作为"世界文学参考资料"的《爱伦堡论文集》。集中收入爱伦堡写于1956年的《〈玛琳娜·茨维塔耶娃诗集〉序》。1963年，作家出版社出版了爱伦堡回忆录《人，岁月，生活》[2]，其中谈到茨维塔耶娃等人的生活和创作。这两种书，都属于当年内部发行的"内部读物"：也就是政治和艺术"不正确"供参考、批判的资料性读物。

---

〔1〕［俄］别尔嘉耶夫：《俄罗斯思想》，雷永生、丘守娟译，三联书店，1995年，第223－225页。

〔2〕冯南江、秦顺新翻译。1979年之后不同出版社出版的这部回忆录，翻译也均署他们名字。

爱伦堡 1967 年去世，晚年主要精力是撰写他的回忆录。《人，岁月，生活》1960 年开始在苏联的《新世界》杂志连载，很快在苏联和国外引起强烈反响和争论。据中译者说，“当时的中宣部领导十分关注这一情况，要求人民文学出版社尽快将这部世人瞩目的作品译出，以内部发行的方式出版”。这就是 1963 年的“黄皮书”版。因为当时爱伦堡回忆录写作尚在进行（1964 年《新世界》才全部刊登完毕），因此这个版本只是它的前 4 部，待到 1999 年中译本全六部才补齐，并根据苏联的《爱伦堡文集》重新修订。[1] 爱伦堡是个“奇人”，与 20 世纪的许多苏联政治、文化界的重要人物，以及西方著名左翼作家、艺术家多有交往。对于中国当代文化界来说，这部回忆录的重要价值，正如蓝英年先生说的[2]，把不熟悉和从未听说的名字介绍给读者（曼德尔斯塔姆、古米廖夫、阿赫玛托娃、别雷、巴别尔……），对听说过或熟知的人物则提供他们的另一面相（列宁、托洛茨基、布哈林、毕加索、斯大林、马雅可夫斯基、梅耶荷德、叶赛宁、帕斯捷尔纳克、纪德、聂鲁达、法捷耶夫……）。

讲到玛琳娜·茨维塔耶娃的部分（《人，岁月，生活》译为马琳娜·茨韦塔耶娃）在回忆录的第二部；这一部写到的作家、诗人还有勃留索夫、勃洛克、马雅可夫斯基、帕斯捷尔纳克、曼德尔施塔姆、梅耶荷德、叶赛宁。爱伦堡对他们，不仅提供了他们的许多生活细节，更可贵的是引用了他们的诗行：在那个匮乏的年代，即便是一鳞片爪也弥足珍贵。

从中外文化交流史角度来考察爱伦堡回忆录在中国当代文化（特别是诗歌）变革上发生的影响，80 年代以来已经有不少论著涉及。就对茨维塔耶娃的介绍而言，除回忆录之外，他的《〈玛琳娜·茨维塔耶娃诗集〉序》[3]也发生一定影响。它的基本观点与回忆录是一致的，有的文字且有重叠，但更充分地讲了茨维塔耶娃的性格、诗歌的情况。现在翻成中文的外国作家有关茨维塔耶娃的评论，我读到的几篇中，爱伦堡的序言是出色者之一——另外的是约瑟夫·布罗茨基的《一首诗的脚注》（黄灿然译），伊利亚·卡明斯基为他和

[1] 冯南江、秦顺新当年在人民文学出版社外国文学编辑室工作。在五六十年代，人民文学出版社和作家出版社虽是两个牌子，实际上是同一机构。参见 1999 年海南出版社出版的《译后记》。

[2] 蓝英年：《〈人，岁月，生活〉序》，蓝英年：《人，岁月，生活》，海南出版社，1999 年。

[3] 收入 1962 年的《爱伦堡论文集》，也收入 1982 年北京大学俄语系编译的爱伦堡论文集《必要的解释》，北京大学出版社，1982 年版。张孟恢译。张孟恢（1922—1998），四川成都人。40 年代任重庆《国民公报》编辑，重庆《商务日报》记者，上海时代出版社编译。50 年代在中国作家协会主办的《译文》（后改名《世界文学》）编辑部任编辑、苏联文学组组长。

吉恩·瓦伦汀合作翻译的《黑暗的接骨木树枝：茨维塔耶娃的诗》所写的后记(王家新译)。这三篇文章的作者都是或曾是俄国(苏联)人：爱伦堡、卡明斯基出生于乌克兰，茨维塔耶娃和布罗茨基出生于圣彼得堡(列宁格勒)，而爱伦堡和茨维塔耶娃是同时代人，也见过面。

在50年代的苏联，如爱伦堡说的，知道茨维塔耶娃的也不多。"她死于1941年，只有少数热爱诗歌的人，才知道她的名字。"斯大林去世后的"解冻"，1956年她的诗集才得以出版。爱伦堡的序言，精彩之处是对茨维塔耶娃思想情感、诗艺的矛盾性，和对她的"极端的孤独"性格的论述。爱伦堡写道："……茨维塔耶娃没有向光荣表示向往，她写道：'俄罗斯人认为向往生前的光荣是可鄙或可笑的'。……孤独，说得更准确一些，剥夺，好像诅咒似的，在她的头上悬了一生，但她不仅努力把这诅咒交还给别人，而且自己还把它当作最高的幸福。她在任何环境都觉得自己是亡命者，是失去往日荣华的人。她回想着种族主义的傲慢时写道：'以前和现在的诗人中哪一位不是黑人？'"〔1〕

爱伦堡接着这样写：茨维塔耶娃在一首诗里提到自己的两个女人，一个是淳朴的俄罗斯妇女，乡间牧师之妻，另一个是傲慢的波兰地主太太。旧式的礼貌与叛逆性格，对和谐的谦敬与对精神混乱的爱，极度的傲慢与极度的朴实，玛琳娜·茨维塔耶娃都兼而有之。她的一生是彻悟与错误所打成的团结。她写道："我爱自己生活中的一切事物，但是以永别，不是以相会，是以决裂，不是以结合而爱的。""这不是纲领，不是厌世哲学，不过是自白。"〔2〕

接着是读过后让我难忘的这几句："她爱得多，正是因为她'不能'。她不在有她邻人的地方鼓掌，她独自看着放下的帷幕，在戏正演着的时候从大厅里走出去，在空寞无人的走廊里哭泣。她的整个爱好与迷恋的历史，就是一张长长的决裂的清单……"〔3〕

茨维塔耶娃的这种性格，《人、岁月，生活》中也有继续的描述〔4〕：仪态高傲，桀骜不驯，但眼神迷惘；狂妄自大又羞涩腼腆。她送给爱伦堡诗集的题词是："您的友谊对于我比任何仇恨更珍贵，您的仇恨对于我比任何友谊更珍

〔1〕 北京大学俄语系：《必要的解释》，北京大学出版社，1982年，第74页。

〔2〕 北京大学俄语系：《必要的解释》，北京大学出版社，1982年，第75页。

〔3〕 北京大学俄语系：《必要的解释》，北京大学出版社，1982年，第76页。

〔4〕 由于手头没有1963年作家出版社出版的《人、岁月、生活》，下面引文均据1999年海南出版社的版本。

贵。”爱伦堡说，“她从少年时代直到去世始终是孤独的，她的这种被人遗弃同她经常脱离周围的事物有关。”这种孤独，自然与她的生活处境，与革命和政治相关，但爱伦堡指出，深层之处来自于俄国文化传统，和个人的心理、性格。

序言和回忆录里，爱伦堡还触及生活和艺术关系——这一在 19 到 20 世纪的俄国，和 20 世纪中国纠缠众多诗人、作家的“毒蛇怨鬼”的“永恒主题”。“当我说俄国和艺术的题材在玛琳娜·茨维塔耶娃的创作中密切交织的时候，我首先想到的是一个最为复杂的、差不多从普希金和果戈理直到今天的一切俄国作家曾经苦心钻研的问题，——关于职责与灵感之间、生活与创作之间、艺术家的思想与他的良心之间的相互关系问题。”爱伦堡认为，“极端孤独”的茨维塔耶娃并非遁入“象牙之塔”。这种关系在她那里，不是表现为寻找终极性的答案，而是呈现为对矛盾的处理过程：有时候为了辩过时代她就把自己诗歌之屋的门窗关闭起来。但是，把这看作唯美主义，蔑视生活，那也不对。1939 年法西斯分子焚烧西班牙，入侵捷克斯洛伐克的时候，茨维塔耶娃第一次抛弃了生存的快乐：

> 我拒绝在别德拉姆[1]
> 作非人的蠢物
> 我拒绝生存。
> 我拒绝同广场上的狼
> 一同嚎叫。
> 孤岛没有了，茨维塔耶娃的生活突然悲惨地停止了。

茨维塔耶娃曾这样说到马雅可夫斯基，“作为一个人而活，作为一个诗人而死”。爱伦堡说，对茨维塔耶娃可以换一个说法：“作为一个诗人而活，作为一个人而死。”事实上，生活和诗在她那里的位置始终挣扎较量，她以自身的方式处理这个难题；对这一难题的处理所呈现的“张力”，其实是茨维塔耶娃诗歌动人的一个方面。爱伦堡说，“一个艺术家要为自己对艺术的酷爱付出多大的代价；但是在我的记忆中似乎还没有一个比玛琳娜更为悲惨的形象”，对于她来说，生活悲惨地毁掉了，她生平的一切，政治思想，批评意见，个人的悲剧——除了诗歌以外，一切都是模糊的、虚妄的。认识茨维塔耶娃的人已

---

〔1〕 序言译者原注：别德拉姆是伦敦一所疯人院的名字。此地指疯人的国家。

所存无几，但是她的诗作现在才刚刚开始为许多人所知晓。

不过，她信奉的不是我们通常理解的那种“唯美主义”。她离不开艺术，为此付出巨大代价；只是，她同时“对艺术的权力始终保持怀疑”：当她还在诗和时代的暴风雨对立的那些年代，她违背自己而赞赏马雅可夫斯基。她曾经自问，诗和现实生活中的创造，哪一样重要，并回答说：“除去形形色色的寄生虫以外，一切都比我们（诗人——引者[1]）重要。”

今天我们读爱伦堡写于 20 世纪五六十年代的序言和回忆录的时候，会遗憾没有讲到茨维塔耶娃更具体的生活情景，她的死亡。爱伦堡的解释是，“现在讲她那艰难的生活还不是时候，因为这生活对我们太近了。”是的，即使已经“解冻”的 50 年代苏联，也还不是可以无禁忌讲述这些的年代——但是我想说，茨维塔耶娃是富有良心的人，她生活得纯洁而高尚，由于鄙视生存的表面幸福，差不多经常处于穷困，她在日常生活中很有灵感，她在眷恋和不爱上很有激情，她非常敏感。我们能责备她这种敏锐异常的感觉吗？心的甲胄对于一个作家，正如目盲对于画家或者耳聋对于作曲家一样。也许，许许多多的作家的悲惨命运，正在于这种心的袒露，这种弱点……

《我的诗……》和多多的《手艺》

爱伦堡的这篇序言的开头，引了茨维塔耶娃 1913 年 20 岁时写的《我的诗……》（题目据谷羽译本）：

> 我写青春和死亡的诗，
> ——没有人读的诗！——
> 散乱在商店尘埃中的诗
> （谁也不来拿走它们），
> 我那像贵重的酒一样的诗，
> 它的时候已经到临。

爱伦堡只是摘引诗的后面部分。这首诗现在多种中文译本都会收入，译文自然也会不同。如：汪剑钊（也只摘引后面部分）：

〔1〕 序言译文原注，“引者”指爱伦堡。

我那青春与死亡的诗歌，
“不曾有人读过的诗行！”

被废弃在书店里，覆满尘埃，
不论过去和现在，都无人问津，
我的诗行啊，是珍贵的美酒，
自有鸿运高照的时辰。

苏杭：

我那抒写青春和死亡的诗，——
那诗啊一直不曾有人歌吟！

我的诗覆满灰尘摆在书肆里，
从前和现在都不曾有人问津！
我那像琼浆玉液醉人的诗啊——
总有一天会交上好运。

谷羽：

我的诗赞美青春与死亡——
无人问津，无人吟唱；

散落在各家书店积满灰尘，
过去和现在都无人购买，
我的诗像珍贵的陈年佳酿，
总有一天会受人青睐。

与后来诸多译本最大不同是，爱伦堡序言是“我写……诗”（张孟恢翻译），而其他的译文则为“我的……诗”。前者是一个动作，另外的是静态的陈述。不是要比较其间的高低或哪种更忠实于原文，而是提示中国当代诗人与爱伦堡带来的茨维塔耶娃曾有的联系。

距茨维塔耶娃写这首诗的60年后，多多写了《手艺——和玛琳娜·茨维塔耶娃》：

我写青春沦落的诗
（写不贞的诗）
写在窄长的房间中
被诗人奸污
被咖啡馆辞退街头的诗
我那冷漠的
再无怨恨的诗
（本身就是一个故事）
我那没有人读的诗
正如一个故事的历史
我那失去骄傲
失去爱情的
（我那贵族的诗）
她，终会被农民娶走
她，就是我荒废的时日……

显然，多多对话的不是谷羽、汪剑钊、苏杭的，而是爱伦堡/张孟恢的茨维塔耶娃。可以推测他70年代不仅读过"黄皮书"的《人，岁月，生活》，也读过内部读物的《爱伦堡论文集》。假设当年多多读到的不是这篇序言，而是另一种译法，《手艺》可能会是不同的样子。这里也说明这样的事实：茨维塔耶娃影响了多多，但多多同样影响读者对茨维塔耶娃的阅读，以致我偏爱张孟恢翻译的这个片段。

多多早期诗的意象，抒情方式，可能更多来自他那个时间的阅读，而非他的"生活"；这在"白洋淀诗群"诗人中有普遍性。多多、芒克等的早期作品带有某种"异国情调"，也就是"中国诗"里的"异国性"现象，柯雷（荷兰）和李宪瑜在90年代的研究中已经提出〔1〕。"异国"在他们那里其实主要是俄国。多多诗里的一些细节，显然从阅读中得到：白桦林，干酪，咖啡馆，开采硫磺

〔1〕 李宪瑜：《中国新诗发展的一个环节——"白洋淀诗群"研究》，《北京大学学报》1999年第2期。其中有"异国情调"一节。

的流放地，亚麻色的农妇[1]，无声行进的雪橇，白房子上的狐烟……更不要说作品中的那种忧郁和孤独感。都说多多是当代诗人中写“北方”的优秀者之一；但这个“北方”，可能是北纬 50 度以上的。“生活”是创作的源泉，没错，但书籍（广义上的，还有音乐、绘画……）也是。这有点像孤独的大岛寺信辅的“从书到现实”：“他在果地耶[2]、巴尔扎克及托尔斯泰书中学到了映透阳光的耳朵及落于脸颊的睫毛影子。”[3]

在当代那个精神产品匮乏的年代，可能不是完整的诗集，只是散落在著作文章里的片断诗行，也能起到如化学反应的触媒作用。张孟恢在爱伦堡的这篇文章中，就投下了释放诗人创造能量的催化剂。除这个例子之外，还可以举 1957 年刊于《译文》上的路易·阿拉贡论波特莱尔的文章。沈宝基翻译，题为《比冰和铁更刺人心肠的快乐——〈恶之花〉百年纪念》[4]里，也出现若干波特莱尔诗的片断。如：

我们在路上偷来暗藏的快乐，
把它用力压挤得像只干了的橙子……

如：

太阳把蜡烛的火燃照黑了……

如：

啊，危险的女人，看，诱惑人的气候！

---

〔1〕 亚麻色是当今少女头发流行色。在多多写作的当时并没有许多人知道。推测多多的“亚麻色”，可能来自德彪西钢琴、雷诺阿油画《亚麻色头发的少女》。

〔2〕 通译为戈蒂耶，法国 19 世纪诗人、小说家。

〔3〕 芥川龙之介：《大岛寺信辅的半生——一幅精神的风景画》，《河童·某阿呆的一生》，许朝栋译，台北星光出版社，1986 年，第 13 页。

〔4〕 刊于《译文》1957 年第 7 期，同期还刊登陈敬容选译的《恶之花》9 首。文章副题的“百年”误为“百周”。这篇文章译者为沈宝基。沈宝基（1908—2002），浙江平湖人，曾用名金锋，笔名沈琪，翻译家、法国文学研究专家、诗人。毕业于中法大学服尔德学院。1934 年获法国里昂大学文学博士学位。曾任中法大学、北平艺术专科学校教授。1951 年后，历任解放军总参谋部干部学校、北京大学、长沙铁道学院教授，译有《贝朗瑞歌曲选》《巴黎公社诗选》《罗丹艺术论》《雨果诗选》等。

我是不是也爱你们的霜雪和浓雾?
我能不能从严寒的冬季里,
取得一些比冰和铁更刺人的快乐?

以及:

我独自一人锻炼奇异的剑术,
在各个角落里寻找偶然的韵脚。

陈敬容译的九首波特莱尔,和阿拉贡论文中沈宝基翻译的《恶之花》的零星诗行,根据相关的回忆文字,70 年代在北岛、柏桦、多多、陈建华等青年诗人那里都曾引起惊喜,产生震动。在各种各样资讯泛滥的当今,这种震动变得稀罕;我们在蜂群的包围、刺蜇下,感官已经趋于麻木。

诗选如何塑造诗人形象

茨维塔耶娃诗的中译者很多,单独而非合集的诗选也已经出版多部,如汪剑钊的《茨维塔耶娃文集·诗歌》(东方出版社,2003;2011 版改名《茨维塔耶娃诗集》)、苏杭的《致一百年以后的你——茨维塔耶娃诗选》(广西师大出版社,2012)、谷羽的《我是凤凰,只在烈火中歌唱——茨维塔耶娃诗选》(上海译文出版社,2014)等。

谷羽[1]译本在大陆出版之前的 2013 年,有我国台湾的繁体字版,书名是《接骨木与花楸树——茨维塔耶娃诗选》(台北,人间出版社)。由于大陆这边出版环节的繁冗,虽然台版在前,估计也不是编了台湾版,才编大陆版。这两个本子出自同一译者之手,收入的诗数量大体相同,都是 180 余首(大陆版略多几首),不过编排方式却有很大差异。

大陆版是以写作时间先后来处理诗作,划分为“早期创作(1909—1915)”“动荡岁月(1916—1918)”“超越苦难(1919—1922.5)”“捷克乡间(1922.5—1925.11)”“巴黎郊外(1926—1939.6)”“重陷绝境(1939.6—1941.8)”。这个

[1] 谷羽,1940 年生,河北宁晋人。南开大学外国语学院教授,俄罗斯文学翻译家。翻译有普希金、莱蒙托夫、克雷洛夫、契诃夫等俄国诗人、小说家的作品,主持编写《俄罗斯白银时代文学史》。

分类法虽然不很“科学”，这也是勉为其难吧。书后有《茨维塔耶娃生平与创作年表》的附录，以及译者的《艰难跋涉，苦中有乐》的“代后记”，和江弱水的《那接骨木，那花楸树》的“代跋”。

台湾的人间版则是另一种编法；推测主要不是谷羽先生的创意。它打乱写作时间，分别以“爱情篇”“恋情篇”“亲情篇”“友情篇”“乡亲篇”“诗情篇”“悲情篇”“愁情篇”“风情篇”来分配。在每一部分之前有导读。借助这一编排，诗选显示茨维塔耶娃生活、性格、诗歌的几个重要方面，引领着读者对诗人的把握的方向。“恋情篇：我是大海瞬息万变的浪花”的导读是：有人说，茨维塔耶娃“丈夫只有一个，情人遍地开花”，诗人并不忌讳这一点，她承认：自己“是大海瞬息万变的浪花！”她说道：“我能够同时跟十个人保持关系（良好的‘关系’！），发自内心地对每个人说，他是我唯一钟爱的人。”她有同性恋女友，爱老年人，爱同龄人，爱比她更年轻的人。情人当中有演员、画家、编辑、大学生、评论家、作家，但是更多的是诗人，其中最著名的是帕斯捷尔纳克和里尔克，三个诗人之间的通信成了诗坛佳话。她跟罗泽维奇的恋爱痴迷而疯狂。值得指出的是，很多时候她跟心目中的恋人并未见面，只是情书来往，可谓纸上风流。恋爱经历都成了她创作诗歌的素材。欧洲很多大诗人，情感丰富，极其浪漫，歌德、普希金都有许多情人，他们的浪漫史为后世读者津津乐道。因此，茨维塔耶娃的情诗也会拥有自己的读者。这里选译了她 50 首恋情诗供读者欣赏。

这里提及的“本事”大概都是真的。不过，将茨维塔耶娃塑造为风情万种的浪漫诗人，不能让人信服。即使是“爱”，那也如茨维塔耶娃的自白，“贯穿着爱，因爱而受惩罚”。还是爱伦堡的评论比较靠谱：有一些诗人，受到不是作为一种文学派别，而是作为一种思潮的 19 世纪前半叶的浪漫主义的引诱，他们模仿查尔德·哈罗尔德甚于模仿拜伦，模仿毕乔林甚于模仿莱蒙托夫。玛琳娜·茨维塔耶娃从来没有把自己打扮成浪漫主义时代的英雄，由于自己的孤独，自己的矛盾，自己的迷茫，她成了他们的亲戚。……茨维塔耶娃不是生于 1792 年，像雪莱那样，而是整整一百年以后……

茨维塔耶娃与多多、张枣

说到“亲戚”，多多、张枣和茨维塔耶娃也许可以说是“远亲”；尽管他们之间的不同比相似要多得多。

多多、张枣都写过关于这位俄国诗人的诗。张枣这样单向的、情深意切的“对话”,这样“无论隔着多远”的寻求情感、精神上的联系,读罢让人感慨:

东方既白,经典的一幕正收场:
俩知音正一左一右,亦人亦鬼,
谈心的橘子荡漾着言说的芬芳,
深处是爱,恬静和肉体的玫瑰。
手艺是触摸,无论你隔着多远;
你的住址名叫不可能的可能——
你轻轻说着这些,当我祈愿
在晨风中送你到你焚烧的家门;
……[1]

他们年纪轻轻,就爱谈论死亡[2]。都高傲,也都有不同性质、程度的怯懦[3]。诗艺桀骜不驯,一意孤行,将相异甚至对立的经验在语言“暴力”的方式中链接,但有坚实的内在温情平衡、支撑。诗中有心灵,也有肉体的“情色”意象。都否认词语能代替思想,韵律能取代感情,却看重“手艺”的地位。如爱伦堡所说,茨维塔耶娃“鄙视写诗匠,但她深知没有技巧就没有灵感”,把手艺看得很高,“以苛求的艺术家的不信任来检验灵感”。他们相信诗、语言的力量,也清醒于它的限度(多多:“语言开始/而生命离去”)[4]。茨维塔耶娃写道:

为自己找寻轻信的,
不能改正数字奇迹的侣伴。

〔1〕 张枣:《跟茨维塔耶娃的对话》(十四行组诗),写于 1994 年。

〔2〕 茨维塔耶娃说:“我爱十字架、丝绸、盔形帽,/我的心倍加珍惜瞬间的遗迹……/你赐给我童年,美好的童话,/就让我死去吧,死在十七!”(谷羽译《祈祷》)。张枣说,“死亡猜你的年纪/认为你这时还年轻”(《死亡的比喻》)。

〔3〕 茨维塔耶娃:“高傲与怯懦——是对亲姐妹,她们在摇篮边友好地相会。”

〔4〕 这个问题,相信是许多杰出的诗人都感受到的。布罗茨基在谈到阿赫玛托娃的时候说,“面对她的被囚禁的儿子,她的痛苦是真诚的。而在写作时,她却感到虚假,就因为她不得不将她的感情塑造成型。形式利用情感的状态达到它自己的目的,并使情感寄生于它,就像是它的一部分”。见切斯拉夫·米沃什《关于布罗茨基的笔记》,程一身译。

我知道维纳斯是手的作品，
一个匠人，我知道手艺。[1]

多多和张枣也接续了这一“话题”。

要是语言的制作来自厨房，
内心就是卧室，
要是内心是卧室，
妄想，就是卧室的主人。

（多多：《语言的制作来自厨房》）

诗，干着活儿，如手艺，其结果
是一件件静物，对称于人之境
或许可用？但其分寸不会超过
两端影子恋爱的括弧……

（张枣：《与茨维塔耶娃的对话》）

他们都一定程度“游离”于社会/诗歌界的派别、潮流之外。虽说对多多、张枣有“朦胧诗派”“四川五君子”“新生代”分类，那也只是批评家和诗歌史写作者（我也算一个）因为智慧有限，也为了省力制造的名目。他们基于性格，或许是基于某种诗歌目标，都习惯或费力地拒绝“纳入公转”，而保持“强烈的自转”（多多）的孤独状态；“不群居，不侣行，清风飘远”（张枣）。因各自不同的原因，一度或长期移居国外（或侨居，如果用“流亡”这个词，就需要多费口舌来解释）时，写了他们动人的怀恋“故土”的诗章，诗里便布满记忆中的物件和情调：卡鲁加的白桦树，接骨木树林中凄凉的灯火、教堂的钟声、巨大眼睛的马、笑歪了脸的梨子、丝绸锦缎，绣花荷包、“桐影多姿，青凤啄食吐香的珠粒”……但也因此遭遇到那难以摆脱的困境：

我们的睫毛，为何在异乡跳跃？
慌惑，溃散，难以投入形象。
母语之舟撇弃在汪洋的边界，

〔1〕 根据张孟恢中译的爱伦堡序言的译文。

登岸，我徒步在我之外，信箱
打开如特洛伊木马，空白之词
蜂拥，给清晨蒙上萧杀的寒霜；
……[1]

多多更为愤激、悲哀：

是我的翅膀使我出名，是英格兰
使我到达我被失去的地点
记忆，但不再留下犁沟

耻辱，那是我的地址
整个英格兰，没有一个女人不会亲嘴
整个英格兰，容不下我的骄傲[2]

茨维塔耶娃虽然能用德语和法文写作，但在异邦，同样会遇到这样的困境：

远方像与生俱来的疼痛，
……
难怪会梦见蓝色的河
我让远方紧贴着前额
你，砍掉这只手甚至双臂，
砍不掉我与故土的联系。[3]

而且，他们的写作理想——如果用中国传统诗学的概念，是近似于那种寻找少数人的"知音诗学"。写"没有人读的"，但陈年佳酿的贵重的诗——这是茨维塔耶娃的自白。张枣的自述则是："我将被几个佼佼者阅读。"多多也是相似的意向。佼佼者的知音能否在当世出现？他们对此犹豫狐疑。茨维

〔1〕 张枣：《跟茨维塔耶娃的对话（十四行组诗）》。
〔2〕 多多：《在英格兰》。
〔3〕 茨维塔耶娃《祖国》，谷羽译。

塔耶娃这才写了《寄一百年后的你》：

……今晚，
尾随西沉的太阳，长途跋涉，
就为了终于能够跟你相见——
我穿越了整整一百年。[1]

而张枣却将时间推至一千年后，甚至更长：

一百年后我又等待一千年；几千年
过去了，海面仍漂泛我无力的诺言。[2]

但是，这样的估计显然过于悲观。正如爱伦堡在《〈玛琳娜·茨维塔耶娃诗集〉序》的最后，引了茨维塔耶娃喜欢的俄国诗人诺肯其·安宁斯基的诗说的：

琴弓理解一切，他已静息，
而这一切还留在提琴上……
对于他是苦难，对人们却成了音乐。

自然，倾心于他们的读者不会很多，但他们原本也无意做一个"大众诗人"。

北京大学中文系

〔1〕 据谷羽译本。
〔2〕 张枣：《海底被囚的魔王》。

论诗家语

吕 进

各种门类的艺术都有自己现成的(自然的或人工的)媒介。莱辛在名著《拉奥孔》中讲过一句俏皮话:“颜色不是声音,眼睛不是耳朵。”[1]他的意思是,不同门类艺术的媒介以及受众的感应途径,是各有质的规定性的。艺术媒介给某一艺术门类带来局限性,但是也带来独特性与丰富性。换言之,艺术独特性与丰富性,往往就是“对局限性的突破与运用”的别名。例如,京剧要表现军队行军,自然不能像电影那样,真的让千军万马上舞台,这是艺术媒介的一种局限性。但演员凭借手中的马鞭,让观众承认演员确乎在骑马:七八步走过千里,三五人百万大军,这又是一种独特性和丰富性。和电影的“真格的”军队相比,京剧的军队自有妙处——没有这种妙处,它就会在艺术世界里失去立足点,失去作为独立的艺术门类的生存权。

艺术媒介是艺术创作的最大障碍,征服媒介、驾驭媒介是艺术家的最大成功。文学的媒介是语言,诗歌的媒介却不只是语言,心灵体验与情绪状态给诗歌出了一道千古难题。当今世界有5000多种语言和方言,在诗的世界面前却不无窘困。但是如果没有诗的媒介,呈现在读者面前的就不会是诗,而只是优美诗意的蹩足表现。

论及诗的媒介,古今大体有三种看法。

其一,诗和其他文学样式使用的是同一种语言。持有这种看法的古人实在不少。(金)元好问在《遗山先生文集》卷36中写道:“诗与文,特言语之别称尔,有所记叙之谓文,吟咏情性之为诗,其为言语则一也。”新诗的最早“尝试”者胡适对此心中也没有底。白话诗的“白话”是什么,胡适说不清楚。所以,当年的守旧派说他太俗,革新派又说他太文。胡适在他的诗集《尝试集》的《自序》里写道:“诗之文字原不异于文之文字,正如诗之文法原不异于文之文法。”元好问虽然说散文与诗用的是同一种语言,但是他还在叙事与抒情上区别诗与散文,胡适更彻底,干脆将诗与散文的界碑全部打碎了。他还在给

[1] [德]莱辛:《拉奥孔》,朱光潜译,人民文学出版社,1984年,第63页。

任叔永的一首诗说："诗国革命何自始，要须作诗如作文。"

其二，诗使用的是一种与散文语言不搭界的特别语言，散文使用的语言绝对不能入诗，否则就是诗的降格和破坏。正是由于这种见解，所以在中外诗歌史上出现过许多"官司"。莎士比亚在他的诗剧里的一些用词遭到指责。上个世纪30年代，在重庆，有过"飞机"一词能否入诗的争论，有人建议以"铁鸟"一词代之。在俄罗斯，1912年，几位未来派诗人出版诗集《给社会趣味一记耳光》，他们在《前言》里曾宣布"有痛恨存在于他们之前的语言的权利"，"有任意制造词和制造新字以增加词汇总量的权利"。但是后来的实践证明，诗歌并没有承认这种"权利"。

其三，诗歌语言与散文语言存在层次上的区别。唐人刘禹锡说："心之精微，发而为文；文之神妙，咏而为诗。"明人苏伯衡说："言之精者之谓文，诗又文之精者也。"《清诗话》收录了吴乔的《答万季埜诗问》，共有27篇精彩的答问，其中有这样一段文字：

又问："诗与文之辨？"答曰："二者意岂有异？唯是体制辞语不同尔。意喻之米，文喻之炊而为饭，诗喻之酿而为酒；饭不变米形，酒形质尽变；啖饮则饱，可以养生，可以尽美，为人事之正道；饮酒则醉，忧者以乐，喜者以悲，有不知其所以然者。"[1]

一为饭，一为酒，提升程度不同，层次不同，功能不同。比之于饭，酒当然更精致，更精美，更精华，更精神。在西方，有"用左手写散文，用右手写诗"之说，也与中国古人暗合。英国诗人柯勒律治还提出一个公式："散文＝安排得最好的语词；诗＝安排得最好最好的语词。"这个公式已被收进了《大不列颠百科全书》。

这三种见解都有合理的成分。初初看去，诗与散文的确是使用同一种语言，虽然诗的语言常常没有词典意义，只有自定义的意义；没有观感价值，只有情感价值；没有表意功能，只有表情功能；没有可述性，只有可感性。换一个角度，诗的语言的确又给人以别有洞天的感觉：总感觉它有些特别，有些异样。虽然，它还是有着与散文语言相同的外貌。另外，诗与散文在语言上有层次之分，这历来是一种共识。

但是，应该承认，三种说法都没有说破诗歌语言的美学特质。

当有人请美国诗人罗伯特·弗罗斯特解释一下他的一首作品时，诗人回

[1] [清]王夫之：《清诗话》，上册，上海古籍出版社，1978年，第27页。

答说："你们要我做什么——用蹩脚些的语言重述一遍吗?"弗罗斯特的意思是：诗的媒介并不是一般的(蹩脚些的)语言。"诗"这个词来源于古希腊语"Poetes"，它的词义是"精致的讲话"。用一般语言代替精致语言去重述诗意，这不但难以做到，而且会损害诗歌。

从生成过程来看，诗就是从诗人内心的诗到纸上的诗，最后成为读者内心的诗。从(诗人)内心到(读者)内心，是一个很艰难的创造过程，诗人在"忘言"中寻思，在寻思之后还得重新寻言。西谚说："语言是银，沉默是金。"如果不能将"银"提炼为"金"，就不能称为诗人了。诗人内心的诗是一种悟，是只可意会的诗美体验，是"不可说"的无言的沉默。在这一点上，诗与禅是相通的。禅不立文字，但是诗是文学，得从心上走到纸上。可是在心灵世界面前，在体验世界面前，一般语言捉襟见肘。钱钟书《谈艺录》讲得甚为透辟："了悟以后，禅可不著言说，诗必托诸文字"，"非言无以寓言外之意；水月镜花，固可见而不可捉，然必有此水而后月可印潭，有此镜而后花能映影"。[1]"情到深处，每说不出"，"口开则诗亡，口闭则诗存"。以言来言那无言，以开口来传达那沉默，这是诗人永远要面对的难题。

诗人要排除语言中一般的东西，运用语言表达"忘言"的体验，他就得用一般语言来创造一种特殊的语言方式，这就是宋人王安石说的"诗家语"。宋人魏庆之著《诗人玉屑》卷六有一段文字：

> 王仲至召试馆中，试罢，作一绝题云："古木森森白玉堂，长年来此试文章。日斜奏罢《长杨赋》，闲佛尘埃看画墙。"荆公见之，甚叹爱，为改作"奏赋《长杨》罢"，且云："诗家语，如此乃健。"

王安石并没有改动王仲的语言，只是用他原来的语言组成另外的言说方式，王安石说的"诗家语"就是指诗的言说方式，这是中国诗学史上第一次出现"诗家语"这个术语。诗家语来自一般语言，但又有自己独特的词汇、语法、逻辑、修辞，它是一般语言的最高程度的提炼与强化。

形成这个"独特"，大致有三个原因。

首先，一般语言长于表达外部世界，而诗家语表达的是体验世界。抒情诗人凭借它的内心世界本身就成了艺术作品，创作者成为自己的创造品。体验世

---

〔1〕 钱钟书：《谈艺录》，中华书局，1984 年，第 101 页。

界的某些内容往往思致微妙,“在可言而不可言之间”,很难用一般语言表达。

其次,诗在想象世界是极端自由的,它上天入地,不为外部世界所局限。诗人在写诗时处于“肉眼闭而心眼开”的状态。诗人的“心眼”可以依照自己的抒情逻辑将外部世界所分开的东西结合起来,把外部世界所结合的东西分开。但是,比起一般语言,诗家语受到诗律(节奏式、韵式、段式)的限制,又极端不自由。

在一般语言中,人们跳过了语言的声音,只求理解语言表达的意义。而在诗歌语言中,语言要通过诗律不断提醒人们注意自己。换言之,诗家语不但要表达感情世界,而且它自身也形成受众的鉴赏内容。因此,它必须精致。

这种极端的自由与极端不自由的统一,构成诗家语的一系列的特点。

最后,诗以体验为直接内容。“诗既然能最深刻地表现全部丰满的精神乃在意蕴,我们就应该要求诗人对他所表现的题材也有最深刻最丰富的内心体验。”[1]诗不能像其他文学样式那样运用悬念等来引动读者的好奇心,始终抓住读者;它也不能像其他文学样式那样,有一个完整的故事,使读者可以断断续续地阅读。因此,诗在篇幅自由上所得到的权利在所有文学样式中是最小的。

在《美学》第3卷中,黑格尔有一段我以为是很精辟的话:“事件构成史诗的内容,像风飘过琴弦一样震动诗人心灵的瞬息感觉构成抒情作品的内容。因此,无论抒情作品有怎样的思想,它不应该太长,往往应该是很短的。”[2]

篇幅特点带来诗家语的一系列特点。诗家语的每一个字都要诗人付出很辛苦的劳动。李东阳这样题柯敬仲的墨竹画:“莫将画竹论难易,刚道繁难简更难。君看萧萧只数叶,满堂风雨不胜寒。”可以说,由于诗歌篇幅的局限,诗家语追求的也是这种功力,力求把“局限”变为“满堂风雨”。

所谓诗的言说方式,就是诗使用的独特的词汇规范、语法规范和修辞规范。具体说来,一般语言在诗中成为灵感语言,实现了(在非诗文学看来的)非语言化、陌生化和风格化,从而成为诗的言说方式。

诗家语有自己的特点,所以要把握它实非易事。把握诗家语,一般讲来有三个阶段。清人李重华《贞一斋诗说》是这样概括的:“诗求文理能通者,为初学言之也;诗贵修饰能工者,为未成家言之也。其实诗到高妙处,何止于

[1] [德]黑格尔:《美学》,第3卷,下册,朱光潜译,商务印书馆,1981年,第53页。
[2] [德]黑格尔:《美学》,第3卷,下册,朱光潜译,商务印书馆,1981年,第53页。

通？到神化处，何尝求工？”[1]

只求“文理能通”，实际上是在运用日常语，而并没有寻求到诗家语。诗家语并不总是接受通常“文理”的裁判。

忘掉她，像一朵忘掉的花
像春风里一出梦
像梦里一声钟
忘掉她，像一朵忘掉的花

闻一多《忘掉她》的优美诗句在“文理”上是显得不通，可正是这个“不通”恰恰构成了道地的韵味无穷的诗家语。

“诗贵修饰能工者”，说明他对日常语闯入诗篇有了高度警惕。但只知“修饰能工”，却并没有了解诗家语的个中三昧。

诗家语忌外露的修饰，忌外露的工巧。雕琢只能带来语言的矫揉造作，影响感情的抒发，给人不美的印象，甚至使人产生“隔”。所以古典诗论推崇“宁拙勿巧”。所以鲁迅说，特地“古奥”，令人莫名其妙，这就离断气不远矣。

诗家语是超越一般语言的一般语言。

诗家语产生于一般语言，但是前者却抛弃了后者的内涵而获得了另一种生命——诗的生命。它是一般语言的非一般语言化，不接受通常“文理”的管束；它又是非一般语言化的一般语言，不喜欢把自己打扮得珠光宝气。这才是真正的诗家语，古人称为“正体”或“正格”，也就是我们说的把握诗家语的正路。苏轼说：“绚烂之极，归于平淡”；另一个宋人葛立方说：“落其纷华，乃造平淡之境”，都是不主张镂金错彩，而是赞成“正体”“正格”的。

“借问别来太瘦生，总为从前作诗苦。”诗人提炼诗家语之“苦”，不像“诗贵修饰能工者”那样也传染给读者，使读者也不胜其苦，而是“至苦而无迹”（皎然：《诗式》）。

原来应该是诗人
却做了总理

——艾青：《清明时节雨纷纷》

---

〔1〕［清］王夫之：《清诗话》，下册，上海古籍出版社，1978年，第933页。

读着这诗行，首先引起注意的绝不会是诗人提炼诗家语之“苦”，相反，在被诗篇所打动的时候，他们往往会忽视诗人之“苦”。诗家语往往“成如容易却艰辛”，当读者在诗篇中看不到诗人的“艰辛”而又大受感动的时候，说明诗家语已经提炼到炉火纯青的地步了！

清洗与选择

诗歌创作的基本要义是黑格尔所说的“清洗”。诗的内蕴要清洗，诗家语也要清洗。诗是不着一字、尽得风流的“空白”艺术，清洗杂质是诗的天职。体验世界常常是说不出的，高明的诗人善于以“不说出”来传达“说不出”。

常见的有时空清洗。

诗不在连，而在断，断后之连，是时间的清洗。诗在时间上的大步跳跃，使诗富有巨大的张力。臧克家的《三代》抒发了诗人的同情和忧伤，全诗仅六行，却既写出了一个农民的一生，又写出了世世代代、祖祖辈辈的农民的命运，从具象到抽象，从确定到不确定，从单纯到弹性，皆由对时间的清洗而来：

孩子
在土里洗澡；
爸爸
在土里流汗；
爷爷
在土里葬埋。

物理学把时间分为绝对时间和相对时间。绝对时间就是与任何其他外界事物无关的、自身均匀地流逝着的一种“延续性”；而相对时间则是指的这种延续性的一种可感觉的、外部的、通过运动来进行的量度（如一年等于365日6时9分9.5秒）。对诗人来说，除了物理时间，他更得运用心理时间。对诗人而言，时间就是一个接一个的连绵不断的“现在”。他发挥感受力（对现在）、记忆力（对过去的现在）、想象力（对未来的现在）去达到对时间的诗的把握。

诗不在面，而在点，点外之面，是空间的清洗。余光中的《今生今世》是悼念母亲的歌。诗人只写了一生中两次“最忘情的哭声”，一次是生命开始的时候，一次是母亲去世的时候，“但两次哭声的中间啊/有无穷无尽的笑声”。诗之未言，正是诗之欲言。可以说，每个字都是无底深渊。恰是未曾落墨处，烟波浩淼满目前。母子亲情，骨肉柔情，悼唁哀情，全在纸上。

如果说时间是物质运动过程的持续性和顺序性，那么空间就是物质存在的广延性。如不加特殊说明，通常我们活动于其中的客观存在的空间叫三维空间。诗人的空间却不止于三维空间。他“文之思也，其神远矣，故寂然凝虑，思接千载；悄焉动容，视通万里”。

形象的清洗。

形似的形象是实象，它有再现性与直接性的品格。当然，实象再实，也已经是意象——它已经经过了诗人的“清洗”，不遗其形似，又妙在形似之上；它不失于表现对象，又不窘于表现对象：

看台上是金银首饰在闪光
斗场上是刀叉匕首在闪光

这是艾青《古罗马的大斗技场》中的诗句。诗人对古罗马的大斗技场进行“清洗”，捕捉到台上台下“闪光”这个特征，直接再现了古罗马大斗技场当年的悲惨场面。不同的“闪光”披露了诗人对“流血的游戏”的悲愤，对“死亡的挣扎”的同情。

最是那一低头的温柔，
像一朵水莲花不胜凉风的娇羞，
道一声珍重，道一声珍重，
那一声珍重里有蜜甜的忧愁——
沙扬娜拉！

徐志摩的这首名作，“蜜甜的忧愁”是诗眼。人与花重叠，花与人交融，两个形象合为一体，“沙扬娜拉”里蕴含了悠悠离愁。真是清洗得干净啊！

在清洗的同时，建构诗的言说方式就要从一般语言里进行诗意的选择。

其一，词的选择。

福楼拜对他的学生莫泊桑说过一段后来成为名言的话：“我们不论描写

什么事物，要再现它，惟有一个名词；要赋予它运动，惟有一个动词；要得到它的性质，惟有一个形容词。我们须继续不断地苦心思索，非发现这唯一的名词、动词与形容词不可，仅仅发现与这些名词、动词、形容词类似的词是不行的，也不能因思索困难，用类似的词句敷衍了事。”福楼拜的“一语说”道破了文学创作的一个普遍规律。

诗与散文各自有“唯一”的词。这里的主要缘由，在于诗的旨趣不在反映生活，而在反应生活；散文是醒的艺术，诗是醉的艺术。

其二，词的组合的选择。

由诗的本质所决定，诗中词的组合也常常有别于散文，由此而达到精炼美。

> 忧郁的宽帽檐，
> 使我所有的日子都是阴天。
>
> ——方敬：《阴天》

《阴天》是方敬 1942 年出版的《雨景》（诗与散文的合集）中的作品。诗人抒发的是在黑暗的令人心情黯淡的旧中国的忧郁之情。照散文的观点看，“宽帽檐”无论如何是不能与“忧郁”连用的，诗歌却打破散文常规，让二者结合起来。“忧郁”当然是属于戴着宽帽檐的人的，这样写更节省笔墨，回避了直白，令人如嚼橄榄。“阴天”一词的弹性也由这个诗行成功地暗示给读者。

词的组合的独特性尤其大量表现在动词与名词的组合上。在新诗里，动词名词的组合中，动词常常是实，名词常常是虚。虚实照应，大大扩大了诗的容量。对于散文是不正确的组合，在诗歌语言中恰恰构成传神之笔。

> 贫血的长街，
> 行路人是一管药针，
> 在注射着温暖。
>
> ——方敬：《雪街》

“贫血”与“长街”的组合是诗的组合。动词“注射”是实，名词“温暖”是虚，极简省又极丰富地抒发了诗人对旧中国的市街、行人的印象与情感。

其三，句法的选择。

别林斯基在评论当时的一位俄罗斯青年诗人弗拉季米尔·别涅季克托夫时说过:“朴素的语言不是诗歌的独一无二的确实标志;但是精制的句法却永远是缺乏诗意的可靠标志。”[1]诗是感情的艺术。它不像散文那样,按照逻辑顺序,依次地精确地叙述生活、描绘生活。散文如果是畅通连贯的铁道,诗就是由一个一个既相连又有距离的车站组成。两个车站之间的联结,这是诗歌读者的事。诗力求依照感情逻辑而跳跃着(而不是一步一步地)前进。它往往随着诗人感情由一个事物迅速跳跃到另一个事物。而这些事物之间的内在联系,即串起这些事物的“珠子”的感情之线,要由读者自己驰骋想象去把握它。

跳跃带来省略。诗歌语言的句法总是尽量省去一切可以略去的成分,因此它常常有别于“精制的句法”。从“精制的句法”着眼,诗歌的句子往往时有残缺。但正是这一残缺,带来高度的纯净与精炼。

> 欢乐是怎样来的?从什么地方?
> 萤火虫一样飞在朦胧的树阴?
> 香气一样散自蔷薇的花瓣上?
> 它来时脚上响不响着铃声?
>
> ——何其芳:《欢乐》

惠特曼认为,纸上的诗还不能算诗,只有在读者心中引起的感受才是诗。在何其芳的这个诗节里,第二、三行与第一行的联系是通过跳跃实现的,连结诗行的虚词“如”“像”省略了。读者在诗提供的感情坐标上勾画出自己的线,得到自己的诗。

音乐性与弹性

音乐性是诗歌语言与非诗语言的主要分界。一些论者提出的其他分界,如形象性、精练性等,都并不准确。散文同样寻求语言的形象性与精练性。可以做个实验,如果将《诗·周南·关雎》译成现代汉语,我们也就失去了这首诗。鲁迅曾不无幽默地说,假如将“窈窕淑女,君子好逑”译成“漂亮的好小

[1] [俄]别林斯基:《别林斯基论文学》,梁真译,新文艺出版社,1958年,第35页。

姐呀，是少爷的好一对儿”。那么到哪里投稿也会碰壁的。原因之一就在于诗是以形式为基础的文学，语言方式本身就是诗的重要内容。抽掉音乐性，诗就变成抽去水分的干枯的苹果。

音乐性是中国古诗的优势，也是中国新诗的贫弱。或者说，音乐性是中国古诗最有成就的一环，又是中国新诗最捉摸不定的一环。音乐性贫弱，就会严重损害新诗的美质，从而减少新诗的读者群。

所谓音乐性，指诗的节奏。“节奏的定义，可以广义地来说是一连串的声音，具有一定的高低和时间的间歇。”[1]韵式、段式也只是节奏的表现和加强节奏的手段而已：韵式是节奏的听觉化，段式是节奏的视觉化，它们使读者产生节律化、非指称化的审美期待。节奏是诗与生俱来的。从诗歌起源学着眼，诗脱胎于原始时代的混合艺术。舞、乐、诗三者的分离，造成三种独立艺术的发展。舞以形体为媒介向具象发展，乐以声音为媒介向抽象发展，诗以特殊语言结构为媒介向具象化的抽象和抽象化的具象发展，但三者都保留了一个共同的要素——节奏。时代的变迁，艺术的发展，赋予诗以新的节奏，然而有如音乐是无语言的节奏，散文是无节奏的语言，诗歌是有节奏的语言这一点并没有变化。

诗家语与散文语言相比，另一特点是弹性。

一与万，简与丰，有限与无限，是诗家语的美学。诗人总是两种相反品格的统一：内心倾吐的慷慨和语言表达的吝啬。从中国诗歌史看，中国诗歌的四言、五言、七言而长短句、散曲、近体和新诗，一个比一个获得倾吐复杂情感的更大的自由，这样的发展趋势和社会生活有由简单到复杂、由低级到高级的发展遥相呼应。可是从语言着眼，与诗歌内容的由简到繁正相反，诗家语却始终坚守着、提高着它的纯度，按照与内容相对而言的由繁到简的方向发展。五言是两句四言的省约，七言是两句五言的省约。这是诗歌艺术的铁的法则。

弹性是诗对其他文学样式的明显优势，是诗的能量与生命的显示。

使同一诗歌形象、同一诗行或词语并含几种能够复合的内涵的语言技巧，即弹性技巧，是写诗的基本技巧。《随园诗话》有句名言：“诗含双层意，不求其佳必自佳。”朱光潜也写道：“就文学说，诗词比散文的弹性大。”他还说：“美在有弹性”，“有弹性所以不呆板”，“有弹性所以不陈腐”。德国美学家黑

〔1〕［英］乔治·汤姆逊：《论诗歌源流》，袁水拍译，作家出版社，1955年，第19页。

格尔、俄国文学理论家别林斯基都论及过诗的弹性技巧。古今中外的这些言论，说明弹性技巧是被长期、普遍看重的写诗技巧。

弹性技巧的旨趣在于诗人只把自己的诗篇看作诗美创造的阶段性成果。他同样看重下一个阶段性使命——让诗篇把读者变为合作者，变为半个诗人，诗篇给读者足够的鉴赏暗示，怂恿、鼓励读者到“象外”“景外”“味外”“诗外”“笔墨之外”去漫游。弹性技巧使诗成为读者的第一但不是唯一鉴赏对象。读者在弹性天地里寻觅到的诗是他的第二鉴赏对象——他既在鉴赏诗人的才能，也在鉴赏自己的创造。“文章千古事，得失寸心知”，不但是诗人的审美经验，也是读者的审美经验。

散文语言，尤其是科学语言，通常力求单解，避免“一名数义”；通常留恋语言的明确性。诗歌语言与此相反，它常常把语言从单解的紧身衣中解放出来，赋予语言以暗示性。就是说，在诗中最重要的地方，往往有弹性的词才是诗歌“唯一”的词：它构成明确的形象，又暗含诗人某种所感所思。它有助于以一当十地充分表现作为“社会关系的总和”的人的丰富感情与思想，做到“一花一世界，一叶一如来”。

日头堕到鸟巢里，
黄昏还没溶尽归鸦的翅膀……

——臧克家《难民》

据臧克家说，“溶尽”一词是几经推敲才提炼出来的。原有几个方案：“黄昏里扇着归鸦的翅膀”“黄昏里还辨得出归鸦的翅膀”，都比不上定稿的方案。“溶尽”，不但勾勒出古镇由暮入夜的过程，又暗示了、道出了无家可归的难民的心情越来越黯淡的过程。

诗歌语言的弹性，使得它的计算单位不是普通的数字，在诗里，弹性的“1”往往相等于“2”“3”或更多。因此，中外诗人或理论家都有人注意到这个现象。闻一多在《文学的历史动向》中说：“诗这东西的长处就在它有无限度的弹性，变得出无穷的花样，装得进无限的内容。”[1]黑格尔在他的《美学》第三卷中论述诗的掌握方式和散文的掌握方式时则说：“适合于诗的对象是精神的无限领域。它所用的语文这种弹性最大的材料（媒介）也是直接属于精

〔1〕 孙党伯、袁謇正：《闻一多全集》，第2卷，湖北人民出版社，1993年，第27页。

神的，是最有能力掌握精神的旨趣和活动，并且显现出它们在内心中那种生动鲜明模样的。”〔1〕

简单讲来，弹性技巧致力于事物之间、情感之间、物我之间在语言上的联系与重叠，致力于语言的“亦一亦万”“似此似彼”的“模糊”美，这种诗篇的炉锤之妙，全在“模糊”。

最常见的有四种。

1. 这一形象与那一形象的联系与重叠。

落墨于诗笺上的是一个完整的诗歌形象。借助弹性语言作桥梁，它又暗示着、朝向着另一个深邃的世界，那里，有另一个或纷呈叠出的一群形象在等候。

艾青的《在智利的纸烟盒上》，巧妙地让智利的纸烟盒上的自由女神画像与美国的纽约港入口处的自由女神雕像联系起来，重叠起来：

为了做商标，还是广告，
让给自由神一个地盘，
只要几毛钱就可买到，
抽完了也就烟消云散。

诗人想告诉读者的，是西方世界的“自由”的真相与价值。弹性技巧给诗篇带来了成功。象外有象，所以诗中的“自由神”形象单纯而又不单薄，透明而又不是一览无余，确定而又不确定。“商标”，“广告”，“可买到”，“烟消云散”，都是神来之笔，弦外有音。全诗不离文字，不在文字，似此似彼，诗味浓郁。

诗歌形象的重叠性带来鉴赏活动的多解性，于是，诗在弹性中获得丰富。

2. 具体与抽象的联系与重叠。

诗的使命在于使心理结构模型化，在于使情感成为可见的东西。但是，许多情感活动和情绪状态难以为语言所表达。而这些“不可言之理，不可述之事”，这些“只可意会，难以言传”的内心生活又恰恰是诗所倾心的处所。于是，诗人求助于形象。形象是活生生的个性，它虽然在表达的明确性上也许逊色于语言，却能给读者以某种非语言所能传达的领悟。

〔1〕［德］黑格尔：《美学》，第3卷，下册，朱光潜译，商务印书馆，1981年，第19页。

感性观照的形式是艺术的特征，概念与个别现象的统一，才是美的本质和通过艺术所进行的美的创造的本质。诗人正是谋求这种“统一”，具体与抽象在语言上的联系与重叠，寄抽象于具体，寄思维经验于鲜活形象，寄万于一，寄远于近，就构成弹性。

在具体与抽象的联系与重叠上，弹性技巧不但运用于局部构思，也常常运用于整体构思。在后一种情况下，整个诗篇像是一部和谐的双重奏、多重奏。请读李琦的《冰雕》：

温暖的心
在北方的奇寒里
雕塑了它们
它们才如此美丽
我仿佛突然知道
由于严冬的爱抚和鼓励
柔弱的水
也会坚强地站立
并且，用它的千姿百态
呈现生命的神奇
当春天来了
它们会融化的
融化也不会叹息
毕竟有过骄傲的站立呵
能快乐地走来
便情愿快乐地走去
呵，让北方
也把我雕塑了吧——
雕成天真的小鹿
雕成活泼的游鱼
雕成孔雀和燕子
即使有一天消失了
也消失在
春天的笑容里

诗是质朴的，有如北方的雪；诗是晶莹的，有如北方的冰。但诗又是深邃的，字字不离冰雕，字字远离冰雕。“北方盼奇寒”所锤炼出来的英雄，“春天的笑容”的献身者，以及他们的坚强，他们的神奇，他们美丽的人生，这就是《冰雕》所带给读者的。真是“柳枝向西叶向东，此非画柳实画风。风无本质不上笔，巧借柳枝相形容”。

3. 不同语法现象的联系与重叠。

任何门类的艺术都受到自己的艺术表达的媒介的限制，所以，任何门类的艺术都是被捆缚的艺术。黑格尔在表现方式上，把艺术排成由贫乏到富有的序列：建筑、雕刻、绘画、音乐、诗。诗受媒介的捆缚程度最小。诗凭借语言媒介成了最自由的艺术，但是语言却由于成为诗的媒介而成了最不自由的语言。

诗歌语言是从日常语言“借”来的。日常语言一经借到缪斯手里，它的主要功能——“交际功能”就被降低到不能再低的程度。它虽然基本保持原有的外观，却已经从口头语言、字典语言质变为另一种语言。它要隶属于三种系统：意义系统、韵律系统与形态系统，行动的自由很少。

弹性技巧正是给诗歌语言以较多自由的技巧。汉语语法不十分严密，这正为弹性技巧提供了用武之地。诗人们在词类跳跃、词序反常、造句奇特等等上付出了巨大劳动，为读者提供了弹性技巧的大量范例。

刘舰平的《北京时间》中有这么几行：

> 清晨
> 拥挤的公共汽车
> 挤干了北京时间的水分

形容词“拥挤的”和动词“挤干了”在“挤”字上巧妙地联系与重叠起来。原因与结果重叠了，现象与本质重叠了，北京风情和作者对它的评价重叠了，诗的弹性是由词类的变换而产生的。

再读傅天琳的《放暑假》中的一节：

> 让我们把暑假放得远远的
> 放到九寨沟去

放到草地去
去管那些云去套那些马

“让我们把暑假放得远远的”造句奇特。放暑假、放学、放假、放工的“放”与把某人某物放到某处去的“放”居然重叠起来了。“暑假”被“放”，而且“放得远远的”，这本是稚嫩的小孩子的语病，在诗人笔下却转化为诗歌语言，赋予诗篇以弹性：孩子的天真、暑假生活的欢快、母亲的爱抚在一起鸣奏。

4. 这个词语与那个语词在语音上的联系与重叠。

意大利语“干杯”一词的语音类似汉语的“青青”或“清清”等。艾青想通过意大利友人的敬酒表现中意友谊，他当然宁愿把“干杯”音译为“亲亲”和“轻轻”，这样就构成诗的弹性，使“干杯”之声容纳了许许多多内涵：

杯子和杯子，
轻轻地相碰，
发出轻轻的声音，
“亲亲”，“亲亲”，“亲亲”。

从意大利友人说的“亲亲”，到杯子相碰发出的“亲亲”；从声音的“亲亲”，到动作的“轻轻”。真是亲近的造境，亲近的音韵，把中意人民亲近的友谊表现得有形有声。

弹性技巧的领域是宽广的，举出常见的四种只是为了探讨这一基本技巧的美学特征而已。

诗的弹性技巧是创造“模糊”的技巧。这种“模糊”，其实正是诗特有的精确、精炼与精致。弹性技巧不是“口齿不清”，这是需要加以区别的。

当然，诗的弹性有时也来自读者的创造。和其他文学作品的受众不同，诗歌读者在文化素质、艺术修养上的要求要高得多，被称作是“半个诗人”。诗篇大于诗人。有时候，诗人无意于弹性技巧，诗篇却因为遇到读者饱满的想象力而饱满起来，诗篇在读者的鉴赏活动中获得比诗人的抒情初衷更大的内涵。扩展地说，不同鉴赏者的不同审美规范的交替带来了诗义的更大丰富。

对废名“新诗应该是自由诗”的几点思考

吴思敬

话题的提起

2008年，北京大学出版社出版了署名废名、朱英诞著的《新诗讲稿》(陈均编订)。此前废名的新诗讲稿流行最广的是人民文学出版社1984年出版的《谈新诗》(署名冯文炳)。我注意到北京大学出版社《新诗讲稿》与人民文学出版社《谈新诗》的不同，除去前者编进了朱英诞1940—1941年在北大的新诗讲稿外，就废名的北大讲稿部分而言，明显变化在于文章次序的调整。人民文学出版社的《谈新诗》，把《新诗应该是自由诗》放在第三篇，前面还有《尝试集》和《一颗星儿》两篇，后附《新诗回答》。北京大学出版社的《新诗讲稿》则以《新诗问答》为第一篇，《新诗应该是自由诗》为第二篇。这一顺序的调整依据的是朱英诞所藏讲稿。朱英诞之所以做这样的调整，在于他认为《新诗应该是自由诗》一文与《新诗问答》一样，是废名有关新诗观念的集中阐述，具有统率全书的作用，所以才把它放在前面。借北京大学出版社出版《新诗讲稿》之机，我又重读了废名的《新诗应该是自由诗》，联想到新诗诞生百年的风风雨雨，很有些想法，现在写出来，就正于读者。

为朱英诞所看重的《新诗应该是自由诗》是废名1936至1937年在北京大学任教时所写。此时距新诗的诞生已有20年。在废名看来，这20年新诗固然成长了，但是还有很多不尽如人意的地方，他曾这样描述他的感受：“我那时对于新诗很有兴趣，我总朦胧的感觉着新诗前面的光明，然而朝着诗坛一望，左顾不是，右顾也不是。”[1]

废名所说的“左顾不是，右顾也不是”，大约是指新诗诞生以来的如下情况：一方面，胡适倡导“有什么材料，做什么诗；有什么话，说什么话”，“做诗

〔1〕 废名：《新诗应该是自由诗》，废名、朱英诞：《新诗讲稿》，北京大学出版社，2008年，第12页。

如做文”，结果，诗人的主体性不见了，诗人的艺术想象不见了，大量诗歌充斥对生活现象的实录，陷入“非诗化”的泥淖，正如梁实秋所批评的：“自白话入诗以来，诗人大半走错了路，只顾白话之为白话，遂忘了诗之所以为诗，收入了白话，放走了诗魂。”[1]另一方面，“新月派”诗人企图扭转早期白话诗自由散漫的弊端，但他们过于强调诗歌的外在形式，强调体格上的严整，忽略了内在的情绪节奏，那种千篇一律的“豆腐干诗”，那种削足适履式的叶韵与建行，也足以败坏读者的口味。废名曾举过一例：“我记得闻一多在他的一首诗里将‘悲哀’二字颠倒过来用，作为‘哀悲’，大约是为了叶韵的原故，我当时曾同了另一位诗人笑，这件事真可以‘哀悲’。”[2]

正是出于对新诗诞生以来的上述弊端的清醒认识，在反思中国传统诗歌理论资源的基础上，废名做出了“新诗应该是自由诗”的判断。“这个时候，我大约对于新诗以前的中国诗文学很有所懂得了。有一天我又偶然写得一首新诗，我乃大有所触发，我发见了一个界线，如果要做新诗，一定要这个诗是诗的内容，而写这个诗的文字要用散文的文字。已往的诗文学，无论旧诗也好，词也好，乃是散文的内容，而其所用的文字是诗的文字。我们只要有了这个诗的内容，我们就可以大胆的写我们的新诗，不受一切的束缚，‘不拘格律，不拘平仄，不拘长短；有什么题目，做什么诗；诗该怎样做，就怎样做’。我们写的是诗，我们用的文字是散文的文字，就是所谓自由诗。”[3]

现在看来，废名对他的命题的阐述还是有些简单化的，起码有如下几点值得推敲。一是认为内容可决定一切，把自由诗归结为只要有了诗的内容后，就可以大胆去写，该怎样做就怎样做，忽略了内容与形式是有机的整体，思维方法有些片面性。二是没有看到任何自由都是有限度的，绝对的“不受一切的束缚”是办不到的。三是把古代诗词的内容，除去温李一派的，全看成是“散文的内容”，这很难说是符合古代诗歌的实际。

尽管如此，废名所提出的“新诗应该是自由诗”的命题还是引起了强烈的反响，赞同的与怀疑的声音不绝于耳。现在距离废名提出这一判断已过去了80余年，新诗也走过了百年的历程，重提“新诗应该是自由诗”的话题，看看

---

[1] 梁实秋：《读〈诗底进化的还原论〉》，《时报副刊》，1922年5月29日。

[2] 废名：《新诗应该是自由诗》，废名、朱英诞：《新诗讲稿》，北京大学出版社，2008年，第12页。

[3] 废名：《新诗应该是自由诗》，废名、朱英诞：《新诗讲稿》，北京大学出版社，2008年，第13页。

它在新诗理论建设中起了怎样的作用，对当下乃至未来的新诗发展道路的探寻又会产生什么样的影响，将是很有意义的。

我们该怎样看待废名的“新诗应该是自由诗”的判断呢？

“新诗应该是自由诗”是从内在精神角度对新诗品质的概括

新诗在“五四”时期出现，是诗体的变革，但其意义又绝不仅仅限于诗体变革。在胡适眼里，五四新文化运动与欧洲的文艺复兴“有一项极其相似之点，那便是一种对人类(男人和女人)一种解放的要求。把个人从传统的旧风俗、旧思想和旧行为的束缚中解放出来。欧洲文艺复兴是个真正的大解放的时代。个人开始抬起头来，主宰了他自己的独立自主的人格；维护了他自己的权利和自由”[1]。胡适把“诗体的解放”放在这样的一个大的背景中，要推翻一切束缚诗神自由的枷锁镣铐，得到了“五四”时代其他诗人的热烈回应。康白情说：“新诗破除一切桎梏人性底陈套，只求其无悖诗底精神罢了。”[2]俞平伯说：“我对于做诗的第一个信念是‘自由’。”[3]陆志韦说：“我的做诗，不是职业，乃是极自由的工作。非但古人不能压制我，时人也不能威吓我。”[4]这样痛快淋漓地谈诗与自由，这种声音只能出现在五四时代，他们谈的是诗，但出发点却是人。他们鼓吹诗体的解放，正是为了让精神能自由发展，他们要打破旧的诗体的束缚，正是为了打破精神枷锁的束缚。宗白华作为《学灯》的编者，大量编发了郭沫若早期的自由诗，他的出发点也不仅仅在于“诗体”，而是一种对人性解放的渴望：“白话诗运动不只是代表一个文学技术上的改变，实是象征着一个新的世界观，新生命情调，新生活意识寻找它的新的表现方式。斤斤地从文字修辞，文言白话之分上来评说新诗底意义和价值，是太过于表面的。……这是一种文化进展上的责任，这不是斗奇骛新，不是狂妄，更无所容其矜夸，这是一个艰难的，探险的，创造一个新文体以丰硕我们文化内容的工作！在文艺上摆脱二千年来传统形式的束缚，不顾讥笑责

〔1〕 胡适：《胡适口述自传》，胡适：《胡适文集》，第1卷，北京大学出版社，1998年，第341页。

〔2〕 康白情：《新诗底我见》，《少年中国》第1卷第9期，1920年3月1日。

〔3〕 俞平伯：《诗的自由与普遍》，《新潮》第3卷第1号，1921年10月1日。

〔4〕 陆志韦：《〈渡河〉自序》，陆志韦：《渡河》，上海亚东图书馆，1923年，第3页。

难,开始一个新的早晨,这需要气魄雄健,生力弥满,感觉新鲜的诗人人格。"[1]

"五四"以后,有着这种全新的"诗人人格"的作者继续高扬诗的自由的旗帜。艾青说:"诗与自由,是我们生命的两种最可贵的东西。"[2]"诗是自由的使者,永远忠实地给人类以慰勉,在人类的心里,播散对于自由的渴望与坚信的种子。诗的声音,就是自由的声音;诗的笑,就是自由的笑。"[3]出于对诗的自由本质的理解,艾青选择了自由诗作为自己写作的主要形式,在他看来,自由诗是新世界的产物,更能适应激烈动荡、瞬息万变的时代。与艾青相似,"七月派"诗人彭燕郊从来不写旧体诗,也很少写有固定格局的现代格律诗,而是终生写作自由诗。他这种选择并非只是出于个人的偏好,而是基于对新诗本质的深刻理解。他认为:"新诗是自由诗。新诗没有格律,不沿袭旧格律,也不可能'逐步形成'什么'新格律'。摒弃形式主义是20世纪世界文学发展的总趋势。……从艺术风格上,从诗美追求上看,新诗一开始就没有什么统一的'诗法',没有什么'尊于一'的规范,多元的,各显神通的各个流派的自由竞争成为80多年来中国诗坛的绚丽景观。"[4]

这样看来,"自由"二字可说是对新诗品质的最准确的概括。这是因为诗人只有葆有一颗向往自由之心,听从自由信念的召唤,才能在宽阔的心理时空中任意驰骋,才能不受权威、传统、习俗或社会偏见的束缚,才能开出具有高度独创性的艺术思维之花。而对废名"新诗应该是自由诗"的理解,恐怕也不宜把"自由诗"狭隘地理解为一个专用名词,而是看成新诗应该是"自由的诗"为妥。废名说:"我的本意,是想告诉大家,我们的新诗应该是自由诗,只要有诗的内容然后诗该怎样做就怎样做,不怕旁人说我们不是诗了。"[5]这里所谈的与其说是一种诗体,不如说是在张扬新诗的自由的精神。

---

〔1〕 宗白华:《欢欣的回忆和祝贺》,《时事新报》1941年11月10日。

〔2〕 艾青:《诗与宣传》,艾青:《诗论》,人民文学出版社,1956年,第196页。

〔3〕 艾青:《诗论·诗的精神》,艾青:《诗论》,人民文学出版社,1956年,第134页。

〔4〕 彭燕郊:《虔诚地走近诗》,彭燕郊:《彭燕郊诗文集·评论卷》,湖南文艺出版社,2006年,第194-145页。

〔5〕 废名:《新诗应该是自由诗》,废名、朱英诞:《新诗讲稿》,北京大学出版社,2008年,第14页。

“新诗应该是自由诗”标明了自由诗在新诗中的主体位置

“新诗应该是自由诗”是从内在精神的角度对新诗的自由本质的表述，已如上述；从新诗发展的角度谈，“新诗应该是自由诗”则是对自由诗在新诗中居于主体位置的一种客观描述。

朱自清在为新诗的第一个十年（1916 至 1927 年）做总结的时候，曾说过：“若要强立名目，这十年来的诗坛就不妨分为三派：自由诗派，格律诗派，象征诗派。”〔1〕朱自清在确立这三派的时候，实际上是混用了两种不同的分类标准，自由诗派与格律诗派是从诗歌的外部特征也即是否遵循有规则的韵律来区分的；象征诗派则是根据诗歌的内在信息即这类诗歌的象征性内涵以及相应的表现手法来做区分的。而同样是象征派诗歌，可以写成格律诗，也可以写成自由诗。因此，如果坚持同一次分类必须坚持同一个分类标准的原则，朱自清所强立的三派，实际为两派，即自由诗派与格律诗派。三足鼎立，实为两军对垒。

那么这两军对垒后来的趋势又如何呢？从新诗发展的历程来看，一个明显的事实是天平的一端越来越向自由诗倾斜。

其实这种倾斜，从新诗发生阶段就出现了。新诗诞生伊始被称为白话诗，而白话诗这一称呼，几乎是可以与自由诗互换的。这点从新诗的反对者的话语中也可反映出来：“所谓白话诗者，纯拾自由诗（Verslibre）及美国近年来形象主义（Imagism）之余唾。”〔2〕在这些人眼里，白话诗即是外国自由诗的模仿。

回顾 90 年的新诗发展史，对新格律诗或现代格律诗的最热心的理论探索和实践，大致集中在新诗发展的前半期，即 20 到 50 年代的 40 年间。针对早期白话诗只重“白话”不重“诗”的情况，1920 年 2 月到 3 月，《少年中国》特设了两期“诗学研究”专号，发表了宗白华、田汉、周无、康白情等人的文章，对早期的白话诗运动做了深刻的反思，新诗的形式建设问题开始被提上日程。

---

〔1〕 朱自清：《中国新文学大系 · 诗集导言》，朱自清：《中国新文学大系 · 诗集》，上海良友图书印刷公司，1935 年，第 8 页。

〔2〕 梅光迪：《评提倡新文化者》，郑振铎：《中国新文学大系 · 文学论争集》，上海良友图书印刷公司，1935 年，第 129 页。

1923年陆志韦出版诗集《渡河》，开始有意识地为新诗探寻新的格律。1926年4月《晨报副刊·诗镌》的问世则标志新格律诗运动进入了一个新的阶段。《晨报副刊·诗镌》的周围聚集了闻一多、徐志摩、朱湘、饶孟侃、孙大雨、刘梦苇、于赓虞等一批新月诗人。饶孟侃的《新诗的音节》、闻一多的《诗的格律》是新月派诗人探讨新诗格律的最重要的理论文本。新月诗派成了新诗史上的第一个格律诗派，也成为后来的新格律诗的主要源头。30年代先后有梁宗岱、叶公超、陆志韦等探讨新诗格律的论文发表。50年代则有何其芳提出建立"现代格律诗"的主张，卞之琳提出"哼唱型节奏（吟调）和说话型节奏（诵调）"的理论，以及林庚提出的"典型诗行"和"半逗律"等。

60年代以后，对新格律诗的理论探索大多属于从学术角度对此前的研究进行回顾与总结，除去臧克家在1977年根据毛泽东关于新诗的"精炼、大体整齐、押韵"的意见而提出的一套新诗形式的试验方案外，真正再像闻一多、何其芳那样进行构建新格律体的尝试则很少了。从创作角度说，现代格律诗在刊物上、在诗集中虽时有出现，但按某一种现代格律诗的体式写作能形成规模并获得响应者却不多见。至于如闻一多的《死水》，如冯至的《十四行集》这样的有影响的新格律诗的诗集，已成绝响。

与现代格律诗理论探讨和创作日稀的情况迥异，自由诗在诗坛则日趋繁荣。"五四"以来的重要诗人，如胡适、郭沫若、冰心、戴望舒、艾青……以及以牛汉、绿原为代表的"七月派"诗人，以穆旦、郑敏为代表的"九叶派"诗人，全是以自由诗为自己的主要创作形式的。新时期以后，北岛、舒婷等"朦胧诗人"，海子、西川、韩东、于坚等"第三代诗人"，直到90年代后涌现的"70后""80后"诗人，就更是以自由诗为主要的写作手段了。朱自清在新诗的第一个十年所构拟的"自由诗派"与"格律诗派"两军对垒的情况不复存在，自由诗成为新诗主流已是相当明显的了。

那么为什么新诗的天平会倾向自由诗的一边呢？除去新诗作者渴求自由的天性外，这又是由自由诗与现代格律诗所具有的不同的审美特征所决定的。

自由诗在新诗中具有本原生命意义与开放性的审美特征

格律诗越是到成熟阶段，越是有一种封闭性、排他性，对原有格律略有突破便被说成是“病”。自由诗则不同，它冲破了格律诗的封闭与保守，呼唤的是一种自由的精神。美是自由的象征，对诗美的追求就是对自由的追求。如前所述，新诗的诞生就是与人的解放的呼唤联系在一起的，自由诗最能体现人渴望自由、渴望解放的本性。自由诗以其内蕴的本原生命意义，确立了开放性的审美特征。

艾青曾对自由诗的特征有过这样的描述：“什么叫‘自由诗’？简单地说，这种诗体，有一句占一行的，有一句占几行的；每行没有一定章节，每段没有一定行数；也有整首不分段的。‘自由诗’有押韵的，有不押韵的。‘自由诗’没有一定的格式，只要有旋律，念起来流畅，像一条小河，有时声音高，有时声音低，因感情的起伏而变化。”〔1〕

艾青对自由诗的阐述，可以归结为建行、押韵、旋律三个方面。建行方面，艾青主张句无定字，节无定行，篇无定节，实际就是指出自由诗的建行有无限的可能性。押韵是可押可不押，完全自由。艾青所讲的“旋律”，指的是由语言的声音高低与情感的起伏而形成的自然节奏，近乎郭沫若所说的“力的节奏”。

如果我们把艾青对自由诗审美特征的表述再做进一步的简化，那么自由诗的形式规范，最宽泛来说，只有两条，一条是分行，另一条是有自然的节奏。在这个大前提之下，作者获得了最大程度的创造的自由。有人说，自由诗不讲形式，这是最大的误解。自由诗绝不是不讲形式，只是它没有固定的一成不变的形式。如果说格律诗是把不同的内容纳入相同的格律中去，穿的是统一规范的制式服装，那么自由诗则是为每首诗的内容设计一套最合适的形式，穿的是个性化服装。实际上，自由诗的形式是一种高难度的、更富于独创性的形式，从某种意义上说，比起格律诗来它对形式的要求没有降低，而是更高了。

自由诗的自由，体现了开放，体现了包容，体现了对创新精神的永恒的鼓励。自由诗不仅有自己的审美诉求，而且出于表达内容的需要，它可以任意地把格律诗中的具体手法吸收进来，为我所用。比如，格律诗有韵，自由诗也可以有韵。格律诗讲对偶，北岛《回答》中的名句“卑鄙是卑鄙者的通行证，高尚是高尚者的墓志铭”，舒婷《致大海》中的“从海岸到巉岩，多么寂寞我的影；/从黄昏到夜阑，/多么骄傲我的心”，全是很整齐的对偶。自由诗也并不

〔1〕 艾青：《诗的形式问题》，《人民文学》1954 年第 3 期。

排斥五七言，穆旦的《五月》，一段七言民歌体，一段自由诗交错展开，突出了节与节之间的对立，构成强烈的反差，造成了情绪不断切换的艺术效果。

闻一多在《诗的格律》一文中提出了新诗要有“音乐的美”“绘画的美”和“建筑的美”，但这也并非为格律诗所专擅。自由诗的开放性与包容性，使其在不同的具体语境下也完全有可能实现闻一多所提出的这三美。自由诗没有传统格律诗的那种音乐性，但也不排除音乐的美。尽管戴望舒曾主张“诗不能借重音乐，它应该去了音乐的成分”[1]。但这也只是代表了自由诗的一种声音，强调的是内在的自然的节奏，排除的是外在的音乐性。不过，有些自由诗，照样可以有外在的音乐性，只是不遵循严整的韵律规范，而是根据内容设计独特的声调。徐志摩的《沙扬娜拉——赠日本女郎》，尽管有人把它视为“现代格律诗”，但实际上，它的自由的建行，它的格式上的不可重复性，只能说它是一首自由诗：“最是那一低头的温柔，/像一朵水莲花不胜凉风的娇羞，/道一声珍重，道一声珍重，/那一声珍重里有蜜甜的忧愁——/沙扬娜拉！”这首诗中音节的波动服从于情感的流露，不拘泥于字句的均齐，每行字数不等，最长的十三个字，最短的才四个字，押韵也在有意无意之间，完全顺其自然，其独特的音乐性完全可以使它像旧诗一样过目成诵。再说“绘画的美”，自由诗由于意象选取极为宽泛，空间布局极为自由，它可以在一个较小的空间范围“尺水兴波”，更可以突破时空局限，在一个大的历史时空中构筑缤纷的画卷。艾青的《雪落在中国的土地上》对雪景的大手笔的渲染，顾城的《小诗六首》中对色彩印象的捕捉，足以说明自由诗在开拓意象的绘画美方面也有无限的潜能。至于“建筑的美”，在闻一多等人的豆腐干诗、麻将牌式的建行中看得并不明显，倒是自由诗的丰富而新颖的建行，极尽建筑美之能事。如果说“新月派”的新格律诗是规划严整、标准划一的排房，那么自由诗则是设计奇特、姿态各异的现代建筑。

公用性与稳定性的缺失使现代格律诗难于与自由诗相抗衡

现在我们再从诗体建设的角度看一看现代格律诗。所谓诗体，是具有稳定构造、标志诗的类别形式的特殊的符号系统。诗体的基本特征就是公用

〔1〕 戴望舒：《望舒诗论》，《现代》第2卷第1期，1932年11月。

性，集中反映了诗体自身所具有的形式方面的特征。固然在具体的一首诗中，我们无法把它的形式与内容相剥离，然而在观察与分析了许多同类体裁的诗作后，我们却可以将它们共同的形式因素抽出来加以归纳。诗体不过问具体内容，它所强调的只是艺术符号的类别特征及其结构、秩序和组合原则。诗体一旦形成，便成为人类共同的精神财富，而不再是某个诗人自己的专利。换句话说，一种诗体只有不仅被开创者自己，而且也被当时和后代的许多诗人所接受并共同使用，才能成为真正意义上的诗体。与公用性相伴而来的是诗体的稳定性，就是说，诗体具有相当稳定的、可以重复出现的特点，某一种诗体形成后可以持续几十年、几百年甚至上千年不变。我国的近体诗和词，就是发展最为完善的格律诗，其公用性和稳定性是极其明显的。

至于现代格律诗，是在新诗诞生后出现的，在某种程度上，也是为了纠正自由诗过于散漫的偏颇而出现的，因此不像传统的格律诗，经过了漫长的酝酿与实践过程，而主要是由一些热心为新诗建立规范的人精心加以设计的。因此现代格律诗的先天性不足，就是公用性与稳定性的缺失。现在看来，闻一多设计的新格律诗也好，林庚的九言诗也好，何其芳的现代格律诗也好，基本上还停留在理论层面，连设计者本人都未能始终如一地按他的设计写下去，更不用提后来者了。臧克家曾在何其芳“现代格律诗”理论的基础上设计出更为具体的试验方案：“一首诗，八行或十六行。再多，扩展到三十二行。每节四句。每行四顿。间行或连行押大致相同的韵。节与节之间大致相称。这样可以做到大体整齐。与七言民歌和古典诗歌相近而又不同。”[1]臧克家的这一设计基本上也是纸上谈兵，臧克家自己的诗中找不出几首符合他的新格律的诗作，相反他的重要作品如《罪恶的黑手》《春鸟》《六机匠》《生命的零度》等均是自由诗，在今天按照臧克家的试验方案写诗的人更是难得一见了。

与公用性与稳定性的缺失相联系的，是现代格律诗边界的模糊。作为一种诗体，现代格律诗是介于格律诗与自由诗中的一种中间状态，它不像自由诗与格律诗之间有明晰而森严的分野，它与自由诗之间往往纠缠不清，某些被一些诗人和批评家视为现代格律诗的诗作，往往被另一些诗人和批评家纳入自由诗的范围。我认为，由于自由诗的巨大的包容性，那些缺少公用性与稳定性的个别的现代格律诗的创作，都是可以纳入自由诗的范畴的，因为自由诗可以押韵，也可以不押韵，可以有整齐的建行，也可以有参差的建行，可

〔1〕 臧克家：《新诗形式管见》，臧克家：《学诗断想》，四川人民出版社，1979 年，第 129 页。

以有明显的外部节奏,也可以没有明显的外部节奏。像朱湘的《采莲曲》,每一小节内,句子参差,有长有短,短的一行只有两个字,但节与节之间,呈现有规则的排列,这种建行,整齐中有变化,错纵中有规律,不仅构成别有风姿的建筑美,同时也构成了章节流的回环,加强了诗的音乐性。尽管《采莲曲》是被有些诗评家纳入"现代格律诗"的,但细究一下,《采莲曲》这种格局特殊的作品,不同于闻一多的豆腐块诗,不同于林庚的九言诗,不同于何其芳的"每行的顿数有规律,每顿所占时间大致相等,而且有规律地押韵"的现代格律诗,更不同于臧克家的"每节四行,每行四顿"的新诗试验方案。而且朱湘只写了一首,后来的诗人也没有使用这种格局来写,没有形成什么"采莲体",那么,《采莲曲》就只能纳入自由诗的范畴,而不好说成是现代格律诗。

当下新诗存在的问题是构建几种新格律诗体能解决的吗

新诗诞生以来,就面临着无穷多的批评。这种批评有些是站在旧诗的立场上,运用旧体诗歌的审美标准要求新诗,自然难免圆凿方枘。早在新诗诞生初期,俞平伯就对这种论调做了尖锐的反驳:"他们只知道古体律体五言七言,算是中国诗体正宗;斜阳芳草,春花秋月,这类陈腐的字眼,才足以装点门面;看见诗有用白话做的,登时怕恐起来,以为诗可以这般随便做去,岂不是他们的斗方名士派辱没了吗?这种人正合屈原所说'邑犬群吠兮吠所怪也'。我们何必领教他们的言论呢?"[1]当然今天对新诗的批评者已不是"五四"时期的遗老遗少的观点了,他们更多的是由于长期沉浸于古体诗词的审美规范,对新的审美对象不适应,给多少大洋也不看新诗云云,当属于这种情况。

现在我们要说的是在新诗阵营内部,一些诗人和学者不是反对新诗,而是站在维护新诗的立场上,觉得新诗太自由、太散漫、太随意了,这主要是由于新诗未能像旧体诗一样建立起若干种现代的格律形式;他们希望对过于散漫、过于自由的新诗加以规范。这正是新诗史上各种新格律诗、现代格律诗、半格律诗、白话格律诗等设计者的出发点。对于新诗史上乃至今天,希望克服自由诗的散漫,想为新诗建立一套新格律的诗人和学者,我是充分理解的,并对他们的努力怀着深深的敬意。只不过我还看不出这种种现代格律诗方

〔1〕 俞平伯:《白话诗的三大条件》,《新青年》第6卷第3号,1919年3月15日。

案对纠正当下新诗写作弊端有多大的可能性。

当下的新诗写作，鱼龙混杂，问题不少。究其原因，到底是内容上缺乏诗性，还是形式上缺少定型的规范呢？我认为，问题主要出于前者。徐志摩早就说过：

一首诗的字句是身体的外形，音节是血脉，“诗感”或原动的诗意是心脏的跳动，有它才有血脉的流转。要不然

他带了一顶草帽到街上去走，
碰见了一只猫，又碰见一只狗，
一类的谐句都是诗了！[1]

遗憾的是，这些年来，不仅徐志摩所讽刺的“猫狗诗”未能绝迹，一些走得更远的“口水诗”也堂而皇之地在诗歌刊物和互联网上招摇。这些东西的致命伤，并非是使用了口语或白话，从根本上说是缺少废名所指出的“诗的内容”，也就是说，没有诗情，没有诗魂，没有诗的发现。当然，这样的毛病不独是自由诗有，格律诗中也大量存在。但是缺少诗的内容的格律诗，由于有一套格律来遮掩，还可以至少从表面上看像是诗；自由诗由于没有固定的形式，没有格律的包装，如果缺少诗的内涵，那么给人不是诗的感觉就会分外强烈。这种状况的出现，在于某些诗作者在“自由诗”的旗号下滥用自由。他们不知道，任何自由都是有限度的，自由诗中不仅有自由的形式，更重要的它还要有诗的内涵。自由诗绝非降低了诗歌写作的门限，而是把这一门限提得更高了。俞平伯早就说过：“白话诗的难处正在他的自由上面。他是赤裸裸的，没有固定的形式的，前边没有模范的，但是又不能胡诌的；如果当真随意乱来，还成个什么东西呢！所以白话诗的难处，不在白话上面，是在诗上面；我们要紧记，做白话的诗，不是专说白话。”[2]这话虽说是90年前说的，对今天的新诗作者来说，依然有着警醒作用。

实际上，解决自由诗中的问题，绝不是重新为自由诗再设计若干套新格律，让解放了的诗神，再戴上枷锁。实践证明，此路不通。解决自由诗的问题，还是要从内容入手，强调诗性的回归，强调诗的发现。形式的解放与自

---

〔1〕 徐志摩：《诗刊放假》，《晨报副刊·诗镌》，1926年6月10日。

〔2〕 俞平伯：《社会上对于新诗的各种心理观》，《新潮》第2卷第1号，1919年10月。

由，给诗的内容提出了更高的要求，要有更新鲜的感觉，更独特的思考，更丰美的意象。与此同时也要逐步形成自由诗的审美规范，只不过这规范不是重新为自由诗设计若干套新格律，而是要为每一种新的发现、为每一个诗的内容，即时性地设计独到的审美形式，让自由诗穿起色彩斑斓的个性化服装。自由诗的开放性与包容性，使它完全可以容纳个别的带有格律色彩的诗作，并与定型的稳定的格律诗体区别开来。

最后再强调一下，本文重提70年前废名"新诗应该是自由诗"的判断，意在阐明自由诗最能体现新诗的自由的精神，最具有开放性与包容性。而新诗诞生90余年的实践表明，现代格律诗之所以未能与自由诗相抗衡，是由于与传统格律诗相比，其公用性与稳定性的缺失。当下的诗坛，自由诗尽管占据着主流位置，但也为各种现代格律诗的实验，提供了最为广大的舞台。如果某一种现代格律诗的设计，能够被当下与未来的新诗写作者所接受与运用，具有了公用性与稳定性，那就有可能成长为与自由诗并驾齐驱的新诗体。不过据我的浅见，这种可能性并不大。卞之琳在50年代曾与何其芳热烈地讨论过现代格律诗，但是在他的晚年却说："不宜逆时代潮流，重试建任何定型格律体，使诗创作再成为填谱工作。"[1]此话可视为前辈诗人对热心为新诗制订新的格律规范者的真诚告诫。

首都师范大学中国诗歌研究中心

〔1〕 卞之琳：《重探参差均衡律——汉语古今新旧体诗的声律通途》，香港《明报月刊》1992年1月号。

当代女性主义诗歌论

罗振亚

从生理特征上讲，女性感情的易动性、体验的内视性、情绪的内倾性、认知的形象性，使她们在诗创作方面有种先天的优势。可是遍检西方诗歌史，截至20世纪60年代美国的自白派诗群崛起之前，女性却始终缺席。至于中国的女性诗歌，虽源远流长，但也始终是一支涓涓细脉。漫漫三千年间只有蔡文姬、薛涛、李清照、秋瑾等少得可怜的几位女才子作为“补白”偶尔亮相；并且充溢诗中的“多是相思之情，离别之恨，遭弃之怨，寡居之悲以及风花雪月引出的种种思绪”[1]，其诗歌发出的声音仍是男性“他者”话语的重复，性别意识一直被蒙蔽着。到了现代诗中，女性的觉醒获得了长足进步，陈衡哲、冰心、林徽因、陈敬容、郑敏等人，对女性主题的拓展扩大了女性诗歌的视野。然而它与浩荡的女性解放潮流仍不相称，其女性性别和书写意识还相当微弱。20世纪70年代中后期的思想解放，唤来了女性诗歌的春天，舒婷、林子、傅天琳、王小妮等一大批崛起的诗人，在诗中张扬女性意识，呼唤女性自觉。她们那种群体精神与个体经验的融汇，从男权社会“离析”后的绮丽、温柔、婉约的力量，对美、艺术与优雅的张扬，都暗合了女性诗歌的情思与艺术走向；但这一切还只是女性主义诗歌的早期形态，此时她们关心的是整体的“人”的理性觉醒和解放，代表的是一代人的觉悟，诗歌内质上仍受制于古典主义、理性主义的精神理想。直到1984年翟永明的组诗《女人》及序言《黑夜的意识》发表，才标志着具有鲜明的性别主体性的女性主义诗歌在中国正式诞生。此后，一股反抗男性话语、挖掘深层生命心理、具有先锋意识的女性诗歌创作潮流逐渐形成。

英国女权主义创始人弗吉尼亚·伍尔夫曾说，一个女人如果想写小说“要有一间自己的屋子”[2]，为自己构筑一个情感和灵魂的空间。其实写诗也是如此。中国新时期女性主义诗歌创作，走的正是这一出入于“自己的屋子”的创造路数。

[1] 乔以钢：《低吟高歌——20世纪中国女性文学论》，南开大学出版社，1998年，第9页。
[2] [英]弗吉尼亚·伍尔夫：《一间自己的屋子》，三联书店，1999年，第2页。

解构传统的躯体诗学

"每个女人都面对自己的深渊——不断泯灭和不断认可的私人痛楚与经验"[1],她首先是女人,然后才是诗人。翟永明这段话显示女性生命意识和女性主义诗歌已由"人"的自觉演进为女性的自觉。以此为开端,她相继写出诗作《静安庄》《黑房间》。紧承其后,几乎在1984—1988年间,唐亚平推出黑色意象组诗《黑色沙漠》;孙桂贞更名为伊蕾,携组诗《情舞》和《独身女人的卧室》,惊世骇俗地挺进诗坛;陆忆敏、张真、海男也纷纷在诗中标举女性意识。这些诗人的渐次登场,以综合女性深层心理挖掘、女性角色极度强调与自我抚摸的自恋情结的躯体诗学,替代了舒婷一代的角色确证,以自我扩张和主动进攻的方式,确立了性爱、情欲的存在意义,支撑起足以与男性对抗的话语空间。

那么,女性主义诗歌如何建构躯体诗学?埃莱娜·西苏说:"妇女必须通过自己的身体来写作,只有这样,女性才能创造自己的领域。"[2]在人类社会里,传统女性包括身体在内的一切都由男性书写,其鲜活的人体也只是男性鲜花、饰物等象喻系统中的"物",是男性娱乐文化里的一个玩偶、一道风景。女性要改变被讲述的命运,却没有自己能够沿袭的形象和话语积淀,借用男性的"他者话语"做参照,又只能变相地钻入男性思想欲望的圈套;于是唯一有效的出路就是摆脱属于男性的传统、历史和社会经验的纠缠,回归躯体,将躯体作为写作资源。因为在男性文化统摄下,女性属于自己的只有身体,用躯体写作是突破传统躯体修辞的最佳角度;因为在"自己的屋子"里,女人的存在首先是身体的存在,逃离了他者的窥视,身体成为赖以确证自己存在和价值的尺度,成为灵感的来源所在。翟永明说"站在黑夜的盲目中心,我的诗将顺从我的意志去发掘在诞生前就潜伏在我身上的一切"[3],唐亚平在诗中呈现了女性的躯体体验,并使其成为压倒一切的情思意向。若说后朦胧诗歌

〔1〕 翟永明:《黑夜的意识》,吴思敬:《磁场与魔方》,北京师范大学出版社,1993年,第140页。

〔2〕 [法]埃莱娜·西苏:《美杜莎的笑声》,张京媛:《当代女权主义文学批评》,北京大学出版社,1992年,第191页。

〔3〕 翟永明:《黑夜的意识》,吴思敬:《磁场与魔方》,北京师范大学出版社,1993年,第142页。

主张“诗到语言为止”，此时的女性主义诗歌则有一种“诗到女性为止”的倾向，它把世界缩小到女性的范围，把女性看作了诗歌生命的全部。

和女性躯体关系最密切的是什么？有许多。如梦、神话、飞翔、镜像、黑夜、死亡等，都是女性诗歌钟情的意象，但首当其冲的是黑夜，所以女性主义诗歌找到的第一个词语就是黑夜。翟永明的《女人》之后，其他诗人也都心有灵犀地操起“黑色”的图腾，释放女性生命的欲望和体验。黑夜直面着女性生命的本来状态，“我披散长发飞扬黑夜的征服欲望/我的欲望是无边无际的漆黑”（唐亚平《黑夜沙漠》）；黑夜引得诗人心灵飞翔，“我是你的黑眼睛，你的黑头发……夜潮/来临，波中卷走了你，卷走一场想象”（沈睿《乌鸦的翅膀》）；黑夜包容着复杂的想象和感受，“我插在你身上的玫瑰/可以是我的未来　可以是这个夜晚”（虹影《琴声》）……一般说来诗人多瞩目太阳或月亮，为何女诗人偏偏钟情于黑夜？使其成为女性诗的共同隐喻？这要从诗人隐秘的心理深层去破译。翟永明以为“女性的真正力量就在于既对抗自身的命运的暴戾，又服从内心召唤的真实，并在充满矛盾的二者之间建立起黑夜意识……保持内心黑夜的真实是你对自己的清醒认识，而透过被本性所包容的痛苦启示去发掘黑夜的意识，才是对自身怯懦的真正的摧毁”[1]，显然，黑夜意象兼具表现女性在男性话语下深渊式的生存境遇和在黑夜里摸索对抗的双重隐喻功能，象征着女性生命的最高真实。从审美眼光看，夜之“单一的深黑色可能会使人感到空间变得狭窄，而如果面对的是朦胧的黑色，由于看到的景物轮廓不分明，可能会产生空间扩大的感觉”[2]。从诗学渊源看，太阳之神阿波罗掌管的白昼是属于男性为主体的世界，而作为中心边缘的女性，只能把视觉退缩到和白昼相对的世界的另一半——黑夜。黑色本身极强的包容性和遮掩性，和女性子宫的躯体特征及怀孕、分娩、性事的躯体经验的天然契合，能使女性回复到敞开生命的本真状态中深挚地体味；黑夜作为难以言明和把握的混沌无语空间，涵纳着女性全部的欲望和情感，那种万物融于一体的近乎“道”的感觉境界特性，与女性敏感善悟、遇事常隐忍于心、心理坚韧深邃的个性有着内在的相通，容易激发女性的想象力，是女性填补历史的最佳想象通道；黑夜的黑色在色彩学上代表色彩的终结，也意味着开始和诞生，黑

〔1〕 翟永明：《黑夜的意识》，吴思敬：《磁场与魔方》，北京师范大学出版社，1993年，第140－141页。

〔2〕 刘纳：《嬗变：辛亥革命时期至五四时期的中国文学》，中国社会科学出版社，1998年，第336页。

色的夜则幽深神秘，宜于潜意识生长，它喻示着女性躯体的浮现与苏醒。鉴于上述原因，女性诗人们普遍滋长出自觉的黑夜意识，并在黑夜意识笼罩下展开了躯体叙述：

一是女性隐秘的生理与心理经验的呈现。女人的生命经验首先源于身体的认知，女诗人们正是通过身体的发现，如月经、怀孕、流产、生殖、哺乳等生理特征和变化感受以及对身心的影响，确立了自己与世界的联系。“我的乳汁丰醇，爱使我平静/犹如一种情愫阻在我胸口/像我怀抱中的婴儿”（林雪的《空心》），诗宣显着人类崇高的母爱体验，体现了从女儿性到母性心理成熟的平静和自豪。成熟女性都恐惧青春消逝，有种自恋倾向，从身体提取写作资源的视角更强化了这一特点。伊蕾在《独身女人的卧室》里注视自己，孤芳自赏味十足。翟永明很多诗也都以躯体讲述作写作支点，是女性之躯的历险；并且都围绕女性身体的某一生命阶段展开。《女人》初现女性种种躯体姿态；《静安庄》书写女人个体的身体史；长诗《死亡的图案》表现母女深爱又互戕，写母亲临终前七天七夜里的煎熬、残忍和女儿为之送终过程的感受。女性诗人凭借自身隐秘的生理心理经验的优势，将以往对母爱的神圣描述进行了去蔽化处理，让人感到“它既是伟大崇高令人肃然起敬的，又是愚昧、非人性丧失自我的”[1]。翟永明的《母亲》的反母性视角就使母亲形象带上了平庸渺小、限制人拖累人的沉重阴影。

二是性欲望、性行为的袒露。作为“水做的骨肉”，女性主义诗人都为爱而存在，将爱视为宗教。只是她们不再像舒婷、申爱萍等人那样含蓄典雅、欲说还休，或则带灵肉分离的柏拉图色彩；而以女性生命之门的洞开，具现女性的精神欲望乃至隐秘飘忽的性体验、性行为。伊蕾的《独身女人的卧室》在幽暗、躁动、神秘而有诱惑力的空间里，反复呼唤“你不来与我同居”，希望有强有力的男性征服以印证自己的女性本质，其对爱近乎疯狂的传达，把“坏女人”的渴望激发得亢奋而饱满，撕毁了礼教和道德虚伪的面具。和伊蕾的受虐心理相对，唐亚平有施虐倾向。《黑色沙漠》组诗中沼泽、洞穴、睡裙等意象的大量铺展，在寄寓忧郁痛苦的宿命时也隐喻着女性器官，流露出女性身体的内在神秘，“是谁伸出手来”，“在女人乳房烙下烧焦的指纹/在女人洞穴里浇铸钟乳石”（《黑色洞穴》）。诗已成为性动作、性行为的隐曲展现。张烨的《暗伤》完全是性爱过程和感觉的陶醉。强烈的美感都是肉感的，没有情欲与

〔1〕 禹燕：《女性人类学》，东方出版社，1988年，第50页。

性欲吸引互补的爱情只能是虚幻的，女性意识的自觉就包括对情欲与性欲的重新认识。女性主义诗人关于性的尽情挥洒，在一定程度上动摇了禁欲主义观念，对每个人的艺术和道德良知都构成了一种严肃的拷问。

三是死亡意识的挥发。反省死亡的宿命是一切诗人的共同主题，对于感觉细微的女性而言，死亡更是她们生命中挥之不去的情结。她们对死亡的体悟似乎比男性更彻底，对和死亡相关的危机氛围更敏感。对命运的敏锐预感和连续三年居住病房的经历，使翟永明总感到死亡的阴影在悄悄临近，“听见双星鱼的嗥叫/又听见敏感的夜抖动不已/极小的草垛散布肃穆感/脆弱唯一的云像孤独的野兽，蹑脚走来”（《静安庄》）。乡村平常的物象和夜晚，在诗人的眼睛和心里却神秘而恐怖，仿佛随时会有意外发生。在陆忆敏那里，死亡意识似乎与生俱来。死亡一会儿成了装着各种汗液的小井，一会儿又变为难以逃避的终极，“翻到死亡这一页/我们剪贴这个词，刺绣这个字眼/拆开它的九个笔画又装上”（《美国妇女杂志》）。但好在不论是心怀恐惧还是意欲征服，不论是视为本能享受还是希求拯救方式，哪种死亡观都和悲观厌世无缘，都指向着生命的自觉和生命意义的探求。如伊蕾的死亡意识常包孕着破旧立新的精神意向，由死亡意识这“个人的隐秘世界出发，探讨了当代女性所面对的种种危机和困惑，思考了生命的本质问题”〔1〕，其《黄果树瀑布》中死亡的同义词是永生和再生，它使生命获得了形而上的意义。唐亚平的《黑色石头》中虽有面对死亡的千古浩叹，但是死亡是对人类精神故乡“返航”的彻悟，却赋予了诗作宗教式的无悲无喜的平静豁达、超脱坦然。

女性躯体诗学的生命体验呼吁相应的文学文体和话语方式来承载。鉴于中国女性话语意识到新时期才获得实质性觉醒、此前始终无自己语言历史的现状，为解构菲勒斯中心主义文化，女性诗人们不约而同地向美国诗歌寻找艺术援助，启用“偏执”自白的话语方式。因为在自白派中，罗伯特·洛威尔、西尔维娅·普拉斯和安妮·塞尔斯顿等，都以自白式表述作为书写风格和抒情方式。这种内心独白、神秘的女性自传现象适合于女性的天性，和中国女性诗人躯体、生命深处的黑色情绪存在着天然的契合，所以被中国女性诗歌所采用。许多作品干脆以《独白》《自白》为题，以实现对自身经验和外在世界的再度命名。或者说，女性主义诗歌的言说对象是缩写的躯体秘密和内心真实，诗人把它们从灵魂里径直倾泻出来，最接近生命的本真状态，倾诉和

〔1〕 张颐武：《伊蕾：诗的蜕变》，《诗刊》1989年第3期。

独白就足以撑起诗人和世界的基本关系。

这些自白诗的特点，一是第一人称使用频率极高，“我”始终像一块居于中心的磁石，将周围的世界吸纳、浑融一处，形成穿透力强烈的叙述气势和语气。“我只为了你/以最仇恨的柔情蜜意贯注你全身/从脚至顶，我有我的方式”（翟永明《独白》）；“我禁忌什么我自己也不知道/我无视一切/却无力推开压顶而来的天空/这一天我中了巫术”（伊蕾《情舞》）；“我不在你啜泣的风衣中死去/我不在你碎语的阴影中死去”（海男《女人》）……冷静犀利的翟永明，报复情结浓郁的伊蕾，书写个人咒语般的海男，都是“我”字当先，呼之欲出的激情烧灼使她们抛开象征话语，一律启用直指式的“我”字结构，一连串决绝强烈的表白和倾诉，有一气呵成的情绪动势和情思冲击力。二是以自白和诉说作基本语调，使诗从过去的歌吟走向自言自语，结构日趋意绪化、弥散化。受普拉斯的非规范的个人化语法影响，中国女诗人滋长了一种毁坏欲和创造欲，伊蕾说崇拜语言又不得不打掉对语言的敬畏而去破坏语言，海男希望到一片可以使用女人语法、不用考虑规范的没有语言的地方去。“年迈的妇女/翻动痛苦的鱼/每个角落，人头骷髅/装满尘土，脸上露出干燥的微笑，晃动的黑影”（翟永明《静安庄》），人头骷髅上竟露出干燥的微笑，荒诞离奇；但将主客观世界沟通的幻觉，却使平淡静态的现象世界里容纳了心智的颤动，印象强烈，是典型的个人化语法的拆解、破坏体现。三是注意自白和叙述、议论、抒情手段的配合，克服仅为表达痛快而忽视语言优美的弊端。一味直抒胸臆或用意象抒情，都容易失之肤浅和苍白，深解此中三昧的诗人们因之而变得节制，即便直面灼热的生命内蕴也会谨慎的疯狂。陆忆敏诗里少有撕心裂肺、呼天抢地的景象，《我在街上轻声叫嚷出一个诗句》内向、节制、抑扬有度，让情感在混乱得难以自拔的情境下仍有殊于他人的“文明”色彩；连十二首涉足死亡的“夏日伤逝”也平静得出奇。伊蕾也动用自白派诗的语言形式，但由叙事然后转入议论和抒情是其自白诗的一大特色。《独身女人的卧室》每段结尾的“你不来与我同居”，就兼具巴赫金的对话理论的妙处。女性主义诗歌的自白话语，孕育了一批好文本，但无限制的运用也使其陷入了误区。一方面，过于排斥外在世界和社会题材，在反抗男性主权话语的过程中不时显露出失常、失控和近乎疯狂之态，许多内向的挖掘常滑向单调贫乏、歇斯底里和矫揉造作。另一方面，过分抬高自白话语，也让人常误以为诗不是“经过技术的磨炼而获得的艺术，而被兴奋地视为女性自身的一种潜在的天性”[1]，从而使诗失却了西方自白诗对日常经验的体认和捕捉后的分析、评论品质，排除了技术因素，降低了写作难度。

总之，80 年代的女性躯体诗学以男性话语霸权的解构和女性自白话语方式的建构，改变了诗歌领域女性被书写的命运。它拓宽了内宇宙和人性蕴涵的疆域，实现了女性文学的真正革命。它扩大了女性解放的内涵，使诗人们把目光收束到女性世界自身，在狭窄却幽深的天地里尽情经营，感觉是女性的，思维是女性的，话语是女性的，使诗歌从思想到载体都烙上了女性主义色彩。这不仅使诗歌样态更加繁复，也以躯体符号为女性主义诗歌找到了自由恰适的精神栖息空间——“自己的屋子”。当然，女性躯体诗学的高度个人化和私语化，不乏片面的偏执的深刻，也减弱了共感效应。另外，过度地制造性别的人为显示，也会陷入自我把玩、孤芳自赏的泥淖，甚至变男尊女卑为女尊男卑的挑逗，以至最终呈现了运作的技巧，却失去了写作的诗意。

激情与技术共生的写作

在诗歌写作越来越边缘化的 80 年代后，女性主义诗歌却相对平静，不但翟永明、伊蕾、唐亚平、王小妮、张烨等“老”诗人锐利不减，唐丹鸿、李轻松、鲁西西、周瓒、安琪等“新”诗人更源源不断；而且置身于物质欲望的潮流里，诗人们能拒绝其精神掠夺，超然宁静，在寂寞中致力于日常生活的提升，以精神创造的反消费力量为诗“招魂”。更可贵的是，出于对男权话语和西方女权主义话语的双重反拨，出于对自身以往缺陷的矫正，女性主义诗歌在“语言论转向”的全球化语境影响下，做了诗学策略的相应调整。法国女性主义理论家朱利亚·克里斯蒂娃在《妇女的时间》一书中说，女性的写作要经历三个阶段，即对男性词语世界的认同——对男性词语世界的反叛，即二元对立式的词语立场——回到词语本身，直面词语世界。我以为，在新时期女性诗歌视野里，如果说舒婷一代和翟永明、伊蕾、唐亚平一代分别完成了女性写作觉醒、确认的前两个阶段；那么 90 年代后女性主义诗歌则进入了回归词语本身、直面词语世界的语言写作时期，在 80 年代关注“说什么”的基础上，又开始关注“怎么说”的技术问题。或者说，已进入激情和技术对接、混凝的时期，

〔1〕 臧棣:《自白的误区》,《诗探索》1995 年第 3 期。

明显表现出新的审美指向与形态。

一是淡化了性别意识。性别意识确立、女性身体的开掘，使女性主义诗歌获得了成功；但对它的过度张扬则使女性主义诗歌破绽百出。“当西方的女权主运动者唾弃一切传统留给妇女的权益，要求受到男子一样的社交待遇时，中国的一些女性反抗却表现在请将我当一个女性来对待”[1]，这种总想到性别的写作是低级的。因为真正的女性诗歌要通过文本接近成功的境界，而不能借助和男性文化对抗的性别姿态；成熟的女性主义诗歌应有角色意识又能超越角色意识，打破性别界限，着眼于女性，和全人类讲话，接通女性视角和人类的普泛精神意识。明了这一道理后，女性诗人们在90年代后除少数个体仍承继翟永明、唐亚平们开辟的路子，对女性内在的神秘感受、体验、冥想进行言说外，大部分诗人都淡化了自赏、自恋和自炫意识，积极缓解性别对抗，不仅言说女性，还向女性之外的人群、女性问题之外的人类命运与历史文化，做更博大的超性言说，而且别有洞天。在这一向度上，非但王小妮、虹影、张真等自觉转向了宽大的人文视野，如“现在我想飞着走/我想象我的脚/快得无影无踪”（王小妮《活着·台风》），那对于诗意的不可落实的存在幻想，是人类不满庸俗尘世生活、渴望永恒超越的心理外化；翟永明的《壁虎和我》中悲悯壁虎的经验，不再为女性所独有，而成为笼罩全人类的伟大情怀，上升到命运沉痛思索的高度。就是新崛起的诗人也纷纷瞩目重大书写领域，创造超性别文本。如周瓒的《窗外》是知识的底色和轻灵的感受并驾齐驱，虽然思维、语感和表达方式依旧是女性的，但节制内敛，处处闪现着智慧的辉光，本色的语言流动里寄寓的思考已攀缘到了完全可以和男性比肩的感知高度。性别意识淡化后，女性诗人以少有的冷静与睿智，通过直觉力的介入和对感受深度的强调，打破了那种理性、知识、抽象等存在常和男性必然联系而和女性互相背离的迷信，从人性的观照中发现思想的洞见，超越片断的感悟、灵性和小聪明，抓住、抵达事物的本质属性，介入了澄明的哲理境界。“在春天的背面/有些事物简明易懂/类若时间之外的钟/肉体之上的生命/或是你初恋时的第一滴泪/需要谁的手歌唱它们　并把它们叫醒”（陈会玲《有些事物简明易懂》），对生命的思考已进入人类的生存和灵魂深处，说明人类的最高言说都存在于肉体之外。沙光的《灰色副歌》对人类处境的鸟瞰不再依赖性别角色，大地表象后短暂、破碎、不定因素的幽暗本质发现，和吁求拯救的灵魂

〔1〕 郑敏：《诗歌与哲学是近邻》，北京大学出版社，1999年，第395页。

承担，已有受难的基督徒的苦苦挣扎和上升的神性闪现。王小妮的《不要帮我，让我自己乱》中无可奈何的"烦"心理，也契合了现代人渗透骨髓的空虚和绝望心理，以及都市化压迫、异化、隔绝人类的残酷本质。

二是向日常化与传统的"深入"。80年代一些女性诗人的特立独行、嫉愤孤傲，和包括诗人在内的广大女性群体相比，不无贵族化的落寞寡合之感；女性主义诗歌也因过分瞩目思想感觉的敏感地带，无法涵盖女性生理、心理和社会属性的全部特征，视野狭窄。90年代后，诗人们意识到自己决非女神、圣女式的超人，和其他女性相比没什么优越感、神圣感；更年轻的诗人干脆不把自己当诗人，认为写诗和吃饭、睡觉、性爱、吃零食等事端一样，都是一种生存方式和自娱行为。这种对尘世的认同，使她们将目光下移，向自己屋外的世俗现实人生、生活场景俯就，写生存的境遇和感受，注意使经验日常化。例如，此间的王小妮把自己界定为家庭主妇和木匠一样的制作者，认为"诗写在纸上，誊写清楚了，诗人就消失，回到他的日常生活之中去"[1]，协调了诗与日常生活的关系，置身于琐屑里却能固守一颗诗心，"一日三餐/理着温顺的菜心/我的手/漂浮在半透明的白瓷盆里"，完全是一个家庭主妇的口吻叙述，细碎而充实；并且还"不为了什么/只是活着"(《活着》)。诗作对凡人俗事、卑微生活细节的抚摸，已由恬淡平静的顿悟取代了诗人早期诗中的纯真清新之气，蛰伏着"纸里包不住"的理想之火。翟永明也开始从日常经验中提取需要的成分，《小酒馆的现场主题》透过酒馆的灯红酒绿、五光十色，发现的是都市现代人精神的贫乏、无聊、虚夸和在困境中的无望努力。特别是进入新世纪后，深入底层和平民的打工诗歌、乡土诗歌那种对普通生活、心灵细节的具象抚摸和深挚的人道情怀，更表现出一种令人欣喜的伦理承担。如郑小琼的《表达》写到："多少铁片制品是留下多少指纹/多少时光在沙沙的消失中/她抬头看见，自己数年的岁月/与一场爱情，已经让那些忙碌的包装工……塞上一辆远行的货柜车里"。诗介入了时代良心，显示出对人类遭遇的关怀和命运担待。这就是女工青春的现实，寂寞与忙碌是生活的二重奏，爱情、青春只能在机器流水线上被吞噬。钢铁与肉体两个异质意象并置，赋予了诗一种情绪张力，底层的苦楚与艰辛不宣自明。女性主义诗歌向现实的"深入"，还包括对过去的现实即传统题材和精神向度的回归。若说翟永明写

[1] 王小妮：《木匠致铁匠》，现代汉诗百年演变课题组：《现代汉诗：反思与求索》，作家出版社，1998年，第361页。

赵飞燕、虞姬和杨玉环的《时间美人之歌》，写黄道婆、花木兰和苏慧的《编织行为之歌》，写孟姜女、白素贞和祝英台的《三美人之歌》，分别取材于中国戏曲、小说、民间传说，它们和张烨的《长恨歌》、唐亚平的《美女西施》等一道，在选材上有传统音响的隐约回应，偏重于古典素材、语汇和意象的现代意识烛照与翻新；那么燕窝的《关雎》、安琪的《灯人》等则侧重于传统人文精神和情调的转化和重铸。如“灯火国度里被我们男子带走的/我饲养过的马匹和蚕/还好吧/一个人打秋千时//幸福的花裙子/飘到天上”(《关雎》)，这是燕窝“恋爱中的诗经”，含蓄精美；《灯人》让人读着仿佛走进了潇湘馆，女诗人心怀高洁又满腹心事的纤弱，犹似林黛玉再现。蓝蓝的《在我的村庄》那清幽质朴的感恩情怀，香色俱佳的宁静画意，浸满人间烟火又脱尽人间烟火的天籁生气，凝结温暖和忧伤的意境，又似陶渊明再生。

三是进入了“技术性的写作”。90 年代后，诗人们发现了以往抒情那种只考虑生命自白式奔涌、不顾及技法的缺失，并借助张曙光、孙文波等男性诗人的叙事性手段和空前提高的语言意识，既考虑那些体内燃烧的、呼之欲出的词语本身，又考虑怎样把它们遵循美的标准进行贴切安置组合的技巧问题；从而转向了“技术性的写作”，并在一定程度上使技艺晋升为左右写作的主要力量。这种技术至少包括两方面，首先表现为内省式叙述。如在绝望矛盾的 80 年代认同普拉斯的翟永明，到写作《死亡的图案》《咖啡馆之歌》时就逐渐完成了语言的转换，以细微而平淡的叙述替代受普拉斯影响的自白语调，即便使用自白语式也加大了抒情态度的客观性。也就是说，为消解、对抗激情的弊端，很多诗人将日常叙述作为改变诗和世界关系的手段，以口语化的词语本身和叙述联姻介入生活细节，去恢复、敞开、凸显对象的面目，敲击存在的骨髓，这一方面增强了诗歌对生活细致入微的观察、分析成分，和处理复杂事物的能力，一方面使日常生活场景大面积地在诗中生长。如翟永明借助《壁虎和我》两个生物的互视，写心灵和文化的隔膜，写在异邦的寂寞孤独，诗已由内心的剖述转为一种对话性的戏剧展开。丁丽英将观察由诗歌方法晋升为认知态度，《一天早晨》是对有限性的体认，但它自我思想的抒发已让位于精到的观察和细节的描绘，自我思想完全被对象化了。虹影试图将外部的某些片段、场景和内在的情感、体悟融合，锻造既有外部世界质感又涵纳精神世界的意象诗，“婚礼正在进行。电视等着转播它的结尾/新娘走了过来/她头顶一罐酒/人们逃走，比水银还快/胜利者从桌下爬了出来，独自关上厚重的铁门”(《老窖酒》)，把局外的胜利者预谋破坏婚礼又不出面的形象闹剧，写得极具吸引力，画面后的旨意也颇费思索。其次表现为语言的明澈化。诗人们感到诗的使命就是对“在”的显现，让语言顺利地出场；并在实践中努力实现语言和诗人的生存、心理状态的同质同构，实现语言的明朗化、澄澈化。如“推开东窗西窗/我把纤丽光洁的地板拖了十次/任敲门声不迟不早不偏不倚地滑进”（叶玉琳《子夜你来看我》），它朴素真诚地揭示对情人的诚挚，既把女性的尊严与细腻表露无遗，又有新奇的流动感，读着它仿佛能听到诗人微微的喘息心跳和灵魂的神秘震颤。海男的诗集《虚构的玫瑰》语言也一改佶屈聱牙的晦涩，语句趋于连续澄明，生命本色的激动渐渐退去，理智和语言技艺的贯通，具体可感，优美耐读。翟永明则大量运用成语、引用或化用古诗名句，如《脸谱生涯》中的“穿云裂帛的一声长啸——做尽喜怒哀乐”，“穿云裂帛”和“喜怒哀乐”放在此语境里乃是贴切至极。需要说明的是女性主义诗歌这种转型和韩东、于坚等第三代诗的日常生活处理不同。抛却它消除 80 年代诗到语言为止实验的激进色彩、进入历尽沧桑后的超脱平静不说，仅是其寻找既和生活发生摩擦又符合现代人境遇的表现方法，就和第三代诗无谓的平民化展示在取向上截然不同；那种更多着眼于生活中高尚、普遍、永恒事物的视点，也和第三代诗的丑的展览、死亡表演有本质区别；至于它接近诗歌的方式，与第三代诗的自我包装、商业炒作气息就更是不可同日而语了。

走出“屋子”的得与失

对女性主义诗歌从 80 年代走进“屋子”到 90 年代后走出“屋子”的两极精神互动，人们评价不一，有人攻击它是对男权文化的投降，有人盛赞它是向成熟境界的趋赴。我以为对此应该辩证地加以认识。

必须承认，90 年代后女性主义诗歌的自审、调整是必要、必须的，它兼顾人文性别立场与艺术诗性价值，以人的本质生存处境和诗歌规律技巧的双重关注及综合，结束了 80 年代激情喷涌的单向追索的贫乏历史，渐入成熟。首先，其性别意识淡化后的理性意识苏醒，是对人类文化双性关系的改写，它在显示女性意识艰难嬗变的螺旋式上升轨迹同时，使诗人们得以突破二元对立坐标，摆脱性别限制，在更阔大的视界里从容地去拥抱社会，思考人类命运；并因和人类的永恒性关系的建立而强化了诗歌厚重深刻的生命，告别了躯体写作中的急躁、焦虑和轻浮色彩；并且，其性别意识的淡化使两性的对抗走向了两性对话，使两性和谐的性别诗学建构具有了某种可能。其次，女性主义诗歌经验向日常化和传统的深入，是一种新气象的拓展；它来自日常境遇并充满焦虑的指向，真实折射了现代人的生命和生活本质，在加强诗歌介入现实、叙述生活的适应能力和幅面的同时，使诗人对感觉经验的驾驭变得异常自由；原来被人忽视、遗忘的日常细节和经验，被起用为诗人和时代、人性对话的载体，使诗与存在、日常生活统一，增添了现实精神的活力，超越了以往那些大声疾呼的回归现实的诗歌。再次，女性主义诗歌叙述选择的戏剧感和现场感，使诗性从想象界转为真实界，直面人类生命生活的本真存在；叙述性的口语言说，为诗歌创作提供了观察生活和自我的新视角；深化女性自身的语言探索，回击了女性在商业社会中的身份消费化倾向，使诗歌从沉溺的感情世界走向现代理性观察有了可能。另外，由于诗人们注意了对技术因素和情思蕴涵协调的强调，注意平静沉潜的技术打造，就将女性主义诗歌从 80 年代的破坏季节带入了 90 年代后的建设季节，使诗艺水准大幅度上升，同时保证了诗人风格的多元和繁复。那里有虹影式的敏锐而充满激情的超现实营造，有赵丽华式的来自日常生活的通彻表述，有周瓒式的依靠知识积累所获得的智性追踪，有安琪式的借助语言策略对现实、经验和历史的重构等等，这样就建立起了 90 年代后女性主义诗歌的个人化奇观。

女性主义诗歌走出“屋子”选择的弊端也不容忽视。立足性别又超越性别，是女性主义诗歌自我拯救的不二法门，但女性主义诗歌也因之付出了感召力减弱的相应代价，不少诗人放弃女性立场后仅仅蜷缩在男权话语的大树下分一块阴凉，也放弃了对男权话语再次覆盖的警惕和反对。而在日常化的深入过程中，一些诗人过度倚重形而下的“此在”世界，淡化了对蕴涵着更高境界的“彼在”的关注。因为表现的生活人们过于熟悉，无疑加大了写作难度，使表现存在的深度、走向大气的理想实现起来更加不容易。事实上，90 年代后女性主义诗界也的确貌似热闹实为无序，诗人们普遍缺少博大的襟怀、理想主义的终极追求和高迈伟岸的诗魂支撑，所以震撼人心、留之久远的佳构难觅，读者一致企慕的大诗人就更为少见。如果说 80 年代还能够看到翟永明、唐亚平、伊蕾、海男这样领潮式的重量级人物胜出，到诗界整体艺术水平提高的 90 年代后，让读者心仪不已、能代表一个时代的有分量的诗人却几乎没有显影，这无论怎么说也是一种不小的遗憾。再者，女性主义诗歌理论贫乏的老问题，一直未引起诗人们的充分重视。这注定了她们的写作难以从感性阶段上升到智性写作高度。时常可见的是对生活材料提炼淘洗不够，组织随意，题材和主题互相生发，有重复叠合之嫌；而书写的轻松狂欢和解构传统的迫切心态更“火上浇油”，容易导致诗人滥用个人化的话语权利；有时作品只具备反诗性的浅白、粗鄙、庸常，却缺少对生命本质的逼视和承担；自我情感经验无限度的膨胀漫游，即兴而私密，平面又少深度，使诗魂变轻，叙述和口语在扩大诗意空间的另一面则造成了诗意流失。观照对象对写作的高要求和写作手段的低质量的反差，把 90 年代后一些女性主义诗歌文本推向了无效写作的灭顶深渊。这一现象无法不让关心诗歌命运的人深思。

南开大学文学院

现代诗接受的辩证实现

——接受心理机制、“共同体”前提及“哑铃”模式

陈仲义

接受心理机制:“心得意会”

丰富多样的接受主体,搅得诗歌接受的洋面,千波万壑,动荡不定,无数条阐释的涡流,一路绽放开不败的花。而源自心得意会的心理机制和以个人趣味为主导的接受驱动,应该说,是其幕后的“主谋”。

“心得意会”最早出自北宋欧阳修,他在请益梅圣俞后得出的结论说“至其心之得者,不可以言而告也。余亦将以心得意会,而未能至之者也”[1]。言简意赅道出诗歌接受的机关——心有所触动,就在有言与无言中流露;意有所悟,也很难在言说中传递出来。比欧阳修稍晚的杨时则以《关雎》为例,通过层层发问,最后完成意会:“需当想象雎鸠为何物;知雎鸠为挚而有别之禽,则又想象关关为何声;知关关之声为和而适,则又想象在河之洲是何在;知河之洲为幽闲远人之地,则知如是之禽其鸣声如是,而又居幽闲远人之地,则后妃之德可以意晓矣,是之为体会。”[2]

“心得意会”,离不开接受主体的感性浸淫。美国第一位本土心理学家威廉·詹姆斯(William James)曾描述被美感动的情态,可作为“心得意会”的形象辅助:“当美激动我们的瞬息之际,我们可以感到胸部的一种灼热,一种剧痛,呼吸的一种颤动,一种饱满,心脏的一种翼动,沿背部的一种震摇,眼睛的一种湿润,小腹的一种骚动,以及除此而外的千百种不可名状的征兆。”[3]另一位美国批评家希利斯·米勒(J. Hillis Miller)则将美的感动转化为实际的阅读体验:“阅读就应是毫无保留地交出自己的全部身心、情感、想象,在词语的基础上,在自己内心再次创造那个世界。这将是一种狂热、狂喜,甚至狂

[1] [宋]欧阳修:《梅圣俞诗稿后》,李逸安:《欧阳修全集》第73卷,中华书局,2001年,第1049页。

[2] [宋]杨时:《龟山先生语录》,北京图书馆出版社,2003年。

[3] 王一川:《审美体验论》,百花文艺出版社,1999年,第115页。

欢，康德称之为‘癫狂’。作品像一个内心的剧场一样活跃起来，奇怪的是，它似乎独立于书上的文字。”[1]

这些重要的接受心理征象，自然让人想起马斯洛的“高峰体验”。国人近半个世纪以来深受马氏影响，认高峰体验为欣喜若狂、如痴如醉、动情，虔诚、敬畏，销魂落魄，舍身忘我，沉浸于纯净、完美的幸福感之中。[2] 笔者以为，“高峰体验”与“心得意会”有着水乳交融的密切关系，“心得意会”经由高峰体验状态，可直击和赢得“瞬间体悟”。高峰体验比“心得意会”较具浸淫情状，提供必备的感受“温床”；“心得意会”较高峰体验更具感性的抽象、必要的咀嚼与回味，而“瞬间体悟”则是省略全部接受过程的刹那间“领悟”。

新批评的开山中坚瑞恰慈，曾对诗本的主体接受体会，概括出六步骤：1. 视官的感觉，白纸上的黑字（visual sensation）。2. 由视觉连带引出“相关幻象”（Tied imagery）。3. 比较自由的幻象（images relatively free）。4. 所想到的各种事物（references）。5. 情感（emotions）。6. 意志的态度（attitudes）。[3] 众所周知，诗歌接受主体的心理过程与写作过程一样，一直以来都处于黑箱状态，难得索解。道理很简单，人脑与对象世界的接触，要借助极细微的器官——1 000 亿个以上神经元和长长的“树突”。谁能真正把握其中的万分之一呢？所以迄今人们大概也只能停留于某种描述阶段。

当代诗人臧棣有系列《协会》组诗论及接受主体反应，在《理想读者协会》中，通过我与甲虫的“分辨”，出示高级接受中幽微的关系。表面的高峰体验消匿了，转化为平静的接受“分辨”：它们是我眼中寂静的甲虫，/它们是语言的秘密的图腾，/它们的意思不便随便叶露，/它们身上的象征色彩，/令整个高原感到赤裸。/我也是在赤裸的时候，/感受到它们的目光的。/它们的目光不仔细分辨/很容易被当成淡淡的反光。/它们的目光表面上有点单调，/但是很直接，很怪异。/读我，似乎并不是由于/我是一件可供它们消磨时间的作品，/而是因为它们喜欢阅读本身。

---

[1] [美]希利斯·米勒:《文学死了吗?》，秦立彦译，广西师范大学出版社，2007 年，第 73 页。

[2] [美]马斯洛:《谈谈高峰体验》，马斯洛:《人的潜能和价值》，华夏出版社，1987 年，第 366 页。

[3] 吴世昌:《诗与语音》，《文学季刊》1934 年第 1 期。后来有人翻译阅读接受六步骤为①对印刷文字的视觉感觉；②和这些感觉联系极为密切的形象；③相对自由的形象；④对纷然杂呈的事物的指称，或“想法”；⑤情感；⑥情与意交织的态度。参见杨自伍译的艾·阿·瑞恰慈的《文学批评原理》，百花洲文艺出版社，1997 年。

在双向顺应同化中，文本的甲虫提供客观对象的“色彩”“目光”“反光”，由此文本的表层带出文本意义的隐秘指向。但此刻的受体只能是“理想读者”，方能打开接受的深层频道，经由寂静、单调、赤裸、怪异的“秘密图腾”，进入心得意会的终极。在乔森纳·卡勒的词典里，理想读者是内在的、经验的、具有动态文学能力的知识者。有意思的是，“这一次”的阅读接受，竟出现了难得的“主客颠倒”境界：“我”在读它们的时候，变成了“它们读我”——一种双向反应——的新型对话关系。这一位“理想读者”特别善于倾听阅读对象发出的声音，从而获得阅读反应的四通八达；而一旦进入难以名状，似解非解的语境，只要还处于某种若即若离、若隐若现的领悟——哪怕无从“开口”，也能获致一、二心得。因为阅读对象一旦把“我”变成“知音”，文本也就被重新“发明”了出来。实际上，臧棣通过“理想读者”的自我分析，出具了阅读反应体验何以进入满意境界的“证书”。

另一首同类诗作《如何让阅读避免麻木协会》，亦可作如是观：鸭子在潜水时，姿势很好看，每隔半分钟，它们便会扑腾一下，引起心跳。可以这么寻思，接受主体是用潜水的鸭子比喻文本的，在阅读的视域下下，文本的鸭子体现了“游荡”“混杂”“躲避”的现代诗（包括探索诗、实验诗）特有的“脾性”。当第二天、第六天的阅读日子渐次加进来之后，由于疲惫或什么原因，“我已无法分清餐桌上用过的两只碗”，但很快，接受主体的麻木经过短暂调整，转换为接受的某种幻觉，出现在最后的收获：

> 我几乎能体会到
> 几条小鱼游近那些扑动的脚蹼
> 会有什么样的感觉。因为我曾潜到水底，
> 伸出的手指，如摇摆的小白鲢，
> 采集给你带来灵感的珍珠蚌。

类似的这样的主体“意会”方式——体验＋领悟的方式——常常是突发、或然的、难以言说，甚至是有些晦涩、辞不达意、半通不通的——统统都可以纳入以有限文字隐含无限意会的自由接受机制中，且愈到后来，愈成为新诗、现代诗阅读、鉴赏、阐释的“窗口期”。如果确定诗是无限阐释的符号体系，那么无论是那些已经完成、无懈可击的“划上句号”的文本，还是有所瑕疵，不尽人意，抑或完全败笔的文本，每一次阅读接受都会遭遇重来一次的契机。每

一次心得意会都会提供“试错”机会。提供死灰复燃，也提供锦上添花。人们可以继续“以不通的方式阐释它而不至于损害它的独特性”。[1]

更多时候，现代诗的阅读接受主体是，“类似于陌生人之间的接头暗号，有时甚至只是人群中的随意一瞥，或会心一笑，其中包含着一种人与人之间深层的信任关系，趣味，感应，或对人生的共同理解，如同我们在嘈杂的人群中蓦然听见了自己的乡音，而随之在内心深处唤起的阵阵涟漪。”[2]同时加上感受判断：“有的读来如春风拂面，一时美好，过后则无着落；有的读来如惊鸿一瞥，印象深刻，记忆却并不久远。最难得者，是那种读时惊心，读后牵心，隔长隔短，什么时候想起什么时候依然动心的诗作，即或背不出原句，也能清晰地回放其中的意象与情景，且不断与之共鸣而不能释怀。”[3]

通常，畅通型的主体阅读体验，被概括为：“当我们体验着别人的诗作，我们往往能受到启发，并对自己感觉、思考、认知分享和发现的潜力有了新的认识。通过这样的方式，诗歌不仅让我们体验了人性的独特与唯一，也让我们感受了人类经验中的相似与共通。”[4]然而，实际上阅读体验，常常被个体的差异和诗歌固有的难度大大打了折扣，毫不奇怪，“读诗时感到有点茫然不解是很正常的……我们并不需要理解全部事物。保持无知的感觉十分重要。诗歌并不总是在第一时间就交出它的全部。”[5]诚然，诗歌并不总是在第一时间就交出它的全部，但是打开它的有效方式，恰恰是人们长期积淀下来、屡试不爽的那个范式——“心得意会”。

没有想到，进入现代阶段，个人趣味与个人喜欢，几乎成为现代诗接受主体的出发点与归宿地，如同俗话所云“对眼了，两个人穿一条裤子还嫌宽”。而后演进到极端，便成为：“你认为一首诗的意思是什么，它的意思就是什么。”[6]没有商榷余地，绝对的相对主义，无疑给现代诗接受场域撕开一道无边的缺口。“个人趣味”与“个人喜欢”，这一既古老而又新鲜的心理“定式”，竟带动起整个现代诗的接受转轴！

---

〔1〕 [法]伊夫·塔迪埃：《20 世纪的文学批评》，史忠义译，百花文艺社，1998 年，第 235 页。

〔2〕 张执浩：《在黄鹤楼下谈诗》，《诗江南》2015 年第 5 期。

〔3〕 沈奇：《无核之云》，陕西人民教育出版社，2015 年，第 94 页。

〔4〕 [美]塞奇·科恩：《写我人生诗》，中国人民大学出版社，2014 年，第 4 页。

〔5〕 [美]塞奇·科恩：《写我人生诗》，中国人民大学出版社，2014 年，第 135 页。

〔6〕 [美]塞奇·科恩：《写我人生诗》，中国人民大学出版社，2014 年，第 136 页。

接受主导趋势:“趣味”为中心

“心得意会”一旦被个人趣味完全牵着鼻子走,接受便成了脱缰之马,纵横恣肆。“趣”的本字为“趋”,疾行意思。转化为精神取向,便有旨趣、志趣、趣向、趣尚等概念;后引申关注、爱好和愉悦之感,遂有兴趣、乐趣、趣味、情趣诸般说法。最早将趣味作为诗歌接受美感的是司空图,宋末刘将孙则进一步发挥:“诗于五七字中见意,于千百言外见趣,甚不易得也。”同时还把趣具体化为禅趣、情趣、景趣、天趣等。[1] 袁宏道承续严羽的“兴趣”“别趣”,在《西京稿序》直接道出:“夫诗以趣为主”,不仅把趣看作真性情的自然流露,还偏重于生活情致的“趣近与谐”“诙谐之趣”。而“味”则稍微复杂些,当其用作动词时,乃指品味,相当于鉴赏活动;当其用作名词时,则指向精神感受即诗感。而“趣”与“味”合成的现代“趣味”,是主客贯通在一起的独特感受。[2]

在西方,趣味(taste)首先是一个感官术语,源于两个契机:一是对个体生命和肉体意义的发现;二是艺术表达个人性的出现。“趣”是指人在某种自由自觉的类特征的驱动下,趋向某个目标的过程,这就是“趣”的心理本质。而“味”显然是一种建立在味觉感官之上的自我感觉,这种感觉是很难用语言来描述的。因此,“趣”和“味”的本质都是非理性的,它来源于人类的感性生命,归属于人类的感性需求。它们同为审美主体的一种自由愉悦、精神畅游。[3]

近代梁启超一直将趣味视为“生活的原动力。”[4]某种意义上,“趣味”和“美”成为一对可以置换的概念:“趣味是人类审美感知的外化形式。美感既然是主体的一种心理感受,那么趣味也一定和产生美感的思维器官有关系。”[5]当趣味作为现代诗接受主体的首选驱动,全然以主体主观感受为归属,那么这架发动机的出产编号,一定写着“天性所在”。根据英国经验主义学家夏夫兹博里(A. A. C. Shaftresbury)、赫契生(Hutcheson)的说法:“在人

---

〔1〕 陈应鸾:《略论刘将孙的“趣味”说》,陈应鸾:《中国古代文论与文献探微》,巴蜀书社,2008年。

〔2〕 陈伯海:《“味”与“趣”——试析诗性生命的审美质性》,陈伯海:《中国诗学之现代观》,上海古籍出版社,2006年,第240页。

〔3〕 王惠:《荒野哲学与山水诗——关于西方生态哲学与中国山水的跨界研究》,2008年,苏州大学,中国知网博士论文库。

〔4〕 梁启超:《饮冰室合集:文集第十三册》,中华书局,1941年,第22页。

〔5〕 范玉吉:《审美趣味的变迁》,北京大学出版社,2006年,第3-4页。

的天性中天然地存在着一种欣赏美的'内部器官'——'趣味',当人们采取一种非功利的态度去注意事物时,这种感官便开始工作,它的效用如味觉感知咸甜,肤觉感知冷暖,嗅觉分辨香臭一样。有人干脆把这个'内部器官'称之为人的'第六感官'。"〔1〕

经验主义理论以经验为依托,提供这样一种"感官"说辞,看来并非空中楼阁。尤其是"趣味"演化到现代,作为以悟性直接切入并穿透事物表象的思维活动方式,其或来自洞彻的智慧,或来自天机灵性,甚或来自纯真而放任的情思,皆源于主体自由自在、自得自娱的本心。〔2〕美国现代诗人兼批评家爱伦·坡在《诗的原理》中更是从心灵感受出发,把"趣味"作为判断诗的三大标准之一:"如果把精神世界分成最为一目了然的、三种不同的东西,我们就有纯粹智力、趣味和道德感。"〔3〕

混杂着情绪化色彩的趣味接受意向,的确带着很强的个体特征和心理气质。作为"个人心灵味觉"的趣味,布满了现代社会各审美场域,它是现代人自由、欲望、表达、个性追求的内化体征,所以视"趣味""喜欢"为现代诗接受主轴,并不奇怪。它以个人偏好与选择为特点,率性、自由、随兴,甚而将"只要跟着感觉走"就行当做圭臬。当个人趣味——一种真性情、真喜好、真感性的自然选择,成了现代诗接受的方向标,趣味也便成了衡量现代优劣、好坏的标准。当主观接受的能量大大超过文本的客观负载,现代诗文本价值重新被推上倾斜的天平,其接受价值便迎来了前所未有的考验。

不可否认,个人趣味很大程度受到时代的影响,千年古典趣味几乎把现代诗趣味挤到小众的接受边缘,并以自己的"意境"趣味要求新诗同化顺应,结果双方闹得很不愉快;习惯了1949年以后"颂歌+战歌"趣味的读者,委实无法忍受新时期朦胧诗的"不懂";后朦胧诗出现以后,许多读者又表现出像当初对朦胧诗一样的拒斥态度。期间有一部分人悄悄转身,开始认领第三代诗歌。由此看来,在时代风气影响下个人趣味的迁移变化,谁都无权判定对错,因为兴趣本身没有对错之分,最多只有高低之分。

不可否认,趣味"成全"了现代诗接受主体的走向,且成为接受心理的第一标杆,但永远不能忘记,现代诗的客观属性——那些导致文本成型的元素,没有它们的诞生、型构及其稳定性,何来最后的接受完成。好比绘画的色彩、

〔1〕龙协涛:《文学阅读学》,北京大学出版社,2004年,第244页。

〔2〕龙协涛:《文学阅读学》,北京大学出版社,2004年,第241页。

〔3〕伍蠡甫:《西方文论选》,下卷,上海译文出版社,1979年,第49页。

线条、形状,具有本体基质的被识同一性:红色奔放、黄色明朗、蓝色沉静、白色纯洁、黑色阴郁;直线呆板、曲线灵活、点线散漫;平面宽和、立体逼仄,圆形饱满,方形稳正、三角平衡、梯形扎实、菱形婀娜、六边形涵容、不规则形摇摆,等等这一切,都铁定为读图时代的基础表情符号。人们无法改变其客观属性而强行扭转接受轨道。即使再缥缈的音乐,大抵也有共识的准则。音乐由六大要素组合:节奏、结构、曲式、旋律、音色、调性,哪怕再多的要素被瓦解,但只要保留根本基质,仍然可以完成叫做音乐的作品(那种静默在钢琴旁 4 分多钟的"演奏"是彻头彻尾的离谱,绝对不能叫做"音乐文本");哪怕音准欠缺的人,凭着人类固有的感官,在基本判断上,也绝不会把悲怆听成欢乐、把轻快听成沉重、把严肃听成诙谐、把热烈听成冷寂,这些都充分说明艺术本体的基本规范决定了接受的基本走向,否则全乱了套。也只有在这样的基本认知规定下,接受主体的个人趣味、个人喜欢才有"立足之地"。

接受前提:"阐释共同体"

可是,现在的问题已严重到在个人"重口味"的驱使下,所谓"只要你认为好就是好"的通行认证,正在把人们引向接受的"迷津"。那么在尊重个人千差万别的理解力面前,我们有没有可能找到一个基本共识的"平台"? 即在充分舒展个人多样化触须的同时,重启我们前面提及的康德"共同感"与费什的"阐释共同体",作为接受前提?

康德的鉴赏判断,曾以质、量、关系、模态的"四契机",形成"共通感"命题。康德鉴赏判断与其说暗含比较关系(情感与知性、个体与群体、自由与必然等),毋宁说充满二律背反色彩:感性中有理性、客观中有主观、非功利中有功利、合目的性中有非规律性、特殊中有普遍。康氏的鉴赏判断源于人的心意能力的共同性,即"人同此心,心同此理",归顺于人的心理结构的先在相似性,而后再经由后天的趣味、德行、非功利与合目的的调节,所以说传统的共通感是鉴赏判断的主要基础。

有学人分析,共通感是人的心意能力的逐渐适宜和自由和谐的心态。体现在:① 共同感是一种理念。② 这个理念是理想的基准。③ 共同感对每个人都是有效的。④ 鉴赏判断的标准取决于是否与这个理念发生了关系。如果没有这个公设,无限的事物将不可思维。有这样的公设,便可拥有一种无概念而发生的可传达性;在对象化审美情感中尽可能的一致性;以及不是以猜度出来的一种理想化标准。[1]

笔者理解的共通感，是接受主体内部各感官感受，统一和连接起来的意识，它来自于人类长期的实践经验，是各种认识能力协调后最大化的可感性。具体指向情感层面的趋同"合约"，知性层面的"同盟"认定。即使个体差异不小，也会烙印着整个类的特征痕迹，这是共通感的构成基础。共通感是共性的情感认知，为审美鉴赏判断提供普遍与必然性基础。当然，也内化了个体自由意识"屈从"集体无意识的结果。

整整一个世纪后，不知道激进的斯坦利·费什(Stanley Fish)，有没有受到"共通感"影响，他在《阐释集注本》(Interpretive the Variorum)另提一个"阐释共同体"，虽然没有显示出老康德的鉴赏判断的审美心理遗迹，却有"共同"认知的面影。实际上，他是对接受主体绝对中心论做出了某种收敛性修订。找不出严密的命名，但我们可以领会到，那是"一种理解结构，一种在集体意义上的自我阅读或者认知所依存的情势"[2]。所谓"依存的情势"，它包涵在一个社会化的公众理解范畴——读者对文本的理解受到了一些"制约"；反过来，理解范畴也产生与读者的适应。也就是说："这些成员不再是单独的读者，而变成了集体财产，因为他们已经置身于这个集体的事业之中。正因为如此，这种由集体构成的阐释者会反过来构成基本相似的文本，当然这种相似性不应该归之于文本自身的特征，而应该归之于阐释活动的集体性。"[3]

显然，阐释的"集体性"隐约着一条潜规，暗中既牵制了文本固有的"启示性结构"，让你不好随便渡越时代、身份、经验的范围与方向，又多少抑制了个人漫无目的的猜谜和无限度发挥。有意或无意，"集体无意识"已然作为阐释共同体一种强大"基桩"。费什后来在《看到一首诗时，怎样确认它是诗》中继续坚持："当我们承认，我们制造了诗歌(作业以及名单之类)时，这就意味着，通过解释策略，我们创造了它们；但归根结蒂，解释策略的根源并不在我们本身而是存在于一个适用于公众的理解系统中。"[4]

---

[1] 杨选奎：《论康德美学鉴赏判断的普遍性——从主体性介入》，安徽大学，2006年，中国知网硕士学位全文数据库。

[2] [美]斯坦利·费什：《读者反映批评：理论与实践》，文楚安译，中国社会科学出版社，1998年，第37页。

[3] [美]斯坦利·费什：《变化》，朱刚：《阅读主体与文本阐释——评费希的意义构造理论》，《当代外国文学》1994年第3期。

[4] [美]斯坦利·费什：《看到一首诗时，怎样确认它是诗》，[美]斯坦利·费什：《读者反应批评：理论与实践》，文楚安译，中国社会科学出版社，1998年，第57页。

从集体性,包括无所不在的集体无意识,再到公共理解系统,就是“一群拥有共同阐释策略的人”,用共同阐释策略“在非传统意义上创造文本”。没错,费什有心用“共同策略”来约束阐释的主观性,因为阐释策略所依靠的手段并非是个体性的,相反是社会性的和习俗性约定。“阐释策略归根结底不是我们自己的,它可归根于众人皆能获致的可知体系。”〔1〕这种以群体协同性的可知体系来处理个体经验的冲突、差异,不是多少可以抹平一些过度主观化的个人趣味吗?

“阐释共同体”的策略即方法论,是指一套各人已不知不觉内化了的规则系统的理解操作。〔2〕虽然每个成员都认为对方没有正确理解“真正的文本”,但事实是,读者在他分属不同的阐释共同体时,可以采取不同的阐释策略因而创造出不同的文本,同一读者在阅读不同文本时会有不同的发见。〔3〕这也就解释了为什么文本的意义阐释总是不一致,而这种不一致又能够在一种有原则的方式中加以“争论”,并且尽可能“和解”。

严格意义上,接受主体只对趣味相近、相似的读者团体、社群、圈子起作用,因为背景、经历、教养关系,他们拥有相对牢靠的“共感”基础,即拥有“家族相似性”的血缘。远祖、近亲、同乡、朋友、上司、下属,在宽泛意义上都组成“家族相似性”群落。他们千丝万缕或若即若离——在文本关系上至少保留某种亲和性,容易完成沟通交流。换句话说,一旦阐释共同体(或家族相似性)得以形成(不管以何种方式),就意味着个别成员对文本意义的决定权开始削弱,而多归属于共识性的“趋同”。

共通感是不好轻易僭越的,因为源于深厚的历史文化积淀,正如蒙娜丽莎的微笑。微笑作为一种客观本文,受众在任何一个角度看她,上下前后左右俯仰,都是不可更变的微笑,这就是本文接受的客观性与规定性。你可以从微笑中读出爱情、母性、仁慈、怜悯、宽恕、向往、憧憬……读出任何微笑的意涵,但你无法改变这一微笑本文的“本质”。如果你坚持要读出的是奸笑、阴笑、毒笑、狞笑、浪笑、佞笑、苦笑、佯笑、皮笑肉不笑……对不起,要么是你的心理变了态,要么是你缺乏基本常识,你只能被退出阐释共同体和家族相似性,你没有资格成为其中的一员。除非你事先篡改了微笑,比如在微笑的

〔1〕 王凤:《斯坦利·费希读者阐释理论的实用主义特征辨析》,《外语教学》2011年第5期。

〔2〕 [美]斯坦利·费什:《读者反应批评:理论与实践》,文楚安译,中国社会科学出版社,1998年,第165页。

〔3〕 金元浦:《接受反应文论》,山东教育出版社,1998年,第292页。

唇边添加胡子——那是另当别论。这就是一千个读者读出的只能是哈姆雷特，或接近哈姆雷特的“国王的灵魂”，而不能是麦克白、奥塞罗或李尔王。故而阐释共同体是由基本共识作为边界的，而任何接受都是有边界的，舍此无从讨论。讨论到此，我们逐渐明了，从前对文本接受的忽视——以为是一个很简单的、被动的、顺从的类似探囊取物的地窖，现在看来其实是一个漫长的、开放的“无底洞”。要下到这个“无底洞”，首先得踩上“个人趣味”“共通感”“阐释共同体”的三级台阶。

毫无疑问，主体接受的“无底洞”，远比文本发生与文本定型复杂多了。毕竟文本发生与定型多是诗人个体行为，多是诗人个人意识活动与外化结果，况且文本定型以后具有“雷打不动”的稳定性。而文本接受面对的是永无止息的“众声喧哗”，面对一代又一代生生不息的读者：有个人趣味的聚散，有共通感的向背、有相似家族的“约法”，更有叛离、逆袭的种种变数，一起构成了主体接受意会——共感、争辩与妥协。

阐释共同体不是绝对稳定的，纵使它维护相对一致的策略，但阐释策略会因各种因素起变化而需加以订正。其生机在于保持一种相对稳定的对话协商基础。或者说，为克服个体差异，人们应更倾向接受冲突中的“和解”部分，在接受妥协中争取最大公约数。平息与妥协，是阐释共同体应有的“调解”机制。

客观说，费什这一共同体观念是比较理想化的，“从阅读中抽取差异和问题，复将它们投射入阐释团体之间的差异，这样就肯定了每一读者与每一团体的程度及经验的统一和同一性”[1]。如果是这样，是不是又会落入到连费什本人也不愿意看到的接受的同一律。而实际上，号称共同体的内里，根本上还是无法排除个体兴味与差异的，所谓的“共同”，充其量仅仅是一种可供弥补的调节与缝合。这无疑也暴露出“阐释共同体”自身的脆弱与破绽。

所以阐释共同体也不是万能的。它只作为某种接受前提，并没有上帝授权给所有成员赋予“一致选中”的权力。最简单的例子是北岛的《生活》，只有一个字，发表以来纷争不已。其中三位“有能力的读者”，很具代表性，他们都是同属于现代主义阵营的理想读者，按理反差不会太大，结果还是大相径庭。杨小滨调侃说，这是一首科幻诗，预言了互联网在未来生活的重要性，这种接受带有前瞻性色彩，肯定与杨小滨在海外的“后”现代生活有关。小说家万之

〔1〕［美］乔纳森·卡勒：《论解构》，陆扬译，中国社会科学出版社，1998年，第56页。

则看到蜘蛛的影子，正在忙着编织《今天》的“线索”，一圈圈向外扩张，万之这一接受影像，肯定与万之参与办刊的坎坷经历有关。而臧棣在《美丽人生丛书中》不屑一顾：“说生活是网，就很低级”，这与他提倡的复杂诗学立场大有干系。没有谁规定阐释共同体内部不能发生内讧分裂，当内讧与分裂是在相互对话的基础上自圆其说，其运作基本还能维持下去；当势不两立的冲突进展到无法维持的时候，新的、另一个阐释共同体必然破壁而生。在阐释共同体生生不息、反复的分、合状态中，多少还是能留下若干可供分享的东西。

如同雷达设施，再高明的分辨功能，也有它抵达不到的盲区——致命的低空区与顶空区。阐释共同体的盲区无疑分布在艰涩玄奥地带，从事多年写作的诗人与诗歌研究专家也不时会叩问无门，知难而退，这是无奈的事。但是，不能因为出现上述类似的“反例”和盲区，就轻易踢开阐释共同体——否认它作为一种接受前提的可能。毕竟，多数人在现代诗这一“特殊知识”氛围里，在“集体无意识”场域下，以社会化或个人化触须，经由“家族相似”的对话争辩，还是能够部分营建共享温床的。倘若连这样一个脆弱的、藕断丝连的前提，都无法接纳而弃之门外，那么现代诗接受的混乱，就不是两字“溃堤”所能形容的了。

不管你承认阐释共同体的效应有多少，是公开挂牌抑或临时经营，实际上它既是一种“虚拟”的平台，又是一种现有的实存。仿佛是理想中的海市蜃楼，又是暂时搭建、雁过留声的驿站。精神、立场、观念、趣味的倾向，或多或少都会自然“结盟”，无论整体宏观或枝节细末，都会留存某些相对共识的理解，而相对共识的理解，总能多少消平彼此沟壑而趋于求同存异。在共同体内部，经过碰撞、协商、妥协，进行自洽性寻找与选择，至少在最小公约数方面不至于完全落空。举凡两三人的年度编选、三四人的流派编辑、五六人的评奖委员会；操持教材教辅的编写组、撰写诗歌史的联合团队；即便半月见上一面的诗沙龙、读诗会，从未谋面的粉丝团、微信群、诗友圈，诗俱乐部，更大范围内的同人研讨、在线圆桌——都可以装入这个大篮子、大平台。右面图示——它所代表的文本接受世界，实际是由形形色色的阐释共同体维系着：

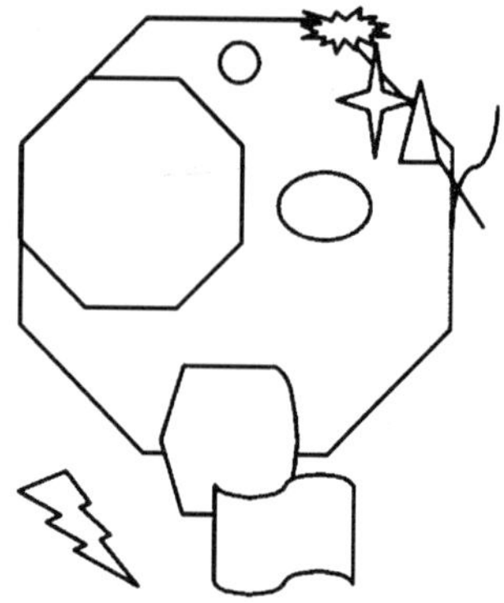

宽泛意义上的共同体内部，无数单位成员自由出入，不断诞生又不断消失，不断组合又不断离散，一次性的、相对固定的、间隔时段的、不同时空的。甚至极端到像黄礼孩一人集编辑、出版、评奖于《诗歌与人》“这一个”身上，或者像万里之遥的发烧友，彻夜刷屏余秀华《穿过大半个中国去睡你》，他们对峙又交集，赌气又缓解，诗歌接受特有的“春秋战国”让共同体内部布满主流与边缘、庙堂与江湖、公开与隐秘、成熟与幼稚、威权与乌合、激进与保守、前卫与中庸的各种“交锋”。每一种各有侧重的阐释小团伙，可能造成一时倾斜，但整体趋势都会促成文本总质量提升，否则怎么解释在漫长的历史阐释中留下的经典。没有这些大大小小，有形无形的共同体的努力，诗歌发展到今天简直无法想象。即便对它的功能有所生疑，就目前状态而言，它乃是没有办法的办法。作为一种相对松散的“控制机制”，它没有完全丧失阻止过分主观、随意的调节功能。理想地看，特别成熟而威权的阐释共同体，依然能够召唤独来独往的个体，重返文本意义的基本层面，给予漫无边际的接受，留下“改弦易辙”的机会。

阐释共同体的外部平台是比较容易建构的，内部机制即如何确立“无限与有界”的阀门则相当困难。符号学大师安贝托·艾柯(Umberto Eco)为此做出了努力。他在《诠释的界限》(1990)与《诠释与过度诠释》(1997)两部专著中，提供颇具建设性意见，也就是上世纪末那场著名的《阐释学世纪之辩》的演讲中，他表达了共同体内约束性思想及阐释有效性原则，通过“作者意图”“文本意图”和“标准读者”三个层面的有机互动，促成“文本创造”与“阐释约束”的互文辩证，构成阐释两面体，既对无限滚动的符号过程进行意义开发，又对文本意图做客观深入。这种“设限”，有助于加固阐释共同体内那些过度延异播撒的脆弱，克服共同体内外的偏见，阻止“无限衍义”。不过，他的阐释标准“三原则”——连贯性原则、互文性原则和经济性原则，还是露出破绽。比如他把“两个连贯性”(保证阐释内部逻辑的连贯性；保证同一文本，以及相关文本阐释间的连贯性)作为阐释有效性保证[1]就不算严密有力，原因是任何有效与无效的阐释，都可以毫不困难地做到连贯性，所以这样的原则，还是无法为阐释共同体买到足够的“保险”。表面上很漂亮的“限阈”熔点，还

〔1〕［意大利］安贝托·艾柯：《诠释与过度诠释》，王宇根译，三联书店，1997年，第77页。

是无法让超载的电流受到跳闸的钳制。[1] 由是看来，解决阐释共同体内部机制——“无限与有界”的难题，还需要长期、多方的探求。[2]

接受的动态平衡：“哑铃”模式

如果说，“心得意会”是打开诗歌接受的古老钥匙，那么个人“趣味”与个人“偏爱”的加盟，就加快通往现代诗接受的大堂。它们一方面给诗歌接受带来增值几率，另一方面又加剧诗歌接受的即兴随意。在此，接受的主观性向文本的客观性发出了严峻挑战，原本偏向文本客观性的天平迅速向接受的主观性“反转”了。当诗歌文本的定型与诗歌接受的开放出现愈拉愈大的距离，幸好还有一个基于“共通感”立场的“阐释共同体”，作为最后“救驾”，让狂悖之马不至于完全失足。为克服过度反弹，笔者提出“哑铃”模式。

伊瑟尔在《阅读过程：一种现象学方法的探讨》指出，文学文本有两个极点，所谓艺术极点就是作家创作的文本；所谓美学的极点就是由读者实现过程。两个极点既不能与文本本身等同，也不能与文本实现等同。[3] 等同或不等同意味着什么？双方在什么情势下可以趋于等同？西德学者 G. 格林在经过一番“算计”后，给出了文本意义的接受公式：

$$S(\text{意义总量}) = A(\text{文本客观意义}) + R(\text{读者接受理解})$$

具体展开为：

$$S(\text{意义总量}) = A(\text{作者可能的原义}) + T(\text{文本潜在的意义结构}) + R(\text{读者接受理解})$$

然而，G. 格林很快就发现问题而改变主意，重新给出第二个公式。他的

〔1〕 李健吾对卞之琳《圆宝盒》的阐释提供了“和解”范本：努力接近原作者的灵魂和作品结晶，又避免隔靴搔痒而表现出“挡不住读者”的进取。一方面拨开作者和文本的制约，让阐释的自由落到读者身上，另一方面又以文本某种确定意义作为参照系。参见乔琦：《阐释之“度”与中国新诗的阅读困惑》，《山西师范大学学报》2014 年第 4 期。

〔2〕 或许在阅读行为过程做一些实证研究有助于这方面的突破，著名的有 David S. Miall 的实验实证：文本具有内在的本质结构，是文本阐释的约束所在，还有 Colin Martindale 关于阐释趋向于一致性的实验实证。具体实证见博士论文，董丽云：《重建文本阐释的约束理论——从艾柯与罗蒂之争谈起》，福建师范大学，2008 年。

〔3〕 胡经之、张首映：《西方二十世纪文论选》，第 3 卷，中国社会科学出版社，1989 年，第 185 页。

修订有一定道理：从广阔的时空看，A 几乎没有变化，且读者阅读中不一定能完全领会客观意义，而 R 则随着阅读历史的加长会出现非常大的变化幅度，结果 R 趋向无穷大；根据函数原理，R 的值太大，A 可以忽略不计，因而 S（意义总量）几乎取决于读者。于是，他推导出来的最后结果变成：

$$S(\text{意义总量}) \approx R(\text{接受变量})$$〔1〕

显然，接受主体的能量变成了决定一切的因素。但是，中国文艺理论家孙绍振一直不以为然，他坚决抵制极端的读者决定论，他在《形象的三维结构：文学文本解读学的立体建构》中批判道："客观地说，作家在完成作品后会死亡，读者也会代代逝去，然而文本永远存在那儿，所以客观性是永恒的、稳定的。文本中心理论应独占鳌头。读者中心论带着相当的自发性，其症结在于将读者心理预设夸大为无限的、绝对的开放机制。其实，读者主体的心理图式本身有强点和弱点，有敏感点和盲点，因而其反应是不完全的，开放也是不完全的，所谓开放是指经过历代读者的积累、叠加的总体上的开放，而非个体读者的放任。"〔2〕孙绍振代表"文本中心"派对"读者中心"主义的抵制，坚持他心仪的以文本为圭臬的文学解读学。

这里存在着一个深刻的二律背反：如果承认"文本意图"是判断接受的标准，那就意味着文本的客观意义是唯一的，文本一旦找到所谓"正确"的阐释，那么该文本的生命理当了结，这个文本就没有存在的必要了。照此逻辑，文学史就可轻易取消经典，因为经典之所以不朽，是不断在接受主体阐释中赋予文本新意义与价值。反过来，如果只承认"接受"是决定性因素，可以不在意文本先在的客观性，阐释极易落入无本之木的"空转"。这样一来，文本无所归依，也不存在优劣之分，一个"无米之炊"的神话能够再造吗？

如何缓解两者之间的深刻龃龉？我们试图勾勒文本实现过程的动态平衡——"哑铃"图式。

先看横截面：

〔1〕［德］G. 格林：《接受美学简介》，罗悌伦译，《文艺理论研究》1985 年第 2 期。

〔2〕孙绍振：《形象的三维结构：文学文本解读学的立体建构》，孙绍振：《玉泉书屋审美沉思录》，江苏文艺出版社，2012 年。

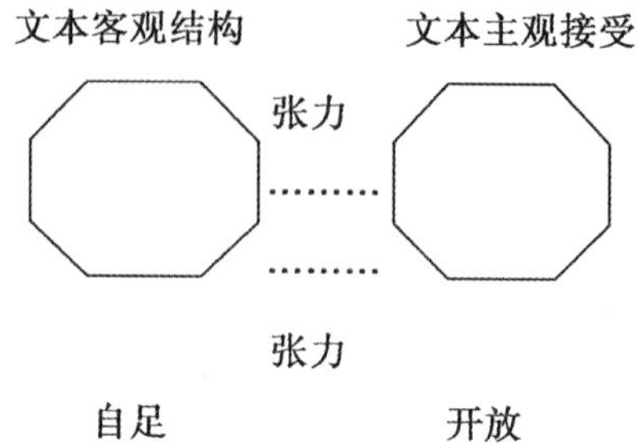

文本结构的自足性与文本接受的开放性可比作左右两个哑铃，连接哑铃中间的“把柄”或“通道”具有隔离的一面，也有打通的一面。打通状态时——即张力所体现的贯穿功能，将文本的客观结构与接受的主观性统一起来，进行动态的、张弛有度的弹性调节。不打通的时候，文本与接受双方处于各自孤立的状态。

再看纵剖面：

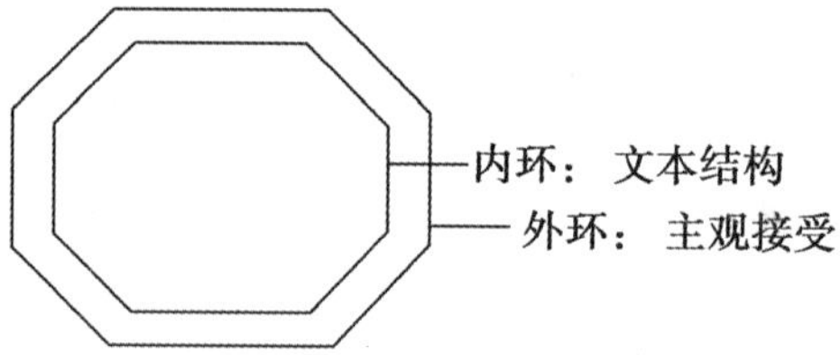

当横截面做90度转向（双环发生关系），通道“压扁”“消失”，双环前后“重叠”，便成了“同心圆”。站在外环的接受终点上往里看，我们将看到自洽自足的文本内环，被接受的外环——吸纳或抵制。这样，出现两种状况：同心圆的趋同性愈大，内环与外环重叠愈多，接受程度愈具一致；同心圆的趋同性愈小，内环与外环的“间距”愈大，接受的分歧也愈大。

内外环无疑都具备膨胀系数，尤其是外环。比较而言，内环的客观自足性相对恒定，如果文本无需考订、修正、改版，它的膨胀系数近乎等于零；而外环则充满弹簧的脾性，随着受众的人数、心理、时空、环境（如行政推行、市场制导、通俗流行、时尚引领）等变化，起伏的接受频度意味着膨胀系数增大。这样，接受外环不仅不会与内环重叠，反而拉大间距，甚至远远超出内环固有的“地盘”，表明文本接受的有效性远远大于文本客观自足性。反之，接受外环遭到压制（如禁令、批判、舆论、曲解），膨胀系数减弱，乃至为负，接受外环便缩到比原来内环更小的“面积”，表明文本接受的有效性远不如文本的客观自足性。应该说，任何接受，都是一次次内、外环的“博弈”，内外环的“拉锯战”取决于膨胀系数，膨胀系数取决于文本的客观密度与接受的主观响应度。然而，过大的膨胀系数，不一定证明文本价值就高，过小的膨胀系数，也可能表明文本暂不为人们所认知。一般而言，内环密度恰当（如文本紧致、含蓄、适度晦涩），容易让外环随之撑大、放大、扩大；内环密度较小（如文本稀松、清楚、过于明白），容易让外环随之缩水。

在内环（文本）不变的条件下，内外环的动态关系主要呈现为三种形态：

内外环基本重叠：意味着文本客观性与接受主观性大抵“持平”。

外环小于内环：意味着文本的客观性偏向“闭合”，接受主观性呈现“缩水”。

外环大于内环：意味着文本客观性偏向“发酵”，接受主观性愈加“溢出”。

当然，稳定得多的内环（文本）也有自身的问题，通常是内环（文本）要么过于浅近，要么过于奥涩，导致外环（接受）的“不屑”或“拒斥”；而外环如果过于“膨胀”，主要是文本太吻合特定时尚，培育太多浅俗胃口，也会出现流行性“溃堤”。于斯也说明：外环“溢出”的范围越大，并不证明价值就越高，恰恰许多一时蹿红的文本是短命的；外环的“缩水”越厉害，也并非证明文本价值越低，因为许多“坚硬”文本需要经过漫长时间才能打开。

古典诗歌由于拥有较大的客观稳定性，内外两环的“间距”一般不会过大，审美膨胀系数相对“老成持重”，很难出现云泥之别的接受大偏差；现代诗的文本元素不断处在推陈出新的生成中，趣味主宰使得主观接受系数变动大，内外两环的“间距”不仅很难“贴近”，难以形成大抵持平的“同心圆”，反而呈现拉大趋势，故而现代诗接受的开放性比历史上的任何时期都更加“放得开”。两难的失衡在于，以文本为中心的接受一旦过于“羸弱”，它只能受制于强大的客观文本的支配，接受增值将有所保留；以趣味为主导的接受主体如果过于强势，接受效应将大面积疯长，导致无边的相对主义。

解决这一两难，取决于文本自足性与接受开放性——左右两环，能否有序平衡，它在一定程度上也取决于张力通道的弹性调节。因为“作品的意义生成，既不是文本对象的客观反映，亦非接受主体的主观引申，而是分布在两极之间相互作用形成的张力场内，应以开放的动态建构把握它”[1]。由此推

〔1〕 龙协涛：《文学阅读学》，北京大学出版社，2004 年，第 5 页。

开：文本结构的自足性越丰沛，张力通道撑得越开，流量越大，接受越丰富，接受效应越高。反之亦然，接受一方偏弱，说明张力的通道受阻，流量偏少，文本增值的可能性受损，接受效应偏差。这种动态“势能”颇像人体的心肺循环，心脏的血液搏出量（文本），经过冠状动脉通道（张力），灌注到体内外循环（接受），三个环节中哪一个环节出了毛病，循环就要被打折扣。如果搏出量少，加上通道粥样硬化，外周阻力增大，灌注面积肯定削减；如果搏出量正常，通道弹性虽不错，但外周毛细血管出现大面积淤积，循环也会出现不畅。

上述哑铃模式的建立，应该说，是对此前文本中心主义的相对“抑制”，对接受主体开放性相对“宽容”，至少双方有望接近“平分秋色”的同价地位。此消彼长的膨胀系数恰恰反应了文本客观性与接受主观性的动态平衡。乐观地看，这一图示不仅适用于现代诗，或许还可扩展到其他文类。只不过，现代诗在文本完型与接受的波动性方面比任何文类都来得激烈。现代诗的变幻、神秘、空白、沉默、断裂诸本性，使得现代诗文本与接受——内环与外环的“膨胀系数”一直处于短时变频中，不好把控与预测。故现代诗企图建立一种常态的良性接受生态，委实不容乐观。

厦门城市大学

作为寓体的叙述：从象征到寓言

孙基林

作为寓体的叙述或寓体式叙述是一种“叙说在此而意义在彼”的叙述方式，它叙事述物的宗旨、目的并不仅仅在于此时此地的事或物自身，而在于指向他处的别一种事物或更为广泛的意义。所谓“寓体”，自然是一种具有寓意性的思想形态与其修辞体式，大凡具有叙述特质又含有寓意倾向的思想艺术方式，均可称作寓体式叙述。与此相对的是一种回到和着意于事物本身的叙说与陈述，它只关注事物本身，不具有明显的寓托或别的所指性，此可称作本体式叙述。就寓体式叙述方式而言，似与中国古代所谓“意在言外”“象外之旨”的语言观和诗学精神有着意含上的融会贯通之处，只是后者重在意象，而前者从叙述层面入手，却也有着绝然不同的书写和论说角度。传统上，中国被视为一个诗与抒情的国度，而抒情言志被天经地义地视作诗的本质属性与诗写的向度及其功能，并由此建构起以抒情言志作为本位的意象诗学体系，而意象、意境也便成了这一诗学体系的价值核心与中心概念。这从《周易》“圣人立象以尽意”之说即可见出这一诗学范式的本源形态，之后更将此视作诗歌书写中抒情达意的基本方式以至于最高境界。然而正是因为这一经典诠释的权力和强势影响，却恰恰忽略和遮蔽了对诗歌另一写作向度的认识与其诗学意义的体察。事实上，“诗言志”中的“志”字，按照闻一多先生的考证，是有着“记录，记叙”的意义在的。而事实上，中国古典诗歌的书写除了那些公认为是叙事诗的作品外，也确有大量记录、叙述事件的作品存在，诸如贺知章《回乡偶书》之类诗作，难道不可以看作一首叙述诗吗？只是无论古人还是今人，均没有引起足够的注意和自觉而已，似乎除了抒情与意象之外，其它通向诗歌的路径只能是旁门左道，甚至在诗歌本性上它是不能存在的，以至于让我们缺失了“叙述性”这另一维度的诗歌认识论和诠释学。

诚然，现代诗歌解放了诗的话语言说方式包括形式规约，让白话、口语进入诗歌也淡化、释解了情感与意象的密度，甚至出现了如艾青所主张并实践的诗歌散文化倾向，但从总体上并没有将之从抒情和意象诗学的传统范式中解放出来。其中也包括现代主义，它们只是将意象书写上升到了另一层面或者高度，使之整体上呈现出一种意象的“象征性”特质。朦胧诗是意象诗与其诗学的集大成者，它的现代主义倾向也使之同样呈现出一种“象征性”。这是一种注重形象或现象，同时更注重本质或深度的诗性思想与修辞方法，就如美国学者劳·坡林对象征所界定的那样，一个东西并不只是这个东西本身，它指向比其自身更大的含义。哲学家黑格尔更是从思辨哲学论域对象征作了更为经典的释义，在他看来，所谓“象征”，一般是指“直接呈现于感性观照的一种现成的外在事物，对这种外在事物并不直接就它本身来看，而是就它所暗示的一种较广泛、较普遍的意义来看”〔1〕。因而就象征的两个方面——形象与意义——而言，意义才是本质的、绝对的。但它又无法脱离物质、形象，它们是一体同构的两面，构成不可分割的整体性。所以有人将整体观念看作象征主义思想的基石和核心，而这个所谓整体即是物质和精神相互契合感应的一个有机的世界，其间一方面体现着精神或经验世界的“内在圆满性”，一方面也体现着“人对历史和叙事的自足意义的肯定”。在这个“象征世界”里，“一切异质的，非连续性的，此时此刻的东西都被纳入一个整体”，从而“成为一种同一性的统一体”；而这个具有同一性的统一体“也以存在与精神的直接统一的名义建立起一种无可置疑的意义原则”。〔2〕显然，这种意义原则指向和建构起的是一个物质和精神、存在与心灵高度契合、统一或具同一性的整体世界，而其整体性的核心和本质还在于主体的心灵、绝对理念和意向性，物质、现象不过是主体精神或内在心灵的镜像和表现形式而已。它通过统一的整体性将矛盾、差异、异质性、非连续性、此时此刻的东西甚至远在彼时彼地的事物化形于一个和谐、完满的象征世界。因而可以说，这类明显带有黑格尔式的象征模式，对应着的是一个浪漫理想化的历史年代，它即使面对一个充满悖论并不具有完整性的现实，也希望通过完满的整体性建构起理想主义的世界图式。其实，象征与其象征主义本质上即是一种浪漫理想主义的产物，就像查尔斯·查德维克在考辨了不同类型的象征主义之后所说：“所以，我们最后可以把象征主义说成是穿过现实而达到理想世界的一种尝试。这个世界，要么是诗人内心的理想世界，包含着诗人的感情；要么是柏拉图意义上的‘理念’，它构成一个完美的超自然的世界，人们对它心向往

〔1〕［德］黑格尔：《美学》，第3卷，朱光潜译，商务印书馆，1979年，第10页。
〔2〕乐黛云：《世界诗学大辞典》，春风文艺出版社，1993年，第722页。

之。”[1]因而，在那些象征主义大师眼里，象征运动的宗旨不过就是为情感、理念设法赋予感性的图景，或穿越现实的凹地去设法找到理想世界的客观对应物。而具有象征主义倾向的朦胧诗，正是发生和崛起于1980那个激情燃烧，充满浪漫式理想的特殊年代和语境中，由废墟上的反思和重构而兴发的理性优越感和向着未来的时间叙事及蓝图设计，必然带来历史的整体性和现代性观念。那是一个思考远远大于存在的绝对理念和自我的年代，是为情绪、观念寻找客观对应物的年代。由此也使得朦胧诗整体上绘就了一幅理想主义的象征蓝图。无论是北岛式的超现实模型，还是江河、杨炼式的历史图式；无论是舒婷式的情感复调意象，还是顾城式的幻形王国，都是这幅象征蓝图上的一抹图景或缩影。它整体上的象征性是毋庸置疑的，正如弗雷德里克·杰姆逊所说：“现代主义的基本特征是乌托邦的设想”，它的“必然趋势是象征性，一方面涉及某一具体的情形，另一方面又通过象征来反映更广泛的意义”[2]。当然，现代主义或朦胧诗所面临的核心问题，就是如何找出或建立起一个意象象征。一般说来，朦胧诗往往通过语境及语境构成的压力或意象的复现，着意营造和构成意象的象征性，比如诗中橡树、木棉、海、船、长城、纪念碑等等意象即是。单纯意象象征除描写之外，其实也并不拒绝叙述元素的加入，就如对某类事物的细密陈述和叙说一样；而整体意象象征或事件全象征往往就更是由较多叙述片段或叙事方式所达成，进而指喻一个理想主义的个人意向世界或乌托邦式象征图景。但因朦胧诗的思想和修辞方式总体上或本质上是象征性的，所以叙述或叙事也仅仅只是达成意象象征性的一个过程和方法，这或许可称作象征式叙述，它构成了寓体式叙述的一种形态。就如北岛的《触电》，诗人似乎虚构了一连串荒诞的幻觉性事件：与人握手时触电并留下烙印。无论是与有形的人还是无形的人握手，都会发生触电事件并留下伤痕，只是受伤一方会发生转换而有所不同：不是“我”就是“他”。我不敢再与别人握手，只是把手藏在身后，但当双手合十，祈祷上苍时，同样在内心深处留下了伤痕。看似一种荒诞事件，却通过一连串事件或现象的重现和反复，建构起了一个象征，从而深刻地揭示了某个特定的历史年代“他人就是地狱”和“普遍的敌意”这一本质性存在图景，由此也表现了诗人对一个非

〔1〕［法］查尔斯·查德维克：《象征主义》，肖聿译，北岳文艺出版社，1989年，第10－11页。

〔2〕［美］弗雷德里克·杰姆逊：《后现代主义与文化理论》，唐小兵译，陕西师范大学出版社，1987年，第132页。

人性异化现实的批判、自审意识以及对理想人性世界的向往。这是通过叙述并复现一个类乎荒诞的事件建立起的象征。杰姆逊在论及现代主义如何寻找象征去具体体现一些抽象概念时,曾指出解决方法之一“是自己编造一个神话,使神话具有一种持续的、贯彻始终的象征性”[1]。朦胧诗人虽然未去大面积编造神话来确立象征,但却常常运用神话传说和历史文化题材形成具体的象征性叙述,进而去揭示和指向蕴含其中的某些观念、意义,比如江河的《太阳与它的反光》《纪念碑》,杨炼的《大雁塔》《乌篷船》,舒婷的《神女峰》等等。这里以组诗《太阳和他的反光》中《逐日》一诗为例:“上路的那天,他已经老了/否则他不去追太阳/上路那天他作过祭祀/他在血中重见光辉,他听见/土里血里天上都是鼓声/他默念地站着扭着,一个人/一左　一右　跳了很久……”题材选自《山海经·海外北经》:“夸父与日逐走,入日;渴,欲得饮,饮于河、渭,河、渭不足,北饮大泽。未至,道渴而死。弃其杖,化为邓林。”一般说来,神话多反映一个民族原初时期古先民与自然抗争,渴望征服自然、造福人类的美好愿望,是种族原型心理戏剧性或叙述性的象征体现。这则神话也不例外,它书写了一个巨型人物——夸父,敢于与太阳竞跑,渴望追上太阳,让它给人类带来温热,造福先民。所以有人称夸父是中国的普罗米修斯,愿从天上盗得火来,撒向人间的芸芸众生。可江河显然对此神话给予了改写、误读和二度叙述,由此更是将此壮美叙事化为了一袭优美的诗意画面:“太阳安顿在他心里的时候/他发觉太阳很软,软得发疼/可以摸一下了,他老了/手指抖得和阳光一样/可以离开了,随意把手杖扔向天边/有人在春天的草上拾到一根柴禾/抬起头来　漫山遍野滚动着桃子”。神话中“入日”的原义本为“追赶到太阳落下的地方”,可这里却“误读”为进入太阳并与之合为一体,一方面既是古先民原型心理范式“天人合一”意识的具体体现,一方面也构成了种族理想或愿望得以最终达成的一种象征图式。而诗中被反复述说的“老了”的形象,其实也是江河这一代人在文革中失落青春又不甘受命运摆弄继而追寻梦想的一个形象象征,由此也达成了现代意识与古老神话的一种对话、重构与叙述。普罗普在《民间故事的形态学》一书中认为“西方民间故事的基本形式是‘追寻’。主人公总是在寻找一件物,不管主人公是谁,也不管

〔1〕[美]弗雷德里克·杰姆逊:《后现代主义与文化理论》,唐小兵译,陕西师范大学出版社,1987年,第135页。

要找的是什么。这就是民间故事的基本结构……”[1]或许不仅仅西方，也不仅仅限于民间故事，它事实上就是人类历史过程包括个体生命经验所积淀下的一种原型心理模式，只要人类包括个体的生命还存在着梦想和意义，或许就会有不得不或者无法舍弃的“追寻”主题。梁小斌的《雪白的墙》和《中国，我的钥匙丢了》同样是两首经典书写“追寻”主题的象征性叙述诗。前者以“妈妈/我看见了雪白的墙”这一事件与其意象的反复出现构成一个事件象征，后者同样以“中国，我的钥匙丢了”在叙事语篇中复现以及“中国”与“钥匙”语词及意象之间的语境压力构成事件象征；前者喻指纯洁无瑕的心灵及对美好世界的向往，后者则象征着对一切失去了的包括理想、爱情甚至超验理念等等一切的执著“追寻”。其间叙述过程中相关事件的细节、话语调式或语词的生发、延异及不同叙述元素的加入、处理，均在相当程度上拓展了象征性叙述的表现空间，充实丰盈了叙述艺术的诗性肌质。

然而，一个完满的、富有连续性及同一性、理想可预知的世界图景以及历史与观念的整体性破碎、解体之后，碎片已然散落一地，分崩离析，再也无法掇拾、缝补和整并为一体。而与这个完满、理想和具整体性的世界景象对应同构的象征图式自然也不复存在，代之以本雅明意义上文本和历史的“寓言性”：“如果说‘象征’对应着一部理想化的历史，那么‘寓言’则对应着一部衰败、破碎的历史。因为‘寓言’结构本身就是这种异质的、非连续性的历史的再现……不是抽象的、精神上的再现，而是具体的、现象上的再现。”[2]这种具体的、现象上的再现，与黑格尔式象征包括传统及现代象征观念“把事物看成是同一的、相似和类同的”相比，寓言性不在于认为世界、事物包括艺术作品存在一个“最终的决定因素”，比如绝对理念或总体性，它只有“个别事物”，只有“异样性”。因为寓言性并不指向一个完整和谐的“有机整体”，它只有“分裂、距离、相异性和间隙”等等不同状貌和层次的“无机性”的存在。[3]这与知识分子写作对于上个世纪90年代的社会存在的认知及其诗学观念颇有些类同之处。西川曾就90年代变化了的社会历史状况重新给予审视：“当历史强行进入我的视野，我不得不就近观看，我的象征主义的、古典主义的文化

〔1〕［美］弗雷德里克·杰姆逊：《后现代主义与文化理论》，唐小兵译，陕西师范大学出版社，1987年，第6页。

〔2〕乐黛云：《世界诗学大辞典》，春风文艺出版社，1993年，第722页。

〔3〕［美］弗雷德里克·杰姆逊：《后现代主义与文化理论》，唐小兵译，陕西师范大学出版社，1987年，第67页。

立场面临着修正。无论从道德理想，还是从生活方式，还是从个人身份来说，我都陷入一种前所未有的尴尬状态。所以这时就我个人而言，尴尬、两难和困境渗透到我的字里行间。"[1]这种尴尬、两难或矛盾的困境，正是在一个理想化的历史衰落和整体性世界解体之后，持有某种象征或古典观念的个人在面对衰败、破碎的历史和世界时所必然具有的存在状态。个人的困境是世界困境的一个缩影，而进入具体的历史和文本书写视域，公共的同一性话语和单纯的对抗性写作终结了、失效了，写作也必然回到具有多样性、差异性的具体的"个人"，就如孙文波对"个人写作"概念的提出所做的分析那样："进入90年代，一些诗人对体系化的理论不再热衷，当他们重新领悟了诗歌在具体的历史语境下，并没有超验的自由，而会被制度化地变为某种集体语言的牺牲品，并进而会使充满激情、抱负的单纯对抗性写作失效时，提出了'个人写作'的概念。"[2]事实上，"超验"并不具有超然或必然的更多的自由性，它甚至与"体系化的理论"、制度性的集体语言和权力意识形态或绝对理念有着更为密切的内在关系及同一性。所谓"体系化的理论"，可看作"整体性"或"总体性"概念的另一表述形态，当知识分子写作者不再热衷和已然拒绝"总体性"或"最终的决定因素"而追求一种具体性、差异性时，"个人写作"也就自然而然成了一种合法性而又具合理性的书写形态。程光炜更是引入了"民间话语"这个概念，认为"当社会运作出现哈贝马斯所说的'总体性价值系统危机'时，民间话语就有可能在夹缝中一跃而出，表现为一种'语言的狂欢'"。他首先指出了民间话语"在拆解、游戏、对抗与修补权威话语的复杂活动中"所获得的"自身存在的依据"，比如"话语态度的非理性相对于理性，叙事方式的偏离随意相对于规范正宗，民间私语的差异性相对于社会生活的整体性"，同时也揭示了与传统的知识型构不同的新的意识形态功能，就如他所说，知识分子写作一方面"充分显示了民间话语的多声部本文效果和个人的差异性；另一方面，又程度不同地隐寓着处理意识形态的功能"。[3] 这种"民间话语"的新的意识形态功能，主要体现在"公共领域"的私人化和日常生活化，就如柏桦的《现实》"而冬天也可能正是春天/而鲁迅也可能正是林语堂"中所展示出的存在悖论或产生出的"戏剧性的偏离效果"一样，更如孙文波的《幸福》：在一

---

〔1〕 西川：《大意如此》，湖南文艺出版社，1997年，第2页。

〔2〕 孙文波：《我理解的90年代：个人写作、叙事及其他》，王家新：《中国诗歌九十年代备忘录》，人民文学出版社，2000年，第15页。

〔3〕 程光炜：《程光炜诗歌时评》，河南大学出版社，2002年，第24－27页。

种“虚构的私生活中悄悄展开着的公众性，因为它实际上是被浓缩在一扇窗户里的国家寓言”。程光炜还以欧阳江河“用后现代理论消解意识形态话语”这一事例进一步说明新的知识型构和意识形态处理功能：“他反对的主要是用意识形态的整体性规范诗歌的一种‘君临天下’的态度，并不反对在个人和差异性的写作中对意识形态进行重新编码。”由此看来，知识分子写作并不否定，也并不反对和拒绝诗歌叙述中的意识形态元素，甚至认为意识形态已经成为个人和日常生活无法脱离的存在，它是写作的一部分，“强调政治写作的终结是一回事，注意到政治并非处于生活和写作之外，也并非缺席于生活和写作之外是另一回事”[1]。只是与传统的意识形态书写不同，“它是一种日常生活中的惯例，而不是那些教条或主义之类的东西”，传统的“意识形态同化了这个世界，过分将有差异的事物等同起来”，而新的意识形态处理“作为对这种同化的破坏，思想者必须具有否定和特立独行的力量。而艺术正是这样一种力量，它以差异的而非同一的方式来言说”，表现了对“天衣无缝”的“整体性”的拒绝、消解和破坏。[2] 这是知识分子写作与朦胧诗知识型构或意识形态书写的主要差别，也是象征性与寓言性的主要差别之所在。这里以西渡的《一个钟表匠人的记忆》为例作些解读：

一

我们在放学路上玩着跳房子游戏
一阵风一样跑过，在拐角处
世界突然停下来碰了我一下
然后，继续加速，把我呆呆地
留在原处。从此我和一个红色的
夏天错过。一个梳羊角辫的童年
散开了。那年冬天我看见她
侧身坐在小学教师的自行车后座上
回来时她戴着大红袖章，在昂扬的
旋律中爬上重型卡车，告别童贞

[1] 程光炜：《程光炜诗歌时评》，河南大学出版社，2002年，第24-27页。
[2] 程光炜：《程光炜诗歌时评》，河南大学出版社，2002年，第24-27页。

二

在世界的快和我的慢之间
为观察留下了一个位置。我滞留在
阳台上或一扇窗前，其间换了几次窗户
装修工来了几次，阳台封上了
为观察带来某些不同的参照：
当锣鼓喧闹把我的玩伴分批
送往乡下，街头只剩下沉寂的阳光
仿佛在谋杀的现场，血腥的气味
多年后仍难以消除。仿佛上帝
歇业了，使我和世界产生了短暂的一致
……

这首诗以臧棣的“诗歌是一种慢”作为题记，书写了一则关于“快”与“慢”，而又极富于寓意倾向和哲学意味的寓言故事。“世界”或“她”是“快”的寓体，而“我”则是“慢”的寓体，在“世界的快”与“我的慢”之间所形成的对位、反差和不相容的矛盾，构成了两个截然有别的向度和拉扯力，促使世界和我的经验历史极速地向着不同方向裂解、破碎，与“世界的快”相对位和呼应的“她”，在“快”中不断被异化、裹挟：从失去童贞到憔悴、衰老，再到时间加速后的死亡，“世界的快”不过是向死亡加速坠落的同义词和必然而苍白的归宿；相反，在“我的慢”之中，是一种有关时间的生命哲学，是夜梦中分秒行走时迈着的“芳香的节奏”，是呼唤与应和着的“一个小学女生的呼吸和心跳”，也“仿佛在倒放的/镜头中越走越近”的她于人群中“楚楚动人”的姿容……“快”与“慢”就是如此的分裂和对立，现实与理想的分裂、对立，世界与我的分裂、对立，我与她的分裂、对立，我与另一个自我的分裂、对立（就如为了缩短“我”与“她”的距离，本来崇尚“慢”的我却多么渴望“拥有一个急速的夜晚”去抵达她；也如一个崇尚“慢”的所谓失败的匠人，当他在傍晚五点钟的幼稚园，看到“从起点到终点”，“带着/童真的快乐和全部的向往”“急速地奔向他们的父母”时，此刻的叙述者“我”，却一百分地同意“将速度加大到无限”）……与象征所对应的一个有机的完满的世界不同，一个理想化的乌托邦式的历史图景和整体性世界已然分崩离析，代之以一个对立、破碎和寓言性的无机世界，

“在这个世界里，人性同历史一道经历着被湮没的命运”[1]。历史与存在的结构之间，整体与部分，普遍性与具体性，不再具有本质的必然联系和内在的同一性，从而“成为一种必然在人的内在经验中重新加以确定的东西。”[2]而这一确认，并不在以“统一体”为旨归，进而体现出寓言性的多层次、碎片化和悖论式特征。《一个钟表匠人的记忆》显然是其经典例证之一。

再看张曙光《一条街和一所古老的房子》和《一个老人对一个青年人说》，二者同样具有寓言式叙事的构架与肌质。比如前者：“一条街是一个漫长的故事/树木是这里唯一的风景/低矮的房屋像发霉的蘑菇/在水泥建筑物旁枯萎/小矮人们衰老而委顿/吃力地啃着一只巨大的浆果……//一小杯酒，或是记忆/温暖着我的生命——/那一枚开始腐烂的果实/我感到身体空空荡荡/像十二月，像这条街/以及这座充满腐味的房子”（《一条街和一所古老的房子》）。如果从本雅明的意义上理解寓言，它往往从悲伤、颓败或破碎的一面去呈现、直面和把握历史原在的真实性，所谓“寓言在思想领域里就如同物质领域里的废墟”；而象征则更多是对历史包括废墟、毁灭的修饰和美化，偏于肯定的一面。由此看来，《一条街和一所古老的房子》显然是富有寓言化的破碎、衰败的历史叙事：一条街曾经的风景如今已不复存在，就如曾经的岁月“黄色的雾”一般“在我的面前弥散”，到处充斥着霉味、腐烂、枯萎之物，传说中的童话王国似乎也已颓败，幸福的小矮人们个个衰老、委顿，包括我的身体也如这条街、这座房屋及时令一样空荡、虚无，我与存在的完满性、统一性被打破了，一个理想化的世界恍如隔世，破败的街道、空屋变得如此隔膜、敌视、枯寂、荒芜……，再也无法回到以往。再如《一个老人对一个青年人说》：“我赶了很长的路，见鬼，我必须休息/那只长脚蚊子一直追赶着我/还有月亮，旧时代的一枚磨光了的纪念品/我的脚很疼。但这不能怪我的靴子/一个老人对一个青年人说//……”这首诗同样充满着寓言性叙事，它所对应的同样也是一个衰败破碎的时代、历史包括个人，一个充满连续性和整体性，完满理想化的存在破裂、消逝了，世界也成了非同一性异质的存在，不仅长脚蚊子怀着敌意成为我的世界的异物，就是那枚月亮和令人怀恋的旧年代，也已被岁月的侵蚀、风尘的磨洗而失去了光芒，变得黯淡失色。“这个世界我熟悉又陌生，我的旧情人/现在已背叛了我，或我背叛了自己”，“蚊子和月亮，我的仇家

[1] 乐黛云：《世界诗学大辞典》，春风文艺出版社，1993年，第722页。
[2] 乐黛云：《世界诗学大辞典》，春风文艺出版社，1993年，第722页。

或朋友/赶了很长的路。现在我已经衰老/还有这世界……”,“岁月嘶哑了我的喉咙,我必须在黑暗里/燃亮一盏灯,直到它烧着了天空”。对立、矛盾、分裂、背叛、陌生、衰老、悔恨、黑暗……一切的一切颓败、不合时宜、令人悲伤的存在与事物,不仅仅是这个世界,还有我自己,不仅旧情人背叛了我,我自己也在背叛自己,不仅我自己已经衰老,这个世界也已衰老……原有的理想、激情失去了,现实和世界也已破裂成一些碎片而成为废墟,但他依旧不甘就此沦落、消逝,他要在黑暗中点亮一盏灯,直到它燃着天空……或许这就是诗人要给年青人的一个寓言式启示吧!然而,面对一个破败的现实和寓言式叙说的世界图式,人们如何才能从中获得拯救?我想在知识分子书写者心中答案应该是自明的。显然他们已无法重返一个完满、理想又具和谐统一性的象征性世界,而是要迎面一个衰败、破碎又具异质性的多样现实,从而在寓言式书写中介入存在,在直面和担当中寻求拯救的契机。

山东大学(威海)现代诗歌研究中心

草根性诗歌的“民间性”与“现代性”

——兼谈中国新诗“小传统”的形成及发展

向天渊

“草根性诗歌”概念的提出

1990年代中后期以来，新诗创作呈现众声喧哗的多元态势，而1999年的“盘峰论战”及其后续争辩，更是促成所谓“民间写作”与“知识分子写作”的严重分野，加之下半身诗歌、网络诗歌、打工诗潮、中间代诗群、新红颜写作等所引发的系列争吵，使得诗坛纷纷攘攘、热闹非凡。面对这种局面，评论界、学术界表现出悲观与乐观两种截然不同的态度。在悲观者看来，如此混乱的局面表明新诗已经失去昔日荣光，需要通过“二次革命”进行诗体、精神与传播方式的重建；乐观者则认为，这样的多元探索恰恰表明诗歌高潮即将到来，伟大诗人也会随之而诞生。诗人、评论家李少君显然属于后者。基于新诗正在迈向其伟大时代的乐观判断，他明确地用“诗歌的草根性时代”来指称21世纪以来的新诗创作。[1]

不过，李少君的“草根”是一个宽泛性概念，与我们通常所说的草根阶层之“草根”所具有的底层、民间、弱势、乡土等具象性内涵颇不相同，毕竟他曾明确指出：“‘草根性’并不是乡土性，也不是民间性”[2]。他所谓的“草根性时代”更多的是一种象征意义上的命名：“新诗走到这么一个阶段，产生这么一些新的情况和现象，我个人称之为‘草根性’：一种自由、自然、自发的诗歌写作出现了，一种日常化的深入普通人生活和心灵深处的诗歌写作出现了，一种由天空而来的诗歌终于接地气了。”“如果说朦胧诗是当代诗歌的第一声春雷，那么，现在大地才真正觉醒，万物萌发，竞相争艳，生机勃勃。”[3]“所谓‘草根性’，如果用一句话来概括，就是指一种自由、自发、自然的源于个人切

---

〔1〕 2003年诗人杜马兰呼吁“回到诗歌的草根年代”，随后李少君提出草根性写作并积极实践与反复阐述，形成一个较有影响的诗学话题。

〔2〕 李少君：《关于“草根性”诗歌问题的札记》，《诗刊》2004年第12期。

〔3〕 李少君：《诗歌的草根性时代》，《长沙理工大学学报》(社会科学版)2011年第1期。

身经验感受的原创性写作。"[1]除却他特别强调的个人性、经验性、原创性之外,草根性还包括本土化、中国性、民族性等多重内涵。如此宽泛的界定,让我们体会到李少君涵括多种诗歌现象、沟通民间书写与精英创作的诗学意图,他与田禾主编的《21世纪诗歌精选》系列[2]可谓这种意图的执着表现。

的确,草根性诗歌的勃勃生机,需要不同地域、不同类型的诗人共同培育与呵护。于是,实力派、地方性、网络、民刊(并非民间)等各种称谓与类型的诗人都成为李少君关注的对象,他们的作品自然也是其构建草根性诗学的基点与材质。但诚如陈仲义所指出的那样:"固然有时人们需要做较大的'指向'而好包容,但如果强调过头,反而容易掩盖它独一无二的'条形码'。与其做扩大性处理,不如回到更为严密的'识别'标记上。换句话说,从草根的原始义源出发,环绕它的特指性,也就是不要轻易将草根固有和特有的底层、泥土、民间色彩祛除。"[3]本文无意也无力对草根性诗学问题进行全方位论述,只打算对草根性诗歌的民间性、现代性及其与新诗"小传统"之形成与发展的关系问题略作探讨,试图以此丰富草根性诗学的内涵,并为草根性诗歌创作提供一份参考。

草根性诗歌的民间性

草根性诗歌精神内涵的基点就在于其"根"亦或"根系","草"只是勃勃生机的外在表现,其顽强、茁壮的生命力全赖内在"根系"的发达与壮硕。这一根系或许包括上文所谓个人性、经验性、原创性、本土性、中华性等等,但其中最为粗壮的应该是如下紧密相关的两"根":一是底层之根,二是传统之根,两者在"民间性"上交集起来,形成"现实民间性"和"传统民间性"的价值取向,并以此维系草根性诗歌的健康成长。

之所以要强调草根性诗歌底层之根或者说现实民间性的价值取向,是为了凸显其现实关怀,尤其是对底层也即民间的伦理关怀。毫无疑问,此一价值取向的确立与实现,既需要草根诗人群体的自我体验与书写,也需要知识分子诗人群体的民间想象与替代表达。

---

〔1〕 李少君:《草根性与新世纪诗歌》,《南方文坛》2009年第4期。

〔2〕 该系列已由长江文艺出版社,推出"草根诗歌特辑""诗歌群落大展""新红颜写作诗歌档案""每月好诗选"等四辑。

〔3〕 陈仲义:《中国前沿诗歌聚焦》,中国社会科学出版社,2009年,第206页。

改革开放三十多年以来，随着经济高速发展，我国的社会结构发生重大的转型与裂变，其层级划分的标准由此前意识形态性的阶级、出身、思想转变为实用性的金钱、职业、权势等，其结果就是尚处于为衣食住行等基本生存权益而奋斗的"'草根'阶层"之数量急剧膨胀。这些被称作"弱势群体"的人所引发的种种社会问题受到各级政府、民间社团以及知识分子越来越多的关注与重视。在这样的背景下，表现底层民众之生活与抗争、情感与思想的草根文学(或称"底层文学""底层写作"等)、草根诗歌(或称"底层诗歌""打工诗歌"等)大量涌现。

如果我们从创作者的身份来考察，就会发现，当前草根诗歌创作的主体也即最具影响力的部分是底层诗人的自我书写，其次才是知识分子或者说专业诗人的替代表达。前者由于是切身体验的自然流露，产生了不少优秀作品，比如柳冬妩(1973—)的《命运是条被炒的鱼》(《诗选刊》2002 年第 9 期)，何真宗(1973—)的《纪念碑》(《创业者》2002 年第 9 期)，郑小琼的《打工：一个沧桑的词》(《散文诗》2003 年 11 月)等等。后者更多地抒发了旁观式的同情、怜悯与关怀，只能算作民间经验的想象表达，即便手法高超、处理得当，仍难免疏离与隔膜，比如伊沙的《中国底层》、宋晓贤的《乘闷罐车回家》、卢卫平的《在水果街碰见一群苹果》、江非的《时间简史》、林雪的《蹲着》等，都可谓打工诗歌中的名篇佳作。但它们的作者几乎都是较有影响的诗人，出于对草根群体、底层民众的同情与关爱，这些作品既透露出深深的哀婉与悲悯，也潜藏着某种拯救与忏悔意识，这即可以说是知识精英阶层在面对苦难时难以抑制的本能体现，也可以说是对古代士阶层"惟歌生民病"之忧患传统的继承。

尽管如此，我们对知识分子立场的民间写作还是应该给予宽容与鼓励，因为这种对底层现实生活的伦理关怀，最能体现草根性诗歌写作的根性特征。毕竟漫长的诗歌历史包括新诗发展史已经告诉我们，只有扎根于普通民众的现实生活，诗歌才可能因其丰沛的人间情怀而博得大众的回应与首肯，那些高蹈者们的作品在艺术探索上的突破与成就，往往以失去广大读者的阅读与青睐为代价。当然，最为理想的状态应该是将苦难书写、伦理关怀与艺术超越完善地结合起来，这自然也是草根性诗歌"现实民间性"价值取向的终极目标。如此一来，草根诗的写作也就面临更加严格的要求与更为严峻的挑战。

草根性诗歌的另一个重要基点，"传统民间性"价值取向同样值得重视。但需要特别指出的是，这里所谓的传统民间性，主要源自于中国古代的市民文学—民间文学传统、国外现实主义—批判现实主义文学传统，以及继承与融会这两大传统之后所形成的“人的文学—平民文学—血泪文学—乡土文学”新传统，显然这种新传统正是中国新诗之“现代性”的表征之一。除此之外，传统士大夫雅文学中的忧国忧民传统、诗史传统、新乐府传统，以及新文学、新诗中的人道主义传统，都可以成为草根性诗歌“传统民间性”价值取向的丰厚资源。

近现代以来，王国维、胡适、鲁迅、吴梅、郑振铎等一大批学者对中国古代文学中的白话—通俗文学传统进行了发掘整理与价值重估，使得一个庞大的被正统雅文学长期遮蔽的市民—民间文学“小传统”得以浮出水面。其结果正如郑振铎所描绘的那样：“差不多除诗歌与散文之外，凡重要的文体，像小说、戏曲、变文、弹词之类，都要归到‘俗文学’的范围里去。凡不登大雅之堂，凡为学士大夫所鄙夷，所不屑注意的文体都是‘俗文学’。‘俗文学’不仅成了中国文学史主要的成分，且也成了中国文学史的中心。”[1]这一学术路向的价值，并不仅仅意味着中国文学史的改写与新编，它还为我们揭示出一个此前不为大多数人所知但却更为真实的古代中国社会生活与精神的新世界。因为这些作品，“他们产生于大众之口，为大众而写作，表现着中国过去最大多数的人民的痛苦和呼吁，欢愉和烦闷，恋爱的享受和别离的愁叹，生活的压迫的反响，以及对于政治黑暗的抗争；他们表现着另一个社会，另一种人生，另一方面的中国，和正统文学，贵族文学，为帝王所豢养的许多文人学士们所写的东西里所表现的不同。只有在这里，才能看出中国人民的发展、生活和情绪。中国妇女们的心情，也只有在这里才能大胆的、称心的不伪饰的倾吐着。”[2]

回顾学术界对古代俗文学的考掘、阐释与重新评价的具体历程，我们发现它大体上与新文化运动的发生、新文学革命的爆发、新诗作品的涌现彼此呼应、相互促进、共同发展。新文学的成长既伴随着对古文学“正统”的批判与否定，也得力于对古文学中具有异端色彩的“小传统”的继承与弘扬。在这方面，新诗可以说表现得尤为充分，无论从形式还是从内容上看，它在疏离古代诗歌正统与正典的同时，却认同与发扬了白话诗歌、民间歌谣中的率真与质朴、新鲜与奔放，大踏步地走上了平民化、大众化的道路。

---

〔1〕 郑振铎：《中国俗文学史》，上海书店，1984 年，第 1 - 2 页。
〔2〕 郑振铎：《中国俗文学史》，上海书店，1984 年，第 20 - 21 页。

这当然有其必然性，毕竟平民化、大众化的精神追求，也是五四新文化运动所鼓吹的民主精神的重要组成部分，正如闻一多所指出的那样："新文学同时是新文化运动，新思想运动，新政治运动。新文学之所以新，就是因为它是与思想、政治不分的，假使脱节了就不是新的。"[1]只不过，这种新思想、新政治不可能是与旧传统截然分开的崭新。同样是闻一多，也说过这样的话："我们不能开天辟地(事实与理论上是万不可能的)，我们只能够并且应当在旧的基石上建设新的房屋。"[2]这个道理，体现在新诗上，就是俞平伯早在1922年就一语道破了的"诗底进化的还原论"，所谓："平民性是诗的主要素质，贵族的色彩是后来加上去的，太浓厚了有碍于诗底普遍性。故我们应该另取一个方向，去'还淳反朴'，把诗底本来面目，从脂粉堆里显露出来。我以为不但将来底诗应当是平民的，原始底诗本来是平民的，即现今带贵族性的好诗，亦都含有平民的质素在内，不过遮住了所以不见。"[3]

前些年引起广泛关注的王学忠就是这样一个"以我的手写我们的生活"的平民诗人。"平民诗人"的称号受到贺敬之、魏巍等著名诗人的肯定，这一称谓的确高度凝练地概括了王学忠诗歌在情感、认知以及语言上鲜明的平民立场。我们不妨读一读他的《三轮车夫》：蹬得动要蹬/蹬不动咬牙也要蹬/就像做了一回上弦的箭/只有折了/句号才算画得完整//出门时把力带上/忧愁丢在家中/捞件汗衫儿肩头一搭/三轮车轮子便风车般转动/落地的是咸涩的汗/呼叫的是辛辣的风//家人的企盼揣在心口/女儿流泪的学费/妻子叹息的药瓶/每天不蹬十块八块的/躺在床上/三轮车在梦中也不安地转动//……

阅读这首诗作，或许会让我们立马想起新诗初创时期那首著名的《人力车夫》："车子！车子！"车来如飞。/客看车夫，忽然心中酸悲。/客问车夫："今年几岁？拉车拉了多少时？"/车夫答客："今年十六，拉过三年车了，你老别多疑。"/客告车夫："你年纪太小，我不能坐你车，我坐你车，我心中惨凄。"/车夫告客："我半日没有生意，又寒又饥，/你老的好心肠，饱不了我的饿肚皮，/我年纪小拉车，警察还不管，你老又是谁？"/客人点头上车，说："拉到内

〔1〕 闻一多：《新文艺和文学遗产》，闻一多：《闻一多全集》，第2卷，湖北人民出版社，1993年，第216页。

〔2〕 闻一多：《〈女神〉之地方色彩》，原载1923年6月10日《创造周报》第5号，闻一多：《闻一多全集》，第2卷，湖北人民出版社，1993年，第123页。

〔3〕 俞平伯：《诗底进化的还原论》，原载1922年1月《诗》一卷一号，俞平伯：《俞平伯全集》，第3卷，花山文艺出版社，1997年，第549页。

务部西。”

两相对照，我们会发现，《人力车夫》以全知视角、戏剧化手法，表达了对劳苦大众的人道主义关怀，与古代“惟歌生民病”式的代言体写作一脉相承。这也难怪，其作者胡适毕竟不是下层民众。而王学忠却不同，他做过工、蹬过车、摆过摊，这种长时间的底层生活，使得他的作品基本上都是草根阶层之生存状况、思想情感的真实表现，正如著名诗人雁翼指出的那样：“他不是用笔用墨用纸写诗的，而是用生命种诗的。他的诗便是他生命的拓片，可以从他的诗作中看到他的血气，他的泪光，他的骨影，他的魂魄。”〔1〕不过，我们更应该注意的是，这两首在创作时间上相差八十余年的作品，尽管在话语方式、抒情伦理等方面存有巨大差异，但在民间价值取向上却彼此相通，这也再次表明“小传统”几乎贯穿新诗的整个发展历程。

草根性诗歌的现代性

然而，新诗民间性、平民性传统的建立绝不是对旧诗民间性、平民性的照搬与复制，它还受到近现代以来大规模引进的外国文学与诗歌的影响。众所周知，外国文学的译介伴随着新文学诞生与发展的整个历程，“无论是作家个人还是文学社团，都和外国文学有着非常紧密的联系。”〔2〕而新诗又可谓是现代文学中最具传统叛逆性因而也最为西方化的文体，它所受到的外来影响十分明显，但在演进过程中，新诗也同小说、散文、戏剧等一样，在“现代化与民族化”或者说“现代性与民族性”的纠缠与博弈中逐步走出一条具有本民族风格的诗学之路。

在这条道路上，无论是受浪漫主义影响的郭沫若、徐志摩，还是受象征主义影响的李金发、梁宗岱，亦或是受现代主义影响的戴望舒、冯至、卞之琳、九叶诗派等，都并非纯粹的艺术至上主义者，他们或多或少地将西方文学中的人道主义、批判精神、救世情怀等引入自己的创作，更不用说其他深受西方现实主义与批判现实主义影响因而更具人间情怀的诗人，比如艾青、臧克家、田间、阮章竞、徐玉诺、李季、七月诗派等，更是将现代中国人民悲苦多难的生活作为自己吟唱的对象。

〔1〕 雁翼：《王学忠诗稿·序》，王学忠：《王学忠诗稿》，中国戏剧出版社，2005年。

〔2〕 唐弢：《西方影响与民族风格》，人民文学出版社，1989年，第14页。

如此一来，表面上判然有别的现代主义诗歌与现实主义诗歌，都不能无视现代中国的社会动荡与变迁，在人民性、民间性、批判性上达成看似偶然实则必然的艺术交集。正是这种交集，形成与古代文学“小传统”既一脉相承又大相径庭的“新诗‘小传统’”，而且这一传统在当代新诗发展史上得到新的演绎，诸如新民歌、台湾乡土诗、1980年代的新边塞诗、湖南新乡土诗运动等，都可谓是对这个传统最为直接的继承与发展。至于近十余年兴起的打工诗、农民诗以及一系列出自于普通大众的网络诗歌，因其浓烈的生活气息和鲜明的个人体验，摆脱了长期以来知识分子诗人对民间疾苦的替代表达，用草根诗人、平民诗人已经觉醒了的自我书写意识，将新诗的民间性、现实性推向一个新阶段，这也意味着草根性诗歌具有与新诗之现代性传统相契合的价值与意义，亦或者说，“草根性诗歌”本来就诞生于新诗之现代性的长河之中。

其实，“现代”“现代性”最重要的内涵甚至最本质的属性就是求“新”与求“变”，所谓“现代最本质的口号是‘造新’。波德莱尔在他的《1845年的沙龙》一书结语中衷心地呼唤‘新之诞生’，艾兹拉·庞德也大声疾呼‘make it new!’”[1]“现代”及“现代性”对“新”与“变”的渴求与追逐，其目的就是为了与趋于一尊、故步自封的古典抑或古代形态相区别，其面相自当无比丰富，但也如马泰·卡林内斯库在《现代性的五副面孔》“中译本序言”中所强调的那样：“这些面孔说到底只是对我的研究假设的一些隐喻？我选择它们是为了更有启发性地表述清现代性这个关键概念的复杂历史，依我们看待它的角度和方式，现代性可以有许多面孔，也可以只有一副面孔，或者一副面孔都没有。”[2]况且，从另一种意义上讲，“现代性”也并非因其发源并率先成熟于西方，就只能有一个标准、一种模式，当其“旅行”到中国，自然要受到中国文化及文学语境的过滤与影响，转化成“中国现代性”[3]。

中国现代文学既是古今中外文化、文学相互碰撞的结果，也是现代世界性文学的组成部分，其独特的中国色彩，既可以看成是“中国现代性”的呈现，也未尝不可以视之为全球现代性的表征。说到这里，我们很自然地想起1930

〔1〕[法]安托瓦纳·贡巴尼翁：《现代性的五个悖论》，许钧译，商务印书馆，2005年，第3页。

〔2〕[美]马泰·卡林内斯库：《现代性的五副面孔》，顾爱彬、李瑞华译，商务印书馆，2002年，第3页。

〔3〕“中国现代性”出现近20年，已经被金耀基、单世联、周宪、杨春时、王一川、张法、彭富春、王德威、周蕾等众多学者所使用，成为中国现代学的焦点性问题之一，在人文科学中得以广泛流传。

年初中国现代派诗人对他们所提倡的“现代诗”所作出的经典性界定:“它们是现代人在现代生活中所感受的现代的情绪,用现代的词藻排列成的现代的诗形。”〔1〕

就当前的中国而言,草根诗人、平民诗人本身就是广大劳动人民的一分子。草根性诗歌要么是他们自己发出的声音,要么是知识分子诗人在替他们发声〔2〕。也许从阶层角度而言,工人、农民、城市平民都处于社会下层甚至底层,但这并不意味着他们就不是现代人,他们的生活就不属于现代生活,现代社会与古代社会的区别之一就是其结构与阶层的丰富性、多样性。正如前面我们已经提到的那样,改革开放之后,中国社会阶层变得更加丰富,人口流动频繁,信息交换便捷,各阶层人民都处在类似甚至相同的现代性时空之中,既是现代社会的共享者,也是现代社会的共建者。如此说来,“草根性诗歌”理所当然地具有现代性特征,其独特的人生体验就是“现代人在现代生活中所感受到的情绪”,其所使用的词藻、所排列成的诗形,与大多数中国现代诗歌〔3〕并无本质区别。

行文至此,我们或许要反躬自问,有关“现代性”和“草根性诗歌之现代性”如此这般的认识与理解是否失之宽泛?其实,我们也无需对此类问题产生困惑与纠结,因为现代性不仅对传统予以否定,也对现代进行反思和批判,也就是说“反现代”也是现代性的表现,甚至成其为某种传统,而“现代传统由一条死胡同走向另一条死胡同,不断背叛自身,背叛真正的现代性,因为现代性是这一现代传统所拒斥的东西。”〔4〕这种自我解构的特征足以消弭赋予现代性的任何内容,这也是所谓“现代传统”“现代性传统”既合理又悖谬的重要原因。既然如此,草根性诗歌的“现实民间性”“传统民间性”与“现代性”或者说“中国现代性”得以融汇并形成新的传统,也就显得顺理成章,而并非天方夜谭。谓予不信,请看一首具体的作品——《四月》(2006):黎明揉进了一滴铁锈的泪水中/她低头听见恍惚的声响//四月在窗外行走,荔枝林开花/紫丁

〔1〕 施蛰存:《关于本刊中的诗》,原载1933年11月《现代》第四卷第一期,《施蛰存全集》,第4卷,华东师范大学出版社,2011年,第1228页。

〔2〕 向天渊:《谁的声音?替谁发声?——略谈草根诗歌的“公共性”与“个人性”》,《湛江师范学院学报》2013年第5期。

〔3〕 少数先锋派诗歌不在此列,即便在马泰·卡林内斯库看来,“先锋派”也只是现代性的面相之一。

〔4〕 [法]安托瓦纳·贡巴尼翁:《现代性的五个悖论》,许钧译,商务印书馆2005年,第5页。

香低于爱情，铁的背阴处/生锈的月亮，一个相信爱的人/举起持久而隐忍的悲伤//往事渐远，记忆斑驳/剩下炉火间的春天/照亮一张图纸上的荒凉与寂寞//这些锈消化着深处的黑暗与细节/晾在机台上时光正经过，她低矮的想法/在四月长出深绿的眺望，她看见爱躺在/疲倦的工业区厂房里，从四川到湖南/还有更为遥远的想法，它们像产品抵达/一张绿色的合格单，泪水抵达分别//黎明正在灯火明亮的工业区扇动着翅膀/她的心让一点小小的铁锈创伤，窗外/爱情的露水给四月留下一个明亮的影子/而这一切，让她像铁一样坚硬地守着/一小块在奔波中的爱，一小片将要升起的阳光。

这首诗的作者是郑小琼(1980—)，一位从四川南下广东的打工妹，其诗作获得包括“2005年度华语传媒文学最具潜力新人提名奖”“《诗选刊》2006·中国年度先锋诗歌奖”等在内的重要奖项。这首《四月》，将打工妹持久的倦怠、悲伤、寂寞、爱情、希望等身心体验浓缩在一个春夏之交的黎明时分，诗中美丽的荔枝林、紫丁香，以及初生且奔波着的爱情，恰如从四月长出的深绿色的眺望，也如扇动翅膀的黎明、即将升起的阳光，但这一切却被困在疲倦的厂房，晾在冰冷的机床，逐渐受到铁锈的侵蚀与消化。其现实性、民间性特征一目了然，诗中充满张力的意象组合，理性而克制的情感表达，虚幻且疏离的时空关系等，又与现代诗歌的基本属性相契合。更重要的是，郑小琼诗歌中最为典型的意象“铁”，也出现在这首《四月》之中，以至于有学者据此作出如下判断：“‘铁’的频繁出现在郑小琼这里不是偶然，铁的冷硬、铁的板滞、铁作为工业化生存的象征，作为流水线一般的生产程序的隐喻，作为与细弱的人性与肉体相对照的异化力量的化身……在表现‘工业时代的美学’方面，它可以说有着不可替代的意义。铁是黑暗和秩序，也是心灵和命运。它统治着这个世界，这些血肉之躯的生命，让他们更显卑微、无力抗拒。某种程度上，如果说郑小琼的诗歌是有着不寻常的美学意义的话，那么她为这时代提供的最具有隐喻的扩张意义的，就是这以‘铁’为关键词和标志的冷硬的工业时代的新美学。”[1]显然，这种新时代、新美学的隐喻性意象与表达，正是草根性诗歌之“现代性”，而且是“中国现代性”的重要表征。

〔1〕 张清华：《当生命与语言相遇——郑小琼诗歌札记》，《诗刊》2007年第13期。

草根性诗歌与新诗“小传统”

“大传统”“小传统”本是一对文化学术语,其普遍为人所接受的涵义分别指雅文化与俗文化。余英时就曾明确讲过:“大体来说,大传统或精英文化是属于上层知识阶级的,而小传统或通俗文化则属于没有受过正式教育的一般人民。”〔1〕就中国文化而言,“大传统是从许多小传统中逐渐提炼出来的,后者是前者的源头活水。大传统(如礼乐)不但源自民间,而且最后又回到民间,并在民间得到较长久的保存,至少这是孔子以来的共同见解。”〔2〕的确,与其他文化相比,我国古代属于小传统的文化产品不仅数量相当丰富,而且对整个文化精神与品格的影响也尤为突出,其中又以民歌、传奇、小说、散曲、杂剧、弹词等通俗性文学作品为核心。作为长期被打压与遮蔽的这一文学“小传统”,在受到源自西方之新思想的洗礼之后,焕发出盎然的生机与活力,转化成更具人文关怀、批判精神、民间价值取向的现代文学新传统,尽管我们仍然用“小传统”来称谓它,但就其实质与影响而言,它完全可以称得上是中国现代文学传统之多元建构中的主体部分,称其为“大传统”也毫不为过。仅就新诗来看,也大致如此。

回到本文所探讨的“草根性诗歌”问题,我们必须指出,要真正体现草根性特征,无论是本土性、中国性,还是个人性、经验性,都必须契合并逐步确立民间价值取向。正如前文已经分析的那样,数千年来,具有民间性、现实性的文学作品,尽管大多属于所谓的小传统,且屡遭打压,但恰如春草自绿、春水自波,其活泼旺盛的生命力,不仅没有受到丝毫损伤,在获取外来文学的滋养之后,反而变得更加汹涌、蓬勃,并最终转化成中国现代文学的新传统,且由此获得具有中国特色的现代性价值与意义。新诗,当然包括草根性诗歌,要谋求更加稳健与成熟的发展,必须深深扎根于这一传统,并将此传统发扬光大。毕竟,根深才能叶茂!

西南大学中国新诗研究所

〔1〕 余英时:《士与中国文化》,上海人民出版社,2003年,第117页。

〔2〕 余英时:《士与中国文化》,上海人民出版社,2003年,第120页。

现代汉诗语言探索途径及反思

陈　卫

语言是一个魔术师，既可以将盎然的世界打磨得平淡无奇，也能将灰暗的世界擦亮。自黄遵宪倡议“我手写我口”[1]、胡适提出“新文学的语言是白话的，新文学的问题是自由的，是不拘韵律的”[2]，自由体白话诗成为中国新诗的肇始。至今近百年，现代诗歌走上了语言探索的不归之路。不管是否有人把新诗当成欧化诗还是口水诗，或是指责“现代诗不如古代诗”，只是，现代诗歌奇迹般地存在着，拥有一批知名诗人和读者喜爱的作品，写诗队伍虽有过扩展也有过萎缩，但至今相对稳定。那么，是什么支撑着现代诗歌的生命？有人认为是现代生活，有人认为是现代诗中的智性和巧构，也有人认为是语言，并提出“诗歌从语言开始”。贴近现代人的情知，容易为现代读者感应；奇妙的诗歌构思，使诗歌具有新鲜感，然而这一切，都需要语言作为载体加以表现。因此从根本上论，如果说现代诗成功的话，它的成功就是语言的成功；如果说现代诗存在问题，那么一部分的问题必然来自语言。

综观新诗发展历史，新诗语言有四条借鉴路径：一、古典诗文；二、外文语汇；三、公文术语；四、民间语言（包括方言、俚语、谚语和网络语言）。这四个取向，丰富了现代诗歌词汇，增加了表达方式，拓展了诗歌表现的时空领域。在借鉴创新当中是否存在着转换规律？其中又出现了哪些问题？本文将结合具体诗例，分别对四个取向进行探讨。

从古典诗文中借鉴

弃古文用白话，就像说方言的人改说普通话一样，不可能完全忘记方言中的词语、语法、表现方式。自然，五四时期以前一直受着古典文学教育的诗

〔1〕 黄遵宪：《杂感·二》，《人境庐诗草·笺注卷一》，钱仲联笺注，中国青年出版社，2000年，第33页。

〔2〕 胡适：《谈新诗——八年来一件大事》，杨匡汉、刘福春：《中国现代诗论》，上编，花城出版社，1995年，第2页。

人们，当他们顺应时代潮流，改用白话写自由诗时，他们的诗歌印象中仍存有古诗文的种种规范。古典诗文中的文体规范、意象含义、词语表达方式和语法规则，不可避免地会投影于初试的新诗中。五四时期的著名诗人胡适、康白情、俞平伯、冰心等，二十年代创作颇丰的闻一多、徐志摩、戴望舒、卞之琳等，这些受过严格古典文学教育的诗人们，他们在白话文运动中成长，无师自通写新诗，他们早期的诗作无一例外都存留着古典诗文映像。即使当代诗歌也没有割断与古典诗文的关联。杨景龙的《古典诗词曲与现当代新诗》中就谈到过余光中与屈（原）赋李（白）诗姜（夔）词、舒婷与唐宋婉约词、新边塞诗与盛唐边塞诗、元散曲与新生代诗、白话小诗与绝句小令等之间的对应关系。现代汉诗与古诗文之间的血脉无可斩断，但就语言来说，假若处理不当，会带来令人诟病的问题。

不妨以刘大白 1921 年创作的《秋江的晚上》为例，具体探讨古诗文与现代汉诗的语言关联。“归巢的鸟儿，/ 尽管是倦了，/还驮着斜阳回去。/双翅一翻，/把斜阳掉在江上；/头白的芦苇，/也妆成一瞬的红颜了。/秋夜湖心独坐/被秋光唤起，/孤舟独出，/向湖心亭上凭栏坐。/到三更，无数游船散了，/剩天心一月，/湖心一我。/此时此际，/密密相思，/此意更无人窥破；——/除是疏星几点，/残灯几闪，/流萤几颗。/ 蓦地一声萧，/挟露冲烟，/当头飞堕。/打动心湖，/从湖心里，/陡起一丝风，一繭波。/仿佛耳边低叫，道‘深深心事，/要瞒人也瞒不过。/不信呵，/看明明如月，/照见你心中有她一个’。”

诗中最为明显的特征就是有一部分词语来自古诗文，如名词“归鸟”“斜阳”“秋夜”“残灯”“流萤”“湖心”“孤舟”等，这些词语组成诗歌的主要意象；还有一部分动词，如“倦”“妆”“挟”“堕”等也来自古代汉语。这些古汉语中常用的名词和动词直接可以把诗中描写的情景与事件还原成古诗：

归鸟倦斜阳
白苇妆红颜
孤舟湖心坐
相思夜空堕

这首诗的主题也是古诗词中的：日落秋思。如同杜甫的《月夜》、苏轼的《水调歌头 · 明月几时有》等诗、词所表现的那样。因为作者意识到他写的是新诗，因此语言构成上，还夹入了大量的现代汉语词汇。这首二十个字便可以表现主题的诗,却使用了180个字的庞大阵容来描写。由词性分析,有多种人称代词"我""你""她",还有丰富的动词"看""掉""不信""照见",以及各种助词,如结构助词"的"、动态助词"了"、语气助词"呵",介词"从""把",副词"尽管""还""也""被"等,这些现代汉语的常用词从表面上把诗歌拉近了现代,可是诗歌题材却很古老,显而易见的是:使用现代汉语完成的新诗并没有增强诗意,语法虽然完整无误,可是无韵无节奏,意象散乱,表达冗长无序。与简约的五言诗相比,这首白话诗了无新意不说,可以说较为平庸。

这种现代汉语夹古汉语写新诗的方式,在二、三十年代诗人诗作中较为普遍。李金发的诗被公认为文白夹杂[1],冰心表示过自己追求"白话文言化,中文西文化",其中"白话文言化"就是这种方式,乃至废名说"打开《冰心诗集》一看,好像触目尽旧诗词的气氛"[2]。戴望舒较早发现白话文中稀释古文的问题,他曾对林庚的某些四行诗进行批评,说林庚拿白话写着古诗[3]。然而这种方式在那个时期的新诗写作中,被认为是新的写作方式。但是否为理想的新诗写作方式?显然值得深究。

笔者认为,古代诗文中确有不少质素值得现代诗人借鉴。一是构词方式。古汉语构成的诗歌意象常常是由动词或形容词加上一个名词组成的偏正词组,动词多为形容词、副词与动词的结合,因此我们感受到古诗词中的形象感与动作感相对很强。如刘长卿的《逢雪宿芙蓉山主人》:"日暮苍山远,天寒白屋贫。柴门闻犬吠,风雪夜归人。"这四句诗中,名词、形容词和动词都极为简练,在对仗中省略了辅助性的词语。第一句诗除了交代时间,还显示了山的颜色、形态以及与说话者的距离,是一幅含有时间与空间信息的画面。第二句诗表现季节、主人的生活习惯和经济状况,写景及人。第三、四句诗在表现时间气候的变化之外,形成一个可以意会的故事。这就是古诗于简约中求丰富的特色。古诗词的用词方式,常为现代诗人借用。如戴望舒《山行》中,就有很多来自古诗中的意象,如"山径""落月""啼鸟""凝露""梦香""征衣",动词有"低泣"等。现代诗人选择这些词的原因往往欣赏古代汉语词汇的高度凝练。在大白话语言盛行的现代诗歌中,可约束语言向日常性语言滑

〔1〕 陆耀东在《中国新诗史》第一卷中指出他使用的重复用词"沉寂""孤寂""静寂""凄寂"和"痛哭""恸哭""悲哭",并有夹杂文言倾向。陆耀东:《中国新诗史1916—1949》,长江文艺出版社,2005年,第222-224页。

〔2〕 废名:《新诗十二讲》,辽宁教育出版社,2006年,第128页。

〔3〕 戴望舒:《谈林庚的诗见和"四行诗"》,《新诗》1936年第2期。

落，借此保持诗（古诗）味。

除了词语向古诗文借用，古诗词中的语法与形式上也为现代诗人的兴趣所在。戴望舒 1928 年写的《夕阳下》其中有四句：

晚云在暮天上散锦，
溪水在残日里流金；
我瘦长的影子飘在地上，
像山间古树底寂寞的幽灵。

古代律诗多为四句一节，此诗也采用四句一节的形式。在第一、二句中明显袭承古代诗歌中的语言对仗方式，晚云对溪水，暮天对残日，散锦对流金；除了词性对，还有平仄对。后面两句戴望舒本也可以用对仗方式，类似“瘦影飘大地，古树照幽灵”，但从现有的句子看来，诗人为了表现出现代性，突破了古代诗歌，特别是格律诗的字数限定，用了人称代词“我”和副词“像”等来辅助表现诗歌的现代性，突显类似象征主义风格（“瘦影”“幽灵”）的现代感。

由于五四文学革命的影响，我们对古诗的批判多认为它无法表现现代生活，它的写作规范较多，其实古代诗文中有很多可以让现代诗借鉴的东西。古诗文有“言简意赅”“言不尽意”的要求，在尽可能经济的文字中，表达最充沛的含意。苦炼、苦吟是古人作诗的优点，如果现代诗人用心揣摩，完全可以把这种打造诗味的诗歌行为传承下去。我们只是在戴望舒、卞之琳、臧克家、何其芳等人早期的诗歌中看到过他们用词的精炼。当“大众化”写作提出之后，通俗易懂、“诗歌是政治的工具”等主张使诗歌近于大白话。当代诗歌朝口语化方向写作后，句子流畅性增强，精致的“拗”劲少了，是不争的事实。

在当代词人方文山的歌词中，能看到古典诗文（意象）与现代汉语结合的成功。如《菊花台》中：

菊花残　满地伤
你的笑容已泛黄
花落人断肠
我心事静静淌

北风乱　夜未央
你的影子剪不断
徒留我孤单
在湖面　成双
花已向晚
飘落了灿烂
凋谢的世道上
命运不堪

从词类看，歌词中有两类名词，一类是现代汉语中常用的人称代词“你”“我”[1]；另一类名词“花”“湖”“影子”“悲风”“湖面”等多为古代诗词中的主要意象，虽在现代诗歌中也属通用，“笑容”“世道”“命运”等词更具现代感。在动词的处理上，动词的单性化，正是古代诗词的一大特点，如“残”“伤”“剪”“断”“淌”等都遗留了古诗词中动词单性化构词的方式。句式上，方文山化用古诗词，如“你的影子剪不断”，借了李煜《乌夜啼》中的“剪不断，理还乱”；“花落人断肠”化用晏几道《临江仙》中的“落花人独立”等句子，“夜未央”来自《诗・小雅・庭燎》等。可以说，这首歌词是由现代白话与古代汉语共同营造的。从听众、读者喜欢的程度看，说明古代语言在现代诗歌(词)中还能够产生共鸣，还有生存的土壤。

值得补充的是，方文山的歌词中还保留着古代诗歌的音韵，虽然歌词没有平仄和字数的要求，押尾韵(与它为歌词不无关联)一韵到底外，句子一般都由二、三字尺组成，有很强烈的节奏感。笔者还认为，现代诗借鉴古诗文，可以不是意象、语法，甚至无韵，但节奏借鉴是最值得参考的一项。陆志韦、闻一多等人在20年代年提出的新格律理论，就是注意到了汉语节奏特性，闻一多提出的“音尺”概念，不无道理。以古诗为例，如五言诗节奏多为二、三字尺，七言诗多为三、二、二或四、三字尺。闻一多的《死水》虽不是古诗，字尺、行数、节数也比古代律诗都多，但他借鉴了古诗的节奏，多由二、三字尺组成。这一观点，我们可以扩大化分析，特别是适合朗诵的诗(阅读诗除外)。从徐

[1] “我”在《论语》中已用，但与“吾”有区分，高本汉(Karlgren)认为前者属目的格，后者属主格。相关说明可见王力《王力文集・第三卷・中国文法学初探》，山东教育出版社，1985年，第90页。另，王力认为现代中国口语中，人称代词只有：“我”“你”“他”。见王力：《王力文集・第一卷・中国语法理论》，山东教育出版社，1985年，第262页。

志摩的《再别康桥》、戴望舒的《雨巷》、闻一多的《死水》、何其芳的《预言》到余光中的《乡愁》、席慕蓉《一棵开花的树》,包括贺敬之的《回延安》、臧克家的《有的人》、艾青的《光的赞歌》等这类朗朗上口的作品中可以看到,比较受大众欢迎的诗多为诗歌节奏上较有规律,轻重、快慢、高低有着协调的美感。这正是与古诗的音韵和节奏有着一致之处——在音尺(或顿)上基本采用二(四)、三字尺,基本符合五言或七言诗的音尺。假如说古诗因素在现代诗歌中逐渐减退,古诗语法基本消失,古诗意象偶尔存留,留住最久的,应属古诗字尺的影响,它是现代诗节奏和谐的前提。

从外国诗歌中借鉴

西诗进中国,多以丧失原有节奏和韵律为代价,无论是莎士比亚,还是普希金、波特莱尔、魏尔仑,他们的韵律诗进入中国后,几乎都成为现代白话化和中国化的西方诗。

胡适曾翻译过美国诗人 Sara Teasdale 的 *Over the roofs*(《关不住了》),对比英文原诗,就可以看到外文诗的中国化和白话化的过程。

我说“我把心收起,	I said,“I have shut my heart,
像人家把门关了,	As one shuts an open door,
叫‘爱情’生生的饿死,	That Love may starve therein
也许不再和我为难了。”	And trouble me no more.”
但是五月的湿风,	But over the roofs there came
时时从屋顶上吹来	The wet new wind of May,
还有那街心的琴调	And a tune blew up from the curb
一阵阵的飞来。	Where the street-pianos play.
一屋里都是太阳光,	My room was white with the sun
这时候“爱情”有点醉了	And Love cried out in me,
他说,“我是关不住的,	“I'm strong,I will break your heart
我要把你的心打碎了!”	Unless you set me free.”

英文诗是有韵律的,一是单、双句交叉的间韵,格式为 ABABCDCDAEAE,二是第四句中“shut”“shut”“love”“trouble”都有同一个“啊”韵,第四到

八行又有“over”“wet”“tune”“where”四个词押同韵，第九行到十三行“white”“cried”“break”“set”四个词也押同韵。胡适译诗采用的是ABABCBDBEBFB偶句押韵形式，前面四句尾韵与原诗的一样用了间韵，但从第五句后，只做到了偶句押韵。例如在译诗第二节，为了押韵，他把诗句的顺序做了颠倒，原诗中单句为三个重音节，偶句为两个重音节，在胡适的译诗中，只能按照中国划分音尺的方式，第一、二句为二个二字尺，一个三字尺，第三句可以是二个三字尺和一个二字尺，第四句就会出现二字尺、四字尺和三字尺，由于口语化的原因。以下两节的划分基本乱了。译诗的节奏如要完全做到中国化，可能就需要在一定程度上进行意译。

通过比较郭沫若和黄克孙翻译的波斯诗人莪默·伽亚谟（又译奥玛·珈音）的《鲁拜集》可以更深入看到意译虽可在节奏上加强，但又会出现另一问题。

第42首：

And if the Wine you drink, the Lip you press
End in what All begins and ends in-Yes;
Think then you are To-day what Yesterday
You were-To-morrow you shall not be less

郭沫若用现代汉语对应英文翻译：

倘若你把酒压唇，
融没在无始无终的梦境——
你可知今日犹如昨日，
明朝也是如今。

黄克孙的译文是：

绿酒朱唇空过眼，
微尘原自化微尘。
今朝我即明朝我，
昨日身犹此日身。

同样一首英文诗，郭沫若用现代汉语进行自由体式翻译，偶句押韵。黄克孙的译文是用古汉语完成的古体诗，也是偶句押韵，每行有整齐的七字。二首意义都近于英译诗，只是黄克孙显得“旧”（其实是“雅”）。在我们大多数人的观念中，整齐划一的诗就是旧诗，押韵的诗也是旧式的。就像人们认为新格律运动必然失败一样，多数人认为他们因为走了复古之路，所以会失败。在诗歌理念上，笔者认为中国读者受到太多进化论思想的影响，多数人的看法中都忽视了汉语本身具有的音、形、义之美，而是更看重诗人或译者是否为新诗人，诗歌是否为自由体，不押韵不讲节奏的自由体才是新的，才是与时代、与世界同步的。这就是译诗进入中国，几乎多为白话，多忽视韵律与节奏的缘故[1]。

现代汉语相对古汉语，文字散漫，特别是口语的随意性，使现代白话译诗必然带来节奏相对难以把握的弊端。这一问题，中国译诗家也有过争论、尝试，也还有待继续探究。

另外，从形式看，外来语言进入新诗，大致有以下几种方式：

一是外文单词入诗。外文进入新诗，有两种功能，一种是让读者感到好奇，对新诗产生新鲜感；第二种是外文使诗作产生时代感。特别是国门初开时，在诗歌中夹入英文是件新鲜时髦的事。郭沫若多首诗歌都夹入英文单词。如《无烟煤》《三个泛神论者》中提到的泛神论和外国人名都直接用外文，Pantheism，Spinoza，Kabir；《胜利的死》中的引文，直接采用外文诗；另一首*Venus* 用英语做诗名；《上海印象》中所写“我从梦中惊醒了！/Disillusion 的悲哀哟！”《雪朝》中有多处用英文，最后一节中四句有三句使用

> 哦哦！大自然的雄浑哟！
> 大自然的 symphony 哟！
> Hero-poet 哟！
> Proletarian poet 哟！

这些英文单词的写入并不是为国际化读者而写。在 20 年代，郭沫若《女

[1] 黄克孙例外的原因是他一直生活在美国，并非职业文人。他将译诗当作兴趣爱好来做，摆脱了潮流的约束。

神》集虽然以中国地名，中国传统故事作为背景，但是西文的插入，与同时期诗人诗作相比，它更显出西化色彩。类似的还有李金发、穆木天、冯乃超等人的现代诗中，特别是留学法国的诗人，夹入法语词，以营造外域气氛和音乐感。

二是借鉴外文语法[1]。中国古典诗文中，省略或语序、词性变异都是常用手法，但由于文人热衷的格律诗或词，一般都有字数、平仄定规，因此无法在诗或词中无限制地重复某一个词或句，强化情感多通过意象与景物暗示。民间歌谣例外。民间歌谣一般采用口语表达，语言流畅，有些词语虽被省略或用谐音替代，但因为有曲调的配合，某些句子会不断反复，而类似倒装的语法方式，民间歌谣中不常出现。五四时期的新诗中，语法在某种程度上受到来自西方语法的影响。如废名曾说，“中国(古)诗里简直不用主词”，“西洋诗里的文字同散文里的文字是一个文法”[2]，他的发现是：“(新诗)是诗的内容，而写这个诗的文字要用散文的文字”[3]。具体表现在诗歌上，现代诗歌中主词增加，与其它文类比，词语的前置或倒装为现代汉诗的一大特征。如徐志摩的《再别康桥》：

轻轻的我走了，
正如我轻轻的来；
我轻轻的招手，
作别西天的云彩。

诗歌中有“我”，按照现代汉语规范和内容表述的流畅，主语“我”应该在最前，表达的顺序应为：

我轻轻地走了
就好像我来的时候一样；
然后我再这样招手，
跟西天的云彩告别。

---

〔1〕 熊辉在《五四译诗与早期中国新诗》(人民出版社，2010 年版)中有专门章节“译诗与中国新诗语言表达方式的更新”，具体讨论译诗在词汇、词法和句法上对新诗的影响，可见此问题的普遍性已在研究者中达成共识。

〔2〕 废名：《新诗十二讲》，辽宁教育出版社，2006 年，第 26 页。

〔3〕 废名：《新诗十二讲》，辽宁教育出版社，2006 年，第 25 页。

可以对比英译诗中的句法：

Very quietly take my leave
As quietly as I came here;
Quietly I wave good-bye
To the rosy clouds in the western sky.

英译诗中，句法大致与徐志摩原诗一样，状语可以离开动词行动，在句子前或句子后都可以。徐诗第一句中采用状语前置的方式，为的是与第二句发生“轻轻地”反复。英译诗保持了“轻轻地”使用方式，词性也未发生变化，为了近似原诗的音乐性，译诗第四句采用动词前置的方式。

三是西方诗歌语言修辞对中国新诗有很大影响。王力在《汉语诗律学》中提到跨行是欧化诗的特征之一[1]。这种方式在二、三十年代的戴望舒的《雨巷》、徐志摩《沙扬娜拉》、林徽因《你是人间的四月天》《笑》等诗中都普遍使用。如：

我说你是人间的四月天；
笑响点亮了四面风；轻灵
在春的光艳中交舞着变。

你是四月早天里的云烟，
黄昏吹着风的软，星子在
无意中闪，细雨点洒在花前。

那轻，那娉婷，你是，鲜妍
百花的冠冕你戴着，你是
天真，庄严，你是夜夜的月圆。

〔1〕 王力认为跨行是欧化诗的特征之一。王力：《汉语诗律学》，上海世纪出版集团，2005年，第812页。

雪化后那篇鹅黄，你像；新鲜
初放芽的绿，你是；柔嫩喜悦
水光浮动着你梦期待中白莲。

你是一树一树的花开，是燕
在梁间呢喃，——你是爱，是暖，
是希望，你是人间的四月天！

——林徽因：《你是人间的四月天》

跨行法的运用就是通过句子的中断突出部分词语的意象功能或音韵特色，并在前后语序的连贯中，加强意象在画面或动作上的感受能力。如诗中的三、四、五节的第一句，为了押韵，进行了词语的调整，有倒装，有跨行。

《你是人间的四月天》这首诗除了跨行是比较明显的特征，修辞方面用了通感。通感虽中国古已有之，但是法国象征派波特莱尔的《应和》使中国读者重新认识它的功能。如第四节，写对"你的感受"，三行中分别用了三种作用于视觉的颜色"鹅黄""绿""白"来表示人之美。

废名曾经指出卞之琳的诗歌语言欧化，"我敢担保卞之琳在写这一首《道旁》时，还在学英文"，因为他看到卞之琳诗中有这样的句子"家驮在身上像一只蜗牛，/弓了背，弓了手杖，弓了腿"，他称赞这样的句子"欧化得有趣，欧化得自然"[1]。废名所说的欧化应该是指卞之琳在语言修辞上的欧化，将"家"这个概念形象化，在废名读到的古诗中不曾见，是一种陌生化的语言表达形式。卞之琳的诗的确受西方诗歌影响，《鱼化石》中一句"我要有你怀抱的形状"就是借用法国保尔·艾吕亚之诗"她有我的手掌的形状/她有我眸子的颜色"，诗句中的换位定型表现，暗示了双方在亲密接触当中所感触到的甜蜜。

借鉴西方的诗歌语言和修辞，可以说给现代汉诗打开了一个表现的仓库，比如"玫瑰""乌鸦""坟墓""幽灵"等意象进入了"梅""兰""秋""菊""故乡""日月"等中国传统的意象体系当中，暗示、博喻、象喻、隐喻、象征、含混等修辞，也进入现代汉诗。言不及意，或意在言外，使现代汉诗蕴含日渐丰富，诗歌主题超越传统的思乡恋人而获得对存在、青春、时间的更多感悟。比如李金发的《弃妇》就不是《诗经》中被丈夫抛弃的弃妇，而是一个被人类抛弃的多

[1] 废名：《新诗十二讲》，辽宁教育出版社，2006年，第173页。

余人。穆旦《诗八首》中的“你底眼睛看见这一场火灾”,也不是因行为或设备不当引起的火灾,而是一场由爱心引出的火灾。这些值得玩味的句子和词语,往往来自于西方较为成熟的现代诗滋养。

第四是借鉴西方音韵方式。中国古典诗歌注意诗歌平仄,对韵的要求甚严,“平水韵”就是近体诗韵式的总结。除尾韵要求外,王力在《汉语诗律学》中说到的韵还有多种,如首字韵、交韵、抱韵等,格律诗一般为五言或七言,音尺划分相对简单。西方诗歌的音尺较为复杂,有八字音、十字音不等。

戴望舒被誉为“替新诗底音节开了一个新的纪元”[1]的《雨巷》,其音乐性形成,就在于诗歌用了参差交错的长短句,还使用了反复、排比,交韵、抱韵等形式,丰富了中文诗歌的韵律表现。以其中一、二节为例:

撑着/油纸伞/,独自
彷徨在/悠长/、悠长
又寂寥/的雨巷,
我希望/逢着
一个/丁香/一样的
结着/愁怨的/姑娘。

她是有/
丁香/一样的/颜色,
丁香/一样的/芬芳,
丁香/一样的/忧愁,
在雨中/哀怨,
哀怨/又彷徨。

诗歌基本采用二字尺和三字尺,韵的方式有多种,从诗的尾韵看:ABBCABDCBDBB,这首诗为交叉韵,每个三行为一个固定韵式,句间又有双声(芬芳)、叠韵(彷徨、忧愁)、叠词(悠长、悠长),另有排比(丁香一样的)和顶针(哀怨)方式的运用,加强诗的韵律感和节奏性。

---

〔1〕 叶圣陶语,见苏汶(杜衡)《望舒草·序》,转自陈绍伟:《中国新诗集序跋选(1918—1949)》,湖南文艺出版社,1986年,第240页。

再如，小诗、楼梯体、十四行诗体等形式多从日本或欧洲借鉴而来，补充了现代诗歌界的诗体。早期的冰心、宗白华等诗人对小诗体进行了中国式创作。闻一多、林徽因、朱湘、卞之琳、冯至等诗人在十四行体上有过尝试，郭小川改造马雅可夫斯基的楼梯体为半楼梯体，在现代汉诗中都是可以称道的借鉴。

公文语言入诗

最初的公文语言入诗选用的是政治语汇和科学语汇，近代黄遵宪、梁启超的诗歌中就已露端倪。1923 年，闻一多在《〈女神〉之时代精神》评论郭沫若的《女神》时说道："《女神》底诗人本是一位医学专家。《女神》里富于科学底成分也是无足怪的。"[1]他从《女神》中看到很多科学用语，如地球的"公转""自转""神经纤维"等词，《天狗》中"我是 X 光线底光，/我是全宇宙底 Energy 底总量！"等。我们还可以从郭沫若的《巨炮之教训》看到他写时政"可怜你们西比利亚的同胞/于今正血流漂杵"，还有文人与政治人物"我刚垂下眼帘，/有两个奇异的人性前来相见：/一个好像托尔斯泰，/一个好像列宁"，他借这列宁提出政治主张"为阶级消灭而战哟！/为民族解放而战哟！/为社会改造而战哟！"等。

就公文语言借鉴而言，最大一部分词汇来自政治，这跟中国的特殊国情有关。自梁启超开始，中国文人就重视文学的改造社会的功能，40 年代"文学为政治服务"观念确立后，文学中有更多的政治内容、口号和标语。

政论语言分三类形态进入现代汉诗，产生截然相反的意味。第一类是改装式的，与诗歌抒情性语言结合在一起。第二类与宗教语言结合，第三类是与日常语言结合。政论语言进入诗歌有它的特殊性，此类语言虽然私人情感不强，但它潜藏着强大的公众意识与权力意识，往往站在道德、阶级或政治立场进行光明与黑暗，伟大与渺小的对比，因为立场坚定、热情饱满、气势恢弘、义正词严，诗歌语言显得铿锵有力。另一方面，这种"正气"语言有时也与日常语言中的"诙谐"结合在一起，这时不免产生反面效果——修辞上称为反讽。

50 年代到 80 年代之间，只要有政治事件发生，一般都能在诗歌中听到政

[1] 闻一多：《〈女神〉之时代精神》，《闻一多全集》，第 2 卷，湖北人民出版社，1993 年，第 112 页。

治“正气”之声。以诗坛颇为活跃的臧克家为例，30 年代的臧克家以表现民生为主，40 年代的诗歌反映社会生活，到了新中国成立之后，他和当时的多数主流诗人一样，都乐意成为政治和时代的歌手，金日成 1953 年率团来中国访问，他有《我们珍惜这些时间》诗歌发表，1958 年国际政治紧张，他立刻写了《庄严的声明——听了周总理的声明以后》《我们高唱起反侵略的歌》等，领袖去世，有《伟大深厚的遗爱》(1977)，“工业学大庆”口号出来，便有《快快跨上大庆的骏马》(1977)，天安门事件之后，他写了《〈天安门诗抄〉捧在手》(1978)——诗人紧跟时代。反映政治生活不单单为臧克家一人，那个时代很多诗人如此作为。

政治入诗的另一个特征就是诗歌词汇中不仅增加政治口号，还有一些特殊的地名、历史政治人物，包括政治领袖、英雄、公众人物等成为诗歌的常用意象。臧克家 1977 年创作的《短歌唱给延安听》中，就有多个历史地名，“井冈山”“延安”“宝塔山”“陕北”“南泥湾”“北京”等，这些地名都与共产党的活动地域有关，公众人物提到了“毛主席”“鲁迅”等，提到的物象“陕北小米”“延河的水”“红色贺电”“秧歌舞”“镢和锨”等都赋予了与革命、胜利相关的情绪色彩。

在当代，政治语言有时通过互文性修辞进入现代诗歌文本。如赵思运的《毛泽东语录》和叶匡政的《571 工程纪要样本》等都是这方面的例证。赵思运直接将毛泽东语录分行，成为富有后现代意义的戏拟的诗歌。叶匡政的诗将林彪的秘密文件与个人经历混杂在一起书写，试图用政治性语言创造一种新的写作文本。

公文与讲究形象性、语言美的诗歌似乎毫无相关。但是 90 年代以来，诗歌观念发生变化之后，从日常中寻找诗意，导致了诗人们不断更换诗歌的写作维度，不光为抒情而抒情，更为思考而写诗。公文语言入诗就是在这样一种情况下开始的。于坚 1994 年发表的《零档案》可以看作是公文体语言在现代汉诗中的一次重要尝试。其中一部分采用填写表格的公文格式，填写内容用了俗语、歌谣等语言替代，如：

卷五　表格

1 履历表 登记表 会员表 录取通知书 申请表
照片 半寸免冠黑白照 姓名 横竖撇捺 笔名 11 个(略)
性别 在南为阳 在北为阴 出生年月 甲子秋 风雨大作

籍贯 有一个美丽的地方 年龄 三十功名尘与土
家庭出身 老子英雄儿好汉 老子反动儿混蛋
职业 天生我才必有用 工资 小菜一碟 何足挂齿
文化程度 少壮不努力 老大徒伤悲 本人成分
肌肉 30 公斤 血 5 000CC 脂肪 20 公斤 骨头 10 公斤
毛 200 克眼球一对肝 2 叶手 2 只脚 2 只鼻子 1 个
婚否 说结婚也可以 说没结婚也可以 信不信由你
政治面目 横看成岭侧看成峰 远近高低各不同 民族
遥远的东方有一条龙 星座 八字 属相 手相 胎记
遗传 绰号 面部特征 口音 指纹 脚印 血型

诗歌中的公文术语提示着档案的正规性和严肃性，言说者将民间口语、俗话、谚语或古诗句、歌词插入后，拆解了公文中特有的正规与严肃风格，导致作品出现黑色幽默之味。也就是说，公文术语本身不带有诗性，如果能与诗性的语言环境结合，它可以产生独特的意味。这首诗发表之后，首先在语言上给诗歌读者以震动，当时有人认为此诗是“语言的巨大肿瘤”，也有人评论这首诗是“词语集中营”[1]。从诗歌的排列和长度看，它一改中国古代诗歌的简约形式，庞大的词语阵营建筑在汉语地基上，它本身就象征着复杂僵化的制度，为此捆绑的读者在读过之后很容易发生感慨。诗歌拓展了借助公文体写作的非抒情化形式。

民间语言入诗

黄遵宪在发出“我手写我口，古岂能拘牵”之呼声后，还有过设想“即今流俗语，我若登简编；/五千年后人，惊为古斓斑”[2]。他认为语言的特性会因时间改变，今天的民间俗语在五千年后就被当成古文。黄遵宪的语言时代感对现代汉诗写作有很大影响。

入诗的民间语言一般指日常交流中使用的语言，包括方言、口语、俚语，网络时代还有特殊的网络语言等，如现在流行的“神马”（即“什么”）、“杯具”

〔1〕 张柠：《〈0 档案〉：词语集中营》，《作家》1999 年第 9 期。
〔2〕 黄遵宪：《杂感 · 二》，《人境庐诗草 · 笺注卷一》，钱仲联笺注，中国青年出版社，2000 年，第 33 页。

(即"悲剧")、"浮云"(即"一场空")、"亲"(对网络购物者的称呼)等都取谐音或象征意义,打破语言环境中的一些约束或禁忌。民间语言鲜活、生动、亲切,口语化、形象化为其特点。民间口语入诗来自《诗经》《乐府》传统。

现代诗歌引进民间语言起初是因为它的节奏感和韵律感,仿民谣形式的现代汉诗如五四时期刘大白的《卖布谣》:"嫂嫂织布,/哥哥卖布。/卖布买米,/有饭落肚。//嫂嫂织布,/哥哥卖布。/弟弟裤破,/没布补裤。//嫂嫂织布,/哥哥卖布。/是谁买布,/前村财主与地主。//土布粗,/洋布细。/洋布便宜,/财主欢喜。/土布没人要,/饿倒哥哥嫂嫂!"

诗歌一二节字数整饬,押尾韵,每节四行,每行四字,都为整齐的二/二音尺,模拟织布机的节奏。采用民间口语,一般不讲求字字对仗,语言相对平实。诗人意在三、四节表达义愤主题,故采用对话方式,意义清楚。

还有一种情况,经过文人的手之后,使仿民间歌谣趋向雅化。如朱湘的《采莲曲》写的虽是江南水乡生活。其中的用词"轻飘""颠摇""妖娆""日落""微波"等,都来自古诗的构词方式。

50年代的民歌运动中,民间诗歌语言呈现出夸张化特色。《红旗歌谣》中有一首《照到哪里哪里好》[1]可见一斑:"共产党比太阳明,/制定出总路线,/光芒日夜亮晶晶。/照得山来笑弯腰,/照得白云变红云,/照得田变聚宝盆,/照得百花怒放万里香,/照得百鸟鸣出凤凰声,/照得五谷变黄金,/照得棉花变白银,/照得车轮长翅膀,/照得黄河水变清,/照得万物四季青,/照得老人变年轻,/照得多快好省比先进,/照得万马奔腾不留停。/照到哪里哪里好,/照得人人力气增。"这是一首政治民谣,为民间语言与政治语言相结合的产物。"太阳"这一自然物象在政治语境中被政治化了,"共产党"这一政治语汇却在诗歌中被物化(比喻)了,这种物化采用了民间诗歌中"兴"的方式。不过,一系列非现实的排比却使得此民歌显得有些"虚伪"。

90年代,民间语言再次引起诗人的注意。去韵律化、去精致化、去政治化的特色在当代诗歌中较为明显。尽管有的诗人还是喜欢用一些含有政治特征的语词(大词),但基本去除了政治含义。如海子的《祖国,或以梦为马》等诗中提到的"祖国",不过是诗歌王国,"和所有以梦为马的诗人一样 我不得不和烈士和小丑走在同一道路上","烈士"在海子的词语体系中指为诗歌献身的诗人。

---

[1] 《照到哪里哪里好》,郭沫若、周扬:《红旗歌谣》,红旗杂志社,1959年,第48-49页。

在此同时，民间语言的粗鄙化倾向在诗歌中有所突出。民间语言中涉及性的隐秘词语公开在“下半身”派的诗歌中运用。这种方式一方面来自对传统诗歌、传统美学的颠覆，另一方面也与“诗歌回到语言”的观念有关，诗人们更力图给语言的象征性功能减负，用语言实现语言自身的功能，更亲切地表现现实生活。

采用民间语言完成的伊沙的《张常氏，你的保姆》也可以视作是对传统审美解构的一首诗。不妨将它与艾青的名篇《大堰河——我的保姆》进行对比。“我在一所外语学院任教/这你是知道的/我在我工作的地方/从不向教授们低头/这你也是知道的//我曾向一位老保姆致敬/闻名全校的张常氏/在我眼里/是一名真正的教授/系陕西省蓝田县下归乡农民/我一位同事的母亲//她的成就是/把一名美国专家的孩子/带了四年/并命名为狗蛋//那个金发碧眼/一把鼻涕的崽子/随其母离开中国时/满口地道秦腔/满腔中国农民式的/朴实与狡黠/真是可爱极了”。诗中的每一句话都是没有语法错误的口语，甚至有点啰嗦拖沓，虽用了排比，并非突出情绪的强化，而是些说明性的话——“这你也是知道的”插入，打断语言表达的流畅性。在艾青的诗中，为了突出形象，他用了一系列的动作描写表现大堰河的勤劳。在伊沙的诗中，还有用词上特点，他所使用的一些不当的词语成就了诗中的诙谐。在大众眼中，保姆是底层人物，服务性职业的人往往不被人们尊重，而一位外语大学的老师，一位诗人要向一位保姆“致敬”，便显出此意不平常。其原因看上去不重要，美国专家在教育中国学生的同时，蓝田的农妇同样在教育美国专家的孩子，把这孩子改造成说着秦腔的狗蛋，她的改造行为不亚于大学“教授”。诗中的这种“致敬”与艾青诗中的“致敬”都出于诗人对保姆的尊重，但表现上可见到二者有着明显的不同。这种差异体现在诗歌反映事件的大小上。伊沙的诗歌发掘了口语中隐晦含义的一部分，激活了民间口语不动声色而嬉笑怒骂的特色，而《大堰河——我的保姆》延续的是正统的抒情诗写作方式。伊沙通过民间口语写作，改变了诗歌写作，也改变了中国读者的接受习惯，让读者看到的并非歌颂，而是对现状的讽刺，叙述中的现状描写可上升到对外语教育、中国教育体制或是精神改造等重大问题的思考上。

民间语言入诗，容易被平铺直叙的口水淹没，如果多一点巧构，诗意就会灿烂起来。如非马的一首诗《无性繁殖恋歌》，只有两句简单的日常性语言：“我爱你”“你别繁殖得那么快好不好”。他的巧构表现在排列上，如：

我
爱
你

我 我
爱 爱
你 你

我 我 我 我
爱 爱 爱 爱
你 你 你 你 你 你 你 你 你 你 ……

你 别 繁 殖 得 那 么 快 好 不 好

此诗由文字的增加或递减，构成图式，揭示诗题，表现现实社会中爱的主体缺失。诗歌在排列中显示了汉语的节奏性，三行三个字形成一个节拍，第二节字数与节拍复制，第三节在第二节的基础上再次复制，紧接着"我""爱"两字丢失，破坏节奏均衡，从而显示出爱的主体与客体之间关系的极度不平衡，由此引出第四节的意义。从诗歌的音方面看，口语往往经过复沓或排比，容易形成自然的诗歌节奏和韵律；从义的方面看，只要诗人巧用修辞，可使普通的日常语言焕发诗意：表层是真实本色的声音；深层潜藏着意义——这就是用日常语言写诗的人的智慧体现。

语言探索规律与诗歌写作的反思

一首现代诗歌的好坏，与诗歌的构思、表达方式、修辞策略都有密切关系，语言作为表达载体，如何恰当使用语言，使诗行在有限的文字中建构最丰富的想象空间，获得充足的诗歌意蕴，成为现代诗歌创作成功与否的关键。就像音符是音乐的生命，语言是诗歌的生命。语言有四条途径的探索，这四种语言路径，是通向茂密的语言森林还是陷入烂泥沼泽？在当下，这四种探索是否还有必要继续？

杨仲学曾在《汉语诗体学》[1]一书中说到中国古诗词有六个文质特点："重在抒情、声韵和谐、讲究词采、语序变异、注重修辞、意象经营"，这六个特质都与汉语诗的语言相关。虽然现代汉诗在抒情道上另辟主智之路，但其它五种都可以视作现代诗语言的探索性目标。比如汉诗修辞，葛兆光曾在《汉字的魔力》专门提出古代诗歌有省略、少用虚字或不用虚字的习惯，他认为语言形式的变化中，首先是"省略"，"副词、介词在诗中的逐渐消失，使时空位置模糊了"；"主语性代词的逐渐消失，使诗句的视觉角度模糊了"[2]；其次是"词序"，"词汇互相易位，这种词序的错综，更使得本来就朦胧的诗境变得更加曲折多变，意蕴复杂，包容了多种组合的可能性与意义的互摄性"[3]。这些有关古诗语言的用法无疑也对现代汉诗写作产生启示作用。正因为这种消失或省略，古代诗歌语言才显出简约和凝练，才可能形式相对整饬，视觉上产生美感，才有了闻一多在自由体白话诗盛行之时提出"三美"主张，并引领众多诗人进行试验。的确，以自由体为主的现代诗歌无论是外形还是句子排列上，多数都忽视了诗歌形式上可能表现出的美感和语言在简单中蕴含的丰富，乃至发展到今天，葛兆光提到古诗有意避之的成分，现代诗歌却有意扩展。在笔者看来，现代汉诗的美感从"音""形""义"的结合逐渐蜕化为"音""义"的结合，当下有"义"却无音无形的现代诗是广泛存在的。这部分诗歌或许有诗意，却不一定有足够的诗味。这种做法不排除五四时期知识分子普遍产生革新旧诗心态所致。正如前文所述，人们认为只有白话诗才是诗，才是革命的，才是符合文学前进潮流的，因此，白话诗才可以进入潮流之中。事实上，潮流也并不一定代表美的方向。潮流与时代思想的关系大于与审美的关系。少精致优美，少含蓄意蕴，这都是大量口语诗带来的问题，读者们也看到了诗歌中如只用白话而忽视更多关于技巧的关键问题。比如古典诗歌语言系统中表达情绪的词汇较多，类似"孤寂""凄清"等雅词，本身不具有形象性，也无暗示可言，但作为一种情绪或感觉它又是永远存在的。在白话运动过去将近百年的时候，已经不适应古文交际的读者往往也认为这些雅词半文不白，称学生腔、掉书袋，这类词是否直接在当代诗歌中使用删除键呢？也大可不必，通过修辞还能使这些与口语不协调的雅词产生新意，把这些形容词当名词用，借用动词，并使数量词与名词发生粘连，"举起一盏忧愁""喝下一口

[1] 杨仲义、梁葆莉：《汉语诗体学》，学苑出版社，2000 年 12 月出版。
[2] 葛兆光：《汉字的魔力》，复旦大学出版社，2008 年，第 66 页。
[3] 葛兆光：《汉字的魔力》，复旦大学出版社，2008 年，第 67 页。

朦胧”等这类用法还是会给读者带来一定的新鲜感。所以，在现代语境中激活古典雅语或书面语，是诗人们可以继续探索的一条路径[1]。

与古诗译成白话文相比，外文诗歌难译的程度非同一般。辜正坤对此现象有过数据统计“用语音标准来衡量，也许译诗对原作达到的近似度只有1%。但是用词法标准来衡量，可能达到40%到60%。用句法标准来衡量，可能达到了50%。用语形标准(例如诗行长短排列形式)来衡量，有可能达到85%。而用语义标准来衡量，可能达到90%”[2]。外文诗歌中音韵丧失，用汉语的节奏、声律来弥补，一部分译诗者曾努力为之。但把现代诗写成译诗模样，已为读者诟病。如何借鉴西方诗歌写现代诗，笔者认为，当前已不成为重要路径。原因是自二三十年代以来，诗人兼翻译家的郭沫若、卞之琳、戴望舒、闻一多、朱湘、艾青、朱生豪、陈敬容、孙大雨、查良铮、屠岸、飞白、北岛等诗人已经在自己的创作中有过对西方诗歌从语言修辞到文体上的多方借鉴。技巧上的探索，他们在原创诗中基本都有过尝试。况且现在的汉诗写作与世界同步，互相影响的因素更多，写得像西方诗不再是现代汉诗的发展目标。回到汉语本身的感觉上来，发掘出汉语音韵、意象、语义上的更多的特质，才是中国诗人需要重视的。

公文语言存在于公文模式当中，属程式化语言。它的功能在于能提供准确信息，力避感受或感悟型的形象与情思，如果不经过特别组合或使用某种艺术技巧，或不将它置于特殊的诗歌语境，公文化语言就依然回归其本位，成为程式化的信息。因此在各类语言探索中，引借公文语言应是难度最大的一种，只能偶然用，巧妙用，选情境用。最忌讳的就是反复用。

在这些路径的探索中，笔者认为，民间俗语是最丰富的矿藏。日常口语写作在政治抒情诗写作后有过蓬勃的发展，回到生活，回归语言本身。诗人们不断地反对附加在意象上的文化或政治属性，使口语写作在90年代和新世纪初成为诗歌创作的主要语言。日常口语入诗最大的特点就是语言及物，破除文字本身的障碍，清楚透明，不晦涩，也不难解。但是最大的问题就是使某些诗歌流于生活表面，停留在流水账式的记录上面，掩盖了生活与艺术之间的距离，缺少陌生化手段，因此没有夸张变形，没有心灵的惊叹。只能看到“见山只是山”，看不到“见山不是山”，更看不到“见山仍是山”。而且还有读

---

[1] 笔者曾讨论过现代汉语中借助古代语言的歧义，见《陈先发诗歌修辞》，《长沙理工大学学报》2011年第1期。

[2] 辜正坤：《中西诗比较鉴赏与翻译理论》，清华大学出版社，2010年，第323页。

者发现：出于对传统的反动，口语粗鄙化在某些诗歌中被有意夸大，降低了艺术发酵程度。

诗可以是情感的、理性的，可以是形式的、技巧的，诗的根本是语言的。诗歌无论是热抒情还是冷抒情，无论是传达情感还是阐明情知，无论有无明显音韵或节奏，只是语言最基本的要求是需要做到：有形象可言，有情绪可感，有思想可知。语言是石，它给意义铺路；语言又是玉，无论粗糙或精致，它必须是有蕴藉有质地的玉。

力避散漫的语言节奏，少用陈腐的旧词作常规性抒情，尽可能在现代生活中发现日常用语的新意，捕捉语词的细微变化，掌握汉语的凝练简约，改变古典词汇的发生语境，取法西诗的语言修辞和音韵表现方式，巧妙结合公文术语，用语言创造出鲜活而富有深意的诗性空间，应为现代汉诗语言的探索方向。

福建师范大学文学院

技艺修正、经验转化与持续性写作

——论新世纪诗歌的精神转型和美学流变

刘 波

1990 年代末，以“盘峰论争”为界，诗坛分化成了知识分子写作和民间立场写作两大阵营，一时间势不两立。新世纪以来，随着互联网与文学的结盟，从外部上看，诗歌阵营里的知识分子和民间诗人好像有一种融合的趋势；然而，当我们从内部挖掘便可洞察到，诗坛的分化更为隐秘和多元，同一代际内呈现出了多维度的写作风貌，流派格局也被悄然打破，每一个个体的诗人都尽力展现出自己的生动和活力。这种美学变化给诗坛带来的，可能是格局的重组，对于每一个诗人来说，则会面临着写作的延续性和审美惯性的突破，这也是新世纪诗歌生态的潜在要求。在分化与重组的同时，新世纪诗人们在转型期需要为接下来的写作找到新的方向，持续性写作被提到议事日程上来，看似针对每一个诗人的要求，其实也有着对新世纪诗歌在整体上何去何从的思考。既然问题已呈现，那么，追问也就变得顺理成章：持续性写作会给新世纪诗歌带来什么样的变化和前景？它引领着何种诗歌美学？又对诗人们的写作诉求构成怎样的精神影响？或许这几个问题，正是我们探讨持续性写作的关键。

持续性写作是一个自我修正的过程

对于每个诗人来说，可能都会经历从稚嫩表达走向成熟写作的过程，在这个过程中，其书写应该呈现为渐近式变化的状态：有的变化是明显的，有的则是潜隐的，而有着潜隐变化的诗人，似乎更让人有信任感。笔者之所以提到持续性写作是一个自我修正的过程，乃因不少写作者对诗歌的认识一开始就出现了偏差，要么是走语言和形式的极端，要么是一写诗就想当然地趋于宏大抒情，就像诗人王小妮所描述的，“有人一写诗就像戴上一副面具，就端起来了，就云遮雾罩了。他以为是‘诗’的东西，可能全是‘反诗’。”[1]这种

〔1〕 王小妮：《女人更适于写作——答〈晶报〉汪小玲》，《随手》，北京大学出版社，2014 年，第 239 页。

认识上的误区，需要及时修正，否则，就像有些作者，一生诗集出了不少，最后可能连诗歌的门槛都没进。起点不一定决定终点，但诗人在写作中所持有的立场，以及这一过程中的自我学习和精神标高在于其眼界和手艺，他要在何处用力，用到几分力，都决定了诗人能在诗歌之路上走多远。

1980年代中后期以来，有些诗人急于求变，几乎在短时间内将所有写作都尝试了一遍，但到最后，他发现自己还是找不到确定的写作方向，也就无法形成独特的风格。还有的人则追随时尚潮流，什么流行写什么，这样狼奔豕突的结果，很可能就是他越来越偏离诗歌写作的本质和常道，始终进入不了状态，最后只能消失在历史的烟尘里。状态这个词，用在诗歌写作上是比较合适的，一个诗人的状态有时能影响其写作的品质。然而，状态也是需要自我修正的，针对不同的诗人，修正渠道也各异，它可以有外界的影响，也可以是自我的砥砺，还可以是两者的有效融合。总之，诗人如要真正往前走，适时地调整自己的写作状态是非常有必要的。

让我们不解的是，很多诗人根本不知道自己的状态处于何种节点上，所以，他虽然一直在写作，但始终找不到自己的位置。其实，一个诗人领受了什么样的诗歌精神，他的文字就会带着什么样的情理和高度。由于对“美”之本身理解的不同，以及知识素养的差异，有的诗人对诗歌的初始认知就决定了他的写作方向。就像有诗人仅仅认同远方才是诗意一样，“生活在别处”是他们浪漫的理想诉求。“时间和空间上的距离在文学写作中扮演着陌生化的角色，但当代中国诗人退到远方和过去，并非真能从远方和过去发现诗意，而是发现了那些描述远方和过去的词汇。那些词汇由于被其他诗人反复使用过，因而呈现出一定色泽，其自身就包含着文化和美学的积淀；它们被那些懒惰的、缺乏创造力的家伙们顺手拈来，用进自己的诗歌，而这样的诗歌既不提示生活，也不回应历史，因而完全丧失了活力。”[1]西川所言的“丧失了活力”的写作，也是当下不少诗人所存在的困境，没有清醒的自我认知，这样写着写着就难以为继了。古今中外但凡有力量的经典诗歌，我们读来皆是为人生的写作，而非浮在词语表面的修辞实验。诗人在写作理念、写作技艺和语言创新上的适时调整，是为人生的写作打下基础，也是尽力扫清一些信心上的障碍，如此方可拓展自己的精神边界，在不断尝试中修正自我的写作，就变成顺理成章。

〔1〕 西川：《诗学中的九个问题之我见》，《大河拐大弯——一种探求可能性的诗歌思想》，北京大学出版社，2012年，第169－170页。

持续性写作确实是需要开阔的视野和不断的自我认知，不学习经典而自以为是，往往就是将自己封闭起来了，做自己诗歌之国的国王，尤其是迷恋于一种小趣味和小格调，写作之路必然会越走越窄。那些狭隘小气的写作格调，看似关乎日常，但很容易就陷入极端的自恋，缺乏真正立得住脚的现实感。很多诗中那凌空蹈虚的表达貌似超越了现实，有了升华，很炫目，可只是轻飘飘地浮在词语表层，没有下沉的重力感和精神气质，这种轻逸的写作难言创造。如果文本的背后总是显得空泛，不是天马行空毫无边际，就是陷入自说自话的絮叨，写作仅仅随着惯性走，没有一种自我警醒的超拔之感，保持持续的创造力可能就是一句空话。对于很多网络时代的年轻诗人来说，中年困境和媒介语话是写作中绕不过去的两个障碍，此时没有一点钻研和冒险精神，是很难洞开那扇日渐封闭的心灵之窗，以获得更开阔的视野，呼吸更清新的空气。

在诗歌写作中的自我修正，也是一个自我敞开的过程，向人生存在的深处探索，为现代汉语留存一份更自由、生动的记录。自我修正也是自我肯定、否定乃至最终调适的过程，诗人需要做的是把握好衡量的标准与尺度，让自己的写作在“个人化历史想象力的生成”（陈超语）中通往人生书写的真相。如果没有与外界的有效对话，过度自我封闭的代价，可能就是成为一个时代的文学笑谈。何以我们读多了当下诗歌，会发现一个普遍现象：几个诗人同时开始写作，十年或二十年之后，有些人早已越过了当初的稚嫩青涩，越写越好，越走越远了；而还有些人，只是原地踏步，十年后的诗歌和十年前相比，见不出多少长进。原来站在同一条起跑线上，但往往走着走着就走散了，因为眼界高低和后天的自我训练，他们早已不在同一精神层次上了，持续性写作也就相应地出现了变化乃至断裂。走散之后的选择与断裂之后的高下，在1960年代之后出生的诗人身上表现得尤为明显：他们中的一部分人拥抱了主流，成为了国家主义美学的实践者；而另一部分人则开始自我边缘化，与主流保持了距离，这是共同起步后在行进途中分裂的结果。这里面可能会有利益和话语权之争，但不同的选择也已充分表明了各自的立场。这一群体虽然都还保持着写的状态，但因为旨趣不同，诗歌的质地与境界也有了巨大的差异。当然，也不排除那些写应景之诗的人，他们以骑墙的态度在写作和个人名利之间左右逢源，然而，这样的选择最终也只是功利化的现世写作而已，很难在更高的精神和美学层面上达至永恒之境。

对于更年轻的诗人来说，激活潜在的想象和青春人生的有感而发，或许是写作最重要的动力，但是从青春写作到“精神成人”之写作的过渡，历史感的获得是一个挑战。它无法规避，因为它是跨越当下的某种助推力量，一旦缺乏了历史感，写作很难具有沉潜的力量与厚重之美。如同茨维塔耶娃所言，“我的青春，就像一件粗活”，这是多么不堪的历史追溯，而在现实中，事情可能就会回到这样一种状态。新世纪以来的诗人在写作上的用力之处，除了细腻、精致的技艺，还应有那些纠缠自己内心的矛盾与冲突，这正是诗意的根本。因此，真正的持续性写作，除了对后天自我修养的提升之外，不是靠灵感来推动，而是依靠经验来深入。也就是说，在保持想象力充分发挥的基础上，经验写作应该成为一个诗人持续性写作的主导，虽然在此并不排斥灵感，但灵感只是写作的一个导火索，唯有经验积累才是长期的资源，它是偶然中的必然。灵感作为催化剂，会让那些经验的力量通过语言创造慢慢被诗人释放出来，达至一种特殊的创造意识的生成。

经验的转化与日常力量

1799 年 1 月，荷尔德林在写给母亲的信中说，写诗是“人的一切活动中最为纯真的”，从诗的本质上看，确实如此。诗歌很难像其他文体一样带上功利化色彩，它就是白日梦。即便有人说写诗是为了附庸风雅，但这种风雅也很难在功利的层面上达到沽名钓誉的目的。诗之本质的纯真，并不是一种表达的幼稚和单纯，而是祛功利化的真实书写，诚实、认真、不做作、不虚伪，时刻保持清醒的状态。任何花言巧语的写作，如果没有真实之心的参与，都只是一场虚幻的词语旅行，在中途就可能自行走散。这种真实性表达，凭借的是诗人的想象力，还是人生的经验？它关涉想象的真实与经验的真实之间的那段距离。我们常听人说，诗人应该是最富有想象力的，他们是语言和意象的创造者，那么多毫无关联的意象，到了诗人笔下，可能会出现意想不到的新奇感和鲜活性。诗人用想象将意象串联起来，词语作为中介，它联接起了语言和审美的纽带。这是那些有理想的诗人所不甘愿放弃的追求，或许他们全部的努力就是为了写出精彩的句子，这种目的纯粹的精神活动，正是诗人存在的价值。

有些诗人在年轻时就写出了代表作，等到中年之后，他再也无法写出，而持续写作不过就是风格的惯性延伸，无法在更高远的境界中走出自我重复的泥淖。因此，仅仅在年轻时依靠想象写作，没有后来的自我修行、积累与训练，诗人很难完美地走向终点。这也是我一直鼓励青春写作，但又警惕此点的缘由。诗歌开始于青春激情，但并不靠青春和激情来维持状态，而是凭借经验来完成持续之路。里尔克在28岁时说："唉，要是过早地开始写诗，那就写不出什么名堂。应该耐心等待，终其一生尽可能长久地搜集意蕴和精华，最后或许还能写成十行好诗。因为诗并非像人们认为的那样是感情（说到感情，以前够多了），而是经验。"〔1〕诗人明白，真正的诗歌写作不是一项青春的事业，而恰恰是要思考一个问题：在过了青春期之后，我们如何写好诗。一个诗人的想象力也是随着年龄增长而更新的，年轻诗人在初学写作时，使用的可能是感性的想象力，而等他写到一定阶段，就要自觉地调动理性想象力了。在这一转换的过程中，想象力其实充当了一个中介，而且随着写作的逐渐深入，想象与经验的有效融合，似乎就成为了一个诗人的写作理想。

为此，里尔克才会有这样的感慨："为了写一行诗，必须观察许多城市，观察各种人和物，必须认识各种动物，必须感受鸟雀如何飞翔，必须知晓小花在晨曦中开放的神采。必须能够回想异土他乡的路途，回想那些不期之遇和早已料到的告别；回想朦胧的童年时光，回想双亲，当时双亲给你带来欢乐而你又不能理解这种欢乐（因为这是对另一个人而言的欢乐），你就只好惹他们生气；回想童年的疾病，这些疾病发作时非常奇怪，有那么多深刻和艰难的变化；回想在安静和压抑的斗室中度过的日子，回想在海和在许许多多的海边度过的清晨，回想在旅途中度过的夜晚和点点繁星比翼高翔而去的夜晚。"〔2〕在回忆中写作，是很多成熟诗人所运用的方式，此时，各种人生经验自发地参与了创造，好像不是人在写诗，而是诗在写人。这种境界并非所有写作者都能达到，它仍然需要诗人不懈的努力：一方面是阅读，阅读书籍，领悟生活；另一方面是感受，调动所有的感官，感受精确的细节，这些都源于诗人对人生的把握，以及对现实的敏感程度。只有在这两方面都获得提升，想象和经验的力量才会得以彰显。"经历之诗与词语之诗的关系不同于现实之诗与想象之诗的关系。经历，对于一个无论是何种级别的诗人来说，要比现

〔1〕［德］里尔克：《诗是经验》，戴维·洛奇：《二十世纪文学评论》，魏育青译，上海译文出版社，1987年，第104至107页。

〔2〕［德］里尔克：《诗是经验》，戴维·洛奇：《二十世纪文学评论》，魏育青译，上海译文出版社，1987年，第104页。

实广阔得多。”[1]史蒂文斯所说的“经历”，其实就是人生经验，它确实要比现实本身更广阔、更精彩。

如果说一个诗人年轻时靠想象写诗，那么在25岁之后，他就应该依靠经验和历史感来写诗。不管是用虚构来营造诗意的氛围，还是以胆识和勇气来直面时代，他的写作美学与个人经历、气质和修养有关。一个诗人的美学趣味，可能会受外在的环境影响，但内在的思想还是决定了其写作的方向：是热衷于纯粹的抒情，还是追求纵深的精神生活，部分地依赖于自身视野的开阔与否，还联系于他人生经历的丰富程度。布罗茨基说：“美德并不是创作出杰作的保证，而且更在于，恶尤其是政治之恶，永远是一个坏的修辞家。个人的美学经验愈丰富，他的趣味愈坚定，他的道德选择就愈准确，他也就愈自由——尽管他有可能愈不幸。”[2]经历的丰富，很有可能就是屡遭挫折，或经历磨难，对于诗人来说，这可能就是悲剧写作的资源。

当我们越发对一个诗人抱有信任感时，你有可能会发现，他的写作里包含着更多能引起共鸣的东西，这种共鸣一般不是会调侃式的喜剧，而往往会是一种经历，一种感受，它们都是在理解基础上的接受和认同。所以，在这样的写作互动中，理解也可能是一种创造，一种精神上的认同，而我们说精彩的写作源于丰富的人生经历，是因为经验在其中占据了重要的份额。本雅明说，写作是在纯粹精神保护下的生存。[3] 而诗歌写作尤其如此。如果没有精神力量的支撑，一个人很难在生存压力下保持旺盛的创造力。对于苏珊·桑塔格来说，她年轻时总是在生存压力与精神追求之间纠结、奔波，所以，她的传记作者才会在其遭遇人生困境时说，“钱一直是个问题”。虽然后来桑塔格通过稿费和演讲费过上了不错的生活，但这并不是说桑塔格就没有为此困惑过。困惑是难免的，而如何在困惑面前保持一种冷静和定力，并继续写作，才是问题的关键。桑塔格做到了，“凭着一种令人钦佩的决心，她仍然成功在追求着一个独立作家的生活——尽管经常捉襟见肘……”[4]这就是精神的

---

〔1〕［美］华莱士·史蒂文斯：《最高虚构笔记》，张枣译，华东师范大学出版社，2009年，第252页。

〔2〕［美］布罗茨基：《诺贝尔奖受奖演说》，《文明的孩子》，刘文飞、唐烈英译，中央编译出版社，1999年，第36页。

〔3〕［德］瓦尔特·本雅明：《卡尔·克劳斯》，《本雅明文选》，中国社会科学出版社，1999年，第218页。

〔4〕［美］卡尔·罗利森、莉萨·帕多克：《铸就偶像——苏珊·桑塔格传》，姚君伟译，上海译文出版社，2009年，第165页。

力量。由此也可看出，本雅明所断言的作家的精神状态，是决定他能否进行有效的持续性写作的根本。

随着年龄增长，诗人的阅历构成了他作品中那些带有人生体验的复杂与残酷，那些放慢的节奏随着舒缓的旋律而渐趋沧桑，如同夕阳一样将那段短暂的时光定格在某个温暖的瞬间，并汇入最后的永恒。这或许就是那些大器晚成的诗人获得心理安慰最好的理由。而相对于这些老而弥坚的诗人们来说，像兰波、海子等早慧的天才诗人们只能放飞想象，任凭语言在表达的疆场上纵横驰骋，他们永远停留在了有些夸张的青春期写作上，但真正智性的诗歌，不是语言的喧哗，也非情感的纵容，而是需要诗人在经验参与的前提下作更节制和内敛的抒发，这是持续性写作带给诗人的更大挑战。

在自然的表达里开启技艺之门

真正经典的诗歌，除了为人生的写作能打动我们之外，其技艺一定是以无形的方式渗透在作品里，而非刻意外露的。那些但凡将写作技巧时刻挂在嘴边的诗人，并不一定能写出优秀之作，在抽掉了那些搞怪的形式和花哨的言辞后，他们的诗留给我们的，很有可能就是一堆没有血肉和肌理的语言残渣。我不反对诗歌回到强调本体的路上来，尤其是语言创新和文学精神，但是，“诗到语言为止”（韩东语）乃写作的前提，而不是最终目的。诗歌乃至文学最终还是要与我们的内心情感相联，语言、结构这些元素只是其载体和中介，因此，我们所说的提升诗歌写作的难度，更大程度上还是诗人要超越语言、修辞层面，而进入到精神与思想的境界里。如果说诗歌写作最高的难度就是如何把一个句子写得漂亮，或者如何将一个词语运用到位，在笔者看来，这是将写作的追求狭隘化了，也可以说是降低了诗歌的难度。

诗歌写作上，细节表达是血肉，而整体结构就是骨头，血肉怎样和骨头紧密相联，且严丝合缝，才是诗人需要努力完成的使命。这种简单言说所蕴含的复杂程序，正是汉语诗人们这些年一直在试图解决的困惑。诗歌的技艺是一种激发天赋的创造，而精神就是创造力形成之后的自我训练，它需要一个诗人打开视野，进行思想的冒险，而不是故步自封，玩小圈子游戏。就像叙利亚诗人阿多尼斯所写：“创造性的思想不是居所。它是田野和树木。”[1]诗人

---

〔1〕［叙利亚］阿多尼斯：《短章集锦》，薛庆国译，《世界文学》2010年第5期。

在开启技艺之门的同时，也应开启思想之门。如果仅仅只是满足于技术游戏，很容易将诗歌写作简化成为词语的堆砌，没有逻辑关联的意象拼凑，或者是玄奥的呓语。诗歌在读者中越发产生不了信任感，与这种过于强调技艺而忽视内容和精神不无关系。

如果诗歌写作技艺外露，那必将显得刻意，这也是很多诗歌貌似高深，实则晦涩难懂的原因。迷恋技巧一直是很多作家和诗人的嗜好，1980 年代的先锋作家和 1990 年代初期一些知识分子诗人，都不约而同地热衷于技巧，这种迷恋一度成为他们炫耀的资本。然而，完全依赖技巧的写作，最终也是一个偏门，因为一时的新鲜感过去后，不入心的形式化写作，很容易就被读者抛弃了，这也是很多作家和诗人后来又从玩技巧回到现实写作的原因。当然，形式与内容的融合，在这一代作家和诗人身上是真正得以确立了的。诗人如果一味纠缠于形式，很容易就走向故弄玄虚的困境，最终陷于自我缠绕，而想要以其昏昏使人昭昭，在诗歌上几无可能。过于专注于形式的表演，内容上又无法自我消化，结果就只能变成形式上的“装神弄鬼”，表面的新鲜感能获得一时关注，但终究会化为历史的烟尘。在文学的长河里，最终能进入读者内心且形成经典的，一定是与我们的日常思索和灵魂对接的文字，而非那些哗众取宠者的呓语和谎言。

新世纪以来，诗歌一度在公共事件中重新为国人所关注，他们由诗找到了发泄悲喜之情的出口，而最后能流传下来的，还是那些在形式和内容上结合得恰如其分的作品。像朵渔的《今夜，写诗是轻浮的……》，直入灾难的内部探寻真相，给人一种切己及人的力量感。寻求真相，不管是语言的真相，还是情感的真相，最终都指向一种带有启蒙色彩的精神生活。当虚伪侵入了一个诗人的笔端，那也就没有什么值得铭记和领悟的诗意可言。诗人不仅要对语言负责，更要对语言延伸出去的那份诗性情怀担当起坚守的重任，它必须是真实的，因为事关诗人的伦理责任，也联于诗歌“有感而发”的本质。将技艺藏于文字和想象之中，掩于情感和思想之内，这是诗歌写作的真境界，但又并非一朝一夕可达到，它需要诗人广泛的阅读与自我训练，逐渐将外部的喧嚣和扰攘转化成为写作内在的难度，即让技艺成为一种潜隐于文字内部的涵养。我们常说某人“深藏不露”，其言外之意，是他有暗藏功力的一面，另一方面，也和他为文时所流露的眼界有关，眼界宽广，功力深厚，下笔自然非同一般。诗人的锐利，在僵化和板结的文字里是体现不出来的，它必须打破一种既定模式，在创新和拒绝平庸的现实里寻找个性化的独特美学。

在持续性写作中，警惕、反思和审视都是自我修正的体现，这直接关涉技艺能否化于自然的文字里。一方面，诗人要警惕对技巧的过度迷恋，避免绕圈子、耍小聪明；另一方面，如果没有反思和审视，诗人的人生经验很难切入写作的内核，诗歌也可能就因缺少扎实的精神根基而失去了耐人寻味的意韵。诗写到最后，技艺和内容肯定是融会贯通的，这种融通需要诗人内心的丰盈，更需常年经验的积累与释放。掌握了技艺的诗人，也需要一种情怀，没有立场和情怀的诗人，写作很难达至生命存在的精神高度。好的诗歌，肯定不仅只是给人带来情感上的共鸣，应该还有智慧上的挑战，这智慧包括语言的美感、思想的力量和精神的厚重，只有这些因素有效的融合，才会呈现其自然独特的品质。

不管诗人是歌唱“带电的肉体”，还是渴望“黄金在天上舞蹈”，总有一种“心有猛虎细嗅蔷薇”般的诗意如影随形，这可能才是有着理想主义精神的诗人语言行走的维度。能入得了日常小细节，也能出得了思想大境界，这当为“小河湍急大海平静”的内心景观。作为力道的技艺，作为气场的精神，现代汉语诗歌最后都必须联于语言和经验的想象性融合，这或许才是诗人在保持持续性写作中所努力的方向。

三峡大学文学与传媒学院

21 世纪诗歌的想象视野

卢　桢

评论界普遍存在这样一种说法，认为 21 世纪以来的诗歌并未与上世纪 90 年代拉开显著的美学距离，它更大意义上是世纪末诗学的内在延伸，并在及物性、叙事性、跨文体等不同向度上顽强掘进，在生长中孕育着生机，这种言说的确切中了新世纪诗歌的某些共性特质。从写作生态观之，今天的诗歌现场呈现出日益开放的格局，一些曾经带有二元对立倾向的美学观念如“民间”与“知识分子”“城市”与“乡土”“中心”与“边缘”的分野虽然存立，但“对抗”意味已被更为频繁的“对话”行为所冲淡，诗人的观照视野更为宽广，驰骋想象的土壤愈加肥沃，如杨庆祥所说的“由对抗式写作向对话式写作的转变”[1]正在新世纪诗坛持续生长。“对话”意味着诗人调整了介入现实文化语境的姿态，我们至少可以抽取公共视野、城乡视野以及旅行视野三个角度窥测其面貌。

一

2015 年末，雾霾再次降临京城，在 PM2.5 数值爆表的 12 月 8 日，臧棣在微博写下《雾霾时代入门》。弥漫于北中国的雾霾酿成一场公共卫生灾难，而诗人则成为灾难的亲历者与见证人：入夜后街灯如发光的螺母，/将古都的神经固定在/世界的尽头。就好像时间的洞穴/被盗墓贼挖开了，它准时如同/每隔几天就要重洗一次牌。/落叶的歌吟中，那曾经迅速分辨出/西北偏北还是西北偏西的/心灵的钟楼，此时戴着/厚厚的口罩，慢慢沉入/比海底还广大的海淀。/拐角处，古老的寒冷掀翻了/不止一个比坟墓还寂静——/只留下呛人的阴冷，在圆明园附近/激进弥漫的煤烟味如同/新上市的防腐剂，裹紧/我们是我们唯一的替身。

因雾霾而成诗，臧棣这不是第一首，当然也不会是最后一首。百年前，伦

〔1〕 杨庆祥：《重启一种“对话式”的诗歌写作》，《诗刊》2015 年 4 月，上半月刊。

敦的雾霾便已激发起文艺人士的创作灵感，无论是《荒凉山庄》还是《雾都孤儿》，都将雾霾作为城市的文学转喻，甚至连游历西欧的黄遵宪都写下过“雾重城如漆，寒深火不红”的诗句，记载伦敦城“气气皆墨”之景，于是今人往往会在这个层面上将北京与伦敦相提并置，对两个城市展开讨论。而臧棣却在微博里回应说：我们今天的处境好像比雾都孤儿还惨。雾都孤儿前面，还有一个人道主义的解决方案。但雾霾时代的前面，是什么呢？在他的文本中，雾霾仿若迷幻剂，令身居其中的人产生时空错位感。古都凝滞，钟楼失语，人被自然灾难取消了与现实的交流能力，也无法印证自己与现实的联系。“我们是我们唯一的替身”仿佛带有箴言的意味，喻指人类共同的命运——我们已经无路可逃，也无处遁形。臧棣对雾霾时代的反思，富有鲜明的现场感与问题意识，并触及带有公共性的环保话题。事实上，自“雾霾”一词闯入我们生活以来，围绕它的抒写就没有中断过。作为天气意象的“雾霾”持续在诗歌中发酵，形成启示录式的、富有末世特征的整体性诗学意境，彰显着写作者力求穿透纸背、对接时代的实践精神。这类文本在新世纪诗坛特别是近年的涌现，印证了诸多评论者对新世纪诗学“及物”状态的判断，以及对写作者主动介入现实生活之公共意识的肯定。

在臧棣写作这首诗的前后，关于“雾霾”话题的写作已颇有规模，杨克的《灰霾》、徐江的《柯南道尔：在大雾的那一边》都涉及同样的生态问题。“太多的人用手机/发送阴郁的街景/它们像来自地狱/或斯蒂芬·金小说/改编的电影剧照。”异国与本土的文化符号错置杂陈，交融在徐江的文本中，体现着雾霾对抒情者意识施加的影响，它导致文本主体时空感的错位，而异质文化符号借助“错位”之机互相拼贴组接，碎片化的思维印象从而连缀生成整体的诗意。这体现出新世纪诗歌的一个热点，即诗人的观念尽管存有差异，但介入现实抒写生活的兴趣却在不断增强，其诗意表达也更富有当下性和时效性。“兴趣”意味着想象空间和情感向度的转移，并非完全指涉技巧层面的美学衍变。他们中的很多人拒绝单纯形而上意义的写作，也警惕那种充满幻觉意味的精神自恋，如欧阳江河曾说的要“追求一种诗歌的痛感和真实性”，拒绝情感的表演与软绵绵的私密经验暴露。曾几何时，远离具体的生活语境，专心修缮自己的心灵孤岛，从而与高逸孤绝的思想境界相通，一直是诸多诗人苦心孤诣的企慕情境。但是，完全脱离具体生活的哲思即使能够触及人类某些共性的经验，也因其意象过于诡谲、语言偏向晦涩而难以进入阅读者的视野，从而影响其生命力的延续。因此，新世纪以来的写作者大都能从存在实际出发，有效勾连诗歌文本与生活现实，显扬“及物”观念。对理论界来说，诗人如何在“及物”的统摄下进行抒情、抑或是以跨文体方式达到“个人化写作”之境界，就成为解读写作者经验状态的一种日常策略。

从“及物”的内涵上看，它并非新世纪诗歌的专有名词，任何诗人的写作都受馈于他生活的时代，可以说所有诗歌都是来源于抒情主体与“物”亦即社会现实各类题材遭遇之后升华出的感思。诗歌的“及物”性能够成为显词，乃是因为诗人在“如何及物”，即如何对现实生活进行转述的层面上有所掘进，特别是在诗歌本体的技术打磨等艺术环节上建树颇多。新世纪中国“大”事件的集中涌现，为诗人锻炼并发挥这种能力提供了话语场，汶川地震、北京奥运、动车事故、天津港爆炸乃至北方的持续雾霾……由一个个事件组合出的声响振聋发聩，启迪部分诗人不断提升自我的快速反应能力，将写作者的观照视野直接引渡至问题现场。他们在艺术的自主性、独立性与艺术反映现实、干预现实之间寻找着平衡，在日常生活的“此岸”和诗歌的“意义生产”之间建立经验联系，使其人文精神与公共精神实现统一，新世纪诗歌言说现实的能力也由此得到了增强。

2009 年末，荷兰汉学家柯雷到北京访学时特意收集了汶川地震诗歌的多部合集选本，并惊讶于同一话题在短时间内竟能聚变出如此之大的规模。在一次对话中，柯雷似乎意识到他搜集的大量文字难以摆脱空泛、廉价的抒情，尚缺乏思想层面的历史穿透力，甚至有些是在消费苦难，走入反智化的泥沼。但他也指出这种写作向度本身所凝含的新意，西方当代诗学专有“社会评论”一脉，以此为参照物，中国当前诗学中对“宏大问题”由实情到诗情的及物关怀，倒能成为一种文学此岸与彼岸的精神互文。其中，朵渔的一首《今夜，写诗是轻浮的……》更是借助网络媒介的传播力量火速流传，以其理性的悲悯和持久的心灵震颤之力，向新世纪诗坛传达出独立的声音和智性的思考。对公共视野敞开诗心，意味着诗人能够意识到他人生命乃是自我生命的一种延伸，而时代的病症令人无处逃遁，因此，“诗歌的私人性表达还必须建立在其深厚的公共性基础上”（张德明语）[1]。他们对现实问题的关注，对重大事件的快速反应，虽然并非常态，却在一定程度上复苏了文学应有的写作伦理，有效纠偏了诗歌现场某些“伦理下移”现象，也在消解“私人性”与“公共性”之对抗中，将自我的“疼痛”与“呼吸”植入当代历史，书写下生命的庄严感与力量感。

---

〔1〕 张德明：《网络诗歌与公民意识的培养》，《长沙理工大学学报》2013 年第 3 期。

二

城市与乡村，构成新世纪诗歌一组重要的想象资源，前者甚至被视作新诗现代性的构成基础之一，参与到新世纪诗歌的意象空间建构和审美生成中。曾几何时，几乎所有诗人的写作都要受惠于他所在的城市，一方面，诗歌以文本的方式对城市文化形态进行着语言摄影和价值剪辑；另一方面，城市文化形态通过城市话语、城市精神影响、塑造着诗人的语言观念，催生其文本价值内核的形成。很多诗人意识到，诗歌并不是以文字简单地留下城市的斑驳投影，它可以离开那些直接描述或意译的、唤起具体历史背景的题材，而走向彻底个人化的写作，包括实验性的个人语法、主题、修辞，广义的视觉和听觉形式，特别是都市人细微的情感体验。进入新世纪，一些诗人自觉运用“底层写作”的抒情伦理，以平实的语言为都市小人物造像，在文化迁徙中倾吐生存的沉重与艰辛；还有一些诗人注重捕捉感性印象，在世俗精神中强化生活的偶然和无限的可能性，与城市物质文化展开直接对话，捕捉凡俗生活中的瞬间心理经验，对现代人的孤独、虚无等体验实现创造性悟读。对诗人而言，城市既是一个物质现实，又是一种心灵状态，阅读城市，就是解读城市化了的自我，也是从内部了解城市的过程。诸如叶匡政、杨克、郜筐等写作者，都擅于以更为灵活和复杂的理论眼光重构城市与人之间的关系，通过都市意象完成对自身体验的内化，从而揭示那些都市主流速度体验之外的、无法被知识化和客观化的细枝末节，建立起自属的心灵节奏。

论及城市写作，杨克应该是新时期以来较早关注此领域并可以被纳入“城市文学史”的诗人。谈到世纪末诗学价值立场的转轨，从欧阳江河的《傍晚穿过广场》到杨克的《天河城广场》仿佛已经成为诗歌史变迁的文本标志，宣告着关于广场的宏大叙事全面结束之后，一种以追求即时愉悦性的、以商业化为推动力的城市精神的降临。2015 年中，《杨克的诗》出版，诗人穿行在中国城市的现实场景，诗性拟现城市人的心灵时空。作为一个迷恋城市的诗人，杨克对繁杂的都市迷宫保持了解读《尤利西斯》似的耐心与热情，如《集体蜂窝跑出个人主义的汽车》倡导在时代主流速度中重新定位个体的“速度”，唤醒对生活细节的认知；《马路对面的女孩》则如庞德《在地铁车站》一般，定格陌生人之间生命刹那的相通，现代生活的微妙经验在诗人心中神秘化地完成。杨克的诗凝聚了新世纪诗人对城市想象的主流模态，他们不再对城市文化作简单二元对立式的价值判断，而将其视为文化母体和诗意生发点，最大限度地调动着城市意象符号的象征魅力，注重从人群经验和物质风暴中疏离出自我的精神存在，在物质与灵魂之间寻找平衡支点，并试图突破现代社会日益趋同的速度感和时间观念，尽可能深入抵达城市个体的独立经验空间，将“个人化写作”落到实处。

与城市抒写相对应，新世纪诗坛围绕“乡土/田园”的想象也颇具规模。有一种说法认为，从城市文化开始舒展其扩张力的那一刻起，真正意义上的“乡土/田园”诗便不存在了，乡村和农业被“商品化”“资本化”而纳入城市体系(詹姆逊语)。诸多有着“由乡入城”经验的作家都会或多或少地体验到被城市或是以城市为代表的异乡文化所“排斥”的感觉，作为“异乡人”的写作主体，他们脱离了自然，又自感不被城市所接纳，进而产生文化异己感。或视城市为“他者”，吐露精神不适与文化隔膜，衍发道德层面上对城市之“恶”的批判，以“走在城市和乡村的线上”(谢湘南诗作名)标榜其文化处境。或是在诗歌中重塑“故乡”，将其作为反拨城市经验，实现精神皈依的家园。如江非钟情的“平墩湖”、雷平阳的“昭通”、安琪寄情的“父母国”等诗作中，“乡村”或者说带有地理标记的故乡意象，都充当了诗人反拨城市经验的隐喻工具，潜藏着游子背井离乡后的迷茫与孤独。他们中的大多数人身居城市，却怀恋文化记忆中的原乡，并将现实中的地理乡土背景化、意象化，使之被诗化成为带有明显象征意味的精神喻体，指向人性的纯粹、审美的和谐、心灵的洁净与生命的健硕。套用席勒对“素朴的诗”与“感伤的诗”的论述，工业文明导致的异化破坏了诗人与自然的和谐状态，他们只能怀着感伤经验寻找自己失去的素朴本性，乡土便形成一个“潜在的诗性结构”，它驱使抒情者走向对灵魂存在的探询。所以，被都市所整合了的“乡村”是抒情者从内隐诗性角度和精神层面在城市中建立起的一种情感支撑，这个“乡村”是非物质的，它的存在方式和审美特性完全依赖于诗人对城市超速发展的各种不适，或者说就是一个治疗城市病的“处方”集合。

理查德·利罕认为，自然主义笔下的城市呈向心状态：生活被一个都市力量中心所控制；而现代主义笔下的城市呈离心状态：中心引导我们向外，面向空间和时间中的象征对应物。[1] 今天很多诗人抒写乡村，所表现出的

〔1〕［美］理查德·利罕：《文学中的城市：知识与文化的历史》，吴子枫译，上海人民出版社，2009年，第88页。

正是对城市文化的“离心”状态，实体意义上的“自然”过渡到价值意义上的“自然”，并充当起诗人内心空间与时间的象征对应物，承载着写作者自身的诗歌观念。以李少君的《自然集》为例，如同在诗歌的“草根性”原则中所表述的，诗人的写作观同他的诗观一致，强调本土经验烛照下的主体性写作，抒发来自灵魂内部的澄澈感受。取法自然，诗人找到契合自身的写作形式，他有意规避那种盲目追新求异的象征和隐喻，不对意象做过远的取譬和隐喻，而从开阔的自然物象中发掘优缓静谧之美。鸟鸣泉响的自然风景，独立超然的生存理想，都借助恬然疏淡的文字和原型化的意象生长在诗行，经验表达直接而质朴。在《四行诗》中，李少君写道：

西方的教堂能拯救中国人的灵魂吗？
我宁愿把心安放在山水之间。

不过，我的心可以安放在青山绿水之间
我的身体，还得安置在一间有女人的房子里。

潜心幽谷，寄情山水，本是中国文人古已有之的精神理想。心向自然而出世，身却随遇而安不避入世（我把“女人”读作现实物质世界的隐喻），身居喧嚣芜杂的城市文化之中，却能借由山水之清晖抵达心灵之平静，诗人并未完全否定物质文化，甚至通过“有女人的房子”意象肯定了欲望的合理性，这显示出诗人处理日常城市经验的生存智慧。当代诗人也许不需要随时在身体上作出逃离城市、回归乡土之举，却依然可以凭借“总是能寻找到一处安静的角落”（《我有一种特别的能力》）之本领，以“文学自然”的方式调试内心的心灵速度，使之在高速运转的城市中实践“减速”的诗学。由此，城市与乡村并未形成诗人思维模式上的对立，他们可以游刃有余地周旋在物质文化的琐碎细节中，以自然之心诗意地栖居在都市，并不断向自然乡土之“潜在的诗性结构”吸取源泉和营养。源发自古典美学的诗性生态意识，构成新世纪诗歌“先锋”品格的又一重要标志。

三

论述公共视野与城乡视野之外，我还想提到一个“旅行视野”的概念。

“旅行”本是一个行为词汇，在今天多与休闲消费文化相关，它与“视野”形成搭配或许存有语病，但我依然固执地锻造这样一个词组，是想描述新世纪诗歌另一集中凸显的想象视野，即诗人往往通过行旅体验打破固有连续的时间和空间感，在方位意识的不断建立与破解中激发新的诗学想象力。特别是域外旅行体验触发他们在审视和想象“异国”这个他者的同时，也建立起与本土文化语境“互视”的视野，从而获得对民族文化心理和自我身份意识的认同与反思。比较文学形象学认为在跨文化写作中，他者形象往往投射出言说者的自我形象，多多在即将进入新世纪写下的《阿姆斯特丹的河流》堪称这类文本的代表。异国的河流映满故乡的风物与诗人对母语的游思，抒情者对自我身份进行着持续的辨认，潜身荷兰的风景，他看到的的确是地道的中国景象。可见，异域行旅抒写为诗人设置出一个课题，即如何表现他们看到的“风景”，并将既往文化记忆与新锐视觉经验熔铸于诗。

新世纪诗人中，蔡天新应该是最为执着地抒写旅行的作家，跨度二十年完成诗集《美好的午餐》记录了他游历世界百余国家的见闻与感受，“直把异乡作故乡”成为他对自己写作的定位。如《从前》所写：“从前那些我游历过的城市/在机翼下方依次闪现/就像一串故友的名字/被一位陌生人逐一提及”。对旅行之地的告别似乎应与伤感经验相关，但诗人的能力在于，他经过哪里，哪里就被他强大的精神力所吸收并内化为情感资源。诗人的旅行“想象”不再单纯与传统意义上的想象能力相关，而演绎为思维运作的一种模式，它需要对产生在行旅时空中的景观文化和形象文化进行重新编码与合成。亦即说，诗性的旅行缔造出诗意的精神世界，旅行诗学折射了作家原有的文化记忆，同时帮助作家校正记忆、产生新的想象。看到巴黎的门，蔡天新想到的是逝去的母亲，外在的静态风景转化为内在的、对故土亲人的怀恋，而诗歌中的时间错时杂陈，经验也实现了混融，表现出和单纯“睹物思人”类作品不一样的效果。

旅行本身所具有的对未来经验之追求，切合了诗人浪漫而富于幻想的精神特质，它能激发出诗人的主体创造力，将他们引入世界文化的宏观格局。特别是现代科技保证其无需竹杖芒鞋，便能穿行在大洲之间，获得跨文化的时空体验，并将这种体验内化为精神之力，打造出集中的文化景观。伊沙说在赴美之前，便预感到所坐位置的改变会带来眼光的变化，他的《阿拉斯加》《中欧行》、组诗《越南行》等都表现出文化的多重冲突和人类意识的嬗变多姿。再如王家新《罗卡角》，安琪《听姜涛劝西娃买越南拖鞋》，沈浩波《东京的乌鸦》，冯晏《圣彼得堡》等诗，都在跨文化跨地域的抒写中，或是定格新锐的视觉体验，或是抒写游子的文化忧思，抑或借异域奇景抵达自我的"文化乡愁"。无论源自何种驱使，从诗人选择抒写旅行体验那一刻起，一种基于群体文化想象的个体实践便开始生成，如沈奇所说的：进入现代社会的生存语境，作为世界的漫游者和内心漂泊的流浪者这一诗人本质显然是愈加突出了。〔1〕

英国作家阿兰·德波顿在其《旅行的艺术》里尤其称赞波德莱尔，认为他最完美地将旅行与艺术结合一身，因为波氏认为旅行可以将他带到任何地方，使他远离陌生的人群和沟通不畅的苦恼。他视自我为沃土，对巴黎的街道、酒吧、交通工具进行着巨细无靡的观察以及无比繁复的描写，将平淡无奇的日常经验点石成金，构筑起高雅的孤独。雷蒙斯·威廉斯曾说，旅行，或者那种漫无目的的漂泊的过程，其价值在于它们能让我们体验情感上的巨大转变。如果找一本契合这种"旅行视野"和"情感变迁"的诗集，恐怕陈太胜的《在陌生人中旅行》是合适的。诗人将诗歌目之为旅行在纸上的伸展，它是这样一种探险：无论你走到什么地方，看见什么风景，遇到什么人，你所面对的其实总是你自己，一个自我的镜像。〔2〕写作者在蒙马特山丘遭遇侯麦电影中的角色，在大英博物馆体悟到中国佛像的慈悲，在布鲁塞尔面对涂鸦时展开骋情想象，并向所有读者提出问题：当旅行本身成为想象的资源之后，我们如何认识它？《关于旅行》一诗对此作出回答，全诗通篇以"与……有关"的句式整饬排列，不厌其烦地列举出一次旅行所要关涉的所有细致入微的细节：旅行"与洗发水有关与沐浴露浴巾有关"，"与表格有关与父母的名字有关"，"与车票机票的时刻地点有关"，"与广场教堂钟楼皇宫市政厅博物馆城堡有关"，"与琳琅满目花样繁多的纪念品有关"，"与怀旧情感爱恨回忆厌倦诗歌艺术有关"。诗人认识到"背着越来越沉重的包/匆匆的脚走遍大千世界"，从熟地到陌生地并非从泥沼中拔身离开，这"只不过是一种幻觉/从一个泥沼到另一个泥沼"。如果旅行最终简化为带有"操纵性"的身体位移，旅行者被概念和诸多规则围绕困缚，则无法远离平凡，也无从发现细节。于是，作者选择从旅行手册中疏离而出，专心寻找那些"有意思的东西"，比如各种各样的茶、手串、爱尔兰民谣等等，这些物件貌似无用，却属于诗人自身专属的

---

〔1〕 沈奇：《在游历中超越——再论张默兼评其旅行诗集〈独钓空濛〉》，《海南师范大学学报》2009年第5期。

〔2〕 陈太胜：《在陌生人中旅行》，湖南人民出版社，2015年，第324页。

文化体验，因此摆脱了现实功利性与审美的惯性。

将旅行视为一种视野，或可串联起前文言说的及物、叙事美学以及城乡、公共诗学，旅行的目的是发现新奇，这样的“新奇”应该具有对历史的回溯力和向未来的前瞻性。波德莱尔在《恶之花》中也写有一首《旅行》，它告诉我们漫游者的目的就是寻找新奇，要到前所未有的深度中去发现新的东西。作为意象幻觉的激发点，“新奇”不单是调整、改写此在生活的表达方式，它还需要具备更为高远的、关涉人类整体性存在的精神，这种执着的审美理想守望，或许就是未来诗歌发展的支撑点和生长点，新世纪诗歌也由此表现出更多“走在世界”的特质。

南开大学文学院

21世纪诗歌接受的“窘境”

罗 麒

21世纪诗歌已走过“热闹”非凡的十五年，真正熟悉当下诗歌创作现状的读者，会对它的耕耘和追寻做出一个恰当的评价。“正当不少人认为诗坛‘萧条冷落’，诗人已经‘边缘化’，甚或发出‘诗人，你为什么不愤怒’的谴责的时候，一轮不温不火的诗歌热却在中国大陆悄然兴起。”[1]吴思敬对于当下诗歌的基本评价已经成了诗歌研究界的共识，“不温不火的诗歌热”，是对这十几年来诗歌现状最恰切的写照。关注诗歌动态的人不难发现，在短短的十几年间，诗歌搭上了网络传播革命的快车，摆脱了诗歌被边缘化的困境，重新成为最活跃的文体之一，在创作方式和阅读方式也做到了与时俱进，诗歌生态变得更加开放、健康；创作主体的身份认同越发清晰，诗人能够在现代社会中寻找到身份定位，同时又能在诗歌创作中自觉地实现身份与艺术的融合，使当下诗歌创作呈现出多元化的样态；诗人们努力地追求诗歌与现实世界的对接，“及物”创作倾向再次兴起，并且有了新的特质和更为成功的创作实践，现实主义诗歌的传统得以延续和发展；艺术层面的创新继续推进和深化，诗歌语言的重要性被提升到前所未有的高度，抛弃了过度的艺术之外的指涉和纠结，当下诗歌呈现出了纯然的艺术特质。这些变化或许算不上多么重大的成就，但确确实实是21世纪初整个中国诗歌界通过不懈追求取得的阶段性进步，由此说来，“诗歌热潮”的定性绝不过分。然而诗歌归根结底是写给人看的，要如实地评价一个时代的诗歌创作，首先要考虑的指标则是诗歌文本被接受的情况。

说到“接受”，即便是最热情肯认当下诗歌创作的“乐观派”也必须承认，当下诗歌面临着“无人问津”的窘境。这当然不是说真的没有人读诗或者关心诗歌现状，而事实却是不会有哪个“圈内人”愿意真的去做一份问卷调查，因为调查的结果恐怕很难不让热爱诗歌的人心寒。不得不说，不论诗歌界内部有多少热闹的活动，大众的关注重点也根本不是诗歌本身，他们只是把这

〔1〕 吴思敬：《仰望天空与俯视大地——新世纪十年中国新诗的一个侧面》，《文艺争鸣》2010年第19期。

些“闹剧”当成跟“娱乐八卦”一样的饭后谈资而已；更让人难过的是，作为“谈资”的诗歌活动，在关注度和持续时间上也是可怜的“小众趣味”。这种圈内热闹、圈外冷落的接受现状，或许才是当下诗歌创作中最令人唏嘘的真实本相。面对这样的窘境，当然可以找到很多托词：生活节奏的高速，让人们很难有静下来欣赏诗歌作品的时间；信息爆炸导致信息渠道的多重交错和信息量的巨大庞然，让接受个体应接不暇，诗歌上负载的情感信息已经不是什么“稀罕物件儿”，而且接收成本更大，“性价比”不足；消费社会的形成和经济效益的催逼，令商业化程度不高的诗歌相比于小说更难被“市场”接受，而在“市场”上受了冷遇的诗歌，就难免被扣上廉价无用的帽子；多数阅读者审美水平还停留在“朦胧诗”阶段，无法接受当下诗歌中的后现代艺术和反讽诗学；媒体在中间推波助澜，有意扩大一些不利于诗歌发展的事件影响，故意抹黑当下诗歌……我们诚然可以从理论到实践，陈列出诸多的客观因素，这些因素或多或少地都在阻碍着大众对当下诗歌的接受；但过分纠结于这些客观因素，就未免有些自欺欺人了。圈里圈外的冷热迥异，归根结底还是诗歌创作自身出了问题，当下诗歌本身就存在着一种“娱乐化和道义化，边缘化和深入化，粗鄙化和典雅化，一切都呈现为对立而又互补的态势。”[1]换句话说，诗歌本身并没有在大众面前呈现出稳定的形态和精神，多数读者根本“看不懂”这些所谓的艺术；然而这些“看不懂”恰恰又成了诗人们普遍追求的东西，套用消费社会的常用语言，就是产品没有对应上消费者的需求。当然，作为艺术的诗歌是需要独立性和自主性的，不可能也没有必要一味迎合大众的欣赏口味。但在文学作品的接受过程中发生了这样大的矛盾和偏差，把责任都推给读者显然也是不负责任的，当下诗歌创作中确实存在不少明显的缺陷，这些缺陷才是导致“接受窘境”的罪魁祸首。

诗歌“经典化”的焦虑

诗歌经典，是凝聚了人类的美好情感与智慧，能够引起不同时代读者的共鸣，艺术上具有独创性，内容上具有永恒性，能够穿越现实与历史的时空，经受得住历史涤荡的优秀诗歌文本。一方面，诗歌经典本身必须在内容、艺术上质量过硬，那些不严肃、不真实或是在艺术创造性上乏善可陈的诗歌作

〔1〕 罗振亚：《与先锋对话》，吉林出版集团有限责任公司，2009 年版，第 160 页。

品，是不可能成为诗歌经典的。另一方面，诗歌经典必须经得起历史的考验或者说具有某种历史性，比如新诗草创时期的一些经典作品，放在今天或许在艺术性上并不出众，但由于其重要的历史意义和在特定历史时期内和条件下特有的开创性，而具有了无可取代的经典性。也就是说，没有相应的一段比较长的时间的艺术沉淀，诗歌经典的生成是不可能的。如果按照这样的标准去考察，当下诗歌因为在时间沉淀的条件上无法满足要求，是不太可能产生诗歌经典的。在时间距离过近的环境下，所谓的“经典性”的生成往往是自封的，也是站不住脚的。就像艾略特说的那样，“经典作品只是在事后从历史的视角才被看作是经典作品的”[1]。

然而奇怪的是，进入21世纪以来诗人们过早地陷入了经典化焦虑中，无法自拔。必须澄清，对于诗歌文本经典性的追求本身没有问题，也只有诗人们在创作之初产生这种追求和愿望，才会自觉地去探索诗歌艺术的新高度，才不至于仅仅把诗歌创作当做一种文字游戏或情绪宣泄的工具。那些致力于经典创造的诗人，往往注重创作的严肃性和艺术性，这是诗人内在的历史基因带来的正面激励，有利于诗歌艺术的进步。但这个“激励”的度是极难把握的，“激励”不够，诗人们就会产生虚无感，认为自己的创作毫无意义，不可能走向经典化，从而自暴自弃，主动松懈于文本的严格要求，退而单纯追求写作时的精神快感，容易陷入自说自话、自我封闭的谜团中，最终难以捧出直击心灵的作品。而这种“激励”过度或诗人的“感受过度”，就会产生或轻或重的经典化焦虑，在受到读者或评论者不同层次、不同程度的肯定之后，一些本就自信的诗人们就会天真地认为自己的创作已经超越了历史上的诗歌经典，并且应该也必须成为诗歌经典；却不会静下心来，去分辨得到的肯定究竟是否过多、是否真实，从而使很多完全出于鼓励的夸奖被诗人们当做了一种认可甚至于崇拜，这种情绪滋生的自我迷失几乎成为不可逆转的结局，从此目中无人、自大成狂，不再潜心提高艺术修养和思想深度，而是陷入大师的“自我催眠”，不仅在创作上更难进步，严重地可能无法再融入现实生活，正常与他人交流。这种“经典化”焦虑其实在任何一个时代，都是一种客观的存在，但在当下诗坛集中爆发却是有深层原因的。一是诗歌的边缘化地位，对诗人的心理产生了某种不良影响，相比于“诗人”还是荣誉桂冠的过去，现代社会对

---

〔1〕［英］艾略特：《什么是经典作品?》，艾略特：《艾略特诗学文集》，国际文化出版公司，1989年，第189－190页。

于“诗人”的身份已没有任何崇拜可言，甚至缺乏必要的尊重，如今的诗人们想要实现人生价值，就要靠写出出类拔萃的作品，这让一些能力不足的诗人心理失衡，盲目地渴望、追求他人的肯定。二是网络的推动力，让诗歌的权力不断下放，许多从前的“贩夫走卒”现在也可以成为诗人，一些传统的诗人急于跟这些半路出家的诗人划清界限，并且对底层诗歌写作不屑一顾，片面地认为自己处在更高的艺术层次上理应被经典化。三是信息时代让一切事物的节奏都加快了，诗歌也不例外，成名变快了，但销声匿迹也跟着变快了，一些创作持久力不足的诗人被迫急功近利地追求被经典化，以逃避被遗忘的命运。这些都让当下诗歌创作中的经典化焦虑越发明显和严重，其主要表现有以下几点：

首先，诗人们创作的速度和数量都有大幅度的提高。从表面看这似乎体现了诗人们“效率”的提高，单位时间内创作出了更多的诗歌文本；但是诗歌不是一般的工业产品，它是智慧和情感的结晶。即便是现代人掌握了数量更多的信息，情感更丰富，智慧也有所增加，可毕竟每个个体的情感和智慧还是十分有限的，写诗“效率”的过度提高，只能说明每首诗所包含的智慧和情感的缩减。换句话说，写诗本来就不是一件讲究“效率”的事情，数量与速度都不重要，质量上的精益求精才是诗歌创作最根本的要求。就像张若虚一生只写一首《春江花月夜》就已足够，现下的诗人们显然并不太明白这个道理，在微博上甚至能看到所谓的诗人每天写出三到五首诗。当然也不排除这些诗人的人生际遇极其丰富多彩，情感生活极端复杂多变，每天有说不完的感慨情愫；只是每贴出一首诗还要炫耀说这是“今天的第五首”，实在是让人啼笑皆非。这种情况的大量出现严重地促成了诗歌文本质量的下降，使文本不仅丝毫没有成为经典的可能，反而很多都更加空泛无聊。而这种企图用诗歌的数量和频度来叩开“经典化”的做法，不但于事无补，反而会加重“经典化”焦虑，形成一种恶性循环。因为这种“赶工”式的创作是对诗人才华的极大浪费，一方面妨碍了那些需要沉潜的具有诗歌经典潜质的优秀文本的出现，另一方面过大的写作强度无形中让诗歌创作成为一种精神负担，创作实绩的苍白无力又加重了这些诗人的“经典化”焦虑。不知就里的他们可能会更“勤奋”地创作，殊不知在错误的方向上越是勤奋就可能离成功越遥远。在这样一种大背景下，很少再有诗人能够守得住寂寞，不断打磨自己的作品和技巧，大多数把写作和发表的过程合二为一，像是在写博客日志一样地创作，大量的作品中缺少诗人必要的反思，艺术上的进步也就很难体现，几乎都是想当然的“鲁莽”创作行为，发布之后也缺乏必要的回顾，这种风气最恶劣的影响就是使具有诗歌经典潜质的优秀文本稀缺，诗歌舞台被“无能之辈”长期占据，读者又不可能细致地探察、寻访那些优秀的文本，对诗坛略一看去就尽是无聊之作，自然会产生当下诗歌没有精品的观感。

其次，诗人圈子中“江湖”气浓重，争做“大师”、拉帮结派、相互倾轧的现象十分严重。纵观当下诗坛，确实是新人辈出，颇具活力，而老一辈诗人也是风采依然，代际众多，各具特色，人才储备丰富。但是不论是哪个代际、哪个流派，都缺少能够代表这个时代的“大师”级诗人。正是这种“众望所归”的诗人的缺席，让整个诗坛滋生出了严重的“大师情结”，没人能担负“大师”之名，那就意味着人人都有希望；于是也就有了自吹自擂的自封“大师”，也就有了谄媚无耻的“互相吹捧”，以及那些最惹人讨厌的声色俱厉的相互倾轧和谩骂。遍数十几年来大大小小的诗歌论争就会发现，论争双方罕有解决理论问题的客观态度，短兵相接间弥漫的多是意气、名分之争。无论是“垃圾派”与“下半身”之间的论争，沈浩波与韩东的“沈韩之争”，还是伊沙与沈浩波之间的“伊沈之争”，究其原因，都不乏一种诗歌江湖中的“名分”争夺的因素，诗人地位问题远远大于诗学本身问题，让诗坛论争成了排座次、争山头的“江湖”打斗。最著名也绵延最久的“知识分子写作”与“民间写作”之争，究其实无非也是这种模式，“出于为确立自己在90年代诗歌史上位置的文学史焦虑，两个‘阵营’在利益驱动下，竞相进行狭隘的派系经营和话语权力争夺，功成名就者希望借此巩固在诗坛的霸主地位，边缘的新贵们欲借此赢得诗坛的确认。”[1]这就让本该促进诗歌创作反思的诗学论争，失去了最重要的严肃性和客观性，也就失去了意义。这种对于诗歌地位和话语权的争夺根源，说穿了就是“经典化”焦虑；尤其是处在转型期的当下诗坛，喧嚣芜杂是一种常态，很多人以为如果不能在这样的环境中确立自己的诗歌位置，拥有影响诗歌导向的话语权，就会失去“经典化”的机会。这种心理严重地忽略了文本质量的重要性，而片面地强调了历史意义的重要性。同时，诗人们相互的倾轧和谩骂，在圈外的读者看来十分荒谬可笑，当读者偶然了解到诗歌内部的论争原来只是在小圈子间的利益诱惑和排除异己时，失望之情可想而知。遗憾的是，那些在论争中没有占到便宜的诗人，自然不会遵守“闭门切磋”的规矩，而会不遗余力地夸大那些“斗争的丑恶”来掩饰自己的失败，这些在读者看来就

〔1〕 罗振亚：《朦胧诗后先锋诗歌研究》，中国社会科学出版社，2005年，第229页。

更加不堪了。

最后，诗人们的写作心态发生了普遍的偏移。写诗应该是自由的情感表达，而不是跟风行为，如今诗人们在创作心态上普遍具有某种生怕落于人后的毛病，其根源依然是不想失去任务一个可能“快捷经典化”的机会。最明显的例子就是地震诗歌运动中一些诗人的表现。他们热热闹闹地组织诗会，声泪俱下地发表演说，身先士卒地募集捐款，待到活动过后，则聚在餐馆、酒吧、咖啡屋高谈阔论，这样的“诗人”和创作心态，说他们别有用心或许有些苛刻，但说他们没心没肺显然又是过于宽容了。“因为写诗不是赶浪潮，也不是简单的表态。对于地震时期诗歌的火热炒作，在某种程度上，是对死者的不敬，也是对诗歌的无知。”[1]王家新这样的总结是一针见血的，面对灾难，真实地表达哀思或是保持缄默虽然是不同的选择。但都是诗人承担社会责任和对艺术负责的表现，用灾难炒热自己的诗歌，再借诗歌活动扩大名气，甚至以此谋取利益就实在令人无法深受。而可悲的是，怀着类似写作心态的人并不少见，即使没有充足的考虑匆匆动笔也是无可取的，我们尊重那些在灾难过后深刻反思并如实用诗歌记录哀思和苦难的诗歌行为；但对于那些出于想“分一杯羹”的心态写作的所谓“地震诗歌”，应该给以全面的否定，这是诗人们在“经典化”焦虑影响下产生的欲望和急躁导致的恶果，往往是那些在创作上水平平庸，但又自以为是的诗人常犯的毛病，对于他们，简单的一句“戒骄戒躁”显然是不够分量，也起不到任何作用。我们在考量这个时代诗歌水准的时候，或许真的涉及不到这样“不入流”的诗人；但他们的大量存在会拉低诗歌创作的标准，会让创作的功利心成为一种可怕的趋势，最终导致真正有创作力的诗人越发被孤立。

当下诗歌最核心也最难以解决的顽疾，还是经典性文本的匮乏，而好作品的稀少非但没有引起诗人对于诗歌质量的重视，反而造成了大部分诗人患上了严重的“经典化”焦虑症，它们总是想通过文本以外的快速途径，来实现本该属于未来的诗歌经典化愿望，又妨害了优秀文本的生成，形成了围绕诗歌经典的一个“恶性循环”，这恐怕也是读者对于诗歌创作的并不买账的根本原因。

〔1〕 王家新：《“地震时期”的诗歌承担及其困境》，《诗探索》（理论卷），2009年第1辑。

大众接受诗歌中的“事件化”

近十几年的诗坛之所以给人以“热闹”的印象，一方面是诗歌文本的数量增多和诗人群体的扩容，让作为虚拟概念的“诗坛”容量扩大；另一方面则是在大众传媒的偶尔关注下，诗歌总是不时地带来一些“爆炸性新闻”。仿佛许多诗人每天不是在写诗，而是在专心“搞事”，相比于佳作不多的尴尬现状，当下诗歌能被大众记住的倒只是一堆鸡零狗碎的“事件”名词连缀了。什么“梨花体”“羊羔体”“裸体朗诵”“诗漂流”“诗歌污染城市”“诗人假死”“极限写作”、韩寒与诗人们的“骂战”……不可否认，每一个时代的诗歌界都会有这样那样的掌故、纠葛、恩怨乃至闹剧，只是传播途径的相对封闭让它们统统消失在历史的尘埃中，留下来的只是那些经得住时间考验的作品。本来生活在当下的人，也可以“一厢情愿”地相信在未来的某一天，我们回望现代的时候只会看到那些刻着时代印记的诗歌文本；但网络的出现和渐成主流传播渠道，彻底消灭了这种“一厢情愿”的美好幻想。网络作为一种新型的网状传播媒介，每一个传播节点都可能成为传播主体，而诗歌再从网络传播中找到新的栖息之地的同时，不可避免地也必须为网络提供某些具有“话题性”的信息，这种“利益交换”并不是诗歌本身可以决定的。网络传播的一大特性，就是不断地从各个传播节点上挖掘一些具有“话题性”的信息碎片，然后经过其他传播节点的复杂的再加工而形成新的能够吸引关注的信息。这就好比“你来比划我来猜”的游戏，经过几轮的不完整的信息传递，最初的真实信息早已是“面目全非”。从这样一个角度去看当下诗歌的“事件化”特征，其实倒像是一种开脱了。客观地讲，当下诗歌在大众读者眼中这种“事件化”连缀的存在样态，确有网络传播推波助澜的一部分责任，许多“事件”因为“话题性”的要求在传播过程中已经被篡改和利用，最终接收这些信息的人只看到了“事件”荒诞不经的一面；即便是有一些接收者根据以往的常识或是相关专业知识，产生了对信息可信度的怀疑，也不会为了这些“无关紧要”的事情而花费巨大的时间成本去还原信息的最初真实。这就让当下诗歌面对这些所谓的“话题性”事件的时候百口莫辩。虽然有许多客观因素导致了当下诗歌以“事件化”形态出现在公众面前，但老实地说，这些“事件”的根源还是诗歌创作本身出了问题。

这其中影响较大，也是比较常见的一类事件，是源于诗人在艺术上的“先锋”追求与读者的阅读习惯、审美取向的严重失和。其中最具代表性的，当属沸沸扬扬的“梨花体”事件。事件的始末其实并不复杂，只是诗人赵丽华的几首口语诗被贴在网上流传，诸多网友在并不了解赵丽华创作特点和实际情况的前提下，颇带恶搞和戏谑的意味模仿这几首口语诗，并质疑当代诗人的创作水准，而后诗歌评论界参与其中，并引来“倒赵派”与“挺赵派”之间的激烈论战，霎时间网络中出现一片烽火狂澜的热闹景象，仿佛突然多出了一批深藏不露的“诗歌评论家”。平心而论，赵丽华并非十分出色的诗人，尤其引发争议的这几首口语诗也无法代表其创作的真实水准，诗人本身并没有借机炒作的企图，也不该受到过多的苛责。毕竟艺术上的创新追求是具有一定的个体差异的，哪怕是再专业的评论家也不一定能够完全理解，更何况是并不具备专业知识的普通读者。而那些以“恶搞”态度戏仿“梨花体”作品的网友，在不涉及人身攻击的前提下，是拥有在网络上自由发言和游戏诗歌的权利的，即便有一定的道德责任也不能算是“罪魁祸首”。整个事件其实是多种因素聚合的结果，而其中最重要的原因还是创作群体与接受群体在艺术审美上的发展极度不平衡，读者并不了解当下诗歌发展的最新进展，在读者看来诗歌还应该是上世纪 80 年代的模样，这与基础教育中对于当代诗歌的忽视是有关系的，大部分读者并没有对当代诗歌发展有最基础的了解，诗人们又不愿意放下身段主动迎合读者趣味，这就造成了诗人与读者之间的审美“断层”，甚至导致无法相互理解和解释，“梨花体”这样的事件接连出现也就不难理解了。相比之下，“羊羔体”事件本质上与“梨花体”事件相类似，但情况更为复杂，因为“羊羔体”事件中读者的情绪很大程度上是在质疑“鲁迅诗歌奖”评奖的公正性，在诗人得奖之前圈外人鲜有关注，而其创作水准也真的缺少十足的说服力。而在对专业文学奖项评判公正性的质疑过程中，大众在某种程度上说是在享受质疑甚至解构权威的政治快感，其间许多复杂的心理机制，是跟时代政治风向直接相关的，它们不是单单在诗歌或是文学范围内能够解释的问题。总之，这类事件其实是诗歌艺术探索达到一定高度和深度后的自然现象，诗人和读者在事件中也并没有直接责任，双方能够做的无非也就是调和与等待，短时间内，相似事件的再次发生恐怕是无可避免的，这样的事件对整个诗歌艺术的发展也没有本质上的侵害。毕竟从始至终人们的关注点依然还是在诗歌文本上，质疑甚至谩骂也都源于诗歌文本，这甚至可以说一件“好事”，当下诗坛最缺乏的就是这种对文本本身的关注。大众媒体如能长期这样关注时下的诗歌作品，相信总会有诗人和读者相互理解的那一天，只是在这之前可能还需要漫长的大众审美储备期。

少部分别有用心的炒作者，利用诗歌界的“经典化”焦虑大做文章，搞出一些莫明奇妙的活动意图牟利。近年来，诗坛频频传出有关诗歌文稿拍卖的消息，如2007年苏菲舒在北京论重量叫卖他的长诗《喇嘛庄》，重量足足有一吨，标价“500克百元”。接着，“首届中国汉语诗歌手稿拍卖会”举行，苏菲舒的《十首关于生活研究的诗》拍得30万元，李亚伟的《青春与光头》拍得11万元，而《中文系》拍价更是高达110万元。正当人们为诗歌能够“一字千金”而惊奇不已时，竟然传出这位“神秘购买者”竟然是诗歌拍卖会的筹划者之一的消息，让人大跌眼镜的同时又有些哭笑不得。诗歌本就不该是“商业化”的东西，即便是“与时俱进”加入市场机制，也不能搞出这样欺骗大众的“闹剧”，这种活动虽然在短时间内似乎博得了眼球，甚至好像赋予了诗歌新的重大意义，那些“天价手稿”仿佛了具备了某些神奇的“经典化”含义；但骗局戳穿之后的难堪，是当下诗坛不能承受的耻辱。类似的想通过“搞怪”来“炒热”诗歌的做法层出不穷，即便暂不考虑这些活动对诗歌严肃性的践踏，即便我们可以宽容地接受这些活动，这些活动又真的有什么作用吗？“闹剧”只会让公众了解真相后，收起鄙夷的笑容，投来厌恶的目光。而对于那些无辜的诗歌作品，其影响也是极坏的，比如李亚伟的《中文系》本来是一篇具有诗歌经典潜质的优秀作品，但“拍卖”事件让这篇有口皆碑的佳作成了炒作的主角，很多不明真相的公众就会把李亚伟和《中文系》当成靠炒作“上位”的小丑，这直接损害了诗人和作品的声誉。更恶劣的影响是，这种行为让诗歌身上沾染了“铜臭”，在某种意义上成为了被买卖的商品，对于读者来说，也就毫无神圣感和新鲜感可言，与“爆米花电影”无异，恐怕还更无聊些。

还有一些诗歌事件根本就是“闹剧”，但却被美其名曰“行为艺术”。其中的代表有“诗人假死”“裸体朗诵”等事件，这些事件是对诗歌精神的侮辱，毫无意义，甚至低俗下贱的行为，更是对社会主义精神文明建设的亵渎。它们不仅不能被纳入到正常诗歌研究的考察范围内，即便是放在社会上，也是有伤风化的“闹剧”。其目的无非是借机炒作，本质上与演艺圈的绯闻不断、狗仔偷拍没有什么区别，都是低级做作的自我炒作和不知廉耻的崇低媚俗。他们所鼓吹的“后现代”，也完全是被曲解的，真正的诗人和有辨别能力的读者自然会对这样的行为嗤之以鼻；当然，也有不少头脑混沌的读者真的相信这就是当下诗歌创作的常态，这无疑对诗歌的接受产生了非常恶劣的影响，越是不了解真相的群众越容易成为这种“文化暴行”的宣传帮凶。对于这些毫无争议的“非诗化”事件，过多的探究和关注完全是浪费研究者的时间，我们也必须接受每个时代、每个领域中都会有个别道德素质低下的渣滓，最好的办法就是不要抱着猎奇的心理去关注他们，而让其自生自灭。

十几年来，诗歌就是在这样的一场场事件和活动的此起彼伏中消磨着时光，诗人们总是在诗歌事件中疲于奔命，反而无暇潜心创作。应该说，要求每个诗人都能放下争名逐利的念头是不现实的，毕竟不少人写诗的初衷就是青春期的炫耀心理和表演欲望的发泄需要，指望他们能成为成熟的具有诗歌精神的诗人，无异于“非分之想”。面对这些事件创造出来的“热闹”甚至“诗歌复兴”的幻象，我们能做的也只有两件事：一是坚持相信诗人们总能普遍地成熟起来，一是把注意力集中在那些优秀的诗歌作品上。

对诗歌精神的不同理解

诗歌的出现首先是情感表达的需要，但是如果仅仅把诗歌作为表达情感的一种方式，就显然没有触摸到诗歌的本义。表达情感的方式有许多，最简单的无非是大哭大笑，但无论是开怀大笑还是梨花带雨，都没有成为一种艺术形式存在于人类文化序列中，这说明诗歌中除了情感还有其他的要素。相应地，诗歌是一门语言文字艺术，它具有文字上的美感和语言上的可朗诵性，但这并不是说有了情感和语言艺术就能组合成诗歌的本真，很多优秀的流行歌曲既有内在的情感抒发，也有可以朗诵吟唱的语言载体，但我们仍然无法把它们归类在诗歌中，就能说明一定的问题。作为一首诗，它除了真实的情感和优美的语言载体之外，显然还有其他独有的特质。

诗歌精神或许就是对这些特质的一种总结与统摄，在诗歌创作中它往往表现为对于某种超越个人情感的类群责任的承担。这种承担不仅仅是时代环境对于诗歌创作的影响作用力，更是诗歌在精神维度上与时代、与文明、与人类对话的基础。就像新诗的历史上既有《再别康桥》《沙扬娜拉》这样的“纯美”文本，也会有闻一多的《死水》《红烛》、戴望舒的《狱中题壁》和《我用残损的手掌》、艾青的《大堰河，我的保姆》、袁可嘉的《上海》，以及北岛的《履历》、舒婷的《祖国啊，我亲爱的祖国》、梁小斌《中国，我的钥匙丢了》等。这些经典文本的共同点是，在具有艺术性的语言载体和真实存在的个人情感、体验背后，承载着诗人们对于时代的某种诉求和回应。换言之，经典诗歌往往能够完成承担非个人化情感和思想表达的任务，这种承担又没有妨碍其艺术性的生成，甚至让文本在艺术上得到某种更高层次的锤炼。

然而令人唏嘘不已的是，在当下诗歌创作中，我们似乎很难再寻觅到拥有这种承担精神的蛛丝马迹，似乎诗人们突然忘记了自己的“历史使命”，许多诗歌成了单纯的情感抒发和艺术炫技，它们极大地降低了诗歌艺术在读者心目中的形象。这当然不是说，我们的诗歌创作必须无条件、无节制地关注那些所谓的“重大题材”；恰恰相反，一味关注这些“重大题材”而不顾及情感的真诚，本质上就是对诗歌艺术的背叛。更确切地说，当下诗歌缺少的并不是对“大事件”的关注，而是在精神层面对现实世界观照不够，虽然“及物”写作倾向在世纪初的十几年间重新兴起并有了新的发展；但不得不遗憾地承认，诗歌与世界的桥接或者说关联，始终没有被真正构建出来，诗歌精神的散落事实上应该对这样一个结果负主要责任，这种散落主要表现在两个方面。

大多数诗人深受商业化语境的影响，见“利”而忘“义”，他们“趋之若鹜般投身于花样百出的诗歌活动之中，失却诗歌沉潜写作的耐心与意志……无意深入现实的‘重大题材’，以一种‘明哲保身’的态度刻意回避，自我压抑和屏蔽介入现实、处理现实题材的冲动，完全丧失作为知识分子的社会责任感。”〔1〕宋宝伟所提到的这种“知识分子的责任感”，并不是狭义上从事科学研究的知识分子，而是广义的从事精神文明建设的范围更大的“知识分子群体”，诗人作为这个群体中的特殊的一员，是必须要承担一定的社会责任的，就如同爱德华·萨义德曾主张的那样：“知识分子代表的不是塑像般的偶像，而是一项个人的行业，一种能量，一股顽强的力量，以语言和社会中明确、献身的声音针对诸多议题加以讨论。”〔2〕作为诗人，除了情感与技艺，精神上的“自觉”显然更为可贵。虽然站在人类文明的高度写作是一个过分“拔高”的要求；但诗人们至少要有这样的胸怀和志向，或者说从创作中表现出来自某些更宏观、更广阔的精神维度的痕迹。如果诗人的精神世界跟芸芸众生完全相同，而且丝毫“不以为耻，反以为荣”的话，即便这是艺术创作出发点选择的自由，也是不值得宣扬的。当然，诗歌作为艺术，考察它时不能像研究“大航

〔1〕 宋宝伟：《喧嚣诗坛下的隐忧——论新世纪诗歌的负面效应》，《北方论丛》2014年第1期。

〔2〕 [美]爱德华·萨义德：《知识分子论》，单德兴译，三联书店，2002年，第65页。

海时代”历史那样，遵从“出发选择决定论”[1]的“金科玉律”，以艺术创作的出发点的高尚与否来框定一个诗人所能达到的艺术成就的高低。可如果创作的出发点都不包含丝毫的“高尚”成分，那么这种创作也就很难在审美情趣层面有什么高等级的可能。即便许多诗人在尽力排斥这种“崇高”以求诗歌创作的纯粹；但起码不应该让诗歌转向另一个“崇低”的极端，出发点上诗歌精神的缺席或许并不会完全决定诗人创作的水准高低，却增加了诗歌走向平庸、走向低俗的危险。这种“低开低走”的现象对于诗人本身或许只会导致创作失败，算不得什么大危害。毕竟在写诗之外，诗人还有丰富的个人生活，那些把诗歌本身作为生命基本诉求甚至是唯一诉求的“本质型”的诗人，是值得钦佩的；但不能要求所有人达到这样的标准。只是如果那些“娱乐型”的诗人渐渐的多起来，诗歌精神就会在漫长的沉潜中失去光彩，最终无处寻觅。对于这样的诗歌创作风尚的形成，完全归咎于诗人们的思想境界是不客观的，这与社会风气、文化思潮、经济发展等因素都有密不可分的关系，消费文化的侵袭也已经渗透在社会生活的方方面面，信贷的精神世界是否要保持崇高的姿态，已经是个个人自由选择的问题，任何人、任何文化都不应该强迫他人拥有某种样态的精神世界。但是，正如爱德华·萨义德所说的那样，诗人并不仅仅是普通人，在享有作为人的自由平等权利的同时，诗人必须有所承担，即便不是每个诗人都必须选择“承担”，但在总体上诗歌必须有“承担”的精神。

一小部分诗人及他们的作品与主流话语靠得过近，没有拉开必要的审美距离，在读者接受时难免引起反感。诗歌网络传播的普及和相对宽松的政治环境，已经使“当代贺敬之”越来越少了；但依然有不少身居高职的体制内“票友诗人”热衷于歌颂体诗歌的创作，这在互联网时代几乎是天然的网民嘲笑对象。在这一点上，相比那些思维较为正常的诗歌作品，这些歌颂体诗歌或许还有些优势，它们有意无意地承担了某些网络娱乐的职能，形成了“一本正经地搞笑”的喜剧效果，也算是一种“成就”。对于这类作品的评价和警惕，在网络上和社会中已经达成了基本的一致，“歌功颂德”在当今时代尤其在知识阶层中基本上已经没有了市场，这类作品所造成的不良影响也就十分有限。而且不能不完全忽略的是，这些作品中还是有个别诗作在艺术上略有创新的，也在客观上增强了当下诗歌创作的丰富性。然而一种十分具有隐蔽性的

〔1〕 近年来，在“大航海时代”历史研究领域最为流行的学说，主要观点是“大航海时代”的洲际移民在从欧洲出发时，所选择的移民目的地事实上遵循着某种特有的民族性和文化规律，同时这种选择也决定了所移民地区在之后的开发和民族形成中可能形成的国家样态。

"赞歌"是不得不警惕的。它们并不是以赞歌的传统形式存在,而是在诗歌运动或创作风潮中自觉充当某种迎合主流话语的充满导向性的作品。这些作品在艺术上一般具有一定的水准,在情感上也足够煽情催泪,比如在2008年汶川地震后,许多地方作协就"要求"诗人们集中创作"地震诗歌",和所谓的"立意"必须符合主流话语的宣传导向。"大批文人作家不假思索、大言不惭的抒情文字、诗歌的出笼证明了我的担心。此刻他们倒腾着'二手死亡'……除了说明他们还活着,活得很积极、很职业甚至专业,又有什么意义呢?"[1]这种倾向的危害就像一颗定时炸弹,在灾难之初读者们沉浸在悲伤的气氛中无法自拔,也不可能对"地震诗歌"产生反思情绪;但在时过境迁后,一些敏锐的读者再次看到这样的诗歌,就会怀疑诗歌承担社会责任的诚意和初衷。

对于当下诗歌的接受窘境以及其中难以解决的弊端和症候,诗人们是没有太多办法的。既不能勉强诗人们主动迎合读者,更不可能在短期内提高读者的艺术鉴赏能力,对于处在转型期或者说质变准备期的诗歌,过度地干预和纠错都是不明智的。诗人们能够做到的,就是立足于优秀文本的创作,心无旁骛,努力克服"经典化"焦虑,适当降低对各种诗歌活动的热情度,无需刻意拔高、但也绝不主动贬损诗歌精神,剩下的,就是在潜心创作中静静地等待新的诗歌时代的到来。而对于评论者,情况则有所不同,在诗歌的接受窘境中他们也必须承担相当一部分的责任,并且做出相应的改变,才配得上一个诗歌评论者的身份,诗歌创作的质变准备期事实上应该成为诗歌评论的"发力期"。

天津师范大学文学院

〔1〕 韩东:《地震日记》,《5·12汶川地震诗歌专号》,《诗歌与人》2008年5月号,第19页。

中西传统与新诗的现代性

陈太胜

一

讨论与中国新诗有关的问题，或称为中国现代诗学研究（这里诗学研究的对象特指中国现代的新诗），有各种各样的方法。我在《声音、翻译和新旧之争——中国新诗的现代性之路》一书[1]中从个人感兴趣的角度来谈。

我一直关心的问题是："新诗"到底是什么？当然，它是"诗"，而且是"新的诗"。"新诗"之"新"，是因为它的历史据说从胡适开始尝试用白话写诗的1916年算起。这样，它经常被视作"古诗"（新文化运动期间经常用另一多少带有贬抑意义的称呼，即"旧诗"）的对立面，似乎它的"新"主要即在于它和"古诗"的不同上。这便是一般的古/今，或新/旧问题。据说（一般今天提倡"国学"的人常用讥讽的语调谈及此），"新诗"之"新"得理直气壮，还因为它自觉顺应了世界大势，是从洋人那儿学来的。一般讨论新诗的人，以及新诗的作者，只要不是无知，无不（不得不）承认新诗之"新"的来由，确实受了外文诗的启发，像用白话写诗，像写起来分行，都无不学自西方。这便是一般所谓的中/西问题。在那种准备又一次堂而皇之、理直气壮地提倡"国粹"的人看来，"新诗"的这两个"新"，都相当可疑，并显得"可耻"，简直没有理由。好多准备清算或忽略民国文化的人，几乎都持这种立场。

在大学里，我觉得自己越来越多地面对上述这种让人为难的处境。本是不值一驳的问题，现在由于许多人的无知或识见太浅，似乎成了真正的学术问题。在该书中，我启用了一个今天已经不太时髦的词（与20世纪90年代比起来），即"现代性"，用它定义"新诗"之"新"。由于这个词本身太过复杂，我不打算在这儿详加论证。我之所以使用它，理由其实相当简单，简直是为了偷懒，只是因为可以用它简便地称呼"新诗"的现代特点。在该书中，出于

[1] 本文为作者由湖南人民出版社出版的新书《声音、翻译和新旧之争——中国新诗的现代性之路》中的最后一章，即第十二章的部分内容。

对新诗与古诗明显的“差异”的强调和重视，我有意不将新诗视为一种与古诗相延续的新的汉语文体，而是把它视作一种在新的文化语境中诞生的新文类(new genre)。当然，要说中国现代小说与戏剧(话剧)是一种新文类，而不是与中国古典小说和古典戏曲相延续的新文体，要更易被学界所认同。但是，恰恰是基于这一点，我把新诗视作一种新文类，并希望这有益于人们对新诗现代性的认识。这样，新诗的现代性问题，便也是一种新诞生的文类的现代性问题。

新诗在自己通向现代性的路上，上面提到的古/今，或新/旧问题，即是自新诗诞生以来就存在的“新旧诗之争”问题。而上面提到中/西问题，除了其他一些因素(像文学观念)，主要的就是翻译问题。另外，新诗作为一种新的文类，其之所以能够成立，能够成为目下这样准备大张旗鼓地加以讨论的学术课题，当然最主要的还在于它自身的形式，即用白话写的一种特定的语言现象。我从上面这三个问题中拈出了三个关键词，即声音(它是新诗形式和语言的代表)、翻译和新旧之争。在我看来，这是新诗现代性的三个方面，甚或是三个最主要的方面。

该书力图处理的问题便在于此。它们是我设定的讨论中国新诗现代性的几个维度。一是中国新诗的形式问题。例如，新诗的格律化和自由诗问题，新诗的分行、押韵、节奏、格律、语调等问题。该书将这些问题都放到新诗的“声音”这一问题中加以讨论。二是中国新诗的“翻译”问题。这要讨论的并不是字面上所理解的中国新诗被翻译成外文的问题，而恰恰相反，是外国诗的翻译在中国新诗中的作用和影响问题。三是新诗中的“新旧之争”问题，即新诗与旧诗之争的问题。这是自新诗诞生开始就存在的老问题。即使是在今天，还有人不无荒唐地认为这是没有解决的问题。因此，“声音”“翻译”和“新旧之争”是贯穿该书始终的三个关键词。

我在《声音、翻译和新旧之争——中国新诗的现代性之路》一书的第二至八章，以1915—1950年间有代表性的胡适、郭沫若、闻一多、徐志摩、戴望舒、梁宗岱和卞之琳等七位诗人、学者为个案，从不同角度讨论了新诗在其通往现代性之路上的两个重要问题，即新诗的“声音”与“翻译”。当然，也不同程度地涉及了“新旧之争”问题。书中，我尤其注重从文体的层面(“声音”是该书选择的这方面有代表性的一个概念)，考察新诗通过“翻译”这一中介所受到的外来因素的影响；同时，我关注这种外来因素如何通过诗人本人的写作，或有意识的诗学被本土化，从而成为一种催生新诗的现代性，并导致其持续发展非常重要、甚或是不可或缺的因素。通过对胡适、徐志摩、闻一多、戴望舒、卞之琳等人的研究，不难发现，借助诗人本人的翻译这一中介，中国新诗作者立足于中国本土语境，使新诗有了自己不同于旧诗的新的形式，新的声音、语调和思维方式。

该书的第九、十两章，则讨论中国现代两位重要的诗歌理论家——叶公超和废名与“新旧之争”有关的新诗理论，一为格律诗的理论，一为非格律诗(即自由诗)的理论。像一个硬币的两面，与“翻译”问题相关的中/西问题，必然会带来与中国传统的接受相关的新/旧问题，亦即一般的传统与现代的问题。显然，该书在这个问题上，提供了当时的理论家立足于新诗的现实语境所能作出的最为精到的回答。

该书第十一章专门讨论一个跨越了两个世纪的重要诗人，即彭燕郊，着重对他后浪漫主义的写作风格，独特的抒情声音，以及散文诗写作所体现出的新诗现代性的一种可能作了探讨。

《声音、翻译和新旧之争——中国新诗的现代性之路》一书以众多不同的个案，从不同的角度，对新诗通向现代性道路的几个重要方面，即“声音”“翻译”和“新旧之争”三个问题作了探讨。由“翻译”问题入手，我重点考察了中国新诗作为一种新的文类的文体状况(“声音”)，并延伸到了对中国现当代争论不休的“新旧之争”问题的探讨。在这当中，通过翻译外文诗及相关诗学的介绍和接受，西方诗学与中国古典诗学由不同的时空都汇聚到了中国现代文学这一现代的时间和空间上来了。这也正是新诗在其现代性之路上的现实处境。我相信，该书通过相关研究，已经达成了这样一个基本观点，即：无论是西方诗学，还是中国古典诗学，要谈其对中国现代新诗的影响，都只有放到中国现代文学这一现实场域中来才是合宜的。同时，也应当考虑到个人(诗人)在这当中的创造性作用。

二

对于西方诗学、中国古典诗学与中国现代诗学的关系，已有的研究和评论，向来多集中在它们平行的、单向度的一面，似乎两者是不相联属的两个部分。《声音、翻译和新旧之争——中国新诗的现代性之路》一书以胡适、徐志摩、闻一多、戴望舒、卞之琳等诗人的外国诗翻译，以及翻译与他们本人的写作实践的关系的探讨表明：中国现代诗学对中国古典诗学的批判与接受，是在中国诗人接受了西方诗学影响的背景中进行的，在具体的写作实践中，中国诗人接受的西方诗学及中国古典诗学影响，都是在中国现代文学的语境与场域中进行的，无论中西诗学，它们都是在这一现实的语境和场域中被重新阐释和“赋意”过了的。完全可以理解，在文化的接受和影响中，并不存在真的原封不动地被接受或影响了的东西。以之对新诗进行贬低或非议的人，首先是违反这一基本常识的。例如，这当中便包括谴责新诗没有继承古诗的传统，新诗太受西方的影响，新诗是用中文写的外文诗，等等。

诗人冯至在 1984 年谈到新文学初期的继承与借鉴时，说关于“五四”时期新文学的开始一向有两种看法，一种认为新文学继承和发展了中国进步文学的传统，另一种则认为受到西方文学的影响，冯至说：“这两种看法各自有它的理由，但不能只强调一方面而忽视另一方面，把两者结合起来，才符合实际。可是先后次序要明确一下，那就是先有了西方文学的影响，新文学才更好地继承和发展了中国文学的优良传统，而不是相反。”〔1〕这种说法颇有意思。我想，这种判断不仅适用于“五四”初期的鲁迅、胡适、郭沫若，即使是对后来的作家来说，基本上也是适用的。以戴望舒、卞之琳和何其芳等人为代表的现代派诗人，何尝不是如此？冯至本人又何尝不是如此？其中的意义，在于打破了一般将对西方的借鉴与传统的继承互相对立起来的简单做法，并且强调，正是由于对西方文学的借鉴，才激发了对中国传统的继承与发展。这样的见解，大概也只有像冯至这样的诗人才能提得出来，并看得如此之深。冯至在这篇文章中谈到，“五四”初期的文学家，正是在读了西方十八九世纪著名的小说之后，回来再看《红楼梦》与《儒林外史》时，才逐渐认识到它的社会价值和艺术价值的。同样的情形，也发生在诗歌与戏剧身上。“过去被轻视或忽视的李煜、李清照等人的词，以及元代的戏曲和散曲都被提升到与《诗经》《楚辞》、唐诗同等的地位。那时，人们用西方文学这面镜子来照中国文学，便发现了许多被埋没、被轻视的精品。这些精品被发现，得到份所应得的评价，形成一个新的传统，这就改变了‘五四’以前中国文学史的陈腐面貌，有利于新文学的继承和发展。因为只有看到了本国文学里富有生命的优良传统，新文学才能有稳固的基础。”〔2〕冯至的这段话说得朴实、精到，而且深刻。

〔1〕 冯至：《新文学初期的继承与借鉴》，《冯至全集》，第八卷，河北教育出版社，1999 年，第 218 页。

〔2〕 冯至：《新文学初期的继承与借鉴》，《冯至全集》，第八卷，河北教育出版社，1999 年，第 221 页。

它同样也可以适用于20世纪30年代中国现代派诗人的诗歌写作，以及理论家梁宗岱的理论建构情况，因为这些诗人和诗歌批评家们无不都是“用西方文学这面镜子来照中国文学”，才发现了中国文学传统的另一面。我们也可以进一步讲，这是一种使传统获得新的生命力的方式。这何尝不也适用于戴望舒、卞之琳等诗人的情形？也正是冯至，在1982年回顾戴望舒与卞之琳的诗歌创作经验时说：“戴望舒和卞之琳与前边提到的李金发完全不同，他们融合西方象征派诗人的诗的艺术和中国旧诗词的传统，写出来的诗既有民族的特点，也有个人风格，但字里行间常常显露出西方现代诗歌的精神。”[1]这确实是相当深入的评价。在我看来，这正好精到地评述了戴望舒和卞之琳新诗写作的艺术成就。

深受欧洲象征主义（特别是艾略特《传统与个人才能》一文所体现的诗学观念）影响的卞之琳，多次谈到他“戏剧化”的写诗技巧与中国传统“意境”论的关系。在他本人看来，象征主义与中国传统诗学似乎是可以正相符合的东西。他曾说他早年刚开始学习写诗时，“在学了一年法文以后，写诗兴趣实已转到结合中国传统诗的一个路数，正好借鉴以法国为主的象征派诗了”[2]。对此，他曾在1978年有比较详细的总结：“我写白话新体诗，要说是‘欧化’（其实新诗分行，就是从西方如所说的‘拿来主义’），那么也未尝不‘古化’。一则主要在外形上，影响容易看得出，一则完全在内涵上，影响不易着痕迹。一方面，文学具有民族风格才有世界意义。另一方面，欧洲中世纪以后的文学，已成世界的文学，现在这个‘世界’当然也早已包括了中国。就我自己论，问题是看写诗能否‘化古’、‘化欧’。在我自己的白话新诗体里所表现的想法和写法上，古今中外颇有不少相通的地方。例如，我写抒情诗，像我国多数旧诗一样，着重‘意境’，就常通过西方的‘戏剧性处境’而作‘戏剧性台词’。又如，诗要精炼。我自己着重含蓄，写起诗来，就和西方有一路诗的注重暗示性，也自然容易合拍。又如语言要丰富。我写新体诗，基本上用口语，但是我也常吸取文言词汇、文言句法（前期有一个阶段最多），解放后新时期也一度试引进个别方言，同时也常用大家也逐渐习惯了的欧化句法。从消极方面讲，例如我在前期诗的一个阶段居然也出现过晚唐南宋诗词的末世之音，同

〔1〕 冯至：《中国新诗和外国的影响》，《冯至全集》，第五卷，河北教育出版社，1999年，第180页。

〔2〕 卞之琳：《赤子心与自我戏剧化：追念叶公超》，《卞之琳文集》，中卷，安徽教育出版社，2002年，第187页。

时也有点近于西方‘世纪末’诗歌的情调。”[1]

在这里，卞之琳将“化古”与“化欧”视为能够同时在自己的诗歌写作中实现的目标，认为“古今中外颇有不少相通的地方”。对此，他列举出了四点：(1) 中国传统的“意境”与西方“戏剧性处境”的相通；(2) 中国诗的“含蓄”与西方注重“暗示性”一路诗的相通；(3) 文言词汇、文言句法与“欧化句法”的相通；(4) 晚唐、南宋诗词与西方“世纪末”诗歌情调的相通。囿于讲这番话的时代氛围，卞之琳将这种相通定位为“广义的现实主义和广义的浪漫主义”，其实，准确地说，这种相通点正是建立在现代主义的美学原则基础上的。也正是这种相通点，促进了卞之琳本人与戴望舒、何其芳等现代派诗人诗歌写作的成熟。

戴望舒诗艺的发展也显出三个时期。这都有关他继承我国旧诗，特别是晚唐诗家及其直接后继人的艺术，借鉴西方诗，特别是法国象征派的现代后继人的艺术，而写他既有民族特点也有个人特色的白话新体诗。他对建立白话新体诗的贡献是不容低估的，也能用写在不同时期的具体诗篇的比较和对照来作出评价。卞之琳在总结戴望舒的诗歌写作成就时，也曾经说：“望舒最初写诗，多少可以说，是对徐志摩、闻一多等诗风的一种反响。他这种诗，倾向于把侧重西方诗风的吸取倒过来为侧重中国旧诗风的继承。这却并不是回到郭沫若以前的草创时代，那时候白话新诗体的倡导人还很难挣脱出文言旧诗词的老套。现在，在白话新体诗获得了一个巩固的立足点以后，它是无所顾虑的有意接通我国诗的长期传统，来利用年深月久、经过不断体裁变化而传下来的艺术遗产。接着就是望舒参与了成功的介绍法国象征派诗来补充英国浪漫派诗的介绍，作为中国人用现代白话写诗的一种有益的借鉴。在这个阶段，在法国诗人当中，魏尔伦似乎对望舒最具吸引力，因为这位外国人诗作的亲切和含蓄的特点，恰合中国旧诗词的主要传统。”[2]

卞之琳评戴望舒白话新体诗写作的这段话，若引用西方哲人的话讲，可以恰如其分地称之为“同者唯同者知之”。就对中国现代新诗的总体贡献而言，戴望舒的成就，正在于卞之琳所谓的“既有民族特点又有个人特色的白话新体诗”。这种新体诗的现代性意义，恰恰在于它是对徐志摩、闻一多诗风的

---

〔1〕 卞之琳：《〈雕虫纪历〉自序》，《卞之琳文集》，中卷，安徽教育出版社，2002 年，第 459 页。

〔2〕 卞之琳：《〈戴望舒诗集〉序》，《卞之琳文集》，中卷，安徽教育出版社，2002 年，第 348－349 页。

一种"反响",是"把侧重西方诗风的吸取倒过来为侧重中国旧诗风的继承"。其实,这何尝不也是卞之琳本人的诗歌写作成就呢?

很有识见的批评家李健吾在评论到以戴望舒、卞之琳等人为代表的中国当时的"前线诗人"时,曾经这样说:"他们属于传统,却又那样新奇,全然超出你平素的修养,……所以最初,胡适先生反对旧诗,苦于摆脱不开旧诗;现在,一群年轻诗人不反对旧诗,却轻轻松松甩掉旧诗。"〔1〕或许,我们可以说,戴望舒与卞之琳的新诗写作的功绩,正在于达到了传统与现代的某种平衡。在这里,旧诗的传统、西方的现代主义都融会贯通了。这正是新诗现代性的根本所在。

当然,无论中西传统,它们都是在中国被现代这一现实的语境和场域所"转化"过的。在新诗发展了九十年之后,在新世纪初,对于新诗传统的讨论,居然在一般公众中间助长和加强了这样一种疑问:新诗有没有存在的必要?尤其令人感到困惑的是,这样的疑问是由郑敏这样一位得到诗界认可的诗人提出来的。〔2〕郑敏教授似乎是以沉痛的心情,在历经半个世纪的新诗写作之后,宣称新诗的"破产"的。在一个新诗的局外人看来,还有什么能比这更好地说明新诗是一个应该否定的文类的呢?我不想在这儿详细讨论这个问题。因为读者只要将郑敏的相关言论与上述冯至、卞之琳的言论加以比照,孰对孰错,孰轻孰重,就可自己作出判断。我这里还要特别指出一点,是郑敏没有把"传统"作为一个需要后来的人重新加以解释的东西加以理解,相反,她过分简单地把"传统"理解成了某种既成的、一成的不变的东西。她之赞美中国古诗有成就,有传统,以至通过庞德这些人对西方现代诗有影响,她之指责新诗没有成就,没有传统,一方面,当然在于她不能像王佐良那样看到穆旦写作的成就,也不能像叶公超、李健吾、废名那样看到新诗真正的成就;另一方面,即是上面说的她对"传统"太过本质主义的理解。在《传统与个人才能》中,艾略特曾经说:"假若传统或传递的唯一形式只是跟随我们前一代人的步伐,盲目地或胆怯地遵循他们的成功诀窍,这样的'传统'肯定是应该加以制止的。我们曾多次观察到涓涓细流消失在沙砾之中,而新颖总是胜过老调重

〔1〕 李健吾(刘西渭):《〈鱼目集〉——卞之琳先生》,《咀华集》,人民文学出版社,2001年,第82页。

〔2〕 可参看郑敏于21世纪初几年发表的相关文章,主要有:《关于汉语新诗与其诗学传统10问》(《山花》2004年第1期),《中国新诗八十年反思》(《文学评论》2002年第5期),《关于诗歌传统》(《文艺争鸣》2004年第3期)等。

弹。传统是一个有广阔意义的东西。传统并不能继承。假若你需要它，你必须通过艰苦劳动来获得它。”[1]或许，这样的“传统”观念，是郑敏所无法理解的。至少从她写的那些文章中，我是没有看出来。学者奚密通过自己对中国现代诗的研究，也曾得出这样的结论：“不管融合是有意识还是无意识的，是建构性的还是解构性的，传统在现代汉诗中的运用显示，传统不是一些僵化的实践和不变的成规的总合，而从来就是一个不断演化，不断成长的有机体，不断向个别作者的修正和新颖的诠释开放。”[2]确实，这样有关“新诗”与“传统”的结论，才是符合中国现代新诗发展实际的。

三

显然，《声音、翻译和新旧之争——中国新诗的现代性之路》一书竭力为新诗的成就和新诗的现代性“辩护”，尤其是为民国期间新诗的成就作某种“辩护”。这与自新诗诞生来就常见的对新诗的怀疑、否定，及近些年常见的质疑“五四”新文化，质疑民国文学和文化成就（更不用说新诗了）的做法不同。谈到对“五四”新文化的质疑时，孟泽曾经说：“对于‘五四’启蒙知识者的诘难，隐含了我们这个时代的普遍焦虑，然而，我们甚至不具备‘五四’时代启蒙知识者的心智、学识、勇气和肝胆，有的是相比‘五四’时代一点也没有淡化的功利主义，所谓诘难，因此常常显得轻薄。在总体上，我相信，我们现在需要的不是对于‘五四’启蒙精神的反正，而是如何使启蒙走向深入，作为所谓‘学术’，需要从‘是什么’的认知与判断，走向‘为什么’的洞察与澄清，并由此在古今中西之间，建构常识常情常理。”[3]如从这个意义上来说，我在该书中所做的工作，主要即是努力要作新诗“是什么”的认知与判断，并试图解释新诗“为什么”是“新”的，即具有现代性的。

可以看出，我努力要“挖掘”新诗人的成就。譬如：一般评价不高的胡适的成就（主要通过废名的评论）；徐志摩的写作中除了“抒情绪”（显然，这不是我所欣赏的）之外，还有“叙事实”的另一面；郭沫若除了“高音”的诗之

---

〔1〕［英］艾略特：《传统与个人才能》，《艾略特文学论文集》，李赋宁译，百花洲文艺出版社，1994 年，第 2 页。

〔2〕［美］奚密：《现代汉诗——1917 年以来的理论和实践》，奚密、宋炳辉译，上海三联书店，2008 年，第 199 页。

〔3〕孟泽：《何所从来——早期新诗的自我诠释》，九州出版社，2011 年，第 293 页注 1。

外，还有真正体现其性情的“低音”的诗。当然，我真正赞赏的，是像戴望舒《雨巷》之后的写作，以及卞之琳20世纪30年代中后期的写作。此外，还包括该书没有专门讨论的艾青20世纪30年代后期与40年代初的写作，冯至《十四行集》中的部分诗作，穆旦20世纪40年代的写作。或许，这些都是我心目中民国年间新诗最好的一些诗人及其作品。可以看出，为了说明这一点，我不得不在自己的心中设置许多界线，最后，许多诗人的写作都不得不加上严格的时间界限。换言之，在我高度评价民国时期的新诗写作的时候，我其实不得不承认，我高度赞赏和期许的诗人有时太让人失望了：胡适就像别人评论的那样，没等到真正的收获，就走开了，不再写新诗；徐志摩在写作正要出现新的气象的时候，又罹难早逝；至于郭沫若，变得太快，最后就这样成了中国现代文化史上“人神共愤”的诗人，成了“文”“人”偏至的“典范”；戴望舒在其诗艺炉火纯青，可期待获得更高成就的时候，也不幸早亡（当然，他此时已经由香港回到北京，即使再活上几十年，按一般的惯例，我们也不应当对他有更大的期待）；卞之琳，与另一个诗人冯至一样，很快地浪费了自己绝佳的诗歌写作才华，于20世纪50年代以后再也一事无成（何其芳比他还要更早些）。孟泽曾将中国新诗中的这种现象称为普遍的“夭折”现象，他说：“几乎无法挽回的普遍的‘夭折’，以及因为政治纠结、社会动荡、文明交汇而更加醒目的‘人’‘文’偏至，直接决定了现代汉语诗歌的品质和状态。所谓的‘新诗’，在差不多一百年中，似乎没有达到它曾经期许的程度，或者说，没有达到旁观者以及后来者（有点‘站着说话不腰疼’的意思）所希望的程度，‘看不到那希望形成的灿烂的事实’。”[1]从这方面来说，如从“人”与“文”最高的期许来看，我们确实觉得上述这些诗人太让人失望，他们确实没有像有些外国作家（尤其是俄国作家）那样争气，将一切东西（历史、个人的命运）化成了最高的诗和文学。从这方面来说，我不得不承认孟泽下述这样的话的正确性：“吁求或诺言总是落空，苦难带来的不是开阔，而是狭窄，是限制，而不是解放，是简单的对立，而不是大度的宽容，是肤浅的应激表白，而不是深沉的含茹，是枯瘦，而不是丰腴。”[2]我不得不承认，我上面讨论的全部诗人，都只具有将自己一生中的一些时间活成真正的“诗”的程度，而没有人将自己全部的一生都活成“诗”，真正配得

〔1〕 孟泽：《何所从来——早期新诗的自我诠释》，九州出版社，2011年，第7页。
〔2〕 孟泽：《何所从来——早期新诗的自我诠释》，九州出版社，2011年，第7页。

上我们所谓的“文学”,即那个关于“人”和“文”最高的期许。

一般地,人们常将中国20世纪这些作家(当然不仅限于诗人)的艺术生命的“夭折”现象,归根于外在世界的动荡:军阀混战,政治腐败,外敌入侵,政治哄骗简直有太多理由可为他们文学和艺术上的“夭折”和失败寻找借口。但若按文明史的一般惯例,我们还是可以对文学和艺术有额外的期许,正是在严酷的环境里,月桂树的叶子也曾一度返青、变绿。狄德罗这样的思想家可能会认为,黄金时代只可能产生一首三流的诗,唯有在苦难的浴血中方可能产生伟大的诗。诗人无法避免人类各种形式的“奥斯维辛”,今天也是如此,但诗人至少还可以有自己的思想和良知。诗人像在黑暗中摸索的盲人,但应该比一切自以为“眼明手快”的人都要有远见,因为他对人、对人性有自己的期许,因此才可以用自己的诗揭示这个世界中某些被遮蔽的东西。诗,永远无法在行动和实践的意义上承担什么“铁肩担道义”之类的东西,它哪怕要有承担,肯定也只是诗人理想中的女性贝特丽采柔弱的怀抱,挂在卢浮宫的蒙娜丽莎神秘的微笑。她只在你认为“无用”的地方思考、判断和发挥作用。

在这个意义上,我上面讨论的这些“诗人”的普遍“夭折”现象,在表面上体现为“文”的陷落,但究其实质,还是“人”的陷落,“人性”的陷落,“思想”的陷落。甚至可以讲,他们在短暂的“五四”启蒙后,并未真的建立起足够现代性的“文”和“人”的概念和思想。“文”的夭折,更多的还是自己整个内心世界的夭折,自己整个思想的夭折。

或许这也是我高度评价彭燕郊的一个理由,他或许称得上是中国20世纪众多诗人中“例外”的“例外”。在这个意义上,他的高度就是新诗自诞生以来所达到的“高度”。这不仅仅是就作品来说,而是就新诗对“人”与“文”那最高的担当来说。或许,他真正地实现了废名“诗人之诗”的理想。说来或许很多人都不会相信,20世纪中国这么多诗人的“夭折”,其中很大的原因,即在于他们没有始终以“诗人”自命——他们太容易把自己想成或要成为别的身份,没有始终将书写“诗人之诗”作为自己终生的使命。他们太容易为“外物”移其志了,他们太不能坚持自己关于“文”和“人”的理想了。

孟泽在谈到新诗时,曾经这样说:“中国的现代转型,并不是局部的鼎革和简单的借鉴、嫁接、吸纳、替换,而是一种经典文明的整体解构与重构,一种新的创生,其中至关重要的核心就是‘人’‘文’的重新定义和安排。必须获得‘人’‘文’的新的诠释与定义,才可能建构新的审美主体性,建构新的美学章程。也就是说，必须有一种根本性的‘人’‘文’开辟，才可以指望拥有新的生命境界和审美境界。”[1]这段话确实触及了民国以来中文写作中相当关键的问题。我们所期待于文学的，其实何尝不就是人的问题呢？只有在文学真正揭示了我们的存在境遇和生命境界的某种秘密的时候，我们才可以真正地谈论“文学”和“人性”，才可以说在“奥斯维辛”之中和“奥斯维辛”之后仍然还可以有诗。

北京师范大学文学院

〔1〕 孟泽：《何所从来——早期新诗的自我诠释》，九州出版社，2011年，第5页。

枯笔的审美心影
——以书信为中心的讨论

易　彬

在中国现代文学研究领域,作家全集或文集、成型的文献资料已大量出现,重要作家研究、文学史研究诸层面的文献资料积累工作已经颇具规模。但在当代文学研究领域,文献的搜集与整理工作远未成型,大量的重要文献资料仍处于零散状态,因为文献资料的拘囿而造成文学人物——特别是跨越现当代文学阶段的人物认识偏差的情形并不在少数。彭燕郊(1920—2008)即算得上是这方面的一个重要例子。

彭燕郊首先是一位诗人。1939 年,年仅 19 岁的彭燕郊得到了素未谋面的胡风的特别看重,其诗四首,《冬日》《雪天》《夜歌》《怀厦门》总题为《战斗的江南季节(诗集)》,刊载于胡风主编的《七月》第 4 集第 3 期的头条位置。胡风在类似于编辑手记的《这一期》中特别强调了年轻的彭燕郊正处于诗情勃发的阶段——"一年来'发了狂样的'写了近二百首诗,但被发表出来这似乎是第一次"。彭燕郊在写作初期与胡风的这一相遇对其文学旨趣、特别是人生道路有着非常深远的影响。它规约了彭燕郊作为"胡风学生"这一基本形象——当然,细分之下,还是可包括两个基本向度:其一是"七月派"诗人或"七月派"作家群成员,其二是"胡风分子"。现代文学史或思想史关于彭燕郊的讨论即主要着眼于这两个方面。这种认知及具体处理方式基本上是在现代文学的总体语境之中展开的,这固然有其历史合理性,但并不能直接移换到对于"当代彭燕郊"的认识。要言之,偏执于"七月派"诗人的身份,晚年彭燕郊艺术创新的冲动与实践往往容易被忽视。而过于强调"胡风"这一精神线索,则往往容易忽视彭燕郊在当代文化建设中的身份与贡献。如何化解此一难题呢?目前比较合适的途径是彭燕郊与友人间的大量书信,其中少量已面世,能为读者所阅知。更多的则还只是未经整理的手稿。因为时代、政治、个人生活等方面的原因,存留下来的绝大部分都是新时期以来的书信,更为完整的彭燕郊书信史看起来已难以建构,但其中所包含的海量信息,对于认识 1980 年代以来的文化与社会无疑是大有助益的,而彭燕郊本人在此一历史进程之中的文化身份、抉择与贡献无疑也能得到相当程度的厘清。

一

彭燕郊与友人间的书信，目前仅有少量被披露出来，其中以胡风为中心的居多，与路翎、胡风、聂绀弩等人的书信较早即已随这些人的作品集披露。新近出版的则有《梅志彭燕郊来往书信全编》。[1] 而从目前所掌握的材料来看，彭燕郊与原七月派作家或胡风分子之间存有书信往来的，还包括绿原、舒芜、贾植芳、何满子、曾卓、罗飞、罗洛、牛汉、冀汸、朱健、耿庸、孙钿、张禹、木斧等十数位。

这些书信材料显然有助于人们对于彭燕郊作为胡风学生这一文化身份的认识。其中值得特别注意的自然是《梅志彭燕郊来往书信全编》。该书所录为1982年之后彭燕郊与梅志(1914—2004)之间长达20余年的通信，另有几封彭燕郊与胡风及其女儿张晓风的信，共计117封。话题自然是多关乎"胡风"，它们出自饱受磨难的历史当事人之手，有着特殊的文献价值，能为认识"胡风"及相关事件打开了更大的空间。

彭燕郊作为胡风学生的身份在此确是有着非常充分的体现。如果说在《回忆胡风先生》[2]一类回忆录中，彭燕郊比较偏重于史实的叙述的话，那么，在与梅志的私人通信中，彭燕郊时时流露着对于胡风的尊敬、景仰之情，这在1985年6月胡风逝世之后体现得尤为明显。

从书信中也还可以看出，在较长一段时间内，梅志与包括彭燕郊在内的众多胡风学生之间处于一种相互激励的状态，为胡风作传、讲述胡风及其影响的故事是他们自己不容推却的历史使命。彭燕郊在信中即多次表达一种严肃而急切的意念，诸如"还有许多事等着我们去做"，"要做的事很多，且须加紧做"，"那是历史给你的任务"，要满足"读者需要"，要"对历史负责"，"先不急于写自己，而应该把胡先生写好……我们应该先把《回忆胡风》写、编、印出来，这是当务之急"。彭燕郊也多次谈及"胡风传""聂绀弩传"的写作计划和具体提纲(在当时胡风圈内的人士看来，彭燕郊是"聂绀弩传"的合适人选)，彭燕郊本人对于此类文章的写作显然有着更大的抱负——试图从"历史的高度"来书写："胡先生的一生我以为是一部活的文艺运动史，在他身上呈

[1] 北京鲁迅博物馆：《梅志彭燕郊来往书信全编》，晓风、龚旭东整理辑注，海燕出版社，2012年。

[2] 刊载于《新文学史料》2002年第4期。

现的是一个现代世界文学史上只有革命初期的苏联才差可比拟的重大问题或重大现象,即在共产党(作为现实的政治实体)的强大影响或强有力控制下,马克思主义的文艺运动应该由谁,采取什么方式进行。说实在的,不是这几年,也不是'胡案'发生前后几年,四十年代初期,特别是中期,我就开始思考这个问题了。这个问题不但在共产党当权的国家有,在其他国家也有。这是个大问题,我只能是想想而已,非我的学力所能深入研讨的。但我以为如离开了这个宏观视点,就写不出胡先生悲壮的一生(同样也涉及鲁迅先生的一生)。我之所以不敢轻易写,原因就在这里。"[1]

彭燕郊对于胡风情感的浓度或真诚度显然是非亲历者所能比拟的,但值得注意的是,从一个更长的时间角度来看,彭燕郊关于胡风及聂绀弩的诸多宏大的写作构想仅仅实现了一小部分。重要文章除了前面提到的《回忆胡风先生》外,仅有《他心灵深处有一颗神圣的燧石——悼念胡风老师》《千古文章未尽才——聂绀弩的旧体诗》,以及作为"遗作"发表的长文《我所知道聂绀弩的晚年》等。实际上,《回忆胡风先生》这篇长文仍然只能说是未完成之作,所记仅止于胡风桂林时期的活动。稍后讨论将揭示,这种"未完成性",肇因于历史的要求与个人的实际行动之间所存在的差异。

二

略略浏览彭燕郊所存书信,与胡风有关的人士的通信其实只是其中很小的一部分,数量更大的是与包括文学界、翻译界、出版界、民间文艺界、研究界等在内的各种文艺界人士间的通信,如卞之琳、端木蕻良、骆宾基、徐迟、罗念生、罗大冈、沈宝基、魏荒弩、袁可嘉、王佐良、叶汝琏、王道乾、曹辛之、陈敬容、郑敏、唐湜、罗寄一、石天河、蔡其矫、公刘、邵燕祥、顾蕴璞、葛雷、赵毅衡、郑玲、姚锡佩、林贤治、刘湛秋、唐晓渡、赵振开、马高明、黎维新、杨德豫、唐荫荪、邱晓崧、贺祥麟、吕剑、邹绛、田仲济、陈子善、李辉、杨益群、陈思和、刘志荣、李振声、周良沛、刘扬烈、钟敬文与陈秋子夫妇、王文宝,以及我国台湾、香港等地的林海音、李魁贤、莫渝、刘以鬯、罗孚、陈实、马文通等。此外,与家人、学生及文学爱好者的通信量也是很大的。其中,与叶汝琏、葛雷、郭洋生、

[1] 彭燕郊:《致梅志》(1989/12/20),北京鲁迅博物馆:《梅志彭燕郊来往书信全编》,晓风、龚旭东整理辑注,海燕出版社,2012年,第185页。

郑玲、莫渝、马文通等人的通信量都非常大，与陈实、陈耀球的通信更是足可编成两大卷往来书信集(这两者目前都在整理当中)。

问题由此而来：何以偏居长沙的彭燕郊与众多文艺界人士会有如此广泛的通信呢？1984年11月9日，彭燕郊给梅志的信有助于理解这一点："我仍在忙一些别人不会去忙的事，我在想办一个译诗丛刊，不像绿原搞的那个，是专门介绍现代特别是当代的外国诗的，名叫《世界诗坛》。这个丛刊，可以与原兄的《外国诗》相辅而行。本来，拟自己筹资办，已有点眉目，现在，有个出版社愿意出了，可算是好消息……另外，还想编一套外国文学丛书，专收格调高的、同时读者也欢迎的作品，主要是诗、散文、中篇小说。也想搞个《世界散文》，专门介绍外国古典、近代和现代、当代散文。我的设想中还有一套《诗学译林》，系统地、全面地介绍希腊、罗马至今的诗论，包括各大诗人和大流派的诗论、诗见。另外，还想搞个大型理论丛刊《诗学》，每期四五十万字(这样才可以容纳二万字上下的论文)，不定期，或许每年出一两期。还想出一套《中国新诗全集》，像日本中央公论社、新潮社出版的《日本诗歌全集》那样……总之，我是一个爱'想'的人，不能安静。总想干点什么。"[1]

彭燕郊所谈到的是自己在编选(译)方面的诸多构想。按说，彭燕郊不过是一介书生，并非出版界人士，也非任教于著名学府，所掌握的所谓出版资源或文化资本相当之有限，个人经济状况也相当之一般；而且，彭燕郊为1920年生人，新时期之初即已是花甲之年，其身体状况始终不好，长年看病、服药，并曾到北京、广州、四川、桂林等地求医。个人状况如此，驱动他不断工作的动力又是什么呢？"爱'想'""不能安静""总想干点什么"一类说法显然太过笼统。彭燕郊在给朋友们的信中有过一些零星说法，更为确切的说法可见于1989年3月12日致木斧的信："艺术更新对于我们之所以必要，是因为首先，现实向我们提出了诗的要求，其次，我们身上的旧观念。过去已经浪费了我们大部分的大好光阴，我们再不能被它拖住故步自封了。你和我一样，过去漫长的封闭岁月中我们的求知欲是被压抑到最低点的，到最后，人类文明的全部成果被宣布为'封资修'垃圾，能说我们没有受这个大文化环境，文化气氛的影响吗？改革开放的十年来，有幸的是我自己总算慢慢地睁开眼睛了，知道该看看世界，看看自己的国家，和自己身上有些什么东西了。这样，我就

[1] 彭燕郊：《致梅志》(1984/11/9)，北京鲁迅博物馆：《梅志彭燕郊来往书信全编》，晓风、龚旭东整理辑注，海燕出版社，2012年，第57－58页。

既有奋发、乐观的一面,又有痛苦的反省的一面……这几年我用大部分时间编译介[绍]各国现代诗的目的也在于让大家看看到底现代诗是个什么样子,现代诗是怎样发展过来的,从中也可以比较一下到底人家有什么长处我们有什么短处。我以为在这种情况下如果能形成我们的自信,应该是一种坚实的自信。能看到的我们的新诗的前途应该是现实的可靠的前途。起哄和胡闹是没有用的,只有甘心于默默无闻,情愿做个默默无闻的埋头苦干的人,才真正能够得到真正的诗。"[1]

从这番自述来看,彭燕郊花大量时间精力来做编选(译)、出版工作,其背后是有着重要的文化抱负的:"过去漫长的封闭岁月"压抑了求知欲,桎梏了眼界,新诗的前途在于"艺术更新",即通过外国现代诗的译介,获得必要的参照系,进而获得一种"坚实的自信"。类似想法,亦可见于彭燕郊为《国际诗坛》创刊号所撰写的《前言》。林贤治将彭燕郊的工作称为"诗人的工作",称彭燕郊是诗人当中"少有的一位醉心于出版者"[2],将"出版"行为与"诗人"使命并置,所着眼的正是彭燕郊出版行为的特殊性。

种种资料表明,彭燕郊的文化抉择在新时期之初就已做出。最初的构想即是"出版一套译诗的丛书,要概括五四以来外国主要名诗人的诗和中国的名译",这就是后来的大型诗歌翻译丛书"诗苑译林"。按照时任湖南人民出版社副社长、译文室主管领导、与彭燕郊"相识相交近六十年"的李冰封的回忆[3],此一构想1980年就已提出,并得到时任湖南人民出版社社长黎维新的支持,后经具体协商,拟定了主要书目和译者。彭燕郊则受托外出组稿,他曾专程到上海、广州、北京等地,听取施蛰存、梁宗岱、卞之琳等人的意见。彭燕郊此一时期给朋友们的信中,反复提到自己处于"忙乱"状态,主要即是忙于为"诗苑译林"丛书的奔走、筹稿等事务。而他的诸种出版构想虽未全然实现,却也是多有成绩:"译诗丛刊"即先后以《国际诗坛》(漓江出版社)、《现代世界诗坛》(湖南人民出版社)之名出版。"外国文学丛书"则有漓江版"犀牛丛书";《世界散文》则有湖南人民出版社的"散文译丛"以及花城版"现代散文诗名著译丛"。

1980年即开始筹划诗歌翻译丛书,奔波于湘、粤、桂等地,并且积极替朋

〔1〕 彭燕郊:《致木斧》(未刊稿)。按:着重号为原有。

〔2〕 林贤治:《诗人的工作》,《新文学史料》2008年第4期。

〔3〕 李冰封:《彭燕郊与〈诗苑译林〉及〈散文译丛〉——哀悼一代诗人彭燕郊》,《新文学史料》2008年第4期。按:本文所引李冰封文字均出自于此,不另说明。

友们向各地刊物、出版社荐稿，彭燕郊的这样一种身份，按照梅志的说法，可称为“文艺组织者”。[1] 偏居长沙的彭燕郊之所以与文艺界人士有着广泛的通信，非常直接的一个原因即是和这一系列翻译活动的筹稿有关。

与此相关联的一个问题是，偏居长沙的彭燕郊何以能在新时期之初就能做出此般文化抉择呢？这涉及彭燕郊的阅读状况、知识积累、艺术视野等方面的情况。按照彭燕郊本人的回忆，其童年乃是“纸墨飘香的童年”，很早即开始买书、邮购图书；及到1950年开始定居湖南之后，图书购买量也是非常之大的，即便是被打成“胡风分子”之后的20多年里，买书、读书也始终没有间断。[2] 而从彭燕郊晚年的诗歌写作来看，1979年9月，彭燕郊在《诗刊》发表了《画仙人掌》一诗，这是他新时期以来所发表的第一首诗，它“不是起于一种高音，如众声喧哗般的‘我归来了’（艾青《归来的歌》）或者独异的‘我一不一相一信’（北岛《回答》）”，而是以“唯美”的笔触去“画仙人掌”：“那些花/都有着我们这些欣赏者给予它的/美的自觉和美的自信/形成那么一种生动的风致/有着那么一颗惹人喜欢的坦裸的小小的心/婴孩般的单纯，少女般的安详/小伙子般的富于幻想而且有些顽皮/不止是逼真/而且要画出那真正的天国的愉快/多么难啊，这些花！”对彭燕郊个人写作而言——也可扩大来说，对新时期文学而言，这是一个有意味的“起点”，“粗略比附一下，如果说‘文革’后文学是从‘真’开始的话，得到普遍赞誉的巴金《随想录》就在于‘讲真话’；那么，彭燕郊的写作是从‘美’开始的。”[3]这样一种对于“美的自觉和美的自信”的追求姿态，也包括后来持续探索的理念（所谓“我不能不探索”，写“不像诗的诗”等）与旺盛的创作力等等，均可显示出彭燕郊的诗歌写作与其长期广泛的阅读，与其文化、出版行为（或曰诗学活动）之间具有一种良性的互动关系。由此也就不难理解何以彭燕郊在新时期之初即能敏锐地把住时代的精神需求了。

---

〔1〕 梅志：《致彭燕郊》（1985/12/26），北京鲁迅博物馆：《梅志彭燕郊来往书信全编》，晓风、龚旭东整理辑注，海燕出版社，2012年，第82页。

〔2〕 参见彭燕郊《纸墨飘香》（岳麓书社，2005年）一书中的《邮购之乐》《纸墨飘香的童年》《长沙淘书记》等篇什。

〔3〕 易彬：《彭燕郊研究论纲》，《南京师范大学文学院学报》2008年第3期。

三

彭燕郊与文艺界人士的通信，包含了非常多的历史、文化诸方面的信息。这里择要述之。与文坛前辈的通信中[1]，与施蛰存的通信量是相当大的，被披露出来有27封之多，是目前除了梅志通信之外，被披露最多的。施、彭二人最初交道的情形暂未有确切资料，但最迟当是在1982年上半年。[2] 所见施蛰存给彭燕郊的最后一封信是1999年6月15日，通信期近20年。信中所谈，多是读书、写作、编选（译）、出版等方面的内容。与罗念生、沈宝基、罗大冈、卞之琳所谈，亦多是译介、出版方面的事。凡此，既可彰显一批已是耄耋之年的"文化老人"在新时期之后逐渐开化的时代语境之中的精神操守与文化信念，也可藉助彼此之间"互动行为"而展开"实存分析"，从而更深入地探究其文学行为与时代语境之间的关联。[3]

与彭燕郊年龄相仿的通信者有相当一批，如曾被称之为"九叶诗派"或"中国新诗派"的王佐良、陈敬容、曹辛之、郑敏、唐湜、罗寄一、袁可嘉等人。在一些文学史描述当中，"七月派"与"中国新诗派"被认为是1940年代中国新诗的两大高峰，但两者当时处于某种对峙状态。新时期以来，这种纠葛也一直存在。[4] 但从彭燕郊的角度看，在新的时间节点上，他们这些年过花甲的老人交流时，基本上已无所谓流派或者门户之见，更多的话题都是关乎当代文化、特别是中外文化的交流。实际上，这些书信不仅有着重要的文化意义，其中如彭燕郊与罗寄一的通信，也为文学史"失踪者"的打捞提供了重要的线索。罗寄一（本名江瑞熙）早年毕业于西南联大，坊间关于此人的资料非常之少。近年来，其早期诗歌已被打捞出来，并被放置到穆旦、郑敏、杜运燮等西南

---

〔1〕 日前，罗念生、施蛰存、沈宝基、罗大冈、卞之琳、王佐良、袁可嘉、王道乾等人致彭燕郊的17封书信已有辑录，见易彬、黄园：《彭燕郊所存文艺界人士书信选辑》，《新文学史料》2014年第3期。

〔2〕 参见施蛰存：《致周良沛（1982/6/23）》，《北山散文集（2）》，第1696页。

〔3〕 "互动行为"语出解志熙的《相濡以沫在战时——现代文学互动行为及其意义例释》（《新文学史料》2011年第3期）一文。

〔4〕 "七月派"与"中国新诗派"之间的纠葛显然和政治文化语境有关。1980年代中前期，牛汉、曹辛之等人站在派别立场上有过笔战，曹辛之在给《九叶集》同仁的书信中，对此也多有涉及（参见赵友兰、刘福春编：《曹辛之集（第1卷）》，上海人民出版社，2011年）。但1980年代后期以来，随着政治文化语境的开化，相关局势逐渐缓和。

联大诗人谱系当中加以考察。但其晚年思想与创作方面的情况仍是处于阙如状态,彭、罗二人的较多书信,能在相当程度上弥补此一方面的缺憾。[1]

更年轻一代的通信者当中,李振声(1957—)特别值得一说。彭、李通信是1990年代中期的事情了,其时,李振声负责编选《梁宗岱批评文集》[2],两人交往即缘起于此。彭燕郊与梁宗岱有过直接交道,文献资料方面又多有积累。[3] 按照李振声的描述,两人有过十数次的书信往来,彭燕郊不仅寄去了手头上珍藏的关于梁宗岱的各种资料,也参与了篇目的敲定,甚至为其积极联络版权事宜。彭燕郊对于后学编选前贤文集的"悉心关照",让李振声感到"并不仅仅只是关乎像我这样一介晚学的事,而是关乎一宗文化遗产的守护和传承",让他"真实地弄懂"了"薪尽火传"这个典故的意义。[4] 李振声后来写过多篇关于彭燕郊的文章,对彭燕郊写作的精神向度做了细微的体察[5],对其写作之中可能存在的"参差"也做了如实的评价。[6] 有理由相信:这样一批往来书信不仅能见证两代人之间的精神交流,在当代文化史上,亦将具有重要的个案意义。

李振声所谓"薪尽火传",在林贤治(1948—)看来,即是一种超于"私谊"之上的"使命感":"我初到广州日报编译室做事,即向他报告工作的性质,并就旧籍重版问题请教于他,数天之后,他便来信给我开具一份几页纸的长长的书单,而且分门别类,附加了不少建议。我知道,这份热忱,包含着他对诗,对文化,对真理和教育的本能的挚爱,不仅仅出于私谊,而且出于他对于社会

---

〔1〕 目前坊间所传罗寄一诗歌基本上都是其早年作品。笔者在编选《中国新诗百年大典(第8卷)》(长江文艺出版社,2013年)的时候,正是藉此线索,编入其晚年诗歌5首。

〔2〕 李振声:《梁宗岱批评文集》,珠海出版社,1998年。

〔3〕 彭燕郊在筹划"诗苑译林"丛书时,即得到梁宗岱的指点。梁逝世后,其遗孀甘少苏将其"几乎全部遗著"及各种资料寄给了彭燕郊,彭则协助其完成了《宗岱和我》(重庆出版社,1991年)一书,并为之作序《一瓣心香》。后又作长文《诗人的灵药——梁宗岱先生制药记》(《新文学史料》,1994年第2期)。

〔4〕 李振声:《薪尽火传》,《中华读书报》,1997年3月26日。按:该文收入了1996年9月14日彭燕郊致李振声的信以及李振声的复信。

〔5〕 在《诗心不会老去》(《读书》2007年第12期)中,李振声写到:"燕郊先生的诗,尤其是他晚近的诗作,始终维系在一个很高的精神高度上。我虽不便说,它们的存在,是如何在不时地提示和警醒着人们远离那些足以致使人类精神矮化的种种场景和事物,但我心里清楚,它们的存在,是怎样在延缓着我个人精神生活的退化和萎缩的。"

〔6〕 在《谁愿意向美告别?》(《扬子江评论》2009年第4期)中,李振声对呈现了"诗境的多种向度和众多可能性"的长诗《混沌初开》给予了高度评价,但也对由《生生:五位一体》修订而来的《生生:多位一体》提出了批评,认为其诗思基本上是在"单一向度"里展开的。

的一贯的使命感。”[1]扩大一点来看，彭燕郊与郭茜菲（桂林《力报》研究）、陈子善（询问梁宗岱著作出版事宜）、李辉（胡风研究）、杨益群（桂林文化城研究）、陈思和与刘志荣（“潜在写作”研究）、刘扬烈（“七月派”研究）、陈梦熊（辛劳研究）、黄泽佩（严杰人研究[2]）等人通信，就相关话题展开细致的讨论，其效应大致上也可作如是观。

四

1980 年开始筹划，“诗苑译林”丛书、《国际诗坛》《现代世界诗坛》、“犀牛丛书”“现代散文诗名著译丛”等陆续出版，彭燕郊所筹划的出版事业可谓成绩斐然，为国内文艺界所瞩目，友人们信中对此颇多鼓励与激赏，但彭燕郊所遭受的挫折大概也不在少数，1980 年代中后期以来彭燕郊与友人的信中，这方面的话题就一直或隐或现，有的时候，情绪表现得相当强烈。“诗苑译林”丛书出版方面，1980 年代中期即生罅隙，工作主要由出版社来操弄。[3] 对于漓江版“犀牛丛书”，彭燕郊措辞激烈的言论也不在少数，1991 年 1 月 14 日，彭燕郊在给梅志的信中谈到：“这两年我也渐渐明白了，想做的事不但做不成，还得受多少肮脏气！书编了，出不成，译者只找我，出版社是虱子多了不痒，不算一回事；我得赔复印费、抄稿费、邮费，还得花费大量时间写信解释，请朋友们原谅。前有‘漓江’，近有‘湖南文艺’，搞得我狼狈不堪。”[4]

彭燕郊这里所谈到的是名分、费用以及辜负文艺界朋友所托等方面的问题，但各种丛书终究还是出版了多种。在整个过程之中，彭燕郊有操劳、荐稿乃至奔波之苦，但终究是一个筹划者的角色，本人并无需直接负文字之责（写信、提出丛书方案等不在此列）。稍后彭燕郊直接出任主编的一部诗歌辞典

---

〔1〕 林贤治：《诗人的工作》，《新文学史料》2008 年第 4 期。

〔2〕 彭燕郊 1940 年代前期在桂林期间认识严杰人（1922—1946），后曾撰写《回忆严杰人》一文（收入回忆文集《那代人》，花城出版社，2010 年），还存有一批严杰人文章的剪报（均出自解放前的报纸）。彭燕郊生前也曾寻求过严杰人作品集的出版可能，笔者在协助其家属清理作品时，其夫人也曾特别谈及此事。

〔3〕 双方何以发生罅隙，坊间并没有很明确的说法，彭燕郊本人认为是人事方面的原因，参见彭燕郊口述、易彬整理：《我不能不探索：彭燕郊晚年谈话录》，漓江出版社，2014 年，第 33-34 页。

〔4〕 彭燕郊：《致梅志》（1991/1/14），北京鲁迅博物馆：《梅志彭燕郊来往书信全编》，晓风、龚旭东整理辑注，海燕出版社，2012 年，第 206 页。

却让其陷入长达数年的纠葛之中。

编“辞典”是1980年代后期出版界非常热衷的事务，“钱途”可观。安徽某出版社所筹划的诗学大辞典显然即是受到此一风气的影响。大辞典拟分“中国卷”“外国卷”和“理论卷”三大卷，分别请罗洛、彭燕郊和刘湛秋出任主编。彭燕郊被提请，既是由于老朋友张禹、罗洛等人“一再介绍”的缘故，想必也是彭燕郊多年来筹划诗歌翻译丛书、丛刊所积累的名望所致。不过，彭燕郊此前已与出版社打了很多交道，起初对此非常之谨慎，从相关书信可以看出，1987年下半年即接到邀约，待到1988年中旬出版社派人到长沙彭家商定，后又寄来聘书，方才开展工作。

联系到此前彭燕郊本人所谈到的诸多想法，这样一部《外国诗大辞典》无疑是很符合其诗学构想的。彭燕郊也确是抱着很高的期待，组织了相当一批翻译界人士（设副主编5人，编委34人，工作中心摆在广州外国语学院），工作严谨，以图编出不同一般的文学辞典的辞典。[1] 此一事件也形成了相当一批书信，涉及的人数当有数十人之多。出版社方面有朱守中、刘明达等；工作方面的则有黄建华、陈实、罗寄一、梁启炎、程依荣、李之义、刘瑞洪、钱鸿嘉等。

综合来看，工作大致上是从1988年下半年开始，至1990年上半年初步完工，彭燕郊在给朋友们的信中多次传达了喜悦之情。但扫尾工作迟迟难以结束，给朋友们的信中，逐渐多了后悔之意，也不乏措辞激烈的言论。直到1992年4月，出版社副总编亲自到彭燕郊处取走文稿，工作才算大致完成——最后形成的书稿，字数在220万字左右（超出计划40万字），词条在11 000条上下，重量则达到50多市斤。[2]

按说历经数年认真而辛苦的工作，出版方又算是非常之重视，多次派人来长沙，最终还进入了编辑流程，且有清样寄来（为1994年上半年），并承诺该书已与安徽省政府签了目标责任状，将“限期保质出版”[3]，出版应是指日可待的事情了。但是，当代出版文化显示了它非常诡异的一面：在未给主编合理解释的情况下，耗费各方人士大量精力的一本大书最终居然不了了

〔1〕 彭燕郊：《〈外国诗辞典〉序》，《书屋》2011年第12期。

〔2〕 这里关于《外国诗大辞典》相关情况的归纳主要是基于彭燕郊与陈耀球的信。

〔3〕 据1994年4月21日，刘明达给彭燕郊的信。又，8月10日，刘明达在收到校样之后，来信感谢彭燕郊有“谨严的精神”，并表示“增强了辞典胜券在握的信心”。

之。[1] 这种诡异,大抵上只能概括为:不是以文化传承为使命,而是受制于市场或领导意志。彭燕郊生前曾与出版社多番交涉,出版社最终只是退还了全书的目录(厚厚一叠),书稿却始终不见踪影。

花较多篇幅对彭燕郊的出版受挫展开讨论,并非要进行所谓"问责",而是藉此展开在新时期以来的文化语境之中,彭燕郊出版行为的复杂境遇:翻译丛书、丛刊的较多出版,使得彭燕郊对于新诗的发展、对于文化的前途满怀期待。但出版社的意愿变动则往往使他难以招架——历时数年、投注大量心力的《外国诗大辞典》最终未能出版,非常典型地放大了晚年彭燕郊的一大尴尬之处:一介书生,手中并未直接掌握半点出版资源或文化资本,在与出版机构及市场风尚的博弈当中,终难免受挫。这样一种文化挫败,无疑地,也构成了晚年彭燕郊出版事业的重要内容——扩大点说,也构成了 1980 年代以来文化语境的重要内容。

五

1980 年,彭燕郊提出筹办大型诗歌翻译丛书的构想,并为之展开了大量工作。不大为文艺界人士注意的是,他在民间文艺方面也展开了一系列工作。与钟敬文、陈秋子、王文宝、谷子元、龙清涛等人的通信即显示了彭燕郊作为民间文艺工作者的一面。

彭燕郊对于民间文学始终怀有比较强的兴趣[2],也做了不少实际工作。新中国成立之初,第一次文代会后,彭燕郊曾短期居留北京,和钟敬文先生一起编《光明日报》的《民间文艺》等副刊,该副刊是"解放后报纸所办的唯一的一份民间文艺副刊",对新中国民间文艺发展起到了重要的推动作用。[3] 到湖南之后,彭燕郊曾随湖南大学到益阳、溆浦等地参加土改,期间搜集大量的各地民间文艺资料。后被聘为湖南通俗读物出版社(即湖南人民出版社的前身)的编审委员,并编选《湖南歌谣选》由该社出版(1954 年)。

因为民间文艺方面的经验与成绩,彭燕郊的民间文艺专家身份其实也是

---

〔1〕 实际上,三种词典仅出版一种,即罗洛主编:《诗学大辞典(中国诗歌卷)》,安徽文艺出版社,1995 年。

〔2〕 2005 年之后,笔者开始做彭燕郊的系列访谈,彭燕郊主动提出应谈谈新诗与民间文学的关系,参见《我不能不探索:彭燕郊晚年谈话录》第六章的相关内容。

〔3〕 张义德、彭程:《名人与光明日报》,光明日报出版社,1999 年,第 298 - 299 页。

很突出的。比如，参加第四次湖南省文代会和全国文代会所在组别均是“民间文学”组，而非“文学”组。其工作，除了民间文艺资料搜集等实践层面的外，还包括业务管理、刊物编辑、理论探讨、人才培养等多个方面：曾任中国民间文艺研究会湖南分会副主席，并参与编辑由该会主编的《楚风》多年；曾撰写《谚语和哲学》《保护民族民间文化：理解和期待》等长篇论文；曾在湘潭大学中文系成立民间文学教研室，开设“民间文学课程”，并且曾与钟敬文先生所在北京师范大学联合培养了一届民间文学方向的硕士研究生。凡此，均可见出彭燕郊在民间文艺方面工作的广度。

从彭燕郊所存书信看，钟敬文先生曾多次将其发表在《北京师范大学报》等处的古体诗词寄来（署名“静闻”），并在《喜燕郊北来》一诗中表达了“相期完胜业”的愿望——所谓“胜业”指的即是“关于民间文学的编集的研究”。[1]也有北京师范大学、中央民族学院以及湖南本地的相关讲习班邀请彭燕郊讲授民间文学方面课程，有到峨眉山、咸宁、广州等地参加民间文艺方面会议的记载，如 1984 年 5 月底在峨眉山召开的“全国民间文学理论著作选题座谈会”等。书信当中也有祁连休（1937—）、叶春生（1939—）等民间文学研究者的记载。及到 1980 年代中期，中国民间文艺家协会、文化部、国家民族事务委员会等机构联合下发文件，要求全国各地大规模地开展《中国民间故事集成》《中国歌谣集成》《中国谚语集成》的调查、搜集、整理与编纂工作（简称“三套集成”工作），彭燕郊也曾被湖南省民间文艺研究界委以重任，请他担任其中一套的主编，但彭燕郊自觉年事已高，“实不敢担任此种长期性的重任”，最终推却了此一邀约。[2]

从“三套集成”工作的后续发展来看，历时之长、涉及人员之多、材料搜集范围之光，确可称之为一桩“长期性的重任”。[3]彭燕郊后来也还是有所参与，比如为湘潭地区搜集整理的民间文学集成资料作序等。但此后的书信当中，已只能非常零星地看到一些彭燕郊参加民间文艺活动方面的信息，比如到某民间文学讲习班讲课等。他长期搜集的关于民间文艺方面的大量资料

---

〔1〕 钟敬文：《钟敬文文集 · 诗词卷》，安徽教育出版社，2002 年，第 192 页。

〔2〕 彭燕郊：《致杜平》（1985/9/18），未刊稿。按：杜平即彭燕郊所指导的民间文学方向的硕士研究生。

〔3〕 民间文学三套集成工作最终历时约 20 年，“动员了 200 余万人次的基层文化工作者参加调查和搜集，共搜集记录民间故事 184 万篇，民间歌谣 302 万首，谚语 748 万余条，总字数超过 40 亿字。各地编辑地方卷本 4 000 余种”。参见向云驹：《人类口头和非物质遗产》，宁夏人民教育出版社，2004 年，第 201 - 202 页。

最终只能是堆积在书房的角落里，无缘得到进一步的整理。[1]

六

除了上述三种文化身份外，晚年彭燕郊也还有其他一些身份，比如“新四军”身份，彭燕郊与新四军时期战友黄宛年、沈柔坚等人有通信，曾撰写回忆当年新四军经历[2]及战友辛劳[3]、丘东平[4]等人的文章，为《烽火诗情·新四军诗选》一书作《序》[5]等。又如，文学爱好者、青年学子的精神导师形象。湖南本土文艺界乐于视彭燕郊为大师级人物，视其为长沙的文化地标，前往拜访的人相当之多。全国各地文学爱好者慕名前往或写信求教的也不在少数。此外，因为与莫渝、马文通、陈实等人的大量通信，彭燕郊与港台及海外文艺界人士也有较多联系。莫渝(1948—，本名林良雅)在台湾，为笠诗社同仁；马文通在香港，供职于《大公报》，此二人可谓连结彭燕郊与台港地区文艺界的直接纽带——换个角度说，也是促成彭燕郊在台港地区及海外传播的主要人物。莫渝除了书信之外，长期给彭燕郊寄赠《笠》诗刊等资料，而且，因为他的介绍，林海音等人都与彭燕郊有书信往来，商讨梁宗岱译作出版之事。彭燕郊在马文通主编的《大公报》副刊发表了一批作品，施蛰存、罗大冈等人，也曾通过彭燕郊与马文通等香港文艺界人士建立联系。

但总体上说来，彭燕郊的上述三种文化身份更为突出，更有其话题意义。从实际事务的处理来看，胡风派成员、文艺组织者和民间文艺工作者这三种身份，还是有某种主次之分的，比如民间文艺工作者身份自1980年代中期之后就已逐渐消退。胡风派成员的身份一直在延续，除了撰写一些回忆文章外，还有一个重要事件，那就是2002年，已年过八旬的彭燕郊亲自到上海参

---

〔1〕 据老友黎维新回忆(《一个出版人对彭燕郊先生的怀念》，《芙蓉》2008年第6期)：2008年春节期间，彭燕郊曾向他表示：多年收集的民间文学资料“放在那里未及整理，真太可惜了”。此事发生在彭逝世前夕，可见他对此虽无力整理，但仍念兹在心。

〔2〕 即《流囚九千里——皖南事变后的叶挺将军》《北上抗日行军途中》，分别刊载于《云岭》总第44期，2001年12月；第45期，2002年6月。

〔3〕 彭燕郊：《他一身都是诗——悼念诗人辛劳》，《新文学史料》2000年第2期。

〔4〕 彭燕郊的《傲骨原来本赤心——悼念东平》，《随笔》2008年第2期；后作为“代序”收入罗飞主编《丘东平文存》(宁夏人民出版社，2009年)一书，并与《我的悼念》一文收入许翼心、揭英丽主编《丘东平研究资料》(复旦大学出版社，2011年)一书。

〔5〕 邵凯生、朱强娣编注：《烽火诗情·新四军诗选》，安徽人民出版社，2005年。按：该集收入彭燕郊诗歌11首。

加了“纪念胡风诞辰一百周年暨第二届胡风学术研讨会”，与梅志及贾植芳等十多位健在的“胡风集团”成员聚首，在会上作了长篇主题报告《世纪之痛的沉重课题——读鲁贞银的〈胡风文学思想及理论研究〉》，同时，还别有一重认识，即因读到张业松的《舒芜的两篇“佚文”》而走出了舒芜问题认识上的历史“迷误”。此前，彭燕郊与舒芜多有书信往来，被舒芜女儿方竹视为父亲好友之中是“唯一肯公正讲话的”人、“如春阳般让人感到温暖的人”。[1] 但此后，彭燕郊写成《我所知道绀弩的晚年》《绀弩与舒芜》以及问答体文章《答客问》，态度陡变，文中对舒芜进行了非常严厉的批评，并藉此对胡风事件展开新的反思。彭燕郊逝世后一年，舒芜亦逝世——重评舒芜获得新的契机。不多久，《答客问》、舒芜女儿方竹以及姚锡佩、叶德浴等人的文章见诸《新文学史料》等处，话题再次聚焦于“舒芜评价”这一老问题上。[2] 以此来看，彭燕郊与胡风、胡风事件及相关人物，在他生前始终缠绕着他；而在身后一段时间之内，其对于舒芜态度的陡变也都将是一个话题——这种转变发生在80高龄之后，彭燕郊也许将成为此一事件的一个特殊个案。[3]

在与姚锡佩、叶德浴等人的信中，彭燕郊谈到要写《绀弩和舒芜》，且自认“联系诗、信，及我亲见亲闻来写，当能廓清迷雾”[4]，但是，严格说来，这一写作计划也未能完成，实际形成的文本基本上是基于个别历史当事人的“谈论体”，是关于历史的单方面证词，而且，“绀弩与舒芜”的篇幅也着实有限——若将此与1980—1990年代那些未完成的关于胡风、聂绀弩等人的写作联系起来，那么，在相当程度上可以说，彭燕郊的胡风学生的身份始终具有一种未

〔1〕 方竹：《不幸的思想者舒芜：并非怀有不可告人的卑劣动机》，《中华读书报》2010年1月27日；《知识分子在政治大潮中的宿命——记我的父亲舒芜》，《新文学史料》2010年第1期。

〔2〕 2009年8月舒芜辞世。同年12月16日，《中华读书报》刊发了李洁非的《反复：舒芜的路》，对舒芜提出批评。2010年1月27日，又刊出舒芜女儿方竹的反驳文章《不幸的思想者舒芜：并非怀有不可告人的卑劣动机》，其中引述了彭燕郊致舒芜的信。《新文学史料》2010年第1期推出“舒芜专辑”，有方竹《知识分子在政治大潮中的宿命——记我的父亲舒芜》、姚锡佩的《往事问天都冥漠——悼舒芜先生》等文，其中亦引述彭燕郊致舒芜的信。该刊第4期又推出叶德浴《彭燕郊与舒芜》(附彭燕郊《答客问》)，叶文摘录了2002年之后彭燕郊写给他的6封信，正面申扬了《答客问》的主旨。

〔3〕 方竹在《知识分子在政治大潮中的宿命》中曾叙及几位“胡风派”的朋友与舒芜之间“密切的友谊，从二十世纪五十年代，一直持续到二十世纪八十年代初”，随着“胡风案”平反，朋友“渐次疏远”，“最判若两人的就是绿原先生”。文章也叙及2002年上海会议，“几个当年胡风派的人在会上抱头痛哭，其中有彭燕郊”，“从此，他们再无通信。（2002年，他和别人谈到父亲时，态度和观点与前大变。）”

〔4〕 据叶德浴《彭燕郊与舒芜》所摘录的2003年10月4日彭燕郊的信。

完成性：其情感形态有着超常的浓度，而就其观念层面而言，彭燕郊关于胡风及相关人事的认识已经达到了超乎常人的“历史的高度”，但其所提供的具有反思意味的文本尚不足以“廓清迷雾”。

彭燕郊的情感与热情是毋庸置疑的，这种“未完成性”或有资料、能力、身体等方面的因素，更有可能是“心有旁骛”、忙于他事——如果说，“胡风学生”的身份是历经较长时间淬炼的一种历史事实，关于胡风的诸种写作是一种历史的要求的话，那么，在文化语境不断开化的背景之下，彭燕郊还是有着强烈的个人诉求的。从前面的描述来看，这种个人诉求大致可归结为藉助译介活动来推动当代文艺发展的自觉意识，主要即是由“文艺组织者”的身份来呈现。新时期以来，彭燕郊始终乐此不疲地从事着外国文学的译介等方面的“文艺组织活动”，即便是屡受挫折仍投入大量的心力，“拼老命走南闯北地奔波”。梅志在书信之中多次奉劝彭燕郊，以他的才情，应多写东西——写自己的东西，也包括写和“胡风”有关的东西，“文艺组织者”要耗费大量的精神和时间，对像他这样“能写的人来说是太可惋惜了”。[1] 但彭燕郊显然并未听从这样一种善意的提醒，可见彭燕郊在这些方面有着重要的精神寄托和文化抱负。

在《外国诗大辞典》遭受挫折之后，年事已高的彭燕郊在出版组织方面似有所沉寂，但21世纪以来，彭燕郊还是主编了湖南文艺版“散文译丛”并作《丛书前言》，2004年之后陆续出版，有若干新印的，也有不少是1980年代湖南人民版“散文译丛”的重印本。又为花城版“现代散文诗名著名译”丛书作《总序》。而据林贤治回忆，2007年底，彭燕郊还在信中谈及2008年是拜伦诞辰二百二十周年，“何不趁此纪念一下，借此张皇鲁迅先生《摩罗诗力说》，对目前迷茫中的诗歌界，应该有振聋发聩的作用。”[2]就其文化效应而言，这些出版或构想，显然已无法与1980年代相比，“受到读者的热情支持，几乎每隔不到两个月就有一种新书出版，大多数读者都以读到每一种新书为快”——彭燕郊在《丛书前言》中提到的这类情形已不可复现，但还是可以见出，即便是到了生命的最后时刻，彭燕郊对当代文艺建设方面仍然抱有期待。

与胡风、梅志等人通信，非常明显地凸现了彭燕郊作为原“七月派”或“胡风分子”的身份，相关话题显示了彭燕郊作为一名“现代作家”在当代文化语

---

〔1〕 梅志：《致彭燕郊》(1987/1/14)，北京鲁迅博物馆：《梅志彭燕郊来往书信全编》，晓风、龚旭东整理辑注，海燕出版社，2012年，第113页。按：1991年12月21日，舒芜在致彭燕郊的信中亦有类似观点。

〔2〕 林贤治：《诗人的工作》，《新文学史料》2008年第4期。

境之中如何展开其历史认知与自我辩诘。与众多文艺界人士的通信，在外国文学作品（特别是诗歌）的译介、出版方面所做的大量具体工作，则充分显示了彭燕郊在新的文化语境之中所做出的文化抉择，这种藉助译介活动来推动当代文艺发展的自觉意识，大大地拓展了彭燕郊的文化身份，有效地凸现了他在 1980 年代以来的文艺建设之中新的、独特的作用。

"诗苑译林"丛书等出版物一经面世即受到文艺界的特别看重。施蛰存当时在给江声（杨德豫）的信中写到："'五四'运动以后，译诗出版物最少，《诗苑译林》出到现在，发表译诗数量，已超过一九一九至一九七九年所出译诗总数。我相信你们这一项工作，对现今及未来的中国诗人会有很大的影响，颇有利于中国新诗的发展。"[1]彭燕郊先生逝世之后，李冰封在悼念文章中特别呼吁："希望大家千万不要忘记这件五四以来，中国当代诗歌出版史上的重要史实。而这件事的首创者，乃是一代诗人彭燕郊。"杨德豫则指出：彭燕郊是"诗苑译林"丛书的"'精神领袖'或'社外主编'，业绩斐然，功不可没。《诗苑译林》丛书的广大读者，以及更广大的外国诗歌爱好者，都会对彭燕郊教授怀有历久不渝的敬意和谢意"[2]。在当事人看来，世事变迁，彭燕郊费尽心力所操持的"诗苑译林"丛书似有被遮蔽、被遗忘之势，有必要重申其意义。

结　语

在交通不便、现代通讯技术尚不普及的时代，书信是人们进行交流的主要手段。在文献资料的保存方面，书信往往具有不可替代的作用。各种作家全集或文集也往往设有书信卷。孔另境所编选的《现代作家书简》即曾受到学术界的普遍好评，鲁迅在《序言》中即认为：从作家的日记或尺牍这类"非文学类作品"上，"往往能得到比看他的作品更其明晰的意见，也就是他自己的简洁的注释"；能"显示文人的全貌"，"知道人的全般，就是从不经意处，看出这人——社会的一分子的真实"。[3]

彭燕郊是一名非常热情的书信家，其书信数量自然已难以准确估定，但写作量大、接触面广、信息丰富已是毋庸置疑的。对那些出版过书信集或者多卷本作品集的人物而言，如罗念生、施蛰存、卞之琳、罗大冈、梅志、田仲济、

[1] 施蛰存：《致江声》（1989/7/28），《北山散文集（2）》，第 1767 页。
[2] 杨德豫：《彭燕郊教授与〈诗苑译林〉》，《芙蓉》2008 年第 6 期。
[3] 鲁迅：《序言》，孔另境编：《现代作家书简》，生活书店，1936 年，第 2 页。

端木蕻良、徐迟、贾植芳、曹辛之、蔡其矫、绿原、曾卓、牛汉、邵燕祥等，致彭燕郊的信均可称之为集外佚简，而对于沈宝基、罗寄一、王道乾、叶汝琏等等原本资料就比较稀少的人物而言，更是非常珍贵的文献资料。

对于中国当代文学人物——特别是跨越现当代文学阶段的人物的文献资料建设而言，如何获取更为广泛的资料，以达成对于人物的全方位认识，彭燕郊在这一方面无疑也具有突出的个案意义。就已有彭燕郊作品集的出版情况来看，成型的作品集有两种，即由彭燕郊本人所审定、在其逝世前后所出版的三卷本《彭燕郊诗文集》和三卷本"彭燕郊纪念文集"〔1〕，前者按诗歌、散文诗和评论分卷，其中诗歌卷分上、下两册；后者则按诗歌、散文诗和回忆录分卷。由此所呈现的彭燕郊形象，基本上就是一位经历了风云变幻的时代、有着漫长写作生涯(1938—2008)的写作者形象，读者藉此可以获得关于彭燕郊写作的总体印象。〔2〕

近两三年来，彭燕郊各类文献资料的整理工作也在提速，除了上述集中披露的与梅志的来往书信、课程讲稿(《彭燕郊谈中外诗歌》)外，还包括日记(《溆浦土改日记(1951. 12—1952. 1)》《"文革"日记选录(1967 年 5—6 月)》,〔3〕)、系列谈话录(《我不能不探索：彭燕郊晚年谈话录》,2014)等多个方面。这些文献资料，加诸上述以书信为中心所述及的诸种文献资料，则可大大拓展彭燕郊的历史形象，将有助于学界更为深入、全面地认识彭燕郊——特别是当代文化语境之中的彭燕郊，同时，也将能为 1980 年代以来文化语境及文化建设的研究打来新的空间。

当然，与那些已经成型的文献资料相比，这里所面临的问题也比较明显：彭燕郊与友人间的通信，除了前面提到的胡风、梅志、施蛰存、聂绀弩、路翎等人外，仅有与端木蕻良、常任侠、邵燕祥、陈思和与刘志荣、张洪波、余开伟等人的少量书信被披露，学界所知有限。而且，目前绝大部分的彭燕郊去信都还散落在收信人手里，能征集到什么程度，仍然充满了未知数，因此，对于彭燕郊的文化身份及其独特的历史效应的认知也就还有待时日。

长沙理工大学中文系

---

〔1〕 分别为湖南文艺出版社 2006 年版，花城出版社，2009 年。

〔2〕 彭燕郊研究的最新评述，参见黄园、易彬：《新时期以来彭燕郊研究述评》，《长沙理工大学学报(社科版)》2014 年第 6 期。

〔3〕 刊陈思和、王德威主编：《史料与阐释》2011 卷合刊本，复旦大学出版社，2013 年。

“汉语诗心”与“汉语诗性”散论

沈　奇

一

诗是诗人写的。什么样“存心”的诗人，写什么样的诗。同理，什么样“存心”的时代，出什么样的诗人。

这几句大实话，至少在谈论现当代汉语新诗诗人时，是个必要的前提。

“存心”，即“动机”，德国人哈贝马斯讲的写作“心理机制”，即谁在写、写什么、怎样写之外，还得深入考察“为什么写”的问题。爱尔兰诗人叶芝说过一句话：“我们和别人争论时，产生的是雄辩，和自己争论时，产生的是诗。”〔1〕可以看作对思考这个问题的一个注脚。

叶芝这里所说的“别人”，在本文语境中，大体作为指代所有的“他者”性存在，似乎会更明了一些。

百年新诗诗人及其作品，如过江之鲫，何其繁盛？但水落石出后，谁存留了下来？谁还会继续存留下去？谁与时俱进继之时过境迁而后废之朽之不复存在？或者换句话说，谁争了“当下”也便活了个当下，谁心存“千古”而不争也成千古？如此等等，都和诗人的那点“存心”有关系。

这是“人本”。具体于新诗“文本”而言，“存心”不正，则诗体难正；“动机”不纯，则诗性难纯——无论古今，诗都是最见心性的，“用心良苦”，或“别有心机”，结果大不一样。有关当下汉语诗歌创作诸多现象与问题的解析，其实都得从“心”说起。

二

深入反思与辨析新诗以及后来被正名为“现代汉诗”的“诗心”所在，有两

〔1〕［爱尔兰］叶芝：《人的灵魂》，沈奇：《西方诗论精华》，花城出版社，1993年，第3页。

个心理机制惯性，一直或隐或显此伏彼起而长期存在，需要认真检讨：一种可谓“创新情结”，为创新而创新；一种可谓“运动情结”，为“他者”而他者。前者，耽于变动不居，因变而益衰，而致优雅的缺失和典律的涣散；后者，乐于与时俱进，或从众造势，成为宣传、时尚、乃至娱乐化的附庸，而致真纯的缺失和初心的涣散。

两者共同的“病根”，在于其创作心理机制中，总有一个“他者”的存在暗自作怪，缺少那种“独与天地精神相往来”的心胸与气格，所谓自若即失，唯有顾盼，是以大多为小家子成了点小格局，弱诗人写了些弱诗歌而已。

由上文所引叶芝的说法，又想到孔子的一个说法。孔子谈学问之道，指认“古之学者为己，今之学者为人”（《论语》），并认为“为己之学”方为学问之正道。套用圣人这句话，似乎也可将诗人与诗的存在状态，分为“为己”与“为人”两个向度观察之。

我们知道，自古以来，汉语诗歌的正根，或者说汉语诗歌的大传统，在“为己之诗”而非“为人之诗”。古典汉语诗词中许多传世之作，大多出之或唱和或赠答之得，便是一证。此种单纯“诗心”，可谓古典“汉语诗心”之要义——以己而发，为己而作，即或有一二“预设”知己，那也是另一个自我的对象外化，所谓“镜像”作用，心理机制上还是为己之诗，而非“他者”式的攀附。

由此回头看去，百年新诗新了百年，其实主要新了个“为人之诗”：预设受众，预谋他用——现代文学意义上的启蒙、新民、疗救等，当代文学意义上的主旋律、新诗潮、实验、先锋、走向世界等——皆为时代、家国、民族、阶级、大众、小众，以及“与国际接轨”等等所主导而发展变化，且慨而慷，发为各种思潮与运动，造势争锋，与时俱进，形成一个小传统，但若将其比之汉语诗歌大传统，还是多少有些底气不足。

说到底，“诗在开始就不是救世的工具或媒介，它是最有生趣的艺术，光辉而不实用，但也最属必要。”〔1〕故，“诗人的力量在于他的独立”（雨果语）；而“诗，这是人的一切活动中最纯真的”（海德格尔语）一种存在。按照汉语的说法，诗人乃“真语者”（《金刚经》），“修辞立其诚”（《文言》），非“自性圆明”（《圆觉经》）者难成正果。

尤其，现代化至今日之物质时代、后消费主义时代、碎片化时代、网络与

〔1〕［美］J. M. 卜润宁：《我写诗工作的几个阶段》，沈奇：《西方诗论精华》，花城出版社，1993年，第88页。

自媒体时代，以及“娱乐至死”的时代，诗，越发成为无用之用之时，浮华还是上升，更得看诗人的“存心”如何了？所谓自得其所，方有诗得其所。

有必要引用尼采的一段话作参照，或许更意味深长些：“宁静的丰收。——天生的精神贵族是不大勤奋的；他们的成果在宁静的。秋夜出现并从树上坠落，无需焦急地渴望、催促、除旧布新。不间断的创作。愿望是平庸的，显示了虚荣、嫉妒、功名欲。倘若一个人是什么，他就根本不必去作什么——而仍然大有作为。在‘制作的’人之上，还有一个更高的种族。”〔1〕

三

原本，人类世界诗人的“诗心”，应该都是相同且相通的，何以生出“汉语诗心”一说？

笔者生造“汉语诗心”的说法，在本文语境中有两层意思：一是说汉语诗人该有汉语自性的诗心所在，不能总是翻译诗歌主导的“范”；一是说汉语诗人为诗而诗时，多少还得操心点汉语的事。

一方面，如上述行文中所点到的，至少就古典汉语诗人之主体精神而言，其主要取向，尽可用那句“独与天地精神相往来”概言之：真纯朗逸，笃诚率性，出而入之，入而出之，有顾盼而不失自若，终归自得而美，唯诗文“千古事”为是。这其中的深层心理机制所在，其实与汉语感知与表意世界的根性有关，亦即与“诗意运思”（李泽厚语）的汉语本质有关——个中话长，此处点到为止。

另一方面，如T. S. 艾略特所言：“诗人作为诗人，对本民族只负有间接义务，而对语言则负有直接义务，首先是维护，其次是扩展和改进。”〔2〕作为汉语诗人，其“存心”所在，自然还得“操心”经由现代“诗性编程”后，对汉语的“维护”“扩展”和“改进”起了多大作用？尤其现代汉语，恐怕很难经由别的话语方式获益于此，唯有现代汉诗责无旁贷——这可是个大问题，也是忙着与时俱进的当代中国诗歌创作与理论一再延宕荒疏的问题。

诗是语言的艺术，这艺术除了要尽诗的责任外，还得反转来尽语言的责

〔1〕［德］尼采：《出自艺术家和作家的灵魂》，沈奇：《西方诗论精华》，花城出版社，1993年，第48页。

〔2〕［英］T. S. 艾略特：《诗歌的社会功能》，沈奇：《西方诗论精华》，花城出版社，1993年，第49页。

任。我们知道,现代汉语中尚留存使用的许多成语,多取自古典诗词,从而成为现代中国人,其各个层面的感知与表意中,常常画龙点睛式的存在,挥之不去,唯有眷顾,而功莫大焉,便是一个最显豁的例证。

语言是人的起始,诗是语言的起始;诗由语言而生,语言由诗而生——这其中的相互关系及利害所在,实在大有说头。

不妨转而讨论有关"汉语诗性"的命题,或可别有启示。

四

新诗或现代汉诗,经百年"现代化",由倚重字构、词构之古典"编程",转而为依赖句构、篇构之现代"编程",其外在形式,如当代诗学家叶橹先生所言,只剩下"无限自由的分行",另走一道,另成谱系,我们再回头谈论"汉语诗性"命题时,究竟要义为何?

先绕开来说。

古今汉语诗歌,若概要打通去看,大体可以"情""义""体""境"四字,概括其原本可以共生共有的基本诗性——

其一,"情"者,可谓"精神诗性";

其二,"义"者,可谓"思想诗性";

其三,"体"者,可谓"形式诗性";

其四,"境"者,可谓"境界诗性"。

此诗性"四维",其中,前两点关乎主体,在本文中主要关乎"汉语诗心"所在;后两点关乎对象,在本文中主要关乎"汉语诗性"所在。前两点普遍都明白,后两点须略备细化说明:"体"之所在,包括语感、气息、节奏、韵律等,从中见出文学及艺术修养的高低深浅;"境"之所在,包括文心、文脉、文字、文采等,从中见出文化涵养的高低深浅。

现代汉诗与古典汉诗,除开精神与思想方面,心系"时代愁"还是心系"万古愁"的重要差异之外,关键是后两点"体"与"境"的差异,亦即"形式诗性"与"境界诗性"方面的差异,较为复杂和微妙。

顺便一说:这多年的当代诗学,多热衷于"思想诗性"和"精神诗性"的宏观关注与言说,疏于切实有效的微观研究,"汉语诗性"命题的提出,或可引发一点类似的话题,渐开风气,而别具意义。

五

诗，以及一切文学艺术的存在，或为语种所限，或为材料所限，或为形式所限，总是以其类、种、个的局限为基本文体属性。换言之，即以其局限为位格之所在，以及风格之所在，以免混同于他者。

局限即界限，类、种、个的“域”之所在。在具体创作或叫做文本生成的过程中，界限或可适当伸缩，或越过界限探求并扩展新的表现“域”。但总体而言，若过于扩张，则可能反而失去原有的“领土”而无所适从，造成属性的含混不清而致典律的涣散无着。

百年新诗，其潜在“危机”正在这里——屡屡变动不拘，创新不断，“滚动的石头不生苔”（法国谚语），只剩下大众化的、运动性的模仿性创新或创新性模仿。如此结果，只能是不断“下行”而泛化，乃至连“分行”也只是一种表面性的存在，内里的文体意识亦即诗体意识，已经相当模糊。

道成肉身，这“肉身”之“体要”，是诗之“道”所以然的根本属性。

记得上一世纪九十年代初，我在编选《西方诗论精华》一书时，读到美国诗人学者乔治·桑塔雅纳的一段话，至今印象深刻：“从形式的角度看来，诗歌的不严格的定义可以这样表达：诗歌是一种方法与涵义有同样意义的语言；诗歌是一种为了语言、为了语言自身的美的语言。正如普通的窗户，其作用只在于使光透过，而彩绘的玻璃使光带上色彩，从而使自身成为住宅里的物品，继而又使其他物品带上特殊的情调。”[1]

回到常识性的再确认：诗（现代诗）是对涵泳于“分行”中的思想、精神、意绪诸“内容”的一种语言“演奏”，其本质不在演奏的“内容”如何，而在于其演奏的方式以及风格如何。

在这一方面，语感及其风格方面，以及有关形式要素之分行、断连、跨跳、节奏、调式等方面，“笔墨当随时代新”的新诗，以及无限自由分行的现代汉诗，似乎并没有给出多少经典性的规律或范式可言。这样说，不是要归法于一，而不免会伤及以自由为灵魂的现代汉诗的根性，而是要择善为流，于典律的意义层面发挥自由的精义，总比任运不拘及散漫无着要好些。

---

〔1〕［美］乔治·桑塔雅纳：《诗歌的基础和使命》，沈奇：《西方诗论精华》，花城出版社，1993年，第8页。

这是“形式诗性”的简要讨论，更要紧的问题，还在“境界诗性”上。

六

新诗百年，以“现代化”为由，唯“现代性”为上，是以又有以“现代汉诗”为正名之举，从“定义”与“命名”上确立并强调其“现代性”属性。

而现代性诸问题中，首要一点是人与自然的背离。这里的“自然”，不仅是指“生态自然”，也包含“心态自然”或“自然心性”——现代诗人也不例外，尽管现代诗人之诗写的第一要义，正是要质疑进而填补这样的背离。

这里有一个颇有意味的例证。

不少诗爱者都体验和发现：读古诗名作，明知是依循格律做出来的，却常常感觉是从古人心里自然流出来的；反之，读大多数现代汉诗，表面看去是自由潇洒“流”出来的，一旦读多了读久了，却反而感觉到是依循什么做出来的。若深入品味，再上升到理论性的认知，或可概言之：有诗形而乏诗味；有诗感而乏语感；有诗情而乏文采；有诗心而乏文心——“四乏”所致，或轻或重，影响及新诗以及现代汉诗的品质与位格，也是至今难以取代古典诗歌，在现代中国人相关感知与表意的必要位置的主要原由。

顾随先生在比较宋诗与唐诗时有一个说法：“宋诗意深（是有限度的）——有尽；唐诗无意——意无穷。”〔1〕若将此说法套用于新诗普泛之作与古典诗词精华的比较，可谓“昭然若揭”。

这便是“境界诗性”的关键所在了——此“境界诗性”之有无及深浅，不仅取决于心理机制，也许更重要的还取决于语言机制。是以近年我总在讲一个极而言之且自以为是的“歪理”：即，在现代汉语语言机制及其语境下产生的现当代文学艺术，说到底，摆脱不了模仿性创新或创新性模仿的局限。那么，下一步就要问：如何走出这种“模仿”之怪圈？或者说，我们的现代汉语文学与艺术，何以能在当代世界文学格局中，重新找到我们自己的“身份”定位？

大概唯有重返对汉语本质属性的再认识，方能有所改观。

---

〔1〕 顾随：《中国经典原境界》，北京大学出版社，2016 年，第 28 页。

七

顾准先生有一句话:“诗人最要能支配本国的语言文字。”[1]

从古典汉语到现代汉语,语言变了,但文字大体没变,不管繁简,总归还是“汉字编程”。汉语感知与表意世界的根本属性在于“诗意运思”(李泽厚),而这一属性的根本脉息,又在汉字。由这一根脉所在,决定了中国文学艺术的三大基因所在,即一字一诗,一音一曲,一笔细涵大千(中国书法与中国水墨)。这三大基因,往深里讲,几已成中国文化的“指纹”亦即“身份”之所在了。

由此可以反思到,新诗及现代汉诗与古典汉诗在“语言机制”上的根本区别,在于基本放弃了字思维与词思维这一“汉语编程”的核心要素,唯现代汉语之句构与篇构为是,流风所致,沿以为习,不做他思。这样带来的问题,其一是总难摆脱由翻译诗歌影响下的洋门出洋腔调式,不免尴尬于复制与投影之嫌;其二即“汉语诗性”亦即“形式诗性”尤其是“境界诗性”的匮乏,难免不断下行而落陷于差异中的同一与肤浅。

其实说来严重,正之并非难事。具体于人本文本,关键在于,能不能摆脱过于信任和依赖现代汉语“编程”的惯性,多少加入一些古典汉语字思维、词思维的理念,慢慢习惯了,自然会在语感、语境、乃至心境上,都有些新的感受和要求,随之渐生变化,或许连气息、节奏等技艺方面的问题,也会慢慢有所改善。由此,所谓“汉语诗性”以及“中国身份”的要求,也自会有所提升与改观。

但最终的问题在于:百年新诗历程,潮流所致,我们在在革故鼎新惯了,也在在与时俱进惯了,更在在从众从势惯了,又何以能认同这样的反思与提醒?

同源基因,要“通”才能“同”。一个常理,何以在在难以落实?

说到底,还是“诗心不古”,唯新是问,唯当下是问,唯“走向世界”是问,顾不得“常回家看看”而泛滥无归。

八

回首百年新诗,有过耀眼的开端,有过艰难的过渡,也有过辉煌的成就。尤其是,还有过作为主要“介质”,去“定义”一个时代的历史功用,成为其主旋

〔1〕 顾随:《中国经典原境界》,北京大学出版社,2014 年,第 122 页。

律式的存在,如胡适、郭沫若之于“五四”“狂飙突进”时代,艾青之于抗战“爱国主义”时代,痖弦、洛夫之于海外“漂泊族群”时代,北岛、舒婷之于“二次启蒙”的“朦胧诗”时代等——这一点,是其他新文学新艺术所无可比肩的。

然而,时代赋予你的,时代也就可能转而他就。当下的问题是,当这种“定义”效应,随着整个文学艺术的“下行”趋势,逐渐减弱乃至丧失后,或者这一效应迟早或已然被其他艺术或亚艺术“介质”所取代后,作为纯粹意义上的现代汉语诗歌,又该如何“定义”自己呢?

大概,也只能从如何重新认识和定义“汉语诗心”和“汉语诗性”上来,寻求新的位格与走向——设若认同这一理论前提,而需求解于具体人本与文本的“定义”之所在的话,本文出的临时答案是:

其一,不可替代的生存体验、生命体验、生活体验——独得之秘的中国经验。

其二,不可替代的语言意识、文化意识、文体意识——独得之秘的汉语诗性。

按时下时尚说法,即一则拼“走心”“接地气”,二则拼“语感”“接底气”。“地气”者,当下时代脉动之在场;“底气”者,古今学养修为之在心。二者居其一,即可别开生面;二者兼而得之,或可别开一界——

最后的狂欢后,是该回到最初的诗意,而种玉为月、朗润天下的了。

西安财经学院文学院,北京大学中国诗歌研究院

“现代汉诗”及其他

子　张

现代汉诗就是现代的汉语诗

东南大学把这次讨论的议题范围在“现代汉诗”之内，又给出不少小标题：“现代汉诗”与现代精神、与现代汉语、与现代文体、与现代人及现代国家，以及现代小诗、现代格律诗、现代散文诗、如何界定“现代汉诗”，实际就是给像我这样没什么思路的人指点出了一些思考的路径，可谓用心周密。

“现代汉诗”一说，好像提出来也有些年头了，也属于为新诗命名的一种当下思路。记得两千年春季与施蛰存先生聊到新诗时，他就说：新诗经过了好几代，我属于第二代，艾青他们是第三代。不过新诗这个说法现在不太合适了，应该有个新的提法。我说，您当年提“现代诗”，是不是有这方面的考虑？他点头称是。只不过“现代诗”的命名与“新诗”命名时期的新文化、新文学背景有所不同，不能为左翼诗歌运动认可，故进入中华人民共和国，仍旧沿用新诗一词，且直到近三十年后才新出“朦胧诗”“新诗潮”的新概念。

新的命名常常出现在变革时期，在传统诗歌的演变中也常有“新体诗”之称谓。不过，诗的变革，也因为大变革、小变革的不同，也会出现大命名和小命名的区别。“五四”新文化背景中出现的“旧诗”“新诗”，实则属于大命名，因为这里出现了历史性的大变革，文化上如此，诗体上也如此。诗体上的大变革，旧与新，就是以定形格律为标志的近体诗总体上为以非定形自由诗为标志的新诗所取代。“总体上”的含义是：在新文化产生以后，旧体诗仍会以非主流诗体的姿态长期存在；另一方面，除了“定形”这一因素，新诗也会承续、包含旧诗的诸多因素，而绝非“换种”式的另起炉灶。因为无论“旧新”，其语言基础即汉语是一样的。

“朦胧诗”“新诗潮”之后，陆续有不少新的汉语诗歌命名的尝试，“现代汉诗”亦属其一。凡事皆有缘由，“现代汉诗”无论是出于对已然存在的诗歌品类的命名，还是出于对可能会出现的诗歌品类的理论构想，肯定也不会是倡导者一时心血来潮的妄想，而自有其现实的、理论的依据。对此，我愿闻其详。作为一个非倡导者，我也乐意随便说点我个人的理解。

我倾向于将“现代汉诗”做一种直观的、简单的、字面上的理解，而不想把它人为地复杂化（理论化或神秘化）。故我理解的现代汉诗就是现代的或现在的汉语诗歌，它的基本内涵不超出“新诗”的基本内涵，这也就是说，所谓现代的汉语诗，仍然是区别于传统旧诗的新诗，其主要诗体特征仍然是非定形自由诗。作为一种文体，不同时代的诗歌其差异主要体现在诗体的差异上，别无他。而除了定形、非定形之外，我以为还没有出现第三种诗体的内外条件，“现代汉诗”或者会有不同于施蛰存“现代诗”、北岛顾城“朦胧诗”、于坚“口语诗”的元素，但也还是“新诗”范围内的诗，除了诗体上的“定形化”，它有着一切的可能性，这些可能性就体现在它与现代精神、与现代汉语、与现代文体、与现代人及现代国家的种种关联之中，但这种可能性只能是自然生成的，而不是理论家先入为主预先设计、预先规定出来由诗人们按规定动作操练的。对“现代汉诗”，每个诗歌作者都有自己的理解方式和写作方式，换句话说，每一首好的诗歌作品都可以叫“现代汉诗”，每一个好的诗歌作者都是“现代汉诗”的创作者，“现代汉诗”只能从每一个诗歌写作的个体求之。拿木心的诗来说，自由体的《我纷纷的情欲》是“现代汉诗”，四言体的《诗经演》也当然是“现代汉诗”。其他作者写作的“现代汉诗”则又无一不带着属于自己的文体特征。

“现代汉诗”除了诗体上的非定形是相对共性化的特征，其他特征都是个体化的。

上世纪六十年代，周策纵先生在他的关于新诗、定形诗的文章里，认为“未来新诗”或有三类：自由诗，不定形的格律诗，定形诗体的格律诗。虽说我个人不太肯定定形诗体的格律诗还会不会重新出现，不过他这种由诗体言新诗建设的路子我以为是基本的。

以上泛泛而言，都还没进入“现代汉诗”与现代精神、与现代汉语、与现代文体、与现代人及现代国家的技术层面，难免有外行、空泛、偷懒之嫌，幸勿怪罪。

刘洁岷诗集《词根与舌根》

2015寒假，得武汉刘洁岷以“江汉学术”大信封“刷挂”其所著、所编书两册。乃其个人2007—2013年诗作结集《词根与舌根》，“天星诗库”十一分之一，北岳文艺出版社，2015年1月新书；编，是厚厚的“现当代诗学研究”专题论集《群岛之辨》，长江文艺出版社，2014年12月第一版，也该算新书。

多年来，逐期收到洁岷先生寄来的期刊，从《江汉大学学报》到《江汉学术》，一直不间断。遗憾自己始终没有回报，不能参与到他负责编辑的“教育部名栏—现当代诗学研究”，想来十分抱愧。这部《群岛之辨》，即为该栏近四年发表文章的“精萃”三十余篇。

《词根与舌根》收诗108首，可见作者在近乎知天命之年依然保持旺盛的创作力，作者自己也有感慨，“跋”有云：“回想到2006年，也是这停顿而波澜不惊的一刻，我怎么也料不到后来还会得到造化的这么慷慨的馈赠，让此时手头的它们可以直面我那1991—2006年的结集物，而成为离我而去的与光阴相互映衬、相互证实、相互尊重的又一个部分。”而且，“生活已被生活过了，历史已湮没在书本内外，只有魂魄的顽固悸动被投射到这以语言为材料的古老而伟大的东西里，时断时续但终究大于了个体的存在。”

我赞赏“魂魄的顽固悸动”“投射”“大于了个体的存在”这些词语，它们表明一个诗人对自我存在和写作活动的认知与自觉。在认知和自觉前面，也许还是不加任何形容词好，因为从读者角度所做的任何理解与评价都未必真正准确。

印象中在不多的会议场合，与洁岷先生有过照面，也仅仅是照面而已，对他先前的诗作就更是仅仅通过一些选本读过一二，却没有建立起较完整、立体的印象。这本诗集，该是我第一次真实面对作为诗人的洁岷先生吧？

诗是用文字、语句、语法、修辞、节奏、体式等等搭建起来的艺术，然每个诗人因个性、才情、语言材料用法的不同，搭建起来的“诗”也自不同，这是一方面。另一方面，任何一首诗又必得经由读者包括批评者的阅读产生相同、相近或者不同的意义，由此得有“诗无达诂”一说，古今略同。洁岷之诗的写作与阅读自然也逃不出这些普遍性的可能性。故我对这本诗集所收作品的印象，也只能建立在我个人的阅读经验基础之上。

这些诗里有当下世相，也有历史记忆，还有乡土文化，以及个人日常经验。或者说，是一些涵盖前述种种内容的个人经验。对读者而言，看一个诗人关注什么是一种角度，看他怎么关注或说怎么写又是一种角度。往往是，关注点见出人格，怎么写见出风格。在这里，我倒不想对作者人格做什么鉴定，只觉得他所关注的一些东西让我也有感同身受之处，比方说同为六十年代生人,就有不少相同的历史记忆,即类似组诗《小兵搬故事》中的种种细节性画面,又比方说同在一片雾霾天里天天面对的环境问题、食品安全问题、社会管理问题。对这些,我也一样关心,且愿意看到有诗人用一种有效的方式给以关注、加以表现。如果从当代诗人的作品里感觉不到大地的病痛,至少是有遗憾的。

那么,诗人的沽岷是怎么关注、怎么写的呢?我存一首短制聊以示众:《蛛丝迹:她不知道我是鬼》(033页):

爱国就是爱那片土地上黄昏喊我回家吃饭
海里和锅里一样,都滚动着沾满油污的大鸟
我喝了假汤,吃了假饭,喝了假酒,服务员
恳切而亲热地对我说"欢迎下次再来"

初看有点丈二和尚摸不着头脑,不知道作者葫芦里装的是什么药,越看越觉得时代离我们越近,越想越觉得作者写得有味道,越琢磨越感觉"爱国""沾满油污的大鸟""恳切而亲热"这几个词用得别有洞天。

可是作者呢?作者在每一句、每一个诗节、每一个字符里,只见不到一个动情、煽情的字眼。这样的写法似曾相识,不抒情?讽刺?反讽?机智?黑色幽默?"快餐店里的冷风景"?是,却又不尽然。

我用了两天,翻完了这本诗集;又用了两天,写出了这段小文。吸引我的诗还有:

《口音》(229页),《童谣情诗》(198页),《映秀镇》(190页,这一首第三行中的"映秀"二字可以不要),《山河破》(129页),《夏日阴凉》(122页),《黏稠》(105页),《反舌鸟之歌》(082页),《沙坪坝》(072页),《故乡对口招商在南京被勒令迁出的化工厂有感》(054页),《蛛丝迹:信访曲》(036页),《蛛丝迹:咒语或故乡颂》(026页),《蛛丝迹:时间简史》(012页),《蛛丝迹:月亮诗学》(010页)。

《白洋淀诗歌群落研究资料》

2015年寒假得《诗探索》赠书两种,其中《白洋淀诗歌群落研究资料》作为当代诗歌史料文献集,自然有其份量,当即钤印收存。

关于"文革"背景下的白洋淀"诗歌群落",其较为正式得名应该是在1994

年5月上旬的“寻访活动”过程中，属于一种文学史追认的命名方式。书中第四辑林莽《“当代诗歌群落”主持人的话》、刘福春《“白洋淀诗歌群落”寻访活动》、第一辑林莽《关于“白洋淀诗歌群落”》以及宋海泉《白洋淀琐忆》均有清晰交代和阐释。与“诗歌群落”近似的说法也有，如王士强2008年做的《从“白洋淀”到〈今天〉：芒克访谈录》中芒克反复使用的“圈子”一语。比较而言，“圈子”其实更有现场感，“群落”“诗群”则更带有后命名的学理性成分。不过从侧重于作者而不是风格角度命名来说，倒都符合实际，如齐简（史保嘉）《到对岸去》所言：“但是‘群落’并不是流派，它不是诗风的集合，而是诗人的集合。”故以“诗派”视之，似不准确。

又，这个“诗歌群落”存在的时间节点也甚明确，当事人林莽划定为“1969—1976年”。那么，换个简要的表述方式，或可称其为“文革”中后期。这个说法刘福春也在《“白洋淀诗歌群落”寻访活动》的报道中使用过，窃以为是妥当的。

编者贺嘉钰代表编者在《编后记》中对编辑经过有说明，涉及该书编辑动机时提到“一些有关诗群的细部史实仍未厘清，部分涉及诗群的基本判断与考量还存疑议”，作为“第一本有关白洋淀诗歌群落的资料书”，想必对这些“仍未厘清”和“还存疑议”处有所弥补，但为何不再挑明一点呢？

此外，收入的文献（包括回忆录、照片和作品）大多发表或出版过，回忆录如廖亦武主编《沉沦的圣殿》（1999），作品如陈思和主编“潜在写作文丛”之《被放逐的诗神》（2006）。只有第三辑中的“白洋淀诗人笔记本上的摘句”是“首次公开面世”，故新鲜东西还是感觉少了些。最后面的“研究资料目录”梳理也还清晰。

当然，即使作为一次汇编，也是重要而实用的。

书是内部印刷，下署“中华文学史料学学会、北京师范大学国际写作中心，2014年10月”，没有“版权页”，书前《编选说明》第五条说明“本书为征求意见稿”，并作出“手稿、照片、研究论文等资料”的征集希望。那么，该书的完善总还可以期待。如有这种可能，个人以为，最主要的应该还是稀有、新鲜文献的进一步发掘。比如书信，本书只收入潘婧《心路历程》中的四封，总觉得有点不可思议，须知那可是一个写信的时代啊！自然也有另一种可能，就是未及留存下来。这跟有些重要作品未及留存一样，都是无法挽回的遗憾了。

浙江工业大学人文学院

如何建立中国新诗认同

——写在《中国新诗论坛论文集》的前面

汪　政

收在这本论文集中的文章是三届中国新诗论坛的成果。这三届论坛都是在江苏太仓沙溪举办的，来自全国各地的诗人和诗评家聚集这个江南古镇，把酒临风，举杯邀月，泼墨挥毫，纵论诗坛，令人难以忘怀。

中国新诗论坛与一般的诗歌笔会不同，与一般的诗歌理论研讨活动也不同。我们的初衷是想把它办成一个连续性的诗歌学术沙龙，试图在一个相对独立的话语空间中讨论一些具体的诗歌理论问题。中国新诗的历史说短不短，说长不长，但中国人的"百年"情结还是让我们不能免俗地生出许多理论上的焦虑，觉得中国的新诗建设似乎没有达到人们想象或期许的高度，许多基本问题似乎也未能取得共识。而作为对比的共时性的情形是，诗歌又仿佛在所有文体中最为活跃。它的流派最多，创作者最众，主张最多，其更易也最频繁，它的革命性最强，美学姿态也最为前卫和决绝。这样的比照是富有戏剧性的，也是有意味的。也许，稍微静下心来，从一些基础性的层面入手，注重积累，做一点长线的工作，或许会有一些收获？哪怕将此前匆匆赶路而未及收拾的果实重新捡起来、打量一番也是颇有益处的吧。

设想总是好的，但做起来并不容易，所谓知易行难。比如，什么是中国新诗根本性的问题？什么又是它基础性的层面？许多说法似乎一开口就错。不得不承认，人们在汉语新诗上的认同度确实不高，郢书燕说，方枘圆凿，类似"三岔口"摸黑打的现象处处存在，时时上演。如果稍微悲观一点地说，汉语新诗的共同体似乎一直没有真正建立起来。共同体是要有共同条件的，特别是成员之间要有社会与心理的支持，有共同的价值认同与利益诉求。而新诗自产生以来，其成员之间就没有形成这些本质上的认同，这也是诗歌团体聚散无常，反而时现同室操戈、反出山门之举的原因所在。平心而论，这是其他文体写作共同体中少有的。所以，至少在中国新诗论坛发起者的初心，是试图借助社会和文化的力量，通过现实的和虚拟的平台，在对话中进行磨合，在平等、自由、宽容的气氛中，求得新诗美学的最大公约数，从而尝试建立起较为广泛的新诗认同。也许在不久的将来，新诗会形成真正的共同体？为此，在话题的选择上就颇费心思。比如，第一届论坛，选定的是新诗的经典化问题，这个话题又恰巧延续了《扬子江诗刊》策划的“新诗十九首”活动。“新诗十九首”显然是“古诗十九首”的仿辞，它潜在的愿望是想在百年新诗的长河中认定一批尽可能得到公认的代表性作品，而更一厢情愿的想法或判断无疑是一定存在这样的作品。每个推荐者举出十九首作品应该不是什么难事，但要自己的榜单得到其他举荐者的背对背的应和就有些心中无数了，它牵扯出的问题是新诗的美学标准，以及新诗的经典化与新诗如何经典化，甚或关涉对近百年新诗史的反思等等宏大的论题。不消说，其中的核心依然是如何形成共识，达成认同。

再如第二届，我们设计的论题是“中国新诗建设：问题与对策”。看上去这个论题较上一届显得开放而阔大，但还是设定了论题的方向，即建设。综观近百年的诗歌实践，特别是诗歌理论，一个突出的印象就是争论与批判成为重要甚至主要的话语特征，许多诗歌理论都是从否定句开始的。每次话语都是新的对局，前提是扫清棋盘，从零开始。这样的话语特征一方面显示了诗歌的开放、自由、活力与个性，显示了新诗以对抗旧体诗博取生存空间的基因性格，但客观上确实使这一文体的成长付出了巨大的成本。虽然生产轰轰烈烈，但效能却并不高。因为它缺少守成、借鉴、肯定与持续性增长，缺少这一文体的财富性积累。因此，第二届论题的重心并不期待指出多少问题，因为，问题已经提得太多太多，也不在于提出多少对策，因为对策也已经太多太多。我们强调的是建设，这是一种态度，一种行为方式，一种价值立场，一种信心和诗学话语的风格与出发点。一切从肯定出发，从增量出发，从协商出发。破坏总是容易的，难的是建设。而一旦大家都取一种建设的态度，就会将对手视作伙伴，将路人视作朋友，就会去求同存异，寻找共同点。这当然是一种理想状态。

有了这样的愿望，或者，当这样的理想成为共识，新诗任何困难之处都可成为具体设计的出发点。因此，第三届的“诗与现实”从理论诉求上其实并不具备内在的必然性，因为论题可以是新诗理论与创作诸多维度中的任意一个。之所以选择这个论题显然与当今中国的社会状况有关，与诗歌和现实尴尬的关系处境有关，与诗人身份和角色的含混有关，更与如何理解新诗的伦理与美学功能有关。我们发现，一旦进入具体论题，随便哪个论题，都会将先思考的粗疏凸显和放大，即使在一些基本的问题上，我们都缺少明晰的界定，明确的语义和明朗的路径。然而，就在那些含混和紊乱之中，许多立场、概念、语词又纷纷闯入，从而造成更为庞杂和错综的语义场。比如，什么是“现实”？什么是“介入”？具体的论题不过是抓手，拎起来的常常是系统性、体系性的问题。即以诗与现实而言，它事关新诗的伦理立场，诗人的现代公民身份，诗歌对社会建设的参与，诗歌与特定族群的命运关联，诗歌史的梳理，以及诗歌如何把握现实的美学策略与具体的技术安排。所幸参与讨论者并未被新诗理论先天的混乱与歧路所阻拦，而是勉力向前。所以，不管这样的讨论成果如何，以建设的姿态探讨具体的问题，希冀在日后有汉语新诗确凿的存在与理论的模式，这样的用心，我以为总是好的。

收在这本论文集中的文章无法一一论及，也没有必要。读者可以看得出诗人与诗评家们的响应与诚恳，他们从各自的诗学立场出发，或远或近，或紧或松，探讨着上述论题。有宏观的描述，有哲学的沉思，有即兴的感怀，也有技术性的文本解读，虽角度不一，风格各殊，但都有着平和的心态，有着肯定的建设的愿望，不急不躁，这使我们看到了中国新诗新的理论风度与诗学面貌。这一切都要感谢论坛的每一个参与者，感谢论坛的策划者，组织者，支持者。为了论坛的举办，那么多陌生的人为这一目标而努力。这让我在当时的诗歌现场萌生出另一个诗学论题，为了建立新诗认同或新诗共同体，确实应该特别点出新诗参与者这一概念，更要看重这一概念所指的固定与偶然的人群。这一概念扩大了中国新诗的人口，它让我们发现，诗歌，绝不应该只是诗人与诗歌理论家的事，而可能是、也应该是每一个诗歌参与者的事，那些翻开诗歌作品的人，诗歌的受教育者，那些为诗的诞生和传播奉献过劳作的人，都是新诗共同体中的一员。这一中国新诗主体的新认定所意味的理论与实践上的意义有待阐释与在现实层面推广。

在编辑这本文集的时候，在我写作这篇文字的时候，听到了诗人、诗评家陈超教授离开我们的不幸消息，震惊与悲伤无以言说。现在还能想起在沙溪中国新诗论坛上陈超教授的身影，身材魁梧，面容黝黑，热情，真诚，睿智而恳切。这本论文集中收有陈超教授贡献的论文，再次展读，更让人心生悲痛和遗憾。先行者们留下那么丰厚的诗学遗产，我们没有理由不努力前行。

让我们继续，不管前途如何。

江苏省作家协会

新世纪诗歌升温的精神症候与文化透视

吴投文

伴随着新媒体的扩张，新世纪诗坛呈现出此前未有的景象：诗歌数量呈爆炸性增长、诗歌活动频繁主办、诗歌刊物和诗歌选本大量涌现、诗歌评奖层出不穷、诗歌批评和诗歌研究机构急剧增多、诗歌翻译与出版异常活跃、大量的流失诗人再度归来、诗歌的筹资渠道普遍民间化，等等。这一切都表明，新世纪诗歌的不断升温已经是一个不争的事实，预示着新一轮“诗歌热”的到来已经为期不远，中国新诗极有可能重现 1980 年代的辉煌。如果早前几年诗歌的境遇还显得有些暧昧不明，似乎并未完全摆脱“边缘化”的困局，当前我们所面对的诗歌现实已经逐步清晰起来，诗歌开始重新回到社会公众的生活之中。新世纪的诗歌升温包含着复杂的文化症结，一方面是公众围观和全民写作的造势驱动，一方面是新诗文化在大众文化语境下面临着实质性的提升。公众围观、全民写作是新世纪重要的文化现象，既是新世纪诗歌升温的外在表征，也是新世纪诗歌升温的重要促动因素，同时也是构成新诗文化的群体性基础。在新世纪的大众文化语境下，新诗文化表现出异质性的精神特征，又与公众围观、全民写作纠结着深刻的文化关联。在此背景下，新世纪的诗歌升温呈现出复杂的精神症候，有必要在新世纪的具体情境中对其进行深入的文化透视。

一

时至今日，1980 年代的“诗歌热”仍然是一代人的美好记忆，甚至被放大为中国当代诗歌不可复现的理想化形态。这里面既包含着由新诗研究的历史化所带来的假象，也包含着新诗发展的某种预期。就实际的情形来说，1980 年代的“诗歌热”几乎是戛然而止的，此后陷入长时期的悬置状态，社会公众背弃诗人而去，诗人的风光不再。这一转折表明 1980 年代的“诗歌热”并不是诗歌本体意义上的，而是与时代语境纠结着非常复杂的关联，在时代语境转换之后，“诗歌热”的驱动力也不复存在。整个 1990 年代是诗歌的沉默期，社会的中心让位于市场经济，诗人的角色变得非常尴尬，几乎是整体性地沉落于时代的暗影之中，诗人们只能在时代的暗影中回味曾经短暂的辉煌，但诗坛表面上的波澜不惊实际上却在孕育着坚实的艺术创造。现在回过头去看，虽然读者和观众缺席，1990年代的诗歌业绩却是相当丰实而有底蕴的，始终有一种健全的诗歌精神在支撑诗人们的写作。世纪之交的"盘峰论争"作为一个诗歌事件，可能并不具有实质性的诗学意义，但犹如一道分水岭，把"朦胧诗"落潮之后的当代诗歌切分为相互对照的两个阶段。这种对照同样不是诗学意义上的，1990年代诗歌的沉默期将离析出一个众声喧哗的诗歌格局，原来蛰伏在暗影中的诗人将再次走向时代的前台，充当时代聚光灯下的配角。至此，时代语境再一次转换，诗歌重新获得转向大众的机遇。就此而言，1999年的"盘峰论争"所引发的社会公众围观意味着新世纪的诗歌升温已进入预热的阶段。

"盘峰论争"处于一个关键性的历史节点，一个新的世纪呼之欲出，诗歌的现实语境处于悄然转换之中。在遭遇社会公众长时间的冷落之后，这一转换对当代诗歌的回归来说恰当其时。时代长期处于精神空转的状态，需要诗歌填补人们不断扩大的心灵缝隙。诗人们意识到人们终将无法拒绝诗歌重新返回心灵的现场，敏锐地将此一契机转化为新世纪诗歌的实践动力，因此，新世纪诗歌的升温实质上是诗歌与时代语境契合的产物。"盘峰论争"几乎是将一种新的诗歌现实强行带入社会公众的视野，论争双方都蓄意终结诗歌疏离于时代现场的尴尬状态，就此而言，"盘峰论争"实际上带有某种预谋的性质，论争双方的冲突与对峙固然表现出诗学立场上的差异，但共同的诉求却是修复诗歌与现实、诗人与社会公众的疏离与间隙。"盘峰论争"酝酿于1990年代的整体文化语境，并不是论争双方刻意准备的结果，但确实契合于双方为诗歌争取文化尊严的共通策略。就具体的文化语境来说，1990年代作为中国当代诗歌的一个转换期，不仅是从喧哗到沉静的转换，也是从芜杂到相对净化的转换，诗歌艺术的深度探索与工商社会的消费需求存在着严重断裂的倾向，诗人在社会公众的眼里就是"不合时宜"的怪物，但也恰恰在此，诗人的艺术探索在沉潜中显示出一种面向新的诗歌现实的开放性，其中也包含着重启当代诗歌"大众化"的诉求。尽管这一诉求主要通过论争一方的"民间立场"表现出来，他们寄望于通过"口语化写作"的技术路线改变当代诗歌疏离社会公众的倾向，将"口语诗"落实到契合社会公众审美趣味的日常阅读中；论争一方的"知识分子写作"虽然持守一种精英化的技术路线，但也并不完全受限于“诗歌知识学”的固化体制，也主张诗人通过对当下经验的深度介入，把知识分子的使命意识和艺术探索注入充满创造力的写作中，填补大众文化语境下由“浅写作”和“浅阅读”所留下的精神空洞。实际上，“知识分子写作”尽管标榜“要将诗歌建构成一种关乎我们生存状况的特殊的知识”[1]，但仍然谨慎地保持对现实的开放，要求在写作的向度上体现出现实本身的丰富性和生命体验的内在深度，并不完全排除“民间化”的因素。当人们不断指责新诗“边缘化”乃至新诗“消亡”的时候，诗人们面临共通的处境，他们都受困于时代语境的狭隘和封闭，期待得到社会公众的重新认可。在此一背景下，潜伏着诗歌升温的现实需求，因此，在某种程度上说，“盘峰论争”既是合谋的结果，也是应运而生。时过境迁之后，现在来看“盘峰论争”的后果，诗人们以一种反常的“内讧”方式重新引起社会公众对诗歌的围观，恰恰是新世纪诗歌进入预热的开始。

进入新世纪之后，由“盘峰论争”所启动的社会公众围观呈现出进一步扩展的趋势。围观尽管并不意味着读者的真正回归，但客观上却具有为诗歌“造势”的性质，对新世纪的诗歌来说，这正是走向前台的一个契机。社会公众的围观具有热岛效应，至少可以使诗歌形成一个相对集中的话题，暂时性地介入到社会公众的日常生活中，成为公众茶余饭后的佐料。“盘峰论争”持续的时间一年有余，主要局限于诗坛内部进行，社会公众虽然不明就里，但也知道诗人们在“干仗”，在好奇心理的驱使下，部分公众对诗人们的“干仗”也会表现出窥探的兴趣。应该说，这对搅动原本沉寂的诗坛和激发诗人的写作自信并非全无意义。另一方面，由公众围观所产生的聚集效应实际上包含着诗歌“大众化”的要素，当诗人们面对公众的指点或指责，可能在经过短暂的慌乱之后，他们开始突破诗坛的小圈子，与社会公众形成某种互动。更重要的是，在门庭冷落多年之后，诗人们在公众的围观下会自觉不自觉地反思自己的创作，反思自己的创作与时代的关系，必然会影响到他们创作上的调整。实际的情形也是如此，在新世纪诗歌创作的复杂格局中，公众围观的潜在影响是一个不可忽视的因素。即使是定力最好的诗人，在公众的围观之下也会有心境上的微妙变化，会在他的创作中留下某种投影，因此，公众的围观对诗人来说，虽然只是创作的外部因素，但仍然会介入到诗人的创作心理中，构成其创作的内部情境，进而影响到其创作风貌的某种变化与调整。

〔1〕 臧棣：《诗歌：作为一种特殊的知识》，《北京文学》1999年第8期。

新世纪社会公众对诗歌的围观层出不穷，伴随着社会公众的围观，是诗歌的逐步升温。如果断言现在已出现一次新的“诗歌热”，可能还为时尚早，但大量的迹象表明，社会公众对诗歌的疏离感确实已大为降低。新世纪有三次社会公众对诗歌的大型围观值得特别注意，一是 2006 年的“梨花体”事件，二是 2010 年的“羊羔体”事件，三是 2015 年初的“余秀华走红诗坛”事件。与“盘峰论争”主要是由传统纸媒的推动不同，这三次围观都是在新媒体的深度介入下形成公共事件的，颇能说明新世纪诗歌升温所面临的复杂文化语境。现在看来，这三次围观并非是各自孤立的，而是扭结着在新媒体语境下诗歌处境的深刻变化与社会公众观察诗歌的视点转换。

2006 年 8 月，网络上出现“恶搞”诗人赵丽华的“梨花体”事件，网民围观的规模之大是空前的，赵丽华也由一个在圈子里有一定知名度的诗人转而为“妇孺皆知、街谈巷议、全民追捧或漫骂、抨击又艳羡的公众人物”。[1] 在我看来，这场围观启动于大众文化语境下社会公众的文化饥渴，却淹没于口水化的网络泡沫之中，其后面有着深层次的精神背景因素，是一场既关乎诗歌又超出诗歌本身的“文化现象”，预示着“‘诗歌作为大众娱乐的媒介’已成为一个铁的现实”。[2] 时隔四年之后，诗人车延高带有尝试性质的几首诗在网络上引起再一次大规模的围观，被网友戏称为“羊羔体”，作为继“梨花体”之后又一“口水诗”的代表。这场围观因车延高的诗集《向往温暖》获“鲁迅文学奖”而放大为一场持续的网络狂欢，据称被评为“2010 十大文化事件”之一。

“梨花体”和“羊羔体”成为公共事件，从网络空间波及传统纸媒，引起社会公众的广泛围观，颇能说明新世纪诗歌升温的一些深层问题。两次围观的一个共同特点是把诗人个体写作的某些局限性扩大为对新诗写作的“妖魔化”，网民的大量仿写显示出低俗化的娱乐倾向，但从积极的一面来看，也包含着社会公众对诗歌现状的不满和要求艺术提升的声音。很多人为中国诗歌的未来发展感到忧虑，开出各种一厢情愿的“处方”，因此，在大规模围观所引起的口水泡沫中也包含着某种反思的成分。尽管公众的围观带有很大的盲目性，表现出一种广泛的文化浮躁病，但对新世纪诗歌的升温客观上具有推波助澜的作用。由围观所形成的聚集效应并非都是负面性的，当社会公众

---

〔1〕 张清华：《持续狂欢 · 伦理震荡 · 中产趣味——对新世纪诗歌状况的一个简略考察》，《文艺争鸣》2007 年第 6 期。

〔2〕 张清华：《持续狂欢 · 伦理震荡 · 中产趣味——对新世纪诗歌状况的一个简略考察》，《文艺争鸣》2007 年第 6 期。

的娱乐本能被持续狂欢的空虚耗尽之后，就需要寻求生命的内在活力作为一种真实的精神依靠，这使社会公众也会回到诗歌的审美本质上来，诗人作为时代的放逐者也会重新回到其应有的文化位置上，因此，尽管围观对中国当代诗歌建设可能并不具有实质性的推动意义，但对培育未来潜在的读者却是一条隐秘的途径。在围观过后，总有一些清醒者会留在诗歌的现场，他们对创造诗歌的未来前景不再是网络上虚拟的“影子”，而是与诗人一起共同面对诗歌的内在处境，在喧嚣的时代语境中保持着健全的审美敏感。这就是公众围观所产生的“后果”，也是构成新世纪诗歌升温的潜在背景。

社会公众对诗歌的大型围观在2015年初的“余秀华走红诗坛”事件中最能说明其正面文化价值。余秀华是湖北钟祥的一位农民诗人，默默写诗多年，偶有诗歌在本地的报纸上发表。2014年9月，她的一组诗在《诗刊》发表，并被《诗刊》微信号选发，引发小范围里公众的热读。延至2015年初，有人将她的一首诗《穿过大半个中国去睡你》转发在微信里，并冠以“脑瘫”“女诗人”“农民”等标签，加之旅美学者沈睿又把余秀华称为“中国的艾米莉·狄金森”，余秀华于是“横空出世”，成为红极一时的诗人。有人认为这是一场由“睡”字引发的嘉年华，实际上的情形却要复杂得多。一方面，在余秀华身上加上“脑瘫”“女诗人”“农民”“中国的艾米莉·狄金森”这些标签尽管不得要领，但对于激发公众的好奇心理却是一个极好的噱头，使他们像滚雪球一样参与到围观中来，围观的规模之大也表明新媒体的聚集效应是相当惊人的；另一方面，在此次围观中，社会公众的态度相对趋于理性，在某种程度上，他们已经回到文本的鉴赏上看待诗歌的审美本质，这对推广和普及中国当代诗歌具有积极意义。正如诗人李少君所说，“这一次诗歌热潮，正面评价始终占据主流，这也是诗歌进入网络时代后第一次没被当成‘恶搞’的对象，没被当成网络狂欢的开心果、调侃物。”[1]这也表明网络文化经过十多年的培育，已经显示出某种程度的成熟，一种清洁的审美精神正在回归。同时，也传达出一个重要的信号，随着公众围观的规模进一步扩大，社会公众对诗歌的需求也愈益呈现出某种内在化的趋势，诗歌的文化功能重新被社会公众认可，诗歌与社会公众的隔绝状态不再是一道坚固的壁障，而是需要在反思的视域下打开深度融合的通道。就此而言，在2015年初余秀华走红诗坛的背后，实质上是新世纪诗歌的持续升温。

---

〔1〕 李少君：《网络催化全民写诗的“草根”时代》，《南国早报》2015年1月26日。

二

进入新世纪以来，诗歌发展所包含的多种可能性日益展现出来。在复杂的文化情境中，虽然我们在判断新世纪诗歌的现实境遇时仍然会面临某种暧昧情境，但诗歌的不断升温显示出非常明显的迹象——诗歌已经初步告别边缘化的尴尬处境，尽管仍然受限于文化话语权的狭隘空间，但对现实的介入也在不断取得更大的包容度，对诗歌和诗人的“妖魔化”不再是博取人们眼球的一种娱乐方式，诗人的创造不断释放出修正和溶解现实的文化尊严，诗歌的文化价值对社会公众的精神塑造起着其他艺术门类不可替代的独特作用。在某种程度上，诗歌已经构成某种现实情境，也在参与着时代核心价值的建构。这实际上是诗歌在我们生活中的深度回归，尽管社会公众可能还没有意识到精神生活的这一潜在转折，但诗歌确实已介入到公众饥渴的心灵之中。

从新世纪所展开的总体文化情境来看，新世纪诗歌的复杂态势和基本走向呈现出一种强劲的内在活力。在网络写作泥沙俱下的泡沫化泛滥中，一个全民写作的时代正在降临，狂欢化的写作图景预示着诗歌的升温已转入到一个新的热点。在全球化语境下，新世纪诗歌借助网络及 BBS、博客、微博、微信等自媒体和新媒体的力量，一时蔚为大观，呈现出一种新的诗歌生态，“天赋诗权，草根发声”，“人人都可自由地表达，任性地写诗，互相交流，探讨争鸣，切磋诗艺，人人都可自由地发表和传播”。[1] 全民写作启动于互联网语境下，在新世纪的最初几年就已初具规模，一些新锐诗人崭露头角，成为诗坛的生力军。在进入新世纪的第二个十年之后，全民写作已逐步沉淀为有一定创造品格的写作形态，成为新世纪诗歌多元格局中极其重要的一脉。全民写作虽然是一个虚拟的神话，并不完全代表具体的现实，但在网络时代却具有广泛的公众心理基础，也部分地呈现出网络时代的真实文化图景，牵动着极为复杂的现实语境。在全民写作的喧哗中，诗歌写作的专业性被化解在“无名”的本色书写之中，经由社会公众的喧哗而放大为一种几乎整体性的美学转轨的痕迹，专业诗人的写作反而变得暧昧不明。就全民参与的广泛程度来说，1980 年代的“诗歌热”模式实际上已经复制到新世纪逐步展开的文化语境中，新世纪诗歌的活跃程度比之 1980 年代可能有过之而无不及，但在诗歌

〔1〕 李少君：《天赋诗权，草根发声》，《读书》2015 年第 4 期。

升温的后面也潜伏着一种身份未明的亚文化性症候，诗歌事件层出不穷，却往往超出诗歌本身之外，纠结着大众文化时代人们的某种隐秘心理，在广泛的社会层面投射出由文化消费的不均衡状态所形成的畸形精神结构。在全民写作中，诗歌具有精神替代品的性质，在某些时候可以充当人们的面具模型，以混迹于这个时代的快速变幻之中。实际上的情形也正是如此，各领风骚三五天，诗坛新人的面孔变换之快已经是一个相当普遍的现象。

另一方面，新世纪诗歌的深度探索也在不断取得坚实的成果，撇开全民写作泛滥的泡沫来看，诗歌写作的神圣性实际上仍在坚守之中，众声喧哗所消解的并非诗歌的内在价值，而只是诗歌与社会公众的外在壁垒而已。显然，这只是少数诗人的事业，是那些真正执守诗歌文化价值的诗人所付出的代价。这些诗人在新世纪诗歌的多元化格局中实际上还是居于核心的引领者位置，他们的头上戴着无形的冠冕，即使在大众文化时代幽暗的精神结构中，仍然绽放出极为生动的艺术神采。在某种程度上说，这对于新世纪的诗歌写作具有启示的意义，往往牵动着新世纪诗歌艺术深层变革的敏感神经，投射在复杂的社会文化心理上，则是在文化守成上有深度的变异，又在变异中延伸出艺术的深度创新。因此，新世纪诗歌的全民写作固然呈现出鱼龙混杂的状态，却也显示出艺术探索深度内转的一面。

新世纪诗歌的全民写作一方面关联着诗歌边缘化困局的破解，一方面也联结着诗歌传播渠道的深刻变化。诗歌的边缘化并不是可以轻易破除的壁垒，那毕竟是精神生活的长期板结和审美的固化所造成的，坚冰之寒非一日可以回暖，需要时间的充分融化和传播渠道所形成的整体畅通效应，也需要由艺术创新的深度转变所形成的辐射效应。在新世纪诗歌的持续升温之中，社会公众的围观呈现出明显分化的态势，而全民写作的多元化格局也已初步形成。就大的格局来看，“草根性”写作和“专业”写作各擅其胜，两者之间的美学壁垒还是森然可见。“草根性”写作显示出强烈的反精英气质与自发性的聚集效应，在互联网语境下具有广泛的文化生存空间，具有与“专业”写作分庭抗礼的影响力。就小的格局来看，新诗内部的圈子化在急剧扩张，呈现出割据的碎片性状态，“不团结就是力量”成为诗坛一句时髦的口号，但这恰恰是一种内在活力的体现，诗歌写作的优质资源分散在不同的圈子里博取最佳的写作效益，综合起来却是诗坛充满生机的创造性图景。社会公众在围观中各取所需，部分公众抱着看热闹起哄的心态，热闹过后也就散去，部分公众由围观转向对诗歌的热爱，进而加入写作者的行列，面对真实的内心情境进行写作。这种分化显示出诗坛自我净化的沉淀效应，看客式的围观和泡沫化的写作被有效分流，而创造性的写作也在过滤中得到强化并彰显出美学上的包容性。但也正是在此，新世纪的诗歌升温也显示出某种晦暗的迹象，一方面是无中心的多元化格局，诗坛的碎片性是一种正常的生态，另一方面是多元化格局所带来的博弈和竞争，也在形成某种基本共识，比如在对诗歌标准的理解上，在经过长久的分化之后，公众也在逐步消除理解上的巨大歧异，有走向某种“普遍”标准的趋势。一个最显著的迹象是，诗歌的全民写作面临着由诗歌标准的失范所带来的共同焦灼，但这种焦灼又在激发全民写作对诗歌标准的某种自发凝聚，因此，全民写作中的诗歌固然面目纷杂，但也在模式化的趋同中孕育着某种共通的标准，以克服由诗歌标准的失范所带来的无所适从。从目前的普遍情形来看，全民写作对新世纪诗歌的升温具有特殊的推动作用，社会公众开始接触和阅读诗歌，关注诗歌界的动态，诗歌的边缘化实质上已经得到某种程度的有效遏制。

在新世纪诗歌的全民写作后面，既孕育着一个诗歌发展的纵深空间，也延展出一条新世纪诗歌演变的隐约路径。传播渠道的多样化格局和新媒体的深度介入使新世纪诗歌的传播空间急剧扩容，“如今，诗人和读者都能接触到诗歌生产、流通和消费过程中的技术，如计算机、互联网、移动通信设备、摄像机、电视和电台广播，也都能利用词语、形象、声音和实物间无穷的相互作用。”[1]新媒体深入到社会生活的几乎所有角落，其广泛运用带来新世纪诗歌的写作方式与传播渠道的结构性变化，使新世纪诗坛呈现出多元共生、众声喧哗的格局。新媒体的深度介入使新世纪诗坛呈现出异常复杂的症结，一方面，新媒体具有现代科技的组合性优势，在某种程度上可以催发诗歌创作新格局的形成，以技术手段激发全民写作的激情，带动新世纪诗歌的升温，给诗坛注入某种新的活力；另一方面，新媒体快捷的传播方式也诱导全民写作往往聚焦于浅阅读和浅写作的惯性模式上，诗歌写作所要求的内在深度可能消解在对超高点击率的追求上，由此导致全民写作普遍的平庸化和“段子化”。实际上的情形也有不容乐观的一面，全民写作因缺乏传统媒体的“守门人”制度，写作的泡沫化膨胀会形成一种坚固的屏蔽效应，既无法保证写作的有效性，也无法保证对诗歌精品的有效遴选，使精品之作被淹没在大量的文

〔1〕［英］殷海洁：《中国当代诗歌的媒体化》，《新诗评论》2011 年第 1 辑，北京大学出版社，2011 年，第 3 页。

字垃圾中，因此，全民写作带给诗歌的伤害也值得警惕。新世纪诗歌的升温固然与全民写作的带动直接相关，但诗歌自身的内在重构似乎仍然缺少实质性的推动，诗歌数量呈几何倍数的增加，并不意味着诗歌水准与审美品格的有效提升。这使新世纪诗歌的发展面临着某种瓶颈效应，需要寻求破解这一难题的有效路径。

三

新世纪的诗歌升温并不意味着新一轮的诗歌热已经到来。从总体的情形来看，由公众围观和全民写作所激发的群体规模效应还没有落实到新诗文化的有效激活上来，新世纪诗歌还处于一个动态发展与静态延滞相互纠结的过程中，一方面，诗歌写作的自由度已经被充分激活，诗人的代际构成更加丰富，诗歌的"生产总量"呈现出不断膨胀的态势，却也伴随着文化虚浮症的广泛扩散，诗歌生态的芜杂和丰富固然是一种正常状态，却透露出虚拟"繁荣"的假相；另一方面，在新世纪诗歌的多元化格局中，由全民写作所激起的泡沫性泛滥终究会沉淀下来，让位于坚实的诗学探索，"一些诗人在沉潜中坚守真诚的写作姿态和纯正的诗歌精神，由新世纪诗歌的传播格局所催生的文化综合效应也有利于诗歌原创性品质的激活"，[1]新世纪诗歌的内在流变和基本走向呈现出诗歌复兴的态势。新世纪诗歌的活力表现在动态发展上，而其另一面的泡沫化状态则表现在静态延滞上，因此，新世纪的诗歌升温实际上纠结着异常复杂的对立形态，其中隐约可见深刻的互动关联，在动态发展中同时包含着静态延滞的症结，但静态延滞只是一种相对板结的状态，诗歌的自由创造在全民写作的泡沫性泛滥中仍然显示出强劲的生机。从新世纪诗歌升温的基本症结来看，建构成熟的新诗文化是一个亟待解决的紧迫问题。这既是新世纪诗歌所面临的现实压力，也是从新诗发展的历史情境中必然体现出来的一种文化归位。

中国的诗歌文化源远流长，具有深刻的诗性文化内涵，代表中国文化的诗性精神。新诗运动兴起之后，中国传统的诗歌文化被拦腰折断，但新诗文化迄今还远未成熟。中国新诗的进程已经逼近一个世纪的关节点，但百年新诗的创新之路与人们的期待之间存在着较大的落差，其中的原因固然是多方面的，但新诗文化的不成熟恐怕是最大的症结。新诗文化的不成熟既是人们

---

〔1〕 吴投文：《新世纪诗歌的传播格局与新诗文化的缺位》，《新文学评论》2012 年第 2 期。

疏离新诗的重要原因，也是人们疏离新诗所带来的严重后果，由此造成的恶性循环需要在文化内部找到解决的途径和方式，“建设成熟的新诗文化既是新诗走出文化困境的必经之途，又是新诗走出文化困境的必然结果”。[1] 从宏观层面来看，新诗文化是中国当代民族文化的重要组成部分，在全球化时代的文化格局中，是显示民族文化身份和文化软实力的优秀文化，在对外文化交流中可以发挥特殊的作用，具有显示民族文化自信的品牌效应。建构成熟的新诗文化，凸显新诗文化的实践价值，可以为中国当代民族文化的健康发展设置实践议题，呼应国家层面上的文化战略，有助于发挥诗歌的社会文化功能；从具体层面来看，新诗文化具有对接现实需要的实践价值，可以为化解长期以来存在的诗歌边缘化困境提供可行性途径，对新世纪的诗歌创作实践具有引领作用，可以推动新世纪诗歌创作的健康发展，引导整个社会形成一种有效的新诗传播和接受机制，从整体上提升新诗的文化功能和地位。

建设相对成熟的新诗文化，对新世纪诗歌来说并非是一个遥不可及的目标，百年新诗的厚重积淀就是一个坚实的基础，但现实却不容乐观。公众围观和全民写作虽在群体规模上具有新诗文化所需要的广泛公众基础，但在本质上具有大众文化的“快感的意识形态功能”，[2]并不必然会带来新诗文化的成熟，因此，新诗文化在新世纪面临复杂的文化语境，必须有效抑制大众文化的泡沫化衍生，经过严格的文化过滤确立新诗文化的精神坐标，真正实现新诗文化的实践价值。新世纪的诗歌升温，大众文化的促动作用固然是一个重要方面，新世纪诗歌的多样化传播格局也有助于推动诗歌延伸到公众的日常生活中，在某种程度上可以带动诗歌的有效传播，但大众文化中同时也包含着诗歌的敌对性因素，“高雅的审美趣味作为一种主体的自由表达总是面临着被粗俗习性腐蚀的危险”，[3]诗歌往往被大众文化处心积虑地肢解，诗歌的精神性内涵和内在深度或者被着意消解，或者被精心转化为消闲性的文化附属物，以适应或塑造社会公众的审美趣味，其后果则是社会公众艺术感觉的弱化。新世纪诗歌的升温实质上并未有效带动新诗文化的内涵建构，在很大程度上就是社会公众的艺术感觉和审美趣味不能突破大众文化的体制性壁障，往往受限于狭隘的直接利益的驱动，不能深度融入创造性的审美认知，这使新诗文化的真实内涵不能转化为有效的实践价值，因此，诗歌的升温

---

〔1〕 吴投文：《中国新诗之“新”与新诗文化建设》，《徐州师范大学学报》2010 年第 5 期。
〔2〕 [英]约翰·斯道雷：《文化理论与大众文化导论》，北京大学出版社，2010 年，第 178 页。
〔3〕 [英]约翰·斯道雷：《文化理论与大众文化导论》，北京大学出版社，2010 年，第 178 页。

并不是一种孤立的文化现象，而是需要面对新世纪具体的文化语境，处理其中错综复杂的文化关联。

进入新世纪以来，由于经济因素的促动，“文化搭台”普遍被作为商业和政绩模式运作，具有强烈的功利主义色彩，新世纪诗歌的升温与此背景纠结着复杂的互动关系。诗歌中的“公共文化”部分被强化，以配合大众文化的狂欢需要，不管是公众围观还是全民写作，实际上都符合大众文化所塑造的技术路线。在此一背景下，名目繁多的诗歌笔会、诗歌节、诗歌研讨会、诗歌联谊会、诗歌朗诵会、诗歌排行榜、诗歌评奖、驻校诗人评选、诗人忌日祭拜、“诗歌春晚”等活动层出不穷，呈现出遍地开花之势。这些诗歌活动的影响力尽管主要局限于诗坛内部，但在某种程度上也可以看作是新世纪诗歌的“晴雨表”，有时也牵动着社会公众窥探的目光，引起一定范围内的公众围观。更重要的是诗人角色的转换，一些功成名就的诗人摇身变为诗歌活动家，频繁现身于各种诗歌活动，这时诗人的身份也可以兑换为某种文化资本，享受分层级的相关待遇。这是大众文化时代诗人的象征身份，诗人的桂冠还是具有某种弱势的文化资本价值，对应于大众文化的某种选择需求，在另一方面也可以激发社会公众对诗歌的浪漫想象，暂时溢出公众直接的物质需求，产生诗歌的某种扩散效应。诗歌作为一种文化形式也潜在地贯串于这个时代的资本转换之中，这种转换具有双重效应，一是诗歌艺术的纯粹性被剥离，需要转换为某种文化资本才能实现与现实需求的对接，这诱导一些诗人戴上一副表演性的面孔，而诗歌的真正价值被遮蔽于晦暗的阴影之中；一是诗歌的传播效应得到彰显，诗歌作为文化资本也可以获得微弱的文化市场配额，在文化市场中具有无可取代的象征意义。值得注意的是，最近几年诗集的出版呈现出稳步上升的趋势，在鱼龙混杂的大量自费诗集之外，一些优秀诗人的诗集被出版社策划推出，颇受社会公众的欢迎。诗人韩东 2015 年同时有三部诗集“正规”出版，《韩东的诗》为诗人 30 年合集，《你见过大海：韩东集 1982—2014》为诗人 30 年精选，《他们》为最新诗集，这三本诗集呈现出韩东诗歌创作的不同侧面，读者可以各取所需。一位诗人同时“正规”出版三本诗集，是以往极少出现的现象。“草根诗人”余秀华一夜走红之后，获签出版两本诗集，发行量短期突破 12 万册，据闻创 20 年来个人诗集发行量的最高纪录。北岛主编的《给孩子的诗》、伊沙主编的《新世纪诗典》、李少君主编的《中国好诗歌——最美的白话诗》等诗歌选本也广受公众欢迎，销量不断突破纪录，这些都透露出诗集出版极一时之盛的信息。此外，“为你读诗”“读首诗再睡觉”

"诗歌周刊"等公众微信号订户也动辄十万至数十万，每天都有数量庞大的微信订户定时阅读诗歌。尽管诗歌并未完全摆脱尴尬的角色，在新世纪打开的文化市场中有时也充当一种救急用品，但诗歌的处境确实已经时来运转。在社会公众不断回归诗歌的背后，是人们精神上的饥渴和需要，诗歌越来越受到关注，公众审美的凝视已在某种程度上转向精神内部。这正是激活新诗文化的契机，新世纪诗歌的升温至此已回到对文化本身的清理与建构上来，同时也表明诗人不再悬置于精神的空中楼阁，而是企图通过与公众审美的深度契合建构新诗文化的共同体，因此，新世纪的诗歌升温实际上牵动着当代审美文化的某种深层变动。

新诗文化对民族身份的确认至关重要，既是我们区别于其他国家和民族的一个显著的文化标志，也是增进中华民族内部认同的身份标记，在一定程度上代表我们民族的精神高度，也是激活和提升民族精神的重要文化载体。建构成熟的新诗文化，系统的制度性支撑非常重要。在新世纪复杂的文化情境中，大众文化以其颠覆性的"快乐文化"取向宰制社会公众的选择，新诗文化具有异质性的文化创造特征，相对疏离于公众审美的凝视，这时制度性的文化引导就显得尤其必要。新诗文化建设是一个复杂的系统工程，需要落实到具体而清晰的文化规划中来，大力拓展新诗文化的实践价值空间，把新诗文化转化为具体的文化行为，在大众文化语境下呼应社会公众的内在精神需求，同时也在某种程度上代表国家的文化意志，把中国的诗性文化传统落实到个体的文化心理结构中。就此而言，新诗文化是一个体现出时代核心价值，呼应国家文化战略的理念、模式和价值体系，其中包含着当代新诗所承担的国家职责，尤其是在全球化语境下，可以为拓展中国诗歌文化返本开新，重建中国诗歌文化的价值坐标。新世纪诗歌的多样化传播格局催生出一种系统性的综合效应，有利于新诗文化的激活和提升。在传统的传播路径之外，诗歌与影视、戏剧、音乐、绘画等艺术门类呈现出跨界融合的趋势，比如交响音乐诗、诗歌专题纪录片、诗歌微电影的出现也开始受到社会公众的欢迎。据《羊城晚报》报道，2014 年仅地市一级官方主办的"诗歌节"就多达数百个。有人感叹："中国有一个节日可以随便过，那就是'诗歌节'。"这虽然有些调侃的味道，却也表明新世纪诗歌升温的规模扩大之势。诗歌作为一种文化形式，经由多样化的传播方式和系统的制度支撑，可以有效承载新诗文化向社会公众的渗透，凝聚社会公众对民族文化的深度认同。诗人臧棣说："学会尊重诗歌，对每个人都有好处，也对整个文化自身的品性和活力有好处。新诗的未来在于我们有没有能力创造出一种强健的诗歌文化。”[1]从新诗发展的历史进程来看，新诗屡遭信任危机，本质上是一种文化困境，新诗的突围说到底还是要取得社会公众的文化认同，新诗的发展潜能也内在于其自身的文化活力之中，建构相对成熟的新诗文化既是新诗的突围之路，也是新诗突围所必然带来的结果，同时指向新诗的未来前景。

从新世纪诗歌的总体状况来看，尽管诗歌生态的芜杂有待进一步清理，诗歌的发展前景和暴露出来的问题还没有得到充分的展开，但新世纪诗歌的基本走向已隐然可见。新世纪诗歌的升温呈现出不断趋热的势头，由小众化的诗坛内部逐步对社会公众的生活产生影响，诗歌不再是一个流落的弃儿，即使在知识界和文化界，诗歌也有某种渗透性的影响力。这种影响具有实质性意义，并不完全是大众文化语境下一种狂欢性的娱乐形态。有人用“诗，由流落到宠幸”[2]这一形象化的说法概括新世纪的诗歌生态，虽然有些夸张，倒也大体符合新世纪诗歌升温的实际情形。诗歌升温是新世纪极其重要的文化现象，纠结着大众文化语境下复杂的精神症候，不管是公众围观还是全民写作，都体现出大众文化“同质性的霸权力量”[3]，其中包含着中国当代文化转型的深度裂变。另一方面，由公众围观和全民写作所激活的创造潜能也是新世纪诗歌持续升温的重要动力，是激发和创生新诗文化的基本要件。新诗文化作为对大众文化的“异质性的对抗”，也需要借助大众文化的传播场域，塑造自身独立的文化形象，既规避大众文化的裹挟，也不全然拒绝与大众文化合谋，而是在合理的张力限度内保持自身的“纯粹形式”，恪守自身的伦理尺度，但也面临着实质性的内涵提升，需要更内在地对接社会公众的精神生活。正是在此，新世纪诗歌实际上契合于时代精神结构中最隐秘的一部分，作为一种审美话语方式，新世纪诗歌的美学品质已经彰显出一种独立的文化自信，尤其在大众文化语境下，拥有其自身的文化差异性，日益显露出其他精神产品不可替代的独特功能。在新世纪诗歌朝向纵深拓展的背景下，可以乐观地预期，新世纪诗歌的升温已经到达一个临界点，新一轮“诗歌热”即将来临，百年新诗的发展前景会打开更丰富的可能性。

湖南科技大学文学院

〔1〕 陈竞:《臧棣:诗歌文化萦绕生命境界》,《文学报》2009年4月16日。

〔2〕 徐敬亚:《诗,由流落到宠幸——新世纪的“诗歌回家”》,《文艺争鸣》2005年第3期。

〔3〕 [英]约翰·斯道雷:《文化理论与大众文化导论》,北京大学出版社,2010年,第178页。

甘肃乡土诗的伦理变迁与道德取向

王 珂

“在现代性中有一个共同的指涉物，也就是，共有的生活经验以及对这些经验的共同元素的描述与反思——我们通常称为‘社会现实’。”[1]近年中国城市化进程加速，导致了自然村落与伦理村落的衰弱，带来了乡土诗的重新繁荣。工业化和城市化不能剥夺心理上的乡村，写作乡土诗的过程是诗人文化还乡和伦理还乡的过程，是诗人拒绝遗忘、寻找家园的有效手段。乡土诗是一种比较缺乏现代意识、现代精神和现代技巧的文体，承载着诗人的诗歌理想和道德诉求，呈现出保守的伦理与激进的伦理等多种伦理形态，由于生活在“城(现代)乡(传统)结合部”，乡土诗人受到传统与现代的挤压，常常在社会生活中扮演乡村的道德守望者角色，过分重视写作伦理，在内容上过分美化乡村，在形式上和技法上过分遵循传统。“农村人”与“城市人”两种身份纠缠不清导致了乡土诗创作的非理性，不利于通过乡土诗来构建乡村新伦理。甘肃地处西北内陆，尽管有嘉峪关、酒泉、白银这样的工业城市，甚至还出现了林染、胡杨、苏震亚等生活在这些工业城市的诗人，但他们的作品不是以工业诗或城市诗为主。与其他省区相比，尤其是与长三角、珠三角地区相比，甘肃还是一个典型的农业省，甘肃新诗主要还是以乡土诗为主，它可以说是中国大陆乡土诗创作的一个缩影，可以透视出近年整个乡土诗的特点，尤其是近年大陆乡土诗的伦理变迁与道德取向。

“现代性的动力首先是在一个拥有传统和固定信念的世界里开始动摇传统和信念的。”[2]诗教传统是古代汉诗的主要传统，启蒙功能是新诗的主要功能。“老实说，五四以来，中国的新诗走的可以说是一条没有前途的狭路，所受的影响也脱不了西洋浪漫主义诗歌的坏习气，把原来极为广阔的领土限制在(一)抒情和(二)高度严肃性这两道界限中间。我们自以为解除出了旧诗的桎梏，谁知道我们把自己束缚得比从前更紧。中国旧诗词在形式上限制虽然很严，可是对题材的选择却很宽：赠答、应制、唱和、咏物、送别，甚至讽

〔1〕［匈］阿格尼丝·赫勒：《现代性理论》，李瑞华译，商务印书馆，2005年，第1页。
〔2〕［匈］阿格尼丝·赫勒：《现代性理论》，李瑞华译，商务印书馆，2005年，第69页。

刺和议论都可以入诗。如果从十九世纪的浪漫派的眼光看来，这种诗当然是无聊，内容空洞和言之无物，应该在打倒之列。可是现代诗早已扬弃和推翻了十九世纪诗的传统而走上了一条康庄大道。现代英国诗人，后入美国籍的奥登(W. H. Auden)曾经说过：'诗不比人性好，也不比人性坏；诗是深刻的，同时却又是浅薄的，饱经世故而又天真无邪，呆板而又俏皮，淫荡而又纯洁，时时变幻不同。'最能代表现代诗的精神。"[1]今日乡土诗具有高度的严肃性，严重缺乏"现代诗精神"。写乡土的诗人普遍不生活在真正的乡村，更多是生活在"城乡结合部"，在地域上、文化上和伦理上都有"城乡结合部"特征。这种"尴尬"的生存方式产生的奇特的生存压力，使他们无法写"天真无邪"和"俏皮"的诗，尤其是乡村世界保守的文化和僵化的伦理使他们根本不可能像城市诗人那样"浅薄"和"淫荡"，仅仅是纯朴的民风这一点就使乡土诗人在乡村生活中不能"世故"或"世俗"。即已有的乡村伦理极大地束缚了乡土诗人成为现代人，影响了他们写有"现代精神"的诗，他们只能写"纯洁"诗，像中国古代诗人那样，"思无邪""止乎礼仪"地用诗笔记录乡村生活，特别是描写乡村朴素而纯洁的物相、生相和场景，抒发伦理化的情感和道德化的思想。

甘肃诗人于贵峰曾为甘肃诗歌的地方性和民间性，尤其是乡土性辩护："相对来说，甘肃还是农耕为主。更多的诗歌写作者，聚居于一个个村庄和小镇、县城，他们的生活就在此，他们的写作也必然落脚在此，其中大多数的写作者，都写到了社会变革带来的农村生活方式的变化，以及这种变化带给人内心的巨大落差和影响，是的，那些曾经在他们心中留下美好记忆的事物渐次或突然间一夜消失，失落、痛苦是必然的；他们直面这种痛苦并表达出来，这本身就是一种现代化的反思意识。这种正在被诟病的'乡土诗'写作中，还有一种对美好事物表露出的留念，这难道不行吗？不要说是基于童年的记忆，就是现在，于日常生活压力不断增大、人性之恶泛滥的情况下，质朴的人性，淳厚的民风，恬静的生活，难道不正表示着一种自我精神的回归？那些好的传统，比如诗歌中的人性之善、自然之美，都不应该呈现和继承？这里面，值得警惕的，是我们要确实判断，对美好事物的渴望，只是一种姿态，还是真实的；我们原本就是如此，还是由于'写作'意识太强以致具有个人表演性质。真诚和真实，依然是准则。"[2]这段话也真实地道出了甘肃乡土诗的现状及

[1] 林以亮：《〈美国诗选〉序》，林以亮：《美国诗选》，今日出版社，1976 年，第 4 页。

[2] 于贵峰：《甘肃诗事：真实而温暖》，西北师范大学文学院、兰州敦煌诗歌研究会、甘肃省社会科学院文化研究所：《敦煌》2014 年卷，内蒙古人民出版社，2014 年，第 172 页。

风格。甘肃通渭一中的历史老师牛昌庆2015年写的《一支牡丹留下的比喻》写出了很多生活在县城的乡土诗人的创作生态："一支牡丹一颗倦怠的头颅/安放在覆尘的书桌/寒凉的季节我以胸中的热气/轻轻呵开她紧闭的心灵/这近似幻象的美丽/像一双经年默视的愁目/牡丹你住在寒伧的小屋/就像我穷愁的手中高洁的诗歌/凋落的花瓣就像一声声惊心的啜泣/就像咯血的散乱的纸页/我茫然中写下的惜悼的文字/在长夜的风中凝成了不散的泪珠"。很多乡土诗人都是在"寒伧的小屋"，用"穷愁的手"写着"高洁的诗歌"。

在中国34个省级行政区中，甘肃省是地域文化十分明显的省区。"今天的观众能够看到世界上任何地方正在发生的新闻，新闻广播的电子小元件可以把从战争到灾荒再到丰收等每件事情带进每个人的卧室。"[1]但是在现代化、全球化的狂潮中，甘肃的一些地区，甚至是乡村如于贵峰所言仍然停留在农耕文明时代，保留着多民族的风情。上个世纪90年代初，西北师范大学中国西部文学研究所研究甘肃四十年文学的著作的书名便是《西部风情与多民族色彩——甘肃文学四十年》，这个书名说明了甘肃文学具有明显的地域性。"'地域'，指本地。……'地域诗歌'，是以本地文化为背景，处理本地经验、本地体验与本地事物的诗歌。"[2]世纪之交的甘肃诗歌的地域色彩并没有因为甘肃经济，尤其是城市经济和市场经济，城市文明和工业文明的快速发展而减弱。生活在甘肃重要的工业城市白银的诗人武承明写过多首乡土诗，他写《父亲的背影》："射穿光阴的箭/出自烈日下/山道上的那张弓。"他写《母亲如月》："淡淡的银辉/泄在岁月里，沐浴/儿女们走出穷乡僻壤。"1995年，武承明在诗集《敦煌飞天》的《自序》中说："生在西北、长在西北的我，对于大西北情有独钟。学习在西北、工作在西北的我，对于大西北感受特深。一任筏子客运气吹囊，麦客赤臂挥镰收割，山妹子大胆地走出山旮旯，牧羊女多情地采摘星叶花……我都觉得他们纯真、善良、豪爽、洒脱，极富西北儿女的粗犷个性。特别是当你走进西北，走进这块美丽的热土，你就会觉得一切显得博大、神奇、玄秘、美妙而真实，古渡、瀚海、塞关、烽墩、古城、断垣、洞窟、壁画、飞天、千佛、牧女、雪雕、沙暴、闪电……组成一幅幅西北独具的原始而神奇的写意画，令观者陶醉，让游者神往。此时此刻，你肯定按捺不住内心燃烧的一把

〔1〕 Bruce D. Itule, Douglas A. Anderson. News Writing and Reporting for Today's Media. New York: Random House, 1987. 7.

〔2〕 梦亦非：《地域诗歌概论（节选）》，http://blog.sina.com.cn/s/blog_4e67c19e0102uz60.html.

火，点燃诗的火炬，反照西部世界对心灵世界的震颤。”[1]在上个世纪80年代，以杨牧、周涛、章德益为代表的“新边塞诗派”诗人就是以写西部地域风情取胜，甘肃酒泉的诗人林染也曾以写“敦煌的月光”享誉诗坛。与上个世纪八九十年代不同的是，那个时代的西部诗人有地域自信和文化自信，以生活在大西北那块神奇的内陆高地而自豪。1993年5月，在王珂参加的甘肃省文联主办的一次甘肃文艺理论家座谈会上，甘肃社会科学院的理论家董汉河就认为东南地区是文化沙漠，西北地区是文化宝地，他自豪又自信地说河西走廊的任何一块石头就是一个故事。但是随着中国改革开放的深入，沿海与内地、东部与西部的区域经济发展的差距越来越大，尤其是出现了大规模的人才“孔雀东南飞”现象，西部诗人的自信心和自尊心受到伤害，开始反思自己一向珍视的地域文化甚至伦理规范是否适应现代生活，一些诗人因此出现自卑心理，有的自卑还导致了自负。这是西部乡土诗人重视写所思所感的“感伤的诗”，东部乡土诗人喜欢写所见所闻的“素朴的诗”的一大原因。

“作为一个人，他可能有自己的情绪、意志与目标，但是作为一位艺术家，他是一个具有更高意义的人——一个集体人。”[2]“但一个人是个统一的个体——他仍须在社会环境中成长(是个有情感与努力目标的个体)，必须依靠别人来达到自己的目标、判断自己的成绩——这样一个事实则是人类条件中不可避免的方面，它是牢固植根于我们物种之中的。”[3]乡土诗人重视写作伦理，推崇诗人严肃性，迷恋写“雅洁”的诗，还与诗人成长方式有关。他们本来就出生在重视传统道德的乡村，受到的伦理教育十分正统，尽管他们中的很多人都离开县城到省城上过大学，但读的大多是师范院校或警察学校，毕业后从事的又是“人民教师”和“人民警察”这样的社会的“道德楷模”职业，这些伦理性极强的职业教育和职业生涯使他们不得不有强烈的道德感和责任感，也很能认同官方倡导的关注民生的“接地气”写作。

在今日中国，由于官方过分强调现实主义，甚至加上了“社会主义”这一修饰语，形成了“社会主义的现实主义”文学创作的游戏规则：作家要体验生活，文学要反映生活。这个游戏规则甚至被各级作家协会等官方机构视为“文学活动”的金科玉律，因此出现了作家去地方“挂职”的培养作家的通行模

〔1〕 武承明:《敦煌飞天》，兰州大学出版社，1995年，第5－6页。

〔2〕 G. G. Jung. Psychology and Literature. 20th Century Literary Criticism. London: Longman Group Limited, 1972. pp. 185－186.

〔3〕 [美]H. 加登纳:《智能的结构》，兰金仁译，光明日报出版社，1990年，第294页。

式，组织作家考察团让作家“下基层”“接地气”更是作家协会的日常工作。这里的“生活”更多是指“社会生活”，在相当长一段时间内，“社会生活”一词前面还有“火热的”作为定语，社会主义文学创作的基本任务及社会主义作家基本的写作伦理便是“反映火热的社会生活”，采用的是“老百姓”，在某个阶段甚至是“工农兵”“喜闻乐见的形式”。采用这种游戏规则创作出的中国当代文学具有强烈的意识形态性和明显的日常生活性。所以当今大学中文系用得最多的文学理论教材，如童庆炳主编的《文学理论教程》给文学下的定义是“文学是审美的意识形态”。尽管童庆炳的学生陶东风意识到这个文学定义过分强调文学的严肃性，特别是意识形态性，提出了“日常生活审美化”，重视文学的世俗性，但是仍然重视现实生活的审美性。很多生活在城镇的诗人写乡土诗正是到乡村体验生活的结果，其中很多诗人就出生在农村，因为上大学或工作才离开乡村。所以乡土诗中有大量“回乡诗”。如牛昌庆从县城回到乡下，写了《在乡下　生命重新返回植物生长的过程》：“乡村的一天结束于/毛驴、羊群和亲人们疲沓的回家的脚步/夜色从四野向村庄弥漫而来/仿若纯粹虚无的黑绸缓缓升起/一星微弱的光亮在黑暗的镜中/看见自己遥深的面容/幽静它听到了秋叶落在柴草上的叹息/亲人们以河流的形式/舒展着因劳累紧绷的身骨/梦里是来日的农事、城市中读书打工的儿女//和秋天所有的事物一样/十月之末我再次回到乡下老家/在乡下生命重新返回植物生长的过程/简单而又缓慢/在乡下我轻轻合上向世俗张望的窗户/守着今夜的寂静与黑暗”。

“这首诗巧妙地写出了在城市生活的游子回到纯朴老家的真情实感，也写出了对都市生活及现代文明的反思，甚至可以归入‘生态诗歌’。最后一节写得十分精致，特别是‘和秋天所有的事物一样/十月之末我再次回到乡下老家’两句诗，诗出侧面，意象准确。诗人写我‘和秋天所有的事物一样’，是因为秋天既是收获的季节，在甘肃农村，农村孩子考上大学并在城里工作应该算得上‘有出息’，是乡亲们羡慕的‘城里人’，老家应该‘收获’我这位在外工作生活且事业有成的孩子，我也应该有‘光耀祖宗，衣锦还乡’的‘自豪感’。秋天，特别是甘肃十月之末，也是自然界万物开始萧条的时节，树叶开始枯黄撒落，与游子思归落叶归根的意义暗合，即‘十月之末’是悲秋、乡愁的时节。所有人回到老家都可以在父母前撒娇，都可以在老屋变成小孩，所以‘在乡下生命重新返回植物生长的过程’，‘在乡下我轻轻合上向世俗张望的窗户/守着今夜的寂静与黑暗’。深秋回老家的行为，在诗人眼中是一次灵魂的朝拜行为，老家才是人类最后的静土，只有回到老家，灵魂才可以安静，才可以摆脱尘世的喧嚣，获得心灵的自由。‘我轻轻合上向世俗张望的窗户’一句特别巧妙，尤其是‘窗户’如神来之笔，既指老家老屋陈旧的‘窗户’，也指诗人的‘眼睛’，还可以指诗人‘心灵的窗户’或‘世俗的诱惑’。诗人没有说他为了追求世俗生活，最后还是离开老家回到了城市。在现代化狂潮中，几乎每一个回到老家的人都不得不离开，甚至很多人的乡村老家随着城市化进程的加快已消失了。所以这首诗又给人沉重感，让人不得不思索当代乡愁是什么，反思人类的漂泊在当代生活中有何意义，它们是地理上的还是文化上的，是情感上还是语言上的，是时空的还是心理的？”[1]“写作是一种非常个人化的精神创作。……只有从个人经验进入人类的普遍经验，只有突破个体意识与集体潜意识之间的藩篱，实现两者之间的融会贯通，才能攀登艺术的高峰。”[2]乡村的孩子离家多年重返故土的情感，与从来没有在乡村生活过的城里人偶然到乡村体验生活的情感完全不同，尽管老家贫穷落后，他们仍然有幸福的归宿感，甚至有衣锦还乡的自豪感。他们在乡村从小接受的道德观是“儿不嫌母丑，狗不嫌家贫”“金窝银窝不如自己的狗窝”。

“思乡病是一种忧郁的情感。一个人之所以体验到思乡病，是因为他住在远离他所说的‘家’的地方。如果一个人仅仅是住在那个他所熟悉的地方，而不是在这个陌生的、相异的世界，他将会充满快乐和幸福。如果一个人感到待在家里不舒服，这也是一种忧郁的情感。他之所以不舒服，是因为在遥远的、不熟悉的、未经探索的地方有着快乐和幸福的希望。在这两种情形中，人们都感到一种缺乏，一种内在的空虚；失去了某种东西——失去了最重要的东西，生活变得空虚。”[3]时空距离决定了乡土诗人乡愁的浓度与写作乡愁诗的积极性的多少。“和一切艺术家一样，每个诗人都有其所属的社会背景，甚至更代表了不同的意识或价值。”[4]比较东南沿海与西北内陆乡土诗人的创作，不难发现一个奇特的现象，东南沿海诗人更喜欢写乡愁诗，西北内陆诗人更喜欢写乡土诗。一大原因是东南商品经济发达，改革开放较早，很多诗人很早就离开了乡村进入大都市，成为了城市诗人，具有更多的乡愁。

[1] 王珂：《两岸四地新诗文体比较研究》，知识产权出版社，2015年，第244－245页。

[2] 熊国华：《旋转的世界》，中国戏剧出版社，2013年，第3页。

[3] [匈]阿格尼丝·赫勒：《现代性理论》，李瑞华译，商务印书馆，2005年，第268页。

[4] 余光中：《种瓜得瓜，请尝甘苦——读詹澈的两本诗集》，詹澈：《詹澈诗选》，台海出版社，2005年，第339－340页。

西北诗人仍然有“父母在不远游，游必有方”的传统家族伦理观，也缺乏东南诗人的冒险精神，往往是不离家或者离家不远，很多诗人都生活在县城，与故乡的距离不远，回家方便，并没有产生刻骨铭心的乡愁。东南城市化进程比西北快，很多乡村都没有了，诗人们已经无家可回。谢宜兴发表于《东南快报》9 月 24 日 34 版的《让诗歌记住乡愁》说出了很多东南诗人迷恋乡愁诗的原因：“‘日暮乡关何处是，烟波江上使人愁。’每次读到这两句诗，那种乡关何处的犹豫与彷徨，那份烟波茫茫无枝可栖的愁绪，便从诗中悄然移植心上，勾起浓浓的乡愁。那时才知道，乡愁并非去国、离乡者所独有。……我问自己：何地称本土？何处是家乡？出生于闽东乡间，我在乡村度过了童年与大部分少年时光。中学时离乡求学，自此后与出生地渐行渐远。乡村岁月里感受到的贫穷、饥饿、苦难、无助，那份最初的乡愁，后来都化作诗歌，成了流淌于我诗歌中的‘苦水河’。那‘河水’叫我明白：每一首诗歌都有自己的来路，每个人的诗歌都有自己的故乡。当然，诗歌中的‘故乡’未必就是诗人的出生、成长地，就像我的家乡可没有一条对应我诗歌中的‘苦水河’。我说过，对于一个诗人而言，其出生、成长的环境以及这环境在诗人内心生成的‘作用力’，在作品中的折射与蔓延，是一个诗人作品中永远抹不掉的‘文化胎记’。若干年后，当我再次返乡时，我已见不到家乡海岸边成排的古榕树和黑色波浪般的老瓦屋，富裕起来的村庄到处是垃圾，新建的水泥房屋杂乱无章，淳朴的民风也日渐崩坍，有关家乡古风、诗意的记忆底片遭遇现实无情的颠覆，我的痛心可想而知。曾经的乡愁这时以另一种苦涩涌上心头。我恍悟，诗人的故乡永远是一半在记忆里，一半在想象中。唯二者融合才是诗人的心灵家园或者说精神故乡。如今，出生地是回不去了，而心灵家园或精神故乡又该安放何处？身在城市，哪怕只要求‘望得见山、看得见水、记得住乡愁’也已是奢侈。只有诗歌，永远是一个诗人的安身立命之所。也只有诗歌，可以教我们拒绝遗忘，带我们返回童年，让我们记住乡愁！”〔1〕谢宜兴说出了很多东南诗人写乡愁诗的原因，“现代的生活，已经变得如此常规化，对它自身来说也难以理解，以至于现在要呼唤一种全新的创造性活动。”〔2〕写乡愁诗不仅是这些来自乡村的城市诗人怀乡的一种方式，是拒绝遗忘重构心灵的乡村的艺术方式，也是

---

〔1〕 谢宜兴：《让诗歌记住乡愁》，《东南快报》2015 年 9 月 24 日第 34 版。http://blog.sina.com.cn/s/blog_484c787d0102v82o.html.

〔2〕 [美]罗伯特·皮平：《作为哲学问题的现代主义——论对欧洲高雅文化的不满》，阎嘉译，商务印书馆，2007 年，第 61 页。

他们反抗如此常规化的现代生活的一种方式。但是他们很难写出真正意义上的乡土诗,因为乡愁诗在严格意义上说应该是城市诗的重要组成部分。“很多从乡村进入城市的诗人在工业化、城市化为代表的现代化大潮中都出现困惑与无助。他们是‘两栖人’,常常是身在城市心在农村。乡村文明在他们身上打下了深深的烙印,城市文明又带给了他们无情的冲击。由于无法明确自己是城市人还是农村人,他们的创作总是游移在城市诗与乡土诗之间,身份的合法性危机导致了诗歌的合法性危机,身份的混乱更导致了创作的混乱,乡村文明使他们保守,城市文明使他们激进,他们始终是在非常态的生态中写诗,很难以现代人的身份写出名副其实的现代诗。尤其当他们目睹乡村文明被商业文明和工业文明无情破坏时,他们总是为失去的家园悲哀,不由自主地悲歌一曲。”[1]这也是当前乡土诗创作混乱的原因之一。

相对而言,甘肃的乡土诗更纯粹,更有乡土性、民间性、地域性、伦理性和道德感。与“离场”的乡愁诗写作不同,“在场”的乡土诗写作是长期生活或短期居住在乡村里的乡村精英人物维护和重建乡村道德伦理的一种方式,含有更多的道德理想。生长于甘肃庆阳,现在兰州工作的牛庆国也真实地写出了从乡村打拼出来的人偶然回到家乡的复杂情感。“在中国,被国家宗教所认可和控制的对祖宗的这种崇拜,被看成是人民可以有的唯一宗教。……中国是标准的祖先崇拜的国家,在那里我们可以研究祖先崇拜的一切基本特征和一切特殊含义。然而,那产生祖先崇拜的普遍宗教动机并不依赖于特殊的文化或社会条件,在完全不同的文化环境中我们都可以发现它们。”[2]《睡在老家的炕上》写出了他们这类人仍然有今日乡村才保留的“祖宗崇拜”:“在爷爷奶奶睡过的炕上/睡着父亲和母亲/在父亲母亲睡过的炕上/睡着我和村里的一个姑娘/半夜里盘腿坐在炕上/仿佛八辈子的祖宗/都坐在我的周围/他们要看我生下儿子/睡在我睡过的地方/有时我真怕眼睛一闭/就会成为头白得像面碗一样的爷爷/因此即使在梦里/我也睁着眼睛/我要看看谁会在我睡着的时候/一把推开土炕走出门去”。《回家小记》写出了今日乡村才保留的“孝道”:“把落在桌面上的尘土擦一擦/也把坛坛罐罐背后的灰尘扫一扫/把那些陈年旧事中/淡淡的不快轻轻扫掉//把火炉筒子敲一敲/把积攒的烟尘抖一抖/把堵在烟囱里的疙疙瘩瘩/一一捅掉//把玻璃擦擦/把雨点擦去把雪花擦

[1] 王珂:《新诗现代性建设研究》,东南大学出版社,2015年,第379页。

[2] [德]恩斯特·卡西尔:《人论》,甘阳译,上海译文出版社,1985年,第108-109页。

去/把沙尘暴刮来的土擦去//再给父亲理理发吧/真想把可怜的几根黑发留下/把越来越多的白发全都剪掉/但我还是把白发黑发一起剪短/让那些黑黑白白的日子慢慢再长//除此之外我还能再做些什么/从几百公里外的兰州回到乡下/一个犯了错的孩子/用努力做事希望得到父母的原谅/愧疚就这样让一个人变得勤快”。

很多乡土诗人不但顽固地维护着“孝道”“香火”等乡村传统伦理重视的规范，还固执地坚守着中国古代文人，尤其是儒家文人的“文人操守”和“生存底线”，遵循“天下兴亡匹夫有责”“穷则独善其身达则兼济天下”等古代文人的“生存之道”。他们尽可能地保持着文人的体面、文人的尊严，甚至还有文人的清高，既有“不吃嗟来之食”“不为五斗米折腰”的古代文人的风骨，也有现代文人的“人不可有傲气但必须有傲骨”的风范。这与他们特殊的文人生态和诗歌生态有关。尽管绝大多数乡土诗人并不像乡民那样生活在“社会底层”，而是生活在“社会基层”，主要生活在县城或乡镇上，大多在县中学当老师，在县文化馆当公务员，还有的是乡村教师或乡村警察。在整个社会阶层和地域分层中，算不上“达者”，也不是“穷者”，按民间的俗语所说是“比上不足比下有余”。如《增广贤文》所言：别人骑马我骑驴，仔细思量我不足，可以回头看，路上还有挑脚夫。但是与普通民众，尤其是与没有文化的村民比较，这些“乡村文人”却受到乡民的崇敬，享有文化和思想上的“特权”，有的还有政治特权和经济特权，是乡民眼中“吃皇粮”的“官人”，他们便是名副其实的“达者”。“乡镇文人”“县城文人”的身份使他们比“省城文人”或“京城文人”有更强烈的“在场感”和“责任感”，他们的日常生活与乡村更有千丝万缕的联系，他们更关注乡村生活，更容易赋予自己乡村百姓的“代言人”甚至乡村伦理的“卫道士”的时代重任，所以他们的乡土诗创作更重视诗的教化功能。

在甘肃西和县工作的波眠就是这类乡土诗人的代表。2010 年 10 月 30 日，波眠接受孙文涛的采访时说：“我是个乡下人，走的地方不多，眼界不开，我不知道另外的世界是否好一些？但我在诗歌中表达的忧郁和焦灼是真实的，也许这是一个认识和视野的问题，在一次我的诗集发行会上，陇南诗人毛树林也表达了类似的问题，但是我不是一个思辨的诗人，我只相信我的眼睛，我所在的县城二十年前有一条穿城而过的能听得见涛声的漾水河，现在县城内盖了差不多到处都能看得见的白楼。这个 GDP 再高，那个官员再有‘政绩’，我想也是没有办法的。发展没错，但现实中有序发展的官员较少，都不惜一切代价搞‘政绩’，‘政绩’是什么，就是官位地位。”[1]从孙文涛写的这篇采访记的题目《现代乡村诗、道德与土地——波眠访谈》中，就可以看出波眠的乡土诗重视乡村道德建设。“1967 年出生于甘肃西和县的胡家坝，一个以农业为主的村庄，从 20 岁开始长期做地方群众文化工作，从乡做到县，同时坚持文学创作，主要著作有诗集《黄雪地带》《黑树上的花色》《波眠乡村诗选》，……其作品‘有为农民言说的真诚’，并因诗歌获得‘乡村之子’赞誉。”[2]乡村的文化干部做的“地方群众文化工作”与“道德文明建设工作”如出一辙，“同曲同工”，都是想通过文化工作促进乡村的精神文明建设，建立现代乡村的伦理规范。这种伦理规范既需要村民遵守，也需要干部以身作则。乡土诗人在某种程度上成了乡民与乡干部的道德评判者和伦理教化者。如波眠创作《写给一位乡长》，如同制订“乡规民约”一样，给乡干部制订“伦理规范”和“处事原则”：“在交给你的一片庄稼中/要看清恶草背后的势力/正确使用你手中的锄/待谷禾以土的温暖/待秧苗以水的潮润/关注百姓门外的泥沙/关注牛羊干渴的嘴唇/让池塘的蝌蚪安闲退掉尾巴/让多嘴的麻雀享有吵闹的自由//像一块秤砣/敢把一车草说轻”。从这首诗中不难看出，波眠这位“乡村之子”实际上成了乡村传统美德的“守护神”，成了百姓利益的“代言人”。这样的“现代乡土诗”由于过分关注“道德”和“土地”，对以城市化、工业化和商业化为三大代表的乡村现代化保持着过度的警惕，才导致了乡土诗人的现代意识和乡土诗歌的现代精神的严重缺失。乡土诗人如斗风车的堂·吉诃德，可敬又可爱，却没有与时俱进，可悲又可叹。

甘肃省的乡土诗创作是大陆乡土创作的一个缩影，甘肃西和县的乡土诗创作是甘肃省乃至全国乡土诗创作的缩影，可以作为一个“个案”或“标本”来研究。这个县地处西北内陆，是“经济贫困县”，民风纯朴，有较好的文化积淀，有多位诗人写乡土诗。和很多县的乡土诗人创作队伍相似，诗人的职业主要是文（文化局）宣（宣传部）干部和教师。前者如波眠，后者如河苇鸿。职业的差异也带来了创作风格，尤其是诗歌功能的差异。波眠更多是从政治，尤其是权力的角度，来反思极端推崇商业化的中国式乡村现代化给乡村带来的伤害。承担“教书育人”任务的河苇鸿不像“父母官”波眠那样，自告奋勇地

---

〔1〕 孙文涛：《现代乡村诗、道德与土地——波眠访谈》，http://blog.sina.com.cn/s/blog_5e384c8b0100ok8f.html

〔2〕 孙文涛：《现代乡村诗、道德与土地——波眠访谈》，http://blog.sina.com.cn/s/blog_5e384c8b0100ok8f.html.

充当“农村之子”，直接维护农民的利益。河苇鸿更喜欢从乡村中发现原始美并把它记录下来，间接地反思乡村的落后与麻木。如他的《村小记忆：铃声》记录了乡村小学普遍存在的现象：“听说/那位一直按时打铃子的陈老师去世了/按时起床和放学/按时上下课/许多年来一直是这样/他敲出的铃声/让一群孩子又一群孩子长大/远走高飞/静静的小河边/铃声比月光要旧/陈老师比其他所有老师都要老/他准时地敲打着/一截废钢管做的铃子/最后一下敲出的声音还飘在半空里/久久不能消逝”。《村口》描述的更是西北村庄常有的场景：“一排高大的白杨树下/拴着几头牛/有几个人在闲谈或张望/这是我和蜗牛的故乡/时间仿佛是透明的/多年以来风景依旧/比如春天/母牛发情白杨树发芽/一只只麻雀低低地飞过/多年来没有发生过大事/静静的炊烟蓝的发紫/一条小河还是那样的流向/低低的青草/低低的乡村的喜怒哀乐/生老病死”。两首诗都呈现出身为教师的诗人在现代生活中对乡村传统的生活方式的复杂情感，表现出诗人对既美丽又落后的乡村的伦理关怀。同为教师，他与教师前辈陈老师感同身受，惺惺相惜，所以用诗歌颂了扎根乡村无私奉献的陈老师的伟大，这首诗也揭示出了乡村学校的贫穷和乡村教师的困苦。

高凯曾在家乡甘肃庆阳地区当过陈老师那样的村小教师，是 80 年代较有影响的乡土诗人，他的组诗《在田野上》获得过 1983 年的《飞天》文学奖。他 90 年代前期在北京生活，后期定居兰州，现任甘肃省作协文学院院长。他发表于《诗刊》2000 年 10 月号的《村小：生字课》和河苇鸿的《村小记忆：铃声》有异曲同工之处，也写出了乡村教育的落后。全诗如下：“蛋蛋鸡蛋的蛋/调皮蛋的蛋乖蛋蛋的蛋/红脸蛋蛋的蛋/张狗蛋的蛋/马铁蛋的蛋/花花花骨朵的花/桃花的花杏花的花/花蝴蝶的花花衫衫的花/王梅花的花/曹爱花的花/黑黑黑白的黑/黑板的黑黑毛笔的黑/黑手手的黑/黑窑洞的黑/黑眼睛的黑/外外外面的外/窗外的外山外的外外国的外/谁还在门外喊报到的外/外外——/外就是那个外/飞飞飞上天的飞/飞机的飞宇宙飞船的飞/想飞的飞抬膀膀飞的飞/笨鸟先飞的飞/飞呀飞的飞……” 2015 年 7 月 16 日，他在兰州接受王珂的采访时说：“这首诗得利于我当村小教师的经历，但是我是精心构思的，写作中我还想起了那张著名的‘希望工程’宣传画《大眼睛》。”[1]“希望工程”的宣传画《大眼睛》中的那位贫困的乡村女孩子期盼读书的眼神震撼了很多人的心灵，尤其是城市人的心灵。高凯的诗真实地记录下了乡村特有

---

〔1〕 王珂：《新诗现代性建设研究》，东南大学出版社，2015 年，第 317 页。

的“黑”:“黑黑黑白的黑/黑板的黑黑毛笔的黑/黑手手的黑/黑窑洞的黑/黑眼睛的黑”。这种“黑”象征现代社会中的乡村伦理,既落后又美丽。

陇上犁是西和县的乡村警察,从警30多年,长期与乡民打交道,与他们建立了深厚的感情。他既写乡村牧歌,也写乡村哀歌。《别样的村庄》写出了原始乡村的可爱:“萎谢的花朵/必将长眠于土/像永远睡着的母亲/把一生的美丽与勤劳/撒手不顾//在老人山向阳的坡地/一片祖宗的坟茔/那是另一世界的村庄/亲人们以别样的方式/依然瞅着花开花落//惟有攘世的子孙/让炊烟袅袅/一派生机盎然的景象/在鸡鸣狗吠中/度过无尽的春花秋月”。《乌鸦》现出了现代乡村的艰难:“在乡村 在老人山/它像黑色预言家/简朴地生活着/‘嘎’的一声/简单的鸣叫/仿佛发现爱情/或是被人用石块击走//这是多年前的景象/如今的村庄/鸟儿们像壮劳力/全都外出打工/打出了一个名字叫农民工/但在钢筋水泥的城市/肯定比鸟儿觅食还难”。《草们的生活》写的是“乡民们的生活”:“草们的生活/谁在留心注意着/将根深深扎在土中/将嫩芽发在春风里/像我们简单普通的生活/人世的坎坷　苦苦地挣扎/一些阴谋　一些暗箭/像冬末肆虐的寒风霜雪/这些都不可怕/只有那些真诚的背叛/仿佛倒春寒的无情/打乱草们的脚步/一旦春天真的来临/草像普通人一样/总是挺直腰杆/自己一片片绿着”。《进化论》写出了乡村人际关系的融洽与城市人际关系的冷漠,是对这种伦理进化的质疑:“多少年了/我还住在西秦岭的山中/顺着山势/一台台的房屋/炊烟与雾霭中/鸟儿在树枝头婉转着//多少年了/钢筋与水泥垒起了城市/人像火柴头/摆放的那么整齐/油烟与雾霾中/人与人透过猫眼对视着”。《关于老人山》赞美了生养自己的老人山的自然纯朴:“当夏季风轻抚老人山时/老人山就穿起花前心/一个劲地热泪涟涟/让野果子盟誓于山的子女/让水蕨菜木龙头嫁给青竹篮/尔后被山歌晃悠着/换上金黄的百褶裙/忙活起我的月牙般的银镰/哦,老人山/成熟的时刻便任性风流”。《别样的痛苦》正是一个西部经济落后地区的乡村警察热爱这片土地的痛苦:“在江南 在沿海/在那些发达的大城市/不光是钱的发达/还有人人头疼的雾霾//在西部 在乡村/贫困像风 一年四季/吹着瓦蓝的天空/却有人挣扎在温饱线上//不一样的痛苦/都源于同一个‘钱’字”。乡村没有污染,也没有发展。这样的乡村农耕文明是否应该被城市工业文明取代?这是很多生活在乡村的诗人共同的思考和相同的痛苦。尤其是那些重视写作的伦理和诗人的良心,想成为乡土社会的“精神脊梁”的诗人更是为乡村的现状心急如焚。2004年9月23日,陇上犁在自己的诗集《每每有雪降临》的后记《简单的诗歌》说出了很多生活和工作在乡村的诗人的诗歌生态和写作目的:"对于文学,对于诗歌,我有着与生俱来的喜好,诗歌已经成为我生命中不可或缺的一部分……对于我,仅是写着简单的诗歌的人。事实上,我干的工作就是如何把复杂的事情弄得简单明了,我写的诗也力求简单明了,让我首先明白自己陈述了什么,表达了什么,至少技巧深度,我仿佛不在乎,我只是把自己内心的感受和思考,忠实而又毫无保留地奉献出来,这就是我简单的诗歌。"[1]这段话代表了近年绝大多数乡土诗人,尤其是生活在县城以下的乡土诗人的创作观。他们不重视新诗创作的"技巧浓度"的一大原因是他们所受的文化教育、诗歌教育及现代主义诗歌教育非常有限,他们即使想重视技巧,也没有能力和条件。他们不在乎技巧的最大原因是他们过分重视"内心的感受和思考",这种感受和思考更多是伦理道德上的思考,是对乡土风物和乡村风情的评判,带着强烈的价值取向和道德判断。这种"主题先行"式写作常常是"内容大于形式"式写作,所以诗人只能"忠实而又毫无保留地奉献出来",写出来的诗歌是"简单的诗歌"。

很多乡土诗人过分迷恋真实是诗人唯一的自救之道的创作原则,缺乏现代人和现代诗应该具有的自由精神和批判精神,导致了乡土诗写作的表面化和对乡村伦理思考的表层化。这正是有些诗论家,尤其是学院派诗评家轻视乡土诗,把乡土诗写作视为保守写作的一大原因。"乡土诗是指乡土人写的诗,还是指写乡土的诗,抑或指乡土人写乡土的诗?迄今仍无定论。我们以为无须在这歧义丛生的称谓问题上纠缠,凡是以乡为方圆、以土为特色的诗皆可称为乡土诗。按这一标准去考察中国诗歌史就会发现:乡土诗不仅源远流长,而且阵营壮观,诗骚以降的陶渊明、孟浩然、王维、李白、苏轼、杨万里等大家无不做过出色的乡土歌唱;即便只是三十年的现代诗沃野上,也耸立着一条迷人的风景线,康白情、艾青、臧克家、苏金伞、吕剑等营构的首首情文浑然之作,如秋野里束束成熟的稻谷,散发着夺人的馨香,以往因诗学观念偏狭,我们实在太小视了它。……徜徉于现代乡土诗中,扑面而来的是满溢泥土气的农事以及与农村相关的场景事态,如睹幅幅返朴归真的水彩风俗画。鲜活的意象、质朴的情调、十足的地方风味,在众多篇什的散点透视中,全方位地辐射状延伸,无疑创造了一种独特的民俗学价值。它的生命魅力在于以对乡村命运与农民情感旋律的切入,逼近农耕文化实质,使地域性组合意象

[1] 陇上犁:《简单的诗歌》,陇上犁:《每每有雪降临》,重庆出版社,2004年,第207页。

事态中容纳着乡土心灵的渴望与吁求。……乡土抒情群落成分基本为侨寓都市的'农民浪子'或乡村'过客',他们的以怀恋沉迷乡土慰藉心灵、对抗都市喧嚣异化的特质,与从乡土外超功利观照乡土的审美视角遇合,促使他们无意中理想化了乡土,表现乡土的清静闲适、农民的优美品性、生命强力以及对乡土的礼赞怀恋,甚至有时宽宥了乡村固有的缺憾。"[1]"现代乡土诗创作也留下了许多无法逆转的缺憾。如内视点的诗歌一味向大众化民族化及乡土拓进,难免限制了诗人抒情个性伸展,多元风格的形成与新诗现代化的正值生长;其实乡土与现代性决非水火难容的两极,卞之琳的《尺八》、艾青的《手推车》等使其得到了理想结合,可惜这样的诗只是凤毛麟角。'愈是民族的,愈是世界的'理论过度强调,导致大量乡土诗只能做匍匐乡土之'兽',而无法盘翔为入乎乡土以超乎乡土的'鹰',少现代意识与哲学意识烛照,少言理而多宣情,探究乡土本质——人之存在的作品寥寥可数,这样就削弱了艺术的深厚冲击力;其实乡土生活中并不乏哲理内涵的因子,《三代》对人与土地关系所形成的命运旋律思考就是明证。不少乡土诗只是农民恋土意识的翻版,或只陶醉于传统的清新梦幻里,流露出优越的本土观念,这样就偏离了现代乡土古朴而悲凉的灵魂内核,优美乐观得令人难以置信,因为真正的人间烟火是残酷与优美的交错。另外大量诗作手法陈旧想象泥实,对通感、变形与象征等现代艺术手段借鉴不够……"[2]罗振亚对20世纪上半叶乡土诗的批判意见仍然可以用来评价当代诗坛的乡土诗。

谢冕对当代乡土诗的评价也颇具代表性。甘肃平凉诗人姚学礼在70年代后期就写了一些乡土诗,如《度春荒的日子》,全诗如下:"哈巴狗迎着炎阳吐舌头/它身后的影子像一条黑狼/领着狗走来的村长/像当空舞动的警棍//北风逮捕了一片乌云/押送南方/云以更远的边陲/流放春雨//夜色染黑油灯的山村/睡不着的叹息在黑暗中燃烧火苗/一张巨大的白条/使全家所有财产都变成小小黑字//泪水已干　干成春旱/只有荒草一样茂盛的笔画/还在红头文件上生长//粗砺的手始终拔不掉荒草/荒草就在山间起伏/起伏着荒草一样多的农民/农民一样多的贫穷"。姚学礼在八九十年代更是颇有特色的乡土诗人,他移居地区级城市平凉后,写的小城生活的诗也有浓烈的乡土诗味。"感谢《诗刊》给我一个机会会见姚学礼,并品读他的诗歌。对于姚学礼,

[1] 罗振亚:《中国现代乡土诗凝视》,《淮北煤炭师范学院学报》2000年第1期,第8页。
[2] 罗振亚:《中国现代乡土诗凝视》,《淮北煤炭师范学院学报》2000年第1期,第10页。

我以前知道他的名字，却没有认真读他的诗。为什么呢？一个是因为他作品多半发表在海外，也见不到他的诗集。还有一个原因就是，许多发表他的诗都将他标为新乡土诗或乡土诗。这个定义把我和他拉开了距离。因为在我印象中我总认为乡土诗是那种比较直接写乡村生活，表现乡村一种生活场景很具体亦难免琐屑的一类诗。另外一个原因是多半的乡土诗都是很传统，都是五言七言体的歌谣式的东西。所以从心底里有些距离。但是一读他的诗，我发现错了，姚学礼的诗完全不是那种类型。我建议以后尽量避开新乡土诗这个概念。用陇东乡土诗人称他，是定位不准的，姚学礼应是充分表现了西部生活的现代诗人。从'五四'运动以来的乡土诗的发展是极其缓慢的，它总是带着牧歌式的浪漫和激情在原地徘徊。乡土诗作为一种取向，应该寻求新的发展，不应只是一条窄小模式和路子，它不能只在古典诗歌和民歌的基础上求发展，应该和所有的新诗一样，要在大众化、民族化和向民歌学习的基础上而勇敢、敏锐和创造性地与中国古典文学传统和'五四'新文学传统进行对接，以新的生存状态参与世界新诗。姚学礼正是这样，他的所谓'乡土诗'是变异了的西部诗，它实际是黄土地的另类。他的诗歌是西部现代诗，它是在自身的变数中以多元探索和实验的新诗歌，他的大地根基是灵性的，意象是奇特和大胆的，写作是彻底自由表达，诗歌核心是东方的，虽然骨子里是些民歌和古典。带给读者却是自然的接受和智性层面的悸动。于是，许多诗人在同路前行的相似身影中消失了，姚学礼却以关注存在的隐忧，返身灵魂的激荡，不被时尚物化而活跃至今。姚学礼的诗我认为很有新意。他真实地表现了西北乡村的生活和情感，有着非常深厚的黄土地上农民的生活场景和诗人对大地主人的一种关怀。他的诗不仅是乡土的，而且是古典的，也是现代的；古典、乡土、现代，这些质素在他的诗中得到自自然然的融合。我认为一个优秀的诗人，就像姚学礼，他的营养是来自多方面的，可能是一种整合，是一种通融，是一种包容度很大的东西。如果是一种很偏的东西，或直取现代，或直取古典，或直取乡土，诗就会很狭窄。姚学礼的诗路比较宽广，他是三者兼容。我非常注意诗人和他的土地的关系。我认为海子，他最根本的一点是他的'麦地情怀'。姚学礼同样有着'大地情怀'，但他不是表现麦地。我非常注意姚学礼和他的生活本来样子的联系，姚学礼有非常深厚的古典文学的根基，他读了很多书，很多典籍，他是一个学者型的诗人，仅仅说他有乡村生活是不够的。由此我想到现在一些年轻诗人，很聪明很有才情，但缺乏与土地的联系，缺乏和他生活的本来样子的联系。缺少与大高原，大湖泊，大平原，这样一些与大中国绵延不断的土地的联系。另一个缺陷是他们对中国传统文化了解很少,这往往使他们从一个概念出发敷衍成诗,读了不动人。”[1]

谢冕的这段评论既是对姚学礼乡土诗的评价,也是对整个乡土诗的评价,表现出他对乡土诗及乡土诗人的不满。他理想中的乡土诗应该有“古典、乡土和现代”三大“质素”,他理想中的乡土诗人应该是仅“有乡土生活是不够的”,还要是“一个学者型的诗人”,不仅要有“与土地的联系”,还要了解“中国传统文化”。中国人的传统伦理正是在中国传统文化中。乡土诗人实际上应该是中国传统伦理的维护者和现代伦理的建设者。因此谢冕在给姚学礼写的诗评中举的三首诗都具有明显的价值观和道德感。除《度春荒的日子》外,另外两首是《最好》和《边城平凉》。《最好》全诗如下:“在家里对卧病的奶奶/你最好多加伺候/有人敲门 是讨要的穷人/你最好给点东西/出门见一个小孩跌倒了/你最好拉起这种哭声/过马路遇到颤巍巍的老人/你最好伸手扶一下同行者/在城南那个孤独老爷子的破屋里/你最好抽空去坐坐//人生,每一天都很平淡/你最好的事/是你最好做了/这些事”。这首诗是一首典型的伦理诗,提出了小城人的生存方式及道德规范。姚学礼这首诗倡导的这种伦理是典型的乡村伦理,他是把村庄里的生活方式搬到了城市,他针对的正是城里人的“依门而居却不相识”的人情淡漠有感而发的。所以这首诗也引发了在北京生活了50多年的北京大学中文系教授谢冕的感叹,他因此提出了在现代语境下“乡土”的创作策略:“这首诗写得很好,语言亲切平易,传达着普通人的情感和思想,是对生活真情的呼唤,对人性复归的焦虑,我读了很感动。这是来自于对生活当中碰到的普通人、弱者或需要帮助的人,他寄予关怀。读这首诗让我想起了杜甫的一句诗:‘堂前扑枣任西邻,无食无儿一妇人’(《又呈吴郎》)。这种对普通人的关怀,使我觉得姚学礼的诗心与我们伟大诗人的诗心是相通的。用平易的语言来表达一种人文关怀,我认为这是好诗,是人们期待的真挚和富有思想活力的真情告白。乡土显然已经不足以描述我们这个时代的特点,同样,民间性也不足以描述我们这个社会的特点,本土和传统仅是需要转化的潜能。姚学礼是以土地上生长着的力量和态度在重新审视、重新发现、重新认识现实,并在转化自己的本土和传统。还有一首:《边城平凉》看前四句:‘我们这里已没有狼狼的嚎叫是沙尘暴/我们这里已没有虎虎的长哮是沙尘暴/我们这里已没有豹豹的叫声是沙尘暴/我们这

[1] 谢冕:《认识姚学礼》,《诗刊》2005年第9期,上半月刊,第60-61页。

里已没有鹰鹰的飞翔是沙尘暴'这四句非常棒，就这四句，题目就叫《沙尘暴》，多好的一首诗呀。四个排句敲打着我们的心，这就是当前我们所面临的生态环境。正如原野上野树，获取天成的阳光云雨，清风掠过，摇曳出自身而自然的节奏，这是一种具有鲜活生命力的自然的原生态。姚学礼是从自己的土地上和土壤里自然生长的生活背景、生存环境中感受个人独特的体验，他因此具有个人化和个性气质的东西，这使他的诗有一种原创性的活生生的语境。如《做女人就作你手下的面团》一诗，他表现了乡土的土味，男女间的情爱非常大胆又有他的生活气息，非常好。所谓的乡土风，这就是乡土风，所谓的原汁原味，这就是原汁原味。"[1]

谢冕10多年前的这段对乡土诗的批判性结论可以用来评价今日乡土诗。"乡土"和"民间"正是乡土诗的关键词，甚至是一些乡土诗人守旧的护身符。乡土诗几十年发展缓慢，甚至近年出现萧条之势，与过分重视"乡土"与"民间"，总是想"直接"通过乡土诗来构建乡村伦理的急功近利有关。"任何价值系统都形成一种意识形态，很明显，一种意识形态只能存在于通过转移而被重新构建的境况之中。"[2]只有与时俱进地重视乡土诗的写作伦理，把乡村的政治改革和伦理改良与乡村的道德重建和文明重构视为当务之急，才能完成乡土诗的现代性建设，加快乡村的现代化进程，培养出新时代的现代精神，打造出既有传统风味，更有现代气息的"美丽乡村"。如果乡土诗极端强调直接写作，直接建立某种价值系统，过分倚重乡土，民间诗人过分依赖民间，乡土诗会沦落为妨碍中国乡村现代化的保守诗体，影响乡村现代伦理的建成。

"诗是艺术地表现平民性情感的语言艺术。……中国读者最需要的不是粉饰太平的写实诗人，更不是以教师爷自居的哲理诗人，而是能够给生活在前所未有的竞争环境中的国人带来心理安慰和情感抚慰的情感诗人。"[3]乡土诗写作也不需要粉饰太平的谎言写作，这种写作不利于乡村现代伦理的建设。甘肃岷县诗人包容冰的《走走停停》写出了今日乡村的真实生态和乡村干部的真实生态："正因为大半生人在乡下/车轮在泥泞的道路上打滑/看到的不是醉人的风景/风景那边传来的也不是/让我心跳加速的谎言"。乡村并

〔1〕 谢冕：《认识姚学礼》，《诗刊》2005年第9期，上半月刊，第61页。

〔2〕 Judith Williams. Decoding Advertisements. London: Robert MAClehose and Company Limited, 1978. p. 43.

〔3〕 王珂：《诗是艺术地表现平民性情感的语言艺术——论现代汉诗的现实出路》，《东南学术》2000年第5期，第104页。

不是"醉人的风景"，乡村干部却需要谎言生存，乡村诗的写作有时是谎言写作。《秋天：寒露的阳光与风》写出了当地乡民生存的艰辛："在九月初一寒露的阳光里/沐浴思想/发黄变红的树叶/给秋天尽情地描述大地的幸福/我伸出劳动繁忙的手，捧一捧寒露硬邦邦的肋骨/支持思想软弱的部分/一年的收成/在旱情遗漏的指缝间/捡起父亲凝重的沉郁/揣在心中/洋芋蛋缩小些许/当归叶瓣低矮一半/黄芪与党参在胚胎中忍饥挨饿/物价不断上涨的行情/由不得萎顿了药农膨胀的梦境"。正是因为时时感受到这种生存的艰辛，又不可能停止乡村文人的思考，摒弃乡村文人的责任，乡村诗人才会通过描写乡村美丽的一面来麻醉神经。如包容冰写了《胡麻花开的时候你一定要回家》，展现出一幅如诗如画的乡村美景："胡麻花盛开的季节/蓝蓝的胡麻花是大山的蓝头巾/母亲戴着它/妻子戴着它/我的两个如花似玉女儿戴着它/在故乡的山坡上唱歌"。

从甘肃诗人的乡土诗创作中不难发现，诗人的生活地点与乡村的空间距离决定着诗人对乡村文明的态度。生活在乡村、乡镇、县城、省城、京城的诗人写乡土诗的风格差异较大，距离乡村越远，对城市文明越熟悉的诗人越愿意反思甚至批判乡村，越不愿意故作天真地唱着田园牧歌，特别是城市诗人具有更多的批判精神。生于乡村，当过乡村小学校长，现任县政协干部兼县作协领导的包容冰平时都生活在岷县县城，不愿意听到"让我心跳加速的谎言"。唐欣在甘肃省委党校任教，生活在省城兰州，写过很多反映都市生活的城市诗。他也有"田园梦想"，也不愿意"有违自己的良心"的"歌德式"写作。他在 2002 年 2 月写的《田园诗》全诗如下："麻雀落在土坯屋顶/树根裸露　光屁股的小孩/在泥浆里打滚　核桃一样/的老人靠在墙根　我要赞美这些/岂不有违自己的良心/现在到农村也就吸吸氧气之类/牛我不搭理　驴我不搭理/农民我跟他亦无话/只有狗认出我是生人/一阵狂吠我赶紧骑车逃命"。很多诗人都像包容冰和唐欣这样重视写作伦理，在追求政绩弄虚作假成风的时代，保持乡村之子的诚实，实际上是受到了从小接受的乡村伦理规定的做人的基本原则——"当老实人干老实事"的影响。他们推崇这种诚信的写作伦理，也是对乡村传统伦理的维护，但是这种写作也影响了乡土诗的现代性建设，不利于通过新诗的现代性建设来完成打造现代中国人和现代中国的时代重任，也不利于完成今日乡村的"新农村建设"，尤其是新的价值观及伦理观的建设。

东南大学现代汉诗研究所　东南大学中文系

汉语新诗的形式美学建设与林庚的探索

江锡铨

从20世纪初期诞生至今，汉语新诗已经走过了百年历程。如果对汉语新诗作一次世纪回眸，我们可以发现，诗歌形式问题一直困扰着新诗的艺术发展。在汉语新诗百年来的多声部"合唱"中，格律诗的声音是十分微弱的。诚如一位学者前些年所说的那样，"中国新诗有个奇特现象：只有自由诗"。由于汉语新诗诞生之时适逢世界性的诗歌非格律化大潮，以及五四新文学先驱者们对于包括古典诗歌格律传统在内的整个传统文化持激进态度，"于是，格律诗在中国式微，自由诗成为中国新诗的全体(不只是一体、不只是主体)了。"〔1〕如果考虑到百年来虽然不断有人进行现代格律诗的倡导与试验，然而却没有一种试验诗体形式被普遍认同、普遍运用这一历史事实，那么，中国新诗的确是"只有自由诗"。

这种"奇特现象"，似乎是导源于五四新诗"诗体大解放"的潮流，彰显了五四文学革命的"革命"性质。对于冲破当时"拘执着几平几仄方可成句"的"假诗世界"〔2〕的壁障，开创中国诗歌文学的新局面，这种"现象"或许是起到了"助推"作用的；但是，对于新诗进一步的建设性发展，这种"现象"就难以发挥更大的积极作用了。中国是历史悠久的文明古国，是名副其实的诗歌大国、诗歌强国，曾经创造过极为灿烂的诗歌文学和诗歌文化。然而，这灿烂的诗歌文学是保存在同样优美的诗歌形式之中的，或者说这优美的诗歌形式本身，就是灿烂的诗歌文学的一个部分。曾经从自由体新诗的写作中获得了全新的解放感，但之后又从这解放感中悟到建立诗歌形式重要意义的诗人林庚说过，从楚辞到唐诗，"是先在散文解放的浪潮中取得一定的自由，后来又进一步找到了五七言的完美形式而得到更充分的自由。'李白斗酒诗百篇'，中

〔1〕 吕进：《现代格律诗的新足音——黄淮〈九言格律诗〉》，《新诗文体学》，花城出版社，1990年，第144页。

〔2〕 刘半农：《诗与小说精神上之革新》，《中国新文学大系·文学论争集》，上海良友图书印刷公司，1935年，第342页。

国古典诗歌最成熟、最解放的高潮，恰好就出现在五七言形式完全确立之后”[1]。因此，“新诗的发展，很自然地会把对更完美的新形式的要求提到日程上来”[2]。“诗歌形式上的百花齐放，最后总还要统一在一个或几个基本形式上”[3]——这是新诗形式问题上最彻底、最清醒的认识，是新诗形式美学建设的关键之所在，但同时也是最难以取得普遍共识的深刻的理论见解。

这种“奇特现象”，与近现代国际诗歌文学艺术发展的大背景也是极不协调的。在世界范围内，在很多国家，尽管一个世纪以来，自由诗似乎已经成为一种时尚，但它仍然只是各体诗歌中的一体，好像并没有成为整个世界诗歌的主体，更不是全体。只写自由诗，不写格律诗而成为有影响的大诗人的，在外国诗人，即便在20世纪的外国诗人中也是鲜见的。不仅发达国家是这样，发展中国家也是如此。比如，二次大战以来，拉丁美洲有多位作家获诺贝尔文学奖。其中至少有3位作家主要以诗人名世：智利女诗人米斯特拉尔(Gabriela Mistral)，危地马拉诗人阿斯图里亚斯(M. A. Asturias)和智利诗人聂鲁达(Pablo Neruda)。他们又都是擅长风行世界，尤其是印欧语系各国的格律诗体十四行诗(Sonnet)的诗人，在他们各自的获奖作品中，都包括有不同名目的十四行诗集。看来，一种只有自由诗的诗歌文学，要在全球化语境下的国际间进行比较广泛、比较深入的交流与对话，恐怕是有一定困难的。

汉语新诗自身近百年的艺术发展，也一再表现出试图改变这种“奇特现象”的种种努力。尽管由于这样那样的原因，这些努力的结果也许并不尽如人意，但仍然给我们留下了深刻的启示。笔者以为，中国新诗史上真正产生了较大的，甚至是全社会、全民性影响的诗歌运动，可能只有四次。还有一次较大规模的诗体实验，即20世纪20年代中期，由闻一多、徐志摩所倡导与领袖的，以《晨报·诗镌》为阵地的新诗格律化讨论与试验。文学史家朱自清曾用一句话来概括这次诗体试验的深远影响：“那时大家都做格律诗”[4]。这次诗体试验被一些学者称为新诗的第一次“中兴”，其流风余韵一直持续到抗战爆发前夕北平的“差不多集所有北方新诗作者和关心者于一处”的“读诗会”，“大家兴致所集中的一件事，就是在新诗的诵读上，究竟有无成功的可

[1] 林庚：《问路集·自序》，北京大学出版社，1984年第3页。

[2] 林庚：《问路集·自序》，北京大学出版社，1984年第1-2页。

[3] 林庚：《五七言和它的三字尾》，《文学评论》1959年第2期。

[4] 朱自清：《〈中国新文学大系〉诗集导言》，《朱自清全集》，第4卷，江苏教育出版社，1990年第372页。

能”，和 40 年代上海“孤岛”时期醉心于格律诗探索的诗人们创办的《新诗刊》[1]。在中国新诗史上，可以说没有任何一次艺术倡导、艺术探索拥有如此众多又如此持久的追随者。符合诗歌艺术创造规律的，具有在一定程度上能够被较普遍认同的特殊美学规定的诗歌格律形式，似乎是有着比较强的艺术凝聚力的：无论是对于旧诗还是新诗，好像都是如此。

这次较大规模的诗体试验之后，抗战初期的新诗运动，恐怕要算是新诗诞生以来第一次较大的，具有全社会、全民性影响的诗歌运动了。抗战初期是一个诗的时代，因为，“在那样热情蓬勃的时期，无论是时代底气流或我们自己底心，只有在诗这一形式里面能够得到最高的表现”[2]。这次新诗运动是以朗诵诗、街头诗、诗传单这样一些注重形式节奏，读来上口，易懂易记，富有艺术感染力的诗体为主导形式的。第二次较大的诗歌运动，当数上世纪 40 年代中后期的民歌体新诗运动。在解放区表现为以《王贵与李香香》《漳河水》《赶车传》为代表的民歌体叙事诗热潮，国统区则风靡着以《马凡陀的山歌》为代表的民歌体讽刺诗。古老民歌的艺术营养与新诗的创新探索，在 40 年代多难而炽热的现实生活中相遇，创造出老百姓喜闻乐见的诗歌形式，使得中国新诗真正不但赢得而且穿越了知识分子读者群，还切切实实地进入了社会下层。值得注意的是，当时国统区的一些著名诗人，如郭沫若、臧克家、邹荻帆等也写过很多政治讽刺诗，内容也同样尖锐辛辣。然而，可能是由于这些诗作大多采用自由诗体，所以其影响远不及《马凡陀的山歌》。这里诗体形式的反作用效应，再一次传达了新诗内部规律矛盾运动所产生的对于新诗格律形式的呼唤。

第三次较大的诗歌运动，大约要算是大跃进民歌运动了。尽管这次新诗运动产生于特定历史时期，带有那个时期特有的狂热和浮躁，但其规模之大与影响之广泛、之深入，却是新诗诞生以来前所未有的。套用朱自清的表述方式，可以说那个时候大家（不只是诗人，几乎是全民）都写（或唱）民歌。其规模与影响显然是和当时的流行诗体，那种格律简单整齐，韵脚响亮绵密，过目（耳）难忘，易学易会的民歌形式的推动是分不开的。第四次较大的诗歌运动，应当是 1976 年的天安门诗歌运动。这次诗歌运动和 20 世纪 40 年代后

---

〔1〕 沈从文：《昆明冬景 · 谈朗诵诗》，《沈从文文集》，第 11 卷，花城出版社，生活 · 读书 · 新知三联书店香港分店，1984 年第 251 页。

〔2〕 胡风：《在混乱里面 · 四年读诗小记》，《胡风评论集》（中），人民文学出版社，1984 年，第 345 页。

期国统区的讽刺诗运动有着惊人的相似之处，诗的“炸弹和旗帜”的作用都得到了充分的体现，而其影响的深度与广度，又更甚于30年前的那次诗歌运动：在当时，天安门诗歌几乎是唯一被普遍接受的文艺作品。在艺术形式方面，这两次诗歌运动也有惊人的相似之处：天安门诗歌中影响最大的，最脍炙人口的诗篇，全都出之以民歌体或是不十分严格的旧体诗词形式，如《扬眉剑出鞘》《向总理汇报》等。天安门诗歌之所以能够家喻户晓、妇孺皆知，除了痛悼伟人，共讨四凶的如火如荼的民情背景之外，显然也得力于那种朗朗上口，过目即可成诵的诗歌形式。

从20世纪20年代中期闻徐的诗体试验到70年代中期的天安门诗歌，差不多10年左右就会出现一次规模和影响较大的，并且总是有着一定的艺术形式要求的诗歌运动。这些诗歌运动从文化流向上看是在逐渐走出诗人和知识分子的小圈子，从精英文化走向大众文化；但从形式美学的走向上看，却是在形式追求中渐渐弱化了创新与建设意识，乃至于退回到曾被先驱者否定的旧有诗歌形式中去。一定的形式追求使得这些诗歌运动能够风靡一时，而文体自觉的丧失，又使得它们作为新诗运动也仅仅只能风靡“一时”而已——独领风骚一二年或三五年：因为新诗是不能一直这样写下去的。对于这些风靡一时的诗歌运动，可以说是成也形式，败也形式。从天安门诗歌运动到现在，半个世纪过去了，历史上一再出现的那种有轰动效应的，有全社会性影响乃至几近“全民皆诗”的诗歌运动，却一直没有再出现过，而且短时间内恐怕也不太可能出现。究其原因，除了与思想解放、改革开放相一致的文化选择的多元化，文学的艺术表现、审美时尚的多元化这样一些因素之外，好像与缺少和时代精神相一致的诗歌形式——如同流行音乐的节奏、配器，或是时装的款式、色彩那样的“形式”，也是不无关系的。到了天安门诗歌运动，新诗的形式求索已经一步一步蹈入一种十分尴尬的境地：再这样走下去，大约又要回到严格的旧体诗词形式中去了。也确实有一些诗人，如艾青所介绍的那样，原来是写新诗的，后来改写旧诗了。艾青问他们个中缘由，他们都说：“新诗难写”[1]。这样的感慨，恐怕主要是针对新诗形式无定，难以把握，不如旧诗规范易学而发的。能否在“创格”方面有新的突破，能否创立体现新诗文体特点，相对固定而又能为诗人和读者普遍认同的格律形式，似

〔1〕 艾青：《和诗歌爱好者谈诗——在北京劳动人民文化宫》，《诗论》，人民文学出版社，1980年，第22页。

乎已经成为新诗能否步入中兴之路的关键所在。

1959年,何其芳在《再谈诗歌形式问题》一文中,说了这样一段话:“在诗歌的形式方面,五四以来的新诗是‘破’得多,‘立’得少;‘破’得很彻底,‘立’得很不够。也曾有少数诗人作了建立格律诗的努力,然而由于理论上和实践上都还有些问题,未能成功。用辩证法的观点来看,这恐怕是一种历史发展的必要的曲折,并不一定是道路迷失得太久。”[1]

如果我们能够认同何其芳这段话的基本精神,那么,为汉语新诗的“立”,为汉语新诗形式美学建设不遗余力的少数诗人中最坚韧的一位,大约要算是本文上篇所提到的林庚了。七十余年来,他几乎是孤军奋战地行进在“历史发展的必要的曲折”中而矢志不移。在新诗命途多舛的形式美学建设历程中,林庚是做出了突出贡献的一位诗人和诗论家。他的坚执信念,持之以恒的不懈努力和远见卓识,以及在此基础上所形成的理论与实践成果,已经成为不算十分丰富的汉语新诗形式美学建设成果中最重要、最精深的建树之一。随着时间的推移,他的这些杰出建树对于汉语新诗形式美学建设的理论探讨与创作实践的指导意义,将会被文学史的发展进一步确证。

林庚是上世纪30年代很有影响的现代派诗人,以《夜》《春野与窗》《北平情歌》等诗集名噪一时。他最初是以自由诗形式开始新诗创作的,自由诗给他带来了最初的快乐,但无规律的快乐不能让他满足,他从中悟到了自由的相对性,遂从1934年——差不多是他自由体现代派诗创作的巅峰时期——开始了新诗形式的思考与探寻。他认为,这是对新诗艺术发展规律的顺应,因为“为了使诗歌摆脱与生俱来的逻辑习性,还有待于进一步找到自己更完美的形式”[2]。此后是七十年如一日,始终坚持着对于汉语新诗“更完美的新形式”的探讨和实验,取得了将为诗歌史和文学史所铭记的成就。

林庚深知,诗歌形式是事关汉语新诗存亡兴衰的大问题。他说,“新诗形式的问题为什么会引起这么广泛的注意,就是因为在新诗的创作上还缺少一种相当于过去五七言那样方便的形式可以使用。这不但使得诗坛的繁荣缺少了一个有利的条件,而且不能批判地接受五七言的民族形式传统,也就无法取代五七言以及与五七言共始终的文言诗。许多新诗人写了一阵新诗以后,往往又调过头来写旧诗了。这现象就说明了新诗在形式上还远远不能满

〔1〕 何其芳:《再谈诗歌形式问题》,《何其芳文集》,第6卷,人民文学出版社,1984年,第67页。

〔2〕 林庚:《问路集·自序》,《问路集》,北京大学出版社,1984年,第2页。

足创作上的需要。”[1]。林庚认为，“一切艺术形式都因为它有助于特殊艺术性能的充分发挥而存在”，“诗歌作为最单纯的语言艺术，除了凭藉于语言又别无长物；换句话说，它所唯一凭藉的，乃是它所要求突破的”。“诗不同于散文，它总要有个与散文不同的形式，自由诗必须分行，这也就是起码区别于散文的形式；但是仅止于此还是不够的。……形式并不等于艺术，它不过是一种手段和工具，但一个完美的诗歌形式却可以有助于艺术语言的充分解放与涌现。”然而，“要寻求一个完美的诗歌形式并非一朝一夕之事，而为了新诗发展的需要，对此进行不懈的探索、不断的尝试，乃是值得的。”[2]林庚已经预见到了汉语新诗形式建设的艰难与持久。

在确立了新诗应当具备“完美的诗歌形式”这一理念的同时，林庚进一步提出了“自然诗”的概念，并仔细区分了“自然诗”与通常所说的“自由诗”的差异。林庚认为，就像电影银幕一样，自由诗是不规则的图形，而自然诗则是那永远一致的长方形，读自然诗，就像看电影一样，我们会完全忘掉“银幕”(形式)，从而使得诗情得到更深广的传达。那么，什么是“自然诗”呢？林庚说，“熟则成自然，而大家都走一条路则自然愈走愈熟，愈熟便反而愈不觉得了”，而新诗的“完美的诗歌形式”追求，似乎正是自然诗这样的“虽有若无”，“于是采用一个一致的有韵的形式”[3]。林庚回顾了传统诗歌从楚辞到七言诗形式确立的漫长历史过程后意味深长地指出，“这个历史经验告诉我们，诗坛在经过散文化的洗礼之后，就必须进行语言形式的再度诗化。”“楚辞在接受散文化洗礼的同时就出现了骚体的形式，新诗在接受散文化洗礼的同时就出现了分行的形式，这就说明诗歌起码总还得有一个自己的形式……如果连楚辞那样已成为七言诗摇篮的形式，也还只能算是半诗化，也还是后无来者，那么新诗的分行不就更是差的远了吗？”[4]由此，林庚提出了诗歌形式最终“还要统一在一个或几个基本形式上”[5]的理论认识。

那么，新诗的这“一个或几个基本形式”的中心问题是什么？林庚提出，就在于建立新的“理想的诗行”。他认为，“词的形式之所以在古诗中不过是一个小巧的局面，正因为它并没有建立起新的诗行”，“一下子就出现了百十

〔1〕 林庚：《再谈新诗的建行问题》，《文汇报》1959年，12月27日。
〔2〕 林庚：《问路集·自序》，《问路集》，北京大学出版社，1984年，第2页。
〔3〕 林庚：《诗的韵律》，《益世报·文学周刊(第80期)》，1948年2月28日。
〔4〕 林庚：《谈谈新诗 回顾楚辞》，《文汇增刊》1980年第4期。
〔5〕 林庚：《五七言和它的三字尾》，《文学评论》1959年第2期。

来种的词牌，可见还是容易的；而诗歌史上出现成熟的五言诗行、七言诗行却是多么困难的事情！我们今天面临的难题正是这后者，也就是说我们要像古代建立起五七言诗行一样，能为我们今天的新诗建立起理想的诗行"[1]。在林庚看来，建立"理想的诗行"的关键问题，在于对民族传统的继承与突破。"民族形式的诗行则将是最主要的，最受欢迎而广泛流行的。""今天的诗歌则正是要继承五七言民族形式中的普遍性而又要突破其间的特殊性"。这个应当继承的"普遍性"，正是林庚多年惨淡经营的重大诗歌美学发现——"半逗律"："它贯穿在中国历代诗歌之中，数千年来广泛的为人民所喜爱，它是历代诗歌创作生活中不可分割的一部分"[2]。所谓"半逗律"，"也就是将诗行划分为相对平衡的上下两个半段，从而在半行上形成一个类似'逗'的节奏点"，"要力求让这个节奏点保持在稳定的典型位置上"[3]。"按照'半逗律'上下两半行近于均匀的原则，以及诗行半腰上节奏点的稳定，就自然决定了诗行的一定长度"。他认为，"九言诗行（五四），以及十言诗行（五五）、八言诗行（四四）、十一言诗行（六五）都可能是更具有普遍性的"[4]。"但是其中要以九言诗的'五四'体最接近于民族传统，也最适合于口语的发展"，因为"凡是念得上口的诗行，其中多含有以五个字为基础的节奏单位"，而口语一般比白话要简短些，代替白话中五字单位的，应该是四字单位，由于"口语与白话是息息相通的"，"这样就构成了五四体。五与四个代表着白话与口语的一般性"[5]这个"一般性"，正是建立在白话和口语基础之上的，突破了建立在文言文基础之上的传统诗歌诗行的汉语新诗的形式美学特征。这些构想都是严谨而缜密的，都有着对于中外诗歌，特别是中国古典诗歌形式发展规律的精深把握作为理论背景。当然，也正如林庚所说，"理论性的问题最后还得通过实践来考验"，"还有待于更多写作的证明"[6]。林庚的这些理论建树所给予我们的，更多的是诗歌形式美学建设理念和精神上的，而不是具体的形式设计上的启示。

直到晚年，林庚仍然在进行的他的未竟思考与探索。1996 年 4 月，林庚

---

〔1〕 林庚：《关于新诗形式的问题和建议》，《新建设》1957 年第 5 期。
〔2〕 林庚：《关于新诗形式的问题和建议》，《新建设》1957 年第 5 期。
〔3〕 林庚：《问路集·自序》，《问路集》，北京大学出版社，1984 年第 2 页。
〔4〕 林庚：《再谈新诗的建行问题》，《文汇报》1959 年 12 月 27 日。
〔5〕 林庚：《九言诗的五四体》，《光明日报》1950 年 7 月 12 日。
〔6〕 林庚：《再谈新诗的建行问题》，《文汇报》1959 年 12 月 27 日。

谈到他的一次创作经历，说起他的名作《秋之色》的最后两行诗“你这时若打着口哨子去了/无边的颜料里将化作蝴蝶”，“完全是逼出来的。先写前面的六行，然后，诗到这里是水到渠成，完全是自然流出来的。这是格律诗对创作内容影响的一个证明，若不是有一个节奏的要求，就不会有这两句诗。……格律诗的好处，就在这里，同样的节奏进行，它就有一种推动作用”。其后，他又再次强调了诗歌格律节奏对于诗歌文学生存与发展的重要意义：“诗的一个重要功能，是传播”，而“诗的传播功能，主要靠节奏。有了节奏，才容易记忆，容易吟诵，容易传播开去”[1]。而诗歌节奏是离不开能够被普遍接受的诗歌形式的，这样就又回到了他关于汉语新诗“更完美的新形式”的毕生追索。“从过去诗歌的发展上看，一个形式的自然形成动辄要经过数百年，我们如果不想这样长期的等下去，就不得不凭借理论的帮助来寻求”[2]。林庚倾毕生之力的不懈探求，正是出于不想“长期等下去”，而试图借助“理论的帮助”推动汉语新诗形式美学理论建设的急迫心情。这是一个有着强烈的历史责任感的学者诗人可贵的专业品质。

汉语诗歌在汉语文化圈中的影响与作用是举足轻重的。如林庚所说，“中国是一个诗的国度，诗在人们的精神生活中，占着特殊的位置，不写新诗，就写旧体诗，人们没有拿小说作交往的。”然而，“诗一直不如小说有那么多人看，写诗的，也很冷清，但很多人，还是用诗来满足某种精神生活的需要。无论社会怎样发达，物质怎样丰富，其他文类发展得怎样快，人们一定层次的精神生活对于诗的需要，总是有的。诗是人的精神生活不可缺少的东西。”[3]诗的不可替代性决定了它的永久的艺术生命力，而生命力又必须存活在具体的艺术躯体之中。作为汉语新诗艺术躯体的新诗形式美学建设的重要意义，也就不言而喻了。

江苏省教育学院中文系

〔1〕 孙玉石：《“相见匪遥　乐何如之”——林庚先生燕南园谈诗录》，《新文学史料》2005年第1期。

〔2〕 林庚：《再谈新诗的建行问题》，《文汇报》1959年12月27日。

〔3〕 孙玉石：《“相见匪遥　乐何如之”——林庚先生燕南园谈诗录》，《新文学史料》2005年第1期。

关于新诗的多余的话

——浅谈现代汉诗的文体边界及合法性

子 川

让写作人谈写作,有点多余,尤其是谈新诗写作。新诗诞生已百年,尽管读新诗的人不多,但只要是仍在读诗、写诗的人,就不会无视这样的事实:新诗这个诞生于上世纪初的新文体,经过漫长、曲折且不乏艰难的跋涉,作为一个可以延续中国诗歌传统的诗歌新样式,正在为越来越多的人接受。这并不是说,关于中国新诗及其文体合法性,就再没有分歧意见。季羡林在书中写道:"至于新诗,我则认为是一个失败。"2013 年 12 月《北京青年报》对流沙河的采访报道,转述其对新诗的看法:新诗是一场失败的实验。流沙河的话,对新诗文体合法性的杀伤力更大,毕竟他是一个写新诗且因之成名的专业人士。至于粉丝众多的韩寒曾信口开河:"现代诗人所唯一要掌握的技能就是敲回车键",与新诗多少有点关系的人,似乎没有人在意他。

"2014 中法诗歌节"的主题是:诗歌的历程与场域。法国方面参加"诗歌节"的诗人且不说,中方参与诗人清一色都是新诗写作者、评论者以及译者(这足以证明,当中国诗歌与世界进行对话,新诗已成其主要文体样式)。只不过,在中国语境中,诗歌这个概念应当不止是新诗。如果把研讨交流的主题改成"现代诗歌"的历程与场域,似乎更贴切中方诗人的构成及其话语体系。只是这样一改,中方参与者的身份没问题了,法国方面却有了问题,因为所谓"新诗"是一个有着中国特定语境的概念,它与国际交流指涉的诗歌概念不对称。而且,在诗歌节的对话、交流、讨论过程中,我注意到法国诗人在指涉中国诗歌时,征引涉及较多的是李白、杜甫、苏轼,甚至唐寅这样一些古代诗人,更有法国诗人引证庞德的现代主义是翻译中国古典诗歌时所受到的影响。这也就是说,在国际交流层面,法国方面诗人涉及的是诗歌话语体系,而中方介入讨论的人员构成却决定了我们涉及的更多只是新诗话语。显而易见,李杜、苏辛等是在缺席的前提下参与了"中法诗歌节",而在场的中国新诗却因为尚未能代言中国诗歌传统,在涉及中国诗歌而非新诗的话语时却整体缺席了。

这样的尴尬,想必不是第一次出现在国际诗歌交流语境下。柏桦说:"我认识的汉学家都是这样，他们只崇拜和推崇中国古典文学，认为是瑰宝，是可以和西方文学并驾齐驱的伟大文学，他们说了很多赞美的话(甚至包括庞德，肯尼斯·雷克思罗斯等)，而且发自内心非常推崇中国古典文学。对中国的现当代文学，包括现代诗歌在内，他们就觉得不是那么回事。比如普实克最早就说过，中国包括日本及整个东亚的现代文学根本就不是这个民族的文学，完全是西方文学的翻版。”当在场的法国诗人非常推崇中国古典诗歌时，在场中国诗人在交流中却只把诗歌概念缩水为当代中国新诗。显而易见，许多国际性的“诗歌”交流，有时就这样不对称地进行。

这里涉及的依旧是中国新诗是不是真的成为“一个可以延续中国诗歌传统的诗歌样式”？从“中法诗歌节”的例子看来，中国新诗与中国诗歌传统还不是一回事。而不能延续一个民族诗歌传统的诗歌样式，其合法性是让人怀疑的。这个问题值得所有从事新诗写作、研究的人，认真去面对、去思考。事实上，对这个问题的更深入探究，可能还应涉及“五四”时期那种以毁坏文化传统为前提的过度追慕西方文明的过激的思潮。这是我这篇关于新诗创作的文字所不能容纳的。

作为一个写新诗许多年，也编新诗许多年的从业者，对新诗写作与审美，不能说没有自己的理解与见解，但它们首先应当反映在我的作品中。

我个人对当下(尤其是新世纪以来)新诗现状的整体描述大致是这样：中国新诗创作实践整体上已经跨越对翻译文体直接模仿的练习阶段，在强调现代汉诗的汉语性的同时，诗人笔下已呈现出母语的丰富性，这是在所有文体写作中，诗歌对语言的最大贡献。也许可以这么描述：在学习借鉴翻译文本基础上所诞生的中国新诗文体，经过长达百年的培育成长，已经渐渐成长为一株树。而翻译诗歌文本作为中国新诗文体的参照坐标，只是另一棵树，“我和一株顶高的树并排立着/却没有靠着。”如果我们深入地去关注、细读，就会发现优秀的中国新诗文本，事实上已经并正在创造一种新母语，当然这种创造进程是漫长的，漫长到具体生命够不着它们，抑或这种创造将伴随着新诗最终成为中国诗歌传统的合法传承者才能实现。

具体到我个人对新诗审美的理解。一是新诗作品的汉语品质。翻译文体与外来语可以丰富汉诗语汇、改造我们的母语，却不能颠覆并使之彻底欧化。因而，我们必须有意识寻找那种既保留汉语基本特质又大于传统汉语的汉语(新母语)。自早年执编先锋小说开始，我就一直在警惕某种“过正”的偏颇，并始终关注自己诗歌作品中的汉语品质，努力使之更接近我所向往的“既是汉语的又似乎是大于汉语的诗意表达”。二是新诗的文体建设。新诗的文体虽不再具有传统意义上形式要素，但在音步、分行、断句等方面，还是能找到与现代汉语合理搭配的区别于其它文体写作的某些带规律性的形式元素。这些并非固定规矩却有着符合汉语特质的内在规律性，通过各种不同的有意味的语言搭配，以及步律与分行，可以让不同阅读身份的人，从中感受到形式的美感。单纯从形式上看，每首诗都可以有不同的长短、句式与分行，却又能有一种内在的不同于其它文体写作的诗的形式意味。这一点对于重建新诗的评价方式，有着极其重要的意义，这也是新诗彻底完成革新的标志之一。此外，我所理解的现代汉诗的评价方式应当是：贴切地让内容与形式成为必须一体考量的东西，而不是机械地把形式与内容拆分进行分析的诗学评价。

关于我个人的诗歌写作，早期主要致力于改变自己的诗歌审美经验。在中国这个特定的曾经受到严酷禁锢的文化环境，一个人什么年龄开始写诗，或从什么时段开始进入诗歌现场，往往决定这个人的诗歌审美经验。而“文革”期间的诗歌审美经验，决定了即使让李白来写，也一定不出政治口号诗的范畴。因而，在我早期的诗歌写作实践中，一个极其重要的努力，就是不断修正自己的经验值。不如此，或许今天我尚不知新诗为何物。幸运的是当我开始进入诗歌现场，已面临“文革”后的文化解禁，读书已很少障碍，尽管那时诗歌媒体的美学趣味普遍滞后，但自由读书完全可以让一些具备自省意识的年轻人，能充分洗刷并修正各自的诗歌审美经验。接下来，我们重做一个读者、重做一个诗人，开始真正的诗途上的跋涉。这是一场伴随整个生命长度的漫长而没有终点的马拉松，所有写诗人凭着各自的天分，借助于一个诞生时间不算太久的新诗体，以各式各样的姿势，走各自的诗路历程。尽管时间已经过去百年，尽管已经有了几代人的努力，但我们依旧可以称自己是新诗体的草创者。那是因为，时至今日，我们依旧能看到许多似是而非、不能以相对确定的评价方式予以评价的诗文本，它们是“自由”的产物，但其中绝大部分将因“自由”之故而最终被淘汰。也正因为我们都是草创者，我们完全可以有各自的想法与追求，尽管我们的许多想法或许多追求可能会被时间无情抹去，但时间终究会给出一种结论。结论将来自我们的所有努力，或言之，在我们所有努力中或将产生最终的结论。

那么，我个人是怎样通过自己的写作实践，来表达我对新诗体的理解？首先，我关注新诗体的现代性，如果依旧是传统诗歌的比兴，依旧是唐诗宋词的情怀，只把文言换成白话，那么一百年所走过的，就是一段冤枉路。并且，新诗体的现代性应体现于形式内容之不可分割，但凡借鉴翻译文体把诗行断句拧得不像汉语句式的诗，在我这里，都不认为它具有现代性，即使它用什么俄国形式主义、用什么“陌生化”的理论来辩解也一样。

其次，是新诗体的汉语性。新诗体需要我们去寻找能够承载并表达现代意味的汉语。这意味着不仅要从现成的汉语言中去寻找，也要从包括翻译文体在内的各种语言素材中去寻找，要真正寻得那种“既是汉语又大于汉语”的诗意表达。“既是汉语”指它符合汉语的语言结构方式与规范，“又大于汉语”则从语义承载面以及从音节、步律中去寻找那些富于变化又不逾矩的诗意表达，也可以说新诗在语言使用上，要求既拓宽了汉语的边界又没有越过边界。汉语性还包括象形文字所特具的张力。一个“桃”字能让人想入非非，其实是“桃”的语言背景在起作用。汉字与汉语在你组织使用它之前，往往已有某些固定义存在，假如将其称之为它的基本分寸，现代汉诗写作还要求我们找出其中“过分”的东西。孙过庭的《书谱》有一句“语过其分”，读到它时我突然觉得这句话应当引起诗人的关注，故尔我把它写成一幅中堂，送给一个要好的诗友。毫无疑问，汉语性不仅要求关注汉字语言的内涵与外延，更要涉及基本分寸之外的东西。本雅明说，“诗人第一次像一个买主在露天市场里面对商品一样面对语言。他已经在一个特别高的程度上失去了对语言生产过程的熟悉和精通……所以他们只能在他们的词语中挑挑拣拣。”这有点像我的那句诗：“从一堆平庸的汉语中/满地找牙一样/找出它们的棱角”。

再就是，新诗体应当有区别于其它文体的文体意识。比如诗中的叙事策略及其应用。诗无定法，应当说在诗作中采用某种叙事策略来完成“诗的”叙事，本无可非议。只是，诗如果介入叙事，切不可停留在叙事层面，更不能为叙事而叙事，毕竟那是叙事文体该做的事。这也正是当下有一些带有叙事性质的诗在圈内颇受好评，圈外人却不以为然的根本原因。圈内人从文体内部来看，觉得用诗来叙事且找到一个比较好的叙事角度，能采用一种别致的不滞重的语言，不容易，叫好或许正是出于这样的理由。而圈外人则是从不同文体的比较的角度进入，他们的不以为然也很好理解，毕竟诗再怎么叙事也胜不过小说或其它叙事文体。因此，诗还是应当有其它文体不能替代的特质。这个特质大约还是诗的抒情性。也许是对曾经的过度的煽情、矫情的一种反拨，也许是趋时效应让许多人一拥而上追逐另一些时髦的东西，零度叙述、冷抒情这样一些西方现代派文学观点曾经受到过度的追捧，殊不知，这些理论观点自有其写作环境与理论背景，且只是诸多自由表达中的一种观点，它们存在的最重要作用是促使我们拓宽视域、能从更多角度去思考问题。

最后，我在写作中尽量注意简约、平实、易进入，期望诗的张力更多在文字的后面显现，最好是读上去不觉得晦涩、艰深，却要让人觉得字面后面有更多的意指，像水下的冰山，把更大更多的未知留给读诗人掩卷之后的想象，像苏历铭说的那样："仔细阅读字里行间蕴藏的指向和音节，这样才会有合拢诗集时，心中生出恋恋不舍的感觉。"

还有，在语言上，一方面重视古典诗歌的语言资源，另一方面，也要重视口语。因为要涉及具体作品的引用，这里不便展开，简要地说一下，我所理解的写诗的语言素材应该是一个没有任何限制的库藏：包括书面语、口语，以及翻译文本语汇等所有语言材料。具体应用中，我除了关注它的意指，还充分考虑新诗体的形式元素。我发现，不同质素的语言其实可以通过音步、节律等形式要素，整合到一起，而且，我还发现不同质素的语言通过有意味的诗的形式组合起来，有时会产生意想不到的效果。比如："守住一口井/结果会怎样/许多事情不好说。"最后一句是口语，但如果前面两句不是这样的音步，或者它们也是同质的口语，效果会不会依旧是这样？再比如下面这首诗：

这该多么遗憾
我已经把你认出

报时的钟声，最后一记重击
我听出其中嘶哑的杂音
这让我很难过

在一堆平庸的词汇中
找到自己想要的词
需要一种灵性

此时刚好相反
我在我的藏宝匣
发现一块混进来的石头

事情有多种可能

原谅我无法全部知道
进门时有一个提示牌：请向右看

右边有一棵常青树
那是一棵没有生命的仿生树

——《请向右看》

·

很明显，口语"这让我很难过"的用法，与前后不同语言质素的诗句的搭配，与诗的分行、步律密切相关。因此，每当有人把口语写作或别的什么语写作，分得一清二楚，且喜欢扬此抑彼或扬彼抑此，我个人的理解那还是把问题简单化，顶多算是一种省力气的选择吧。

最后，或许还应当就旧体诗说几句。说了半天延续中国诗歌传统，绕过旧体诗是没有道理的，但旧体诗不能作为可以延续中国诗歌传统的诗歌文体样式，几乎是必然的。首先是语言的变化，"五四"以降，白话取代文言成为日常生活中的基本语言工具，而建筑在文言文基础上的旧体诗，不可能在双音、多音词为主要构词特征的现代汉语语境下再现辉煌。再就是旧体诗的形式美感，其实也只有在古汉语环境下才闪闪发光。前面说到法国诗人指涉的中国古诗，其对仗、平仄、押韵等形式，已在翻译过程中被消解，或言之，译成其它语种的旧体诗，其文体形式上已近乎新诗的文体形式。这一点，也很值得所有新诗业者去思考。处于国际语境下的中国旧诗的形式美感，既然已不再是重要的审美元素，那么，延续中国诗歌传统的要点就不单纯在形式层面，肩负承接中国诗歌传统的新诗，它应当关注些什么？它必须怎么才能在国际语境中继承发扬以及光大中国诗歌传统？还有，旧体诗的感时抒怀，严格意义上也还是把诗视作一种表达方式，所以才会有"不学诗，无以言"的说法。以上这些，在说明旧体诗不能延续传承中国诗歌的同时，似乎也在证明在国际语境下客观上需要有一种新的能传承中国诗歌传统、也契合现代汉语特点的诗歌样式。显然，这也正是我们在备受冷落、不乏诸多非议的严峻现实中不懈努力的理由。

江苏省中华诗学研究会

论汉语新诗命名的异质性
——基于翻译的视角

陈爱中

文学命名是对一种文学现象内涵和外延的界说，所谓“界说者，抉择一物所具之同德以释解其物之定名也”[1]，“诚妄之理，必词定而后可分”[2]。对汉语新诗的认知当然也是从对其的命名开始的。能否寻找到恰适的语词为汉语新诗的各个元素命名是建构汉语新诗阐释体系的前提，因为这一过程会最终决定汉语新诗认知的价值选择和审美倾向。汉语新诗是在欧风美雨的熏陶和浸润下萌生并成长的，茅盾认为：“我们翻开各国文学史来，常常看见译本的传入是本国文学史上一个新运动的导线；翻译诗的传入，至少在诗坛方面，要有这等的影响发生”，因此，“据这一点看来，译诗对于本国文坛含有重大的意义；对于将有新兴文艺撅起的民族，含有更重大的意义。”[3]文学史家陈子展也认为，“到了文学革命运动以后，一时翻译西洋文学名著的人如龙腾虎跃般地起来，小说戏剧诗歌都有人翻译。翻译的范围愈广，翻译的方法愈有进步，而且翻译的文体大都用白话文，为了保存原著的精神，白话文就渐渐欧化了。”[4]卞之琳则认为汉语新诗的产生所受西方诗的直接触动：“西方诗，通过模仿与翻译尝试，在‘五四’时期促成了白话新诗的产生。”[5]

那么，在汉语新诗整体趋于“欧化”的格局下，翻译究竟对汉语新诗的命名产生了怎样的影响？又该如何看待两者之间的关系？或者，进一步说，翻译在汉语新诗的本土化追求过程中，究竟起到了什么作用呢？

---

〔1〕［英］约翰·穆勒：《穆勒名学》，严复译，商务印书馆，1981年，第1页。

〔2〕［英］约翰·穆勒：《穆勒名学》，严复译，商务印书馆，1981年，第18页。

〔3〕茅盾：《译诗的一些意见》，《茅盾文艺杂论集》，上册，上海文艺出版社，1981年，第124页。

〔4〕陈子展：《中国近代文学之变迁最近三十年中国文学史》，上海古籍出版社，2002年，第95页。

〔5〕卞之琳：《翻译对于中国现代诗的功过》，张曼仪：《卞之琳》，人民文学出版社，1995年，第252页。

一

对近现代中国而言，现代意义上的阐释话语是从严复对西方实证思想的翻译开始的，严复翻译了代表哲学家穆勒的《名学》，并以“按语”的形式对翻译内容作了创造性的发挥，使其更为适合中国语境。五四时期，在被誉为“先生”的科学引领下，“大胆假设、小心求证”的认知方式从整体上规训了以“感悟”为特点的传统理念。上世纪初，在这种思维变幻的大背景下萌生的新文学，其阐释话语自然彰显出迥然不同于传统的现代意味，这本身就是翻译的功效。林纾翻译的一百多种小说对新文学的影响有目共睹，鲁迅、周作人就是在“林译小说”的启发下进行新文学创作的。具体到汉语新诗，更是语际交流的硕果，翻译曾经在其萌生和成长的过程中起到过至关重要的作用。当胡适将美国诗人莎拉·蒂斯代尔(Sara Teasdale)的 *Over the Roofs* 翻译成《关不住了》，并视为其汉语新诗创作的“纪元”时，汉语新诗的美好蓝图就在厚重的翻译堆里渐渐地被勾勒出了轮廓。此后，英美意象派，法国象征诗，济慈、华兹华斯的浪漫主义抒情诗等等，翻译行为和翻译内容几乎伴随着汉语新诗的整个生命历程。另一个显在的特征是，汉语新诗的诸多诗人大多兼具翻译家的身份，20 年代象征诗派的李金发、30 年代现代诗派的戴望舒、卞之琳，40 年代“汉语新诗派”的郑敏、袁可嘉，新时期以来的王家新、马永波等，在这些足可以代表汉语新诗某个时代特定成就的诗人那里，我们可以鲜明地考鉴出西方诗歌影响的痕迹，创作和翻译结合得如此亲密无间、难分彼此令人惊讶。如果翻翻创刊初期的《新青年》，不难发现，诗歌翻译的作品竟然占所有翻译作品的一半还要多。因此，从发生学的意义上说，卞之琳将汉语新诗的诞生归结为对西方诗歌的“模仿和翻译”，[1]应该是一个不虚的事实。相应的，汉语新诗的命名也就浸润着浓重的翻译痕迹。

宽泛而言，翻译不仅仅是一种不同语符之间的相互转换，它实际上蕴含着一种内在的语言交际理念，是不同族群之间语词经验的互相应和。囿于语言符号本身的特性，源语言与目标语言之间等值置换的翻译理想很难在实践意义上实现。于是也就存在一个抵制与归依的翻译选择问题。所谓抵制，由于语言实质的差异，源语言中的诸多语义质素对于目标语言而言具备经验上

〔1〕 卞之琳：《五四以来翻译对于汉语新诗的功过》，《译林》1989 年第 4 期。

的不可译性，从而产生翻译上的盲区，甚至是不可避免的误读，对于诗歌而言，这点尤其明显。比如英语诗歌中的“视韵”对于汉语诗歌而言就很难翻译，即便是模仿相似也很难将其同诗歌的内在意境构造恰当地融合起来，而传统汉语诗歌的音义一体的语言特点同样为英语诗歌所头痛不已，英美意象派代表诗人庞德对杜甫诗歌的翻译可谓最好的佐证。源语言的这种抵制实际上就为目标语言在理解上设置了难以避免的障碍，“似是求似”的“意译”应运而生。一般来说，这种翻译情景往往诞生于两个互相对等的语言系统之间，囿于对同一个语义经验都有相对独立的个性化理解，在实现语义的语符置换过程中就难以实现经验表述上的对等，从而加剧了翻译进程中的相互抵制。所谓归依，是指目标语言把源语言的语义经验作为翻译的理想，尽可能地消隐译者基于目标语言本身特性所作的创造，也就是所谓的直译，这种归依性的翻译最大程度上拒绝了意译。事实上，翻译的这种归依趋向是翻译过程中源语言和目标语言之间地位失衡的结果。在这个层面上，源语言和目标语言就表述为一种衍生关系，翻译的最终目的是尽可能地将源语言的语义经验“挪移”到目标语言上，这是一种“殖民”，势必形成所谓的“殖民话语”。

很显然，无论是抵制还是归依，偏执于其中的任何一点都会带来翻译上的误读，难以达臻翻译的理想境界，“辞不达意”之处往往令人扼腕！因为这两种翻译倾向都会或者导致在最初的阶段必然是目标语言的独立性的丧失，或者从根本上无法实现源语言的意义传达。

自西方列强将炮火硝烟笼罩于古老中国的上空开始，被“殖民”的经历就决定了域外语言同汉语之间在翻译资源上的不均衡性，相互之间的翻译地位自然不平等，后者向前者的归依是翻译的主要目的。无论是现代汉语还是现代文学，都是在这种不均衡态势中萌生和演化的。著作于 1898 年的《马氏文通》是马建忠将汉语的语法体系向拉丁文的语法体系归依的硕果，从而开创了现代汉语的语法学先河。话剧、小品文、新小说等等也都是在这种不均衡的翻译中丰满了身份内涵。

汉语新诗的命名同样是在这种翻译的不均衡状态下自成体系的。概括而言，由西方源语言所浸润下的汉语新诗命名机制大致可以分为如下两种模式。一种是直译后的直接命名，这种命名方式最为简单，也最为流行，也最能实现归依翻译理想的意图。汉语新诗将相关的称谓从西方源语言中直接翻译过来，然后寻找到相应的汉语语符，甚至抛弃语词的所指而追求单纯的音译，以此来实现对某一种汉语新诗现象的标示。如“自由诗”来自于惠特曼、英美意象派的“自由诗”运动，是英语中“free verse”的字面意义的直译，“象征诗派”的内涵主要来自于马拉美、波德莱尔等为代表的法国象征诗派，所谓出入于“象征的森林”，“商籁体”则取自于英文十四行诗单词“sonnet”的音译，而“十七年”诗歌中所盛行的“楼梯诗”的得名则是因于对前苏联马雅可夫斯基诗歌的“形译”等等。这种归依性的翻译尽量不在称谓语词的内涵上作人为的改动，而是尊重命名本身在源语言中的表达，以命名的原初阐释为理想真值。因为这些命名大多是在源语言中已经生发并取得了相当成熟的文本经验，汉语新诗以顶礼膜拜的姿态将其视为一种应该实现的理想的未来图景而引致过来，然后以此为“尚方宝剑”，创作出一批“模拟性”的文本，因之往往具有先生性、先验性。比如闻一多、朱湘和冯至的十四行诗，穆木天、冯乃超的象征诗等。另一种命名方式为间接命名。这是一种抵制性的翻译命名，在这种命名模式下的汉语新诗称谓并不能在源语言中找到恰好对应的语词，而是采寻形似的方法从其他的路途来实现命名。比如单纯从诗行数量上来命名的“小诗”。1916 年，周作人在《日本之俳句》一文中，将日本的俳句和“小诗”联结起来，由此而在《论小诗》中说：“(小诗也就是)现今流行的一行至四行的新诗”。最为流行的当属直接以现代期刊的名字为某一诗派命名的模式。自晚清以来传教士为了传教的方便将现代期刊的传播方式译介到中国以来，现代期刊在改变着中国文学的创作与阅读模式的同时也在汉语新诗的命名领域建立了“不朽的功勋”。比如以 1932 年施蛰存主编的《现代》杂志为命名的“《现代》诗派”，以胡风主编的《七月》杂志为命名的“七月诗派”，再比如以 20 世纪 40 年代《汉语新诗》杂志为命名的“汉语新诗派”，70 年代末以食指为代表的“《今天》”派等等。这种纯粹源自西方的现代化的文化传播方式为汉语新诗的话语建构提供了一种新鲜的组构样式，一种新鲜的认知视角，从而打破了传统古典诗歌中的以地域或以某著名诗人为核心的命名方式。

二

如果梳理一下翻译语境下的汉语新诗命名，我们不难发现这里面所潜藏的无穷危机。首先，汉语新诗命名的先生性使得命名的意义指向上有脱离文本实践的嫌疑，从而在一定程度上阻隔了对汉语新诗文本真实的阐释。一般来说，一种命名应该是对相应的文学现象的浓缩性的总结，是经过分析归纳等逻辑解释过程后的高度概括，是一种后发性的语言称谓行为。在以逻辑实证为特征的现代阐释体系下，一旦一种文学命名被确定下来，就从根本上框定了这种文学现象的基本书写倾向和审美原则。比如以李金发为代表的初期象征派诗歌。至今为止，人们总是以波德莱尔、马拉美等人为代表的法国象征派诗歌的内涵来条分缕析它的内在理路，评判其文本价值，阐述其文学史意义，它也就永远被笼罩在后者的阴影里。在众多的阐释文章中，其文本独立性的声音甚为孱弱。事实上，李金发创作象征诗歌的出发点并不单纯是立志于弘扬法国象征诗歌，对它的引进并不是一种归依性的翻译，而是试图创造，在欧风美雨的熏染中寻找汉语新诗的中西结合的"宁馨儿"。李金发从法国学成回国后，面对汉语新诗对传统汉语诗歌的对立性拒斥，感到很奇怪："余每怪异何以数年来关于中国古代诗人之作品，既无人过问，一意向外采辑，一唱百和，以为文学革命后，他们是荒唐极了的，但从无人着实批评过，其实东西作家随处有同一之思想、气息、眼光和取材，稍为留意，便不敢否认，余于他们的根本处，都不敢有所轻重，惟每欲把两家所有，试为沟通，或即调和之意。"〔1〕这种美好的愿望在具体的文本实践中也得到了实施，如《弃妇》中文言句法的运用，传统诗歌意象的重现，选材的古典化等等，这些显然迥异于法国象征诗。因为诗人对汉语母语的隔膜，尽管在客观上并未取得理想的成绩，没有实现初衷，但这些不容抹杀的很有价值的努力却因为法国象征派诗歌的先验存在和归依性的翻译所引致的先生性命名而被遮蔽，这不能不说是一种历史的偏执。

"新诗应该是自由诗。"〔2〕那么什么是"自由诗"呢？至今为止，一贯的诗歌批评总是喜欢将其作为同格律诗相对应的一种诗歌文体而言，采取立足于解构主义的一种定义范式，譬如艾青就在《诗论》中这么定义"格律诗"，"什么叫'格律诗'？简单地说，这种诗体大体上是一句占一行，或一句占两行；每行有一定音节，每段有一定行数；也有整首诗不分段的。"相应的，他就认为"什么叫'自由诗'？简单地说，这种诗体，有一句占一行的，有一句占几行的；每行没有一定音节，每段没有一定行数；也有整首诗不分段的。'自由诗'有押韵的，有不押韵的。"这显然不是一个严格意义上的定义，西方现代诗歌集大成者的艾略特在 1917 年就说过，"我们认为，不能将'缺乏样式和韵'作为自由诗的定义，因为有些其他诗歌也同样缺乏；也不能将自由诗定义为没有格

〔1〕 李金发：《〈食客与凶年〉自跋》，李金发：《食客与凶年》，北新书局，1927 年。

〔2〕 冯文炳：《谈新诗》，人民文学出版社，1984 年，第 18 页。

律的诗,因为即使最糟糕的诗歌也有格律。”[1]汉语新诗的始作俑者胡适在被誉为新诗的“金科玉律”的《谈新诗》中将这种自由诗视为一种“诗体的大解放”,认为自由诗是一种彻底摆脱了节奏和音韵的诗歌,要如说话。以禅学诗著称的冯文炳从胡适的“作诗如作文”的理念出发认为汉语新诗应该用“散文”的句法,“如果要做新诗,一定要这个诗是诗的内容,而写这个诗的文字要用散文的文字。”[2]也就是以“文”的形态消解诗歌传统固有的音韵和节奏的语言表述质素,“我们写的是诗,我们用的文字是散文的文字,就是所谓的自由诗。”[3]“自由”趋于“无”! 艾青在写于1939年的《诗的散文美》中同样强调汉语新诗的“散文美”。90年代以来于坚、沈奇等人提倡的“口语诗”运动承其余绪,作诗如“说话”的大旗,事隔半个世纪之后再次被高擎。黑格尔在《美学》中说到“诗”的表达方式同“散文”的表达方式的迥然区别,“诗和散文是两个不同的意识领域”,诗之为诗,“就不仅要摆脱日常意识对于琐屑现象的顽强执着……还要把散文意识的寻常表现方式转化为诗的表现方式。”[4]运用在认知本质上根本相对立的参照物来规范汉语新诗的写作,这种对“自由”的理解显然走向了解构性的极端,也就否定了汉语新诗文体特征的合法性。如果追根溯源,汉语新诗的诸多困境大多源于此。实际上,来自于域外源语言中的自由诗并非是汉语新诗人所理解的毫无章法的“自由诗”,而是表现为针对传统格律诗而言的一种稍微解放了的诗歌文体。《牛津英语辞典》中将自由诗定义为“不遵守传统的,尤其是有关步格和韵式的格律,节奏和诗行长度不定可变的诗歌写作。”现代主义诗人艾略特发现在现代阐释体系下,自由诗虽然并不拥有任何的肯定性定义,只是由格律诗的内涵所映衬出的一种存在,是一种相对衍生的概念,但是“任何诗歌,不管怎样自由,都免不了要公开地诱使人们用诗歌习惯来阅读它;任何节奏,任何诗行,都不能如此远离某种传统形式,以致丝毫没有对传统模式的暗示,因为我们如果不知道自由来自什么东西,那么任何自由也就没有了意义。”[5]艾略特因此深为怀疑自由诗存在的合法性,“自由诗甚至没有进行争论的口实;它是争取自由的战斗

[1] 黎志敏:《诗学的构建:形式与意象》,人民出版社,2008年,第45-46页。

[2] 冯文炳:《谈新诗》,人民文学出版社,1984年,第24-25页。

[3] 傅浩:《论英语自由诗的格律化》,《外国文学评论》2004年第4期。

[4] [德]黑格尔:《美学》,第三卷,下册,朱光潜译,商务印书馆,1981年,第25页。

[5] [英]克莱夫·斯科特:《散文诗和自由诗》,[英]马·布雷德伯里、詹·麦克法兰:《现代主义》,胡家峦、李新华等译,上海教育出版社,1992年,第327-328页。

口号,而艺术中并没有自由。”即便是被誉为英语自由诗之始祖的乔叟的《荣名之殿》,“And nevertheless hast set thy wyt/ Althought that in thy heed full lyte is/To make bookes , songs, or dytees/ In rhyme or elles in cadence”,如果从韵律的角度看,也是有所遵循的。[1] 应该说,“free verse”的归依性翻译直接导致了人们对“自由诗”从创作到阐释的误读,以为分行的文字就是汉语新诗。时至今日,汉语新诗没有形成相对稳定的品格,和“自由诗”中的这种过于“自由”的解构主义思维理念不无关系。1982 年,卞之琳的一句话道破天机:“译诗,比诸外国诗原文,对一国的诗创作,影响更大,中外皆然。今日我国流行的自由诗,往往拖沓、松散,却不应归咎于借鉴了外国诗;在一定的‘功’以外,我们众多的外国诗译者,就此而论,也有一定的‘过’。”[2]可惜的是,人们盲目得意于“功”的时候,往往忘记了对“过”的反思,这恰恰是汉语新诗文本建设的致命问题。

三

更为让人困惑的是,因为翻译的缘故,汉语新诗的诸多命名并非是对相应的文学现象的梳理或总结,而是一种他者的言说,体现为一种非本体的命名。这显然违背了现代阐释学命名的游戏规则,因而在实践中引致了诸多翻译上的误读。比如盛行于上世纪 20 年代以冰心的《繁星》《春水》和宗白华的《流云》为代表的“小诗”,可谓代表。对于小诗的萌发动因,从周作人的翻译开始,人们总是将盛行于 1921 至 1924 年的汉语新诗的这种形式归结为日本俳句的影响,为此还写进了教材,“小诗体是从外国输入的,是在周作人翻译的日本短歌、俳句和郑振铎翻译的泰戈尔《飞鸟集》影响下产生的。”[3]大概这是受了周作人的影响,他在那篇著名的《论小诗》一文中明确说中国的新诗在各方面都受欧洲的影响,独有小诗仿佛是在例外,他认为它的来源是在东方的,这里边又有两种潮流,便是印度与日本。这似乎成了定论,但如果我们

〔1〕 冯文炳:《谈新诗》人民文学出版社,1984 年,第 25 页。

〔2〕 卞之琳:《译诗艺术的成年》,《读书》1982 年第 3 期。

〔3〕 钱理群、温儒敏等:《中国现代文学三十年》北京大学出版社,1998 年,第 127 页。王瑶先生也持类似的观点,“在日本的俳句短歌和印度泰戈尔《飞鸟集》的影响之下,诗坛上又出现了一股小诗创作的潮流。”见《中国诗歌发展讲话》第 119 - 120 页,江苏文艺出版社,2008 年 1 月。

看周作人对小诗的定义的话，我们也许就不是这样想，他认为小诗是指现今流行的一行至四行的新诗。这种小诗在形式上似乎有点新奇，其实只是一种很普通的抒情诗，自古以来便已存在的。这种定义是一种对当时盛行的汉语新诗创作现象归纳总结后的定义，并不是如李金发为代表的初期象征诗派那样的基于法国象征派诗歌的先验性定义。应该说，这是一种因为翻译而引致的值得商榷的结论，“小诗”和日本俳句之间所体现的往往只是一种形似，相互之间并没有的必然的继承和模拟的关系。事实上，日本俳句的内在要求并没有在“小诗”中真正体现出来，所体现出来的也只是短小精悍的外形，如果因此而断定中国的“小诗”为日本俳句的异域“输入”的话，显然不足为训。汉语新诗中的“小诗”多为自由诗，表示的是刹那间的感想，并没有相对定型的章法和内在要求。冰心将小诗的创作归结为零碎思想的收集，“两年前零碎的思想，经过三个小孩子的鉴定。”〔1〕《繁星》《春水》即此而生，并没有说是日本俳句的仿拟，即便是因泰戈尔的《迷途之鸟》而起，但也只是貌似，甚至没有清晰的“诗歌”文体的概念。〔2〕 宗白华与《流云》是“小诗”创作中的领军人物和代表之作，宗白华在谈到抒写“小诗”的动机以及同日本俳句和泰戈尔的关系时说：“唐人的绝句，像王、孟、韦、柳等人的，境界闲和静穆，态度天真自然，寓浓丽与冲淡之中，我顶喜欢。后来我写小诗、短诗，可以说是承受唐人绝句的影响，和日本的俳句毫不相干，泰戈尔的影响也不大。只是我和一些朋友在那时常常欢喜朗诵黄仲苏译的泰戈尔《园丁集》诗，他那声调的苍凉幽咽，一往情深，引起我一股宇宙的遥远的相思的哀感。”〔3〕事实上也确实如此，如他的《问》：“花儿，你了解我的心么？/她低低垂着头，脉脉无语。/流水，你识得我的心么？/她回眸了几眼，潺潺而去。/石边倚了一支琴，/我随手抚着他，/一声声告诉了我心中的幽绪。”这首诗怎么看怎么有南唐后主李煜的《虞美人》的神韵。其实，如果我们回归到日本俳句的现场，就不难发现上述论断不虚。在日本，俳句应该归结为一种严格的格律诗，有人称它为一种“超短的格律诗”。〔4〕 周作人在另一篇文章《日本的诗歌》里有着更为规范的表述，他说俳句有两种特别的规定季题和切字（Kireji），季题是四季的物色和人事；俳

〔1〕 冰心：《〈繁星〉自序》，《繁星春水》，人民文学出版社，1998年，第3页。

〔2〕 冰心在写于1921年的《繁星·春水》序言中，借其弟弟之口将后来的所谓“小诗”称为“小故事”，见冰心，《繁星春水》，人民文学出版社，2000年，第3页。

〔3〕 宗白华：《我和诗》，《文学》8卷1期“新诗专号”，1937年1月1日。

〔4〕 纪鹏：《关注世界超短型格律诗——俳句》，《中华诗词》2004年第10期。

句每首必有一个季题,切字是一种表咏叹的助词,在俳句尤为重要,每句必有。所谓连歌,表现为一种有着严格的句式安排的诗歌联句形式,各个句式之间有发句、结句等句式之分,这一点有点类似于传统汉语诗歌。进而言之,俳句的创作应该遵循两个基本原则:首先是由五、七、五三行约十七个字母组成,其次是语句中必须包含表示春、夏、秋、冬等季节名称的"季语",要求是比较严格的。对此从这里可以看出,正是日本俳句的抵制性翻译导致了周作人的努力只是被阅读者取其皮相,牵强之处在所难免,而将"小诗"的命名内涵归结为日本俳句的影响则是阐释者创造性联想的结果。在写于 1923 年 3 月的更为详细的论述《日本的小诗》文章中,周作人进一步淡化了日本俳句和中国小诗的承继关系。及至"小诗"已经"中衰"的 1924 年,周作又进一步否定了先前他所厘定的"小诗"的定义,他在谈到小诗所遭际的命运时说:"至于小诗的是非,本没有千古不易的定理,诗学书上未曾规定一首诗的长度,起码几行字才算合格;要论好坏,只能以艺术的优劣,或趣味的同异为准。"[1]

这种误读一直延续到建国后的诗坛。前苏联诗人马雅可夫斯基曾经创造了外形如"楼梯"状的诗歌形式。这是他基于俄语的单词多为多音节的独特语言形式和朗诵、表演等表达情感的需要,因地制宜而创制的,是一种以音节的和谐为准则的,讲究节奏停顿的诗体,重诗歌的音节的乐感,强调语言的能指意义,而相对忽视意义表述的视觉效应,具有浓郁的本族语特色,比如在代表作《好》里,他将一个"好"的单词分裂成三行,以突出节奏感,这是音义一体的汉语所做不到的。同族的文学家卢那察尔斯基说:"马雅可夫斯基提供的诗歌形式把我们日常运用的语言——辩论的,会话的,特别是演讲的语言再现出来了。从他诗行的音节和音韵里,听得见大城市的轰隆声,紧张生产劳动的雄伟的喧闹。实际上马雅可夫斯基诗的韵律是雄伟的,当他的诗由他亲口朗诵的时候尤其雄伟。抑扬顿挫的节拍,好似一个巨大的汽锤在敲打,一个个词像是迈着战斗的行进步伐。它们排成了一支钢铁的队伍。"[2]但是当这种诗体被翻译到中国后,人们只是看到了它的"楼梯式"的外形而剥离了其内在的诗歌理念,诗体的视觉观感喧宾夺主,参差不齐、错落有致的"楼梯式"排列成为判别这种诗体的标示。循此,诗歌史将贺敬之、郭小川和闻捷等

---

〔1〕 周作人:《〈农家的草紫〉序》,周作人:《农家的草紫》,中国人民大学出版社,2004 年,第 248 页。

〔2〕 [俄]卢那察尔斯基:《卢那察尔斯基文集》,第二卷,苏联国家文学出版社,1962 年,第 484 页。

人的相类似的诗体形式归结为模仿马雅可夫斯基诗体的结果，比如《放声歌唱》《东风万里》等。田间认为“李季、严辰、贺敬之、郭小川等人也受马雅可夫斯基的影响。中国诗人移植了他的楼梯式诗体，使之在中国诗土上开花结果。”[1]这显然是一种误读，甚至有曲解的嫌疑。“楼梯诗”的命名本身强调的是诗歌语言的视觉效应，状如楼梯，这同马雅可夫斯基的侧重于听觉的音节组合迥然有别。虽然贺敬之的“楼梯诗”基本实现了表述的初衷，但是在追求视觉的节奏之美的时候，却由于断句过于琐碎和随意，从而割裂了诗歌意象意义上的和谐连接，在一定程度上损害了汉语新诗音义和谐的内在节奏美，甚至有些诗行的排列有点莫名其妙，如《放声歌唱》中的一些诗句。显然，他并没做到将马雅可夫斯基的“楼梯诗”的真髓同现代汉语的音义结合体的独特语言质地契合无间，以创造独特的汉语新诗体式，这种形似的模拟显然有生吞活剥的嫌疑。因此说，单纯地将“十七年诗歌”中的“楼梯诗”归结为马雅可夫斯基的“楼梯诗”的移入和再现，不但没有从语言本质上理解“楼梯式”诗歌的中外语境差异，也就无法有效地利用域外诗歌的优长。一个显然的事实是，在民歌加古典的创作背景下，贺敬之、郭小川的所谓“楼梯诗”显然不是单纯的翻译，而是有着浓重的民歌的痕迹，将其命名为“楼梯诗”也就在一定程度上遮蔽了这种诗体的创造性作为，低估了其在汉语新诗史上的价值。

以现代期刊杂志为称谓的命名方式对汉语新诗而言同样是一种他者言说。杂志只是一种载体，它和诗歌现象本身的关联并不具有决定性、必然性。因此从现代确证性的命名原则上说，这种命名显然是一种伪命名。这种命名模式招致了汉语新诗阐释者同文本创作者之间旷日持久的争执。《新月》杂志来自于泰戈尔的《新月》诗集，“新月诗派”是以《新月》杂志为命名的一种诗歌流派，这几乎已经成为学界的一种共识。但是包括新月派理论的集大成者梁实秋在内的诸多当事者都不承认有新月派，更遑论“新月诗派”了。梁实秋说：“《新月》不过是近数十年来无数的刊物中之一，在三四年的销行之后便停刊了，并没有什么值得称述的。不过办这杂志的一伙人，常被人称作为‘新月派’，好像是一个有组织的团体，好像是有什么共同的主张，其实这不是事实。我有时候也被人称为‘新月派’之一员，我觉得啼笑皆非。”[2]同样，提到上世纪 30 年代的《现代》杂志，人们总是因之而谈

〔1〕 林建华：《苏联文学并非昨日黄花》，《广西师范学院学报》2000 年第 2 期。

〔2〕 梁实秋：《忆新月》，《文星》第十一卷三期，台北，1963 年 1 月 1 日。

到“现代诗派”。孙作云在1935年说:“这派诗是现在国内诗坛上最风行的诗式,特别是从1932年以后,新诗人都属于此派,而为一时之风尚。因为这一派的诗还在生长,只有一种共同的倾向,而无显明的旗帜,所以只好用‘现代派诗’名之,因为这一类的诗多发表于《现代》杂志上。”[1]但《现代》的主编施蛰存对此类命名不以为然,早在杂志的《创刊宣言》中,他就声名“因为不是同人杂志,故本志并不预备造成任何一种文学上的思潮、主义或党派。”而且说,“《现代》诗人的思想、风格、题材,都并不一致”,[2]曾经身处其中的吴奔星、金克木等诸多诗人对这种命名同样不置可否,甚至压根连“《现代》派”这样的宏观称呼也拒绝承认。

四

被誉为留美第一人的近代学者容闳在《西学东渐论》中说,“以西方之学术,灌输于中国,使中国日趋于文明富强之境,予后来之事业,盖皆以此为标准,专心致志以为之”。这里他道出了翻译西方学术的根本目的在于“使中国日趋于文明富强之境”,而要达此境界,独立的声音显然是前提。同样,对于汉语新诗而言,翻译的最终目的是在吸取异域资源的优长中,在现代汉语的语境下建立汉语新诗的独立品格,丰富和充实自我的表达。时过百年,汉语新诗并没有实现真正意义上的民族化和本土化,汉语写作在其它新文学文体尤其是散文的写作中所取得的成就毋庸置疑,但汉语新诗至今无法脱去“西洋的外衣”确是无法抹去的“污点”,以至于人们总是怀疑汉语新诗的“传统”存在与否,质疑汉语新诗文体存在的合法性。《十四行集》是足以代表冯至创作成就的诗集,冯文炳对这个名字颇为反感,详述其原因说,“老实说我对于《十四行集》这个诗集的名字颇有反感,作者自己虽不一定以此揭示于天下,他说他是图自己个人的方便,而天下不懂新诗的人反而买椟还珠,以为这个形式是怎么好怎么好,对于新诗的前途与其说是有开导,毋宁说是有障碍。”这里,冯文炳描述出了翻译语境下的命名为汉语新诗带来的普遍存在的阐释景象,也指出了其对汉语新诗发展的负面影响。大而言之,汉语新诗的阐释在很大程度上囿于翻译的束缚而尚未告别襁褓的柔弱。汉语新诗关注翻译

[1] 孙作云:《论“现代派”诗》,《清华周刊》1935年5月15日。
[2] 施蛰存:《〈现代〉杂忆》,《新文学史料》1981年第1期。

显然不是在自我的领地上奔驰着域外诗歌的影子。现在看来，在追求和强调创造汉语诗歌的民族品格的今天，对汉语新诗命名的这种溯源性考察显得尤为必要。如何以平等而独立的姿态处理汉语和其他语系之间的资源互译关系，并进而对汉语新诗的命名方式和语义内涵重新厘定，以使其融合到现代汉语的语言范畴之内，势必成为建立现代汉语诗歌本土阐释体系的必然要求。

哈尔滨师范大学文学院

1990 年代诗歌叙事诗学的“综合性”

杨　亮

“叙事性”作为 90 年代诗歌重要的诗学话语，一直为学界所热议，但对其概念的界定与理论内涵的阐释目前却莫衷一是。虽然分歧多多，但仍形成了一定的基本共识，“叙事性”不仅仅是一种艺术技巧，而是一种新型的艺术创造，是 90 年代诗歌有效性诗学命题之一。

90 年代诗坛已经丧失了 80 年代的整体性轰动效应，文学，尤其是诗歌被边缘化成为不争的事实。诗歌在 90 年代迫切需要寻找到有效的诗学话语，以思考在“非诗”的历史条件下如何接续现代汉诗的发展，“叙事性”应运而生。正是由于“叙事性”诗学的出现，诗歌告别了 80 年代“纯诗”的形式主义追求，从狭小的艺术天地中走出，重新建立同现实人生、经验世界的联系，诗由封闭走向了敞开，呈现出包容的态势，使诗获得了内在的平衡，即艺术与人生、想象与现实、抒情与叙事间的平衡。

瑞恰兹在《文学批评原理》中谈到了“包容诗”和“排它诗”的区别，他认为“排它诗”过于单一，不易产生审美活动的“过程性”；而包容的诗则体现为相互冲突各部件之间的综合和平衡。布鲁克斯也准确概括了“包容诗”的综合性特征。“不排斥与其主导情调显然敌对的因素的诗；这种诗，由于能够把无关的和不协调的因素结合起来，本身得到了协调，……语境具有了稳定的结构：内部的压力得到平衡而且互相支持。”[1]“叙事性”它所体现的正是这样一种“包容的诗”，即使互不协调、相互矛盾多元素间形成稳定的结构，因此说，“叙事性”诗学的第二层次理论内涵，在于“综合”诸种异质要素的能力。

诗学技艺的综合性调配

王家新曾坦言：“写《伦敦笔记》时，我就有意识地运用一种不是单一风格的而是‘整合’式的写作方式。……于是我把抒情的、叙事的、追问的、反讽

〔1〕［英］克利安思·布鲁克斯：《反讽——一种结构原则》，袁可嘉，赵毅衡：《〈新批评〉文集》，百花文艺出版社，2001 年，第 382 页。

的、经验的、想象的、互文的、细节的等等要素与艺术手段结合在一起，把多种不同的相互冲突的经验熔铸为一个有着不同层面的整体。……具有了更大的包容性。这种'包容性'来自对复杂的艺术经验和精神资源的整合，而不是拼凑。"[1]陈仲义也指出："九十年代以互文、叙事、反讽为中心的综合写作。大大解放了诗人的想象力和处理复杂事物的能力，促进了诗艺兴盛和写作难度的提高。"[2]90年代诗歌告别了80年代的单向性写作倾向，转而将视域投向异质经验观照，繁复、多样的经验世界必然要求综合性诗学技艺的适应与调配，因此，"叙事性"诗学技艺呈现出综合性的特征，这主要体现在表现手法多样性和文体实验的多元化两方面。

"反讽"是"叙事性"诗歌最为常见的艺术表现技法。"反讽"一词，原为希腊古典戏剧中的一种固定角色类型，即"佯作无知者"，布鲁克斯将现代"反讽"定义为"语境对一个陈述句的明显歪曲。"[3]瑞恰兹认为"反讽"就是将"通常互相干扰、冲突、排斥、互相抵消的方面在诗人手中综合成一个稳定的平衡状态"。而这对立、冲突的因子正是从文词的"字典意义"与暗示意义所行程的张力所获得的，在传统意义理解上，词义属于散文属性，而诗歌倚重的是词义的内涵，新批评理论家泰特提出了诗歌应该是"所有意义的统一体，从最极端的外延意义，到最极端的内涵意义"，即"反讽"实际上整合了诗歌的散文性与诗性，既遵循艾略特所推崇的"想象的逻辑"，有赋予诗歌结构、概念的明晰性，这之间的关联正如孙文波的这首《博尔赫斯和我》中所营造的情景，(博尔赫斯)"他走在布宜诺斯艾利斯，实际上是走在书页上"，他在阅读中发现了"虚构在时间中的位置""找到了进入事物的钥匙"，诗人在"我"的散文世界与"他"的隐喻世界之间穿梭，在反讽的张力下将不协调的两种世界并置，间接性地表现出诗人矛盾的创作立场，究竟是主动性地"拒绝"，还是被动性地"无法进入"？不知不觉间也道出了90年代诗人创作的精神困境。"引文嵌入"实际上是一种比较强制性地运用"反讽"的艺术手法，诗歌在散文性的话语中铺排，读者在逻辑链条中跟随着诗人的叙事，突然插入的引文，强行令读者在异质性文本间所营造的张力场中寻找二者隐蔽的关联，"引文嵌入"模糊的并不仅仅是引文中的历史情景与现实世界的边界，更是在三维空间下强

---

〔1〕 王家新：《回答普美子的二十五个诗学问题》，《诗探索》2003年第1－2辑。

〔2〕 陈仲义：《九十年代先锋诗歌估衡》，《当代作家评论》2004年第6期。

〔3〕 [英]克利安思·布鲁克斯：《反讽——一种结构原则》，袁可嘉，赵毅衡：《〈新批评〉文集》，百花文艺出版社，2001年，第376页。

行插入历史的时间维度，将想象的空间向上提升至散文世界秩序之上，如西川的《书籍》。

“与其说我在90年代的写作中转向了叙事，不如说去我转向了综合创造。……为什么我们不能将诗歌的叙事性、歌唱性、戏剧性熔于一炉？……这不是为了展示诗歌的排场，而是为了达到创造力的合唱效果。偏于一端虽然可能有助于风格的建设，却不利于艺术向着复杂的世界敞开。”[1]可见，这种“跨文体”写作倾向实际上也体现出“叙事性”对他文体技艺的综合性调配。张曙光在诗作中善于融入片段性叙事，融情于事或借事抒情是他常用的表现手法，读起来有一种散文随笔的格调，如《照相簿》《岁月的遗照》；而陈东东的《在汽车上》、孙文波的《在无名的小镇上》则在诗作中贯串若干故事情节或对话描写，体现出小说元素的渗入；欧阳江河的《哈姆雷特》则巧用“戏剧化情景”，在诗歌中设置戏剧情景及戏剧化主人公，体现诗歌创作的戏剧化倾向。与诗歌同文学性叙事体裁的文体互渗相比，于坚的《0档案》和侯马的《他手记》则显得更具实验性，实现了诗歌对非文学性体裁的移植，表现出了诗歌文体所蕴含的巨大可能性与艺术魅力。在后情感主义的90年代语境中，为了贴合瞬息万变的现实生活，诗歌寻求多交叉、多样态的表现手段，“叙事性”无疑打开了诗歌“叙事”的疆域，也拓展了诗歌表现现实生活和异质经验的能力，这是毫无疑问的。而且以诗歌为文体基点所进行的“文体互渗”可以说是各类跨文体写作现象中实验性最强的，因为诗歌是最骄傲的文体，华兹华斯宣称“诗是一切知识的起源与终结”，这份使命感与终极价值的追寻来自于“纯诗”理想的追寻，甚至将“音乐的纯度”视为诗歌最高的标准，“纯诗”是一种完全具有排他性的诗学，“凡是多少强制性地把诗中的某些因素排除在外的理论都可称之为纯诗论”[2]由此可见，在诗的领域内进行异质文体间的碰撞与包容，并不仅仅是一种艺术表现手段的创新，更是一种知识型构的变更，这是将“写诗”转化为“写作”的反本质主义过程诗学。它永远游走于线段两极之间，一方面拉扯着“剔除一切不洁”的诗性“内核”，另一方面又担忧这种无所不包的诗学冒险是否意味着诗歌的自戕行径，但是，如此说来，告别“拒绝”而转入“拥抱”姿态，诗歌依旧延续在自身的逻辑之内，就像叶芝所言：“逻辑是跟别人吵架，而诗歌是跟自己吵架。”因为拥抱所有不意味着变成他者，

---

〔1〕 西川：《大意如此·序》，西川：《大意如此》，湖南人民出版社，1997年，第3－4页。

〔2〕 赵毅衡：《新批评——一种独特的形式主义文论》，中国社会科学出版社，1986年，第50页。

拒绝诗性本质主义的框架不意味着进入另一个叙事陷阱，而是将单一的本质化作各种“矛盾的调和”，因此“叙事性”不探讨终极性、本质性话语，始终关注一种“可能的诗”，赋予诗学话语以不断增值的创造力。

语体风格的多元混成

90年代诗歌面向存在经验而敞开，异质经验的广泛介入使诗择取的语言材料也相应发生变化，因此说，在“叙事性”诗学话语场内，先锋诗歌的语体风格也呈现出异质性综合的发展态势。何谓“语体”？“就是人们在各种社会活动领域，针对不同对象、不同环境，使用语言进行交际时所形成的常用词汇、句式结构、修辞手段等一系列运用语言的特点。”[1]也就是说，“语体”它所着重凸显的是其实际交际的过程中语言材料以及手段、方式等组合技巧。那么，在“叙事性”诗学发轫之后，诗歌强化了同各类异质经验世界间的联系和交流，不同经验的介入也必然寻求不同语言材料和组织方式，也即是寻求不同的语体风格。90年代诗歌最鲜明的特征之一，便是审美的世俗化。在传统诗歌表现领域中，日常生活经验是缺乏诗意表现的，而伴随着“叙事性”诗学的出现，日常生活化叙事已然成为缪斯最为青睐的诗意栖息地。表现对象的转移，必然寻求最为贴切的语体风格，口语化叙事于是应运而生。从80年代“他们”等试验“口语诗”的“前口语”写作，再到90年代以来的“后口语”实践，“口语”入诗伴随着世俗化诗学倾向，伴随着诗同生活常态化经验的日益贴近，成为90年代以来诗坛最为重要的语体转换，几乎所有的诗人都曾尝试过不同程度上的口语诗写作。比“口语化”写作更为极端、更为贴近生活现场的便是“方言”的写作，“方言”语体特征的融入，以其逼真、原生态的特征更使得诗“看似”平添一种粗粝、天然去雕饰的原始气息。当然，在日常生活化叙事的推动下，口语化诗歌日益壮大，但这并不意味着口语成为90年代诗歌唯一的话语选择。事实上，情思经验的异质混成直接导致的结果是诗歌语体风格更为综合化、多样态。与“口语”写作相对应的书面语写作系统中，传统文学语言的使用，以及随着文化传播逐渐形成的“翻译体”，甚至某些具有意识形态色彩的特殊语体，依旧共时性地存在着。虽然不同诗人语体风格可能

---

〔1〕 郑丽娜：《文学审美与语体风格——多维视野中的东北书写》，中国社会出版社，2009年，第75页。

迥异，但无疑，异质经验构成的多元化，也使得诗歌的语体资源日趋丰富。语体风格的多元混成的确成为90年代诗歌的重要特征和事实，随着“叙事性”诗学的进一步深化，诗面向异质经验世界敞开的纵深日益拓展，单一、封闭的语体风格必然寻求突破和发展，也正是在多元语体风格的不断纠结、交流中，现代汉诗形成了更为成熟的话语系统。

美学范式的多样态整合

“叙事性”脱胎于90年代话语语境，在这一多元化的时代背景下，“叙事性”呈现的是一种开放的姿态、一种“包含”的诗和一种“可能的诗学”。因此，在对诗学话语“可能性”的无限追寻下，“叙事性”也实现了多样态美学风格的整合。

首先，随着“叙事性”诗学话语的兴起，90年代诗歌现实倾向美学风格又一次活跃了起来，相较于50—70年代现实主义诗歌强调“生活第一性、艺术第二性”的功利主义文学观，90年代诗歌面向现实敞开，不再因循意识形态写作范式，对现实的承担和历史理性的追问也拒绝集体主义思考模式，而转入了“个人化的历史承担”。如张曙光的诗，诗人热衷于展现个体的生活及精神记忆，在回忆的叙说中表现出个人化的历史洞见和诗性哲思。如他的《1965年》和《1966年初在电影院里》，都以追忆童年记忆的方式展现了那段特殊的历史细节，没有集体性体悟——崇高、羞耻或背叛，诗中满是内心的、个人的真实体验，“一种比茉莉花更为凛冽的香气/（没人知道那是死亡的气息）”（《1965年》）。90年代现实主义倾向的抬头是混合着追求个体精神价值的现代性倾向，也混合着“诗就是诗”这一艺术本体论的追求。“叙事性”诗学理想平衡了现实主义对生活的“介入”、现代主义追寻的个人性、及诗歌自律性的关联。“叙事性”诗学的意义，“就在于它自觉消解了这种‘二元对立’模式；它在根本上并不放弃文学的独立性和自律性的努力，它有效地在文学与话语、写作与语境、伦理与审美、历史关怀与个人自由之间重建一种互相摩擦的互文张力关系，从而使90年代的诗歌成为一种对我们的现实命运既有所承担而又向诗歌的所有精神与技艺尺度及可能性敞开的艺术。”〔1〕

〔1〕 王家新：《当代诗歌：在“自由”与“关怀”之间》，《为凤凰寻找栖所——现代诗歌论集》，北京大学出版社，2008年，第31页。

另一方面，"叙事性"诗学也是现代主义与后现代主义美学风格的矛盾性呈现。当代中国经验正陷于现代主义与后现代主义相混杂的情景中，诗歌表现的场域、或"叙事性"书写之"经验"亦面临着这两大倾向，虽然新诗创作面临着"散文化""纯诗化"倾向的矛盾对立，以于坚、伊沙、沈浩波、侯马、徐江等诗人的创作热衷于反叛、平面化、碎片式生活现场的重现；而西川、陈东东、王家新、欧阳江河等诗人则更凸显现代主义理性精神的提升。但是，诗歌在 90 年代呈现出的是一种无限敞开的姿态，"叙事性"诗学所综合的异质性经验，不仅包含日常世俗的生活经验，散文倾向的文体经验，更包括冲突的审美风格和美学立场，因此说，"叙事性"作为一种综合性的诗学，实际上是一种真正有难度的写作，在某种程度上，它抛弃了封闭的风格壁垒，诗歌在各种异质性元素间流动、相通、互融、互鉴。具有现代主义精神倾向的诗人，不仅在 90 年代也开始取材于凡俗的生活片段，诗作中也流露出后现代反崇高、反本质等后现代情结，在艺术手法上也频频借鉴后现代诸如拼贴、戏仿等，如肖开愚的《动物园》。而于坚，他的诗虽然自始至终都对"理性""智性"抱以不屑一顾的态度，但很多作品却是极富精神穿透力的，像《O 档案》，虽以略带自戕式行为的艺术方式果断拒绝了所谓"诗意""诗美"等崇高字眼儿，但其形式本身所蕴含的意义是高于形式之上的犀利与深刻的，是有着对真相呈现、对真理追寻的冲动的。因此说，"叙事性"诗学，呈现的并非单向度的语义、风格转换，即一种形式主义误区——从抒情到叙事、从纯诗理想到现实生活。它更体现为一种立体式交叉结构，试图将所有在"二元对立"模式中相互悖谬的两极，重新拉回到一个话语场内，寻求对话和交流。

大连理工大学

抗战诗歌的正面书写及其复杂化

——以臧克家的诗歌为例

张立群

抗日战争(1937—1945)作为现代中国历史上一个特定的阶段,自然影响了包括诗歌在内的一切文学创作。“抗战”不仅为诗歌提供了鲜明而集中的国家主题,而且也在很大程度上制约了诗歌的面貌。需要指出的是,在强调“抗战”与现代诗歌创作之间存在着有机联系的同时,我们同样不能忽视这种联系之间的辩证性,此即为抗战诗歌在表现共同主题时本身存有的多义性和复杂性,而本文以臧克家同时期的诗歌创作为例,正试图回答这一问题。

臧克家与抗战诗歌的“结缘”

结合以往现代文学史的写作情况可知:有关臧克家的评价一般会集中如下两个主要方面,其一是关于乡村生活的描写,有显著的现实主义风格;其二是“坚忍主义”[1]的生活态度和写作态度。前者使臧克家获得了“泥土诗人”“农民诗人”的称号,而后者则使臧克家被冠以“苦吟派”的称号。不过,如果我们全面考察臧克家的诗歌创作,则不难发现其对于现代诗歌史的贡献远不止于此,而由于种种原因常常为研究者所忽视的臧克家抗战时期的诗歌创作,恰恰可以作为其贡献的一个重要方面。

臧克家,号孝荃,曾用名臧承志。1905 年 10 月 8 日生于山东省诸城县臧家庄一个有着浓厚文化氛围的地主家庭。“如果说,遗传对于一个人的气质、性情、天才有着重大的关系的话不是妄诞;如果童年环境的气氛对于一个人的事业与爱好有着几乎是决定的关系是事实,那么,我将把我学诗的故事在这上面扎根了。”[2]结合臧克家多年后回忆中的自述,人们似乎不难推断出:“祖辈傲岸的性子,父辈如诗的气质,门庭中的儒子之风,环境里的文学氛围,

〔1〕 臧克家:《〈罪恶的黑手〉序》,生活书店,1934 年,后收入《臧克家全集》,第 10 卷,时代文艺出版社,2002 年,第 579 页。

〔2〕 臧克家:《我的诗生活》,原文写于 1942 年 9 月 20 日,后收入《臧克家全集》,第 6 卷,时代文艺出版社,2002 年,第 281 页。

都浸染着臧克家的肌肤、骨髓和心灵。”[1]当然，如果可以进一步联系臧克家的成长史与时代语境之间的联系，“臧克家出身一个关心国家命运、热衷社会变革的开明家庭，祖父与父亲都曾参加辛亥革命，这不能不给他以潜移默化的影响。加之少年时代适逢五四运动爆发，臧克家在爱国主义、人道主义与个性主义的滋养下长大成人”[2]的推论，也并不过分。臧克家于1927年初考入中央军事政治学校武汉分校。不久，该校改变成中央独立师，开赴前线讨伐夏斗寅、杨森叛军。臧克家随军参战，任副班长，这是臧克家第一次亲赴战场。平叛归来，国民革命军内部分化加剧，中央独立师被骗驻九江后被迫缴械，臧克家潜回故乡，后辗转东北、上海等地。始终关注国家与民族命运的臧克家，对1931年九一八事变后东北的沦陷十分痛心，当时就写下《战神已在候着你》一诗。1933年7月，在国立青岛大学(后改为国立山东大学)读书的臧克家在闻一多、王统照等的资助下，自印出版了第一本诗集《烙印》，诗集出版后，茅盾、老舍等纷纷著文热情评价。1934年3月，《烙印》由开明书店出版。在诗集“后志”中，诗人表达了他由来已久的两个写作“方针”，此即为“第一要尽力揭破现实社会黑暗的一方面(于今看来，当然觉得这还不够)，再就是写人生永久性的真理”[3]。从臧克家第一本诗集确立的写作道路来看，他在抗战时代写下直面现实的诗篇是不言而喻的。事实上，在写于1935年10月的《中原的胳膀》、1936年11月的《肉的长城——为绥东抗战将士作》等作品中，诗人已触及了抗战这一国家主题。正是在这一背景下，当抗战爆发后，臧克家迅速投入抗战、积极参加实际工作，而其与抗战密切相关的诗歌实践也随即展开。

1937年7月抗日战争全面爆发后，臧克家迅速写下了《除了抗战什么都没有意义》一诗，表达了“我们要抗战”[4]的决心：“我们要用四万万条身子，/筑一道防卫祖国的围墙！”怀着这样的心态，当1938年1月第五战区李宗仁部在徐州发出召唤时，臧克家毫不犹豫地重新穿上了军装，去第五战区抗敌青年军团宣传科从事文艺宣传工作。“脱掉长衫，/换上了戎装，/我的生命/

---

〔1〕 蔡清富、李丽：《臧克家评传》，重庆出版社，1998年，第4页。

〔2〕 张中良：《抗战文学与正面战场》，社会科学文献出版社，2014年，第186页。

〔3〕 臧克家：《〈烙印〉再版后志》，开明书店，1934年，后收入《臧克家全集》第10卷，时代文艺出版社，2002年，第577页。

〔4〕《除了抗战什么都没有意义》一诗写于1937年7月29日，在收入《从军行》时改名为《我们要抗战》，后收入《臧克家全集》第1卷，时代文艺出版社，2002年，第218－223页。

另变了一个模样。……我不能再不动,/四面一片时代的呼声! /敌人的炮火/粉碎了我们的河山,/也粉碎了我们身上的锈镣,/叫起来我们那四万万五千万。//我没有拜伦的彩笔,/我没有裴多菲的喉咙,/为了民族解放的战争,/我却有着同样的热情。//我甘心掷上这条身子,/掷上一切,/去赢最后胜利的/那一份光荣。"(《换上了戎装》,1938 年 1 月 16 日作)4 月初,臧克家应李宗仁、韦永成邀请,以"第五战区司令长官部"秘书名义,转赴台儿庄前线采访。[1] 臧克家在台儿庄战地从采访到写作只用十几天时间,便迅速完成了长篇通讯报道《津浦北线血战记》,后于 5 月初在生活书店出版。

1938 年 7 月,第五战区战时文化工作团成立,臧克家任团长,成员共计十四人。"当时我们的救亡热情十分高涨,劲头十足,我们的足迹踏遍了鄂、豫、皖的许多地方,每到一处,我们都要出墙报,写标语,演小戏,唱救亡歌曲,朗诵抗战诗篇并创作文艺作品,向民众宣传抗战必胜的道理。"[2]1939 年春,战时文化工作团解散。臧克家以第五战区司令长官部秘书名义,与姚雪垠、孙陵三人组成"笔部队",于 4 月 6 日前往随枣战役前线从事文化宣传工作。当时,臧克家去的是广西部队第 84 军第 173 师。在这里,臧克家结识了师长钟毅并亲历 5 月的随枣会战。[3] 同年 8 月至 10 月,臧克家又与姚雪垠等人结伴徒步大别山,穿越鄂豫皖三省,往返几千里,到安徽敌后采访。亲赴前线的宣传和敌后的采访,给臧克家留下了深刻的记忆。他的长诗两部《走向火线》与《淮上吟》(分别写于 1939 年 5 月与 1939 年 10 月)就是上述经历所得。"总之,抗战前期,我的情绪是十分高昂的,精神也是十分饱满的。能够再一次投身革命战争的洪流,对于我来说,是一件值得庆幸的事,所以,我以全身

---

〔1〕 臧克家在《津浦北线血战记》中提供的信息是李宗仁发出的邀请,见《臧克家全集》,第 7 卷,416 - 421 页;而在 1980 年所写的回忆录《诗与生活》之"高唱战歌赴疆场"中则写道是应第五战区的政治部主任、有"李宗仁的政治灵魂"之称的韦永成的邀请。《臧克家全集》,第 6 卷,时代文艺出版社,2005 年,第 435 页。由于二者并无根本的矛盾,本文采取两者结合的方式,而这种方式也与冯光廉、刘增人编的《臧克家生平及文学活动年表》一致,冯光廉、刘增人编:《臧克家研究资料》,上册,知识产权出版社,2010 年,第 19 页。

〔2〕 《世纪老人的话——臧克家访谈录》,《臧克家全集》,第 12 卷,时代文艺出版社,2002 年,第 602 页。

〔3〕 臧克家:《笔部队在随枣前线》,原载 1943 年 3 月 27 日《文协成立五周年纪念特刊》,后收入《臧克家全集》,第 5 卷,时代文艺出版社,2002 年,第 137 - 139 页。其中,"随枣"指当时湖北的随县、枣阳。

心投入了抗日救亡的工作。”[1]

随着1939年国民党发动第一次反共高潮，国共摩擦加剧。臧克家于1940年秋天辞去第五战区司令长官部秘书的工作。1941年1月，臧克家受第30军军长池峰城之邀到其部任参议，从事文艺工作。不过，随着皖南事变的爆发，国共关系愈加紧张，臧克家很快就被池的上司孙连仲下“逐客令”。1941年初夏，臧克家又应邀到第31集团军任参议，后被调到“三一出版社”工作，与几个志同道合的朋友一起筹办《大地文丛》。1942年5月，《大地文丛》创刊号出版，但由于刊登了一篇宣传马克思主义文艺观的译文而遭到汤恩伯的查封。同年8月，臧克家辗转来到重庆，诗人五年的军旅生涯就此结束。

重庆生活期间，臧克家虽身在大后方，但他仍心系战场，关心时局。抗战的主题，不时出现于他的笔端。从1937年7月至1945年8月，臧克家共出版作品集16种。其中，诗集主要有《从军行》（生活书店，1938年6月版）、《泥淖集》（生活书店，1939年3月版）、《淮上吟》（上海杂志公司，1940年5月版）、《呜咽的云烟》（创作出版社，1940年7月版）、《古树的花朵》（长诗，东方书社1942年版）、《向祖国》（三户图书社，1943年4月版）、《泥土的歌》（今日文艺社，1943年6月版）、《感情的野马》（长诗，当今出版社，1943年11月版）、《国旗飘在鸦雀尖》（中西书局，1943年11月版）、《十年诗选》（现代出版社，1944年12月版）、《生命的秋天》（建国书店，1945年5月版），另有诗集《民主的海洋》（世界编译所，1945年6月版，因排印错讹太多，未能发行）以及回忆录《我的诗生活》（读书出版社，1943年1月版）。这些作品集有臧克家的现实生活体验，集中表达了诗人与抗战正面战场的紧密关系。

民族国家主题的正面书写

抗战烽火，点燃了中华民族压抑已久的激情。曾经参加过前线作战、关心国家民族命运的诗人更是直接将目光投向了战场。他曾于《兵车行》中写过“壮士千里去远征”的集体场景，表现了“全为了祖国的生存！”的民众思想；他曾于《从军行》中通过送弟入游击队的具体画面，写出“大时代的弓弦/正等待年轻的臂力”；而像《抗战到底》则是一种呼声，呼吁“用生命保卫自己的家

[1] 《世纪老人的话——臧克家访谈录》，《臧克家全集》，第12卷，时代文艺出版社，2002年，第603页。

乡”;《伟大的交响》从个体到集体,共同感受救亡的歌声,汇成“伟大的交响”;《伟大的空军》直接献给“凭一双翅膀”“保卫着中华的天空”的空军;至于《敌人陷在泥淖里》则表现了诗人对于战争的深入认识,写出了战争历练在军队和群众身上发生的变化,既有坚韧的战斗精神,又有收复河山、洗刷耻辱的信心和决心;《我们在这里握手》是写给日本反战的同志们;《回来吧,我的弟兄!》召唤伪军,既写出“祖国向你们/揭开了宽大的心胸”,又揭露了日本“以战养战”的毒计……纵观臧克家抗战时期的诗歌创作,全面书写抗战背景下社会、时代与个体生活的方方面面是其抗战诗歌的主要内容。通过现实的风格、场景的书写与精神面貌的刻画,臧克家以火热而真挚的情感,正面表达了抗战时期全国人民同仇敌忾、保家卫国的信念与实际活动。随着抗战形势的发展,臧克家的诗歌也呈现出逐步深入和拓展的态势:《我们的笔部队——为欢迎作家访问团诸朋友作》《枷锁与自由——为 X 战区妇女杂志作》等,就反映了臧克家抗战诗歌写作的新变化,而臧克家也由此成为正面表达抗战涉及领域最广的重要诗人之一。

诗的战争史与战争大事的记录。在抗战特别是抗战前期,由于臧克家作为战地记者和文艺工作者,多次亲临前线,有真实的战争体验,且习惯于将战争见闻迅速以诗歌、通讯报道的形式记录下来,所以,臧克家的诗歌可作为一部个体亲历和记录的“诗的战争史”。即使粗略估计,臧克家也先后参加过徐州会战、武汉会战、随枣会战、枣宜会战等大的战役,反复穿行山东、河南、湖北、安徽、四川等地,他的抗战诗歌是其体验战争所得,不少作品对一些大战役进行了全景式的描述。在这些作品中,臧克家总体上立足于抗战的国家主题,生动记录了抗战时期的所见所闻和战争本身的发展过程。他的《保卫大徐州》是突出了徐州会战、保卫徐州的重要性。114 行诗作《大别山》从 1938 年 8 月商城写起,到 1939 年 4 月于樊城改定完成,突出大别山这片“革命的圣地”和“大别山里的人民/成了勇敢的革命战士”等过程,“是抗战期间诗人较重要的诗作之一”[1]。他的诗集《淮上吟》(主要包括两部长诗《走向火线》和《淮上吟》)带有显著的报告文学性质。其中,前者记录了 1939 年春,“与姚雪垠同志徒步去大洪山前线”的见闻,涉及随枣战役过程。原诗是“途中写

〔1〕 冯光廉、刘增人:《臧克家生平及文学活动年表》,冯光廉、刘增人编:《臧克家研究资料》,上册,知识产权出版社,2010 年,第 20 页。

成”，后在“转战途中，诗稿被毁”，这是依据作者记忆默写下来的第二稿。〔1〕后者是其在安徽敌后采访三个月所得，真实记录了战争的惨烈场景和军民誓死抗争的过程。上述两部长诗对于人们了解战争前线既具现实意义，又具历史价值。

书写战争的人物、礼赞战斗中的英雄。在抗日战争中，涌现出许多可歌可泣的人物形象和事迹。父母送儿上战场，士兵保家卫国、捐躯赴国难，人民群众以不同形式支持正面抗战：像《国旗飘在鸦雀尖》中的十人敢死队、《烈士墓旁》记录平昌关战役中挡住三千敌骑的六十一位战士，“六十一堆黄土，/埋着六十一个灵魂”“死后的骨/埋葬在战场，/听淮河吼叫，/听老鸦山头的炮响”……臧克家以诗的形式记录了这些人物群像，读来感人至深。当然，在战争的人物群像中，英雄无疑是最值得歌颂的。长诗《古树的花朵》最初发表时题为《范筑先》，是一部记录战争真实故事的作品。范筑先，在卢沟桥事变之后任山东第六区游击司令员。当时，年近六旬的他举家投身抗战，在自己的儿子为国捐躯不久，他也在战斗中壮烈殉国。臧克家知道这位爱国将军的故事之后，决定为之写一部英雄史诗。“范筑先，是一个新的英雄。他以惊人的老龄和毅力推开过去，用战斗为国家民族和自己另辟一个崭新的生命”；“他把战斗的精神与红血留给了人间，像一道不败的彩虹”；“从搜集材料到完成，差不多费了一年的功夫”；“我的范筑先是我用自己的心血塑成的一个艺术上的人型”。〔2〕《古树的花朵》结构完整，结局悲壮，英雄人物形象伟大而丰满。臧克家在塑造范筑先时既写其理想、信念，又写其欢喜、悲伤以及矛盾的心境。通过对范筑先有血有肉的书写，臧克家写出了在其精神感召下，许多人主动走进抗日阵营，与范筑先并肩作战的过程。其“宏大的时代背景、丰富的人物性格、鸿篇巨制等”特点，使这首长达五千行的长诗“堪称全面抗战以来第一部英雄史诗”。〔3〕与《古树的花朵》一样的，还有《诗颂张自忠》。这首诗本是为老舍四幕剧《张自忠》所配的幕前诗，但诗人并没有将其简单化处理，而是以 270 行的规模，选取了主人公生命中的重要场景突出了这位抗日名将的英雄形象。

---

〔1〕 臧克家：《走向火线》诗后介绍及页下注释，《臧克家全集》，第 3 卷，时代文艺出版社，2002 年，第 446 页。

〔2〕 臧克家：《〈古树的花朵〉序》，东方书社，1942 年，后收入《臧克家全集》，第 10 卷，时代文艺出版社，2002 年，第 594－598 页。

〔3〕 张中良：《抗战文学与正面战场》，社会科学文献出版社，2014 年，第 219 页。

个体在时代主题下的心路历程。完成于1943年5月的长诗《感情的野马》是一部三千行的爱情长诗。在战争背景下，以如此篇幅写一首爱情诗，臧克家的“理由和想望”主要是“想写几种人对爱情的看法”。[1] 长诗的男主角抱吟是一个随军“参议”、一个“带着笔部队上前线”的诗人。他爱上了“荣誉军人招待所”的女所长文曼魂，将她“宠成一尊神”。就诗歌具体描述来看，抱吟俨然是一个爱情至上主义者，然而，他已有妻子的事实却显露了他追求新爱过程中的前后矛盾。后来，文曼魂远去，去追求比爱情更有价值的东西。这反映了战争主题对战地爱情的影响与超越，同时，也反映了个体在时代主题面前曲折的心路历程。按照《臧克家评传》中的说法，臧克家创作《感情的野马》“原来是想从批判的角度去表现几种爱情观，指出各自的缺陷，尤其批评‘恋爱至上主义’的可悲，给人以忠告，阐明人生的真谛”。然而，就艺术效果来看，诗人并没有达到其应有的写作目的。之所以出现这样的情况，主要有两个原因。“其一，因为抗战后期政治空气沉闷，诗人又因种种因素的逼迫不得不离开了前线，陷入了苦闷、沉思和重新认识自己的精神炼狱之中。……他试图把诗思转向文学永恒的主题，表现人性、人情，尝试他过去很少涉及的题材。”这一倾向在一定程度上可视为臧克家对《烙印》确立的写作方针的回应。“其二，尽管诗人极想从社会道德的角度，从在民族解放战争中前进着的知识者的角度，艺术地评价抱吟等人的爱情观”[2]，但由于诗人在长诗中过多融入了自己的故事、体验与情感，所以，其最初的写作目的并未达到充分的表达。然而，就抗战诗歌整体创作而言，臧克家的《感情的野马》突破了人们印象中抗战诗歌的简单模式，深入反映了一代知识分子(包括主人公与诗人自身)在抗战背景下曲折的心灵史和爱情史，既具有真实性，又具有探索性。

叙事诗及其多样化实践

臧克家是现代叙事诗创作的重要诗人，在抗战时期，他创作了大量的叙事诗并取得了丰硕的实绩。历史地看，臧克家在抗战时期选择叙事诗为主要创作形式与如下两点原因有关。首先，叙事诗在臧克家诗歌创作中占有重要

---

〔1〕 臧克家:《〈感情的野马〉小序》，当今出版社，1943年。后收入《臧克家全集》，第10卷，时代文艺出版社，2002年，第600页。

〔2〕 蔡清富、李丽:《臧克家评传》，重庆出版社，1998年，第138-139页。

地位，他的诗歌创作从一开始就有叙事的特点。早在《罪恶的黑手》的序言中，臧克家就曾说到今后的创作“在外形上想脱开过分的拘谨渐渐向博大雄健处走”；“我希望这个集子结束了我的短诗。老是这样写下去，自己不满意不必提，是会辜负多数希望着我的人们的。我已经下了最大的决心，最近的将来就要下工夫写长一点的叙事诗，好像叙事诗在我国还很少见，应该有人向这方面努力”[1]。之后，臧克家通过于1935年推出叙事长诗《自己的写照》实践了他的创作目标，而抗战时期他大量创作叙事诗在很大程度上可视为这种经验和理想的延续。其次，与抗战的语境及如何使用诗歌予以表现有关。正如臧克家所言：“战斗的人，才能写出战斗的诗，从‘新人’的诗句里才可以嗅到‘新’的气息；新的生活，才能产生新的风格。”[2]抗战背景形成的社会生活主题不仅决定诗歌有短小精悍的形式，而且还要有长篇巨制去全面、深刻地反映战争的现实，这样的背景当然在客观上决定诗人要用长篇叙事诗来表现民族的抗争。此时，“民族叙事诗”显然是一种恰当的形式并反映了“国家意念”张扬的时代精神。[3]

事实上，无论从创作风格还是诗人常常将战地见闻融入诗歌、追求写作的真实性来看，抗战初期臧克家的诗歌创作一直带有明显的叙事、写实特征。只不过，此时的诗歌创作就篇幅而言更多属于短制，而诗歌本身在叙事之余融抒情性、传奇性于一体的创作方式在某种程度上容易使人忽视其叙事的一面。1942年9月7日，臧克家在叙事长诗《古树的花朵》的序言中写道：“写长诗特别需要气魄和组织力。为了紧张的场面叫起来的不羁的情感，为了使气势不受窒息，字句就不能太局促于谨严的韵律和韵脚下了。因此，在格调上，这个诗篇也就有些不同。同时，意识和材料也在压迫着我试探改变自己的风格，使它更恢廓些。这篇东西也许可以作为起点的第一个步子。”[4]至9月20日，诗人在一篇带有回忆录性质、谈论自己诗歌的文章中进一步指出：“五年的前线生活，从心境上分，可以截成两段。第一阶段：心里充满了热情、幻想和光明。这心境反映到诗上，显得粗糙，燥厉，虚浮和廉价的乐观，热情不

〔1〕 臧克家：《〈罪恶的黑手〉序》，生活书店，1934年，后收入《臧克家全集》，第10卷，时代文艺出版社，2002年，第579－580页。

〔2〕 臧克家：《我的诗生活》，《臧克家全集》，第6卷，时代文艺出版社，2002年，第324页。

〔3〕 关于“民族叙事诗”“国家意念”，本文参考了王荣：《中国现代叙事诗史》中的相关说法，具体见该书225－254页，中国社会科学出版社，2004年。

〔4〕 臧克家：《〈古树的花朵〉序》，东方书社，1942年，后收入《臧克家全集》，第10卷，时代文艺出版社，2002年，第598页。

允许你沉深，洗练。《从军行》《泥淖集》《呜咽的云烟》中的诗大概可以这么说。《淮上吟》(包括《走向火线》)，就比较精炼些了。后一阶段，热情凝固了，幻想破灭了，光明晃远了，代替了这些的是新的苦闷和郁抑。心，从波动中沉垂了下来。这个时期，回味体会了五年的战地经验，面对着眼前的世界，有时间给它们以较深沉的刻画。光明的，歌颂它；黑暗的，讽刺它；爱与憎，是与非，真理与罪恶，界线是分明的。在这一个时期，我写了几本诗(均即出)：《黎明鸟》《泥土的歌》《第一朵悲惨的花》《向祖国》和《古树的花朵》(一名《范筑先》)。最后的一本是我用心血塑成的一个新型民族英雄的形象，它是抗战以来第一篇试验的五千行英雄史诗，也是我平生最卖力气的一本东西。它的意义有两点：第一，这个故事是有着伟大的历史的意义；第二，我的风格已经和从前有些不同了，这篇诗就是一个转捩点。"[1]

一方面出于对诗歌创作自身的反思与探索，一方面源于现实和心境的改变。臧克家转向现代叙事长诗的创作具有相当程度的真实性和必然性；而抗战时期的长诗不仅需要布局谋篇的组织力，更需要人物的典型性、故事的真实性与完整性，这些在创作过程中的主客观实际要求又决定诗歌本身的叙事性。

综观臧克家的叙事诗创作，以《走向火线》《淮上吟》《向祖国》《从冬到春》《古树的花朵》《感情的野马》《诗颂张自忠》等为代表的长诗创作，是其叙事诗中成就最为显著的部分。在这些堪称"中国现代史诗"[2]的创建中，臧克家十分注重重要题材的选择和写作本身的历史价值。在这些诗中，诗人有意将自己置于时代的制高点，放眼时代风云，刻画那些堪称伟大的人物、事件与场景。无论是结合亲身的经历与见闻，还是根据见证人的叙述或是可靠的历史记载，然后融合自己的体验、进行艺术的加工，臧克家的"现代史诗"创作，"非常自觉地遵从历史真实性原则"[3]。其全景式的鸟瞰、注重场面的宏大与气势的恢弘、追求历史和生活的真实，都达到了前所未有的高度；而就文体形式上说，臧克家在进行叙事长诗创作时可分为"英雄史诗、心曲长调、连环叙事诗"[4]等文体类型，也堪称大胆尝试、独具匠心。臧克家在叙事长诗方面进行的实践和取

---

〔1〕 臧克家:《我的诗生活》,《臧克家全集》第6卷,时代文艺出版社,2002年,第329-330页。

〔2〕 刘增人、刘泉:《中国新诗启示录:臧克家论稿》,中华书局,2006年,第204页。

〔3〕 刘增人、刘泉:《中国新诗启示录:臧克家论稿》,中华书局,2006年,第206页。

〔4〕 张中良:《抗战文学与正面战场》,社会科学文献出版社,2014年,第218页。

得的实绩，被后人评价为“在中国新诗界，臧克家是惟一用诗记录下这些可歌可泣的动人场景的诗人。在这一领域里的贡献，是绝无仅有的”[1]。

就艺术方面而言，臧克家的叙事诗创作整体上叙事与抒情相结合，在刻画人物形象时注重其形象的完整性、丰富性。其叙事短诗多以叙议结合的方式增强诗歌情感的丰沛性，而其常常使用第一人称“我”之视点的介入，则在追求诗歌真实性的同时强化了其抒情性。其叙事长诗注重结构完整、细节真实，多采用对话体表现人物形象。鉴于抗战时期的叙事诗不可避免受到时代政治的影响，进而显示其特有的政治文化倾向及其相应的美学追求，所以，在臧克家的诗歌创作中，我们还能看到诗人常常借助某些象征化的符号来呼应其诗歌主题：土地、长城、河山、家园、旗、血肉以及反复出现的祖国、中华民族等，都成为臧克家诗歌意象使用的重要语词。通过这些意象及语词的使用，臧克家不仅突出了抗战诗歌的国家主题，而且，还在传达诗歌正义性和战斗性的同时，实现了诗歌美学上的修辞与隐喻，并在汇聚成抗战诗歌整体洪流的过程中，对后来的诗歌创作产生某种垂范的意义。

另一种风格的表达

1942 年 8 月 14 日，历经月余跋涉，臧克家终于抵达重庆。从其写于这一时期的《崎岖的道路》《跋涉劳吟》等作品来看，臧克家既写出了跋涉的坎坷，也写出了心境的不平，抗战前期五年间军旅生涯时昂扬的诗风也为之一变。从臧克家将此后结集的诗命名为《泥土的歌》《生命的秋天》，人们不难发现其心态的变化。结合臧克家生平活动可知：长诗《古树的花朵》与《泥土的歌》中许多作品皆写于 1942 年初至上半年河南叶县寺庄，虽前后有一定的时间距离[2]，但其风格差别之大，还是让人读来有些“惊诧”。关于《泥土的歌》，臧克家曾自我评价：“是从我深心里发出来的一种最真挚的声音，我昵爱、偏爱着中国的乡村，爱得心痴、心痛，爱得要死，就像拜伦爱他的祖国的大地一样。我知道，我最合适于唱这样一支歌，竟或许也只能唱这样一支歌。”[3]而

〔1〕 刘增人、刘泉：《中国新诗启示录：臧克家论稿》，中华书局，2006 年，第 205 页。

〔2〕 冯光廉、刘增人编：《臧克家生平及文学活动年表》，冯光廉、刘增人编：《臧克家研究资料》，上册，知识产权出版社，2010 年，第 23－24 页。

〔3〕 臧克家：《当中隔一段战争——〈泥土的歌〉(1946 年)序》，星群出版社，1946 年，后收入《臧克家全集》，第 10 卷，时代文艺出版社，2002 年，第 617 页。

从其具体创作情况来看，其“序句”篇中的“连带着我湛深的感情”；《春鸟》隐含的“对‘皖南事变’后国民党反动派的黑暗统治发出了愤怒的抗议，并表达了对光明、自由和真理的渴望”。[1] 也可谓是出自诗人之肺腑，饱含深情。不过，相对于抗战的背景和诗人此前的创作而言，《泥土的歌》还是在出版后引起争议，简壤的《诗人的偏爱——读臧克家著〈泥土的歌〉》、姚雪垠的《现代田园诗》都曾在肯定臧克家诗歌创作同时，指出其不足。[2] 而像林默涵更是在其评论文章中进行了“诗人美丽的幕布遮住了血淋淋的现实”[3]式的严厉指责。对于这些评价特别是指责，臧克家曾于 1948 年 12 月写《关于〈泥土的歌〉的自白》一文加以解释，并和批评文章一道成为后来现代文学史评价这部诗集的重要依据。[4] 关于《泥土的歌》的争议自不是本文所要讨论的主要内容，但争议的出现却说明了臧克家诗风的变化以及抗战语境下评价者的立场与尺度。显然，《泥土的歌》表达的深沉的、低沉的风格因为没有直接或曰真实的表现现实和农民的生活面貌，是引发评论者发出不同声音的原因。而在其表象背后，诗人写作风格的变化、曲折的心路历程则反映了抗战诗歌正面书写的复杂化一面。

诗集《泥土的歌》《生命的秋天》以及《感情的野马》的出版，是抗战时期臧克家诗歌风格转变的标志。除上述《泥土的歌》在题材和艺术上发生转变之外，这一时期诗人的描述对象，也开始逐渐由外部世界转向自身，进而呈现出一种由“外观向内省转移”的倾向。按照《臧克家评传》中的说法，“臧克家初到重庆不久写的《对话——灵与肉》，是他这种审美视点变化的一个标志。用灵与肉来分别代表存在于他内心的两个自我——内心矛盾冲突的两个方面，通过灵与肉的对话展示诗人内心矛盾的因由，展示诗人战胜矛盾、战胜自我，争取精神升华的渴望。”[5]这种倾向是诗人创作“审美视点”发生变化的标

[1] 冯光廉、刘增人编：《臧克家生平及文学活动年表》，冯光廉、刘增人编：《臧克家研究资料》，上册，知识产权出版社，2010 年，第 23 页。

[2] 两篇文章分别发表于 1943 年 12 月 6 日《新华日报·新华副刊》和 1944 年 6 月《当代文艺》第 1 卷第 5、6 期合刊、后收入冯光廉、刘增人编：《臧克家研究资料》，下册，知识产权出版社，2010 年。

[3] 默涵：《评臧克家的〈泥土的歌〉》，1948 年 3 月 1 日《大众文艺丛刊》第 1 辑《文艺的新方向》。后收入冯光廉、刘增人编：《臧克家研究资料》，下册，知识产权出版社，2010 年，第 488 页。

[4] 蔡清富、李丽：《臧克家评传》，重庆出版社，1998 年，第 134 页。

[5] 蔡清富、李丽：《臧克家评传》，重庆出版社，1998 年，第 141－142 页。

志。转变之后的臧克家的诗歌还逐渐表现出另一个特点，此即为“诗人的审美表达方式，由‘反映现实——抒发感情’，转向‘感受现实——表现思想’。这个特点是由前一个特点派生的，而这个特点使臧克家的这些诗歌中出现了先前少有的思辩色彩”[1]。臧克家诗歌变化及其隐含的内心冲突，是其远离战争一线、艰难跋涉的结果，同时，也是其抵达大后方重庆之后发现理想与现实距离是如此之遥远的结果。此时，诗人的内心是矛盾的、冲突的、焦灼的，但作为一位经历过炮火洗礼的战士，臧克家并没有消沉。相反，经过炼狱式的挣扎之后，诗人重新回归现实，成为诗坛斗士，只是此时的诗人已相对于其生活环境做出另一次选择，指向了另一种社会生活的主题。

1945年抗日战争胜利之前，臧克家诗歌创作的最突出之处就是转向政治讽刺诗的写作。《宝贝儿》《裁员》等政治讽刺诗的出现，直指国统区的黑暗统治。“碰眼触心的‘事实’太多，把诗人‘刺’起来了”；“诗人们并不是不想歌颂光明，而是，看不到一点光明”；“当眼前没有光明可以歌颂时，把火一样的诗句投向包围了我们的黑暗叫它燃烧去罢！”[2]政治讽刺诗是诗人在特定现实语境下关心国家前途、人民命运的另一种书写，它不仅丰富了抗战时期臧克家的诗歌创作，也丰富了抗战时期诗歌的国家主题。

结合抗战文学的研究实际情况可知：由于“有抗战，无文学”已成为一种多年的习见，所以，“对抗战文学价值的估量不足”，“对正面战场文学关注不够”[3]等一直是抗战文学研究过程中存在的问题，影响着抗战文学研究的深入发展。从这个意义上说，深入探索臧克家抗战时期诗歌创作，对于现代文学史抗战文学研究具有填补“空白”，“关系到民族记忆与民族良知的恢复与重建”[4]的意义和价值。当然，如果我们从另一个角度看待上述现状，则不难发现由于在相当长一段时间内人们对于臧克家抗战诗歌或是研究不够，或是评价较低，也是影响其深入的重要原因。而这两个前提的“叠加”，至少表明臧克家抗战诗歌的正面书写还有很多问题值得我们去探索与挖掘。

辽宁大学文学院

---

〔1〕 蔡清富、李丽：《臧克家评传》，重庆出版社，1998年，第144－145页。

〔2〕 臧克家：《刺向黑暗的“黑心”——〈宝贝儿〉代序》，万叶书店，1946年，后收入《臧克家全集》，第10卷，时代文艺出版社，2002年，第614－616页。

〔3〕 张中良：《抗战文学与正面战场》，社会科学文献出版社，2014年，第230－238页。

〔4〕 张中良：《抗战文学与正面战场》，社会科学文献出版社，2014年，第209页。

空洞与卖梦
——昆南的现代诗风

郑政恒

前　　言

1965年，昆南在文章《文之不可绝于天地间者——我的回顾》中，忆述自己约十年来办刊物和写诗的经历。他首先提到《星岛晚报》的副刊里，力匡的“短发圆脸”白话诗的影响力，然后是《人人文学》和《六十年代》停刊后，《星岛日报》的“学生园地”给了他发表创作的空间，1955年，他又和读“番书”的叶维廉、王无邪、卢因出版诗刊《诗朵》，再然后——

“《文艺新潮》创刊号那篇卷首语，很使我激动，我把艾略脱（一般译为“艾略特”）的《空洞的人》译妥投去，就凭了这首译诗，我认识了主编人马朗。他给了我许多意见，《空洞的人》刊出来时，我已前后修改了五六次。”[1]

读者可以从这段话知道昆南受《文艺新潮》的影响甚深，而且，也不妨将昆南与艾略特两个名字对上来，通过比较阅读艾略特与昆南的诗，以及昆南所译的艾略特诗作，藉此勾勒出昆南早期——由学生时代至六十年代中——诗风之变化，由格律派到现代派，再从现代派到新古典的作品风格。

精神的空虚：《空洞的人》

昆南就读于华仁书院，学生时代的作品为五十年代格律派的浪漫主义流风所及，风格近似于力匡的诗，例如刊登在《中国学生周报》的《夜祷》就是一个明显的例子：“夜深了，/我又跪在你的十字架前，/没有忘记你在各各他受难，/为我们留下诫言。//主啊！我是你的儿女，/求你常在我的身边，/让我这卑微的生命，/永不感到空虚。//愿流浪的人儿，/在你的怀中不觉孤单。/

〔1〕 昆南：《文之不可绝于天地间者——我的回顾》，《中国学生周报》第679期第8页，1965年7月23日。

愿人间一切的苦难，/随着教堂钟声去远！”[1]

然而，昆南接触到《文艺新潮》和艾略特的作品以后，诗风为之大变，登时从格律派转到现代派。昆南常常说《文艺新潮》创刊号的发刊词使他很激动，如果要了解昆南诗风转变的因由，有必要先了解创刊号的这段话：“然而，潮汐终究还要澎湃起来的，夜总要过去，黎明会来，苦闷的炎夏接着是清秋。世界永远是美丽的，人不能永远自己加上镣锁。黑暗时代经过冗长的岁月，人们在窒息中依然看到了文艺复兴的光芒。压制会消除，人性必然归来。”[2]

当时的昆南，是对殖民政府强烈不满的文艺青年，间接地反映在小说《地的门》中所塑造的青年形象叶文海，性格反叛同时生活苦闷，在他的头上国家、因袭、家庭、爱情、抱负、友情、社会、宗教、教育、科学十个月亮耻笑着他。[3] 在现实中，以他一个人的力量根本无法推倒这些阻碍，然而，在《文艺新潮》中却找到解放人性的声音，而且，他可以透过翻译和创作去置身其中。昆南一改力匡的影响以至《诗朵》时期的浪漫主义诗风，决意投身《文艺新潮》的旗下，做人类灵魂的工程师。

根本上而言，《文艺新潮》名副其实是一份新潮的文艺杂志，也跟着整个世界文坛的步伐。现代主义是二十世纪文学的大宗，《文艺新潮》积极推介现代主义文学作品，在众多现代主义诗人中，艾略特可算是其中一个焦点，早有论者称二十世纪文学为“艾略特时代”(The Age of T. S. Eliot)，而早在三四十年代，艾略特已进入华人的视域，赵萝蕤、卞之琳、唐湜、唐祈、杨宪益、袁水拍等翻译了艾略特的诗作[4]，相关工作在五十年代的香港得以延续下去。

昆南年轻时经常到美国图书馆去，在一些文学杂志及报章中多次看到艾略特的名字，后来在图书馆中找到艾略特的诗选，便尝试翻译其中一首《空洞的人》(The Hollow Man)，早在1955年出版的长诗诗集《吻，创世纪的冠冕！》，尾调一节就是《空洞的人》的初译，后来昆南将译稿投到《文艺新潮》发表。艾略特在这首著名的组诗中，批判了精神空虚的现代人：

---

[1] 昆南：《夜祷》，《中国学生周报》第66期第6页，1953年10月23日。

[2] 发刊词：《人类灵魂的工程师，到我们的旗下来！》，《文艺新潮》第1卷第1期，第2页，1956年2月。另见马博良：《焚琴的浪子》，香港素叶出版社，1982，第34-35页。

[3] 昆南，《地的门》(2001新版)，香港青文书屋，2001年，第92页。

[4] 张松建，《现代诗的再出发：中国四十年代现代主义诗潮新探》，北京大学出版社，2009年，第35-48页。

我们是那些空洞的人
我们是那些被填塞的人
倚在一块儿
头罩给装满了稻草。唉!
我们干涸的声音
当我们一起低语
是沉寂和没有目的[1]

空洞的人所面对的就是死亡,生根本就是死。诗中的死亡好像是一个庞大的王国,管辖着几个国土,有梦的国土、昏暗的国土、另一个国土,就如但丁笔下的地狱与康拉德笔下的异域,空洞的人不能有任何希望,结局是悲剧性的:

欲望
和冲动的中间
力量
和发动的中间
原质
和变动的中间
落下了那"影子"
因为是你的,那天国

因为是你的
生命是
因为是你的,那

世界就是这个样子去终结
世界就是这个样子去终结
世界就是这个样子去终结

---

〔1〕［英］艾略脱:《空洞的人》(The Hollow Man),叶冬(即昆南)译,《文艺新潮》第1卷第3期,第33-34页,1956年5月。

不是砰然一声只是一个呜咽[1]

昆南除了将整篇《空洞的人》翻译成中文以外，也一并移译了两则短评。其中一篇指出《空洞的人》承接另一杰作《荒原》的主题，表现出现代人的惶惑以及绝望，人们失去了理想和信仰的文化，走进了穷巷。这个命题后来成为了昆南创作的重点所在——对现代人的批判、对于无意义的现代城市生活的失望甚至绝望、理想和信仰的失落。

除了全盘接受艾略特的影响外，昆南的作品更呈现了一股逃离、沉沦和堕落的冲动，这一点似乎是受到中国现代小说家无名氏（即卜宁）的影响，除此之外，他也是因为现实生活的桎梏，形成如此的性格倾向。

生活的荒原：《卖梦的人》

昆南一方面着手移译《空洞的人》，另一方面也进行长诗的创作。在《文艺新潮》的第五期，他发表了四百行长诗《卖梦的人》，单从题目的名称已经可以发现《空洞的人》的影子以及作者的悲剧倾向。

《卖梦的人》是一个理想主义者的呐喊，在开篇已经陈述："苦难里，一切的生命都早熟！"这首长诗展现出卖梦人生的三个阶段："时间，一首每人都唱的歌/是无休止的，'妳'、'它'，于是还是'我'！"。卖梦的人从一个童稚的孩子，经过了初恋的爱情："献出了肉身，献出了灵魂/来镶成这第一顶生命的冠冕。"[2]经过了美好而短暂的人间幸福，有两个"它"出现了，第一个是传统的因袭，第二个是剥削的工作：

唉，有手点着我是禽兽
有嘴说我在叛逆
双重的苦闷只更叫我难受
幻想有一双向海飞的羽翼
那布满灰尘的灵位
我胆敢把它移开？

[1] [英]艾略脱：《空洞的人》（The Hollow Man），叶冬（即昆南）译，《文艺新潮》第1卷第3期，第34页，1956年5月。

[2] 昆南：《卖梦的人》，《文艺新潮》第1卷第5期，第31页，1956年9月。

也许，把它完全焚毁？
我承认不习惯呼吸在古典世纪内
……
怎知神奇的却是化装的神奇
光彩的场景后隐藏吸血的蝙蝠
一只一只倒悬静候起飞
在黑暗里染红某一些青绿[1]

昆南创作《卖梦的人》的时候是二十一岁，刚从华仁书院毕业，承担家庭的重压，经历爱情的失望，又遭逢社会的险诈，及后投身于殖民地政府的公务员行列，对于一个满怀理想的文艺青年来说，如此经历和种种积怨成为了他创作的能量。诗中的主角想终止这些苦恼，但苦恼只有更多，希望变得很渺茫：

TERMINATE TORMENT
OF LOVE UNSATISFIED
THE GREATER TORMENT
OF LOVE SATISFIED
……
我望着档档小贩，都是失望，失望，失望，失望
那边教堂上的十字架那么孤独，宗教不能给我理想的物质[2]

从这一段可以发现艾略特与昆南同样走在现代城市生活的荒原，不过，艾略特笔下的空洞的人是批判的客体或对象，他是站在比较超然的角度去描述现代人心灵空虚的状态；昆南笔下的卖梦的人是作者主体的陈述，他站在心灵危机与理想失陷的边缘上。艾略特的批判是居高临下的，而昆南的批判在愤慨中带有些许的自嘲与挣扎。艾略特的批判是带有精英学究的语气，旁征博引；昆南的批判则有生活的呼吸，直言无隐。

幸福与真理变得遥远，科学与哲学令人眩惑，诗中的主角承受从家庭、爱

[1] 昆南：《卖梦的人》，《文艺新潮》第1卷第5期，第32-33页，1956年9月。
[2] 昆南：《卖梦的人》，《文艺新潮》第1卷第5期，第33-34页，1956年9月。

情和社会而来的重压负荷，成为了卖梦者，这一部分是诗中最出色的一节：

每张床不停地摇动
那些金属的圆面孔
生着锈，眼泪的蛀溶
每张床不停地摇动

唉，我的面孔也在腐蚀中
可是，可是，我还要卖梦！

"卖梦！""卖梦！""卖梦！""卖梦！""卖梦！""卖梦！"[1]

连续十二行押韵形成了起跌而连绵的节奏，与不停地摇动的床恰恰对应。而诗中展示的画面电影感甚强，一方面具超现实主义电影的神采，另一方面令人想起电影中的大特写镜头。[2] 诗中的主角六次大喊"卖梦！"换来下一节中六次"空洞！"，仿佛是主角心灵的回响，而且展现出艾略特影响的痕迹。

长诗的结尾呈现出些微的曙光，但是，跟刊登在同一期的李维陵的短篇小说《魔道》相比，这一点希望可以说是微不足道。主角回到宗教与爱情的避风港："我虔诚祈求自己可以再开始一次/正如一个罪人受感动给洒上圣灰"，然后找回软弱的良心去重绘梦的意义，结局是未明的：

一个给降福的人
在苦难的时代里行走
在苦难的时代里行走
一个给降福的人

[1] 昆南：《卖梦的人》，《文艺新潮》第1卷第5期，第3－36页，1956年9月。

[2] 经典的例子有丹麦导演德莱叶(Carl Theodor Dreyer)在电影《圣女贞德蒙难记》(The Passion of Joan of Arc, 1928)中大量运用大特写镜头。

城市的生活：《布尔乔亚之歌》

1956 年 5 月，昆南完成了《卖梦的人》，9 月刊登在《文艺新潮》，11 月更刊登了另一首长诗《布尔乔亚之歌》，这首长诗比之前一首更简洁更有力，诗艺水平更高。

在《布尔乔亚之歌》的开头，诗人引录了无名氏（卜宁）的一段话和艾略特《阿尔弗瑞德·普鲁弗洛克的情歌》(The Love Song of J. Alfred Prufrock)的名句：

> "我已用咖啡匙量走了我的生命"
> (I have measured out my life with coffee spoons)

《布尔乔亚之歌》的名称和《阿尔弗瑞德·普鲁弗洛克的情歌》对应，就正如《卖梦的人》呼应《空洞的人》的情况一样。可是，诗中的主角已经不是理想主义者，而是庸俗而且无所事事的布尔乔亚(Bourgeoisie，即资产阶级)。昆南更贴近艾略特的批评的视角，站在比较高的位置对布尔乔亚进行批判，而在戏剧性的手法上，昆南也亦步亦趋。不同的是，艾略特始终是戴着面具说话，借用了阿尔弗瑞德·普鲁弗洛克这个角色的内心独白去展示资产阶级的无聊与心灵空虚，而昆南则以第一人称（"我"）来陈述，一方面不失自嘲的本色，另一方面让读者投入其中，并且反省自身的处境。

全首诗共四节，每节段数不一，每一段大概都是四行，全首诗均严守格律韵脚，隐隐可见格律派的痕迹。无论如何，诗中以戏剧性的手法展现出彻头彻尾的现代城市人生活——沉闷、寂寞、迷惘、孤独而且无目的：

> 桌上那灰色打字机是一副呆钝的模样
> 拼出生活不变的母音：A,E,I,O,U
> 我穿上汗味的夏威夷匆匆下楼，一边唱：
> "If I give my heart to you..."[1]

〔1〕 昆南：《布尔乔亚之歌》，《文艺新潮》第 1 卷第 7 期，第 35 页，1956 年 11 月。

布尔乔亚走进"光管的夜/华尔滋的夜/茄士咩的夜//CINEASCOPE 55/EASTMAN COLOR/STEREOPHONIC SOUND/早已失去趣味和刺激"[1],他看电影、跳舞、嫖妓,都是为了满足一时的欲望。诗中展现的感观世界是斑斓的、急速的,一切事物转瞬即灭,而布尔乔亚的内心:

呵
希望
是
大
大
大
大
呵
……
呵
生命
是
长
长
长
长
呵[2]

郑树森教授曾引录这一片段并指出"现代派的形式是自由诗,甚或有以文字排列来追求视觉效果的'具象'(concrete)倾向"[3],基本上,郑树森教授的论点是对的,不过昆南的情况比较独特,值得在此商榷。由于昆南受过力匡的格律派和《文艺新潮》的现代派之双重洗礼,表面上,昆南的路向属于现代派,但是在形式上他却不拘一格,时而坚守格律,时而自由流畅,更常常在诗作中呈现格律派的遗风。《布尔乔亚之歌》大体上而言便是一首格律诗,从

〔1〕 昆南:《布尔乔亚之歌》,《文艺新潮》第1卷第7期,第35–36页,1956年11月。
〔2〕 昆南:《布尔乔亚之歌》,《文艺新潮》第1卷第7期,第36–37页,1956年11月。
〔3〕 黄继持、卢玮銮、郑树森:《追迹香港文学》,香港牛津大学出版社,1998年,第43页。

这首诗就可以窥见现代派的创作形式的歧异性，难以一概而言，在现代派与自由诗之间划上全等号。

《布尔乔亚之歌》的结局似是布尔乔亚的忏悔，经过了种种体验和幻想，他厌倦了，好像要冲破苦闷的生活，回归自然，回归信仰：

一个公园的夜
教堂的夜
太阳的夜
我逃出夜[1]

神话世界与新古典风格

1957年，在发表《布尔乔亚之歌》之后，艾略特在昆南心中的位置似是退居次席了。无名氏的影响比以前更大了[2]。同年刊登在《文艺新潮》第二卷第一期的《悲怆交响乐——一九三三年发生在柏林深夜的故事》是根据无名氏的短篇小说《露西亚之恋》改写，1958年刊登于我国台湾《文学杂志》的长诗《丧钟》，也显然受到无名氏的影响，具有强烈的民族主义革命精神。这两首长诗的特点是"利用电影'开末拉'的运动技巧摄取无数'难忘的或可喜的或沉痛的或迫真的一刻'而重新将之逐次安排，以音乐里的过门和覆唱为线，拉出一个颇为壮大的远景"[3]。

六十年代初，从《地的门》的引文可见昆南找到了新的创作灵感——神话。昆南面对着现实的困境，用文字难以抵抗，用诗也无法改变什么，他只有回归文化传统，在神话世界与传统语言中避开现实的逼迫，并创造出另一套内心的思想系统。如此恰恰呼应叶维廉讨论艾略特诗歌时所指："把许多奇异的现代经验与情境接源到古代的神话而赋予一种恒久的意义……现代巨大的历史意识可以解释他利用神话来赋予其诗以形体及秩序，其个人独特的

〔1〕 昆南：《布尔乔亚之歌》，《文艺新潮》第1卷第7期，第37页，1956年11月。

〔2〕 昆南：《淡淡无名氏初稿三卷——野兽·野兽·野兽、海艳、金色的蛇夜》，《中国学生周报》第627期，第12页，1964年7月。

〔3〕 张默、痖弦：《六十年代诗选》，高雄大业书店，1973年，第110页。

气质及其文学理想所造成的冲突却可解释他的感情态度及技巧。”[1]

昆南在1961年发表在《香港时报·浅水湾》的组诗《山海异经》，是这一时期的力作，初刊诗配上王无邪的绘图，诗作一共十一首，每首作品不算长，但组合起来却是一位年轻艺术家的画像。《山海异经》由时间主题开展，回顾个人的爱情与叛逆，再而开展追求，包括传统、罪恶、爱情、宗教、民族、国家，却一一以失望告终，空有飞跃腾升疾上的意志，可是面对香港殖民地现实就如推石上山，全诗归结于对伪善者的批判，反照出年轻艺术家的追求与失落。

《山海异经》标志着昆南诗创作的第三个阶段——在格律派时期和现代派时期后——新古典风格时期。

昆南在新古典风格时期的诗作，并不是对旧式古典文学的全情回归，也不是打着新古典主义的名堂招摇过市，而是追本溯源的一个动向，正如叶维廉教授指出，“在连续的失望和沮丧的时刻里，作灵魂更深的求索，对真理——他承认不易说明而肯定存在的真理、对中国近代历史与文化的断碎与虚位的种种病因的追寻，有着一贯的感染力和拍击力”[2]。他指出了昆南对于中国文化的关注与重视，而叶辉在《细说昆南》一文中补充说：“他对香港的文化处境感到失望乃至绝望之余，有意或无心地回到中国传统语言，从中重新寻索精神世界的源头。”[3]他揭示了昆南回归古典是一种追寻，回到中国传统语言是一种求索。

从发表在1963年《好望角》上的《旗向》以及发表在《中国学生周报》上的三首诗作（1961年的《大梦歌》、1964年的《大哉骅骝也》及《仙弦》）都可见他或多或少运用了中国古典语言，但运用的目的各有不同。

《大梦歌》是情诗，结合了普罗米修斯和牛郎织女等神话故事，增益浪漫色彩。《旗向》就别具政治意味，就如也斯所说：“诗中这段文字是由古文、商业信札用语、歌词、英文信函、赛马评述等不同文类语气糅合而成，嘲弄中未尝没有辛酸。如果说这是都市文化的产品，那不仅是因为写及的世界是充满了咭片、股票、寒暄、赛事、电话、近安、材料、飞黄腾达等商业社会用语，是利用拼贴和陌生化的效果，突出主要由这种文字构成的世界并存而带出的荒

[1] 叶维廉：《〈艾略特方法论〉序说》，《秩序的生长》，台北志文出版社，1971年，第12－13页。

[2] 叶维廉：《自觉之旅·由裸灵到死——初论昆南》，陈炳良：《香港文学探赏》，香港三联书店有限公司，1991年，第159－186页。

[3] 叶辉：《细说昆南》，昆南：《地的门》（2001新版），香港青文书屋，2001年，第25页。

谬。在诙谑与怪异底下，这些不同的文字从这现代化的都市文化里面彼此互相质询与颠覆。”[1]

《大哉骅骝也》一诗既言志又批判，颇能反映昆南的新古典风格，诗人以一日能奔千里的名马骅骝自比，抒怀民族主义情绪并展示自己对殖民地城市生活的反感，为新古典风格时期的重要作品之一。

事实上，六十年代的昆南仍有移译艾略特的诗作，不同的是，昆南用了更多中国传统语言，寓翻译于创作，现代与古典共冶一炉。艾略特于 1965 年一月四日死于伦敦，同年一月十五日，昆南移译了艾略特的《风风景景》(Landscapes，组诗共五首选二）并刊登在《中国学生周报》上，只要比对马朗在《文艺新潮》同一首作品的译笔，便会发现昆南转变之大：

《风景》之二《佛琴妮亚》(马朗译)：

红河流，红河流，
慢慢流动的热度是沉默
没有意志静止如一道河流
静止。会否热度移动
只穿过嘲弄的鸟
听到一下吗？静止的山丘
等候。门扉等候。紫色的林木，
白色的林木，等候，等候，
延迟，腐烂。活着，活着，
绝不移动。一直移动着的
铁的思想随我来
又随我去：
红河流，红河流，河流。[2]

《风风景景》之二《维珍尼亚》(昆南译)：

红之河，红之河，

---

〔1〕 也斯：《香港文化》，香港艺术中心，1995 年，第 15 页。

〔2〕 [英]艾略特：《风景》(其二)，马朗译，《文艺新潮》第 1 卷第 7 期，第 53 页，1956 年 11 月。

热流慢慢无音
无志静止如河之
静止。热流将移
只透过绝响之
反舌鸟？群山静止
守望。栅守望。紫树，
白树，守望，守望，
停滞，枯毁。生机，生机，
永不移。永远移
思想凛然随我而来
又随我而去：
红之河，之河，之河。[1]

同月，昆南移译了五个作家或评论家的艾略特短论，辑成《名家笔下的艾略脱》，用笔名叶冬发表在同一刊物。半年后，他翻译艾略特的诗作《给死于非洲的印度人》，不久，他写了《文之不可绝于天地间者——我的回顾》(文章题目取自顾炎武的《日知录·文须有益于天下》)，时昆南年方三十，从此，似乎，昆南离开了艾略特，离开了严肃文艺，离开了诗。

事实是，昆南并未停止文学探索，在商业化的文化环境里，他在《南华晚报》《星报》和《快报》等撰写连载小说，1967 年昆南、岑南羚、卢因创办流行文化刊物《香港青年周报》，曾在其中发表散文诗，1971 年创办另一份流行文化刊物《新周刊》。2000 年后，他参与创办《诗潮》，更在 2006 年出版《诗大调》，集合个人诗歌之大成。诗路，也许未曾断绝。

岭南大学人文学科研究中心

〔1〕 [英]艾略特：《风风景景》(其二)，昆南译，《中国学生周报》第 652 期，第 10 页，1965 年 1 月 15 日。

词语的镜像
——读张枣的《镜中》

钱文亮

张枣的成名作《镜中》在当代诗歌经典中是一首望之亲切、即之却远的出色的现代抒情诗。这显然得益于张枣对汉语及其古典诗歌特性的领会与参悟。此诗首先通过征调中国读者耳熟能详的具有固定所指的传统诗歌意象“梅花”“镜子”“羞惭”“南山”“窗外”等(可以一一找出对应的古典诗歌名句),既给读者提供了一个比较明晰确定的意向性结构,又跳脱出对于具体故事的确定叙述,从而留下大片大片诗性的空白,获得了言短意长、含蓄蕴藉的美学效果;更进一步的,在此基础上,诗歌巧妙地抓住了抒情诗的特质——音乐性,这一中国古典诗歌最为伟大最为优秀的传统,在重复、迭句与谐音的巧妙运用中获得自我循环的整体感,一首一尾,“只要想起一生中后悔的事/梅花便落了下来”,“只要想起一生中后悔的事/梅花便落满了南山”……正是对中国古典诗歌语言的象征性借用,这首诗举重若轻地获得了统一不可分割的施泰格尔所说的“情调”,或者是中国古代诗评家所说的“意境”,王国维所说的“境界”。当然,张枣对中国古典诗歌精华的吸收并不仅仅体现在音乐性上。他揣摩透了这之后的中国传统文化精神——一种天人合一的宇宙人生观,一种静观天地人事的道禅审美态度,所以,《镜中》全诗虽写“悔”,但更写出了对“悔”的超脱与审美,——“而那过去了的,就会成为亲切的回忆。”(普希金语)

然而,《镜中》并不就是古典诗的现代翻译。它仍然是地地道道的现代诗,也颇多西方诗歌艺术资源的征用。例如,被诗人柏桦赞叹为“这首诗的命”的“皇帝”这两个字,就被人指出“与张枣钦佩的诗人史蒂文斯的诗作《冰淇淋皇帝》有内在联系”,而“她游泳”“她骑马”这些现代感十足的日常生活场景,还有一些歧义丛生的诗句,也绝非中国古典诗学所能包含。

瑞士美学家埃米尔·施泰格尔说:“所有真正抒情式的诗作,其篇幅只能是有限的。”施泰格尔还说:诗作为三个类的概念也是表示人的生存的三种基本可能性的文学科学名词。抒情式的生存“使回忆”,叙事式的生存“使当前化”,戏剧化的生存“在设计”。《镜中》只有有限的 12 行,《镜中》的生存“使回忆”。但是,由于诗中叙事的因素,其生存也“使当前化”,在时态上属于过去进行时。

而“追忆”恰恰是美国汉学家宇文所安认为的中国古典诗歌的经典主题。这种主题几乎与“古汉语那种先验性的恬美”(诗人钟鸣语)具有伴生关系,而“古汉语那种先验性的恬美”,依据钟鸣的观点,则生成了汉语所特有的宁静缓速的音势动力现象,并被张枣的直觉所获得,成就了《镜中》一诗微妙的“无时间性”的历史感。这一点应该是张枣在艾略特“非个人化”诗学的影响下,对于古典抒情诗的重新发现与发明。作为传统抒情主体的第一人称“我”在《镜中》的匿名,即是证明。读张枣的诗歌,的确常常会为其悠然的“音势”所牵引,恍惚徜徉在汉语舒缓的河流中,如梦如幻,忘情忘我。

不过,《镜中》对于当代诗人的启示意义实际不止于此。我认为,其真正的价值在于凸显了诗歌语言在现实的物质世界与精神世界之间的中介性质及其镜像功能。是的,诗歌语言就像一面面诗人个人所拥有的功能各异的魔镜,在精神的光线中,映现、折射或重组现实世界的复杂关系,造就出亦真亦幻的艺术空间,从而推进世人对于“自我”、对于“自我”与“他人”关系的认识,并最终提升整个社会的文明品质。

在张枣的《镜中》,得益于诗人“诗性的直觉和潜意识的呼吸”(我认为这些天赋也有长期的诗歌文化的熏陶之功),诗歌语言的镜像功能最大程度地得到了彰显。正如研究者所普遍意识到的,“这首诗并非一般意义上的抒情诗,它所要表达的,并非是那种诗人自身作为抒情主体的情感,它通过语言和结构,实际上造就了一种更为复杂的幻想化的情境和表意空间”。(冷霜语)冷霜的辨析切中肯綮,而作为张枣的好友的钟鸣同样指出过“《镜中》之迷惑人,在于里面出现了许多折射关系”;而且,钟鸣还认为,《镜中》的出现还具有多重革命的意义,“这是一场深刻的反叛,对谁反叛呢——对汉语的及物性,对传统主题,对封闭的语言机制和为这个语言机制所戕害的我自身等等”。钟鸣把《镜中》与千年历史和当代政治所导致的“单词现象”作比较,在批评汉诗过早伦理化和理性化的同时,批评了通过把复杂的语义关系转而为简单的语音(音响)来完成的语言控制,阐发了张枣对于这种牢固的语言牢笼所进行的摧毁工作的意义。换句话说,通过这种摧毁工作,张枣的《镜中》创造了语言的游戏的一面、形上的一面和整合的一面,从而解放了诗歌的自由联想——语言的多重镜像功能。从技巧上,《镜中》人称的复杂变换,意象的对称与互映,原型的象征与暗示,典故的结构与解构,汉字象形与谐音的巧妙运用(例如,“梅”和“悔”二字),也都值得更深入、更精细的考究与分析。

实际上，写于现代主义诗潮浮出历史地表的西化之始的《镜中》，却一反单纯而肤浅的趋时追新，在极其强烈的现代意识下重新发明了汉语古诗歌的传统，令人不能不佩服诗人的超凡脱俗的诗歌意识与高妙的诗歌智慧。这也令我再一次想起黄灿然评论多多诗歌的那句话："多多是通过直取诗歌核心来与传统的血脉接上的，因为一个诗人，一旦进入语言的核心（诗歌）之核心，他便会碰上他的命运——他的母语的多功能镜子。"

这个评价也同样适用于张枣，适用于其他优秀的汉语诗人。

上海师范大学文学院

另一种观照

——评雪阳的《另一种生活》

熊国华

我们生活的地球，是一个以人类为中心的世界。人类是地球的霸主，统治着地球上的万物。所谓好坏，所谓价值，都是以人类的是非为是非，以人类的标准为标准，全不顾及其它动物与植物的存在。落实到每一个国家和个人，也都是以自己的是非标准去看待和衡量一切，甚至把自己的标准强加于人。从宇宙宏观全息的角度看，人对世界的认识实在非常有限，存在着许多“盲点”。如果人能够从自身惯性、狭隘的眼光中跳脱出来，用另一种思维和眼光去观照大千世界，也许会变得更聪明。

澳大利亚著名诗人雪阳的《另一种生活》，为我们提供了另一种观照方式。“我的后院里生活着一群蚯蚓/我猜不透它们隐秘的生活/我们一直无缘交谈/它们对异乡人并不好奇”，诗从一开始就直接切入人和动物的关系，探寻蚯蚓的“隐秘的生活”。人和动物有隔，自然“无缘交谈”。蚯蚓对异乡人不好奇，而人却是非常好奇的，人和蚯蚓具有不同的特点。

诗人出于好奇，去寻找蚯蚓的“声音”，蚯蚓的语言是人所不能听懂的，所以“没有具体的内容”。但诗人发现蚯蚓具有“从不相互指责”的优点，并且“对于石头压着的生活/很少提及”，这又是人类很难做到的。“越是坏天气它们越沉着/不像我那样不安地遥望远方/远方能有什么/对于蚯蚓/远方不过是另一些蚯蚓”，蚯蚓对于坏天气的沉着与人类的不安形成一个鲜明的对比，在这件事情上人类并不见得比蚯蚓高明。诗人继而从蚯蚓的角度看待事物，进入蚯蚓的思维，“对于蚯蚓/远方不过是另一些蚯蚓”，这是与人类截然不同的对事物的理解。

于是，诗人进一步发现：“蚯蚓的头和脚很相似/因此上下方位/也就无关紧要/头和脚在同一个地平线上/他们可能混身都是思想”，蚯蚓和人类是不一样的，蚯蚓有蚯蚓的属性、价值观念和生活方式，而且“可能混身都是思想”，不见得就比人类愚蠢。

“生命的精华/也许是某些柔软的成份”，诗人从蚯蚓身体柔软的特征出发，揭示出生命现象的普遍真理，这种深刻的洞见，可以从自然科学的实验中找到大量的证据，只不过诗人是从感性出发、以艺术的把握世界的方式发现了这一真理，从具象中发现了抽象，从经验进入超验，直指事物的核心。

一般诗人写到这里，可能就写不下去了（也写得差不多了），但雪阳还能写，而且越写越深，越写越奇："傲骨贱骨//最终都叫做骷髅/蚯蚓没有骨头/连软骨也没有/蚯蚓的骨气不是我们能懂的"。诗人从蚯蚓没有骨头出发，进入软和硬的哲学思辩。傲骨也好，贱骨也好，最终都逃不脱"骷髅"的宿命，对人类的所谓"骨气"，诗人进行了彻底的解构和颠覆，蚯蚓连骨头都没有，人类又如何评价蚯蚓的骨气呢？所以，"蚯蚓的骨气不是我们能懂的"，人毕竟不是蚯蚓，焉知蚯蚓的骨气与快乐？因为蚯蚓过的是"另一种生活"，我们不能以人类的标准去判断蚯蚓的是非善恶。如果人类多一些爱心和理解，少一些固执与偏见，将会减少很多战争与罪孽。

任何事物都有一种自在的性质，都有它存在的价值和意义，整个地球和宇宙是一个巨大而精密的生态系统，上帝不会创造出毫无意义的东西。从某种层面上说，任何事物都可以成为艺术，任何东西都可以写进诗歌，毫无意义的东西有时可能就是最有意义的东西，关键在于诗人是否善于发现事物被遮蔽的本真意义，并且找到最佳的呈现方式。雪阳的《另一种生活》写的是日常所见的一种小动物，但从具体的蚯蚓探寻到抽象的意义，从一种动物的属性发现了生命之源的普遍真理。而这种意义并不是人为添加上去的，而是蚯蚓本身就具有的，只是我们没有发现而已。如果诗人不是除去一切尘劳妄念，心无滞碍，处于澄明虚静状态，是不可能有这种独到的审美发现的。诗人以一颗平常心看待万物，用朴素沉静的语言叙述蚯蚓的"另一种生活"，每一句都明白易懂，每一句都蕴藏玄机，"羚羊挂角，无迹可求。故其妙处莹彻玲珑，不可凑泊，如空中之音，相中之色，水中之月，镜中之象，言有尽而意无穷"[1]。令我们想到很多蚯蚓以外的东西。更重要的是，诗人提供了另一种观照事物的方式，对于克服人类自身的狭隘和偏执，具有开阔视野、启迪心智、净化灵魂的艺术作用。

真正的好诗，与一切浮躁、浅薄、虚假、做作的"伪诗"无缘。只有大智慧大境界，才能产生如此大气、纯正、深刻、成熟的诗歌。

---

〔1〕 严羽：《沧浪诗话·诗辨》，郭绍虞：《中国历代文论选》，下卷，上海古籍出版社，1997年，第424页。

附录：

另一种生活

雪阳（澳洲）

我的后院里生活着一群蚯蚓
我猜不透它们隐密的生活
我们一直无缘交谈
它们对异乡人并不好奇

在无人来访的黄昏里
我寻找过它们的声音
没有具体的内容
它们从不相互指责
对于石头压着的生活
很少提及

越是坏天气它们越沉着
不像我那样不安地遥望远方
远方能有什么
对于蚯蚓
远方不过是另一些蚯蚓

蚯蚓的头和脚很相似
因此 上下 方位
也就无关紧要
头和脚在同一个地平线上
它们可能混身都是思想

生命的精华
也许是某些柔软的成份
傲骨贱骨

最终都叫做骷髅

蚯蚓没有骨头
连软骨也没有
蚯蚓的骨气不是我们能懂的

广东第二师范学院中文系

在四月里如何谈论衰老

——西川《一个人老了》解读

李　玫

我注意到这首诗的写作时间是在四月。一个人为什么会在四月里突然想到谈谈衰老？这个季节应该是草长莺飞春风拂柳的人间四月天——除非他真的感觉到了老之将至。但1991年这一年作者西川28岁。28岁的西川何以会突然意识到衰老的存在，在无限春光里，一个28岁男人的世界不应该是长空浩荡大地无限地伸向远方吗？

两年零两个月之后的某一天，西川写下了他的另一首带着具体年龄刻度的诗《写在三十岁》。这在彰显诗人对时间的敏感之外是否暗示这个年龄段对其个人来说别有意味？从生命的刻度看，相对于与衰老之间的巨大跨度来说，此年龄显然应该是离青春期更近，但个体生命的感悟往往与刻板的生理时段切分并不同步。具体到这首诗中，在写作时间、生命状态和诗要表达的情绪三者之间可能存在较大的反差。这意味着，这是一个风华正茂的青年在春天里写一首谈论衰老和秋天的诗，这种反差使我们对诗歌本身产生隐隐的期待，这应该是一首有张力的诗，这是一种在生命的个性化感悟与生理时段的群体性刻板切分之间，在诗性与科学、生理与心理之间的张力。它不是一首老人谈老的诗，不是在秋天谈论秋天，不是在经验层面进行实时触摸和现场直播，它是超越的。因为超越而产生诗，如同一次挣脱地球引力而努力朝向相反方向的飞行，耳边有呼呼的风声。

诗歌乃至文学中从来不缺少对衰老的谈论，这是个体生命面对时间之流时对自我的体认，也是人类在浩渺的时空中遥相呼应的形而上的探索。老是什么？在漫长的农耕文明和长者本位文化中，"老"一度是与经验和智慧之间呈现对应的，但在此后现代性进程的迅疾节奏中，衰老却因来不及更新而意味着缓慢与力不从心，意味着衰朽和被取而代之。而共和国文学长久以来的美学范式则是一路倾斜着驶向"待到山花烂漫时，它在丛中笑"式的"化作春泥更护花"的革命豪迈的激情范式，它和心甘情愿的牺牲相对接，用集体永存的慷慨宏大遮蔽个体消失的焦虑与虚无。它们和"螺丝钉""铺路石""没有花香没有树高的小草"一起，共同组建了个体生命被悬置的集体美学。

那么，属于个体生命衰老的美学将走向哪里，成为西川的十字路口：轻车熟路意味着光滑顺畅疾驰而去荡起一阵尘土然后再四散着落去，无声无息；倘若寻找一条新路，则可能在一路披荆斩棘的推进中体验新的困境。西川没有选择，确切地说是诗没有选择，它时时需要新的打磨和擦亮。

一

解读这样一首在语言的表层没有障碍的诗是容易的。它从中心/边缘、速度、高度、清醒度等方面来呈现一个衰老的个体面对世界时的感慨：

当世界被划分为中心/边缘时，“老”是随着身体的衰落逐渐被推向世界的边缘。衰老这样慢慢浮现：“在目光和谈吐之间/在黄瓜和茶叶之间”，如此自然，如同烟的上升，如同水的下降。在万有引力的自然规律里，轻的自会上升，重的必要下沉，阴晴圆缺，生老病死。但这是一个黑暗渐渐走近的过程，头发变白，牙齿脱落，肉身渐次干枯。老了的生命像一则旧时代的逸闻，已然不能再吸引起阅读者的目光；或者戏曲中的配角，在时间的隧道里，从世界的中心渐渐后退，退到舞台的边缘，静待生命的大幕在某一天落下，灯光暗沉。首尾都是“一个人老了”，是循环，也像是一个封闭的结构，没有突围的出路。

如果换以速度作为比对的参数，以世界的正常运转速度为基本参照，则“老”是被世界的节奏所落下的，跟不上世界的节拍。仅从生理特征上看，肉身在走向衰老的过程中呼吸和脉搏都是日渐缓慢的，老是慢一拍的节奏。如果“老”还是季节，那个季节当是在秋天，时间在年度的三次轮换中渐趋收束，经历了春生夏长之后，秋收和冬藏都是收束的。秋露是凉的，这一季的节气中先是白露，后是寒露，露是秋天的水。北雁南飞，“落伍的”“熄灭的”“未完成的”都是在时间的节奏中慢一拍的，机器不再转动，是停滞的，青年恋人走远，远去背影留下的依然是被时间遗弃了的生命，飞鸟转移了视线，没有人会在停滞不前的物体面前一直停留。在西川的诗中，很多隐喻都是大有深意的，比如“鸟”：“鸟是我们理性的边界，是宇宙秩序的支点。……神秘的生物，形而上的种子”[1]。但在表层意旨的梳理途中，暂且不作深究也无妨。

倘是从生命高度的俯仰关系定位人与世界，“老”是站在时间累积的河床

---

〔1〕 西川：《远景和近景·鸟》，《我和我——西川集 1985－2012》，作家出版社，2013 年，第 144 页。

之上，俯视世界之川，于边缘处，在被落下之后。“所有掉进这河里的东西，不论是落叶、虫尸还是鸟羽，都会化成石头，累积成河床。”[1]生命在无数次的涨落累积里获得一个新的高度。时间累积也有它的收获，比如终于积攒了足够多的经验判断善恶，但是，随着衰老的降临，人生的轨迹也近乎完成，生命不会再有大的转机，需要判断和选择的机会越来越少。机会和时间一样，如同指缝间的沙子滑落，而生命之门在次第关闭。夕阳西下，牛羊下山，关门闭户，等待一个结束和安息的夜降临。

换之以局内/局外的清醒度切分，则“老”是因为远和慢而得以清醒的旁观。时间把一个人从世界中隔离开来：个体生命在衰老时，整个世界仍在继续，如同一架设定好程序的机器——有人在造屋、绣花、下赌，各行其是，“生命的大风吹出世界的精神”，只有老年人能看出这其中正在遭受摧毁的时时刻刻，此处的“老”有着俯视的智慧和省察。

如同秋收之后是“冬藏”，衰老的尽头是与死亡衔接。一个人老了，徘徊在记忆的时光隧道里，随时要被淹没。无数的声音涌来，如同肉身终将挤进小木盒。游戏结束了，收拾好的尘世的一生：藏好成功、藏好失败，藏好写满爱情和痛苦的张张纸条，藏在房梁和树洞中……爱如流水，恨似浮云，一切都将归于大地。老了的生命不再有收获，也不再要摆脱。如同一棵在秋天里走向枯黄的植物，不会再有花开果熟，亦不会再有冲突和对抗，一切走向和解，走向生命的最初。老就是重新返回生命的最初，像动物那样，然后留下骸骨的坚硬。

二

在这首诗中，对于“老”的伤感和失落是淡而远的，表层文字中并不见沉重，这或者跟整首诗的抒情节奏直接相关。全诗是在三重不同的维度之间穿梭，以此生成它的悠远淡然的抒情节奏。

一重是自然现象：烟上升，水下降，秋天的大幕落下，露水变凉，雁南飞，大风吹起，落叶飘扬。在这一重维度中，所用意象都是淡远清凉的，是秋的萧肃，像宋朝的山水画。

---

[1] [巴西]保罗·柯艾略：《我坐在彼德拉河畔，哭泣》，许耀云译，南海出版公司，2011年，第7页。

在西川的诗中,"秋天"一直是淡远安详的,他的另一首题为"秋天"的诗中,"大地上的秋天,成熟的秋天/丝毫也不残暴,更多的是温暖";"甚至悲伤也是美丽的,当泪水/流下面庞,当风把一片/孤独的树叶热情地吹响"。在对西川诗世界的延伸阅读中,我们读懂了当他把"变老"和"秋天"对应时,诗的情绪何以呈现出如水般的淡远而清凉的质地。在另一首题为《黑暗》的诗中,也同样写到"但你举火照见的只能是黑暗无边/留下你自己,耳听滴水的声音/露水来到窗前","水"和"露水"一直西川的"秋天"中反复出来的。

当然,在浩渺的诗世界里,这样的意象并不带来原创性的陌生质地,它们在古典文学中曾不止一次地和我们对视过。在中国古典诗歌中,有"蒹葭苍苍,白露为霜""譬如朝露""朝露待日晞",在露与清晨对接的思维惯性中,原本是应该产生清新的质感的,但当其以"易干"的物理属性与时光的转瞬即逝相对应,则焦灼之感顿生。而在西川这里,露与暮色相伴,并与温度对接,夜凉如水,由此产生温度走低的审美质感;与之相应,在古典诗词里,"水"和"衰老"相组接时,是取其"流逝"之意,即,在水流的速度和去而不返这一层面上使它和生命的衰老相叠合,"子在川上曰:逝者如斯夫"奠定了这样的抒情思维图式。而在本诗中,水被使用,则是取其"重",与烟的"轻"相对应,通过烟上升水下沉来对应自然衰老的不可抗拒。对自然之律的认可,代替了无能为力的恐慌。因而,尽管在意象的使用上,本诗与古典诗歌有重合和近似之处,但因为使用的角度和组接的层面的不同,新的意涵得以生成。

另一重维度是与身体相关的元素:目光,谈吐,头发,牙齿,骨头。在身体维度中,肉身的衰老呈现为"变少",是生命在做减法。在纵贯全诗的身体维度中,衰老对应身体的变化:先是身与心的分离,"一个青年活在他的身体中,他说话是灵魂附体";之后,"身体"开始置身于"昔日的大街",并随时被落叶遮盖;最后,"整个身躯挤进一只小木盒",游戏结束,仅存"骨头足够坚硬"。

在中国古典诗歌中,以身体变化写衰老是其常见的抒情图式,其中尤其以"发白"和"齿稀"为普遍。如,"君不见高堂明镜悲白发,朝如青丝暮成雪"(李白《将进酒》),"胡未灭,鬓先秋,泪空流"(陆游《诉衷情》)等。"在白居易诗中,最常用的表现衰老主题的语言是'华发'、'霜毛'、'白须'、'雪鬓'",以及"'昏眼'、'衰齿'、'落发'"等[1]。西川的诗中承继了这一点,但在身体的生理性变老之外,写出肉身衰落之后与心灵的不同步,由此产生张力使衰老

[1] 王红丽:《白居易诗中衰老主题的文化阐释》,《青海社会科学》2000年第4期。

变得丰富和具有层次感。

第三重维度是动作：看、说话、抓住、徘徊或停步。动作是个体生命和世界发生关联时的姿态，从“看”中所见的世界实则是对自身处境的省察。雁被从集体中拆散，从群体中析出，意味着它不再是在天空和雁群一起在“南飞”中，指称季节与时令。其中对“落伍”的强调，旨在突出在线性时间中的落后，是与衰老相对应的；而在古典诗歌中“雁”的离群并不与衰老相关，“孤雁”往往强调精神上的孤独感，不具有内在的时间元素。

跟“看”的视觉性相对，“说话”是语言表达，“抓住”是手部动作，而“徘徊”与“停步”则是通过足部动作实现对肉身的移动和控制。如果说第二重维度的身体还以肉身的静态展示为主，第三重维度则关注肉身的行动力与机能，以及与外部世界互动的可能性。

倘是维度的单一，容易使情绪密集、深重和急促，但本诗有上述三重维度作为基本构架，诗的每一节，都是在三重维度间穿梭切换，抒情的力度和对身体的感知不断地被自然风物隔开，如同“看”“说话”和“徘徊”的动作不断地被天地之间的种种细节吸引，在影绰飘忽中且走且停，因而显出节奏悠然情绪疏淡。

三

在对抒情节奏的清点时，事实上已经开始接近对抒情肌理生成的追问。

从抒情肌理生成的影响渊源看，中国现当代诗歌的影响因素主要有三点：中国古典诗歌、西方诗歌和汉译英诗。创作主体的个性化整合，以及由此生成的三种元素配比差异，是不同诗歌个性特征的生成机制。在抒情肌理的生成问题上，本诗首先是在对古典诗歌的接近与疏离中生成新的质感。西川自己说过，“请让我取得古典文学的精髓，并附之以现代精神。请让我面对宗教，使诗与自然一起运转从而取得生命。请让我复活一种回声，它充满着自如的透明。”[1]前述分析可以看出，西川诗歌中有大量曾出入于古典诗词的意象或隐喻，但在本诗的使用中却有了与既有传统不同的新的质地和光泽，在对核心主题“老”的呈现亦是如此。正是在这种复杂的呈现机制中，使这一话题与1990年代那场著名的诗歌争论产生对接。

〔1〕 西川：《艺术自释》，《诗歌报》1986年10月。

在当代诗歌史上，西川的名字是和“知识分子写作”这一概念紧密相联的。“‘知识分子写作’乃特定称谓，它专指王家新、欧阳江河、西川、臧棣、孙文波、张曙光、陈东东、肖开愚、翟永明、钟鸣、王寅、西渡、孟浪、柏桦、吕德安、张枣、桑克等人的诗歌写作”，“最早提出知识分子写作概念的是西川”。[1]在坚守思想批判的精神立场的同时，“知识分子写作采用与西方亲和互文的写作话语”，其中“西川的诗歌资源来自拉美的聂鲁达、博尔赫斯，另一个是善用隐喻，行为怪诞的庞德”[2]。在这场声势浩大的诗歌论争中，不论是赞美还是否定，都是不约而同地指认西川和聂鲁达、博尔赫斯以及庞德之间的关系。具体到本诗而言，亦可发现抒情肌理的生成中有明显的异质渊源特征。

首先是隐喻的使用。《一个人老了》中有明显的博尔赫斯式的隐喻风格。在中国古代诗歌传统中，通常“以感叹死亡、病痛、美人迟暮、时光易逝为主的衰老主题，是为数不多的几个重要主题之一”，而在衰老主题的意象选择中，集中体现在以“‘水’的流动性、不可挽回性与时间的同类性质相合”，或“以‘暮’、‘晚’、‘春’、‘秋’为核心的时间更替系列”，以此传达对生命不可避免走向衰老的叹息。[3]

如果说，中国古典诗歌中，“老”是通过物象的时间性予以确认的话，在西川《一个人老了》中，则更多是通过空间关系展示生命在时间中的渐次远离，其间有着明显的博尔赫斯式的异域质地。博尔赫斯乐于通过“迷宫”等隐喻探讨生命和时间的关系，而“迷宫”的物理属性恰恰是空间的，是空间的“交叉”与纷乱。与“迷宫”的隐喻相对应，西川的诗歌中用“街道”和“门”呈现个体和世界的关系，这在博尔赫斯的诗里可以找到渊源与互文：《界线》中“有一条邻近的街道，是我双脚的禁地，/有一面镜子，最后一次望见我，/有一扇门，我已经在世界的尽头把它关闭”，在对个体与世界与时间关系的定位中，“街道”和“门”成为重要的物象。这种物象大量地出现在其诗歌中：“我的脚步遇到一条不认识的街道”（《陌生的街》），“时间残忍的手将要撕碎/荆棘般刺满我胸膛的街道”（《离别》），“还有那荒凉而又快乐的街巷”（《离别》），“时间中虚假的门，你的街道朝向更轻柔的往昔”（《蒙得维的亚》），“拥有庭院之光的街道”（《蒙得维的亚》），“我来自一座城市，一个区，一条街”（《DULCIA LINQUIMUS ARVA》），“今天曾经有过的财富是街道，锋利的日落，惊愕的

〔1〕 罗振亚：《“知识分子写作”：智性的思想批判》，《天津社会科学》2004年第1期。

〔2〕 程光炜：《〈岁月的遗照〉序〈不知所终的旅行〉》，社会科学文献出版社，1998年。

〔3〕 王红丽：《白居易诗中衰老主题的文化阐释》，《青海社会科学》2000年第4期。

傍晚。”(《维拉·奥图萨尔的落日》),“这是我所居住的一片街区：巴勒莫”(《布宜诺斯艾利斯神秘的建立》),“这些在西风里深入的街道/必定有一条(不知道哪一条)/今天我是最后一次走过”(《边界》),“这条街,你每天把它凝望”(《致一位不再年轻的人》),“在南边一个街角/一把匕首在等待着他”(《阿尔伯诺兹的米隆加》),“有一条邻近的街道,是我双脚的禁地”(《界限》),“夜里一阵迷路的疾风/侵入沉默的街道”(《拂晓》)。

作为“一个只熟知街道、集市和城郊的城里人”[1],博尔赫斯诗中大量使用“街道”的意象,甚至街道成为感知与世界关系的重要场域,“不要让任何人敢于写下‘郊区’一词,如果他没有长久地沿着街区的硬石地面漫步”[2];“多年来,我一直坚信我是在布宜诺斯艾利斯近郊富有传奇色彩,夕阳灿烂的街区长大的”[3]。对于空间场域中“街道”常与城市的关联,西川同样是有着自觉的体认和运用的,“城市的兴起是这样的：起初是贸易,……随后窝棚多了起来,有了街道、地窖、广场……”[4]。

与上述“街道”的隐喻相对应,博尔赫斯的诗歌中亦常以“门”呈现个体生命与时间和世界的关系:“有一扇门,我已经在世界尽头把它关闭”(《界限》),“某一扇门你已经永远关上”(《边界》),“宇宙是记忆的一面多彩的镜子,/一切都是它的组成部分,/它艰巨的过道无穷无尽,/你走过后一扇扇门相继关上”;等。这一隐喻习惯在西川诗歌中亦有回响,他多次写到的“门”,在隐喻意义上与之同质。如果说“一些门关闭了,另一些门尚未打开”(《写在三十岁》)对应的是生命与世界的阶段性关系——一些结束了而另一些可能开始,本诗中“门在闭合”则对应着与走向尽头的生命相对应的终极结束。

上述诸多中国诗歌传统中少见的隐喻方式使本诗在抒情肌理中呈现新的质感。

其次,在思维图式上,本诗亦与汉译诗的思维运转轨迹有相近之处。“因为大多数‘知识分子’出自高校受过正规的科班教育,写诗之余都能做一点翻译。这种经历和境遇折射到创作中就有形无形地会利用翻译的便利,让外国

[1] 罗佐欧:《博尔赫斯诗歌中的隐喻艺术》,《柳州师专学报》2013 年 6 期。

[2] [阿根廷]莫内加尔:《博尔赫斯传》,陈舒译,东方出版中心,1994 年。

[3] Peter Witonski. Borges of Pampas. National New York, Vol, XXV, No. 9, 1973, (2): 274.

[4] 西川:《远景和近景·城市》,《我和我——西川集 1985-2012》,作家出版社,2013 年,第 148 页。

诗歌中的一些语汇、语体驻扎进自己的诗里。”[1]比如在《一个人老了》和聂鲁达《马楚·比楚高峰》[2]之间，可以较为清晰地指认出艺术思维方面的互文性，其中开头部分的语言组接方式尤其相似：

1. “在……之间”的短语结构。聂鲁达用了“在街道和大气层之间”“在春天和麦穗之间”，西川则是用了“在目光和谈吐之间”“在黄瓜和茶叶之间”。

2. “像……”“仿佛……”等比喻的支撑功能。聂鲁达密集地使用了“好像一张未捕物的网”“像在一只掉落在地上的手套里面”“仿佛一钩弯长的月亮”，西川则是用“像烟上升，像水下降”“像旧时代的一段逸闻”“像戏曲中的一个配角”。

在句式相似的基础上，以相近的思维图式进行组接，由此形成两首诗的基本相似的抒情纹理。所谓思维图式相近，是指诗意感受和诗意呈现的方式的相近。具体在这两首诗之间，体现为：将具体的意象置于能够产生张力的两种物象之间，但并不对物象本身予以描摹，而是直接用比喻呈现，在喻体中注入表意的因素，以此完成对诗意呈现的基本支撑：

> 从空旷到空旷，好像一张未捕物的网，
> 我行走在街道和大气层之间，
> 秋天降临，树叶宛如坚挺的硬币，
> 来到此地而后又别离。
> 在春天和麦穗中间，
> 像在一只掉落在地上的手套里面，
> 那最深情的爱给予我们的，
> 仿佛一钩弯长的月亮。
>
> （聂鲁达《马楚·比楚高峰》，节选）

> 一个人老了，在目光和谈吐之间，
> 在黄瓜和茶叶之间，
> 像烟上升，像水下降。黑暗迫近。
> 在黑暗之间，白了头发，脱了牙齿。

---

[1] 罗振亚：《“知识分子写作”：智性的思想批判》，《天津社会科学》2004年第1期。

[2] [智利]巴勃罗·聂鲁达：《聂鲁达集》，蔡其矫、林一安译，花城出版社，2008年，第29页。

像旧时代的一段逸闻，
像戏曲中的一个配角。一个人老了。

秋天的大幕沉重的落下！
露水是凉的。音乐一意孤行。
他看到落伍的大雁、熄灭的火、
庸才、静止的机器、未完成的画像，
当青年恋人们走远，一个人老了，
飞鸟转移了视线。

（西川《一个人老了》，节选）

“80年代以来，大量出现的汉语译诗，成为诸多诗人的模仿对象。诗语的欧化成为20世纪末汉诗诗语变化的主要倾向。”[1]《一个人老了》中诗语的欧化特征和“译诗”风格，可以指认出清晰的影响路径，以及抒情肌理的生成机制。

四

此外，本诗在价值体认与生命观方面，亦有明显的异质元素。

在对诗歌史上“知识分子写作”的解读中可以看出，作为“知识分子写作”的倡导者，西川的很多诗并不强调自我经验或者中国经验，更多来自于阅读产生的精神体验，这种经验有时来自本土与古典，但显然已走出更远。比如《厄运·E00　·八三》[2]：

……

子曰：“六十而耳顺。”

而他彻底失聪在他耳顺的年头：一个闹哄哄的世界只剩下奇怪的表情。他长时间呆望窗外，好象有人将不远万里来将他造访，来喝他的茶，来和他一起呆望窗外。

---

〔1〕丁帆：《中国新文学史》（下册），高等教育出版社，2013年，第159页。

〔2〕西川：《远景和近景·城市》，《我和我——西川集1985－2012》，作家出版社，2013年，第116页。

> 子曰:“七十而从心所欲,不逾矩。”
>
> 在发霉的房间里,他七十岁的心灵爱上了写诗。最后一颗牙齿提醒他疼痛的感觉。最后两滴泪水流进他的嘴里。“泰山其颓乎!梁木其坏乎!哲人其萎乎!”孔子死时七十有三,而他活到了死不了的年龄。他铺纸,研墨,蘸好毛笔。但他每一次企图赞美生活时都白费力气。

此诗的主体框架看似源自《论语》,但其对生命的解读显然异于传统的儒家价值体系。此处节选的是在年龄上和“老”对应的部分,在儒家价值理念中,个体生命随着年龄增加而使智慧和自由也渐次获得,从“耳顺”到“从心所欲不逾距”,个体生命与世界的关系是随着时间的沉淀而趋于和解的。

但在这首《厄运》中,相对应的心理状态却是个体生命在面对时间时的悲凉与徒劳,是“长时间呆望窗外”和“每一次企图赞美生活时都白费力气”的怅惘。这一文本直观地体现了基于阅读的精神体验如何生长出新的诗歌体验。

相比较而言,《一个人老了》中的生命体验,更易于在西方诗歌中找到互文,如博尔赫斯的诗。关于“一个人老了”,博尔赫斯写过一系列的诗,对“老”作整体和诗性的展示,如《某人》《坎登,1892》《致一位不再年轻的人》等[1]多首:

> 你已经望得见那可悲的背景
> 和各得其所的一切事物;
> 交给达埃多的剑和灰烬,
> 交给贝利萨留的钱币。
>
> 为什么你要在六韵步诗朦胧的
> 青铜里没完没了地搜寻战争
> 既然大地的六只脚,喷涌的血
> 和敞开的坟墓就在这里
>
> 这里深不可测的镜子等着你

---

〔1〕[阿根廷]博尔赫斯:《博尔赫斯诗选》,陈东飚译,河北教育出版社,2003年,第145、139、120页。

它将梦见又忘却你的
余年和痛苦的反影。
那最后的已将你包围。这间屋子
是你度过迟缓又短暂的夜的地方
这条街。你每天把它凝望
(《致一位不再年轻的人》)

其中“望得见那可悲的背景/和各得其所的一切事物”,写出了世事在时间沉淀中渐次清晰可见,与《一个人老了》中的烟上升水下沉一样,是世界图景在老年人眼中的呈现,是“有了足够的经验判断善恶”和“唯有老年人能看出这其中的摧毁”的清醒。在生命的征途中,看得见终点,是经过时间沉淀之后的清晰。“敞开的坟墓”“深不可测的镜子”“屋子”都和西川诗中老年人面对的未来世界图景有内在的一致性,具有必然、不可知和吞噬性等质地。

咖啡和报纸的香味。
星期天以及它的厌烦。今天早晨
和隐约的纸页上登载的
徒劳的讽喻诗,那是一位
快乐的同事的作品。老人
衰弱而苍白,在他清贫而又
整洁的居所里。百无聊赖,
他望着疲惫的镜子里的脸。
已经毫无惊讶,他想到这张脸
就是他自己。无心的手触摸
粗糙的下巴,荒废的嘴。
去日已近。他的噪音宣布:
我即将离世,但我的诗谱写了
生命及其光辉。我曾是华尔特 惠特曼。

(《坎登,1892》)

“咖啡和报纸”与“黄瓜和茶叶”似乎是老年人日常生活图景的中西版的互文和呼应,“去日已近”与“机会在减少”“一系列游戏的结束”都是在生命的标尺中看出“老”所在的刻度，叠放好一生的成败悲欢，是这一刻度应有的从容。而“快乐的同事”与老人的“衰弱而苍白”形成对照，正如《一个人老了》中将“老”与年青人的对比。“疲惫的脸”“粗糙的下巴”“荒废的嘴”都是写身体的陈旧和破败，尤其是“荒废的嘴”写出“老”之后生命与世界联结的某些机能的衰退，比如“表达”。

另一首《某人》，亦是把焦点稳稳地聚在“被时间耗尽”的“老了”的人：

一个被时间耗尽的人，
一个甚至连死亡也不期待的人
（死亡的证据属于统计学
没有谁不是冒着成为
第一个不死者的危险），
一个人，他已经使得感激
日子的朴素的施舍：
睡梦，习惯，水的滋味，
一种不受怀疑的词源学，
一首拉丁或萨克森诗歌，
对一个女人的记忆，她弃他而去
已经三十年了，
他回想她时已没有痛苦，
一个人，他不会不知道现在
就是未来和遗忘
一个人，他曾经背叛
也曾受到背叛
他在过街时会突然感到
一种神秘的快乐
不是来自希望的一方
而是来自一种古老的天真，
来自他自己的根或是一个溃败的神。

他不需细看就知道这一点，
因为有比老虎更加可怕的理智

将证明他的职责
是当一个不幸者，
但他谦卑地接受了
这种快乐，这一道闪光。

也许在死亡之中，当尘土
归于尘土，我们永远是
这无法解释的根，
这根上将永远生长起
无论它沉静还是凶暴，
我们孤独的天堂或地狱。

（《某人》）

这三首诗涉及与“老”相关的不同元素，而这些元素，与西川《一个人老了》对“老”的解读形成互文关系。其中“被时间耗尽”“连死亡也不期待”“感激日子的朴素的施舍”以及“回想她时已没有痛苦”等，都是生命与时间在不同层面关系的呈现，是在时间淘洗中泛出特定光泽，是“藏起成功，藏起失败”之后的从容与珍惜。

有意思的是，博尔赫斯的上述诗作是被收录在出版于1969年的诗集《另一个，同一个》中[1]，是晚年重新写诗时的作品，彼时，生于1899年的诗人已近七十岁。即便给写作和出版之间留有足够的时间差，写作这些诗作时，博尔赫斯也已真正进入到老年阶段，这应该是基于生命体验本身的写作。

而“知识分子写作”中，对阅读的信赖很大程度上取代了个体生命的直接体验，至此，我们大致可以回答本文开头的提问了——一个二十多岁的年轻人何以在春天里谈论衰老：对于西川而言，衰老和生命的诞生与死亡一样，可能是个哲学命题，是人生话题，是文学命题，但却不一定是个体生命的体验。从某种程度上说，“知识分子写作”通过对纯粹的形而上的问题的思索，使其避开或者忽略了个体生命体验的缺失。

[1] 具体出版时间参（阿根廷）博尔赫斯：《博尔赫斯诗选》，陈东飚译，河北教育出版社，2003年，第51页。

五

中国传统文化是长者本位文化，“老”意味着经验与智慧的累积，仙人的形象往往是须眉皆白，鹤发童颜。《论语》中，“三十而立，四十不惑，五十知天命……”，年龄的增长是与智慧的累积相对应的。苏辙《读旧诗》中“老人不用多言语，一点空明万法师”，“老”意味着在时光的沉淀中收获的清晰和澄澈。传统的民间文学中，老人形象亦对应着智慧和善，甚至“具有某种超自然的神秘的才智”[1]。

但现代中国文学从五四开始，是长者本位文化向青春型文化的转型。“新文化”“新文学”“新青年”“新潮”，所有的“新”都把更明朗的世界许诺给未来，连鲁迅先生也一度认为新的总比旧的好，年轻的总比年老的好——新意味着新生与进步。所以梁启超有《少年中国》，其中是将“少年”代表着未来和希望，实现对衰老和陈旧的超越。郭沫若《凤凰涅槃》的凤凰更生中，一个重要的欢呼源自于“我们新鲜，我们净朗，我们华美，我们芬芳”，新鲜和净朗正是与年轻相对应的。

20 世纪中国文学的“父子冲突”主题中，除“改革文学”时期短暂的将父一代等同于传统伦理的美好化身外，在大部分时段内，都是以父一代的落后于时代而成为被批判和教育的对象。巴金《家》中的祖辈父辈，茅盾《春蚕》中的老通宝，《创业史》中的梁三老汉，都是以“老”对应着陈腐与落后。

在农业文明时代，“老”与经验相对应，因而也是受尊重。但在现代化进程的价值坐标中，“老”则意味着落伍，“传统社会中最重要的是劳动经验，劳动经验的丰富在一定程度上意味着生产的高产和物质的满足，因此整个社会就是以深具生产经验的老年人为重，但是处在新科技、新文化被普遍时尚化的都市空间中，老年人却成了对社会变迁缺乏相应的知识储备和文化准备的一代人，自然，他们不得不让位给代表着新的社会力量的新一代年轻人。整个社会结构趋向于青年社会的形成。青年开始在社会中受到人们的普遍关注，得到特权优待”[2]。

社会传媒在价值导向上强化了上述社会角色的刻板定位，老年人被指认

〔1〕 陈静：《民间故事中智慧老人形象的社会伦理功能》，《铜仁学院学报》2007 年第 5 期。
〔2〕 王涛：《代际定位与文学越位：“80 后”写作研究》，巴蜀书社，2009 年，第 24 页。

为"'社会弱者'、'旧事物'、'落伍'的代言人""中国大陆媒体上呈现老年人的形象主要有以下特点：在年龄上，渴望年轻，惧怕衰老；最大的行为特征是喜欢怀旧……体弱多病，生活单调"[1]。

变动中的20世纪中国，在现代性的焦虑中追循速度和效率，在对旧的恐慌中追赶什么或者被什么所追赶，因而在"老"中更多地解读出陈旧与过期，需要在对"老"和"旧"的不断超越中缓解焦虑和确认方向，时间在这里是单向和单维的，是向前和谋新的。

但在西方文学传统中，"老"常常意味着生命的升华。时间之于生命的意义不在于日复一日的磨损中趋于黯淡，而是在雕刻与打磨中赋形并臻于完善——因有了时间的累积，生命的果实散发出香醇。这是诗才能看到的生命的另一重意义，隐于实用主义强光之后的意义。

将时间与果实的醇香直接对应成为诗中生命感生成的重要途径。在澳大利亚诗人A. D. 霍珀的诗作《晚熟酒》中，"老"是一种在时间中缓慢酿造的晚熟酒，是必要经过岁月的打磨才能慢慢流溢出的生命质感：

如果我记得没错，
那晚摘酒美味优雅，
就像我年少时追求的目标；
但成熟度并非致胜的一切。

年轻人仍然在寻找着完美，
那岁月中学到的彼岸的崇高；
过火的成熟加上荒唐的酿造，
反倒可能到达那至上的美境。

（A. D. 霍珀《晚熟酒》，节选）

这首诗值得称道之处在于，它是从生命本身来定位"老"的意义，而非如长老文化那样将老与经验丰富对应，从而衍生出功利的解读。在这样的解读中，"老"对应的是时间累积之后果实的芬芳，生命的美是需要时光雕刻和赋形的，是不能速成的。诗作原题为德语的"Spätlese"，"在德国的评酒系统中，

[1] 郭子辉、金梦玉：《中国大陆媒体老人形象窘境及其影响》，《新闻传播》2014年第9期。

是最高级的'晚采摘型葡萄酒'(late harvest wines)。晚采摘型葡萄酒就是在葡萄成熟之后,仍然让它们留在藤上,甚至自然风干变成葡萄干才用来酿酒",在诗中,"'Spätlese'被比喻成人到晚年才能够达到的境界。这种境界是年轻时无法理解和想象的"[1]。

事实上,这种侧重于从生命意识的角度体认"老"之魅力的角度在西方文学中并不缺少。叶芝的诗《当你老了》和杜拉斯的小说《情人》同样是对"老"的肯定:

> 多少人爱你青春欢畅的时辰,
> 爱慕你的美丽,假意或真心,
> 只有一个人爱你那朝圣者的灵魂,
> 爱你衰老了的脸上痛苦的皱纹;
>
> (叶芝《当你老了》,袁可嘉译[2])

"那时候,你还年轻,人人都说你美,现在,我是特为来告诉你,对我来说,我觉得现在你比年轻的时候更美,那时你是年轻女人,与你那时的面貌相比,我更爱你现在备受摧残的面容。"(《情人》[3])

但这两者都有些逆流而上的抵抗感,"多少人""人人"和"一个人"形成数量上的绝对反差,让人感觉到一个人逆流而上的决绝和孤单,而缺少对"老"的细致审美更容易让它们滑向爱情中的主观和个人性的体验,而不带有普适性,因而,并不能充分确立对"老"的认可。

西川《一个人老了》也有对立感,不过其对立并不产生于人类内部的立场分歧。对"老"的价值认可在本诗中并无障碍,真正问题在于生命在时间面前的无力。它两次强调"老"的优势:"有了足够的经验评判善恶""唯有老年人能看出这其中的摧毁",却更多次的省察这一优势必然困境,"但是机会在减少,像沙子/滑下宽大的指缝,而门在闭合""黑暗迫近""……偶尔停步,/便有落叶飘来,要将他掩盖",张力由此生成——弃绝和推崇都是单向和顺畅的,唯有呈现这二者的反差才会看到美和忧伤。"老"的日臻完善的美好品质被置于渐趋衰败的肉体之中,时间凝聚和沉积的价值终将被时间的潮水必然卷

[1] 光诸译,选自"读首诗再睡觉"公众微信平台,2015年1月24日。

[2] [爱尔兰]叶芝:《叶芝诗选Ⅰ》,袁可嘉译,湖南文艺出版社,2012年,第51页。

[3] [法]玛格丽特·杜拉斯:《情人》,王道乾译,上海译文出版社,2004年,第3页。

走，“七十岁的心灵爱上了写诗……每一次企图赞美生活时都白费力气”（《厄运》），生命在强大的必然性面前是如此薄脆和不堪一击，琉璃碎了一地。

行文至此，又重新复习了大卫·芬奇执导的改编自菲茨杰拉德同名小说的电影《本杰明·巴顿奇事》。在衰老问题上，影片提出了一种新的设想：假如生命是逆流而上的，一个人以垂暮之年作为生命的起点，开始人生的旅程，而终至复归婴儿，与整个人类的既有轨迹互为反方向，以个体生命与整个物种的群体相对而视，又会如何？不过影片的关注点在爱情，因而对这个看似新颖的视角并未作过多的展示和停留，但它无疑给生命和时间的关系提出了另外一种视角和可能性：假如生命的日趋完善对应的不是肉身的同步衰老，又会呈现怎样的风景与困境？

从这个意义上说，在四月里谈论衰老也未必不可能。因为一首诗而使很多与生命相关的问题被想起和追问，阅读因而呈现出一种基于人类整体生存的高度而被重新擦亮的质地，倘能如此定位读诗的意义，也就够了。

东南大学现代汉诗研究所　东南大学中文系

从《从俗如流》看朱寿桐散文诗“汉语诗性”的追求

傅天虹　周映颐

《从俗如流》是朱寿桐先生于 2015 年出版的散文集。在这一书中，朱寿桐教授或用真诚平实、简洁多思的语言及文风，描述他在数十年的人生历程中所经历的人事变幻，或用诗的笔法，抒发对人生、对自然、对社会的真挚而独特的感触。无论哪一类散文，在朱寿桐的笔下，都体现出对于汉语诗性的追求。与一般的散文相比，学者散文写作体现了当代学院知识分子在文化转型的大环境中，对自我重新定位及选择做出的努力。并且，在创作上，也具有更为严谨及广阔的认识深度，凸显了学者在鲜明独特的知识背景、理性文化反思、自我批判意识以及文体话语方面的自觉追求。然而，要进一步凸显散文中具有的独特艺术价值，就需要作者在创作中融入强韧的主体性。因此，笔者意图从语言内涵、审美内涵、文化内涵三个角度出发，通过多元化角度的分析，挖掘朱寿桐先生在散文中对“汉语诗性”的体现及“汉语新文学”的理论运行，剖析其对汉语、汉语文学的思考与视野。

一

散文是语言的艺术体现。汉语源头遥远，融汇百川，不仅富有独特的音韵、节奏之美，亦饱含着从历史纵深之处所传承而来的文化信息。因而，正如朱寿桐先生本人所言：“文学作为语言的艺术，其表现的是一个语言共同体的文化认同最生动、最鲜活的部分，文学中所体现的国族气派和文化风格，最终也还是落实在语言本身。”[1]所以，从语言入手，无疑是品鉴朱寿桐先生在散文作品中的汉语诗性内涵的最为直观的方式。特别是他的散文诗，努力体现着汉语的诗性品质。

多样化的语言表达方式与技巧，决定了散文诗风格的呈现。朱寿桐先生

〔1〕 朱寿桐：《汉语新文学：作为一种概念的学术优势》，《暨南学报》2009 年第 1 期。

的笔触，细腻而富有灵性，在其自觉的语体追求中，时常穿插着文言句式与词汇，文义恰当又极显大方。因而，他的文风，既饱含了传统语言的那份凝练含蓄、意蕴深远，又深具现代汉语中的通俗易懂，生动流畅。作者使用了许多修辞手法，如排比、比喻等，从而形成了极富张力、生动绚丽的诗性语言。散文诗《遥念巴山月》，更几乎全文使用拟人手法，将巴山盈盈的满月，赋予了极为浪漫柔美的色调，以及清澈高远的意境与姿态："明明领受着万众的瞩目，它却永恒扮演着孤独……却依然澄净地显示着自己空无的仙境，并以透明的淡定阻止了任何炫耀的意趣。"[1]古典而性灵的辞藻，为月这一意象增添了更多"个性"与想象空间；《我的世纪末》《唱错歌词》一类的散文，则记录了更多个人化的生活片段，因而其语言色彩更显质朴鲜活，字句中无一不透露着平淡生活内的思考与诗性的审美情趣：与母亲的交谈，一洗世纪末阴霾的情绪；饶有兴致地变换曲中的歌词，却又自嘲为固执强辩。这些零碎的生活情节与思绪，正引领着读者思考细节背后所渗透的诗意甚至禅机，寥寥数笔，却极其值得玩味。令人更为印象深刻的则数《母亲在何方》《桂子山印象》，母子、师生的形象与关系得到了极为细致的刻画。情真之深切细腻，人情之中包含着深深的诗意，无疑是这几篇散文所令人动容的关键之处。牵挂、思念之意随笔下自然倾泻而来，毫不造作："在我的心目中，当然也仅仅是在我的心目中，没有黄老师的桂子山就不是桂子山，桂子山姓黄，可以叫做黄氏桂子山。"[2]当文字承载着情感中最真实、直白的悬念时，便贵在其对性情的展露。而朱寿桐先生的文字，虽谦和雅致，却在诗性浓郁之余自有一份文人坚韧偏执的气性。

可见，作者善于将人、事、景与传统文化、大众记忆相互结合，搭建起从现实空间过渡至历史文化空间的诗性表述机制。作者选取了多样化的散文题材，不局限于日常的生活，更深入剖析、分享自身的情感与记忆，更有游历万乡的感悟、赤诚之心的展露。然而强烈的学者、文人情怀，始终通过诗性语言贯穿至整部散文集。并且，通过不同的语言表达方式，与文字的气质间达到了一个和谐相生、相辅相成的平衡点。散文诗《大漠思寄》以散文的句式表达了纯诗的意境：

"曾经的生命带着百万年海滥的痕迹永远留在了史前，生物与大海的遗

〔1〕 朱寿桐：《从俗如流》，作家出版社，2015年，第109页。

〔2〕 朱寿桐：《从俗如流》，作家出版社，2015年，第31页。

骸于今积淀成为自然的渣滓，此刻完全是褐黄色的占领。褐色坦承着沙的缺失，黄色呻吟着沙的充满，所有这一切都被粗莽的人们概称作沙漠。精细如李义山等则由此看到了孤烟一缕，没有飞沙与尘沙，顺便就将这茫然的一派叫做大漠。”

自然的景象，历史的回望，神奇的传述，古诗的联想，显示着作者对汉语语言有着圆熟的把握与诗性的开掘。

作者极为圆熟的语言文学功底，还体现在阅读体验之中，而他的阅读似乎也偏重于诗性浓郁的文本。作者常在不经意间，引领着读者去走近经典文本，除了令读者对文本背后的背景、情境产生联想之外，更拓宽了文本值得品味的意义空间。文如《从俗如流》《能表哥杂忆》等，就令人自然而然地回忆起鲁迅的经典之作，似乎传达出鲁迅《故乡》《社戏》以及散文诗《野草》的某种诗性意趣。《从俗如流》一文，援引了鲁迅的《孤独者》中魏连殳这一角色，却从感情体验的角度出发，提出了与众不同的注解。身居俗世，“从俗如流”可以说是知识分子在艰难处境中的自持、自适之选。选取“从俗如流”作为散文选的名字，也体现了作者对文人气节的认识和生活模式的抉择，更折射了作者对当代文人生活现状的深切关怀。而读罢《能表哥杂忆》，脑海中所浮现的则是鲁迅笔下对故乡生活和人物的刻画。人物的形象、性情通过细节的描绘，跃然纸上：“邻家的能表哥听到了，则更不打话，毫不迟疑地脱去鞋袜……非常自得地提起那只还真的不小的甲鱼，扬长而去。”[1]作者在文中，常透露着对于其个性及准则的质疑，能表哥的“能”无疑也是其可悯之处。固有的势利心理，常将胜利成为了衡量高低的尺度。而品行这些人性中最重要的东西，至多只是胜利者的花环上的装饰物，而并非褒贬个人价值的标杆。因而，这份“能”，不禁令人想起了鲁迅笔下众多的小人物身上所体现出的“劣根性”，同样也是如此的普遍而熟悉。这些都使得作者在回忆往昔岁月的同时，亦怀揣了一份诗性的沉重与同情。

但这并非一种刻意的模仿，而是汉语、汉文化所蕴藏的文化信息的深层积淀。语言是释放艺术性的纽带。朱寿桐散文中所蕴藏的批判性思考，对人性、世情的反思，正是透过多元化、多层次的语言，充分体现出华人世界文学写作者的共同情感，并带领读者进入了他们在潜意识中所根植的、深层的文化空间，唤醒了他们脑海中无意识的汉语、汉字信息与记忆。读者与作者间

〔1〕 朱寿桐：《从俗如流》，作家出版社，2015 年，第 51 页。

所产生的共鸣，是根植于相同或相类的文化背景、情感心理基础之上的。读者不仅可以感知到作者本人的生命体验，更可以深入挖掘他们的审美理想、精神意志、生存状态。这不仅可被看作为作者自发自主的艺术创作与文化承继，更是民族语言文化中所承载、传承的属于集体华人的文化记忆。

二

朱寿桐先生曾言："浮动在时代表层的显性运作往往会偏离文学传统的价值基线，导致文学传统内涵的削弱，真正的文学传统不需要也经不起时代性和主体化的倡导。"[1]

可见，外部环境带来的政治性影响，在很长的一段时间内成为了中国现代文学的创作导向。因而，回归汉语本身，追溯对语言之美的创造与欣赏，成为了创作者的自觉追求，亦是当代散文甚至文学创作的根本性倾向。

在《从俗如流》中，无疑也渗透着朱寿桐先生对汉语诗性表述的审美追求。在散文诗《苏州的声色》一文中，苏州独特的诗性魅力淋漓纸上："苏州的天籁和哪怕是鼎沸的人声在深春的黄昏胶合在一起，都始终是甜糯与清浚的融汇，犹如悦耳的丝竹配上邈远的洞箫。"[2]读者可自然从语言符号中捕捉到苏州之景的信息，笔端流泻的吴侬软语、色调变换，都形成了具体的音色、形体，自然地将读者引入或浓或淡的情绪与氛围之中。诗化的语言的运用，并不是工具性价值的认识，而是对情感、意识的捕捉。就语言美而言，它是人类生命活动向精神领域的延伸。汉语所具有的精神、审美价值，一旦于汉语表述中被发掘，就将转化、衍生为人类的情感维度。[3] 因而，透过朱先生的抒写，唤醒的并不止是读者脑海中那个笼罩着青烟色的姑苏，更是有关于"碧云天，黄叶地，秋色连波，波上寒烟翠"的诗性记忆与一系列的感性体验、艺术想象。这一切，正促使着读者进行着自我的观照与反思，鼓励着他们向精神领域的回顾与发展。他们所得到的并不是事物原理的揭示，而是文字中所流动的理趣合一、气韵飞扬之美。

而情感气氛的传递与共鸣，不仅取决于文字表达与形式，更强调思维的同一性。自古以来，中国人就拥有着注重感性、综合、诗性、主观的思维方式。

---

〔1〕 朱寿桐：《论中国现代文学的伟大传统》，《中国社会科学》2002 年第 1 期。

〔2〕 朱寿桐：《从俗如流》，作家出版社，2015 年，第 112 页。

〔3〕 骆小所：《论语言美学的萌生和破土而出》，《云南师大学报》1995 年第 3 期。

现代的许多名家,都擅长淡化故事情节、人物,而着重于营造文字中的情绪与气氛,呈现了汉语除了语句之外的隐形审美。如沈从文的《边城》正体现了强烈的诗性汉语思维特征,充满着感性、包容、中庸的传统汉语文学色彩。《从俗如流》一书中,朱寿桐先生也有着相应的创作思路:“必须坚持在情感化的笔意中走下去。”[1]在此,他强调了写作中浓厚的情感气氛与诗学精神的重要性。这不仅申明了对汉语的审美追求,更强调了对汉语思维的关注与运用、思考与坚持。

如阅读数篇描绘师长往事的散文:《恬淡的恩师》《豪华的书籍》正是坚持着以感性的思考、真实的情感为导向。作者不极写他们的学术造诣,却令人体会到师者的真人之气,以及这股真人之气中蕴含的人生诗性。无论是邹恬先生的审慎态度,抑或是程千帆先生的关爱,都于细节处的阐发而感知到情真之味。文中流泻的怀念、感慨、遗憾之情,都无不透露出散文不可缺失的天然之美和诗性之美。而《从俗如流》一文,更是抛却了研究者的立场,从身为“人”的本我生命体验出发,重新阐释了对经典文本的内心体悟。“既然在心底里真哭的人不能帮助母亲渡过难关,那就无妨由假哭的声音去帮助她。想到这里,我几乎完全认同了这种假哭。”文本中交杂的情绪是那样的复杂:既顺应人情,又对人情有所节制,从而达到了“和”的坦然与包容。“从俗如流”何尝不是生命的哲学,也同时折射着“君子和而不流,中立而不倚”的汉语文明和诗性思维。

与西方语言不同的是,汉语淡化了抽象逻辑思维。而偏重于“非理性的诗意”。置身于诗的国度,中华文明在发展中更迭的只是创作中的表现策略,但文学中浸透的诗的质性,从未更改其文化背景的积淀,而是随着时代的发展产生微妙的融合。朱寿桐深刻地理解这样的汉语语言诗性,在散文诗中出色地体现了这样的诗性。散文诗《遥念巴山月》这样回忆诗意中的巴山旧地:

“无论是我漫步在沉睡的江畔,还是同样沉睡在山城的一隅,满月的清辉都是那么尽心地朗照着面前的世界,于是属于我的乾坤便充满着月光的温热。明灭的灯火与渔火早已经开始为迎接次日的浓雾而拼命地眨着眼睛,高高在上的圆月则依然用它带着阴郁更带着热忱的清辉照灼着地面的一派沉寂。”

充满着汉语书面语的精警与力度,传达的是属于这种语言特有的诗性之

---

〔1〕 朱寿桐:《从俗如流》,作家出版社,2015 年,第 288 页。

美，那么凝练、精致而富于理性。这是汉语的独特性，更是民族思维、文化根基的独特性。也许，作品中“过于情感化的理解”[1]，正以无心插柳柳成荫的方式，恰到好处地展现了这一点。

三

在历史的长河中，汉民族的文化，之所以能够放眼世界，拥抱西方文明，皆得益于强大的文化根基，深厚而未曾间断的文化底蕴的支撑。因而，品味散文和散文诗，不仅要从语言入手，更应当关注语言表达中所渗透的文化内涵之美。

诚如王蒙先生在序言中所说，朱先生的文字“有一种不事声张的可信性与动人性”。而这份简洁真实，很大程度上源于在描写人情事态中透露的对于生存方式的道德机制的把握。《从俗如流》一书中，不乏许多从“人”的角度出发的文本，而其中所浸染的审美判断与创造，正是中国传统文化与伦理道德中的核心观念。

常言道：“百善孝为先”。书中大量对母亲的悬念的描写，令一个悲戚的孝子形象鲜活地跳跃于读者眼前：“这是一种生命的联系，母子之间特有的生命联系，这样的联系并不会因为母亲生命的消失而中断。这是一种生命的烈度，生命的劲道，生命的永恒与真义。”[2]有血有肉的文字中，蕴含的是对孝这一道德价值的认同。孝无疑是珍贵的传统美德，对民族心理和民族性格的形成，有着巨大的影响。因而，民族思维所奠定的基础，令他笔下的人生经验、诗性表达与读者搭建起了休戚相关的心理场。

而从学者这一社会身份出发，朱寿桐先生的笔下，流露着自觉的士大夫精神及相应的沧桑的诗美。当代的知识分子承袭了对国家、民族、社会文化所具有的自觉的忧患意识。因此，在面临当下这一文化价值信念大幅度波动的时期，学者散文愈发成为学者们抒发个人内心情绪与思虑的出口。

首先，山水风光及地方文化的描写，牵引出了中国历史文化的进程及中国文人的人格构成。在《苏州的声色》中，苏州有其特殊的音，不仅是苏州所为人津津乐道的评弹声腔，“苏州的音”是随处可闻的：“散佚在街头巷尾的民

[1] 朱寿桐：《从俗如流》，作家出版社，2015 年，第 288 页。
[2] 朱寿桐：《从俗如流》，作家出版社，2015 年，第 8 页。

间小调”“春夏季候石板上绵雨击打的节奏”[1]，都令人在他的笔下，重新瞥见了隔着遥远时空的那个笼着迷雾的苏州，犹如戴望舒笔下的《雨巷》一般，带着真实而缥缈的诗意。作者抓住了读者共同的阅读、文化背景与记忆，展露了中国传统文人的道德情怀和艺术气质，及他们所共通的精神寄托和文化韧性。景与人的相通则数《桂子山印象》：“他的情与真，他的苦涩与快慰，他的荣耀与梦想，都与这个美丽的小山有关，不只是有关，似乎在它们之间建立了一种永恒的契约。”[2]走近心驰神往的桂子山，便忆起了黄曼君先生旷达恬淡的“真人”之性情，桂子山犹在，消逝的却不仅是曾在那片土地上的生命，足见作者对传统文人气节的肯定与追怀。《黄海的余音》则唤醒了对传奇、土地的记忆。中华大地上，传说、神话的或实或虚，都构成了一方土地独特的文化积淀，作者对家乡人事充满亲切感的描述，对方言文化发展的重视与忧虑，都象征着对于“故土”及其诗性的执着追寻。因此，这些令人熟悉或陌生的地点，不仅是固定的生态环境，或令人感到亲昵的人文氛围，更是“无数中国文人心底的思念与企盼”，是“人生苦旅的起点与终点”。[3] 作者在回忆地域文化之际，实则抒发了文化意义上的乡愁，用文化意象与符号，与喜爱、了解传统文化的读者形成了共鸣。

其次，朱寿桐先生作为“汉语新文学”这一理论的开创者，在他的散文诗行文中，也亲身尝试、践行了这一理论。除了秉承去政治化的基本理念外，亦旨在展现汉语跳脱地域限制外所存在的广阔包容度。在全球化发展的背景下，作者以开阔的文化视野，描述了汉语、汉文化以及它在全球文化中的独特价值。这种整合，无疑适应了全球发展的进程，适应了愈发需要明确民族文化身份意识的时代。且看他在散文诗《叶落无声》中对于恩师病房内外情景的描写：

“已经是秋天的辰光，窗外，开学了的大学校园早已是熙熙攘攘，更映衬出这病房无限的冷清寥落。但见灰色的白云漂浮在浑浑的天际，没有伴随秋雁的星星点点，邈远的山水草木褪尽了春夏的油绿，染上了秋气十足的深墨和苍黄，在遥遥呼唤着不知何处的秋江。无论是雁鸿横塞人倚高楼，还是秋水时至秋江浮沤，都与现在病中的叶老师无关，但那凄凉与悲苦的气韵又似乎正是老师虚弱生命脉息的协奏。”

[1] 朱寿桐：《从俗如流》，作家出版社，2015 年，第 112 页。
[2] 朱寿桐：《从俗如流》，作家出版社，2015 年，第 27 页。
[3] 余秋雨：《秋雨散文》，浙江文艺出版社，1996 年。

这里有传统国画的悠远意境，有传统诗词的丰富情愫，有传统文化的强烈蕴涵，有传统音乐的绕梁余韵。这才是真正的汉语诗性，将传统文化的丰厚、优美、深厚锻铸在诗意浓郁的散文表达中，体现出汉语及汉语文化独特的诗学魅力。

朱寿桐先生的汉语新文学概念，从语言文化角度反映了文学发展进程中的世界性意识或倾向，而其中吁求的台港澳及海外华文文学一体化的开放性优势，无疑对当下的中国新文学找到在世界文学的自我定位有着正向的影响。汉语是我们的文化身份，承载着民族的独特思维，它的存在是无分地域的文化之根，成为连接各地华人的纽带。因而，世界华人在阅读散文、或各类汉语写作的过程中，既明晰了身份，也为他们找寻集体的身份认同，传播民族文化价值的道路提供了启示与引导。

因此，朱寿桐先生亦深切关注着异国文化的发展与中华文化的对比。大量的访学经历，令他充满了极强的文化敏感度。值得关注的是，他对汉语文化辐射圈的细节、精神、审美的感知：《温热的白雪》《最高学府的魅力》等文，就生动呈现了在异国他乡，所感知到的汉语文化的精髓与共鸣。而对地域间不同的文化行为的对比与反思："中国的土地崇拜是那么悠久而广泛，反映出靠农耕起家的中国人对于土地的亲近与敬畏，而美国人在他们的崇拜中过多地忽略了承载他们的土地。"[1]则更为凸显了对于汉语精神内核的传承必要性。汉语文明的能量，使朱寿桐先生无疑对汉语有着强烈的文化认同感与文化自信，而这一切又何尝只流淌于他一人的文化血脉之中？汉语文化犹如一片充满养分的土壤，生生不息地孕育出"和而不同"的广博而包容的民族心理，在今日，也始终是大环境中个人自持与发展的精神本源。

因而，《从俗如流》一书，不仅是朱寿桐先生真挚的内心表达，不仅是他汉语诗性追求的结果，也可看作是当代学者对承担中华文明的传承、复兴任务所作出的积极尝试。"从俗如流"并非消极地放逐自我价值，而是在保有对社会文化的承诺与承担之余，积极地将价值观念、学者精神融入普罗大众的生活及社会文化之中，从而在潜移默化之际推动大众接纳并交流，是试图保持自身的严肃性、纯粹性不被外界消解的方式。朱寿桐先生正是将自身的生命体验、现代性焦虑融入到散文创作中，传递了一种既入世又出世的生存体验及完整自足的精神空间。他更是以一颗赤诚之心，达成了与汉语思维、汉语

〔1〕 朱寿桐：《从俗如流》，作家出版社，2015年，第154页。

文明的呼应。近百年来，传统文化的认同危机，并不应也不能阻挡民族思维、文明中正本清源的承继。因而，探寻其中的汉语性内涵，即等同于挖掘当今有识之士的文化人格与人文关怀，无疑是对未来文化走向的宝贵启迪。

《从俗如流》之中当然不全是散文诗，虽然充满灵性的散文诗和充满诗性的美文占据着这部书的大半篇幅；不过，即便是那些细碎人生写实的散文，如《写自己写信》之类，也都充盈着蕴涵在庸碌凡俗人生之中的生命诗性的喟叹，饱蘸着诗性的情绪甚至还透溢着后现代反讽的哲理，这些作品也无妨当作散文诗来读。从这部散文集中几乎所有的作品都读出散文诗的味道，可能是理解朱寿桐散文创作及其魅力的一个路径。

北京师范大学珠海分校文学院

诗人在诗人中间

——1980年代汉语长诗写作兼及任白的几首长诗

何　平

1. 对当下中国文学的观察，以“单数”作家的个别作品来论衡可能还不能算丰盈和充沛，甚至贫瘠和贫乏。但如果让作家在作家中间，让中国作家在世界文学中间，让他们的作品与作品彼此反对和证明，我们会获得怎么的当代中国文学的观感呢？这几个月，我数次把任白的长诗《耳语》和《未完成的安魂曲》拿出来读。我还记得第一次读这两部作品被打动的感觉，也能够准确地找出那些打动我的段落和句子。我特别喜欢这两句“记得当年年纪小/我爱唱歌你爱笑”。不为别的，就因为它像儿歌，单纯、干净、朗朗上口。现在，当我准备给这两部长诗写点什么的时候，我忽然想为什么要去评论这两部作品？我说的其实是一个批评者所从事批评工作得以成立的基本前提或者理由。说老实话，如果批评仅仅是冰冷的技术性工作，以这两部作品的繁复程度，即使放在当代长诗这个文类来考察肯定超不过钟鸣的《树巢》、孟浪的《凶年之畔》、杨炼的《大海停止之处》、周伦佑的《象形虎》、李亚伟的《旗语》、西川的《致敬》等等。显然，《耳语》和《未完成的安魂曲》不只是以炫技见长，从技术的角度，它们甚至有点简朴，这并不妨碍两部长诗在当下诗歌中成为有代表性的作品。就因为它们以诗歌的名义对刚刚过去的混乱不堪的时代，对时代裹挟下的自己的清洗。而这也是这两首诗打动我并评论它们的理由。

先说说诗题。“耳语”是一种声调和声距控制术，在专制国家它暗示的是禁忌、私密和危险，它要求声音发出者和接受者共同将声音调整到一种适当的程度。“也许我们只能选择耳语/说给那些在命运中枯坐的人/那些在痛苦中讪笑的人/那些在喧闹中失魂落魄的人”(《耳语》)。在这里，任白的“耳语”似乎发生在精神同路人之间的一种道义上的声援。是否如此，且存一个疑问。俄罗斯诗人阿赫玛托娃在《安魂曲·代序》倒是写到一个“那儿人人都是低声说话”的世界：

在叶若夫主义控制的恐怖岁月里，我在列宁格勒的监狱中度过了十七个月，一次有人“认出了”我。那时，一个嘴唇发紫的女人站在我身后，当然她从未听说过我的名字，她从我们都已习惯了的那种麻木状态中清醒过来，凑近

我的耳朵问道(那儿人人都是低声说话的):

> “您能描写这儿的情形么?”
> 我说:
> “能。”
> 于是,一丝淡淡的笑意从曾经属于她的那张脸上掠过。[1]

任白的“耳语”不是阿赫玛托娃意义上对专制和恐怖的控诉,他将“耳朵”想象成一个能够抵达世界和心灵任何角落的孔穴。作如斯说,是因为诗人在《耳语》最后一首“第二十二首”告诉我们,“耳语”不但向被“阴沉的青年”谋害的生命垂危的“你”,而且向世界芸芸众生万事万物,向世界的各个方向。因此,“耳语”被任白赋予的是一种精神独白、告白的倾诉和聆听的意义。而“安魂曲”,《未完成的安魂曲》所“安”之“魂”是一个以不知所踪的方式结束的“幻灭者”的灵魂。这是一个从“80 年代”理想主义时代走向“90 年代”理想匮乏时代的“幻灭者”。何以安魂?是对“历史”的质证和“我们”的确认:“山势起伏/ 历史吊诡”;“历史的风暴清算我们的时候/就不会有一丝歉意/爱情驱逐我们的时候/也不会有一丝怜惜”;“所有爱情在它开始的时候就结束了/所有革命在它蕴育的时候就失败了”;“我们为什么不能翻新自己”;“啊啊,历史重上环山路/在那些金色的仪仗里/声势浩大地踏歌而行/是的,大家又聚集起来了/以集体的名义/分享威势与荣光/分享面对苍茫时光的赴死豪情/可是这样的狂欢/总是让历史喋血/让后来者在遗忘中沉迷/新生命要从哪里滋长/是思想的血泊还是血泊中的思想/怎样活着,如何死亡/仍然是我们的问题”;“你说,在历史散漫的流动中/金属和空气一直互相噬咬/多少代人都倒下了/血肉腐蚀泥土”(《未完成的安魂曲》)。像历史一样吊诡的是:《未完成的安魂曲》也是一首吊诡的诗。诗至于最后,俨然此魂已安:“是的,兄弟,我来找你了/有乐声远远地升起来了/火山岩还有孱弱的树木/哭声和我们的血肉/一起发出光亮”;“看见你了/我看见你了”。但诗题之“未完成”是不是可以解释为此魂已安,但万千游魂未能安呢?岂能奢望每一个游魂都有《未完成的安魂曲》里肝胆相照的“兄弟”和“爱人”。如诗人布罗茨基评价阿赫玛托娃的《安魂曲》:“《安魂曲》的力量正在于这样一个事实:阿赫玛托娃的传记

[1] [俄]阿赫玛托娃:《安魂曲 · 代序》,肇明、理然译,花城出版社,1992 年,第 95 页。

是非常普遍的。”[1]任白《未完成的安魂曲》也“非常普遍的”。

2. 因为《耳语》和《未完成的安魂曲》对历史、时代、存在、时间、死亡、爱、革命、暴力、牺牲、背叛、救赎、新生、复活等等的诗意思辩，就我个人阅读的感受而言，更愿意将这两首长诗作为诗人进入了一个自觉的批判和质疑的生命阶段的精神档案。生命渐入秋冬老境。“兄弟，那段混乱的日子已经泛黄”（《未完成的安魂曲》）；“许多年，岁月层层叠叠/许多年，花朵星星点点/我在那么多职业间跳来跳去/你在那么多地方和人之间左顾右盼/但现在还是淹没在成年后的浑沌里/你笑着给我看手腕上的伤疤/看这年轻的花瓣，干枯了/汗水慢慢洗刷，香水慢慢浸淫/清冽的血腥，和惊惧的眼神/都潜伏起来/我们学习瑜伽/上衣口袋里百忧解静静蹲守”；“我们剧烈地诞生/ 平静地衰老”；“我们的初衷是在什么时候失贞的”；“作为两件中年垃圾/相爱也是一件困难和可笑的事吧/（我们的皮肤下面哀伤和疲倦层层堆积/我们的笑容下面犹疑和猜忌悄悄潜伏/我们的亲密之中离弃和怨怼如芒在背）”（《耳语》）；“她老了，鬓角的白发像一段极昼/发出惨痛的光芒/那一刻我真想抱住你们两个/抱住我们正在飞速坠毁的青春岁月”（《未完成的安魂曲》）。这些诗句共同指向一个基本事实：生于60年代初的诗人任白，关切的是“一个更为深邃或伟大的晚年”的来临，这个“晚年”也是诗人任白自己正遭逢着的。[2] 此处的“晚年”，不是生理年龄的“晚年”，如同《神曲》开始的“中年”，人具有了思考和担当能力的时刻。任白的《耳语》和《未完成的安魂曲》，包括稍早一点的《札记》都是书写着旧与新的生命换季时刻。这不是合于节律的嬗变中自然而然的转换，而是严苛的清洗和审判之后生硬、粗暴的蜕变：“血水不是圣河/但我们施洗/竭力从罪恶中脱身/在死亡中培养生命/在静默的长旅中远离浑沌”（《未完成的安魂曲》）。因此，作为针对个体的重要精神事件，这种蜕变有着“新生”或者“复活”精神“元年”的意义。事实上，“复活”是两首长诗最后的归宿：“雨啊雨啊/你是一个巨大的隐喻/是复活者眼前碎玉的帘幕”（《耳语》）；“看见你了/我看见你了”（《未完成的安魂曲》）。

读这两首长诗，我相信这些年和任白个人生活相关的精神剧变客观地存在着。因为，就是这个“诗人”任白相当长的时间里曾经写着无关痛痒的小说

[1] [俄]布罗茨基：《哀泣的缪斯》，[俄]布罗茨基：《文明的孩子》，刘文飞、唐烈英译，中央编译出版社，1999年，第132页。

[2] 王家新：《文学中的晚年》，汪剑钊：《中国当代先锋诗人随笔选》，中国社会科学出版社，1998年，第50页。

和诗歌。写,发表,又被我们很快遗忘。而现在写出《耳语》和《未完成的安魂曲》的任白是否自觉到王家新所说的深刻的“作家之死”:“如果他是一位作家他是否会意识到他以前的写作其实是处在某种隔世的虚妄里?而此后他又会从他的写作中要求一些什么呢?——我们都曾经经历过类似的时刻。如果给出一个说法,那就是一个作家每隔一段都必须‘死’一次,以触及更为真实的存在。”〔1〕《耳语》和《未完成的安魂曲》背后的“作家之死”因为诗人对自己严苛的清洗和审判,“我们可以死去/但最好不要死于未被清洗的罪恶”(《未完成的安魂曲》)。同时经由自己的精神触须延伸到他所生活时代的暗角,甚至不局限他所生活的时代,而成为文学把握我们时代的精神样本被我们所吟读和记住。所以由这个精神“元年”开启的“更为深邃或伟大的晚年”,不但对于一个诗人意义重大,如王家新认为的:“在历史上能构成‘经典’意义的总是那些愈写愈好的人,或是后期比早期更耐读,甚或更‘晦涩’的人”;“隐蔽的对象和对话者,只存在于文学的晚年中”;它“迫使更多的黑暗进入到我们的诗中”;“迫使我们避开许多作家在当下所追逐的东西而进入到文学的‘黑暗内部’去工作”。〔2〕 而且,“一个更为深邃或伟大的晚年”首先对于一个人的精神成长意义重大。

3. 我们姑且相信这样一个事实,古老的国度没有形成以罪和赎为内核的广泛的基督教传统,但这并不意味着其中的某些个体在自我赎救的道路上,可以以自己的方式和这个属于整个人类的基督教缔结隐秘的关系。对任白而言,这种精神的“秘密结社”如何完成,我们不能妄测。但有一点是肯定的,《耳语》和《未完成的安魂曲》是“宗教性”的,甚至是属于“基督教”的。“好吧,我们做了决定/ 相爱但不喧哗”;“来吧,超越嫉恨/但抱紧爱情狂喜中最锐利的刺痛/超越自怜和自虐/但保持在苦难深处从谦卑中获得的热量/……超越快乐/但抓紧你在三十七岁时获得的持续高潮/和不期而至的深层睡眠”;“这是我们的救赎吗/是我们安置心魂的最好方式吗/是吗是吗是吗”;“大雨突至/像是施洗者的眼泪”(《耳语》);“这是一桩什么样的罪孽/谁的审判让我心安”;“谁来救我/谁来和我一起在十字架上安息”(《未完成的安魂曲》);“啊哈,有谁在十字架上献身吗?”。“救赎”“赦免”“更新”,还有我们前面指出的“复活”是《耳语》和《未完成的安魂曲》的共同主题。而这也正是基

〔1〕 王家新:《游动悬崖及其它》,《谁在我们中间》,《大家》1996 年第 1 期。

〔2〕 王家新:《文学中的晚年》,汪剑钊:《中国当代先锋诗人随笔选》,中国社会科学出版社,1998 年,第 50 页。

督教的主题，就像有研究者指出的："基督教是个突出上帝救赎的宗教。"而"洗礼标志着一个人被接纳为教会的成员，又象征着凡人都需要得到罪的赦免和生命的更新"[1]。

"宗教性"对于《耳语》和《未完成的安魂曲》也是一种诗艺"结构性"的东西。纯洁、堕落、救赎、复活被诗人想象成了生命个体"长的生命过程"和"短的旅行、漫游、寻找历程"。在这里"罪不是什么有待解释清楚的难题，而是必须加以克服的敌对势力"。[2] 无论是"碎石路的那一边/一片紫色的铃兰在风中晃动/再往前，蒿草辛辣的籽种被午后两点的阳光点燃/我想起丹阳"(《未完成的安魂曲》)这种自然冥思；还是"丽江旅行"，"陈旧不是回乡路/圣杯也不在那件红色T恤的五角星里/是的是的/我们在一场漫长的旅行中弄丢了时空的刻度"(《耳语》)。这种精神漫游，都是对罪的克服和抵抗，从而通向获救之路。诗艺和精神的修行在《耳语》和《未完成的安魂曲》是有机的，彼此证明的。

任白和T. S. 艾略特之间的诗学渊源是不是也可以认为是另外一种审美意义的"宗教"？当然还有但丁的《神曲》对《耳语》和《未完成的安魂曲》的结构启示。这其实是我一开始所说的中国作家在世界文学中的写作。"圣杯"，很自然让我们想到著名长诗《荒原》。从诗歌结构谱系上考察，《耳语》《未完成的安魂曲》两首长诗和T. S. 艾略特之间的关系是能够被识别出来的。这不仅仅个别意象的移置，像"后来他变成了灰白色的骨灰/归于一种可怕的沉默/我们没有把它种在花园里/也没有等待它抽芽，开花"(《耳语》)；"那么多伤心的少年纷纷坠地/在泥土里抽搐着发芽/细瘦的身体钻出地表/长成一片风中的灌木"(《札记》)。这直接滋养于《荒原》的"去年你在花园里种下的尸体/开始抽芽了吗？今年能开花吗？"诗歌写作中的"用典"，在汉语诗歌的古典时代是一种基本功，只是到了五四文学革命才取消了诗歌"用典"的合法性。对于"用典"如何推动诗歌意义的繁复和多义，这需要专门的文字来讨论，此不赘述。T. S. 艾略特对《耳语》《未完成的安魂曲》的影响不只是在个别意象的移置。比如对"断片化"的运用，我可以肯定地说《耳语》和《未完成的安魂曲》是对T. S. 艾略特的致敬之作。"在马拉美的诗学中，也在瓦莱里

---

[1] [英]莫里斯·怀尔士：《基督徒信仰什么》，[英]约翰·麦克曼勒斯：《牛津基督教史》，贵州人民出版社，张景龙、沙辰等译，1999年，第457页。

[2] 莫里斯·怀尔士：《基督徒信仰什么》约翰·麦克曼勒斯：《牛津基督教史》，贵州人民出版社，1999年，第457页。

的诗学中，断片(Fragment)概念具有重要的意义。……断片化一直是现代抒情诗的一个特征。它尤其体现在一种方法中，即从现实世界中取出碎片，在其自身中多方面地彻底加工碎片，却还注意要让碎片面不会彼此吻合。在这样的诗歌中，现实世界似乎贯穿了严重裂缝的纷乱脉络——而不再现实。……断片化是艾略特诗歌的规律。它确定了言说，那些言说从一个简短的叙述开始，中断这个叙述，一种内心独白的方式继续，这个内心独白则被一种毫无关联地插入引文所打断，随后是面目全无的伙伴之间一段对话的片段。"[1]指出任白《耳语》和《未完成的安魂曲》和西方现代诗学资源的关系，提出的其实是当下诗人如何综合多种诗学资源去处理个人和本土经验的问题。在这里，《耳语》和《未完成的安魂曲》再一次证明作家"文学史"中写作的现实。

4. 研究当下诗歌写作，可以发现几乎每一个优秀的汉语诗人都有长诗写作的经历或者正在进行长诗写作实践。诗人杨炼对当下汉语诗歌有一个基本判断："太多的作品，仅仅'使用'中文这一工具，却对读者失去了艺术的信用：那些除了分行外一无所有的'话'，可以用任何语言来表达。而形式，透过段与节的单薄拼图游戏，几乎找不到一首诗'非如此不可'的内在原因。"[2]具体到长诗写作，首先要追问的应该是"非长不可"的内在原因。我注意到一些研究者将诗人的长诗选择解释为"叙事意识"的觉悟。"在九十年代诗人那里，叙述者所发挥的主要是扩大诗歌表现功能和使诗歌真正产生社会批判性的突出作用。""在90年代的诗歌写作中，叙述将会越来越起到用诗歌表现现代人复杂生存经验的特殊作用。"[3]"叙事"肯定会使诗歌获得一种延展的弹性。这一点也被《耳语》《未完成的安魂曲》所证实。《耳语》《未完成的安魂曲》两首长诗都有着一个疑似"三角恋爱"的故事框架。《耳语》中叙述发生在"我""你"和"浩军"之间，《未完成的安魂曲》叙述发生在"我""你"和"丹阳"之间的从青春年代向"晚年"延伸的沧桑往事；《耳语》中"我"和"你"的"丽江旅行"——小客栈饮乐做爱，石板路游荡，看东巴竹笔写下的好看文字，四方街舞蹈，古城欢歌，束河骑车，听纳西古乐，雪山音乐节盛大派对……《未完成的安魂曲》"我"和"丹阳"对失踪者"你"的寻找都是诗歌的一个重要组成

---

〔1〕［德］胡戈·弗里德里希：《现代诗歌的结构》，李双志译，译林出版社，2010年，第185-186页。

〔2〕杨炼：《中文之内》，杨炼：《一座向下修建的塔》，凤凰出版社，2009年，第88页。

〔3〕程光炜：《九十年代诗歌：叙事策略及其他》，《大家》1997年第3期。

部分。但即便如此，需要指出的，“叙事”并不是长诗“非长不可”的内在原因。《耳语》和《未完成的安魂曲》之叙事是我们前面说的艾略特式的“从现实世界中取出碎片”，而不是借助回忆重建“事”之逻辑和秩序，“叙事”最后的指向是“思”而不是“事”。事实上，如果我们看看当下的一些有代表性的长诗。长诗之“长”很多时候并不因为“叙事”而长。比如海子的《太阳》，“是从元素原型和痛楚狂想的焚烧战斗中掷下的大诗。诗剧形式具有同时面对多重幻象的属性，对盲诗人、太阳王、猿和鸣的多重声音，以及它们构成的太阳起源、人流去脉及诗人形象便不宜作单一或肢解的分别观照”[1]。比如钟鸣的《树巢》，分为四个独立的篇章，按照他自己说：“第一章《裸国》（诗体），语义类型为‘逆施’，是追述汉族的自我攻讦性，也就是隐蔽在每一个灵魂中的‘杀人妖精’，从而涉及人类从植物崇拜到毁灭自然生态这一最为广义的屠戮主题；第二章《狐媚的形而上疏证》（阐释体），语义类型为‘歧义’，它将描述‘狐媚’的神话晓谕，涉及‘文字狐媚’在本体意义上的四种形态；第三章《梓木王》（小说体），语义类型为‘情境’，主要描写人类对待植物的三种态度，也是三种境况；第四章《走向树》（随笔体），语义类型为‘还魂’，它关联到我们世俗生活中的‘物相’和‘木’的终极观念。”比如周伦佑的《象形虎》，则来源于书斋的冥想，“把写作的革命变成阅读的革命”，“读一只虎不写一只虎更苦难”，“换一种读法便是换一种语境”。读一只虎的过程，充满了歧义、迷宫、诠释、破译的快感，最终完成于“一只披挂火焰的虎从我身上脱颖而出”的整首诗歌，其实是诗人的阅读、阐释的旅行。

那么，任白对长诗的征用属于哪一种情况呢？就像我们已经指出的，《耳语》和《未完成的安魂曲》意义是可以在基督教的框架中被阐释而获解。但在诗人任白的日常宗教信仰没有实证性研究的前提下，讨论这两首诗的宗教性指向是需要谨慎。不过即便如此，如果我们相信宗教信仰也是“个人信仰”之一种，一些问题就容易得到解决。因为，“上帝的救赎已降临于整个人类及其中的每一分子——这是基督教福音和基督教信仰最富影响力的核心”[2]。欧阳江河对我们所处时代、诗人的个人信仰和诗歌文本之间的关系做过细致的辨析，他认为：“如何理解 90 年代国内诗歌写作所发生的种种变化？首先，应该追问导致这些变化的原动力是什么：不安定和变动中的‘个人信仰’（诗

[1] 《十月》编辑部，《太阳·引言》，《十月》1989 年第 1 期。

[2] [英]莫里斯·怀尔士：《基督徒信仰什么》，[英]约翰·麦克曼勒斯：《牛津基督教史》，贵州人民出版社，张景龙、沙辰等译，1999 年，第 461 页。

人对形式和精神的关注强化到一定程度就是信仰)，还是寓于更大的变动和不安定中的‘集体无意识’力量？其次，应该追问这些变化对诗人意味着什么——例如，现实中的自我与精神自传的自我在某些诗人的近期作品中越来越微妙地混合在一起……实际意味着某些较为敏感的诗人将词的问题与物质世界的问题，风格的历史与真实历史并在一起加以考虑，这一合并指向创意和写作相互交织的、要求得到澄清但最终并不透明的和个人化的诗学境界，因此重合过程加以强调的不是个别印象，而是印象之间复杂的变化联系。"[1]这揭示出诗人在一九九〇年之后所遭遇的新现实。这样的新现实对诗人而言肯定面临着自身位置的调整，包括新的写作策略和文类的选择。就像王小妮说过的"重新做一个诗人"。事实上，任白的这两首长诗都可以在欧阳江河的这段话中得到印证。"个人信仰"和"日常生活""我"的分裂和对质之后的各个"我""日常生活"和"诗歌文本""时代"的一个阶段和另一个阶段之间充满紧张、歧路、敌意。诗歌因此而长，而繁复。就长诗这个文类而言，首先经历一九八〇年代的杨炼、江河、廖亦武、海子、骆一禾、宋渠、宋炜、欧阳江河、钟鸣等的超迈的"玄想型"长诗写作阶段。此阶段，"文化"勘探以及勘探中的文化多义生发和呈现成为诗歌"长"的一个重要内在原因。当然也有不耽于玄想的，比如孟浪写于 1987 年的《凶年之畔》。诗歌引述卡缪的"胜利的革命必须依靠它的警察。它的审判，它的革出教门来证明，根本就不存在人性这样的东西。而反叛通过它的矛盾、痛苦、不断的失败、无穷无尽的精力，必定把它的希望和痛苦的内容给予这种人性"。这暗示其对于专制和反叛的思考。事实上，整首诗歌在"秘密被传阅的文字""死难者""危险的朋友""无辜的人质""密谈""我的一只知识分子的手"中传达一种恐怖的精神氛围。"历史的进程中一些不稳定的/段落，煽动起彼此间的同情/其中的一个，他和我/共同拥有的部分，手和手/被铸在一起，反抗在一起。""水下的沉眠，在病中我回忆/我们的所有财富，不幸/我们藏匿着的居所，船只/抛弃它们，最后一次拥有它们/杀戮和被杀戮的历史/我的身上完全终止，这是/我的期待，病中的期待。"遗憾的是，孟浪的《凶年之畔》这首当代汉语诗歌的杰作并没成为一九八〇年代的公认经典。一九九〇年代的中国和诗人的精神构成则呈现出远较一九八〇年代的复杂性，这必然带来诗歌表达复杂性的诉求。长诗之

[1] 欧阳江河:《共识语境与词的用法》，欧阳江河:《站在虚构这边》，三联书店，2001 年，第 269-270 页。

所以“长”不是体现在物理程度，而是其能够对巨大的精神容量和复杂结构的接纳。“我们的文化具有极大的多样性和复杂性，而这样的多样性和复杂性作用于精微的感受力，必然产生多样性的、复杂的结果，为了强使语言——必要时打乱语言——表达诗人的意念，诗人必须变得愈加广博，愈加隐晦，愈加委婉。”[1]诗人在记忆和遗忘中招魂。“而在学校我们曾经那么狂热/大口吞咽滚烫的黄金时代/那时我们是满脸潮红的中国人/是从饥饿历史深处喷涌而出的橙色熔岩/可是雷电的荆棘和甜美的爱欲/一起对冲我们短暂的青春/对冲八十年代错乱的黎明”(《耳语》)；“一代中国精英毁于贪婪和麻木/毁于铺天盖地的犬儒疫情”(《耳语》)；“伤心地看见自己跨越了少年残梦”；“我们就这样成为游魂/满腹乡愁却失去故乡”；“我们是简陋而又空疏的一代？/是时间长河中的飞沫？/是简本历史中被删除的部分？/是什么抽空我们的生命？/抽空我们完成自己的理由？”(《耳语》)。《耳语》和《未完成的安魂曲》是一个人“晚年”的精神档案或者证词。在此立论下，必然会涉及诗人任白在新的世纪如何处理自己的精神危机和精神资源？以怎样的形式呈现自己的精神危机和精神资源？而在进入“处理”的现场和“呈现”的结果之前，首先面临的是角度、标准、尺度和立场等选择和设置。欧阳江河认为：“1989 年之后，诗歌主流转向叙事和身体写作，一直延续至今。”[2]从汉语诗歌技术转型的角度，这种判断是有道理的。但从更深层来讲，“一九八九年之后”，大陆汉语诗人则普遍转向自己和历史“有限度”勾连的精神危机和精神资源的清理，同时重建“我”和世界的关系。长诗也正是在这样的背景下，普遍地被诗人征用。

5. 应该说，当下汉语长诗在遗忘和记忆中建构个人的精神史方面已提供了相当丰富的经验，而且“八十年代”“九十年代”的历史幽灵在许多诗人的文本中徘徊。“语境”作为对话的基本前提在诗人与诗人之间已经形成，这如同一个开放的广场，诗人从各个道口进入广场，发出自己的声音——对话、冲撞、占领、吞噬、妥协、重叠、断裂……如欧阳江河所说：“我要特别指出个人写作的语境问题：词的任何个别用法必须接受共识语境的过滤。我所说的共识语境，一是指我们共同处境的历史语境，二是指从历史语境分离出来的诗学语境。了解 90 年代诗歌写作的一个关键是了解个人话语是如何被导入上

〔1〕［英］T. S. 艾略特：《授奖辞》，［英］T. S. 艾略特：《T. S. 艾略特诗选》，徐训丰译，四川文艺出版社，1988 年，第 1－2 页。

〔2〕欧阳江河：《文本的变迁》，《花城》2009 年第 6 期。

述两种语境的对质之中的。"[1]因此,任白和他的《耳语》《未完成的安魂曲》可以在这些诗人和他们的长诗中被彼此发现和发微。陈东东的《炼丹者巷22号》关注的是诗人的自我想象、幻化、确认、复活、再生中的"变形"和"被书写",如该诗题记所说:"……永囚于自我……""我沉溺于我的现实生涯/幻化生涯,那双重面具和/两难之境。我四周的风暴/来自我匕首剜转的内心","精神分裂的语言宿疾缠上了我","城市又展现在书写之下。……——小书房里,语言空白/被书写所书写,——在炼丹者巷/22号,我正空白被书写所书写"。同样,温洁《我的精神病医生》在"疗救"和"疾病""心理卫生中心"和"日常生活场景"以及"诗"之"在诊断室、处方笺、心理卫生中心、精神分析疗法"和"副歌"之"电话中的虚拟场景、安睡药、异域的黄色信签、行走在金属地带"的对位观照中对"我"和"我"所置身世界的疾病进行彼此指涉的思考:"就让我以疾病的方式/维护这世界的常态/让我成为每天都在清除的垃圾/使你们的房屋保持干净""作为这世界无法掩饰的缺陷/我是擦也擦不去的污迹/医生,作为你的败笔/我是无可替代的牺牲品"。王家新、吕德安、肖开愚等在一九八九前后先后都有旅居国外的经历,他们获得的则是一种自我和中国想象的"异境"视野。王家新的《孤堡札记》"一瓶从记忆中带来的中国墨水,/它吸收了时间中的黑、血液中的黑,/它甚至迫使死者拿起笔来/——顷刻就会分娩出你的怀乡病/和一个个与你相望的词……"肖开愚《安静,安静》同样在异乡和故乡的尖锐对比中展开自我的孤独体验:"不一样呢!狗练习着狗叫。/小村子只讲一句英语,/sorry,I don't understand it./我被恐吓着,开始跑。""我们的长电话砍伐着分离我们的市区森林。/我搜索,搜索,四川的农田自沉默中展开,/来啜饮你的眼泪;我一再看见四川/干涸的河床重新蓄水;其实没看见。"欧阳江河的《咖啡馆》"在场"的以彼言此中的政治抗争和坚持值得尊敬。"一杯咖啡从大洋彼岸漂了过来";"于是一座咖啡馆从天外漂了过来";"他们视咖啡馆为一个时代的良心";"一九八九年的冬天。一八二五年的冬天"。在一个需要知识分子"表态"的时刻,欧阳江河选择了站出来。而李亚伟的《旗语》依然是我们熟悉的语言狂欢和暴力拆解:可乐、雷达、避孕药、罗盘、诗人、皇帝、英雄、人民、集体、暴动、革命、天下、帝国、民主、科学、奴隶社会、武装割据、上山下乡、公社……这些来源不同朝代的"词"和"词"的

---

〔1〕 欧阳江河:《共识语境与词的用法》,欧阳江河:《站在虚构这边》,三联书店,2001年,第271页。

意识形态被李亚伟近乎疯狂地并置在一起。此外，像黄灿然的《献给约瑟夫·布罗茨基的哀歌》的传记写作、于坚的《零档案》的政治戏仿则是精神史诗学呈现的另外一种可能。布罗茨基说过："在历史的特定阶段上，只有诗歌可以诉诸现实，将现实浓缩为某种可以触摸到的东西，某种若非如此便难以为心灵所保持的东西。"[1]诗人不仅对历史和现实有意义，而且诗人在诗人中间获得意义。任白的《耳语》和《未完成的安魂曲》书写个人的"罪赎"和"复活"史，所提醒着的清洗和自我清洗的必要，以及他对长诗结构的自觉，这当然在 90 年代以来的长诗写作，甚至当下知识分子的精神建构获得他的独特意义。而当我们意识到诗人在诗人中间的时候，就会发现诗歌在把握我们的世界将更有力、更有效，也更驳杂。因此，讨论任白这两首长诗和同时代诗人写作之间的"互文性"是一个极富意味的话题。这样看，我们的阅读和讨论才刚刚开始。

南京师范大学文学院

[1] [俄]布罗茨基：《哀泣的缪斯》，《文明的孩子》，刘文飞、唐烈英译，中央编译出版社，1999 年，第 133 页。

渡也诗歌“私密空间”的诗学研究

张　娟

引　言

渡也，本名陈启佑，笔名江山之助，十六岁开始诗歌创作，曾一度加入“创世纪”诗社，是我国台湾重要的诗人、散文诗和文艺评价家。迄今为止，渡也共出版 13 部诗集，关于渡也的研究，无论是大陆还是台湾都较少。作为“创世纪”的诗人，渡也的诗与创世纪中的其他诗人如洛夫、纪弦、张默等人有许多相似之处，创世纪诗群在早期追求新民族诗型，后来转向追求现代化和超现实主义，进而否定传统，导向西化，强调诗的世界性与纯粹性。目前的研究成果主要涉及渡也诗作中的内容和写作特色的分析、地方诗作的分析，渡也的人文精神，不同诗作及诗集的赏析以及总体的写作状况等等，这些研究方向都还处于渡也诗集研究的最初阶段，从现代文艺理论角度对渡也对台湾现代诗的审美经验的贡献还发掘甚少。

渡也诗歌写作有高度的艺术知觉，在他诗歌创作中可以看到从诗歌的“时间形象”到“空间形象”的转变，渡也诗歌的“空间形象”是怎样的，其“空间形象”又是如何诞生的，我们应该如何把握渡也诗歌的空间形象，是值得我们探讨的命题。渡也诗歌中常有私密的日常生活空间意象，看似信手拈来，实际又形成独特的美学风格。自从亚里士多德(Aristotle ，前 384—前 322)《诗学》(Poetics)以降，西方文艺理论逐步将“文艺理论”以“诗学”代称，形成悠久的诗学传统，诗歌纷繁复杂的“形象”(image)问题成为诗歌研究的重镇。当代西方已经逐步突破文学禁锢，渗透吸纳丰富宽广的社会历史文化语境，20 世纪末后现代“空间转向”(spatial turn)进一步形成了当代诗学的疆界扩张。法国著名哲学家加斯东・巴什拉(Gaston Bachelard，1884—1962)的《空间的诗学》(The Poetics of Space，1957)就是当代空间诗学的一个重要标志。巴什拉重视探讨诗歌的“诗意空间”，通过家屋与宇宙、鸟巢、贝壳、角落等空间意象，阐发“幸福的空间”思想，无独有偶，诗歌中我们可以看到细微的空间形象的差异，借助巴什拉的空间诗学，可以帮助我们认识到渡也写作的各种外在表象空间背后的“内在空间”，它们由情感、记忆、想象、潜意识等激发而形成，充斥着丰富的心理和精神因素。以空间为表现对象，诗人“摹仿上帝的创世的行动，在较小规模上创造了他自己的诗歌小世界或小宇宙”[1]。渡也的诗歌同样也是通过日常生活空间意象的选用和隐喻，创造了自己的诗歌小世界。本文尝试探讨渡也诗歌中的空间如何通过自己的形象表征，使得诗歌获得隐喻和形式的力量，实现诗人内在的情感的外化和理性的表达。

渡也诗歌中的“私密空间”

渡也迄今为止出版了十三部诗集，在《手套与爱》《落地生根》《留情》《面具》《我是一件行李》《空城计》《我策马奔进历史》《愤怒的葡萄》等诗集中，都可以看到大量的家庭生活空间和日常生活物件被写入诗歌。这些空间与物质细节本身并不具有诗意，甚至由于其自身带有的粗糙的生活质地而容易让人忽视，但渡也却在其中发现了诗意。巴什拉认为“家”是私密空间的一种代表性隐喻。“家”并非一种单纯的物理场所，而是反映了亲密、孤独、热情的隐喻性意象，是感性的场所。

（一）“家宅”与书房

渡也的诗歌中很少出现单纯意义的“家”，他的家往往是以“书房”作为代称的。“书房”对于渡也来说，具有非常重要的意义，这是他写作的地方，也是他在诗中经常提到的属于自己的私密空间。

在人类的空间构建中，“家”是最重要的一种空间建筑。《庄子·盗跖》中说：“古者禽兽多而人少，于是民皆巢居以避之。昼拾橡栗，暮栖木上，故命之曰有巢氏之民。”[2]从早期巢居式的山洞，到现在的形态各异、功能齐备的住宅，“家”成为我们生活中最重要的一个空间，不仅遮风挡雨，同时保护我们的梦想。“家宅庇佑着梦想，家宅保护着梦想者，家宅让我们能够在安详中做梦。并非只有思想和经验才能证明人的价值。有些代表人的内心深处的价值是属于梦想的。”[3]渡也在诗歌中写到：“携带笔和稿纸/和一个尚未完成

[1] 胡家峦：《历史的星空——英国文艺复兴时期诗歌与西方宇宙论》，北京大学出版社，2001年，第4页。

[2] [清]郭庆藩：《庄子集释》，中华书局，1982年，第994－995页。

[3] [法]巴什拉：《空间的诗学》，张逸婧译，上海译文出版社，2009年，第4－5页。

的使命/我上班，在渡也工作室/工作室中没有礼拜天/也没有国定假日/不领薪水也不发年终奖金//在渡也工作室上班/我不断地捕捉/社会大众的泪水”。[1]

渡也的上班并非一般意义的交换价值的劳动，而是一种事业，这种事业不谋求利益，也不需要报酬，这是诗人的事业，也是诗人生命的坚守。上班的全部行为凝聚在一个空间里，就是渡也先生的“书房”——“渡也工作室”。

其次，书房是密闭的空间，只要进入书房“生活便开始，在封闭中、受保护中开始，在家宅的温暖怀抱中开始”[2]。这种温暖的呵护是接近于母性的。在《书房》一诗中，渡也把书房比作一朵盛开的鲜花，意象非常温暖精美。“我坐在书香里/眼坐在书香里/心，静静坐在书香里//文学历史哲学美学社会学人类学/围看着我/书开花，香四溢//身躺在书房里/心躺在书房里。”[3]

花瓣会呈现四面向内聚合的形态，从而形成一个私密的空间，这个空间是温暖又芬芳四溢的，躺在书香中，如同一个赤裸的婴儿，享受着母亲的温暖拥抱。正如人在孤独的时候会蜷缩自己的身体寻找温暖，这正是摹拟躺在母亲子宫中的婴儿的形态。我在书房是完全放松的，是充满安全感的。但是生活总是充满战争与纷争，在《鸽子与同情》中，渡也写到自己夜深在书房赶写论文，但是“毫不掩饰的刀枪/在世界各地/尽情绽放”[4]。正是有了“书房”这样一个保护精神自在的“幸福空间”形象，我可以在遇到凄风苦雨的时候，“把自己像书一样/合起来”，甚至可以释放自己的能力，反对象化把书房置于自己的保护之下，让“书房疲倦地躺在我心里”[5]。

吸引诗人不断地回归书房的是什么呢？巴什拉说：“内心空间的存在是幸福的存在。”[6]渡也描写书房，真正谈论的并不仅仅是书房本身，而是书房带给他的愉悦与幸福感，而这正是一个读书人的人文价值所在。当诗人在空间中流连的时候，时间的飞逝是悬置的，空间变成了时间长河中的一系列定格。那些留在记忆中的空间，是经历了柏格森时间意义上的“绵延”之后的时光的化石，回忆变成了空间化的存在，静止不动，并且由于情感的意味而更加

---

〔1〕 渡也：《上班》，渡也：《不准破裂》，彰化县立文化中心，1994 年，第 84 页。
〔2〕 [法]巴什拉：《空间的诗学》，张逸婧译，上海译文出版社，2009 年，第 5 页。
〔3〕 渡也：《书房》，渡也：《不准破裂》，彰化县立文化中心，1994 年，第 74 页。
〔4〕 渡也：《鸽子与同情》，渡也：《我是一件行李》，台北晨星出版社，1995 年，第 147 页。
〔5〕 渡也：《书房》，渡也：《不准破裂》，彰化县立文化中心，1994 年，第 75 页。
〔6〕 [法]巴什拉：《空间的诗学》，张逸婧译，上海译文出版社，2009 年，第 11 页。

坚固美丽。

（二）**日常生活物件**

法国哲学家亨利·列斐伏尔(Henri Lefebver,1901—1991)在巴什拉的空间诗学基础上进一步整合了精神空间和物质空间,引入了社会空间的概念。他提出了“再现的空间”,认为“空间可以重复性再现,它会说话。它由一个情感的核心(或中心):自我、床、卧室、公寓、住宅;或者广场,教堂,墓地。它包含了激情、行动和生活的中心,这直接蕴含了时间。”[1]

巴什拉在《空间的诗学》里提出了对于家宅等私密空间的解析与阅读,除了住宅本身以外,巴什拉也关注家宅中的日常生活物件的隐喻特征:“我们应该回到对创造性想象力的实证研究上来,借助抽屉、箱子、锁和柜子这些主题,我们将重新接近内心空间梦想那深不可测的储藏室。”[2]就渡也诗歌中常见的日常生活物件,可列表如下:

《椅子》《座位》《占位子》	《不准破裂》第178-180,第182-185,第187-189页	椅子、座位
《童》	《面具》	幼时的橱柜
《梳子与剪刀》《梳子》	《不准破裂》第188-189页,第192-193页	梳子与剪刀
《街头二题——钥匙》 《街头二题——异国女子》 《钥匙大王》	《不准破裂》第200-201页,第202-203页 《我策马奔进历史》73-74页	钥匙
《太平》	《不准破裂》第214-216页	门
《烟灰缸》	《不准破裂》第224-225页	烟灰缸
《一盏灯》	《不准破裂》第228-229页	灯
《饮水机》	《不准破裂》第220-221页	饮水机
《小小江山》	《不准破裂》第234-237页	铁笼
《新诗极短篇》	《我是一件行李》第163页	民艺古物
《杜斯托也夫斯基》	《面具》第7页	落地长镜

巴什拉在对箱子等日常生活物件的分析中揭示了这些物质的心理学内涵。在渡也的诗中我们也体会到凝聚在这些日常物件中的情感与思想内涵。

---

[1] Henri Lefebvere. The Production of Space, Trans. Donald Nicholson-Smith. Mass: Blackwell Publishers,1991. pp41-42.

[2] [法]巴什拉:《空间的诗学》,张逸婧译,上海译文出版社,2009年,第84页。

渡也的诗中，椅子是人类的象征，让座的过程也是诗人的生命历程；梳子梳理的不仅仅是头发，还是世间的不平；门是生命之路的象征；饮水机里面可以看到人情；灯是祖先传下来的没有钨丝没有形体的精神；渡也热爱收藏，在“家中有许多民艺古物/现代的我看年迈的它们/有时觉得它们不是物/而是抽象的时间和寂寞”。[1]

在渡也的诗歌中，很少有叠进四季历史的衣柜，没有洁白的像月光的床单，也没有里尔克式的隐秘的箱子，渡也认识围绕在自己身边的贴身物质世界，很少会执着于日常生活物件本身，而是借用这些物件表达自己对于宇宙人生的看法。由日常生活空间扩展到心理空间，体现了一个诗人学者的人文情怀。

（三）“门”与“窗”的空间转换

渡也的诗歌中“门”“窗”意象是比较常见的。门窗是连接内外空间的，作为空间的天然分界线，门窗可以将历史空间和现实空间有机地串联起来，使两者在人的意识里融为一体，通过空间的内外切换映射出生命的意义探索与生存焦虑。门沟通了内外两个空间，既是一种拒绝，也是一种联通，门形成了内外空间的通道，也意味着保护和防卫。门把人类从具有危机和偶然性的外部世界中拉回来，带给人类安全温暖的情感体验。同时，窗户则以更安全的方式连接内外两个世界。

“门是一个半开放的宇宙。这至少是半开放的宇宙的初步形象，一个梦想的起源本身，这个梦想里积聚着欲望和企图，打开存在心底的企图，征服所有矜持的存在的欲望。”[2]渡也在门窗里隐藏的半是生命，半是情爱。

1. 生命之门窗

古人有云“衡门之下，可以栖迟”（《诗经·陈风·衡门》）。甲骨文中的门是家宅的标志，它用一根横木，两扇柴扉呼唤着异乡流浪的才子，呈现出诗意的守护与温暖，它的背后是可以庇佑我们身体与灵魂的家园。门是一种特殊的装置，可以成为两种空间的区隔，亦可成为两种空间的联通之地。一边是带给人类温暖和庇护的家宅，一边是广阔开放的外部世界，门在我们的生命中如此重要，也常常成为生命的一种隐喻，在渡也的诗歌中屡现。

在《太平》一诗中，渡也写到：“门前有一千条/漫长的/艰辛的路/每个人

---

〔1〕 渡也：《新诗极短篇》，渡也：《我是一件行李》，台北晨星出版社，1995 年，第 163 页。
〔2〕 [法]巴什拉：《空间的诗学》，张逸婧译，上海译文出版社，2009 年，第 243 页。

都从路那端/爬过来//爬到门前，一律/闭目//喜怒哀乐/贫富贤愚/哭声挽联花圈，到此一律/止步//门前有一千条/门内只有一条/路/越过这门，从此/太平//没有快乐，没有苦恼/没有政治，没有战争，没有/记忆，没有/感官//不是终点/而是起点/越过这门，从此/无忧无虑无恨/无爱”[1]。

《天平》中的门颇具隐喻意义，唐代诗人王维(701—761)在《叹白发》中感叹到："一生几许伤心事，不向空门何处销。"[2]佛家有空门之说，看透人间悲欢，空门即成为一种救赎。基督教里也有门，门是天国的入口，在《圣经》中，门是人超越肉身，进入天堂的通道。门的开放和关闭，表达着召唤、存在、抵达与禁止，门是一种象征，也是一个空间的区隔。门之内是家园，外是世界，门成为必经之路，也成为心灵窗口。

在《真实的世界》中渡也写到："每天早上起床/打开窗户的眼皮/总有一阵巨大的头晕吹来/我立刻崩溃在头痛药里/和窗外的世界对抗//迅速关上眼皮/头痛仍然活在我眼里/我只好再度/睁开窗户的眼皮/设法倒立看窗外的世界/世界/竟也跟着颠倒/不再头痛的我/流着泪告诉自己/这才是真实的世界"[3]。

诗人打开"窗户的眼皮"，实质上也是打开"心灵的窗户"，试图在清晨看到一个清新的世界，但未曾料到得到的却是"一阵巨大的头晕"，我只能"崩溃在头痛药里"，本意想要向"外"寻求氧气，却被窗外跟着颠倒的世界逼回自己的世界。这种内外空间的试探、推进、游移、回归，正是诗人对世界敏感体验的表现。现代人生活的复杂丰富，世事的无常悖反，都带给诗人虚无绝望，黑白颠倒的现代感受。"流着泪告诉自己/这才是真实的世界"，里面蕴含的是深刻的绝望。

2. 情欲之窗

"门向哪里，对着谁打开？它们为了人类的世界还是为了孤独的世界而开启？"[4]研究门的朝向是富有趣味的一个主题，对于渡也而言，门是朝向爱情而开的，门窗在渡也诗歌中承载了更多的情欲意味。

---

[1] 渡也：《太平》，渡也：《不准破裂》，彰化县立文化中心，1994年，第214-216页。

[2] 渡也：《太平》，渡也：《不准破裂》，彰化县立文化中心，1994年，第214-216页。

[3] 渡也：《真实的世界》，渡也：《我策马奔进历史》，嘉义市立文化中心，1995年，第166-167页。

[4] [法]巴什拉：《空间的诗学》，张逸婧译，上海译文出版社，2009年，第245页。

《然后》	谷仓之门(隐喻爱情)	《流浪玫瑰》第 49 页
《婚后》	竹笼窗口	流浪玫瑰》第 69 页
《带你回去》	爱的房子	《流浪玫瑰》第 65 页
《耕耘机》	深耕之屋	《流浪玫瑰》第 71、72 页
《爱之一》	占领新大陆	《流浪玫瑰》第 75 页
《空城计》	破城而入	《空城计》第 8 页
《红毛城》	心灵的城堡	《空城计》第 14 页

有学者在研究“不同时代城市女性空间”时指出，中国传统民居的结构就能够体现出“性别空间”的观念，中国传统的民居一般都有男性活动空间和女性活动空间的区别，前面为堂，后面为室，中间是“中门”，男女各自有自己的空间，女性往往被隐藏在室内，不可抛头露面，传统女性是无权进入公共空间的。[1] 正如西方女性主义空间观的核心理点，“就是妇女的生活空间历来比男性的生活空间受到更多的约束和限制，女性在历史上向来被排斥与一些空间之外，或局限于一些空间之内”[2]。女性的空间就是门窗之内，她们是私密和个人空间的天然守护者。渡也的诗歌中，门窗往往和情欲联系在一起，把攻打女性的城池看做是一种男性的进攻。如《空城计》中，把自己爱的女子比作是一座城池，而自己则要带领三十万大军，勇敢地闯入城池，把女子和绵绵的情爱掳走；在《然后》中则把女性的爱比作温暖的谷仓，自己要像羊群回家一样回到对方身边。女性守护着私人的情爱领域，守护着情感的家园，诗人的空间书写也具有动人的情感力量。

渡也诗歌私密空间的精神分析

家宅、门窗和日常生活物件都是诗人写作时采用的一种形象，形象是诗人表现世界的不可或缺的工具。对于个人而言，形象是一个客体(人或物)在主体大脑里的再现(represention)，客观来说，形象会受到社会历史和文化传统的影响，但主要植根于个人的心理和感觉。渡也的写作具有现代性的特

〔1〕 王小波：《城市社会学研究的女性主义视角》，《社会科学研究》2006 年第 6 期，第 113-114 页。

〔2〕 苏红军：《时空观：西方女权主义的一个新领域》，苏红军、柏棣：《西方后学语境中的女权主义》，广西师范大学出版社，2006 年，第 47-48 页。

征，不再局限于传统诗文中的春花秋月，而是琐事细物都可入诗，对此写作特色，可从西方分析学说、性别理论与日常生活理论角度切入分析。

（一）渡也私密空间书写的精神分析学观察

渡也诗歌中有大量有关门、窗、房屋等物理空间的描写，这些外在的空间体验实质来自于内在的精神感受。弗洛伊德精神分析学为文学作品的发生学研究提供了新的思路，也开拓了意识、潜意识对作家写作影响的科学分析之路径。人的潜意识与本能欲望往往被以法律法规、道德规范等为代表的“超我”所压制，但是这种压抑的欲望不会永远沉睡，而是会在合适的时机，恰当的意象的召唤下，以变形的方式升华表征出来。

在渡也诗歌中，房屋既是现实中栖居工作的空间，也是承载思想之地。在《生命》一诗中诗人写到：“深夜我被一个梦叫醒/坐在客厅沉思/什么声音从浴室传来/水龙头在滴水/一秒，一分，一小时/一点点的生命/缓缓流入水槽/流入水沟/涌向大海白天我被一个梦催眠/躺在卧室幻想/什么声音自地心传来/一夜，一日，一万年/慢慢流入大海/流入天空/奔向哪里”[1]。

在狭窄的居室空间里，诗人寂然凝虑，便可以思接千载，在沉思中悄然动容，以致视通万里。水龙头的一滴一滴的声音就如同生命的流淌，而白天在卧室的白日梦可以悠远到连接宇宙。诗人在物质空间的表象下，借助这样一个实体的意象，呈现给我们的却是一个广阔的心灵世界。正如巴什拉所说：“鸟巢也好，蛹和衣服也好，都不过是临时的居所。休息越是缩成一团，蛹越是封闭，从里面出来的存在就越是属于别处，他的扩张就越大。”[2]在渡也写封闭的家宅的精神生活的诗歌中，我们可以看到诗人的有限的空间其实承载了无限的广阔的内心空间。

渡也是一名诗人，同时一名学者，他有着丰硕的新诗和散文诗创作成果，在中国文学研究特别是诗歌研究领域也建树颇丰，在渡也对自己家居生活的诗意写作中，我们可以看到诗人对自己知识分子身份的认同，他的房屋同时也是书斋的代名词，他将现实世界的窘迫、痛苦、压抑深藏在书斋这样一个只属于他的私人领地中，“随着不可避免的专业化和理智化的过程，主要作用于物质领域的进步，也将精神的世界分割得七零八落；生活领域的被分割，进而使普世性的价值系统分崩离析，信仰的忠诚被来自不同领域的原则所瓜分，

〔1〕 渡也：《我是一件行李》，晨星出版社，1995年，第34－35页。

〔2〕 [法]巴什拉：《空间的诗学》，张逸婧译，上海译文出版社，2009年，第70页。

统一的世界于是真正变成了'文明的碎片'"[1]。渡也于自己的诗文中多次描写了文学在现实世界的无力，某些学者人格的卑劣，知识分子在消费语境下的困厄，但是回到自己书斋，他所有的压力都获得无意识的释放。他在不同的家居体验中，在白日的腾飞与夜晚的养精蓄锐中诗人才能获得感觉的节奏，从而在交替的空间转换中获得诗歌的内在张力，表现出痛苦挣扎的心灵的节奏分析。

对于诗歌来说，"我们需要比精神分析学的反应物更加纯净的反应物来确定诗歌形象的'成分'。借助于诗歌所要求的精确规定，我们进入微观化学"；"更恰当地来说我们面对的是纯粹解放、绝对升华的诗歌现象。现象不再处于事物的支配之下，更不在无意识推动之下。在伟大诗歌的浩瀚无边的自由大气层中，它漂浮着，飞翔着。透过诗人的窗户，家宅和世界开始广阔的交往。正如形而上学家喜欢说的那样，人类的家宅是向世界开放"。[2]

（二）私密空间与性别分析

在渡也的情诗中，可以看到很多以日常生活空间为隐喻意象的情爱关系描写。现在时态的"私密空间"和过去时态的"记忆空间"都是回到自我的生活中，深入到诗人的内心世界，描写两性关系中复杂微妙的情感体验，寻找两性的生存空间与情感空间。

但我们要注意的是，作为男性的诗人，在描写这种私人化的情感体验时，和女性写作还是有比较大的差异。性别问题是一直是精神分析理论关注的一个问题，弗洛伊德的性别理论是从男性角度解释世界，从霍尔奈开始，精神分析学更多从女性角度阐释女体验。关于性别与空间，伊利格瑞在《性别差异理论》中认为"以往女性作为母亲仅仅是男性的住所(place)，母亲——女性仅仅提供一个信封和容器的服务，所以女性要重新考虑住所的概念，这一方面是为了走向新的差异时代，另一方面也是为了建立起一种激情伦理学(an ethics of the passion)"[3]。女性作家在写作时，往往有意识地冲击传统的男性规范与男权价值，在构筑私密空间的时候，更加倾向于建构一个独立自主的女性空间，但渡也作为一名男性作家，在这一类情诗中表达出的依然是男权主义为中心，对爱情的控制、攻占、雄性的激情是渡也诗歌中呈现出的典型

---

〔1〕 冯克利：《时代中的韦伯——代译序》，马克斯·韦伯：《学术与政治》，三联书店，2005年，第4页。

〔2〕 [法]巴什拉：《空间的诗学》，张逸婧译，上海译文出版社，2009年，第245页。

〔3〕 肖巍：《性别差异：女性主义精神分析学的探讨》，《中山大学学报》2009年第6期。

男性特征。比如在《空城计》中，渡也就把女性意象化为“三国蜀人诸葛亮”，用悠闲弹琴的方式吸引男性攻城，但是当男子闯入城池，准备把女子的绵绵情爱掳走时，却发现城里一无所有，原来“你是最难攻打/最难抵抗的一座/空城”。但是最终男子还是心甘情愿做了情爱的俘虏。整首诗充满了男性荷尔蒙，对女性的欣赏和男性的俯瞰姿态。

渡也在诗歌中大量运用房屋的意象描写男女情爱关系，例如谷仓、竹笼、新大陆、城池等等。在文学史上，女性总是与家庭、房屋这些私密空间紧密关联。从女性主义萌芽开始，家庭也一直是女性牢笼的代名词，房子、家庭、女性形成一种同义共名的关系，伍尔夫就把“一间自己的房屋”当做女性独立的开端，女性与私密空间有一种天然的同构关系，渡也借用这种私密空间的描写，呈现出在两性关系中的男权立场，但同时也表现出对两性关系的尊重。

（三）日常生活视角下的现代性追求

渡也诗歌中有大量的日常生活物件入诗，成为他歌咏的对象，或者成为他表达生命体验的意象表征。传统的诗歌意象往往是风花雪月，四季流变，具有典型的农业文明的自然属性，现代诗人生活在工业文明的世界，仅仅歌颂春花秋月已经逐渐脱离了我们生活其中的现实世界。二十世纪以来的“日常生活转向”关注的就是现代人生活方式的改变。

日常生活理论最重要的代表者列斐伏尔就认为我们不仅应该关注政治、经济等宏观世界，也应该关注日常生活领域的微观世界。而且他进一步把“日常生活”的范畴具体化，认为家庭、婚姻、两性、劳动、场所等等都是我们值得关注的题材。要接受并重视日常生活本身的复杂性与丰富性，要密切关注一切传统认为是庸俗的、无意义的，但是现代日常生活理论认为蕴含着新的空间生产的意义，比如服饰、身体、家居、生活方式等日常事物。渡也的诗中，既有反复书写的房屋与门窗，又有大量日常生活物件，有些都是在传统诗歌中认为难登大雅之堂之物，如清洁袋、垃圾桶还有椅子、座位、梳子、钥匙、娃娃车、饮水机、烟灰缸、香烟、灯、网球等，还有诗人服兵役的体验中的靶场、枪战、坦克和枪械等。

本雅明在《机械复制时代的艺术品》中指出，所有的器物都是有价值的，在远古的宗教仪式中，器物总是在礼仪中获得最初的使用价值，经过漫长的日常化和世俗化变革，其“存在”价值依然值得捍卫。正如渡也诗中所言：“家中有许多民艺古物/现代的我看年迈的它们/有时觉得它们不是物/而是抽象的时间和寂寞。”[1]要将这些器物从隐匿的状态中解救出来，成为一种公共资源。在后现代社会，这种器物往往被放入橱窗、柜台和陈列柜，成为我们审视和欣赏的对象。如《波霸》中女体成为被审视的物化对象。但同时还有大量的日常生活的普通器物，它们与诗人在日常的相处中，获得情感的意义，作者运用诗歌语言的修辞方式，将情绪、体验和感觉充分意象化，使得一个个普通的日常物件成为现代人生活的标志性存在，也承载了生存的意义与诗意。

渡也诗歌除了关注传统意象之外，还出现了大量现代日常琐碎的私密空间意象，这种新的意象特征可通过巴什拉的空间诗学得以说明，渡也在诗歌中将客观的空间物质通过情感与心灵变成人的感性经验，正是通过对于个人私密空间的想象与凝望，让我们发现了诗人的精神与灵魂。“物质元素构成了世界的基本面貌，当哲思面对这个物的世界的时候，物的符号中所承载的文化和精神内涵，就是经验的幽灵”；“原初的物质照亮了原初的诗，物质元素是如此深入到人的意识之幽深处。”[2]不管是家宅、门窗还是日常器物，这些看似琐碎日常的物质表象就是这样承载着诗人的生存与梦想，生命意义的思考与升华，成为一种诗性的存在，从中也呈现出诗人的知识分子情怀、对两性关系的洞察与尊重，显露出具有日常现代性的审美品格。

东南大学现代汉诗研究所　东南大学中文系

---

〔1〕 渡也：《我是一件行李》，晨星出版社，1995年，第163页。

〔2〕 张闳：《物之梦与巴什拉的诗学》，《中国图书评论》2006年第9期，第103页。

错失了的象征

——论新诗抒情主体的审美选择

傅元峰

象征主义(symbolism),一种在波德莱尔和爱伦·坡的影响关系中发酵并传播的文学存在,在19世纪末成为与审美现代性相关的恒久话题。不同领域的学者对象征主义保持着描述与阐释的热情。象征主义不是一个流派,而是一个文艺事件,一种通过对象征主义诗人进行差异性分析才能获取的统一性。或如瓦莱里(也译瓦雷里、梵乐希)所说,基于象征主义者对一切教诲的"放弃"[1],象征主义甚至不具有审美一致性;因此,对象征主义内涵和外延的界定都有难度——"象征主义"这一概念具有极大的不确定性,在学术史上形成了一个理论的深渊。

现有史料线索已经促使学者们达成了威尔逊式的共识:象征主义在自然主义式微的时代兴起,可视为后期浪漫主义的嬗变或拓展;爱伦·坡,而非波德莱尔,是象征主义的真正先驱;波德莱尔身上的象征主义酵素源自他1847年对爱伦·坡的发现和法语译介。[2] 19世纪后半叶,象征主义诗人因风格独特被逐一指认出来,但他们并未形成同人群落。直到1886年9月15日莫雷亚斯的《象征主义宣言》在巴黎《费加罗报》发表,象征主义才被作为一个狭窄的流派概念使用。莫雷亚斯和他的同伴,如勒内·吉尔、斯图亚特·梅利耶等,对象征主义先导者波德莱尔、魏尔伦、马拉美等人的致敬,判定象征主义诗歌是"教诲、朗读技巧、不真实的感受力和客观的描述"的敌人。[3]即使有了这种颇有认同度的判断,象征主义依然享有一种有限的共性,像查德维克总结的那样,仅仅是指"从1850年前后到1920年前后法国那些为数不多的诗人"所具有的"一些共同的目标"。[4] 这些象征主义诗歌抒情主体的共同点可以谨慎地被提炼为"暗示""应和(或感应、通感)""对立""闲逛者"

---

〔1〕[法]保罗·瓦莱里:《文艺杂谈》,段映虹译,百花文艺出版社,2002年,第216页。

〔2〕[美]埃德蒙·威尔逊:《阿克瑟尔的城堡:1870年至1930年的想象文学研究》,黄念欣译,江苏教育出版社,2006年,第10页。

〔3〕[法]让·莫雷亚斯:《象征主义宣言》,王泰来译,高建平:《西方文论经典:从象征主义到意识流》,安徽文艺出版社,2014年,第56页。

〔4〕[法]查尔斯·查德维克:《象征主义》,肖聿译,北岳文艺出版社,1989年,第98页。

以及“唯美”“颓废”等特质。象征主义自上世纪初渐次传入中国。那时,在世界范围内,象征主义已经不再是标新立异的景观,广泛消融在各种类型的现代艺术风潮中。

象征主义在中国的传播热烈持久,但实际的文学印迹却模糊难辨。这一方面源自概念本身的复杂性;另一方面,也与新诗诗人的主体意识有关。和欧美象征主义的接受不同,汉语新诗的抒情主体似乎并没有在文化观念上做好准备。在象征主义接受过程中,中国诗人放大了理论效能优于创作实绩的规律:多有精当的理论阐释,少有文学创作的实绩。这也体现在文学史的写作中:如张大明的《中国象征主义百年史》[1]几乎写成了一部中国象征主义百年“译介史”或“接受史”,该书提供了与象征主义思潮相关的大量史料,却只述及了为数不多的有象征主义创作倾向的作家,如李金发、戴望舒、王独清、穆木天等;陈太胜的《象征主义与现代诗学》拓展出西南联大诗人群,考证了他们的象征主义倾向;尹康庄的《象征主义与中国现代文学》、马永波的《九叶诗派与西方现代主义》对“九叶诗人”的象征主义倾向也有专章论述。但凡此种种的新诗象征主义考论,都有表象考证的特点,未多述及诗人的文化心理,对当代诗人在象征主义诗学接受上的新趋势关注不足。不幸的是,象征主义恰恰不是一种技艺,不是一种抒情习惯,而是经历了主体意识裂变的艺术景观,是一种艺术的“内心生活”;尽管中国对象征主义的译介在20世纪上半叶就已经很密集,模仿者也不可谓之稀少,但象征主义的“纯诗”更多体现在抒情主体层面的审美姿态嬗变,这一特征在20世纪末的中国大陆诗坛才有深入到抒情主体内宇宙的体现。总体来看,因新诗朝向象征主义诗学内在性的努力更多停留在意象摹仿,新诗至少是在抒情主体层面错失了现代派艺术的肇始——一种可称之为抒情主体美学观念革命的象征主义。

新意象与旧主体的错节

诗评家对新诗中象征主义的指认,大多是根据诗歌意象,他们大多忽略了一个事实:很多所谓象征主义风格的诗作,在颇具现代感的意象下,深藏着的是一个古典诗的抒情主体。虽然象征主义的理论译介在上世纪40年代

〔1〕 张大明:《中国象征主义百年史》,河南大学出版社,2007年。下文述及陈太胜《象征主义与中国现代诗学》,北京大学出版社,2005年;尹康庄《象征主义与中国现代文学》,暨南大学出版社,1998年;马永波《九叶诗派与西方现代主义》,东方出版中心,2010年。

就已经比较完备，但新诗抒情主体的美学裂变却直到上世纪末才真正开始。中国当代诗人和那些新诗的先驱者相比，在象征主义诗学接受上体现出来的最大区别是，先驱者们进行了意象摹仿，多属意象层面的象征；当代诗人则渐次体现出抒情主体层面的象征。

"抒情主体"，指在诗中以显性或隐性方式存在的控制表情达意过程的主体存在，是诗人在诗中的心灵投影或角色化，是影响诗歌构形的内在因素。抒情主体概念的生成得益于哲学和叙事学对诗歌批评的理论植入。虽然意象分析能显示各个语种的诗人对象征主义学习的形似，但考察象征主义诗学的影响关系，是否神似才真正具有参照价值。神似，应是发生在诗歌抒情主体层面的趋同。

新诗的文白诗语转变，新文化运动促成的现代文人意识，曾引起汉诗抒情主体语调的变化。但是，一个轻松、诙谐、自由、拥抱日常生活经验的抒情者，并非一个倾向于抛弃一切美学和文化成见、甚至也无视道德伦理束缚的抒情者。意象的开放与抒情的拘谨之间的矛盾在新诗的象征派诗人身上一直存在。象征主义诗歌中的抒情主体与哲学的非理性思潮有联系。象征主义诗人拒绝风尚和审美成见，常违背同代人的审美伦理，抒情主体通过转换抒情视角与物质世界建立全新的联系，体现出美学上的"迷狂"追求。尽管可以宏观地将尼采和波德莱尔归入"非理性"的哲学谱系，但具体到非理性的哲学和美学立足点，二者的分歧还是分毫毕现：生命哲学对理性世界的反叛以及由此达成的主体的疯狂，可以认作象征主义的精神源头；而当疯狂在哲学主体上点燃一种热情、引导更勇敢的悲观主义时，象征主义的疯狂则选择了颓败和放弃，在生命的灰烬中进入梦幻。这一分歧，在二人对瓦格纳截然不同的态度上可见端倪。德国音乐家瓦格纳为象征主义诗歌提供了实现迷醉和梦幻的音乐范例，在象征主义进程中的地位与作用不容低估。在尼采看来，友谊远不能阻止他对瓦格纳的深度疑惑："瓦格纳竟是一个人吗？难道他不更多地是一种疾病吗？"[1]波德莱尔很少将他对艺术的兴趣由绘画转到音乐上来，但当他述及瓦格纳，也发现了瓦格纳音乐中的"旋律"有个性魅力，是艺术致幻的关键。[2] 波德莱尔建立了几对艺术概念，展示了他对非理性哲学的"疯狂"和浪漫主义"热情"的处理方式。这些概念全部沿用普通的艺术

〔1〕［德］尼采：《瓦格纳事件·尼采反瓦格纳》，孙周兴译，商务印书馆，2011年，第20页。

〔2〕［法］波德莱尔：《理查·瓦格纳和〈汤豪舍〉在巴黎》，《波德莱尔美学论文选》，郭宏安译，人民文学出版社，1987年，第556－557页。

概念，但被赋予了新的内涵：笔触、色彩对应线条、素描，“浅薄的作品”对应雕塑，旋律对应主题，等等。在这些成对的概念中，波德莱尔将浪漫主义的热情在颓废、唯美、浪荡的主体状态中粉碎并发酵——他的艺术理论和诗歌创作都在示范，象征主义不仅仅是一种关于技法的诗学，而是深刻的主体裂变。波德莱尔及他的阐释者本雅明都不纯粹在技法层面探讨艺术，也不在思想观念层面过多纠缠；他们着眼于文学主体和物质世界及人群的关系，着眼于物我关系重建后在诗中实现的神秘梦境。

象征在这种裂变中由辞格发展为诗歌抒情主体的审美人格。象征主义在抒情主体层面把象征发酵为一种全新的物我关系，因此，真正改变象征辞格、赋予这个概念更高诗学价值的，是象征主义诗人。这可能也是托多罗夫在他出版于1977年的象征修辞专著——《象征理论》中并没有探讨象征主义却对浪漫主义葆有极大兴趣的原因。“象征”在修辞意义上曾是浪漫主义的关键词，托多罗夫将浪漫主义者歌德发现的“象征”与“寓意”的对立概括为：“象征复现并(可能)指称；寓意指称，但不再复现。”[1]浪漫主义用象征修辞掩盖寓意，象征主义者则尽力将“寓意”从文学中驱逐出来，使象征在文本中弥散、蔓延，并最终超离了“象征”的修辞学意义。这种超离使象征离开诗语和意象，成为发生在诗歌抒情主体层面的化学反应。

对象征主义的中国模仿者来说，考察象征发生的方式，可判断象征主义的接受程度。李金发和戴望舒是得到了较多象征主义指认的诗人。李健吾曾认为，新颖一时的李金发的可贵之处是意象的创造；像很多反对音乐成分的诗作者那样，诗歌“自由的表现”绝不仅仅停留于形式层面：“内在的繁复要求繁复的表现，而这内在，类似梦的进行，无声，有色；无形，朦胧；不可触摸，可以意会；是深致，是含蓄，不是流放，不是一泄无余。他们所要表现的，是人生微妙的刹那，在这刹那(犹如现代西欧一派小说的趋势)里面，中外古今荟萃，空时集为一体。他们运用许多意象，给你一个复杂的感觉。一个，然而复杂。”[2]李健吾对李金发“内在繁复”的判断有过誉之嫌。与李健吾对李金发的肯定不同，杜衡判定戴望舒的象征发生在形式与技法层面：“象征诗人之所以会对他有特殊的吸引力，却可说是为了那种特殊的手法恰巧合乎他既不是隐藏自己，也不是表现自己的那种写诗的动机的缘故。同时，象征诗派底独

〔1〕[法]茨维坦·托多罗夫：《象征理论》，王国卿译，商务印书馆，2004年，第256页。

〔2〕李健吾：《〈鱼目集〉：卞之琳先生作》，李健吾：《咀华集·咀华二集》，复旦大学出版社，2005年，第60页。

特的音节也会使他感到莫大的兴味。”[1]但无论李金发还是戴望舒，他们所领略的法国文化尚不足以改变他们诗中一个具有浓重传统文人意味的抒情主体。李金发摹仿象征主义意象时，诗中的抒情主体常常隐身，放弃任何逻辑关系；一旦他现身，就流于好古的美学趣味。戴望舒的《雨巷》和冯至的《蛇》相似，抒情者体现出的美学精神也是古典的。

对新诗持象征主义视角的批评家也常陷入困惑。李健吾对象征主义本身的理解是准确的，他深知象征主义“从巴尔纳斯诗派衍生出”，“否认热情”，是“灵魂神秘作用的征象”[2]，却又将“生命具有火热的情绪”，“灵魂具有清醒的理智”的年轻诗人与“象征主义”捆绑在一起[3]，希望他们像李金发那样朝着“内在的繁复”努力。这是自相矛盾的：热情和勇敢的抒情者不会有真正的颓废，同样，清醒的不会沉入梦幻，理智的不会迷醉，“内在的繁复”仍然只能发生在意象创造的层面，这并非他所深谙的象征主义真谛。李健吾通过《鱼目集》里的诗看到，卞之琳是这样的“新诗人”之一。但象征主义并不能涵盖卞氏诗中的“理性”，那些白描的蒙太奇当然不是载道的摆设、哲理的说辞，自有其意趣甚至禅机。李健吾之所以要反复调用象征主义来界说卞之琳，是因为他把象征主义看成了诗歌修辞的一种“方便”“方法”[4]，至多是一种气质，弱化了象征主义诗歌抒情主体富有现代性意味的灵魂裂变。正因如此，李健吾也未能将卞之琳的诗读得很深，只流于象征的修辞分析。

就抒情主体的审美倾向而言，卞之琳诗接近于废名诗一类，盈满雅趣，富有禅机，仍是旧诗的传人。废名评讲卞之琳，用的是古典诗词的参照，看到了卞之琳诗的抒情主体与象征主义诗歌格格不入的“洁癖”[5]。比起李健吾，废名的高明之处在于，他发现那些“内在的繁复”是汉诗所习见的“空灵”，确与象征主义的迷醉无关。

---

〔1〕 李健吾：《〈鱼目集〉：卞之琳先生作》，李健吾：《咀华集·咀华二集》，复旦大学出版社，2005年，第61页。

〔2〕 李健吾：《答〈鱼目集〉作者》，李健吾：《咀华集·咀华二集》，复旦大学出版社，2005年，第76页。

〔3〕 李健吾：《〈鱼目集〉：卞之琳先生作》，李健吾：《咀华集·咀华二集》，复旦大学出版社，2005年，第61页。

〔4〕 李健吾：《答〈鱼目集〉作者》，李健吾：《咀华集·咀华二集》，复旦大学出版社，2005年，第75页。

〔5〕 废名：《〈十年诗草〉》，《新诗十二讲——废名的老北大讲义》，辽宁教育出版社，2006年，第169－186页。

诗评家的犹疑与困惑或许根源于新诗抒情主体的犹疑：他们不清楚现代性是返古还是反古的结果，不清楚自身应持勇敢的悲观主义还是现实主义或浪漫主义，但这一切在西方象征主义理论家那里还算清晰："象征主义是19世纪自然主义的解药，正如浪漫主义是17—18世纪新古典主义的反悖：象征主义至于浪漫主义，则事实上是发展而非对立。可是，当浪漫主义者为经验本身而寻找经验——爱、游历、政治——尝试所有生命的可能性；象征主义者却只在文学的范畴里实验，只在思想与想象里探险与挖掘可能性，纵使他们讨厌公式，摈弃惯例，而且本质上也算是冒险者。一个浪漫主义者的个人主义经常会令他反抗和拒绝信任社会，觉得自己是个零余者；而象征主义者则自我隔绝于社会或流派之外，简直不闻不问：他会维持独特的个性，甚至较浪漫主义者更甚，但他不会强调自己的个人意志——它会把整个文学领域改变，就如他的代言人阿克瑟尔退出生活的场域一样，由客观的世界退到主观的世界，由与社会共享的经验转向个人孤独的经验。"[1]

由于这类美学立场上的认同混淆，中国的"象征主义诗人"与西方象征主义大多形似大于神似，诗的抒情主体缺乏波德莱尔诗中那种既"格格不入"又"与世无争"的颓废人格，缺乏放逐寓意的艺术精神。尽管有了西方诗歌的影响，但新诗抒情主体更多体现为对于古典汉诗的抒情特质的诗学回望，卞之琳、戴望舒、闻一多、徐志摩、林徽因等人诗歌的抒情主体对此有所印证。40年代，时代与国族的因素对抒情主体的影响也较为明显，促发了现世情怀和功利心境，诗歌呈现出主题化特征。尽管同期日趋深化的西方诗学影响，已经改变了抒情主体的表达方式和抒情结构，使之疏离于古典汉诗抒情主体的审美血脉，但主客观因素造成的文化断裂不利于新诗抒情主体的培育。

精准的译介与变调的摹仿

新诗中象征主义抒情主体聚合失败的根源在哪里？文化译介对抒情主体的审美缺陷似无须负责。象征主义传入中国，是新文化运动的成果之一，译介不够及时，数量不够众多，但总体看来亦算平稳、精确。在诸种文体中，诗的译介量和译介时间都少于、迟于小说。就译诗而言，浪漫主义的译介比

〔1〕［美］埃德蒙·威尔逊：《阿克瑟尔的城堡：1870年至1930年的想象文学研究》，黄念欣译，江苏教育出版社，2006年，第190页。

象征主义稍早，但时差不算太大。浪漫主义诗歌的文言汉译是20世纪初诗歌翻译的主要内容：1903年，梁启超在《新小说》第3期首译拜伦的诗《端志安》；其后有胡适译朗费罗（1909）与亥纳（即海涅，1913）、应时译戈德（即歌德，1914），苏曼殊译拜伦（1914）等等，稍后是对象征主义的逐渐译介。1918年，陶履恭在简评梅特林克的《群盲》时，认定他为"当今世界表象主义（symbolism）之第一人"[1]。1920年，周作人在《新青年》第8卷第3号发表《杂译诗二十三首》，译有后期象征主义诗人古尔蒙诗作，可视作象征主义诗作的首次中文翻译。翌年初，耿济之译的托尔斯泰《艺术论》由商务印书馆印行，内有经俄文转译的波德莱尔、魏尔伦、马拉美等诗人的诗作，是波德莱尔的诗首次被译成中文。此外，《小说月报》《新妇女》《少年中国》《诗》《文艺先锋》《上海文学》（1930）《乐群》《文学季刊》《文学月刊》《论语》《智慧》《现代评论》等刊，都有对象征主义理论和诗作的零星翻译或集中推介。在新文化运动的译介潮中，是陶履恭首次提到 symbolism（初译表象主义，后人多用象征主义）的概念。随后，对象征主义作家的译介逐渐增多，象征主义的理论也为新文学作家所熟知。刘延陵发表在《诗》创刊号（1922）的《法国之象征主义与自由诗》，是较为全面述及象征主义诗歌的专门论文。这些译介语源复杂，以厨川白村式的日语源象征主义与法语源象征主义两类居多，留日、留法学生在象征主义译介中贡献较大。在批评中将中国作家作品与象征主义相关联的，小说较早的是鲁迅的《狂人日记》，诗歌较早的是周作人的《小河》、沈尹默的《月夜》。象征主义的影响成为新诗影响研究的关键词之一，但真正被称为中国象征主义诗人的新诗人，则只有李金发、戴望舒、穆木天、王独清等为数不多的几个。

1920年后的30年间，中国新文学的象征主义译介兼顾理论与创作，基本涉及了象征主义的代表诗论、诗作。中国诗人在评述象征主义时未发现较大偏差，尤其是精通法语的诗人，理解不可谓不精深。然而让人费解的是，诗评诸家对象征派、象征主义影响新诗的分析多从外部观感入手，未看到新诗最初的模仿者在抒情主体层面与象征主义貌合神离。1935年，朱自清在《中国新文学大系·诗集·导言》中将新文学第一个十年的新诗分为"自由诗派""格律诗派"和"象征诗派"。在谈"象征诗派"时例举了六位诗人，例析精当。朱自清对"象征派"并不陌生，能从"意象关系""幽微"和"颓废"格调、"色彩

[1] 陶履恭：《法比二大文豪之片影》，《新青年》第4卷第5号，1918年5月。

感”等方面入手，逐一点评优劣：李金发有意象堆砌“一部分一部分可以懂，合起来却没有意思”的缺陷；后期创造社的王独清失之幽微，穆木天缺乏色彩感。冯乃超歌咏“颓废、阴影、梦幻、仙乡”[1]，展现出丰富的色彩感，但与戴望舒轻清的幽微相比又相形见绌。这些印象式点评颇见功力，遗憾的是朱自清未辨识诗中抒情主体的美学立场，因此并未看到上述诗人还仅仅是用古典主义、浪漫主义、人道主义的主线串起了象征主义光怪陆离的意象串珠。

对象征主义的译介，也曾催化出了新诗“纯诗”(Purepoetry)的意识，但抒情主体凝滞的审美意识使“纯诗”的观念简单流于纯文学性。与法国象征派诗人相比，中国诗人关于“纯诗”的观念更宽泛、模糊。虽然穆木天诗中洋溢着拜伦式的浪漫主义气息，与象征主义有不小距离，但法国象征主义诗人的抒情姿态也启发了穆木天去追求“国民诗歌”与“纯粹诗歌”的融合[2]，这有效拓宽了诗境，使他写出“败废”的故乡(如《苍白的钟声》)。但就美学实质看来，颓废的象征主义抒情主体在中国诗人身上变成了浪漫主义者眼中败废的意象和景致。穆木天、王独清的法语能力使他们能更深入地接纳来自象征主义的信息，他们都十分钟爱法国诗人拉佛格(Jules Laforgue)，并在他的诗中领略到了“暗示”“音与色”的魔力，王独清甚至赞叹道：“Baudelaire(波德莱尔，引者注)底精神，我以为便是真正诗人底精神。”[3]但王独清和他的创造社同人虽是法国象征主义诗人的忠实读者，却未必能深谙拉佛格与波德莱尔以疯狂产生诗“力”的真谛，致使同期的许多诗作仅是流于形式的摹仿。如王独清《失望的哀歌》、穆木天的《野庙及其它》等，虽写清冷、忧愁，亦能借音色暗示，却未见抒情主体的对立与孤独。说到底，陈腐的浪漫主义和古典主义的意象盘踞在诗人身上，象征主义抒情主体与物象之间建立的神秘的暗示关系不见了，冷色调的抒情最终还是沦为一种意象式的说明。他们评鉴象征主义诗人时持有的批评观念，在诉诸创作时遭遇到了审美惯性的抵抗。抒情主体的美学立场使新诗中纯粹的诗往往行之不远，很快让位于“国民的诗”。

理论家和诗人对象征主义的精确解读未能阻止包括戴望舒、卞之琳、穆旦在内的新诗人技法摹仿的惯性，对波德莱尔式的象征主义的改写一直都在发生。这种用意象仿写的方式形成的象征，不妨称之为广义象征主义——即

---

[1] 朱自清:《中国新文学大系·诗集·导言》，赵家璧:《中国新文学大系》，第八集，上海良友图书公司，1935年10月15日初版，上海文艺出版社，影印本，2003年，第7-8页。

[2] 穆木天:《谭诗——寄沫若的一封信》，《创造月刊》第1卷第1期，1926年3月16日。

[3] 王独清:《再谭诗——寄给木天伯奇》，《创造月刊》第1卷第1期，1926年3月16日。

沾染了颓废特质的修辞学意义上的象征。象征主义的译介是多语源的译介，经过了译者的遴选，数量不多，但质量尚好，不易造成片面性的误读，比如1929年勺水（陈启修）译春山行夫的《近代象征诗的源流》在《乐群》发表，观点独到，给波德莱尔的诗以极高评价："波德雷的诗素——一种近代的纯粹诗，突然在诗流中发生一个大漩涡，大风潮，对于一般诗派，都给与一个象征的洗礼，变成光彩灿烂的近代艺术的母胎，诞生了许多有光荣的分派。这个风潮，可以说是，除了不能和国民文学传统断然分离的国民之外，从19世纪末到20世纪黎明，在这期间，把全世界的文学界，都风靡了。"[1]单就创作而言，新诗诗人很像春山所说的"不能和国民文学传统断然分离的国民"，至多只能在浅层摹仿一种厨川白村式"赋予具象性"[2]的广义象征主义。

如果新诗人在学习象征主义诗人时不能发生抒情主体审美伦理的裂变，回到广义象征主义就是唯一的出路。厨川白村对"前世纪末法兰西诗坛的一派曾经标榜的主义"并不看好，与他身为日本人所体会到的"内生活的热总不足"有关。[3] 鲁迅认为"非有天马行空的大精神即无大艺术的产生"，也感叹国民性之"萎靡凋敝"[4]，想必与厨川白村颇有共鸣，仅用不到20天的时间就将《苦闷的象征》翻译完毕。厨川白村希望生命力是人生苦的解药，因此他不会像春山行夫那样赞颂波德莱尔，他的文学观留给梦幻的空间也不大。新诗中的抒情主体的审美选择也带有厨川白村和鲁迅式的功利性，或在"国民诗歌"中驻足，或在"纯诗"的制造中怀古，穆木天对两种诗进行中和的试验只能使他错过象征主义的灵魂，退守到"通感"的修辞中去。倒是从修辞出发的钱钟书面对波德莱尔们的象征，将其阐发到佛老的境界，反而实现了通感法式象征的灵魂附体——"象征主义为通感手法提供深奥的理论根据，也宣扬神秘经验里嗅觉能听、触觉能看等等"[5]。

无论是李金发、戴望舒还是后期创造社的象征主义信徒，甚至是九叶诗人们，他们诗中象征主义方式的现代性之风只是在仿写期呼啸而过。李金发

[1] [日]春山行夫：《近代象征诗的源流》，勺水译，《乐群》第1卷第4期（1929年），第14-19页。

[2] [日]厨川白村：《苦闷的象征》，鲁迅译，《鲁迅译文集》，第3卷，人民文学出版社，1958年，第29页。

[3] [日]厨川白村：《苦闷的象征》，鲁迅译，《鲁迅译文集》，第3卷，人民文学出版社，1958年，第140页。

[4] 鲁迅：《〈苦闷的象征〉引言》，《鲁迅译文集》第3卷，人民文学出版社，1958年，第4页。

[5] 钱钟书：《通感》，《七缀集》，上海古籍出版社，1985年，第73页。

1941 年之后就没有写诗，在诗坛沉寂了几十年。他诗作的多产与短暂繁荣与他在 20 世纪 40 年代创作的戛然而止互相龃龉，留给人们一个长久的象征主义抒情主体是否曾短暂生成的疑问。李金发在诗歌中成功为意象建立了关联——即使不是象征主义的关联——的诗只占一少部分，其余便是意象的展览。这种展览中西杂烩，只有跳跃和留白方式的音乐性生成。李金发情绪的色彩是一贯的，在物我关系弥散的时候，留给读者的往往只是审美疲劳。李金发作为诗人之外的身份是雕塑家和外交家，以及悠游客居国外的老人。饶有趣味的是，他的偶像波德莱尔曾在文中表现出对雕塑的不屑。除了李金发，戴望舒在 40 年代就回归国民诗歌，并在“新生活”刚开始就不幸离世；后期创造社成员则回归于政治理性。穆旦在奥登影响下的自然通感在 40 年代《野兽》之类的诗中表现出象征主义的神韵，但到了 70 年代的《智慧之歌》，这首试图回归理性的诗，抒情主体已经变得木讷哀戚，失去了通感的能力。

在当代诗歌中，象征主义作为一种关于诗的知识并没有因为抹黑和搁置而消亡，那些可贵的译介连同粗浅的摹仿一起，成为新诗在 20 世纪 80 年代美学复苏的一部分。关于象征主义的知识聚拢起来容易，抒情主体的诞生却还是很艰难。究其实，象征主义可望而不可即的特性在 20 世纪 40 年代就已经露出端倪：虽然戴望舒的诗作几乎褪去了《望舒草》中象征主义的痕迹，但他对象征主义诗人内在性的认知依然准确。1947 年，戴望舒在《〈恶之华〉掇英》的《译后记》中对波德莱尔及其象征主义的诗学景观依然保持着敬畏和极为肯定的认知。对于为波德莱尔找革命根据的人，戴望舒写下了他的忠告：“对于指斥波特莱尔的作品有‘毒素’，以及忧虑他会给中国新诗以不良的影响等意见，文学史会给予更有根据的回答，而一种对于波特莱尔的更深更广的认识，也许会产生一种完全不同的见解。”〔1〕他还劝诫道：“波特莱尔可能给予的是多方面的，要看我们怎样接受。只要不是皮毛的模仿，能够从深度上接受他的影响，也许是反而是可喜的吧。”〔2〕

---

〔1〕 戴望舒：《〈恶之华〉掇英 · 译后记》，《戴望舒诗全编》，浙江文艺出版社，1989 年，第 214 页。

〔2〕 戴望舒：《〈恶之华〉掇英 · 译后记》，《戴望舒诗全编》，浙江文艺出版社，1989 年，第 214 页。

城市“灵晕”的消亡与再生

当代诗歌抒情主体逐渐显示出的美学观念的多元性，已经对戴望舒的期待有所回应。从知青诗歌沙龙所积聚的劫余爝火在“文革”后的燃烧开始，当代诗歌的抒情主体经历了从“今天派”的文化英雄到“他们”派的个体存在的转变过程，抒情者找到了更个性化、更私密的诗性存在空间。于坚从《尚义街六号》到《拉拉》，不断调整抒情姿态，其诗中的抒情主体已经疏离于主流审美经验很远，“我”是“通感”甚至“通灵”的，对物我关系的组织方式也体现出象征在抒情主体层面的深化。于坚诗中出现的抒情主体的审美裂变取得了明显的诗语效果，他的诗接纳方言朗诵，与日常生活保持神秘的亲和力。

八九十年代以来，“城市化”进程中的当代诗人调整自己与城市的生存关系和审美姿态，“他们”“非非”“海上”诗人群、南京诗人群，都趋向于认同诗歌存在是偏离文化主潮的民间艺术生活。杨克的城市诗、诗人安石榴的城市生活自传(《我的深圳地理》)等，都与象征主义着重物我关系的、朴素的空间诗学有所呼应。象征主义诗人是亲近城市空间的诗歌族类。在审美精神上，象征主义要求抒情者具备较为纯粹的艺术癖好，让抒情者在物象间掺入自身的灵魂，依靠物我关系的重建形成新的诗歌“语法”。在物象世界里选取能写照抒情者灵魂的元素，藏于抒情主体身上的“象征”密码才有可能得到真正破译。波德莱尔最出色的阐释者本雅明在《波德莱尔笔下的第二帝国巴黎》中做到了这一点。本雅明发现，在法国大革命时期城市的壁垒经验之外，巴黎存有一个叫做拱廊街的所在，它是象征主义诗歌抒情主体的浪荡之地。于是，本雅明在城市空间找到了解读波德莱尔的钥匙，并整理出一组有效的概念，史无前例地透彻分析了波德莱尔。他还曾将机械复制时代凋萎的东西归入“灵晕(aura)”[1]这个术语。在本雅明的理论体系中，“灵晕”不是为象征主义准备的，但与象征主义的“通感”有概念上的交集。借用“灵晕”，可以从抒情主体的生活场景的角度来继续探讨关于象征主义影响新诗的另外一些问题，即可简单表述为“19世纪巴黎式的街衢文化在20世纪中国存无”之类的问题。城市是象征主义诗学的特殊依附物，失去了城市的象征主义者，不免

〔1〕［德］瓦尔特·本雅明：《机械复制时代的艺术作品》，［德］汉娜·阿伦特：《启迪：本雅明文选》，张旭东、王斑译，北京三联书店，2008年，第236页。

陷入乡愁或现世功利，失去美妙的梦幻世界。在城市里，象征主义诗人们在城市空间和人群中寻找“灵晕”，即时和即地的时空成为他们的家乡，浪荡就是返乡。这种艺术与美成为唯一限定的自由，使抒情主体安心沉浸在物我关系的建筑之中。

象征主义杰出的中国阐释者梁宗岱也流露出他对巴黎的喜爱：“这真是法国文学史上底美谈：每星期二晚上，巴黎罗马街(Ruede Rome)五号的住宅里，聚集着一班青年——当时及现在尚存的法国及欧洲文坛上许多显赫的名字。一灯荧然，在卷烟缭绕的重重薄雾中，马拉美对他们柔声低谈艺术上底各种问题。这班青年诗人都把他底话像金津玉液般饮了，灌溉出来的便是日后绚烂的象征之花。”[1]这是一个由现代“游手好闲者”参加的诗歌沙龙。这样的沙龙，在民国时期也多有出现，1930 年，梁宗岱本人就曾与朱光潜在北京同组“读诗会”，金岳霖家也有著名的“星(期)六聚会”。但沙龙并非象征主义者的首创，他们与城市共生的方式是街头闲荡，融入“人群”，领受城市空间里物我关系中发生的“震惊”[2]。

这种城市亚文化空间是 20 世纪中国城市所缺乏的。上海石库门亭子间的无产者的生存经验不同于巴黎拱廊街上的闲逛者。本雅明把诗人与“人群”的关系视作区分浪漫主义与象征主义的重要参照，他不但用这种方法区分了雨果和波德莱尔，也另辟蹊径找到了波德莱尔最深邃隐秘的诗学通道。中国的象征主义模仿者关于人群的经验是人道主义、启蒙主义或阶级分析的，绝少抒情主体拥有具有空间意味的家园感：在新诗诗人那里，人群不是诗意的处所，作为启蒙对象和看客群体的群氓意识，阻碍了这一重要的象征主义诗素。李金发的《我欲到人群中》一诗很能说明一种非象征主义的抒情主体与人群的关系：

我欲到人群中去显露，
不欲长此平静下去，
但觉神性尚少，
所以在暗影里款步。

---

〔1〕 梁宗岱：《象征主义》，梁宗岱：《梁宗岱文集 · 评论卷》，中央编译出版社，2003 年，第 12 页。

〔2〕 [德]本雅明：《发达资本主义时代的抒情诗人》，张旭东、魏文胜译，北京三联书店，2012 年，第 187 页。

我筑了一水晶的斗室
把自己关住了，
冥想是我的消遣，
bienaimée 给我所需的饮料。[1]

人群是象征主义抒情主体的家园。然而李金发笔下的人群并不是波德莱尔体会到的那种“美味”：“人群与孤独，对于一个活跃而多产的诗人来说，这是两个同义语，它们可以互相代替。”[2]在李金发的诗中，抒情者一面“欲到人群中”，一面又对人群怀有恐惧，期待神性的降临。这在本质上来说，还是雨果式的浪漫主义的广场诗学。

上海的“人群”没有给鲁迅、邵洵美、戴望舒以象征主义的营养，这个半殖民城市病态的文化空间取消了向城市空间加入通感的可能性。为了不再一次复述上海商业空间对文学的影响，以情色为中心，李欧梵发明了邵洵美生活与诗的“颓废”的双重表现。但无论是“颓废”还是“浮纨”[3]，在都市文化的意义上和上海都缺乏现实联系。上海在新诗中更多的形象是终要“陆沉”的地狱（袁可嘉《上海》），它也同是一个由国族事件制造的特殊文学时空，在40年代有短暂而又畸形的文学自由。这个短促的时空得以允许文学的商业经营，为后来的老上海想象留下了余地。但上海作为都市文化的虚构特征无论是在当时还是在当下，都十分明显。40年代战时文化空间的管制真空，不是都市文化的典型形态；这样一个移植的且孤立的商业城市，又能给新诗诗人们提供多大的闲逛时空，也是一个颇为可疑的问题。

因此，中国象征主义诗歌的模仿者们在都市文化的意义上没有“城市”，这使经验匮乏、场域缺失的象征主义学习者遇到了继续开花结果的难题。在主流意识形态的洪亮声线下，象征主义失去了它的社会文化土壤和精神来源，抒情主体朝向象征主义的裂变被搁置长达30年之久，直到1981年象征主义再次发出声音。在此期间以及其后的漫长时间里，城市成为机械复制的

[1] 李金发：《李金发诗集》，四川文艺出版社，1987年，第67页。

[2] [法]波德莱尔：《人群》，[法]波德莱尔：《巴黎的忧郁》，亚丁译，北京三联书店，2004年，第42页。

[3] [美]李欧梵：《上海摩登——一种新都市文化在中国（1930—1945）》，毛尖译，北京大学出版社，2001年，第246页。

建筑群，稀薄的灵晕仍然不断被挤兑。而在城市的政治复制和商业复制盛行的同时，乡村的灵晕也几近消失。

当代诗歌与城市的最早关联，可以溯及白洋淀诗人群在北京近郊农村的知青文化沙龙。知青沙龙，究其实质还是一种城市文化，就其游离于主流话题又无意于对抗的散漫性和私密性而言，它甚至有轻微的亚文化特征。但具体到当代诗人对城市的文化观感，城市就普遍成为一种广场政治的符号或物质主义的肮脏代言。路翎、食指、北岛、芒克、多多、顾城、海子……很多诗人在城市文化还未真正兴起的时候写过城市。这些诗人并非波德莱尔式的城市闲逛者，食指的《这是四点零八分的北京》、梁平的长诗《重庆书》、黄梵的诗集《南京哀歌》等，这些"城市诗"各有特色，但在抒情主体层面的相互区别度并不高，对城市持田园诗人般的文化警惕。无论是充当文化隐喻还是代言历史主义的个体疼痛，当代中国并不发达的城市文化母体所哺育的，并非象征主义那种与城市亲密无间的抒情主体。芒克在《城市》中所写的痛苦的城市、北岛在《空间》中所写的城市广场、多多在《居民》中借城市生存经验倾诉的文化落差，全部是寓意的结晶体。寓意，即使在浪漫主义诗人那里，也是"象征"的敌人。

20 世纪 90 年代至今的物质积累形成了中国大陆迅速城市化的现实。"城市"作为一种经济文化形态，经历了近半个世纪的规约以后，在物质漫溢中倾向于寻归它的文化本性。包括北上广深在内的中国大城市逐渐形成了控制性的经济话语，这些不能忽略的声音在逐渐向文学艺术领域渗透，并加速了文学的话语更新。20 世纪初，新诗发生期的中国是一个显性的乡村文化格局，如今，这种格局已经发生了改变。城市文化在经济活动中的迅速补课使 21 世纪诗歌呈现出新的城市语法——一种比前代诗人更强烈的及物性，加之亚文化复活的迹象越来越明显，城市中抗拒物质与思想机械复制的诗歌"灵晕"常常灵光乍现。年轻的大陆汉语诗人或许是这种城市"灵晕"的直接受益者：从"70 后"到"90 后"，诗语的开放性正在瓦解僵化了近一个世纪的新诗抒情主体，在新的审美选择中，美学人格的再塑已经有其可能性。

城市灵晕与诗在西方诗史中建立的经典关系，除了象征主义之外还有超现实主义、现代主义思潮中的各种文学流派。部分受益于象征主义美学的诗人庞德，在他的诗中，最奇特的并非意象，而是意象连缀的隐在方式，这已经构成了玄妙的潜文本。庞德笔下的抒情者中西合璧，言能及物，享有类似象征主义诗人抒情主体的自由。新诗中却很难找出一位在黑暗中放弃时代文化认同并自得其乐的抒情者，似乎根本无人向暗中窥探，因此，海子和顾城的“城市”都是孤独的、命悬一线的“理想国”。象征主义的实质是：我在物中——一种现代诗的抒情主体的人格，可以用“及物的梦境”来表述。因为长达一个世纪的错失，当下描述新诗史的必要环节依然包括有关象征主义的追问：一个田园诗人，究竟是在何时、以何种方式走入城市的？安石榴《我的深圳地理》、黄梵的《南京哀歌》、孙文波的《成都》，在这些以城为题的诗文中，抒情主体横亘一个世纪诉求的审美革命发生了没有？

波德莱尔至今仍超越于现代主义甚至是后现代主义理论家——比如将“流动的生活”托付给现代社会的鲍曼——的观念是，现代性与历史时间、与现代化都不相关，是任何时代和谐表象下神秘的不稳定性。[1] 不仅诗歌的抒情主体一再与象征主义擦肩而过，当代小说同样面对相似的现代性难题，先锋试验所呈现出的那些形式现代性，并无法遮盖叙事者远未蜕变的现实主义灵魂。形式的喧嚣过后，历史主义与现实主义的叙事者纷纷被卸下了审美现代性的面具。文学的主体性问题依然存在，且危机正在深化。

因此，对于作为现代主义母胎的“象征主义”，中国诗人仍需要补课。1989 年，海子在做出终极选择之前，在诗歌中找到了他的法国兄弟——象征主义诗人兰波。1986 年，66 岁的彭燕郊重读波德莱尔，写下了一篇长文，抛开 20 世纪象征主义诗意的技法论调，对波德莱尔这个象征主义诗人所代表的“人类心智的新景象”[2]进行了抒情主体的重估。这一年，他写完了长诗《混沌初开》的初稿，诗的人称以第二人称呼告为主，是抒情主体寻觅涅槃的自我审视，与高行健几乎同期完成的小说《灵山》形成抒情与叙事主体的互文。由于主体裂变并重生的可能性已经非常微弱，二者都在浪漫主义者儿近通灵的时刻停顿下来，这种失速换来了文学主体的惊险觉醒，却没有发生抒情主体旧我的坠毁。因此，也就没有重生。所以，在诗的结尾，诗人处于一种新的心灵的明暗关系中，并十分欣喜：

> 幸福的清醒啊，没有什么能够扰乱它了，它在自我更新里甜蜜地融化着。

---

〔1〕［法］波德莱尔：《现代生活的画家》，波德莱尔：《波德莱尔美学论文选》，郭宏安译，人民文学出版社，1987 年，第 484 页。

〔2〕彭燕郊：《波特莱尔，开拓者的命运与光荣》，《外国诗》（六），外国文学出版社，1987 年，第 247 页。

不是非我，更不是二我，和全光中的壮丽景观相比，你还觉得自己有些暗淡吧，因此，你已经是新的你了。

混沌初开，你将再次超越你自己。[1]

这“暗淡”的“我”来得很迟，但印证了一场发生于20世纪的象征主义思潮，最终还是来到了新诗的抒情主体层面，并起了作用。

当代中国诗人已经不可能再融入一个叫“象征派”的国际诗歌俱乐部，也无此必要。但象征主义留给诗的遗产尚未过时，尤其对于中国新诗。新诗诗人还需在抒情主体的审美人格方面继续嬗变，在这个进程中，对陈腐的思想观念和审美惯性的摒弃、对艺术思维的培育都是至关重要的；新诗诗人应调整物我关系，在城市化尚未在文化意义上深化的当下提前开始波德莱尔式的街衢浪游，培育新诗抒情主体象征主义方式的及物能力。在现代性充分获得之前，象征主义作为一种诗学质素的美学价值不容低估，依然是百年新诗所亟需补充的养分。

南京大学中国新文学研究中心

〔1〕 彭燕郊：《混沌初开》，黄礼孩：《诗歌与人》，第13期(2006年5月)，第161页。

韵律如何由“内”而“外”？

——谈“内在韵律”理论的限度与出路问题

李章斌

一

“内在韵律”“内在节奏”理念是关于新诗（尤其是自由体新诗）韵律特征的典范性认识之一，它在中国最早由诗人郭沫若在1921年间写的《论诗三札》(1)中提出，[1]这甚至比闻一多提出新诗格律理念（1926年）还要早五年。一个值得注意的现象是，郭沫若本人也是新诗自由体形式的奠基者。早期的白话诗人（如胡适、刘半农、沈尹默）虽然打破了旧诗的形式并采用白话作为新诗的语言，但很多作品依然带有旧诗词的腔调和节奏，并没有给新诗找到一种非常有力的节奏形式；而郭沫若在其1921年出版的《女神》中大胆运用自由体新诗的各种节奏形式，成功地让新诗摆脱了旧诗的阴影，建立了新诗独有的节奏和语言体系。因此，郭沫若提出的“内在韵律”说也一般被认为是自由体新诗韵律方向的重要路标。如果说闻一多是格律体新诗理念最早的提倡者和实践者的话，那么郭沫若则是自由体新诗最早的奠基人和理论先驱之一。

“内在韵律”说在三十年代之后的一个重要的承续者便是诗人戴望舒。同样富有兴味的是，戴望舒在二十年代写的《雨巷》被认为是“替新诗底音节开了一个新的纪元”[2]，而到了三十年代，戴望舒却一反自己过去的音乐性追求，宣称“诗不能借重音乐，它应该去了音乐的成分”，[3]与郭沫若类似，他转而提出诗歌的韵律在于内在的“情绪”而不是外在的文字形式。由于戴望舒在新诗音乐性上的建树，这种对外在音乐和形式的背离成了新诗韵律理论

[1] 《论诗三札》原为郭沫若致李石岑（一封）、宗白华（两封）的三封信，分别发表于1921年1月15日、1920年2月1日、1920年2月24日的《时事新报·学灯》上，1925年三封书信经作者删改后收入其《文艺论集》中，由上海光华书局出版。

[2] 杜衡：《序》，见戴望舒：《望舒草》，人民文学出版社，2001年，第5页。

[3] 戴望舒：《戴望舒诗全编》，浙江文艺出版社，1991年，第691页。

和实践的一个"风向标"，它进一步地推动了新诗韵律探讨朝着"内在"的方向前进。

但是，当我们重审自郭沫若以降的"内在韵律"理论时，却发现这一理论依然有不少内在的缺憾和它无法"照明"的理论盲点。首先，包括郭沫若、戴望舒在内的"内在韵律"论者大都强调新诗的韵律不是由外在的形式决定，而是取决于内部的情绪、精神，是一种内在化的韵律感。然而，如果情绪本身就是一种韵律的话，那么这样的"韵律"定义似乎有混淆概念之嫌：情绪自然是诗歌不可或缺的成分，但是情绪本身未必就是韵律，而且小说、散文均包含情绪，那么岂不是所有文体都有所谓"内在韵律"？其次，韵律之"韵"字，顾名思义，从"音"旁，它理应在读音、音乐上有所体现。然而"内在韵律"却强调它不必体现于外在的音响和音乐；那么，这种"韵律"到底是如何实现的？它具体表现为何种特征？"韵律"从"律"的角度而言，理应具有某种规律性，那么"内在韵律"的规律又是什么，是不是凡有情绪处则有"内在韵律"？关于这些问题，无论是郭沫若、戴望舒还是其他持此观点的论者，都没有很好地回答。再次，观察大部分谈论"内在韵律"的论著，不难发现它们谈论的其实大都是文本的情感脉络、神韵等，那么"内在韵律"与"神韵""气韵"这些概念有何实质区别？可见，"内在韵律"理念已经有陷入"玄谈"甚至"空谈"的危险，它很难与我们一般认识的"韵律"概念建立有力的联系，换言之，它很难证明自己为什么是"韵律"之一种。

为了深入理解"内在韵律"理念的理论背景、构建动机以及理论逻辑，有必要再去重读郭沫若、戴望舒集中讨论韵律问题的一些文章。在对这些文章的细读中，我们不仅可以发现"内在韵律"理念本身的理论漏洞和逻辑缺失，也得以体察这些漏洞和缺失之所以存在的缘由。在我们看来，要摆脱"内在韵律"理论的困境，必须寻找一种能兼顾"内""外"的韵律理论，摸索新诗的韵律是如何发于"内"而现于"外"的机制。

二

郭沫若撰写《论诗三札》最初的缘由是反驳 1920 年胡怀琛的《诗与诗人》一文，后者以《尚书》中著名的观点为据（即"诗言志，歌永言，声依永，律和声"），强调诗与音乐的密切关系，他提出诗的标准"便是要能唱，不能唱不算诗"；他进而批评新诗道："现在做新诗的人，往往不能有自然的音节，也不能有自然的字句，便是解放得太过分了。”[1]而郭沫若对此说持激烈的反对态度，他强调“诗”与“歌”的分野，并由此提出了“内在韵律”说：“自从文字发明之后，诗歌表示的工具由言语进化为文字。诗歌遂复分化为两种形式。诗自诗，而歌自歌。歌如歌谣、乐府、词曲，或为感情的言语之复写，或不能离乐谱而独立，都是可以唱的。而诗则不必然。更从积极的方面而言，诗之精神在其内在的韵律(Intrinsic Rhythm)，内在的韵律(或曰无形律)并不是甚么平上去入，高下抑扬，强弱长短，宫商徵羽；也并不是甚么双声叠韵，甚么押在句中的韵文！这些都是外在的韵律或有形律(Extrinsic Rhythm)。内在的韵律便是情绪的自然消涨。”[2]

可见，郭沫若提出“内在韵律”“无形律”的背景是对诗与歌(音乐)之间相互分离的认识，由于诗歌走向书面化(以文字为表达载体)，郭沫若强调诗歌不应该再坚持音乐(或外在形式)作为诗歌韵律的必要条件，转而突出的是其“精神”或“情绪”。但是，郭沫若的理论逻辑显然还有可商之处：中国诗歌的书面化在古代就已经开始，我国古诗的主流(五言、七言古体与近体)的表达载体也主要是文字而非口耳相传，但古诗依然保持了外在的韵律，而新诗为什么不能呢？这个问题郭沫若并没有在文中解释或者提及。废名在《谈新诗》中提出的著名的观点实际上与郭沫若遥相呼应：“旧诗的内容是散文的，其诗的价值正因它是散文的。新诗的内容则要是诗的，若同旧诗一样是散文的内容，徒徒用白话来写，名之曰新诗，反不成其为诗。”[3]实际上，不管是郭沫若还是废名，都在强调新诗的“内容”或者“精神”所具有的“诗性”。我们更倾向于把郭沫若和废名的观点看作是对新诗作为诗的合法性的辩护——这种辩护的目的是要证明新诗是能够“成其为诗”的——而不是对其韵律特征的具体表述。郭沫若说：“音乐是已经成了形的，而内在韵律则为无形的交流。大抵歌之成分外在律多而内在律少。诗应该是纯粹的内在律，表示它的工具用外在律也可，便不用外在律，也正是裸体的美人。散文诗便是这个。”[4]

前面说过，“内在韵律”说带有对新诗的合法性辩护的意味。但是，无论是郭沫若本人，还是这个理论后来的延续者和阐释者，都把“内在韵律”说看

[1] 胡怀琛：《诗与诗人》，《民铎杂志》第2卷第3号，1920年，第1－11页。
[2] 郭沫若：《文艺论集》，人民文学出版社，1979年，第204页。
[3] 废名：《谈新诗》，《废名集》，第4卷，北京大学出版社，2009年，第1610页。
[4] 郭沫若：《文艺论集》，人民文学出版社，1979年，第205页。

作是对自由体新诗的韵律/形式本质的一种认定了，实际上，从他在《论诗三札》文中举的例子（泰戈尔《园丁集》第四十二首）来看，他所说的“内在韵律”实质上是指诗歌给人的心理感应或精神交流，其实就是指诗歌的精神特征、神韵，而并不是狭义的“韵律”问题，他既没有涉及外在的形式、声音这一层面，也没有解释“韵律”的规律性问题。因此，把“韵律”用“内在”来形容实际上已经是一种比喻性的说法，如果把它看作是对新诗韵律的一种概括，就有混淆问题的不同层面的嫌疑。

郭沫若竭力突出诗歌的“内在律”而排斥“外在律”，这里面有其复杂而深刻的立论背景。我们知道，郭沫若不仅是中国现代诗人中第一个提倡“内在韵律”的人，也是新诗史上在自由体形式建设上取得突出成就并且有效地建立了自由体新诗的节奏范式的诗人，他在同时期的《天狗》等作品中熟练而高密度地使用排比、对举、复沓等节奏形式——这些都是自由诗最基本的节奏形式——这标志着自由体形式在新诗中的基本成形。比如：

> 我飞奔，
> 我狂叫，
> 我燃烧。
> 我如烈火一样地燃烧！
> 我如大海一样地狂叫！
> 我如电气一样地飞跑！
> 我飞跑，
> 我飞跑，
> 我飞跑，
>
> 我剥我的皮，
> 我食我的肉，
> 我嚼我的血，
> 我啮我的心肝，
> 我在我神经上飞跑，
> 我在我脊髓上飞跑，
> 我在我脑筋上飞跑。

我便是我呀！

我的我要爆了！

但是，郭沫若为何如此急切地强调诗的“内在律”，以至于他本人的诗歌中运用得很成功的外在形式也顾不上去总结和提倡了呢？更有甚者，他甚至在文中直言“惠特曼的《草叶集》也全不用外在律”，[1]以为其“内在律”的倡导提供支持。这个断言显然不符合事实的，惠特曼在其自由体诗歌中得心应手地运用排比、复沓、头韵（Alliteration）等非格律韵律节奏形式，也经常利用抑扬格（iambic）这种英语格律诗中最常用的节奏模式，这已经成为诗歌韵律学讨论的经典案例了。比如，安妮·芬奇（Annie Finch）在其研究自由诗的专著《格律的魔影：美国自由诗的文化与韵律》中指出：惠特曼的诗歌中利用了抑扬格和长短格（dactylic）两类节奏，她进一步指出，“《草叶集》不断地在抑扬格五音步（pentameter）韵律与长短格韵律之间寻找平衡，在它们两者背后所代表的事物间寻找平衡，因此它不断地重新安排这两种韵律的关系，后来艾略特也继续了这种探索”[2]。可见，以为自由诗与音乐/韵律无关这个危害深远的流行谬见必须被破除，而“内在韵律”说一定程度上助长了这个谬见的流传。

实际上，郭沫若的断言也和他本人在另外一篇文章的观点自相矛盾。在《论节奏》一文中，郭沫若区分了两种节奏：“大概先扬后抑的节奏，便沉静我们。先抑后扬的节奏，便鼓舞我们。这是一定的公例。”[3]“譬如惠迭曼（Whitman）的诗是鼓舞调，太戈儿（Tagore）的诗是沉静调。”[4]郭沫若对两种不同节奏的效果和用途的分析，实际上源自西方诗歌韵律中“扬抑格”（trochaic）和“抑扬格”（iambic）这两类节奏的区别，是韵律学上的常识；而郭沫若说惠特曼属于鼓舞调（先抑后扬），也是符合事实的。然而，前文郭沫若已经说他的“内在韵律”并不是什么“高下抑扬”，后者属于“有形律”的范畴，这里又说惠特曼和泰戈尔的节奏分别为先抑后扬和先扬后抑，那么他说“惠特曼的《草叶集》也全不用外在律”显然是一种欠缺考虑的断言了，甚至他本人也

〔1〕 郭沫若：《文艺论集》，人民文学出版社，1979 年，第 205 页。

〔2〕 Annie Finch. The Ghost of Meter: Culture and Prosody in American Free Verse. Ann Arbor: University of Michigan Press, 1993. p. 32.

〔3〕 郭沫若：《文艺论集》，人民文学出版社，1979 年，第 233 页。

〔4〕 郭沫若：《文艺论集》，人民文学出版社，1979 年，第 234 页。

无意中把它否定了。

郭沫若不惜以违背事实的代价来为其“内在韵律”的提倡提供支持论据，这其中有深刻的文化背景。在我们看来，这种急切的心态还与他对诗歌传统的“过度反应”有关——一个人的立论态度很大程度上取决于其潜在的或明确的论辩对象。新诗自诞生伊始就遭受到了“是不是诗”这样的合法性质疑（胡怀琛的质疑也带有这种意味）——尤其是在音乐性/韵律这个问题上。1920—1921年间的《论诗三札》出现于这个历史时期，它力图为新诗（尤其是自由体新诗）寻找合法性依据——证明它也是“诗”之一种，且符合诗歌发展的“历史趋势”——并定义新诗的独特性质。但是，自由体新诗在“五四”前后的中国可以说是一个前所未有的新事物，对它的形式特征的认识在当时并没有、也不可能有多少积淀，它只能在与旧诗的对比甚至对抗中来定义自身。在这种对照性、对抗性的合法性探寻和自我定义的过程中，不少新诗理论论者不仅走向了反抗格律等固定形式的道路，有的（比如郭沫若和戴望舒）甚至进一步走向了反抗一切外在形式和音乐的道路——也就是不固定、非格律的外在形式也被包括在反对的范围之内——在这条道路上走得如此之远以至于他们自己运用得心应手的某些“外在韵律”和音乐形式都忽略了。

值得注意的是，戴望舒到了三十年代之后，反而否定自己早年的音乐性追求。他在《诗论零札》中提到：“韵律齐整论者说：有了好的内容再加上‘完整的’形式，诗始达于完美之境。”戴望舒认为此说“大谬”：“以为思想应该穿衣裳已经是专断之论了（梵乐希：《文学》），何况主张不论肥瘦高矮，都应该一律穿上一定尺寸的制服？”出于这种对固定形式（“制服”）的反对（这明显是针对闻一多、林庚等新诗格律理论的提倡者），戴望舒走向了一个与郭沫若非常接近的结论：“诗的韵律不应只有肤浅的存在。它不应存在于文字的音韵抑扬这表面，而应存在于情绪的抑扬顿挫这内里。”[1]可见，出于与郭沫若类似的理论背景（即对格律或者固定形式的反叛），戴望舒的观点也与郭沫若“内在韵律”理论极其接近，即认为诗歌的韵律与外在的文字形式无关，而是存在于“内在的”情绪之中。然而，戴望舒在这种对“韵律齐整论”（即新诗格律理论）的急切反驳中，却忽视了除了“齐整的韵律”以外，还有“不齐整的”韵律（即我们后文提出的“非格律韵律”），他本人的《雨巷》就是这种韵律的一个

〔1〕 戴望舒：《戴望舒诗全编》，浙江文艺出版社，1991年，第702页。

例证，可惜他本人并没有对这种韵律做认真思考，遑论正式的提倡。[1]

进一步地分析，可以发现无论是郭沫若还是戴望舒，在他们对诗歌外在形式和音乐性的反对中，都隐藏着一种“工具——本质”或者“内容——形式”的机械二分法，都认为诗歌只要“精神”或者“内容”具有诗性即可，而外在的形式则并不必要。郭沫若的观点已见于前文中关于“裸体美人”的看法。戴望舒也利用了这个关于“美人”与“衣服”的隐喻来提出他的论点：“本质上美的，荆钗布裙不能掩。本质上丑的，珠衫翠袖不能饰。”“诗也是如此，它的佳劣不在形式而在内容。”[2]在郭沫若和戴望舒看来，只要“本质”“内容”或者“思想”是“诗”的便可以成其为诗，“情绪”本身就是“韵律”；在他们看来，“诗”是一种超于“形式”而且不依赖“形式”的本体性存在：就像“美人”一样，衣服之优劣甚至有无都无关紧要。这便是“内在韵律”说的理论基础，然而，这个基础却是大为可疑的。这种“内容——形式”的机械二分法的问题在于它往往忽略外在形式，更重要的是，它忽视了诗歌的内容和形式往往是有机地、紧密地融合在一起的。我们不妨以郭沫若和戴望舒本人的诗作为例，来看看“内容”与“形式”是否是“美人”与“衣服”的关系。按照郭沫若的《天狗》的节奏形式，我们“重写”了《雨巷》，看看它是否依然是一个“裸体美人”：

我独自一人，
我撑着油纸伞，
我彷徨在悠长的雨巷。
我希望逢着一个姑娘！
一个丁香一样的姑娘！
一个结着愁怨的姑娘！
我彷徨，
我彷徨，
我彷徨。

不需要太多的解释，读者就可以发现这里的情绪和情韵已然迥异于原来的《雨巷》之惆怅徘徊、一唱三叹，可见“裸体美人”比喻之大谬不然：形式之

〔1〕 关于戴望舒的韵律实践与理论认识之间的裂缝的讨论，另参拙文：《“非格律韵律”：一种新的韵律学路径》，即刊。

〔2〕 戴望舒：《戴望舒诗全编》，浙江文艺出版社，1991年，第701页。

于"精神"/"内容"绝非"衣服"之于"美人",可穿可脱:毋宁说,形式是"美人"之肌肤,若剥去则血肉淋漓,惨不忍睹。换言之,它们是浑然一体,难解难分的。我们不妨再来分析《雨巷》之"肌肤"。

撑着油纸伞,独自
彷徨在悠长,悠长
又寂寥的雨巷,
我希望逢着
一个丁香一样地
结着愁怨的姑娘。

《雨巷》将多种形式的重复结合运用,而且在诗形结构、分行乃至标点方面有着微妙的安排。上面一节诗的前三行和后三行都是一个完整的单句,各自进行了两次跨行,如此频繁的跨行增加了诗句的曲折度并延长了其时间长度,而首二行又进行句中的停顿,可以说作者在尽最大的可能延缓节奏步伐,让读者一开始就进入那种"悠长"的氛围,而这种时间尺度的安排被上面我们重写的"天狗版"《雨巷》破坏殆尽,变成了另一种节奏行进方式了。第二行中的复沓"悠长,悠长"与全诗舒缓的节奏相配合,以其韵律之悠长——用延长时间的方式——模仿了雨巷之"悠长":吟读此句,一条悠长的雨巷仿佛就铺展在读者面前。可见,节奏的行进与情绪之间的关联是至关重要的。

由此看来,"内在韵律"理论实际上面临着一个"瓶颈"。它并不能很好地说明"内在"的东西(情绪、内容)是如何与"外在"的事物(形式、韵律)发生联系的,它背后隐藏的"内容—形式"机械二分法明显地妨碍了它有效地进入到作为一个整体的新诗文本中,而它对外在形式(韵律)这一"极"的忽视也使得它只能停留于分析作品的"情绪""神韵"这个层面。由于"内在韵律"说在新诗理论界的长期主导地位,学界对自由诗的韵律形式和结构本身的分析显得非常薄弱,新诗理论界长期以来对自由诗的韵律基础、其韵律与时间之关系、新诗韵律与传统韵律之连接纽带和区别特征,缺乏足够的认识。因此,有必要开拓一条探讨新诗韵律是如何由"内"而"外"的路径,以补充"内在韵律"说的缺陷和盲点。从上面对《雨巷》等作品的分析可以看出,新诗的韵律虽然来自于诗歌情绪、内容的约束(即诗歌"内部"),但是也必定在外在的形式上有所体现,而且"内""外"之间往往有密切联系。换言之,韵律"生于内而形于外”。

为了避免很多“内在韵律”论所经常出现的概念混乱、认识模糊之弊，我们需要意识到“内在”与“内生”之间的微妙区别。如果一定要强调自由诗韵律之“内”的特性，那么它其实更应该称为“内生韵律”，而不是“内在韵律”。“内在”的韵律存在于内部，不依赖形式（即所谓“裸体美人”）。而“内生”的韵律虽然依据内部需要（即情感与意义）来实现外部形式，但是完全可以在外在结构特征方面有所体现；而且，如果它要想使自身满足狭义的“韵律”定义，则必须在外在形式上有所体现。我们之所以不沿用过去的“内在韵律”概念，而另用“非格律韵律”这一概念，就是想强调这一点区别。自由诗韵律与传统格律的区别，并不是“内在”与“外在”的区别（两者都可以是“外在”的），而是“先前约定”/“强制性规定”与“依自身需求而定”/“内生”之间的区别，简言之，是固定韵律（即格律）和不固定韵律（即非格律韵律）的区别。如果不强调这些区别，我们就会继续在混乱的概念和理论基础上混乱地讨论问题。

三

那么，如何来认识、分析自由诗韵律之“生于内而形于外”呢？如果说韵律会在外部形式上有所体现的话，那么什么样的形式特征才会带来韵律感呢？要回答这些问题，不妨先从一些明显地具有韵律感的作品入手。郭沫若在《论节奏》一文中举了赛德尔（Heinrich Seidel）的一首德文诗，他称之为“德国诗人的绝妙的好诗”：

1 Weise Rose, weise Rose!	白的玫瑰，白的玫瑰！
2 Tr umerisch	梦微微
3 Neigst du das Haupt.	垂着头儿睡。
4 Weise Rose, Weise Rose!	白的玫瑰，白的玫瑰！
5 Blade	不一会
6 Bist du entlaubt.	你的叶儿会飞坠
7 Weise Rose, weise Rose!	白的玫瑰，白的玫瑰！
8 Dunkel	暗巍巍
9 Drohet der Sturm.	暴风快来者

Im Herzen Heimlich　　在你心悄悄地
Heimlich　　悄悄地
Naget der Wurm.　　有个虫儿在蛀你。[1]

（翻译为郭沫若所作，行首序号为笔者所加）

郭沫若对此诗的节奏大加赞赏，然而他并没有详细分析其韵律特色与机制，仅仅用一个模糊的印象来形容：“他这要算是把钻钻子的运动节奏，化成诗歌的音调节奏了。”[2]那么，这是怎样一种“运动节奏”呢？实际上，如果我们把下面的《雨巷》这节诗与上面的德文诗（原文而非译文）对比的话，可以看出它们的形式有惊人的相似之处：

在雨的哀曲里
消了她的颜色
散了她的芬芳
消散了，甚至她的
太息般的眼光
丁香般的惆怅。

两首诗在节奏上都有“一唱三叹”的效果，在结构上，它们都有很多重复、同一的因素。赛德尔的诗多次运用了复沓（第1、4、7、10—11行），头韵，尾韵（第3行与第6行押“aupt”、第9行与第12行押“urm”），这两组诗行（第3、6行与第9、12行）恰好又有句式的重复与对称，这样就构成非常强烈的节奏效果了（不妨读一下试之）。“Drohet der Sturm”与“Naget der Wurm”这两者之间的音韵的高密度重叠与对称是典型的民谣手法，它的节奏效果甚至比格律还要强。[3]无怪乎郭沫若读了这样的诗句要“手舞足蹈”了[4]。然而，原文中的句式、音韵、诗行结构等形式特征仅复沓和尾韵在郭沫若译文中有所体

---

〔1〕郭沫若：《文艺论集》，人民文学出版社，1979年，第230－231页。

〔2〕郭沫若：《文艺论集》，人民文学出版社，1979年，第231页。

〔3〕当然它有一个弱点就是很容易落入一种“俗曲”的调子，妨碍较为严肃的诗情之表达。但是，在W. H. 奥登这样的现代诗人手里，谣曲（ballad）这种形式同样也可以表达严肃的、复杂的内容。

〔4〕郭沫若：《文艺论集》，人民文学出版社，1979年，第231页。

现，而译文在时间尺度上的行进特征也与原文大有区别，我们在译文中是体会不得到多少原作的情韵的。不过，在上面的《雨巷》这节诗中，我们却可以体会到一些与赛德尔的诗类似的节奏。它的第 2、3 行和第 5、6 行都是同样的句式，中间第 4 行则在节奏上起到连接与转折作用（犹如绝句中的第 3 行之功效）：从“消了”“散了”再到“消散了”，一波三折，一唱三叹。而第 5、6 行的重复句式不仅与 2、3 行形成巧妙的对称，而且又浮现了前面的诗节反复回响着的“ang”韵（“光”“香”“怅”），直有余音袅袅之效，一种对美的消散无可奈何之感萦绕于怀。

可以看到，上面两首诗歌节奏感的关键都在于它们有很多重复（复现）的因素（读音、词语、句式、意象等），然而，它们的重复方式又有别于格律诗歌的那种“音步”或“顿”的整齐排列所造成的重复和韵律感，也就是这些重复因素在时间尺度上并不是匀称分布的。这种节奏一般被称为“非格律韵律”（non-metrical prosody）。实际上，任何较为明显和密集的重复都可以造成节奏或者韵律，重复（repetition）或复现（recurrence）是格律和非格律韵律的共同基础。“韵律”（rhythm）在古希腊语的基本意思就是“有规律的重现运动”，[1]节奏的基础是重复或者复现，其原理在于：“重复为我们所读到的东西建立结构。意象、词语、概念、形象的重复可以造成时间和空间上的节奏，这种节奏构成了巩固我们的认知的那些瞬间的基础：我们通过一次次重复之跳动（并且把它们当作感觉的搏动）来认识文本的意义。”[2]重复可以使语言在读者或听众心理建立结构，而这样有结构的语言元素的分布特征，就是诗律学意义上的“韵律”。

郭沫若在建立其“内在韵律”理论时，重点在于强调情绪的波动，并没有考虑到重复作为“韵律”基石的作用。但是，有趣的是，郭沫若《论诗三札》的开首所引用的奈特（Knight）《美之心理学》（The Philosophy of the Beauty）一段关于诗歌与音乐之关系的论述中，却明确地指出了重复与韵律的关系：“言语韵律反复时而诗歌以起。言语反复时，音有节奏，调有变化而音乐以

〔1〕 ρυθμό，in A Greek-English Lexicon，Henry George Liddell，Robert Scott ed. ，on Perseus project：http://www. perseus. tufts. edu/hopper/text? doc＝Perseus%3Atext%3A1999.04.0057%3Aentry%3Dr%28uqmo%2Fs

〔2〕 Krystyna Mazur. Poetry and Repetition：Walt Whitman，Wallace Stevens，John Ashbery. New York and London：Routledge，2005. p. 11.

起。"[1]而他在《论文学的本质》(1925年)则认为"同一句或同一字的反复"是一种"原始"节奏,是"文学的原始细胞"[2]。可见,郭沫若在二十年代思考新诗节奏问题时,已经具有较为广泛的理论视野,可惜他并没有把这些论述与自己的理论建构融合起来,令人扼腕。耐人寻味的是,郭沫若虽然在《论诗三札》中坚定地提倡"内在韵律"说,但是在《论诗三札》《论节奏》二文中,无论是理论定义还是具体举证(比如上面所举的德文诗和下文我们讨论的节奏与时间的关系),郭沫若又无意中回到了传统的(非比喻性的)"韵律"理念。通过分析这种缝隙和矛盾,我们不仅可以寻找到"内在韵律"说的困境和限度,也得以认识到,要摆脱这种困境,必须寻找一种能兼顾"内""外"的韵律理论。

应当注意的是,仅仅强调复现这一韵律的基石仍然是不够的,它还无法充分地说明韵律的安排是如何与情绪和意义发生联系,而且复现仅仅是韵律"骨架",并不是全部。要充分地理解作为一个整体的韵律,我们还必须考虑韵律与时间的关系。这两者的关系郭沫若早在《论节奏》一文就已经意识到了:"节奏的成分假如再详细去分析时,我们可以知道凡要构成节奏总离不开两个很重要的关系。这是甚么呢?一个是时间的关系,一个是力的关系。简单的一种声音或一种运动,是不能成为节奏的。但是加上时间的关系,它便可以成为节奏了。……这种节奏叫'时的节奏'。有两种以上的声音或运动的时候,因为有强弱的关系,彼此组合起来,加以反复,我们便感觉出一种节奏来。……这种节奏叫'力的节奏'。"[3]

这些认识即便放在现在的韵律学视野中,也是能够成立而且有价值的。郭沫若指出,"时的节奏"与"力的节奏"是互为表里的,"力的节奏不能离去时间的关系,而时的节奏在客观上虽只一个因子,并没有强弱之分,但在我们的主观上是分别了强弱的。"(第232页)时间与力的具体实现——运动(包括声音)[4]——是相互定义的一对概念。一方面,时间是运动的尺度,必须通过运动才得以呈现;[5]另一方面,我们对运动的认识必须通过时间,不存在脱离时间而可以被认识的"运动"。在格律诗歌中,我们把轻重音或者停顿较为

---

〔1〕 郭沫若:《文艺论集》,人民文学出版社,1979年,第203页。

〔2〕 郭沫若:《文艺论集》,人民文学出版社,1979年,第223页。

〔3〕 郭沫若:《文艺论集》,人民文学出版社,1979年,第231-232页。

〔4〕 郭沫若把声音与运动并举,不过"声音"也是一种运动,因为声音的产生需要振动,而其实现方式——声波——也是一种运动。因此我们后文所说的运动均包括声音这种形式。

〔5〕 关于时间是运动的尺度或者度量的观点,柏拉图在《蒂迈欧篇》(39c—39e)、亚里士多德在《物理学》(221a—222a)均有讨论。

均匀地分布于诗行中——这些都是具体的语言运动特征——于是运动与时间构成一种较为有规律的关系，并且形成了“顿”“音步”甚至诗行这些作为运动周期的概念。

那么，运动（力）和时间的关系具体如何运用于自由体诗歌韵律的认识中呢？到这个节点上，郭沫若再次回到“情绪”这个概念：“一切感情，加上时间的要素，便成为情绪的。所以情绪自身，便成为节奏的表现。”〔1〕于是郭沫若在此文中重提他的“内在韵律”观念：“我相信有裸体的诗，便是不借重音乐的韵语，而直抒情绪中的观念之推移，这便是所谓的散文诗，所谓自由诗。”〔2〕问题在于，属于思维层面的情绪看不见摸不着，它就其本身而言并非运动——因此它与时间的关系也不明确——情绪要在诗歌中被感知必须通过声音或者文字，而作为韵律被感知更是如此。不妨用这个图式概括：

韵律——运动/时间——思维（含情绪）

在传统的韵律学中，（音乐或者诗歌的）“韵律”首先是作为一种声音运动的现象，而郭沫若选择了忽略声音运动这一因素，直接把思维或者情绪本身看作“运动”。这只能借助一种比喻性思维来实现，这样的“韵律”定义同样也是比喻性的。

前文说过，郭沫若提出“内在韵律”说的背景便是诗歌传播的书面化趋势。也就是说，在读者接受诗歌的过程中，声音仿佛成了一个附加物，读者直接接触书面文字，与情绪、思维打交道，而并不总是与音乐打交道。必须认识到，这是现代诗歌走向视觉化的最重要的原因，也是韵律在现代诗歌中地位下降的原因，而且还是郭沫若提出一个情绪、思维层面的“韵律”概念的缘由之一。在我们看来，这一概念之提出自有其存在的合理性——否则它也不会盛行那么久——它至少提醒人们注意诗歌的情绪与节奏感之间的微妙关系，而且限制了“格律”观念在“韵律”中的垄断地位。但是，它并不能取消直接意义上的（声音的）韵律在自由体新诗中的存在，更不能成为我们拒绝分析新诗外在的、形式的韵律的理由，因为两者在具体的诗歌之中是两个不同层面的事物，对思维/情绪的分析并不能取代对语言、音乐的分析，更重要的是，正如我们前文已经看到的，这两个层面在诗歌中是紧密地相互关联的，而且往往结成一个独特的整体。

〔1〕 郭沫若：《文艺论集》，人民文学出版社，1979年，第235页。
〔2〕 郭沫若：《文艺论集》，人民文学出版社，1979年，第236页。

但是，自由诗的韵律学分析面临着新的问题，那就是，它的传播媒介和表达形式主要是文字/书面形式，然而，文字本身同样也不是“运动”，我们无法从诗歌的书面形式（空间形式）直接看出时间的存在。因此，我们先要解决文字（书面形式）和语言（音乐形式）的关系问题。[1] 在语言学上有一种重要的观点，即文字是对语言的模仿，而语言是对思维的模仿。这对于我们建立新的韵律学是一个非常重要的启发。对于诗歌而言，可以说，以空间形式呈现出来的文字是对以时间进程呈现出来的语言的模仿，而语言的时间进程又是对思维过程（包括情绪）的模仿。以时间的进程呈现出来的语言就是所谓“运动”，也就是声响在时间中渐次发生的过程。强调语言的“时间性”就是强调语言声响的实际发生过程。只有这样，我们才能把无声的文字排列与有声的音乐联系起来。因此，这个理路之建立的目的是要把文字形式“还原”为韵律（音乐）的发生过程。可以再把上文的图式改写成：

语言运动/时间

韵律———— | ————思维（含情绪）

文字排列（书面形式）

明确这个理论前提之后，我们就可以对自由体诗歌的形式进行较为严谨的韵律学分析了。再看前文讨论过的《雨巷》：

撑着油纸伞，独自
彷徨在悠长，悠长
又寂寥的雨巷

这里，作者在句中进行了两次停顿（在“伞”和“长”后面，以逗号为标志），又把“悠长”重复了一次，这都是在延长诗句的时间进程。更耐人寻味的是这里的句法结构（即上文所说的思维层面）与跨行（即空间——时间层面）之间的微妙关系。在书面形式（排版）上，作者把一个单句（“[我]撑着油纸伞独自彷徨在悠长、寂寥的雨巷”）分成了三行，这本身就延长了时间尺度，或者说，

[1] 这个问题在“内在韵律”理论中是缺席的，它的缺席既是“内在韵律”理论带来的结果，甚至也可能是它之所以提出的原因之一：因为郭沫若之所以用情绪代替语言成为一种“运动”，很可能也是因为他没有看到书面形式（尤其是自由体的书面形式）与时间的关系，因此在分析诗歌形式与韵律的关系时就遇到难以克服的困难，只能直接分析诗歌的“情绪”。

放缓了节奏步伐。哈特曼(Charles Hartman)在其研究自由诗的专著中指出,在诗歌中,诗行在何处结束本身就带有意味,断行具有停顿的效应,并与句法结构构成对位或者复调关系(Counterpoint)。[1] 实际上,跨行与句法结构的关系远远比我们想象的复杂。在上面这种情况下,由于句子是在句中跨行(也就是一行诗的意思还未结束之处),它实际上就与句法结构构成对位关系。如果像前面改写的《雨巷》那样安排句子(即每行都是完整的单句),就是另外一种效果了:

我独自一人,
我撑着油纸伞,
我彷徨在悠长的雨巷。
我彷徨
我彷徨

由于每句意思是完整的,而且都是同样的句式(即排比),这样就造成了一种急促而澎湃的节奏(如同《天狗》那样),与诗歌中表达的那种“彷徨”“忧愁”的情调很不协调。由此,我们可以看出,作为一种思维特征的情绪并不是与外在的形式特征相互隔绝的,相反,它往往在后者身上有所体现,成功的作品可以找到一种最好的体现形式。再来看当代诗人多多的一首诗歌:

在树上,十二月的风抵抗着更烈的酒
有一阵风,催促话语的来临
被谷仓的立柱挡着,挡住

被大理石的恶梦梦着,梦到
被风走下墓碑的声响惊动,惊醒
最后的树叶向天空奔去

——《什么时候我知道铃声是绿色的》(1992)

[1] Charles Hartman. Free Verse: An Essay on Prosody. Evanston: Northwestern University Press, 1996. p. 15.

读者想必和笔者一样，读到这两节诗时立即就被那三对动词的“联袂演出”给抓住了——“挡着，挡住”“梦着，梦到”“惊动，惊醒”。它们不仅在节奏上气势磅礴；更重要的是，它们以语言的线性前进序列成功地实现了对动作和场景的摹仿：一开始是风被立柱挡着，然后是停顿（逗号），过了一会才被“挡住”。而写风的声响的惊恐景象亦极其细致，先是被“惊动”，过了一会才被“惊醒”——仿佛一场噩梦就在我们眼前！相反，如果这几句诗歌写成“挡着和挡住”，则动作间的时间间隔没有体现出来；而如果直接写成“被谷仓的立柱挡住”而省略掉“挡着”，则其间细微的过程没有描绘出来，时间的脉搏亦无法听到。因为对运动的模仿本质上就是对时间的模仿。多多这首诗歌印证了布罗茨基在评论曼德里施塔姆诗歌时的一个著名的判断：“歌，说到底，是重构的时间”。[1] 可以说多多这样的诗句已经在接近重构时间之艺术的极致，体现出一个“歌者”的杰出本质。并非偶然的是，在曼德里施塔姆诗歌中，词、字母，乃至于停顿都成了时间的形式或者载体，节奏作为时间的体现者，它对诗歌不仅仅是工具，更是目的，是诗歌的存在本身。

在回答了韵律的构成基础（重复）、韵律的实现方式（运动与时间之关系）以及韵律和书面形式的关系之后，我们可以较为有效地分析新诗韵律的外部形式以及它与内部意义的关系。可以预见，在这一系列问题得到突破后，不仅新诗“有没有韵律”的疑虑有望逐步消失，而且新诗韵律研究也有望开启一个新的范式，弥补“内在韵律”说的不足。当然，我们提出的韵律研究范式并不能解决诗歌的所有问题，它只是从诗歌意义流露于诗歌形式表层上的“冰山一角”入手，思考形式与意义的关系，并且给新诗韵律的分析提供一条可行的路径。它并不能取代其他层面（如语义学、修辞学）的分析，也不能穷尽诗歌形式和意义的各个方面。但是，如果我们要回答新诗究竟有无严格意义上的“韵律”、韵律与情绪和意义是何种关系的话，则这一条路径必须被开拓出来。

南京大学文学院

〔1〕 约瑟夫·布罗茨基：《文明的孩子》，刘文飞译，中央编译出版社，2007年，第92页。

新口语写作：智性与鲜活的融汇

宋宝伟

现代诗歌写作尽管从缘起时就曾提出过“口语”写作，如黄遵宪的“我手写我口”、胡适的“不避俗语俗字”(《文学改良刍议》)、“方言未尝不可入文”等，但是严格意义上说，这些提法与真正的口语写作还相去甚远，只是在传统“文言”和现代“白话”的对抗中，追求言文一致的理想，并非完全意义上的口语诗学主张。真正进入到诗歌的口语化写作，还是在1980年代的“第三代”诗歌，韩东、于坚、李亚伟等人发起的带有强烈后现代主义颠覆、反叛性的“口语诗”运动，矛头直指朦胧诗时代的精神高蹈、理想主义以及诗歌艺术的象征化、意象化，采用反英雄、反崇高、反抒情、反诗歌的策略，通过语言还原、冷抒情、口语化的语感手法，自动呈现生命的本真状态。经过“第三代”诗歌摧枯拉朽般地“攻城拔寨”，口语诗写作站稳脚跟，并且经过1990年代的诗歌写作的进一步锤炼、提升，口语诗写作已然成为一种诗学标准，甚至是一种诗歌“伦理”，占据诗坛的“半壁江山”。新世纪口语诗歌写作继续在前人开拓的基业上稳步前行，更强调诗歌口语的语感生成，更贴近生活维度。同时表现为两个向度的平行发展，即一方面口语诗摒弃1990年代“知识分子写作”与“民间写作”的二元对立，将两大资源进行整合调适，创造出兼具“知识分子写作”特有的精湛、沉静、高妙的修辞与美感以及“民间写作”中率性、天真、灵性四溢的诗歌语感节奏的新口语写作样态；另一方面则走上一条“原生态口语”之路，也就是口语诗充斥着粗鄙简陋、感官发泄，不做任何技术化处理，“逞一时口舌之快”，成为拙劣、油滑甚至轻佻色情的“口水诗”，而这样的诗歌正大量地充斥、泛滥于新世纪的网络中，极大地影响着人们对当下诗歌的认知。但无论如何，口语诗写作经过多年的探索衍进，从1980年代中期的“前口语”写作，到1990年代的“后口语”写作，再到新世纪诗歌写作，其嬗变更迭的轨迹还是非常清晰的，并且每一次嬗变都给口语诗写作带来新鲜活力，不断生成诗歌写作前行的支撑点和动力源。“在真正意义上的90年代，从韩东、于坚、杨黎等对于语言‘命题’的完成，到伊沙、余怒对于语言‘命题’的重新开发和补充，到‘后口语’诗人群在写作上体现出来的勃勃生机，再到新近涌现出来的'下半身'诗歌群体对于诗歌写作中身体因素的强调，这十年来，中国先锋诗歌内部新的生长点不断涌现着，并且早已出现了灿若星辰的诗歌文本。"[1]

诗歌语感的重新强调

口语是一种原生态的言说和语言，最贴近生活，日常生活琐碎、粗砺、凡俗甚至是杂乱无章的状态，与口语的自然、不加修饰、脱口而出的流畅语感，有着一种浑然天成的协调感和一致性，用口语表现日常生活有着先天的独到优势。"口语写作实际上复苏的是以普通话为中心的当代汉语的与传统相联结的世俗方向，它软化了由于过于强调意识形态和形而上思维而变得坚强好斗和越来越不适于表现日常人生的现时性、当下性、庸常、柔软、具体、琐屑的现代汉语，恢复了汉语与事物和常识的关系。口语写作丰富了汉语的质感，使它重新具有幽默、轻松、人间化和能指事物的成分。也复苏了与宋词、明清小说中那种以表现饮食男女的常规生活为乐事的肉感语言的联系。"[2]和书面语相比较而言，口语更具直接、鲜活和原生性特点。书面语在表达或书写时，从思维到形成书面语的过程中，不可避免地存在着语言的被选择、被组合和被翻译的因素，力求语言的优雅化和纯净化，因而语言也就有了被规范、被公度的危险。而口语则更为日常化和生活化，与生活同质同构，因而也就具有一种在场性、直接性和私语性特点。

"第三代"诗歌中非常重视诗歌语感的生成，"非非"诗派的周伦佑认为，语感先于语义，并且高于语义，是诗歌语言中的超语义成分。如"一张是红桃K/另外两张/反扣在沙漠上/看不出是什么/三张纸牌都很新/新得难以理解/它们的间隔并不算远/却永远保持着距离/猛然看见/像是很随便的/被丢在那里/但仔细观察/又像精心安排/一张近点/一张远点/另一张当然不近不远/另一张是红桃K /撒哈拉沙漠/空洞又柔软/阳光是那样刺人/那样发亮/静静地反射出/几圈小小的/光环"（杨黎：《撒哈拉沙漠上的三张纸牌》），这首被认为是"非非"诗派的"冠鼎"之作，完全是依靠语感的持续滑动进而生成

---

〔1〕 沈浩波：《对于中国诗歌新的生长点的确立》，中岛：《诗参考》（民刊）第十六期，2000年，第273－274页。

〔2〕 于坚：《诗歌之舌的硬与软：关于当代诗歌的两类语言向度》，陈超：《最新先锋诗论选》，河北教育出版社，2003年，第414页。

干净、舒缓、张弛有度的语流，一切都是客观状态的自动呈现，无意义所指，完全符合“非非”诗派的“前文化还原”的诗学主张。“他们”诗派的于坚认为，生命被表现为语感，语感是生命有意味的形式。韩东提出诗人语感一定和生命有关，全部的存在根据就是生命。“月亮/你在窗外/在空中/在所有的屋顶之上/今晚特别大/你很高/高不出我的窗框/你很大/很明亮/肤色金黄/我们认识已经很久/是你吗/你背着手/把翅膀藏在身后/注视着我/并不开口说话/你飞过的时候有一种声音/有一种光线/但是你不飞/不掉下来/在空中/静静地注视我”(韩东：《明月降临》)，诗歌通过平实的语言营造出一幅晴朗淡雅的画面，冷静叙述中，创生出一种透明纯净的语境，显得格外亲切自然。“回到隐喻之前”的具有鲜活和流动感的诗歌口语，消解以前加诸事物形象之上的沉重话语负载，让人领略到一种独特的诗歌审美。

新世纪口语写作更注意表现生活的具体感和在场感，注重生活的细节、碎片和局部化展示，充分发挥语感在诗歌写作的作用。“她不停地发短信/诉说紧张与繁忙/压力与厌倦/以及家庭堤坝上/隐隐的裂痕/有时有自戕意识/渴望被车撞死/有时也渴望比喻/说自己像油快要烧干/每一件事/她都用短信报道/打着记者报道职业的印痕/她诉说/但不接受一点暧昧与暗示/发送者无休无止/接受者毫无动力/你可以不回复/她会继续发送/就像你不存在/就像你只是一只手机/如果你说：你辛苦了，多多保重/她则很快回复/谢谢你关心……有时她还会说/我把你永远删除/让我十分惊喜/可是一天不到/短信再次降临/她说，你这样的真朋友/真是来之不易”(马铃薯兄弟：《孤独》)，诗歌语感流畅自然，语调略略显示一种因为心理烦躁而呈现出的急切，一气呵成，毫无滞涩之感，并且将人的内在心理感受充分展示出来，做到诗歌语言、语感与日常感受同构。“语感就是要传达出说话人的心理情感”[1]，诗歌语感在当下时代已经不再是单单依附于诗歌字面之上可有可无的附属品，而是被认为与生命同构可以抵达事物本真的几近自动的言说。[2] 尤其在口语写作中，语感已经成为判定口语诗歌写作优劣的重要标准之一。相较“第三代”诗歌的口语化写作而言，新世纪口语诗更贴近日常生活，世俗化的、现世的、琐碎、庸常的生活成为口语诗歌重要表现领域。“第三代”诗歌口语写作，语感的生成往往都借助于使用某种特定的物象，如杨黎《撒哈拉沙漠上的

[1] 石天河：《广场诗学》，西南师范大学出版社，1994 年，第 201 页。

[2] 陈仲义：《扇形的展开——中国现代诗学谫论》，浙江文艺出版社，2000 年，第 194 页。

三张纸牌》中的“纸牌”、《高处》中的符号 A 和 B、韩东《从自然石头间穿过》中的“石头”、《明月降临》中的“月亮”、朱文《机械》中的“砖头”和“玻璃”、于坚《一枚穿过天空的钉子》中的“钉子”等等，尽管这些诗歌有些不仅仅在于追求诗歌的语言快感，而是从中探索某种哲理，但总体来说，诗歌所表现的领域还是离生活远一些。而新世纪口语诗歌则更关注日常生活，关注庸常人生的烦恼与困境，因而，诗歌更具有一种贴近人生的“灵气”和活力。“准备睡觉/睡之前还要照镜子/这是一天中/最后在镜中看自己/之所以要照镜子/无非是想在梦中/认出自己/不至于靠辨认胎记/之后/洗脸/把脸擦干了/拍上收缩水/还要梳头/老习惯/长发中分/走进卧室/把头发扒拉向一边/顺枕头放下/躺下的时候要轻/把睡衣的皱折抚平/双手抱在胸前/之后/之后/闭上眼睛/等/等/等”(唐果:《日落之后》)，诗歌既没有陷入语晕的迷宫，也没有远离生态的矫情饰意，而是将语言和生命状态通融合一，平淡无奇的语晕中流露出些许的生命无奈之感。口语诗歌贴近、表现日常生活，不能只限于生活现象的简单罗列，也不能只是“冷风景”的叙述，更不能借助口语完成某种感官的宣泄，而是要真正融入生活之中，需要一种有热度的交流，既要表现出凡俗化生活的本真状态，也要对其进行意义的探询，避免诗歌陷入能指的混乱无序。“在低矮的平房前/一家人围着一张矮桌子埋头吃饭/儿子往衰老的父亲母亲碗里夹菜/儿子往妻子和女儿碗里夹菜/小小的女儿搬着她的小矮凳/颤颤巍巍，到爷爷奶奶那里坐坐/到爸爸妈妈那里坐坐/是啊，要到处坐坐/她的小小的衣服晒在太阳里/使岁月近了，使岁月远了”(心芳:《一家人》)，诗人没有更多地介入场景，而是以充满柔情的目光注视一家人的温馨生活。尽管没有任何评价，但是在貌似客观冷静的叙述中，我们都可以触摸到诗中每个人，也包括诗人在内，其内心深处温润的情感。尤其是略显“絮叨”的口语，完全符合小家庭平凡碎屑的生活本质，真正实现语感与生活、生命同构的诗学理想。“我要把空水缸装满水/母亲已经叮咛三次了/我还要运回一车青草/然而首先要做的是/必须在下午三点以前/从乡卫生站取回老父的验血报告/如果有什么严重的情况/必须在天黑之前给远在兰州的大哥/写一封关于父亲身体状况的快信/好让大哥马上寄钱回来/我已经备好了母亲做晚饭的干柴/再有一个月我就高中毕业了/我不打算参加高考了/这是我心里的想法从来没对人说过”(白庆国:《下午》)，读此诗犹如一种倾听，它所倾诉的苦闷和无奈足以感动每个人。诗歌没有任何技术上的精雕细琢和炫耀，完全是口语化的内心独白，却将一个面临人生选择和即将承担家庭重担的人的心理展示得淋漓尽致。有条不紊的“无风格”叙述恰恰融入了无尽的抒情。“秋天了，妈妈/忙于收获。电话里/问我是否找到了工作/我说没有，我还待在家里/我不知道除此之外/我还能做些什么/所有的工作，看上去都略带耻辱/所有的职业，看上去都像一个帮凶/妈妈，我回不去了，您别难过/……这首诗，要等您闲下来，我/读给您听/就像当年，外面下着雨/您从织布机上停下来/问我：读到第几课了？/我读到了最后一课，妈妈/我，已从那所学校毕业”（朵渔：《妈妈，您别难过》），并非所有口语都可以入诗，毕竟它还是一种非诗性的、原生的、粗陋状态的语言，需要经过诗性的打磨、加工方可成为诗性的、具有诗歌语感的语言。朵渔对诗歌语言的把握能力可谓炉火纯青，将一种生活口语转化为极具有可读性的诗歌语言，平平淡淡不事张扬中却蕴涵无数深情。

正如臧棣所言：“现代诗歌的写作，与其说是全面地摧毁现存的语言系统，不如说是对现存的语言系统的巧妙的周旋、适度的偏移和机警的消解，以期为它自身特殊的感受力寻找到一个话语的寄存处。”[1]口语为当下日常主义诗歌写作提供了非常便捷高效的语言通道，口语自身特有的律动和生气成为表现凡俗化、平庸化生活最恰切的语言方式，同时也为阅读者提供了理解生活和生命意义的全新视界。

口语写作策略的转移

新世纪口语诗歌写作深度地介入生活，表现普通人凡俗化的“七情六欲”、喜怒哀乐，因而更能准确地传递口语的真髓。同时口语写作也因为表现策略的转移，即口语诗歌卸下曾经承载的某种理念和文化历史的重负，而呈现出一种洁净、剔透、随意、轻松的诗意状态。此前的口语诗歌某种意义上说，依然承载着后现代主义反叛、颠覆、断裂的文化理念，不仅包括像“非非”诗派那样追求语言的“前文化还原”，使语言进入一种无语义指涉的游离状态，凸显诗歌语言的语音和形象成分，还原诗歌的“声音”的本源；而且也包括像韩东、于坚式的那种刻意强调诗歌返归本体，规避诗歌成为意识形态遮蔽下的附庸或是其衍生物，以期达到“诗到语言为止”的诗学理想；而诗人伊沙则是通过诗歌颠覆社会文化形象、解构崇高和英雄意识，在口语诗歌写作中

〔1〕 臧棣：《后朦胧诗：作为一种写作的诗歌》，陈超：《最新先锋诗论选》，河北教育出版社，2003 年，第 435 页。

显得非常另类。也就是说,口语诗歌在很长一段时间内都承载着一种诗歌理想和诗学观念,如蓝马的《胶布》、杨黎的《高处》、于坚的《零档案》、韩东的《有关大雁塔》以及伊沙的《车过黄河》等等,都因为一种"前文化"或"反文化"书写策略而成为一个时代的口语诗歌标志。"结结巴巴我的嘴/二二二等残废/咬不住我狂狂狂奔的思维/还有我的腿/你们四处流流流淌的口水/散发着霉味/我我我的肺/多么劳累/我要突突突围/你们莫莫莫名其妙/的节奏/急待突围/我我我的/我的机枪点点点射般/的语言/充满快慰/结结巴巴我的命/我的命里没没没有鬼/你们瞧瞧瞧我/一脸无所谓"(伊沙:《结结巴巴》),这种"口吃"式的语言,不仅是诗歌语言的实验,更有一种文化的反讽意味。挣脱、突围文化的束缚和桎梏,完成个人的狂欢,这不仅是诗歌的命题,更是一个时代的命题。

新世纪已然没有了这种颠覆、反叛文化的历史使命,逐渐放弃先锋诗歌的激进姿态,进入一种日常生活的常态化书写,因而口语诗歌写作更具有一种超越文化的轻松与自由,在凡俗生活与生存中构筑诗意。"太阳没出来我就到了/一直蹲在草垛后面/你说谁家没有几门穷亲戚/这话可真好,虽说是穷帮穷/可我真不好意思再上门了/上次我向你家要了两升黄豆/想磨几板豆腐卖/只可惜叫驴子全偷吃光了,结果/那驴日的也撑死了/你看我这次就没骑驴,我是走着来的/太阳没出来我就到了/一直蹲在你家草垛后面呢"(朱庆和:《谁家没有几门穷亲戚》),窘迫的生活被逼无奈,再次登门求助又难以启齿,诗歌展示一个为生活所迫的求助者的无奈而尴尬的心理,可谓细腻、深刻又动人心魄。诗歌流溢着对底层人们生活的无限同情,也许只有经历过这样生活的人才能有如此深刻的把握。尤其是将口语与被叙述者的身份、心理特征结合得如此紧密、天衣无缝,充分体现出口语在诗歌写作中艺术魅力。介入生活现实、关注社会民生,是新世纪诗歌最为鲜明的特征。口语诗歌写作同样如此,放弃诗歌的空泛理念承载,放下诗歌先锋的身姿而俯就平凡的日常生活,感知并表达生存世界的诗意。口语因走近生活而变得愈发的鲜活而充满生机。"亲爱的,我们是在与一套房子为敌/小城有那么多的楼房/我们只要其中的一套/哪怕是底层,冬天晒不到阳光/亲爱的,这些都不要紧/重要的是我们拥有一套房子/居住在自己的房子里生活/有一张床可以做爱/有一扇窗可以听雨/有一间客厅可以大声争吵/争吵到天亮也没有人来管/吵到我们都累了!亲爱的/我们抱在一起痛痛快快地和好"(吴跃斌:《与一套房子为敌》),拥有一套可以安居的房子是许多人的梦想,可居高不下的房价却让无数人成为“蜗居”的“蚁族”。诗歌中充满一种热望，也是一种同情，更是对社会现实无奈的批判。生活化的口语表达没有任何阻滞的感觉，一气呵成，流畅自然。“离结婚只剩下九天/他把跟随他二十年的一只手/在一秒钟丢进机器里/让另一只手为今后的日子/突然尴尬起来/我问及事发的现场/讲起的情景煞是恐怖/他用自己健康的右手/握住自己模糊的左手/一个劲地说/我的老婆没有了”(一回：《工伤》)，失去身体的一部分也就意味着失去了一种生活，这种代价着实巨大得令人心痛。诗歌没有运用任何技巧，只是一种平静地叙述，但是其中却蕴含着无尽的同情与悲悯。当下的口语诗歌写作，大都追求一种“无技巧”写作，口语往往都是简单平凡、不加修饰的日常用语。运用起来总是凭着一种语感和直觉，这正是口语诗歌鲜活有力的源头所在。当然，这种不着痕迹的“无技巧”也是诗歌技艺中的一种，没有真正意义上的“无技巧”，只是在当下诗歌写作都异常重视技巧的时代，“无技巧”写作更能让人领略到诗歌语言的鲜活张力，“不着痕迹，尽得风流”是一种高境界，更是口语诗歌探索追求的方向。

当下口语诗歌写作早已没有1990年代末“知识分子写作”与“民间写作”那种二元对立时的截然分野，很多口语诗歌既不“知识”也不“民间”，已然超越了简单的“知识分子写作”和“民间写作”的粗暴区分，逐渐走入融合互补两大资源的创生时代。因为人们早已清楚地认识到，简单地区分“知识”与“民间”，只会加重诗坛“帮派化”分裂，不可能提供有价值的诗学思想和美学向度，同时也消散拆解了诗歌建构的努力，对当下诗歌写作没有任何意义。口语诗歌模糊“知识”与“民间”的对立，并非诗人们有意而为之，而是诗歌写作的一种自然“进化”过程，是诗歌流变不居的命运使然。“当时我喝水，喝到肚子接近爆炸，两腿酸软/让小腹变薄、变透明，像我穿的乔其纱/这样便于仪器勘探到里面复杂的地形/医生们大约以为在看一只万花筒/一个女人最后的档案，是历史，也是地理/报告单上这些语调客观的叙述性语言/是对一个女人最关键部位的鉴定/像一份学生时代的操行评语/那些数字精确、驯良/暗示每个月都要交出一份聘礼”(路也：《妇科B超报告单》)，很难说，这样的诗歌到底属于“知识分子写作”还是“民间写作”。既有“知识分子写作”那种对复杂经验的精确处理、把握，以及在叙事中对词语的选择、修饰的讲求；也符合“民间写作”那种置身存在现场、注重细节，于凡俗化、平庸化日常生活中提炼诗意的写作路径。“今夜不开电视/不开灯/把黑暗坚持到底/关手机/请勿打扰/一个人在自己家里伸手/不见五指　练习做贼/贼头贼脑说明/贼有头脑/真有头脑/我就能在天亮前/偷出自己/说明还有贼/说明贼还行”(老巢:《把黑暗坚持到底》),以往在所谓的“知识分子写作”的文本中经常看到的睿智、哲理、小思想、自我反省等元素,老巢却用非常口语化的、略带戏谑调侃的语言展示出来,机智幽默中不乏一种人生的思辩。

纵观口语诗歌写作历程,它既有1980年代“非非”诗派营构单纯、透明的纯语言境界、异常重视语感生成的探索,也有“他们”诗派“回到事物本身”、介入日常生活、刻意强调凡俗化的文本写作,更有1990年代伊沙式的解构文化及传统观念的口语狂欢。这些写作构成了新世纪之前口语化写作的主体,是推演着口语写作不断前行的动力。新世纪以降,口语写作突然出现“全民狂欢化”局面。这种狂欢化局面肇始于世纪初的“下半身写作”,经由“梨花体”事件的强化,并且借助网络平台,犹如注入兴奋剂一样,突然演变为一场全民式的口语诗歌“爆炸”与狂欢。霎时狂风骤起、泥沙俱下,诗坛昏天黑地间让人难辨优劣。有人据此认为“诗歌复兴指日可待”,也有人对此提出批判、反对的意见,指出诗坛乱象不值喝彩,粗浅鄙陋的“口水诗”不是真正的口语诗歌,任其发展则诗歌岌岌可危。当时间的距离稍稍拉长,回首这场口语诗歌的狂欢表演发现:当诗歌陷入一种“非常态”书写、诗歌中某些元素被无限度放大时,带给诗歌本身的绝不是机遇和福音,而是诗歌即将陷入僵死状态的前奏。1950年代的“大跃进诗歌”、60年代的“政治抒情诗”以及80年代“朦胧诗”意象化写作等等,都因为极端地强调某种写作内容、规范以及“全民化”运动,而陷入诗歌写作的“死胡同”。新世纪口语诗歌写作同样如此,尤其在网络中,充斥着无可计数的庸俗肤浅粗制滥造的诗歌,严格地说,这样的诗歌并非真正意义上的诗,只能称作是“口水诗”或“文字游戏”。写作已经放弃精神、责任和道义的担当,大都属于生理、心理冲动的恣意宣泄,无深度、无意义、无价值,解构崇高、消解优雅、放弃艺术。在网络中或是匿名隐身下肆意撒野、激情漫骂,“灌水”“拍砖”无所不用其极;或是在实名下信口开河、滥竽充数而沽名钓誉,真正严肃的诗歌写作并不多见。应该说,“临屏写作”最大的优势在于写作、发表一体化,这的确可以带来诗歌灵感的迸发,在没有任何限制约束的情况下,轻松自由的状态极易调动诗情。因此,网络诗歌总是良莠互现、参差不齐,既有重视诗歌艺术技巧的上乘之作,也有简单平庸的粗制滥造。“太精彩了/实在是太精彩了/我坐在地球这个冷板凳上/看着这超宽银幕的世界/忍不住率先鼓起掌来/却没有人响应/整个宇宙间/也就只有我这两只巴掌/像上帝的眼皮/眨巴了几下”(轩辕轼轲:《太精彩了》),像这样兼具哲理思辩和干净流畅口语的诗歌，在浩如烟海的网络诗歌中实属佳品，既有无拘无束的意识和精神深度，又有诗歌想象力的自由呈现。“我正年轻，我坐在/椅子上，深深体会到/我现在正年轻，即使/我从椅子上站起来/依然能够深深地体会到/那种年轻的感觉，这/说明不了什么问题/我正年轻，即使我已经感觉不到了/也依然得年轻下去/目前的情况，就是这样的/这说明不了任何问题”（李红旗：《我想在年轻的时候，写一首年轻的诗》），对青春的自我反思，没有任何的矫揉造作，诗意的提炼得益于“元诗歌”写作技巧，文本与思想结合得天衣无缝。相反，许多口语诗歌却表现得不尽如人意，严重地说，甚至毫无诗意可言，只是一种“伪诗”和诗歌垃圾。如“天上的白云真白啊/真的，很白很/白非常白/非常非常十分白/特别白特白/极其白/贼白/简直白死了/啊——”（乌青：《对白云的赞美》），如果说这首诗是对泛滥抒情的“颂诗”的解构或戏仿的话，那么未免离那个时代太遥远了。它只是罗列可以对“白”进行“赞美”的副词，但也只是一种语言的“同义反复”而已。既没有“非非”诗派那种与意象抗衡、放弃外在修辞的“反诗歌”冲动，也没有诗歌语感的建构经营，读后不会给人留下思索和想象的空间，这样的“泛诗化”写作委实是对诗歌的一种伤害。“小丽的母亲打来电话/我说她不在我这里/小丽的朋友也打来电话/我说她没来过我这里/我主要是想说/小丽昨天的确是在我这里/但她不让我说/后来她走了/我真的不知道她去了哪里”（马策：《小丽失踪了》），诗歌全部的要义只是叙述中间的一个看似“转折”的转折，除此之外，毫无诗歌叙述带来的想象张力，手法着实过于简单粗放，更谈不上口语的流畅生动。

新世纪口语诗歌写作一部分走在“净化”的道路上，用口语锻造凡俗化生活的诗意，介入生存和生命体验中，提升口语诗歌的品质，“用最没有诗意的语言写出最富有诗意的诗歌”（安石榴语），不造作、不伪饰、追求口语的节制、准确以及深刻，是口语诗歌写作得以存在发展的主力方向；而另一部分却滑向了“泛诗”的泥潭，庸俗浅陋的语言大肆泛滥、恣意挥洒，游戏狂欢化写作而诗歌美感顿失，有道是：“欲其灭亡，先令其狂”，在种种拒绝诗歌意义、消解崇高优雅、淡出道德取向的伪“后现代主义”的掩映下，暴露出的必然是走向不可挣脱的灭亡命运。新世纪口语诗歌写作中的“净化”与“泛化”的双向推进的历程，还将持续很长一段时间。但是当整个诗歌写作变得越来越成熟、时代语境也愈加纯化的时候，诗坛以及读者究竟会选择什么样的口语诗歌，我想，这是不言自明的。

新世纪诗歌的艺术创新总体来说，是在前人开创出的诸如意象、叙事、口语等诗歌技艺的基础上进一步补充、完善和提高，诗歌技巧更加娴熟、圆润，虽说缺乏一些具有原创意义的新诗歌技艺出现，但是其中的“新质意象”“语词”叙事、新口语写作等，某种意义上来说仍然具有一种原创的意味和品质。“今天的真正先锋派不是那些绝望地试图创作缺乏形式的以及与真实生活相融合的作品的艺术家们，而是那些在形式的苛求面前不退缩的艺术家们。”[1]新世纪诗歌对技艺的重视绝不亚于此前任何一个时期，众多诗人在写作中慢慢打造出属于自己的诗歌技艺的“独门暗器”，于坚的方言写作、马永波的“复调”叙事和“伪叙事”、伊沙的“解构式”口语写作、赵丽华的日常口语、安琪的跨文体写作、朵渔的深邃而平实的叙述、祁国的反讽、王小妮的散淡述说、翟永明的戏剧体，臧棣的心理分析、侯马的意象、潘维的色彩、蓝蓝的交谈式独白等等，某种意义上说，技艺已然超越内容，成为诗人的标识。“重视技艺，并进而自觉地协调诗歌写作进程中的时间节奏、空间结构、词汇旋律、意象色泽、语体风格、修辞手法、词义重量等诸方面因素，把主体情怀和心智充分文体化，把个人内心隐秘的气息通过艾吕雅咏唱的‘公共的玫瑰’散发出来，这直接关涉写作个体从选题到操作上对写作界限的清晰认识和对写作节制的采纳。”[2]新世纪诗歌不仅加大了对现实介入的力度，更注意这种“介入”的诗性言说，由本色、真实转化为具有更高内涵的“诗态”表达。消解为抒情而抒情的浮泛，摒弃为想象而想象的空洞，使诗歌注重细节丰富性的同时，不再成为炫技性趣味的集散地，注意对事象与意绪的诗性创化。经过对经验层次和诗歌技艺更为自觉的梳理和反省，新世纪诗歌提升了表现的纯度，因而变得更加的温暖、清晰和有力。

哈尔滨师范大学文学院

〔1〕 [美]马尔库塞:《作为现实形式的艺术》，伍蠡甫、胡经之:《西方文艺理论名著选编》，下卷，北京大学出版社，1987 年，第 719 页。

〔2〕 胡续东:《在“亡灵”与“出卖黑暗的人”之间》，陈超:《最新先锋诗论选》，河北教育出版社，2003 年，第 97 页。

新诗中的非诗因素

——情感伦理、现实物象与合理化想象

鄢　冬

诗歌由冲动的诗人、灵感、顿悟、思考甚至失控的才华构成。无论是古诗还是新诗的内部,都存在一些稳定的因素和不稳定的因素。意象、有趣的语言粒子、固定的形式或节奏是稳定的因素,也是公认属于诗性的元素。看似无逻辑的意识流、随意的叙述、梦呓般的独语,自怨自艾或自说自话的梦境状态,他人难以进入的精神向度,癫狂的叙述逻辑成为不稳定的变量,也是很难被关注的"非诗"的元素。从阅读角度而言,由恒定因素构成的诗歌结构较为容易被读者理解,目前较好的诗学教程也大多都触及这一层。然而,即便如此,依然存在着一部分诗歌与我们产生隔膜甚至分离,在它们面前我们更多体现出来的是无奈和无助。这种情况随着新诗逐渐"成熟"而愈演愈烈。语词游戏、"拒绝抒情""陌生化""去崇高化",诗人们自然可以心安理得地安上一堆这样的术语来安稳人心,但客观存在的代沟却提示着一种深刻"不合拍"的危机。身处这样的诗歌中,读者读不出、理不顺在诗歌中到底隐藏着什么样的线索,从而产生"朦胧"和"生涩"之感,甚至有"隔"的逻辑存在。读得懂与读不懂,这背后实际上是新诗本质论与新诗关系论的博弈。诗人并不对一首诗的"本质"加以透析,读者却痴心于此。对于诗歌而言,本质论"此物抵达彼物"强制解读以及面临着来自当前社会驳杂的文化因素的考验,这些因素并非是文学性的,是"非诗"的因素。

新诗的助推器——情感伦理

新诗中的意象与表达已经成为研究者关注的重点,但意象和表达背后的情感或情绪逻辑却较少被关注。新诗诗人并不注重现实逻辑的营造,他更注重的是情感或者情绪逻辑。以往的抒情诗中,情感力度大小、着力深浅、发展方向都是诗歌体现的内容。以现实逻辑观之,诗歌实际上是建立于稳定因素之上的不稳定形态。正是由于不稳定形态的复杂性与多样性,给读者带来无限的阅读困惑。现实逻辑通行的公式是:是什么+为什么+怎么办,或者像

典范小说中带给读者的叙事牢笼：起因＋经过＋高潮＋结局，或者是像老旧戏剧中传递出来的三一律：时间＋地点＋行为。读者读诗时，自始至终想要解开诗歌中的奥秘，但诗人写诗时，偏偏种下一颗看似无比隐晦的种子。这种子深埋地下，待语词组织完成，读者看到的便是幼小种子之上的参天巨树，此时读者与文本的关系，类似童话中"杰克与豆茎"。尽管在新诗中，叙事的比重越来越大，新诗的叙事功能越来越明显，然而，当前诗人更愿意把诗歌写成携带他们语言天赋和智性的段子，胜过于一板一眼地讲故事。实际上，想要理顺、厘清新诗内容的运行规律，需要把现实的逻辑放下，推断新诗诗人最有可能运用的那一种情感逻辑或情绪逻辑。诗人投身于情感建设之后，他的情感世界更为丰盈、健康并有序的运行、发展；诗人创作具有丰富情感的诗作，反作用于读者。读者感染到诗作的正向的情感力量，产生良性循环，从而互相影响，形成良性的情感生态。"我们已经注意到，要产生伟大的作品必须具备两个条件：第一，自发的、独特的情感必须非常强烈，能毫无顾忌的表现出来，不用怕批判，也不需要受指导；第二，周围要有人同情，有近似的思想在外界时时刻刻帮助你，使你心中的一些渺茫的观念得到养料，受到鼓励，能孵化，成熟，繁殖。"[1]

以合理的情感逻辑观之，诗歌建立于不稳定因素之上的稳定形态。当今"去抒情化"和超文本技术影响下，诗人的情感逻辑处于一种被遮蔽的状态，但即便如此，诗歌文本的内部还是可以觅到情绪逻辑的线索。新诗文本立足于当前时代关口，诗人从文本中发出的是对当前时代的理解，有欣喜，有愤怒，有嘲讽，有顺从，情绪逻辑易变但真诚，诗人近期的作品连接起来就是他的情感向度。诗歌绝不可能脱离情感的支撑，然而，当情感被遮蔽之后，解读诗歌显得尤为困难。在当前论坛、博客、微博、微信的网络生态中，诗人的情感愈发碎片化，情绪就成为情感的变体存在，成为诗歌创作的主要经脉。人们已经不再从情感的合理性，即普通人为主体可以发出的情感状态，喜怒哀乐来解读诗歌，更多的是从情绪中来。从心理学角度而言，情绪无疑比情感更加多变，不稳定，这也增加了解读诗歌的难度。

解释诗人情感逻辑和情绪逻辑较好的办法就是顺从情感的伦理。近年来，诗歌逐渐从神性的文本演变为人性的文本，从神圣化的表达演变为生活化的陈述，从热情的事件逐渐演变为恶搞的旋流。从梨花体到羊羔体再到白

---

〔1〕［法］丹纳：《艺术哲学》，傅雷译，江苏文艺出版社，2012 年，第 134 页。

云体，最后是近来火热的余秀华，诗歌出现在公众视野中的次数不降反升，然而其传播态度也越来越暧昧，所造成的后果也越来越发人深省。网民更多关注的往往是诗歌事件表层的热闹和浮华，对于诗歌本身艺术性的关注则逐渐降低。在对诗歌事件关注的过程中又数次进行恶搞、移位，这背后有其让人忧虑之处。网络话语权的无限扩大，疯狂地冲击着道德极限，给当事诗人以及诗歌造成极大的伤害。针对失衡的话语现场，应该及早建立强有力的伦理机制加以约束。重塑的关键在于建立网络伦理机制，更多针对的是一种软建设，而软建设的根基在于情感伦理的建设。"人就自然而言是社会的一员，人的安全和享乐需要保全他的自然；他的完美在于其自然才能和性情的卓越或成熟。换句话说，在于他能够成为其所属的整体中出色的一分子。所以，无论个人意在成全自己还是其所属的群体，它对整个人类的影响是一样的：无论有何意向，他都必然会珍视对人类的热爱，将之视为其性格中最有价值的部分，这是正直的根本，正是如此，才使人们把这个意义上的正直，看作是最为崇高的性情或心灵的习性。"[1]

情感伦理的错位，滋生出诗意。我们在伟大的戏剧面前，被一出出伦理悲剧所震撼。我们惊叹于人类的无助与渺小，以及命运的无法复制与无从把握。相似的是，新诗文本中经常利用情感伦理的错位来造成反差，从而取得奇妙的观感。在新诗中，美丑沆瀣不再是波德莱尔的把戏，此时已属于所有写诗人的常识，真假间的咬牙切齿与正襟危坐，也都是诗人刻意留下的面具。厌烦了在新诗文本的语词间考究，或是陷入意象中纠结，不妨试着倾听诗人藏在文本背后的俗人的情感伦理，它在如何运行。

新诗意象的路基——现实物象

在"反意象"重"思考"的新诗面前，传统的意象、意境论已经穷途末路，阐释疲软的征兆随着网络时代的来临而越发明显。对意象概念的重新洗牌势在必行。按照古代文论和西方文论的传统观点看来，意象分为意和象两部分。前者属于诗人的主观世界，后者属于诗人和读者共同面临的客观世界。在当下的环境中，新诗大有把"意"和"象"合二为一的趋势，也就是所谓的"反

〔1〕［英］亚当·弗格森：《道德哲学原理》，孙飞宇、田耕译，上海人民出版社，2005 年，第 60 页。

意象”，更加注重叙述的机智和狡黠，把现实物象牢牢钉死在诗人意图中。诗人意图难以揣测，诗人在创作意象时在想什么，他是否在创造或是“重现”，或者仅仅只是突发“异想”，只能随着文本逐渐深入的解读缓慢探讨。这时，物象的存在往往成为解决“意”的重要入口。物象在诗人写作之前就已经存在于大千世界中，诗人的诗歌负责传递物象有以下几种方式：某物是什么，在诗歌中如何呈现，或对于当下语境有何用处，这是说明式的诗歌；某物和某人、某事、某种情绪有何关联，原因为何，这是叙事式的诗歌；某物与线性历史的关联，议论文体。诗歌中不负责交代某物，只负责借助某物的符号。“借助”和意象不同。去意象化成为当今诗歌的很重要的命题，为何一定要再现意义。一定要负担价值。诗歌中意象和物象的区分看起来比较模糊。为了分辨清楚，不妨把概念降低，只针对物象就好。

物象和意图同时指向物质生产和意义生产。“相对于人们熟悉的物质生产，意义生产是一个陌生的命题。添砖加瓦，车水马龙，‘稻花香里说丰年’，物质生产维持了这个世界的延续；然而，意义生产多半是无形的。道德信念，法律制度，各种传统和风俗，宗教，美学，时尚，种种规训无时无刻地制造出种种意义。意义空间是这个世界的组成部分。人们既生活在物质空间，也生活在意义空间，尽管多数人对于后者常常熟视无睹。增添一幢房子或者一辆汽车多少改变了这个世界，增添一种意义又何尝不是？日常生活范围内，各种意义决定了社会成员的辨识、理解、好恶、价值评估、关注区域以及喜怒哀乐。”〔1〕意义生产在当今时代越来越被人重视。诗歌是精神产品，但诗人所面对的的确是物质世界。意象尽管是模糊多义的，但诗人在写作意象的时候，他所面对的只有一元。想要深入了解诗歌的意象，就首先要以科学家的精准眼光切入到诗人的生活中去，找到那个不可重复的审美“对象”。这样的解读才是有效的解读。

在近年来的诗歌评论中，评论家醉心于再创造活动。对诗人的创作而言，批评家的再创造有时是一种遮蔽。他们的多元化阐释并不能使读者清楚诗歌到底在讲什么，有时反而是越讲越深奥、曲折。这中间的症结，在于批评家乐于把一切都诗化，包括阐释方法的感性化、随意化、诗歌文本的泛文学化，把原本只是语词游戏的范畴、文化猎奇的范畴统统都打包成文学的范畴。在批评和研究中间，新诗的性质需要重新定位。它不仅仅只是文学的文本，

〔1〕 南帆：《意义生产、符号秩序与文学的突围》，《文艺理论研究》，2010 年第 3 期。

属于文学范畴内重要的一维，同时也是文化的文本。

从诗人内部而言，近年来，反抒情，反意象，当下诗人刻意重复着对于传统的反拨。的确，后现代思潮的冲击，新诗发展规律带来的阵痛和焦虑，新诗诗人自身命运附着在时代命脉上的动荡起伏，这些都决定着含蓄、内敛的意象美缓慢地退出了诗歌主流阵地。网络表达又加速了诗歌意象“意”和“象”的剥离，新诗“段子化”现象严重。无论争议与否，对待新诗的物象研究已经可以进入文化研究的视域：当今诗人具备将自己面对的空间转化为有意味的文化空间，同时将自己对待的物象转化为文化的物象，从而牵制着读者的审美判断。

自然、社会中的奇特景观、独特人文都在丰富着写作的素材，同时也在考验着诗人与读者的认知力和感受力。

新诗的滑翔翼——合理化想象

如果说文学文本是作家想象力和现实的博弈，那么诗歌文本中，想象力如水银泻地，随处摇曳生姿。“文字的潜力在于它们可以把离开了鲜活载体的信息编码储存起来，不受制于集体演绎中的更新。”[1]生成诗歌的过程中，诗人的想象力体现在多个侧面：被哪一点触发灵感，从而拟出一句话或是一段话——模糊而精彩的团块。选择一种什么样的体式，是三行、两行、格律体、十四行，用何种奇特的语词及意象。读者面对文本时，诗歌的形态已然固定，诗歌的语言和意象已经到位，但如何以合理的渠道解读，就成为一个很大的麻烦。读者需要合理化的一种想象，所谓合理化的想象就是围绕诗人的想象去想象，从而形成异质同构。那些合理化想象，最为难以把控的部分。读者的想象永远建立在自己所生活的那个环境。诗人的想象也是如此。合理化想象建立在情感逻辑之上，判断其合理与否的根源是是否可以被抒情主体所吸收。如果又需要传播，则看是否完全被对方所吸收。

把握合理化想象的两把密钥是空间和记忆。空间，或是诗人所生活的空间，或是诗人所参与的空间。诗人与空间结成的空间关系影响着诗人的表达，制约着诗人的思考。在诗歌中经常处理的空间一类是自然的空间，指自然界中先在的物象，如江河湖海、草原戈壁。这一类空间对处在空间中的人

[1] [德]阿莱达·阿斯曼：《回忆空间》，潘璐译，北京大学出版社，2016年，第150页。

产生影响和刺激，制约着他们的表达，同时，其中适合表现的一部分也会转化为意象。另外，还有一类重要的是人文空间，除了具有自然空间一样的功能之外，它们中的绝大多数都成为意象的具体表达。这时，能否站在诗人所处的空间思考，就成为理解他们意象的关键。“很明显，空间的一个功能是创造一种环境，一种有利于我们按照我们日常生活中身份的范围来行事的环境。很大程度上这并不是由建筑师来完成的，而是由行为者自己完成的，毕竟，空间实际上是其自身行为举止的外在延伸。”〔1〕

记忆，诗人的记忆表达可能是模糊的，但是诗人的记忆素材却是固定的。对于诗人而言，记忆素材也是无法复制的刺激源。然而，诗人在表达记忆的时候却刻意将其修饰或主观化，成为带有他独特印记的记忆素材。“回忆丧失了真实性，却会得到建构性的补偿。这一点我们马上就会谈到。经验和身份认同这两个在生活中相去甚远的东西，应该通过文学被焊接在一起。”〔2〕同样是河畔、水车、木屋，诗人可以表达出不同的色彩。正在此时，诗人的生理记忆演变为一种文化的记忆，而由于文化记忆在诗歌中向读者展开的是扇面的结构，所以读者需要在众多表象中选取最接近诗人的一个侧面。这就意味着新诗诗人在面对世界的时候，可以做到将自己的生理记忆转化为文化的记忆。在新诗中，读者难以理解的部分在于文化记忆独特的符号，这些精神产品独特的符号构成了新诗独特的宇宙：“因此，恰恰正是自然主义的历史学家们——丹纳和兰姆普雷希特——的研究，进一步证实了我们自己的观点，这种观点使我们确信，历史世界是一个符号的宇宙，而不是一个物理的宇宙。”〔3〕

情感伦理、现实物象与合理化想象是文本组织中隐性的存在，但却对解读诗歌文本起重要的作用。同时，面对着大时代，诗歌文本也必须超越各种执念和束缚，由文学小文本上升到文化大文本，进而获得更宽阔的视野。诗人情感伦理给我们提供的是复杂、丰富的多样存在，它也是诗歌文本除却语词、意象之外不可忽视的情感资源；诗人对现实物象敏感的把握与激发，成全了现实物象的二次飞跃，也以另一种面孔存活于精神世界中；诗人合理化的想象，把诗歌文本悬置在象牙塔尖，成为供众人顶礼的明珠。

内蒙古大学文学与新闻传播学院

〔1〕［英］布莱恩·劳森：《空间的语言》，杨青娟译，中国建筑工业出版社，2003年，第36页。
〔2〕［德］阿莱达·阿斯曼：《回忆空间》，潘璐译，北京大学出版社，2016年，第109页。
〔3〕［德］恩斯特·卡西尔：《人论》，甘阳译，上海译文出版社，2004年，第278页。

诗与歌词的界限以及现代汉诗的另种可能

——以鲍勃·迪伦和莱纳德·科恩为例

杨　搏

一

美国歌手保罗·西蒙(Paul Simon)有一首流传甚广的歌曲叫做 The sound of silence,但有时候,这首歌的歌词也会被作为一首优美的诗在一定场合朗诵。当第一句"Hello darkness my old friend,I've come to talk with you again",无论是被一个忧郁安静的声音读起,抑或被一个粗犷豪迈的声音演绎,都会一下子抓住人心。而此后的诗句几乎句句都会引起听者的共鸣,例如"People talking without speaking/People hearing without listening/People writing songs that voices never share"。或者引起无限遐想与沉思,如"The words of the prophets/Are written on subway walls/And tenement halls/And whispered in the sounds of silence"。尽管这首歌曲属于"流行音乐"范畴,似乎一打上"流行"的标签,就要事关娱乐至死的大众文化产物,或事关与标榜社会良心的精英文化的对立,但其实将此歌词甚至许多西方流行歌曲的歌词单独作为文本抽出来看,你会发现,他们是具有强烈的诗歌特质的。它们叙事但并不平铺直叙,它们抒情但并不矫揉造作,他们有时会有晦涩的说理,但这又营造出种种犹如天堂地狱般奇特的意境,甚至某一瞬直达人心。我想,这作为歌词的文本,首先是诗歌,它们打破了诗歌与音乐的隐晦界限,它通过配乐让诗歌明确的含义增加了朦胧美,而抽象的音乐旋律也因为有了这样的诗歌作为歌词才更增加了含义,进而引起心灵的共鸣。

也许是受到歌曲大多通俗,诗歌追求高雅的惯性思维影响,在中国,歌词与现代诗歌似乎有一条高低不平的边界。于是有人看到谢冕的《中国百年诗歌选》最后收录了崔健的《一无所有》会感到震惊,也有人对陈思和的《中国当代文学史教程》将崔健独立建一章节感到新奇。然而当一些最初是作为诗歌呈现的文本被改为歌词时,并没有谁表达太多的异议。例如俞心樵的《要死就一定要死在你手里》被歌手莫西子诗改编成一首民谣歌曲传唱全国时，大家最深刻的感受就是歌词的冲击力，而不是为歌词做绿叶陪衬的音乐旋律，当知道这歌词是改编自一首诗时，就更觉得这首歌高大上。再例如还有盲人歌手周云蓬将海子的《九月》作为歌词演唱，以及早就被改编为歌词的徐志摩的众多诗歌等等。这的确是一个很有意思的现象。

二

西方许多音乐人都有一个观点，那就是“MTV 摧毁了音乐的本质”。一方面是一些与音乐内容不搭调的画面，可能是色情暴力等类似参照新闻大亨默多克的名言“降低格调”从而促进商品发行量的商业考量，进而“摧毁”了美好的音乐；但更重要的一方面是原本“听觉—感受”模式，变成了“听觉＋视觉——感受”，视觉大大分散了人的注意力，从而喧宾夺主，让音乐旋律带给人的感受不再显得那么重要，一首歌的成功，不再是靠歌词和旋律的结合，而是靠花哨的视觉冲击。那么，如果以此作为参考，当诗变成歌词，将一种需要目汇于心并在内心构建的意境世界转为靠听觉来实现，会不会同样成为一种被喧宾夺主的灾难呢？是有这种可能性，但如果一首诗的本身足够强大的话，我更认为这会是诗歌的一个契机、一种可能，或者说一种回归。中国著名诗歌评论家吕进先生曾经说：对于中国的诗歌，诗与音乐本来就保持着强烈的依存关系。在中国诗歌发展史上，“以乐从诗”（上古汉代）、“采诗入乐”（汉代至六朝）和“倚声填词”（隋唐以降）构成了一条发展的风景线。后来诗与音乐逐渐分离。这种分离以新诗的出现为极致——离开诗，音乐似乎发展得更好；离开音乐，诗在迷惑中走向探寻、开发与音乐相似的自身媒介的音乐性，而音乐性是诗的首要媒介特征。但是新诗不起于民间，离开了音乐，给自己带来很大的局限性。古诗原有的音乐优势没有了。所以恢复和发展诗乐联谊，是新诗传播方式重建的重要使命。〔1〕在所谓“诗歌没落”的当代，尽管这是否是个伪命题尚有争论，但不可否定的是新诗不再像上世纪 80 年代或者现代文学时期那样广受欢迎，诗歌欣赏批评也成为文艺爱好者的怀旧情结或者学者圈内的自说自话。通过上文余心樵的诗转为歌词的案例，可见与单纯作为诗相对比，能作为歌词的诗，具有更强的传播能力和被普遍接受进而被

〔1〕 吕进：《吕进文存》，第四卷，西南师范大学出版社，2009 年，第 260 页。

欣赏的可能我们再次以西方歌手的创作为例。如果说到知名度，民谣歌手鲍勃·迪伦(Bob Dylan)的歌词可谓是深入人心，无论是思考战争和民权的《答案在风中摇摆》(Blowing in The Wind)，还是对美国噩梦般社会的讽刺与反思的《重返 61 号高速公路》(Highway 61 Revisited)，他甚至还曾凭借歌词创作成就多次获得诺贝尔文学奖提名。弗吉尼亚军事学院的英语与美术教授戈登·鲍尔(Gordon Ball)在向诺贝尔文学奖评奖委员会的正式提名信中说到："虽然他(迪伦)作为一个音乐家而闻名，但如果忽略了他在文学上非凡的成就，那么这将是一个巨大的错误。事实上，音乐和诗是联系着的，迪伦先生的作品异常重要地帮助我们恢复了这至关重要的联系。"而这重要的联系就是他在当今这个时代"使诗歌回归到它原始的传诵方式……在他的音乐诗篇里，他已经复活了游吟诗人的传统"[1]。崔健在评论鲍勃·迪伦时也强调他诗人的身份和其歌词的诗性："他的音乐比较简单，但内容庄重，他是一个诗人，所以有人说只有他把流行音乐带入了一个庄重的大堂。他给我们的不是流行歌曲，不是娱乐，而是融入了更多心灵上的共鸣。"我们试看迪伦经典的《重返 61 号高速公路》的几段歌词：

Highway 61 Revisited
重返 61 号高速公路
By：Bob Dylan

Oh God said to Abraham，"Kill me a son"
上帝对亚伯拉罕说："为我牺牲一个儿子吧."
Abe says，"Man，you must be puttin' me on"
亚伯说："主啊，您一定是在开玩笑吧！"
God say，"No." Abe say，"What?"
上帝说："不是."亚伯说："那怎么做呢？"
God say，"You can do what you want Abe，but"

[1] Gordon Ball，诺贝尔文学奖提名信，1996. 原文为：Though he is of course widely known as a musician，it would be an egregious mistake to neglect his extraordinary achievement in literature. In fact，music and poetry are linked，and Mr. Dylan's work has helped very significantly to renew that vital connection… in his musical verse he has revived the traditions of bard，minstrel，and troubadour.

上帝说:"亚伯,你可以做你想做的,但是
The next time you see me comin' you better run
当你下次再见到我时你最好赶快办妥."
Well Abe says,"Where do you want this killin' done?"
"好吧."亚伯说:"那么您希望这场屠杀发生在什么地方?"
God says,"Out on Highway 61."
上帝说:"在 61 号高速公路."

Well Georgia Sam he had a bloody nose
Georgia Sam 有一个流血的鼻子
Welfare Department they wouldn't give him no clothes
福利院不会让他光着身子
He asked poor Howard where can I go
他问可怜的 Howard:"我现在可以去哪里呢?"
Howard said there's only one place I know
Howard 说:"我只知道一个这样的地方."
Sam said tell me quick man I got to run
Sam 说:"兄弟,快告诉我把,我得赶紧躲藏."
Ol' Howard just pointed with his gun
于是 Howard 用他的枪指着前方
And said that way down on Highway 61.
说:"61 号高速公路."

Well Mack the Finger said to Louie the King
"手指"马克对"国王"路易说:
I got forty red white and blue shoe strings
我有四十根红白蓝相间的鞋带
And a thousand telephones that don't ring
以及一千台无法响铃的电话,
Do you know where I can get rid of these things
你知道我可以在哪里扔掉他们吗?
And Louie the King said let me think for a minute son

国王路易说:"孩子,让我考虑一下."
And he said yes I think it can be easily done
然后他说:"这很容易解决,
Just take everything down to Highway 61.
你可以把这些东西扔在 61 号高速公路."

Now the fifth daughter on the twelfth night
现在第五个女儿在第十二个夜晚
Told the first father that things weren't right
对他的第一个父亲说:"事情好像不太对劲儿"
My complexion she said is much too white
她说,我的肤色太白了.
He said come here and step into the light he says hmm you're right
他说:"过来,站到光线下面来,嗯,这就对了.
Let me tell the second mother this has been done
我会告诉你的第二个母亲这件事情已经解决了."
But the second mother was with the seventh son
但是第二个母亲正和她的第七个儿子,
And they were both out on Highway 61.
他们都在 61 号高速公路.

Now the rovin' gambler he was very bored
现在流浪的赌徒正在百无聊赖
He was tryin' to create a next world war
他试图触发下一次世界大战
He found a promoter who nearly fell off the floor
他找到了一个快要从地板上摔下来的推销员
He said I never engaged in this kind of thing before
他说:"我从来没有干过这种事."
But yes I think it can be very easily done
但是,对,我想这事可以轻松搞定

We'll just put some bleachers out in the sun
我们只需在阳光下放一些看台
And have it on Highway 61.
然后把它弄到 61 号高速公路上.

翻译：杨搏

如果说第一段很明显取自著名的《圣经》故事，那么剩下的几段呢？再说，第一段中亚伯拉罕弑子献祭上帝，与 61 号高速公路又有何关联？剩下的几段中出现的各种情况又与反复出现的 61 号高速公路有何关联等等。如果我们再试着进一步细细拆分这首歌：首先 61 号公路是一条与代表美国文化发源象征的密西西比河并行的公路，几乎横贯美国南北。这条路号称“布鲁斯公路”，无数黑人歌者沿着这条路上从南北上，创造出种种传奇。而迪伦却走的是一条相反的路，不仅是从北到南这种地理上的相反（迪伦的家在 61 号公路的最北端的一个叫杜鲁斯的城镇），而是作为一个有着优势地位的白人走上了黑人歌者颠沛流离的道路，这是无法抗拒的命运也是一种精神洗礼，这时你应该对歌名的来源有轮廓了吧。而且当你知道，迪伦的父亲就叫做“亚伯拉罕”的时候，那个被拿去献祭的孩子是谁不言而明。迪伦的传记作者 Robert Shelton 说：“许多优异的美国文化根源起自这条高速公路和这条河，Dylan 自幼就随着广播游走在这条路上。我认为 61 号公路对他来说象征了自由、运动和独立，是一条摆脱自己所厌倦生活的途径。”[1]当然，后面的段落，就不再是迪伦一个人踏上了 61 号高速公路，这条看似悠长空旷的公路其实人满为患：Sam 可以代表穷苦受迫的人，Howard 也是穷人，但手里有把可作为其精神支柱（反抗精神）的手枪；Mack 手里那些没用的东西证明他是个失败的商人；肤色有点白的女儿，第一个父亲，第二个母亲，第七个儿子，这是多么可怕但现实的黑人白人贫人富人之间的纽结。无聊的“赌徒”找到蹩脚的“推销员”，这些危险分子试图用“看台”（bleachers 有可能一语多关，因为它除了“看台”还有“漂白粉”或“漂白者”的含义）引发“世界大战”，这也是多元的美国社会的一种残酷现实。于是这些散乱的意象，这些晦涩的诗句，以及

〔1〕 Dave Thompson. Bayou Underground: Tracing the Mythical Roots of American Popular Music. ECW Press, 2010. p. 56.

由他们构成的混沌的意境,都逐渐清晰(也许是见仁见智的误读)。

而且,如果你听过鲍勃·迪伦的歌曲,你会发现其实他的大部分歌曲旋律并不婉转,说白了就是不太好听。这也就是为什么说欣赏迪伦的歌曲实际上就是冲着他的歌词(思想)去的,如果一个人说他喜欢迪伦的歌曲,但完全不了解他的歌词,再加上“音乐是无国界”的那种胡话,那他绝对是在伪装和撒谎,中国人没有美国的那种文化背景和社会感受,很难欣赏他的乐曲。所以总让人怀疑,迪伦的这些东西,究竟是不是披着音乐外衣的诗歌?再有,这也是让诺贝尔文学奖评委会头疼提名迪伦的地方:到底歌词算不算文学作品(诗)?

三

如果说鲍勃·迪伦的歌曲,音乐性不强而歌词太过于诗化,那么我们再来看莱纳德·科恩(Leonard Cohen),这时你就会发现鲍勃·迪伦并不是唯一能兼顾诗人与音乐家身份的人,不仅如此,其他艺人将诗与乐两者的结合可以说做到了天衣无缝。

莱纳德·科恩是加拿大籍诗人、作家、创作歌手,他一直在将自己的诗转化为歌词吟唱,这些作为歌词的诗,风格一向是沉稳厚重的,“充满了对宗教、孤独、性以及权利的探讨”[1]。早在1984年,他的诗集Book of Mercy使他获得过加拿大作家协会诗歌文学奖,2011年,科恩获得了“阿斯图里亚斯亲王”文学奖。美国诗人学会评论说:“(科恩)对诗歌、小说和音乐的成功糅合在其1993年出版的Stranger Music: Selected Poems and Songs表现得尤其突出,这部作品包含了200多首科恩的诗……多段小说的节选,和大约60首歌词……虽然对于某些人来说,里奥纳德在追求音乐创作时偏离了文学;但是对于喜爱科恩的人来说,他们更加乐于认为他作为一名通才跨越了多种艺术之间隐晦的界限。”[2]甚至鲍勃·迪伦都说:“如果我必须当一分钟其他人,那个人很可能就是科恩。”此外,中国著名诗人北岛也翻译过一些他的诗歌。相比鲍

〔1〕 de Melo, Jessica (11 December 2009). “Leonard Cohen to Receive Lifetime Achievement Award at 2010 Grammys”. Spinner Canada. Archived from the original on 24 February 2010. Retrieved 24 February 2010.

〔2〕 维基百科,莱纳德·科恩 https://zh.wikipedia.org/wiki/%E9%87%8C%E5%A5%A5%E7%BA%B3%E5%BE%B7%C2%B7%E7%A7%91%E6%81%A9.

勃·迪伦，科恩的歌曲旋律更加优美动听，也有更多的乐器与音色、和声等，表现形式也多样。但有时候你也会怀疑，他这种节奏缓慢的“吟唱”方式到底是在歌唱还是在深情地读“诗句”？如果真要将两者分开，到最后你甚至会打定主意，音乐是为他的诗而存在，但音乐升华了他的诗对读者（听众）的感受。科恩的词与曲几乎完美结合，在欣赏他的歌曲时，既是一场听觉盛宴，也是一次心灵之旅。由于我们无法用文字来描述音乐，在此以科恩的一些歌词作为案例。

Bird on the wire
电线上的鸟
Leonard Cohen
莱纳德·科恩
杨搏 译

Like a bird on the wire，　像一只电线上的鸟儿
like a drunk in a midnight choir　像一个午夜唱诗班的醉汉
I have tried in my way to be free.　我曾试图以自己的方式去自由
Like a worm on a hook，　像一条鱼钩上的虫儿
like a knight from some old fashioned book　像旧书里走出的骑士
I have saved all my ribbons for thee.　我为你保存了所有的绶带
If I，if I have been unkind，　如果我，如果我并不善良
I hope that you can just let it go by.　我希望你能让这一切过往统统远去
If I，if I have been untrue　如果我，如果我并不真实
I hope you know it was never to you.　我希望你知道这并不是针对你
Like a baby，stillborn，　像个婴儿，一出生就夭折
like a beast with his horn　像个长着长角的野兽
I have torn everyone who reached out for me.　我已经撕碎了所有靠近我的人

But I swear by this song 但我以这首歌

and by all that I have done wrong 以及我犯下的所有过错起誓

I will make it all up to thee. 我会为你弥补一切

I saw a beggar leaning on his wooden crutch, 我见过一个乞丐靠在他的木拐上

he said to me,"You must not ask for so much." 他对我说，你不可以要求的太多

And a pretty woman leaning in her darkened door, 我也见到一个美女靠在她漆黑的门前

she cried to me,"Hey,why not ask for more?" 她冲我喊道，嘿，你为什么不多要一些?

Like a bird on the wire, 像一只电线上的鸟儿

like a drunk in a midnight choir 像一个午夜唱诗班的醉汉

I have tried in my way to be free. 我曾试图以自己的方式去自由

这是科恩众多优秀歌曲中较短的一首，但在我看来其内涵却包罗众多(也许仍是误读，但伟大的文学作品特质之一就是允许读者误读)。科恩创作这首歌的大概背景是，他当时身处一个希腊岛屿，且生活遇到不顺，岛上刚接通电话线，一只鸟飞来站在电线上，这激发了他的创作灵感。在这首歌词中，我们能够找到非常丰富的意象，例如“电线上的鸟儿”“午夜唱诗班的醉汉”“鱼钩上的虫儿”“旧书中的骑士”“绶带”“夭折的婴儿”“长角的野兽”“瘸腿的乞丐”“美女的漆黑的门”，至于这些意象所隐喻的含义其实是比较明确的，但也可以有仁智之见，例如“电线上的鸟儿”可以是孤独的处境，“骑士”可以是高贵的梦想，“绶带”代表荣耀，“夭折的婴儿”是生命的被动与无奈，“长角的野兽”是个人性格绝不妥协的地方，“美女漆黑的门”就更不用赘言了。而将这些意象与隐喻组合，我们可以感受到汹涌的思想冲击，孤独、自由、爱情、荣耀、破坏、努力、无奈、贪婪、(虚伪的)内敛，甚至于人的精神内在与外部压力的巨大矛盾。其实我们还可以读出更多感受，更不要说配上梦幻般的具有催化作用的配乐，就像你站在寒冬雄伟的山川之巅时，下起了漫天洁白的大雪

(绝不是倾盆大雨)。

在其他科恩的歌词中,例如《等待奇迹》(电影《天生杀人狂》主题曲)中你可以表面上感受无边无际的迷茫与绝望,然后进入一种“等待奇迹”的状态,思考你自己或者人类在等待的“奇迹”又是什么?这“奇迹”的另一端又是什么?再例如,在好似走马灯般上映的让人无法忘怀的黑白电影片段的《千吻之深》(A thousand kisses deep,首先作为诗发表,后改为歌词,原诗较长)中思考生活的真实与深刻,这不是一首专门的爱情吻戏描写,这是一首致命的对生活对爱对死亡的思索之诗,甚至其中还有“A light that doesn't need to live,And doesn't need to die”这样非常具有禅思的句子。还有《在我的秘密生活》(In My Secret Life),还有《哈利路亚》(Hallelujah)等等。

于是,如果和流行于中国歌坛的那些歌曲歌词相比,就好比严肃文学之于通俗文学,就好比他们仍站在荷马、但丁等巨人的肩膀上,而我们已经将苏东坡、王实甫等先人遗忘,拼的是外表哗众取宠,内质千篇一律的装扮、嗓音、旋律、八卦,而不是注重个性的思想、内涵、意境、气质,于是谁浅谁薄高下立见。此外让人赞叹的是,它们和音乐旋律的结合已经超越了好听,而是优美。如果说拿这些与流行音乐比不公平,西方也有一大群类似迈克尔杰克逊(Michael Jackson)、席琳·迪翁(Celine Dion)、后街男孩(Backstreet Boys)等注重娱乐的简单的流行乐,那我们再看吉姆·莫里森(Jim Morrison)、汤姆·维茨(Tom Waits)、娄·里德(Lou Reed)、尼克·德雷克(Nick Drake)、平克·弗洛依德(Pink Floyd)等等,哪一个不是音乐史上重量级的?可以肯定的是他们绝对不会像崔健在中国那样是“小众”或者“支流”。更重要的是他们从不会昙花一现,原因就是除了用美好的音乐旋律调动感官愉悦外,他们用诗性的歌词触动心灵的共鸣,这些精炼的词句是能够深入生命内在,构建心灵堡垒,并穿越时空的因子。这个时候,你还会质疑崔健的歌词入选《中国百年诗歌选》吗?还会质疑崔健的歌词入选中国当代文学史吗?歌词与诗的模糊界限,在此条件下,已经被打破,或者说他们根本没有边界,而是两个有重叠范围的领域。

四

再回到“现代汉语诗歌处境与传播”的话题,假设鲍勃·迪伦、莱纳德·科恩、崔健等人只是写诗,以文字形式发表,这并不会妨碍他们诗歌的优秀和伟大。但如果这些诗从未被作为歌词吟唱，我想他们的诗的反响是要大打折扣的。再引用吕进先生的话："读者进入诗歌鉴赏状态后，一般是用耳从诗形去捕捉语言方式的音乐性，即诗的音韵与节奏；用心去捕捉诗质的音乐性，即诗情的组织化，秩序化而呈现出的音乐性。"[1]当然这种"语言的音乐性"与"诗质的音乐性"是一种感觉并不是指真正的音乐，但它仍证明作为文本的诗与音乐的相通，而当他们能够被配以合适的旋律(这时候就被叫做歌词了)，就会爆发出更大的能量，强大于作为阅读的诗，我们可以把这看作一种"意境发酵"。因为"诗的全部抒情美和音乐美，即全部诗味，都集中于表现于活跃于诗的意境。从意境中，鉴赏者要仔细地去领会、享受那醇美的诗味。这样，诗歌鉴赏过程就进入了它最后的一个阶段……意境是有声音的情景交融的画面。一首诗的意境总是在对诗的反复吟咏中才会更好地浮现出来。一首诗的诗味总是在反复吟咏中变得更加浓烈和丰富"[2]。因此，我们相信"歌唱"也是一种"吟咏"形式，给诗歌加上合适的旋律，变成歌词歌曲，就会把速食化的一目十行般的对诗歌潦草的"欣赏"放缓放慢，把碎片化的道听途说般的对诗歌的"鉴别"反复整合进而拥有个人独立的理解，其意境终会"发酵"会变得"浓烈和丰富"。因此我非常认同一些歌词是"诗"，就像上文中的鲍勃·迪伦、莱纳德·科恩、崔健等人的歌词。而其实在中国，类似崔健这样的歌者还有不少，他们本身是音乐人，但他们创作的歌词又有诗歌气质，例如周云蓬、窦唯、小河、左小祖咒等等，尽管与鲍勃·迪伦、莱纳德·科恩等相比起来还有差距，但至少证明了还有这样的土壤。不管是作为诗的歌词，还是被改编为歌词的诗，都值得我们关注。同时，我也认为，在所谓当前现代汉语诗歌被冷落的情况下，将作为文本的诗与现代音乐创作结合，会是一种现代性的表现，也是一种有意义的回归。但这并不意味着所有的诗都应该被吟唱，我们仍然可以继续创作供阅读的诗，但诗与歌词的转换或者说两者结合为一体，的确是现代汉语诗被更广泛传播和被欣赏的一种积极有效的可能。

泰国纳瑞宣大学

[1] 吕进:《吕进文存》，第三卷，西南师范大学出版社，2009年，第74页。

[2] 吕进:《吕进文存》，第三卷，西南师范大学出版社，2009年，第89-297页。

意义的瞬间聚集

——由长诗《信札》解读杨克的现代精神

赵　娜

杨克的长诗《信札》写于1995年7月24日，21年后，我在广州盛夏八月遇到它，开始一次意义探索的读诗之旅。这是一次阅读和想象的还原，也是一次分析和阐释的旅程，是读诗者和诗人的对话，也是一个诗人对另一个诗人的解读。文本所体现的是审美创造的“意义的瞬间聚集”，这是一场庞大的聚集，《信札》“以它自己的方式把天、地、神、人聚集到自身中来”[1]。海德格尔哲学阐释的四重性存在场域，在杨克的诗中得到诗意的集中表现。我在阅读中进入到意义聚集的文本结构，审视反省这场聚集的震撼，这是一种现代诗的灵魂的呈现。

人：瞬间的死生

第三代诗人，创作的目的是生命存在的确证，不再像过去那样批判社会，而是转向确认生命自身。读《信札》，惊心动魄，扑面而来的复杂体验，从感觉到意识，从本我到自我到超我，到生命内在的碰撞。此在与彼时相通，无限的内世界和人生况味打开，仿佛经历了瞬间的死生。触摸信的回音，身心在其中浸泡，被裹挟。在人生的时间维度上展开，并且达到极致。

开篇：
“隔着遥远的时空，你的声音就来了”
一只左手按在纸上，扎心的穿透力
瞬间面对许多无法记忆的东西
诸如语气、语调、有机无机的停顿
甚至你心里杂音的强弱
“不可救药的气息，还有体味”

〔1〕［德］海德格尔：《人，诗意地安居》，郜元宝译，上海远东出版社，2011年，第118页。

刹那的疼痛，躲在格子里写字的人
不小心就会被字走漏了风声

彼此试探着，说诗，说见面，说每一次不期而遇的惊喜，引发深层叙事，与思念、惦念、期待、犹豫、爱有关。终于碰触到爱，而通信已断绝，通往彼此的道路结束，结束于通信的结束。大多数这样的信札，被撕掉，烧掉，扔进垃圾桶，痛到无以复加而绝望地抛弃，认为再也没有留存的价值。一个人撕毁信件总与所处的环境里隐约的威胁有关，威胁人的自由、与诗和梦想。诗人的《信札》正出现在血气方刚而又有了反思的成熟的时候，我们由此进入一场惊心动魄的心路历程。这种感觉不能不让人想起江淹的《别赋》："黯然销魂者，唯别而已矣！"随之而来纷繁的意象。然而，这首《信札》，比《别赋》更能进入人的内心灵魂。

那些被字走漏了的风声在杨克看似随机轻灵语言书写中缓缓打开。"扎心的穿透力"，这个"扎"字用得狠，带着动作的过程，带着尖锐的器具的质感，从虚空中扎入内心。明明是过去的往事了，此时却如在场般清晰。于是，"语气、语调、心里的杂音、气息、体味、东方人的皮肤"如决堤的洪水奔涌而来。那是无法记忆的记忆，也许是永不消逝的没有实现的爱情？是封闭而又敞开的青春？是最为敏感的生命的渴望和冲动？短短几行诗句给人带来的感觉是全方位的。这才是真正贴着"感"和"觉"在写诗。

所有的形象和感觉刹那间醒来。这是充满现场感觉的生命场，钢琴的琴键一般错落弹起的文字，把一刹那的复杂感受完整而混沌地表现出来。现代诗是生命技艺，本源于对生命意义的捕捉，最根本的驱动力是人的生命表达欲望。这几行诗的技艺实现了这种表达：所有与信有关的记忆和感觉都被唤醒。这首诗的技艺在词语排列中实现了一种新的语调和情绪的呈现。没有一定的生命体验和诗歌技艺的磨炼，难臻此境。

"生命被涩在头身之间"，这是诗人对生命的象喻，人的身体就被象征化，身体已经不是完整的身体，而是被身体禁锢，身体像枷锁、像监牢。在生命的意义上，有疼痛，有生死，有时空的大限。

他是这样写生命感觉经历：

而如今，你，唤醒了我，让我觉得活着
我——当下的，此时此刻的——

如同吐了一天墨的乌贼
用清水冲刷干涸的肚皮，然后臃臃胀胀地伸展开来
最长的触角伸到你的胸前，吸附你
这样写死的体验的多重经历：
读书？写作？鸡零狗碎地度日
如同湖底的淤泥，觉得自己在一寸一寸地死
“但这样的夜晚不写字能一个人呆着吗？”

“一寸一寸地死”是诗人对自身生命的体验与反观，就像自己站在自己边上，成了自身存在的一个冷静的解剖观察者。“信”激发了人的“活”细胞，那种“用清水冲刷干涸的肚皮，然后臃臃胀胀地伸展开来/最长的触角伸到你的胸前，吸附你”的几近贪婪的渴望的鲜活感、欲望感在诗句中活脱脱呈现出来。全诗在流淌变幻中逐渐呈现这些体验。只有生的疼痛才能唤醒死的自觉。一叠信札投入到生命的池塘里，瞬间连接了生死，实现对现实人生的反观。

长诗最后，诗人写道：“只是我一直无法肯定这是经历过的事件还是愿望的幻象”。一个长句把前面的一切反思和感觉变成怅然若失的虚无。这个文本具有奇特的杀伤力，把我们唤醒，又充满批判和审视，使所有的反思被消解的同时获得沉重感。诗人与诗共同飞跃，也带领着读者在审美当中实现了救赎和超越。现代大诗人都是具有文化人类学修养，通过个体生命的自觉和书写达到对人类本质的观照，感悟到了自身，就感悟到了人类，触觉到类本质。

海德格尔说人：“人之所以被叫作始终有一死者，是因为它们能赴死，能够承担死亡的结果，而动物只是消亡。唯有人赴死，而且只要人在大地上，在天空下，在诸神面前持留，人就不断的赴死。”[1]这种自觉好像发现了“视死如归”的另一种含义。从死的视角来审视生，由死来验证生，由赴死的本质来强调人的存在的不重复、不再来、唯一独存的意义。杨克在《德兰修女》一诗中写道：

向死的生命，一如裹尸布朴素
矮弱之躯，在干瘪的草席上老去

〔1〕［德］海德格尔：《海德格尔选集》，孙周兴译，上海三联书店，1996年，第1179页。

给麻风病人喂药，指头肿胀的洗衣妇
爱穷人中的穷人，真实地生活

他巧妙地把“向死而生”四个字化在具体的诗歌场景和细节里，给这四个字赋予德兰修女人生的图景。在生死之路上，诗歌可以一次次用不同的面目呈现这种生命的存在本质，一次次叫醒麻木的灵魂，诗歌的艺术技巧达到新的境界。

神：灵魂的菊花

“分裂一羽给我吧，我在变俗却没人管我。”当感觉自己在“一寸一寸地死”时，诗人似乎对空中长着翅膀的“神”发出了祈求。神是存在的澄明状态。诗人所祈求的对象是诗意的神，灵魂的主宰者，宇宙中一直牵引着人向上向远向彼岸跋涉的力量，使人实现自由的，在死生祸福激荡不宁的现实中，能够拯救人的精神于委顿的“神”。

《信札》写道：“南方是一个空虚的巢/我是屋檐下孤零零的鸟儿，超脱、冷漠/多重人格，翅膀用来拥抱而不是飞翔。”人本来就有飞翔的翅膀，而行走在世间，渐渐失去飞翔的能力，没有“神”附体的鸟，是凡鸟，俗鸟。“许多人不如一只鸟儿/人，真不知是什么鸟”，这个“鸟”的话语方式是南方式的，这种反讽和解构带着颖悟的智慧。这只鸟的核心问题是——失去了灵魂。失去自由之后，我们成为彼此拥抱的鸟。

一叠信札唤醒灵魂之神，开始起飞，开始拥抱。在这里，鸟的翅膀实现从功能到内涵精神情感的心灵转换。现代诗，不进入存在内在的深度，便只在浮表徘徊。那是一叠书信，有一个圣洁的来处，唤醒在都市生活中渐渐臃肿平庸的灵魂。在高贵和降落之间，欲望小心翼翼地伸开，落地成花，触脚很细很巧妙，新鲜的比喻指向那些说不出的，但却能感觉到的精神的灵魂：

该死的蚊子咬了我的脚心
“这不等于舔了人家灵魂一样难受吗?”
我不经意把一朵菊花吞了进去
那么细软柔滑让人“非”想“飞”想

蚊子和菊花的象喻转换非常神奇，在感觉世界，当美好到来时，蚊子帮助诗人舔到了无形的灵魂，于是，灵魂的菊花升起来，吞进去，浸润平庸的干渴。而这样的升华又不是绝对的，除了灵魂，还有肉体，没有肉体参与的飞升是虚化而又虚假的。肉体沉重下坠，肉体与欲望有关，肉体包含着所有隐秘，就像诗人隐喻的对高潮体验的回味和片刻的身体的高潮与狂欢。这种狂欢在很多男性诗人那里不屑于隐喻，而是粗鲁直接地捶打在诗行里，这里的诗人很温柔，有男孩的羞涩和美学追求，他陷入的同时在进行生命意识精神的反思，像跳高运动员。在踏上地狱的刹那回头对自身绝望，而又回到了最初的初心。最初，我们素朴地互相吸引，真纯地互相引诱，彼此内在发光放剑，深入试探而天然开放，没有罪恶和绝望，最初的最初，是青春和婴孩般爱的伊甸园。在这个意义上，我们会认为老子是真正的诗人，庄子是真正的艺术家，古今中外的哲人无不向往这种初心。

只有在现实中绝望、没有失去希望和理想、不会“死去”的诗人，一个有柔弱初心婴孩般的诗人，才有可能在中年来临之前，回望青春，才会有如此复调而又细腻的自我对话和反思。长诗的第三节：

但我读到你第一封信的时候
你的话教会了我灵魂去飞

如果没有你的字为证
鬼知道你是谁，鬼知道我在做什么
我不认识你却又熟悉你，我无法验证你的存在
我怀疑你写来的字说不准来自中世纪以前
记忆的袭击有一种恍惚感
人最柔弱时最易回到童年
拉上小水帘，在一个小小的空间里
一、二、三、四、五、六、七……
一笔一画，流着口水，抹着鼻涕，认认真真
时光倒转，如蚕蛹幻化

你有两条粗而长的辫子，眼睛很奇怪地看人
而我是你的邻居，“我叫你哥哥”

你总是以为只有你才能这样称呼我
腰中的蛐蛐鸣出个夏天
有藤蔓牵牵连连，绕啊绕啊绕

你使我感到纯洁，纯真
虽然我再也回不去了

灵魂起飞了，飞溯到童年和爱的现场，灵魂在往昔的纯真中得到净化和重置。假如我们始终有这样自净自新的能力，那么诗意地老去也不再可怕了吧？诗人展开想象，不知是回忆的真实，还是虚构的恰切，依然是南方的语言，“夏天”，“蚕蛹幻化”。带动着读者心中的蚕蛹，体验慢慢蠕动着的夏季的闷热气息。

“你使我感到纯洁，纯真/虽然我再也回不去了。”这看似柔弱的陀思妥耶夫斯基式的自我反问和自我解构，让第一节开始的情感的强度得以放缓，弱到极限，反而蕴积着看不见的反弹之力。在灵魂和肉体之间，肉体就是生命的土地，就是本能无意识潜意识，一切思想灵魂的根。不去关注肉体是不可能的，然而放弃灵魂或者够不着灵魂的高度，无法实现灵魂的关注，肯定是肤浅和堕落。灵魂使肉体高贵，让肉体感受，让身体知“道”，也使一切具象创造升华，一切沉沦有了圣洁的可能和飞翔的翅膀。拥抱生命飞翔到圣洁的高度，这是真正的现代诗，不是建筑一个凝固的高贵，而是在生命的肉体体验的灵动中，展示灵魂高贵与沉沦的对峙，整个过程通向高贵，或许最终并不能停留在高贵，但它是向着高贵的无限展开。

现代诗人比任何时代都更加关注埋藏在肉体生命中的灵魂。在这人类被工业和技术不断异化的时代，灵魂需要摆脱更多看不见的束缚。诗人多次写灵魂：《逆光中的那一棵木棉》“我们的灵魂在它的枝叶上飞”，《罗姆尼新罕布什尔胜利集会》“穿蓝色衣服的女人，带我去吃‘灵魂菜’”，《纳尔逊·曼德拉》“我看见他的灵魂/像一朵黑色的火焰”，《在商品中散步》“黄金的雨水中灵魂再度受洗”，《听朋友谈西藏》“那里每一颗石头都有灵魂/每一棵草都能长成仙子”，《石油》“灵魂陷落，油井解不了人心的渴意”（以上诗句选自《杨克的诗》）。可以看出，灵魂赋予诗人的写作对象以神性，穿透外表进入内部的精神力量，与现代社会的物质崇拜、依赖相对立。诗人对此是有一贯的自觉和反思的。那个神一样的灵魂，不时地在诗行中醒来，给诗歌插上了翅膀，提纯了诗的指向。中国古圣贤老子讲福祸“莫大于有身”，现代诗人更加突出灵魂之根，紧紧扣住生命的瞬间体验。《信札》中这一次灵魂的起飞，带着性感的爱的味道，像一朵孤傲的菊花开放在生命的大地。

天：命运的空间

生命活在一定的空间里，类本质的规定性就在这历史的河流中，时代与环境，依然是无法穿越的人类的宿命。杨克说：“《信札》运用了小说的虚构手法，将真实与想象交替，通过对话展开。”这首诗中的对话空间是多元多层次的，既有诗人与过去的写信人之间的对话，也有诗人自身的诘问、自我对话，还有一种向外的对话，面对未来和虚空，以及广大的当下。命运聚集在诗行之内，二十一年前的诗人，仿佛就已经穿透了命运的轨迹。

把手放在你曾写过的字上
铺天盖地而来的感觉，几乎要把人击倒
那字太有劲力，杀伤力很强
“手抚在上面会获取能量”

引号既是强调也是对话，这有点像幻象世界中的场景，一种冥冥之力进入到诗人体内，“手抚在上面会获取能量”，生命的空间虚幻化，开始不断地扩展，随着身心的欲念降临，而遭遇激情的内心活动的结构性的展开：

凄楚之感糅合些莫名其妙的欲望降临
抽一支烟，再想象一个色香味俱全的女人
在苏小小墓前千百年前也为某地名妓
遭遇激情，然后伴君拔剑平天下
捏着裙子冒充淑女，留一风流说法
这样的人对我来说永远神秘，但很安全
却有一种不可言喻的杀伤力

呀，呀，或许这两种虚构都不对劲
可要男人停止幻想比不让一个女人照镜子还要难受

那些"莫名其妙"的欲望并不只降临在善于幻象的诗人身上，每一个普通人也都会遇到，只是诗人抓住了这些生命的欲望，并沉浸幻想其中，沿着欲望的轨迹向灵魂叩问，漫游拓展，多层次地矛盾地集聚在漫漫茫茫的孤寂的灵魂海洋。

"孤独有某种特别的源始魔力，不是孤立我们，而是将我们整个存在抛入所有到场事物本质而确凿的近处。"[1]当一个人的精神空间进入到孤独的想象世界，所有到场之物都变成物象。随着男人的一支烟，苏小小的墓，那个小巧玲珑到令无数男人折心疼惜的女人，进入到虚幻的欲望里。从广西到广东，从广东到浙江，从岭南到江南，从现代到古代，诗人的视野是宽广的，胸中的空间直接决定着诗歌的空间。"一种不可言喻的杀伤力"，男人抑或女人对异性的想象和虚构，在诗行中被提出又被否定、自我批判，这是现代派诗人波德莱尔之后现代诗的本我超我自我矛盾斗争与批判精神的贯穿。

诗人灵魂的神游就是在这样的内结构世界展开的自我的多重对话。长诗的第四节实现了一次很现代性的命运缠绕：

> 也许一开始我的身子就被你的笔迹捆住了
> 柔韧的不是语言，而是缠绕本身
>
> 我不明白谁是圣言的倾听者，谁在不可言说地言说
> 在黎明的鸟鸣中，我听见了心跳
>
> 通过一朵花蕾我看见你的局部
> 在梦里你是真实的形体，醒来只有虚无
>
> 我不再因为音乐的旋律而感动、诗的节奏而感动
> 我只为"能指"感动，为你的嘴唇而手心湿润
>
> 燃烧。飞升。有云彩落下，被天使"劫持"
> 整整一个夏天我飞扬灿烂在你的明媚里

〔1〕［德］海德格尔：《人，诗意地安居》，郜元宝译，上海远东出版社，2011年，第84页。

只是我一直无法肯定这是经历过的事件还是愿望的幻象

“身体被笔迹缠绕了”,是诗人的独特发现,这一节诗人用了长句,长句中单个词杂陈,多义并置。这是一封手写的信,带着温度和当年的气息。这是命运的缠绕。诗人直面缠绕本身,这种感觉本来就是不可名状的,诗人在两行一段的长句节奏里分析这种缠绕,是的,他用了现代分析的手段,“圣言”是当初的美好语言,还是无名的命运的宣示之言。“鸟鸣”里的“心跳”,梦中的真实和醒来的虚无,命运展开的时候从来就是部落痕迹的,我们“被天使劫持”,走向不一定想要的但是“既定”的命运。

古代哲人诗人的外宇宙的“天”与现代诗人的内宇宙的“天”,具有异质同构性,天地大生命,生命小天地,我心即天地,天地即宇宙,在现代诗中被全部灵魂化、内化。那是一个不一样的夏天,这个夏天不仅仅是诗人的夏天,也是所有读诗人的夏天,是相遇爱情和哀悼爱情的夏天。夏天是一个象征的命运空间,是经历过的事件,也是愿望的幻象,梦的白日生成。人生跳不出命运的轨道,但情感和直觉的诗性表达却能短暂脱离地面。从“神与物游”到神与命运的交接,继承了屈原《离骚》的多层次的人神共游的境界。然而,中国古人追求天人合一,现代诗歌更主要的是化天地为心灵、为自我、为生命,寻找自我的主体存在。古典美学是要融入自然中去,现代文明是要确立自我,在对峙的现实中寻找自我,追溯自我。通过外空间打开内宇宙,“我心即是宇宙”,古人是把自己融入到天地万物中去,寻找我和自然的融和,现代人是把天地万物融入我身我心,寻求此在和存在。在这个维度上,现代诗人和远古诗人的思维是相通的,现代诗实现了向内心世界的深化。

正如“梦里你是真实的形体,醒来只有虚无”,诗意的“天”高高在上,照耀着人与幻觉、与现实、与回忆、与爱情、与肉体的一切矛盾和挣扎。这是现代意义上的深化和超越。

地:诗性的手指

诗人的天职是还乡,还乡带着人走向故土,亲近本源。经过命运的叩问和审视,我们终将要落向大地。那是什么样的大地?在工业化、信息化的今天,我们的周围是什么?《信札》第五节这样描述:

垃圾。
我的周围。你的周围
——"于是你也是"。"于是我也是"
我们被污染。我们接受。而且要说挺好,快活

我们
隔着漫天遍野的客观
忙碌,从一个城市到另一个城市
无根本无居所。现代人的状态。人类的状态

是一只蚂蚁,总搬家,可从未见过有家
额头有粒米,不知从哪儿衔来

"我怀疑我只是在梦游"

而如今,你,唤醒了我,让我觉得活着
我——当下的,此时此刻的——
如同吐了一天墨的乌贼
用清水冲刷干涸的肚皮,然后膗膗胀胀地伸展开来
最长的触角伸到你的胸前,吸附你

我觉得我应该在别的地方
我觉得我已经在别的地方

诗性的手指将你的我的"我"从日常生活中剥离
灵与肉如此相谐地充满活力
被一团无形无状无罪恶无廉耻的黏稠气体所包裹
大气吸附着大气。一片蓝色,一片黄色

一种感情的流,如拔牙之后的痛,隐隐地……

从此我们看不起快乐

我们从这首诗看到了波德莱尔的审丑批判精神，看到了闻一多《死水》的倒影，而诗人从社会批判超越到环境和生态中。这首诗在创作中没有按照"人、神、天、地"的顺序设想，是在意义的聚集层面实现了四重性。这就是我们生活的大地。"垃圾"，1995 年的中国，刚刚走进新时代的开放热潮，诗人敏感地触摸到大地的垃圾。这节诗的前半段用看似轻快的笔触描写了大地。现代人被垃圾包围，却不自知，没有批判反思，没有一处可以回归的故乡，这是"精神的画像"。"我觉得我应该在别的地方/我觉得我已经在别的地方"，其实在哪里都是失去自我的漂泊感。没有稳定的故乡可以回归，已经成为现代人的普遍而本质的处境。这轻快之中的包含的强大批判之力，能够引起普通读者的有力反思。反思审视本身就是一条路径。

"诗性的手指"出现，诗从日常生活出发，把人从日常生活剥离出来。当人在物质生活中，精神突然觉醒，诗开始发生作用。近几年来中国出现诗歌热，是不是 90 年代一度沉迷于淘金之后，一次向精神的回归？诗歌洗刷人的罪恶感，给予抚慰和升华的阶梯。在情感的流动中开启智性，诗人就是沿着这条路打开，"诗性的手指"是一个智慧的预言。

杨克的诗里看似日常的情境描写无处不在的批判，有"四两拨千斤"的表达效果，使杨克诗具备了特别的空灵、轻盈而又发人深省的特质。其二是个人书写与公共空间对话，同时呈现。"无根本无居所。现代人的状态。人类的状态"，"是一只蚂蚁，总搬家，可从未见过有家/额头有粒米，不知从哪儿衔来"，一个具象和一个大背景的批判相结合，直接对现代人存在状态发声，却不是过去集体批判的语境，而是带上鲜明的个性修辞。杨克自觉不自觉地坚持这种写作路径，已经三十来年，从 1990 年的《秦兵马俑》，到 2006 年的《人民》。他对着兵马俑呼唤："呜呼魂兮归来自一口打不出水的井。"他仿佛贴在每一个兵马俑的原型耳畔说话，既是面对每一个个体，又在面对大秦王朝，站在人性立场上，对历史批判和审视体现在诗行内。今天的杨克已经对自己的创作有了鲜明的自觉，创作路径的自觉、多元、敞开状态，赋予他持续不断地创新发现的敏锐度。

当我们随着诗人的指向触摸到大地，反观大地上一切居无定所的人生，意义聚集之后向外延伸。臧棣说："诗的语言是这样一种语言：它必须激活伟大的暗示。"[1]《信札》是打开了生命内在的无限空间，聚集了人类存在普遍境遇，并形成强大的暗示能量，赋予读者以深度想象和体验的文本。大地已经不成其为大地，只有诗人在诗意的空间，在诗人的内宇宙中使大地成为大地，让人们实现诗意地栖居。大地是人类的故乡，诗意的大地就是人类精神的家园。

古典诗歌里曹操的《观沧海》是外在的，而现代诗是内部的生命的沧海，一个是向外的感悟，一个是向生命内部的无限展开的。现代诗是感受和性灵活动，意象像流萤繁星一样扑面而来，内在精神重重叠叠地展开，"意义的瞬间聚集"不止是诗的外观意象的集聚，更重要的是人的内部生命感受和体验的聚集。这个内在的万千世界向我们展开，让我们和一个心灵对话，和人的思想内在对话，和生命感受的空间对话，感悟到人存在的内在宇宙的博大和丰富，确立人的此在个体主体的内在意义和价值的无限性。人的主体性，自我的生命意识，和人的价值的自我认同和存在意识，聚集在其中，在探索中向世界敞开、昭示。这个个体已经不是单纯的自我，而实现了自我的超越，达到超我。在这样的诗的聚集中，个体即群体，生命即人类，达到类本质的内在自觉。这种转换是历史性的时代性的特征。

"作品通过缔建世界和确立大地而充当了世界和大地之役的挑动者。作品挑起这场斗争，并不是同时又要解决这场斗争，使之归于一种了无生气的妥协，而是要使斗争始终保持其为斗争。"[2]这是典型的现代精神，也是现代人的命运。人类安居的四重性，也是人类命运的四重奏，永远处于敞开的、未完成的状态。杨克二十年前的《信札》聚集了天地人神的四重性，丰富开拓着现代诗的审美空间。他近年来持续不断地写出同类作品，比如《石油》《德兰修女》《人民》系列，继续表达着时代语境和个人生命体验，在细节中刻画内宇宙的诗意空间，他的书写一直处于不断更新探索的未完成状态，具有强大的创造性，对中国现代诗创作有重要意义。

内蒙古大学文学与新闻传播学院

[1] 臧棣:《诗道鳟燕.骑手和豆浆》，作家出版社，2015 年，第 357 页。

[2] [德]海德格尔:《人，诗意地安居》，郜元宝译，上海远东出版社，2011 年，第 105 页。

昌耀诗歌的浪漫主义特质与现代性反思

於璐

很多学者关注到昌耀在80年代中后期诗风的变化。这一改变与很多因素有关，比如家庭的困顿、文坛的冲突、政治环境、诗集出版的受挫等等，让他产生了生存的荒诞感。燎原认为，写于1985年的《斯人》一诗“显示了昌耀从精神巅峰向下回调的最初信息。而他的诗歌形态，也由此转入一种向下沉陷的深刻的荒诞感”[1]。燎原认为原因其实很简单，“并没有什么大事突然发生，它只是日常生存中的诸多不顺遂在逐渐的积攒中，由量变到质变的一个突然爆发”[2]。林贤治认为此时的昌耀“从自然环境中抽身而出，或者说特别侧重于人生的感悟与咏叹”[3]。实际上，昌耀从来都没有“从自然环境中抽身出来”，也并没有回调他的精神高度，他的转变的确与日常生活有关，但不能仅仅以诸多的具体不顺来解释原因。昌耀诗风的转变，从另一个角度反映出离开西部世界以后昌耀该如何表达。诗歌所体现出的在现代社会中所感受到的逼仄、压抑和无意义感，是一个强大的浪漫自我必然面临的困境。在重新思考浪漫主义与现代性的关系之后，昌耀试图在现代社会中唤醒西部记忆，并进一步确定，只有西部辽阔的自然和想象中民间传说中，才有浪漫主义生长的可能，才能滋养强大的生命意识。所以说，昌耀的诗歌风格并不能作简单的阶段性划分，而是要联系其整体的诗学理念来理解其变化。

浪漫主义是在现代性的对抗中生长起来的。现代工业文明和科学理性的进步，表面上看，使人类获得更多、更强大的力量。而实质上，这并不能够解决人类很多精神层面的困境，比如人的终极性问题。相反地，现代文明和科学理性反而催生了不少新的精神困境，一方面，科技理性对宗教信仰的权威性形成了冲击，人和神的联系受到质疑，现代人失去了通向永恒的精神途

〔1〕燎原：《昌耀评传》，人民文学出版社，2008年，第309页。

〔2〕燎原：《昌耀评传》，人民文学出版社，2008年，第310页。

〔3〕林贤治：《“溺水者”昌耀》，《当代文坛》2007年第4期。

径；另一方面，人虽然对外部的控制力和支配力增强，但正是由于过多的对外界世界的关注和人的工具化倾向，人的个体价值和灵魂世界的重要性反而被降低，生命感觉在枯萎。对这些现代性所产生的问题，很多西方哲学家、思想家和诗人都有相关探讨。雪莱深刻认识到这一点："科学已经扩大了人们统辖外在世界的王国的范围，但是，由于缺少诗的才能，这些科学的研究反而按比例限制了内在世界的领域：而且人虽然已使用自然力做奴隶，但是人自身却依然是一个奴隶。"[1]浪漫主义的诗学理念尤其表达出对现代性的抵抗，并企图用"诗"的倡导，实现对自然和神性的回归，来抵抗生命力的消退和灵魂的匮乏，重新实现人对自身有限性的超越和对永恒性的追求。昌耀诗歌中所体现出的灵魂拯救的努力、对强大生命力的表现和对神话、自然风情的描述与想象，与他对现代性的痼疾和现代人精神危机的认识有关。而昌耀对现代性的抵抗与灵魂拯救的努力与浪漫主义诗学理念又有着密切关系，从这个角度理解，有助于我们更好地认识到昌耀诗歌对当下中国文化和文学的重要意义。

对现代性痼疾与现代人精神危机的认识

昌耀的诗歌敏锐捕捉到了现代人所面临的精神困境，呈现出一种复杂而矛盾的状态：既表达出对现代性的反抗，又透露出灵魂拯救的无力感和绝望感。

昌耀在《花朵受难——生者对生存的思考》(1992)中表达出的现代人对生命本身的思考：

> 大路弯头，退却的大厦退去已愈加迅疾。
> 听到嘀嗒的时钟从那里发出不断的警报。
> 天空有崩卷的弹簧。很好，时间在暴动。
> 我们早就逃离了。但我们不会衰老得更快。[2]

[1] Shelley. "A Defence of Poetry", in Shelley's Prose; or, the Trumpet of a Prophecy. Ed. David Lee Clark. Albuquerque: The University of New Mexico Press, 1954. p. 283.

[2] 昌耀：《花朵受难——生者对生存的思考》，燎原、班果增：《昌耀诗文总集》，作家出版社，2010年，第515页。

"愈加迅疾",时钟"发出不断的警报"。我们能从这些词语体味出"时间在暴动"的感觉,那"崩卷的弹簧"正是时钟不堪迅疾负荷的表现。帕斯曾分析过现代性与时间的关系,提出"时间原型"的概念。他指出现代时期是在变化性原则的基础上而不是在非时间性原则的基础上建立其体系的。以批判理性作为主导性原则,不再追求同一性,而是通过分析、怀疑和否定对象的方式,不断分裂自身而向前发展。其时间原型不再是封闭的、自足的,而是开放的、变化的、朝向未来的。在帕斯看来:"批判理性,严格地来说,突出强调了时间性。"〔1〕卡林内斯库也认为:"只有在一种特定时间意识,即线性不可逆的、无法阻止地流逝的历史性时间意识的框架中,现代性这个概念才能被构想出来。在一个不需要时间连续型历史概念,并依据神话和重现模式来组织其时间概念的社会中,现代性作为一个概念将是毫无意义的。"〔2〕因为时间性是在变化中体会到的,在现代社会中,人们倍感时间的变化与流逝。而在这样一种迅疾的时间感受中,个体生命体会到一种生存的焦虑。一方面,个体在时间之流中倍感生命的迅速流逝,想要追求永恒与不朽,而另一方面,又为生命消逝之必然而感到无力:

> 没有一辆救护车停下,没有谁听见大丽花的呼叫。
> 但我感觉花朵正变得黑紫……是醉了还是醒着?〔3〕

当时间通向无限的将来时,人倍感有限生命在时间之流中的矛盾和困境。"你知道受难的大丽花是醉了还是醒着? /似我无处安身。""醉了"的状态是暗示人还未清醒地认识到这种生命困境的时候,而"醒着"的状态是明明能够感受到时间的迅疾,但是对生命的流逝又无可奈何的感觉。无论是"醉了"还是"醒着",生命的枯萎之必然趋势是不可能改变的。"现代人像基督徒被推向天堂或地狱那样的暴力推向未来。"〔4〕诗歌结尾,昌耀再次突出了现

〔1〕 Octacio Paz. Children of the Mire: Modern Poetry from Romanticism to the Avant—Garde. Cambridge, MA: Harvard University Press, 1975, p23 - 25.

〔2〕 [美]马泰·卡林内斯库《现代性的五副面孔》,顾爱彬、李瑞华译,商务印书馆,2002年,第18页。

〔3〕 昌耀:《花朵受难——生者对生存的思考》,燎原、班果增:《昌耀诗文总集》,作家出版社,2010年,第515页。

〔4〕 Octacio Paz. Children of the Mire: Modern Poetry from Romanticism to the Avant—Garde. Cambridge, MA: Harvard University Press, 1975. p. 30.

代社会中的“时间性”和“无处安身”的感觉：

> 夕阳底下白色大厦回光返照，退去更其遥远。
> 时间崩溃随地枯萎。修篁，让我们快快走。[1]

“时间崩溃随地枯萎”“回光返照”等描述凸显了生命即将枯萎的紧迫感。昌耀尖锐而敏感地觉察到了现代性对于生命感觉和人的灵性的挤压和摧毁。因此，他疾呼着“修篁，让我们快快走”，这并不是一种逃离，而是在时间流逝之迅疾与生命枯萎之必然性的矛盾处境中，所表达出的一种“对抗”的姿态。抵抗时间性，也就是抵抗生命的衰朽与枯萎。[2] 事实上，昌耀赋予诗歌的重要使命之一，便是对强大生命力的张扬和对生命枯萎现状的抵抗，而在某种意义上来说，这种抵抗又是一种对强大历史力量的堂吉诃德式的挑战，显示出其悲剧感。也正是由于这种内在的生命力和悲剧感，昌耀的诗歌才具有那样震慑灵魂的作用。

生命的枯萎在本质上折射出现代人的“异化”问题。社会、历史的前进和科学的进步并不能代表人类灵魂的提升。首先，在帕斯看来，从某种意义上来说，正是因为现代理性压倒了神的“启示”的一面，人的完满与历史相联结而不是与上帝相联结。[3] 人的灵魂、精神失去了向上的通道，个体生命价值被历史所挤压和替代。人向外部社会历史中寻找永恒和完满而不再向生命内部寻找。而以批判理性为基础的现代性不断分裂自身，自我的完整性不断被分解，生命感觉不断消退。昌耀在《与梅卓小姐一同释读〈幸运神远离〉》(1996)中思考着人的理性和灵性之间的矛盾：“除非保持始终的蒙昧，须知‘智慧之果’的误食才是一切不幸的根源、罪恶的渊薮。但是人类注定要做智慧的动物。”[4]人终究是理性的，就不可避免要承受理性与灵性之间难以调和的矛盾，他将生命本身定义为一种悲剧精神的奋争，重新回归对生命的敬畏，而不是无限夸大科学理性价值。“民俗自古讲究瑞兆，这种祈颂吉祥的风

〔1〕 昌耀：《花朵受难——生者对生存的思考》，燎原、班果增：《昌耀诗文总集》，作家出版社，2010年，第516页。

〔2〕 李章斌：《昌耀〈致修篁〉与完全意义上的情诗》，《东吴学术》2016年第1期。

〔3〕 Octacio Paz. Children of the Mire: Modern Poetry from Romanticism to the Avant—Garde. Cambridge, MA: Harvard University Press, 1975. p. 23 - 26.

〔4〕 昌耀：《与梅卓小姐一同释读〈幸运神远离〉》，燎原、班果增：《昌耀诗文总集》，作家出版社，2010年，第602页。

习正是从另一侧面证实了与生俱来的人类对厄运的那种原生态的恐惧。一种先天就有的压抑感。”[1]《诗的礼赞》(1986)中道出的这种压抑感来自于人对比自己强大的生命形式之间的联系(比如自然、神性等等),来自于“生命意义中的恐惧和悲悯”,而科学理性则将永恒性、生命本质这些问题过于自信地简单化了,也驱逐了诗性。人类被禁锢在现世的此岸世界中,而失去了通向永恒、无限的彼岸的桥梁。其次,由资本主义经济所发展出的物质现代性,金钱至上的哲学,将关注点从人的内部灵魂世界转向对外界的感官刺激。西美尔深刻思考了现代人的异化问题:“货币给现代生活装上了一个永远无法停止的轮子,使生活这架机器成为一部永动机,由此就产生了现代生活常见的骚动不安和狂热不休。”“假如生命缺少内在差异,以至于人们害怕天堂里持久的幸福会变成持久的无聊,那么,无论生命在何种高度,以何种深度流淌,对于我们来说,都显得空洞和无谓。”[2]个体生命感觉是与生活紧密相关的,商品经济的复制性和同化性,灵魂世界的匮乏,使得人的生命感觉缺少内在的差异,从另一种意义上来说,个体的独特生命感觉在萎缩。“现代人在追求种种伪造的理想:在这些名目繁多的理想中,生活的所有实质内容变得越来越形式化地空洞,越来越没有个体灵魂的痕印,生命质地越来越稀薄。人的自我却把根本不再是个体生命感觉的东西当作自己灵魂无可置疑的财富,技术代替了感觉,也把个体灵魂的生命气息从生活中驱逐出去了。”[3]昌耀的诗歌创作后期常常流露出这样一种在都市中的生存无意义感和荒谬感,比如《意义空白》(1993)里所描述的“有一天你发现自己不复分辨梦与非梦的界限。/有一天你发现生死与否自己同样活着。”[4]这就是昌耀在《花朵受难》中痛感到的生命感觉的必然枯萎。当人类自我不再将灵魂当作最为珍贵之物,艺术失去其光环,个体灵魂的生命感觉也就被放逐了。

西美尔表示:“一个具有纯粹审美态度的个性人物会对现代深感绝望。”[5]昌耀的大多数诗歌可以看出对内在精神世界的高度关注,而关心内心救赎的人的灵魂总是与现代社会显得格格不入,他能够深刻体会到现代性

〔1〕 昌耀:《诗的礼赞》,燎原、班果增:《昌耀诗文总集》,作家出版社,2010年,第365页。

〔2〕 [德]西美尔:《金钱、性别、现代生活风格》,顾仁明译,学林出版社,2000年,第12页。

〔3〕 刘小枫:《金钱·性别·生活感觉——纪念西美尔〈货币哲学〉问世一百周年》,[德]西美尔:《金钱、性别、现代生活风格》,顾仁明译,学林出版社,2000年,第14页。

〔4〕 昌耀:《意义空白》,燎原、班果增:《昌耀诗文总集》,作家出版社,2010年,第533页。

〔5〕 [德]西美尔:《金钱、性别、现代生活风格》,顾仁明译,学林出版社,2000年,第73页。

所带来的"无处安身"。"在一个精神追求一再掉价的无可奈何时期,金钱狂躁,感官刺激被高扬,诗神黯然无色。"[1]昌耀深感到现代性对人的灵魂世界和生命感觉的破坏与压制,对诗性的漠视与驱逐。在《灵语》《火柴的多米诺骨牌游戏》《街头流浪汉在落日余晖中遇挽车马队》《迷津的意味》《一个青年朝觐鹰巢》等后期的散文诗中都可以看到昌耀对现代性的厌倦甚至绝望,对灵魂之所的迫切渴求:"我们正被导入一种整体性的精神迷狂……痛苦是经常的事。"[2]"我厌倦这座欲火熊熊的城市。"[3]"深感于人类软语的缺铁症岂止于表意的乏力与无效,更有着病入膏肓的拯救与无望。"[4]执着于诗性追求而深感到现代性之困的昌耀有一种孤独的悲哀、绝望。

对现代性的抵抗与对生命感觉的拯救

在面对现代性时,昌耀表现出一种复杂而矛盾的感受。一方面,如上文所言,关心人类内心灵魂的救赎的昌耀深感到现代性对人的灵性的压制和破坏,诗中常表现出一种精神上的厌倦和排斥。但另一方面,昌耀并未完全陷入悲观绝望,他深感诗歌在这种神性缺失、诗性淡化、金钱肆虐的时代所肩负的重要责任,企图用诗歌的精神力量来抵抗现代性对人的异化。西部边疆的流放经历和浪漫主义的精神资源,促使他专注于寻求永恒性意义,让一种与自然和神性连接的更强大的生命形式内化于现代人的灵魂中,以获得生命感觉的拯救。所以,他认为"愈是使我们感到亲切并觉日臻完美的诗却又是使我们直悟生存现状的诗"[5],他将诗提升为"殉道者的宗教"[6],向着生命的朝圣和灵魂的净化,来抵抗现代人的"异化"。

昌耀自觉肩负起拯救人类灵魂和生命感觉的重任。"这是一个不可无动

[1] 昌耀:《宿命授予诗人荆冠——答星星诗刊社艾星并兼致叶存政、杨兴文》(1993),燎原、班果增:《昌耀诗文总集》,作家出版社,2010年,第548页。

[2] 昌耀:《火柴的多米诺骨牌游戏》(1994),燎原、班果增:《昌耀诗文总集》,作家出版社,2010年,第560页。

[3] 昌耀:《街头流浪汉在落日余晖中遇挽车马队》(1994),燎原、班果增:《昌耀诗文总集》,作家出版社,2010年,第561页。

[4] 昌耀:《一个青年朝觐鹰巢》(1995),燎原、班果增:《昌耀诗文总集》,作家出版社,2010年,第585页。

[5] 昌耀:《诗的礼赞》,燎原、班果增:《昌耀诗文总集》,作家出版社,2010年,第365页。

[6] 昌耀:《诗的礼赞》,燎原、班果增:《昌耀诗文总集》,作家出版社,2010年,第365-369页。

于衷的时代。然而，时代又必要求人们保持镇静，使其在价值体系引发的内心失衡中也好承受强度更大一些的颠簸。因之，这也是情感冲淡的时代了。那根生来的悲天悯人的神经埋在自我保护的鞘膜里，正使得这种包藏着的苦闷愈趋幽闭和深重。"[1]在《酒杯——赠卢文丽女士》(1988)中，昌耀称此为"时代的阵痛"，他企图用诗歌的力量来唤醒人们心中诚挚的灵魂。"我们的诗在这样的历史处境……必定是为高尚情思寄托的容器。是净化灵魂的水，是维系心态平衡之安全阀，是轮轴中的润滑油，是山体的熔融，是人类本能的嚎哭，是美的召唤、品尝或献予。"[2]昌耀希冀通过诗歌唤醒人们对生命感觉和个体灵魂的重视，更重要的是，意识到更大的一种生命形式的存在，超越人的有限性而直抵永恒、无限的境界。唯有诗歌能让人"在这种乐音的浸润中悄然感化，悄然超脱，再超脱"[3]。

在这样一个灵魂衰落、生命枯萎的时代，昌耀"感受到深刻的生命的渴意"，"难耐的渴意从每一处毛孔呼喊"。[4] 他开始了对强大生命力的再次摄取，"我重新开始的旅行仍当是家园的寻找。……灵魂的渴求只有溺水者的感受可为比拟。我知道我寻找着的那个家园即便小如雀巢，那也是我的雀巢。"[5]西部边疆的流放经历和感受到的原始生命风情，为昌耀提供了经久的思想资源："在大西北的大自然中，一片地平线、一片蓝天，那么单纯，甚至单调，但当你坐下来与它对话时，你就会感受到大自然的最原始的那种生命的动力……它们与更自然、更宇宙、更基本的一种动力结合在一起。"[6]这种对更大的生命形式的感知，其实是对与自然、神性之间的精神联系的认识。科学理性的发展，使得人与自然之间的关系变为利用与被利用、认识与被认识的客观关系。而神性则被认为是不科学的、迷信的存在，失去其隐秘的精

[1] 昌耀：《酒杯——赠卢文丽女士》，燎原、班果增：《昌耀诗文总集》，作家出版社，2010年，第399页。

[2] 昌耀：《酒杯——赠卢文丽女士》，燎原、班果增：《昌耀诗文总集》，作家出版社，2010年，第399－400页。

[3] 昌耀：《与梅卓小姐一同释读〈幸运神远离〉》(1996)，燎原、班果增：《昌耀诗文总集》，作家出版社，2010年，第604页。

[4] 昌耀：《生命的渴意》(1993)，燎原、班果增：《昌耀诗文总集》，作家出版社，2010年，第544页。

[5] 昌耀：《91年残稿》(1991)，燎原、班果增：《昌耀诗文总集》，作家出版社，2010年，第485页。

[6] 昌耀：《宿命授予诗人荆冠——答星星诗刊社艾星并兼致叶存政、杨兴文》(1993)，燎原、班果增：《昌耀诗文总集》，作家出版社，2010年，第546页。

神力量。昌耀执着于追寻人与自然之间的紧密联系，感知自然的原始生命力，从而感受到一种与自然、神性之间隐秘的精神相通。而这种与更强大的生命形式的勾连，正是昌耀所要追寻的对人的有限性的超越，对现代人异化的拯救。

这样对强大生命形式的渴求与找寻集中表现在《干戚舞》(1989)中。在此诗的序跋里，昌耀特地引述了“干戚舞”的由来：“夫乐之在耳曰声，在目者容，声应乎耳可以听知，容藏于心难以貌视，故圣人假干戚羽旄以表其容，发扬蹈厉以见其意……诗序曰：咏歌之不足，不知手之舞之足之蹈之……此舞之所由起也。”[1]根据这段序跋，我们可以看出，“干戚舞”其实是一种强大内在生命力的外化，来拯救城市精神的虚弱。在诗歌前半段，昌耀花费大量笔墨渲染对边疆的大自然的感知以及生命质感的厚重充盈。但是，在诗歌的末尾，诗人又描述出当下时代生命感觉拯救的紧迫感：

> 夜幕已经拉紧，电话亭空无一人
> 路标立方体全部如人倒毙，
> 汽车站牌同时中魔从此佝偻。[2]

这些现代城市标志物的倒塌何尝不是生命的委顿？昌耀一再发出疑问：“时不我与，是前行还是却步？”全诗尤其是结尾已经给出了答案：“嗅着山的气息有如老虎的气息。/我们也将开始我们的睡眠。/醒来我们已是子弟。”[3]让个体灵魂感受到更大的生命形式，就能够抵抗生命感觉的委顿，重新找寻到与自然、神性之间的精神联系。

现代人失去了精神的坐标系，在历史中找不到自己的定位。昌耀认为，对更大的生命形式的感知，便是生活在城市文明中的现代人重新找到灵魂安放之所的重要途径之一，“灵魂的自赎正从刚健有为开始。/不是教化，而是严峻了的现实”[4]。他在散文诗《玉蜀黍：每日的迎神式》(1996)中描述：“生

[1] 昌耀：《干戚舞》，燎原、班果增：《昌耀诗文总集》，作家出版社，2010年，第423页。

[2] 昌耀：《干戚舞》，燎原、班果增：《昌耀诗文总集》，作家出版社，2010年，第424－425页。

[3] 昌耀：《干戚舞》，燎原、班果增：《昌耀诗文总集》，作家出版社，2010年，第425页。

[4] 昌耀：《意义的求索》(1995)，燎原、班果增：《昌耀诗文总集》，作家出版社，2010年，第574页。

命敏感的区域：时间。我在一个又一个日夜的昂奋期待中，因屡屡失望而有所疲惫了，丧失了‘感觉’的感觉已像昆虫钝化的口器乃至性器，神性殆尽。”[1]这是现代人“异化”的写照，个体灵魂的生命感觉在逐步退化，生命在机械复制技术与科学理性、金钱的肆虐中，失去了灵性与神性。昌耀希望找寻到一种城市与自然相联的方式：“如意宝塔一般，一座摩天楼成为顶天立地的玉蜀黍——时间的雕像。”[2]昌耀将西北边疆充满生命力的自然风貌与现代城市风貌相融合，试图以更大的生命形式超越现代性所带来的痼疾，获得生命的神性——“我惊异生命是这样不依不饶地矗立起自己的时间雕像，永远保留着穿透一切经验的那一神性感觉。”[3]通过强大生命形式的感知与获得，现代人的生命得以超越自身的有限性，趋向永恒与不朽的精神之境。

这种更大的生命形式的追求，对永恒性、生命力和神性的强调，一定程度上也是昌耀受浪漫主义思想影响的表现。昌耀在《艰难之思》(1987)中谈到其创作的精神资源时曾表示：“我渴待生命力的强劲震撼。二十八年前我在垦荒的祁连山某座台地趴在落满草屑的地铺抄录的几首外国诗歌竟被我保存到了今天而成为那期间我的思想感情的见证。其中一首是歌德作品《普罗米修斯》：宙斯，你用云雾/蒙盖你的天空吧，/你像割蓟草的儿童一般，/在栎树和山顶上/施展伎俩吧！”[4]作为德国狂飙运动时期浪漫主义先驱的歌德提倡强有力的生命力。昌耀所引述和赞赏的歌德的《普罗米修斯》体现出了人类成为命运主宰的渴望和生命力的强大释放。美国浪漫主义诗人惠特曼也是诗人所钟爱的。[5] 他在回忆性的散文中多次提及惠特曼对其诗歌创作的影响，也在书信中屡次向友人提及对惠特曼诗歌的欣

---

〔1〕 昌耀：《玉蜀黍：每日的迎神式》，燎原、班果增：《昌耀诗文总集》，作家出版社，2010年，第612页。

〔2〕 昌耀：《玉蜀黍：每日的迎神式》，燎原、班果增：《昌耀诗文总集》，作家出版社，2010年，第612页。

〔3〕 昌耀：《玉蜀黍：每日的迎神式》，燎原、班果增：《昌耀诗文总集》，作家出版社，2010年，第612页。

〔4〕 昌耀：《艰难之思》，燎原、班果增：《昌耀诗文总集》，作家出版社，2010年，第376页。

〔5〕 惠特曼对昌耀创作的影响有不少学者关注到，如雷庆锐的《昌耀与惠特曼诗歌创作相似性解读》一文从诗歌创作的精神特质、审美意象以及诗体风格方面两者的相似性来分析。详见雷庆锐：《昌耀与惠特曼诗歌创作相似性解读》，《青海社会科学》2008年第5期。

赏。[1] 他表示惠特曼的诗歌带他进入了“一个更宏大的精神天地”，“诗人之赞美人体者也许首推惠特曼。……惠特曼歌颂的人体可以看做是具有生命、性力、完美的大自然本身。……惠特曼之后颂扬人体的诗人尚有聂鲁达、劳伦斯、埃利蒂斯、桑戈尔等许多，然而没有一个具有为惠特曼所表现的整体气象中的优美、深刻、繁富或磅礴之势”。[2] 惠特曼的诗歌体现出个体生命与有着完满生命力的自然的连接与融合，这正是昌耀所倾慕的一个更为广大的生命形式的展现。《斯人》(1985)一诗几乎可以说是向惠特曼致敬的一首诗，也体现出了昌耀诗歌受惠特曼影响而相承的宏大意境和磅礴的生命力。

> 静极——谁的叹嘘?
> 密西西比河此刻风雨，在那边攀缘而走。
> 地球这壁，一人无语独坐。[3]

这首仅仅三行的短诗，却道出了一种既孤独却又充盈之感。“静极”却有人在叹嘘，广袤的时空中似乎仅有抒情主体一人，与诗中的抒情主体相伴的是宇宙的宏大景象——地球那边的密西西比河与地球这壁的独坐者，有着精神和生命上的惺惺相惜——一种强大的生命形式的笼罩。这首诗写于5月31日，而这个日子正是大洋彼岸、密西西比河所在国度的诗人惠特曼的生辰。惠特曼是昌耀喜爱的诗人之一，昌耀虽未明确表示这首诗的创作目的，但是很可能是向惠特曼的对话。

从昌耀对诗和永恒性的理解来看，与浪漫主义思想有着密切关系。昌耀在《诗的礼赞》中表达了他对于诗的理解：“艺术的根本魅力其实质表现为——在永远捉摸不定的时空，求得了个体生存与种属繁衍的人类为寻求万无一失的理想境界而进行的永恒的追求和搏击的努力(我视此为人的本性)，艺术的魅力即在于将此种‘搏击的努力’幻化为审美的抽象，在再造的自然中

〔1〕 昌耀：《读书，以安身立命》(1994)，《致SY21封》(1990—1991)，燎原、班果增：《昌耀诗文总集》，作家出版社，2010年，第573、725-741页。

〔2〕 昌耀：《意义的求索》(1995)，燎原、班果增：《昌耀诗文总集》，作家出版社，2010年，第738页。

〔3〕 昌耀：《斯人》，燎原、班果增：《昌耀诗文总集》，作家出版社，2010年，第283页。

人们得到的正是这种审美的愉悦。”[1]在永远捉摸不定的时空中寻求万无一失的理想境界，是一种对于无限性和永恒性的追求。然而，人是无法达到永恒之境的，只能无限接近，但艺术之美正在于这种明知不可为而为之的悲壮美。“生命本身原已定义为一种悲剧精神的奋争。……孤独的人类幸有艺术做伴。艺术原是孤独的人类用以倾诉内心情绪、宽慰或内省的方式。艺术是灵魂的歌吟。而灵魂的歌吟恰是广义的诗的精髓。被这种‘广义的诗’所化育的一切艺术品类因之都获致不同程度的魅力。”[2]昌耀对“广义的诗”的理解与浪漫主义“诗的泛化”的理念有关。浪漫派所指涉的“诗”“并非单纯的诗的艺术作品，而是指作为理想的生活的世界”[3]。这个世界是一个永恒的、统一的、诗意化的世界。浪漫派以诗来对抗对立和分裂，以诗为中介去解决有限和无限的矛盾。因此，“诗”在浪漫主义那里，是一种生活态度、一种情感方式、一种哲学追求，而不仅仅是一种文学体裁。现代文明和工业理性对人的分裂，宗教的神圣性被破坏，人类失去了超越自身有限性而抵达无限之境的途径，浪漫主义企图用诗学的方式来完成人们对于永恒性的渴盼。正如惠特曼在诗歌中呐喊的那样：

> 我们每个人都是必不可少的，
> 我们每个人都是无限量的——我们每个人在地球上都有他或她的权利，
> 我们每个人都被准许理解大地的永恒涵义，
> 我们这里的每个人都和在这里的任何一个一样是神圣的。[4]

在雪莱看来：“诗歌的功用是双重性的，一方面，它创造知识、力量和愉悦的新材料，另一方面它在脑海中酝酿一种根据特定的节奏和秩序（也许被称为美和善）来复制和安排这些材料。由于过度的自私自利和计较得失，我们外在生活所积累的材料竟然超过了我们同化的限度，以至于不能依照人性内

[1] 昌耀：《诗的礼赞》，燎原、班果增：《昌耀诗文总集》，作家出版社，2010年，第365页。
[2] 昌耀：《诗的礼赞》，燎原、班果增：《昌耀诗文总集》，作家出版社，2010年，第365页。
[3] 刘小枫：《诗化哲学——德国浪漫美学传统》，山东文艺出版社，1986年，第30页。
[4] [美]惠特曼：《向世界致敬！》，[美]惠特曼：《草叶集》，楚图南译，上海译文出版社，1991年，第258页。

在定律来消化这些资料，这时，诗性的培养便是必要的了。”[1]雪莱所提倡的是浪漫主义对待生活和外在世界的方式：用诗性的培养，来将外在于个体生命的世界内化为生命感觉，这样，内在精神世界便会在诗意地对待世界的方式之中得到不断充盈，而不是一再被科学理性和现代文明挤压。用诗性来拯救人的灵魂，超越有限寻求永恒之境，正是浪漫主义思想资源促成了昌耀对于诗歌美学和人文意义的深刻理解，这也是浪漫主义诗歌对当下的重要意义。

然而，与诗人所努力进行的灵魂拯救相伴的却是拯救的无望。这种绝望感一方面来自于生命本质的思考，无论人如何追求精神的永恒和无限，也无法摆脱肉身有限性的束缚和人生意义的虚无感。“其实‘醒着’只是直面枪口，徒有几分形色的悲壮，但不能改变潜在的厄运。”[2]另一方面这种绝望感来自于大多数现代人的冷漠，他们身处于困境之中，不仅并没有意识到自身所面临的精神危机，而且还对诗人拯救灵魂的行为不屑一顾或漠然待之。而后者，是昌耀最为痛心的。他仿佛是鲁迅笔下“铁屋里的呐喊者”，孤独地呼吁着灵魂的拯救，提醒人们所面临的精神困境，却得不到回应和理解，感到悲哀又绝望。在《意义空白》(1993)中，昌耀展示了这种绝望和孤独：“有一天你发现你的呐喊阒寂无声空作姿态。/有一天你发现你的担忧不幸言中万劫不复。/有一天你发现苦乐众生只证明一种精神存在。”[3]《时间客店》一散文诗典型表达出了昌耀所要表达的对于当下生命困境的理解以及诗人背负使命的悲壮感和宿命感。“这首诗以‘客店’作为场景，这不是偶然的，其象征性的意味在于：客店是‘旅途’中的暂歇之所，它不同于驿站或居室，而是公共性的、带有异己因素的场所，同时客店是经历过的一段行程和将开始的另一段行程的界限和交汇点，与时间上的‘当下’有着对应的性质。”[4]“我”背负着“人人心中所有，人人笔底全无”的“时间”，试图修复。表面上修复的是时间，实际上是修复个体的生命感觉。然而，这种修复在当下又是难以完成的。因为这个时代并不具备修复的条件，反而愈加破坏。而那些围观者犹如鲁迅

[1] Shelley. “A Defence of Poetry”, in Shelley’s Prose; or, the Trumpet of a Prophecy. Ed. David Lee Clark, Albuquerque: The University of New Mexico Press, 1954. p. 284.

[2] 昌耀：《与梅卓小姐一同释读〈幸运神远离〉》，燎原、班果增：《昌耀诗文总集》，作家出版社，2010 年，第 603 页。

[3] 昌耀：《意义空白》，燎原、班果增：《昌耀诗文总集》，作家出版社，2010 年，第 533 页。

[4] 程波：《试论昌耀诗歌中的“时间意识”——从昌耀新作〈时间客店〉谈起》，《诗探索》2000 年第 3 期。

笔下的"看客",他们"为'时间'的修复甚至于不愿捐献出那怕一根绳头",麻木而漠然。在昌耀这首散文诗的结尾,人群散去,周围一切都化为虚无,作者此时感受到了一种类似于鲁迅笔下"觉醒者"立于旷野中呐喊而无人应的孤独,"如此孤独"。

昌耀一方面深切感受到现代社会对人的异化之必然性和绝望,另一方面又赋予诗与诗人以神圣而悲壮的使命。这种孤独感也一再表现为昌耀诗歌中的堂吉诃德形象。一个孤独、绝望,但又"知其不可为而为之的精神",对抗着现代性所带来的人的异化:

> 但这是最最严重的关头,
> 匹夫之勇又如何战胜现代饕餮兽吐火的焰口?
> 无视形而下的诱惑,用长矛撑起帐幄,
> 以心油燃起营火,盘膝打坐。
> 东方游侠,满怀乌托邦的幻觉,以献身者自命。

这是最后的斗争。但是万能的魔法又以万能的名义卷土重来。

> 风萧萧兮易水寒。背后就是易水。
> 我们虔敬。我们追求。我们素餐。
> 我们知其不可而为之,累累若丧家之狗。
> 悲壮啊,竟没有一个落荒者。
> 悲壮啊,实不能有一个落荒者。[1]

"竟没有一个落荒者"表达出对抗金钱资本时代带来的形而下诱惑、拯救人的灵魂的决心,"实不能有一个落荒者"则道出拯救个体灵魂生命感觉的迫切性,如同《花朵受难》中所表达的——时间已是"回光返照",若不"快快走",生命必将迅速枯萎。昌耀在《一份"业务自传"》(1995)中谈到自己创作初衷时表示:"然而,随着向市场经济转轨过程中出现的人们价值观的迷失、怅惘又可堪忧虑,而一个民族的灵魂的强弱具有存亡意义。我的后期创作也传达

---

〔1〕 昌耀:《堂吉诃德军团还在前进》(1993),燎原、班果增:《昌耀诗文总集》,作家出版社,2010年,第535页。

了可为警示的这种忧虑。"[1]在"这最最严重的关头",昌耀强调了堂吉诃德精神的重要性,尽管人们也许并不明白甚至不屑于这种精神的高蹈——"时间躁动,不容人慢慢嚼食一部《奥义书》。/……/说银月无光。说诗已贬值。"[2]但是,面对象征欲望和吞噬人类灵性的"现代饕餮兽",堂吉诃德式的诗歌是对抗人们受形而下诱惑沦陷和丧失生命感觉的勇士,显得悲壮而又必要。也正是这样一种在人类精神救赎之路上不屈不挠、执意前行的堂吉诃德精神,也赋予了昌耀诗歌悲剧感和神圣感。

结　语

80年代、90年代的中国,现代化处于刚刚起步的阶段,人们沉浸于现代文明和科学理性发展所带来的物质现代性的优越之中,现代性所带来的问题还未充分暴露。那时的昌耀却已经深刻意识到了现代人的"异化"这一迫切问题。骆一禾曾这样评价昌耀:"我们之所以称昌耀为大诗人,在于他的诗歌写出了个人内心和宽阔背景上的诸般生命所并存的主导精神,他所突出的是这种至今仍然驱策着中国人的紧迫感,这是一个时代的因素,在今天它越来越具有事实感,越益地强化了,要么便是听候召唤,是赶路,要么便是迫降和永远吞没,并且诗人的心灵自身也首先具有和抵达了这个程度的觉识。"[3]昌耀痛心于现代人生命感觉的消逝和灵魂世界的衰落,而这一问题的紧迫性随着现代化的不断加速发展越来越突出。在这个科学精神毁灭神话、放逐诗和艺术的时代,灵魂和生命感觉的栖身之所不断被摧毁和挤压,如雪莱所言,人越来越成为自身欲望和现代文明的奴隶,要么拼力抵抗,或听候自然与神性的召唤,或在诗性的道路上继续勉力前行,要么只能甘于被金钱与现代工业操纵,听任灵魂世界的衰落和生命感觉的泯灭。西方已完成工业化过程,甚至进入后工业化时代的发达资本主义社会,这些问题已有诸多讨论和警示。而在现代化还未完成的中国,现代人所面临的精神危机还并未得到充分的重视和关注。从更深层来说,中国自五四以来的文学大多关注现实问题,

〔1〕 昌耀:《一份"业务自传"》,燎原、班果增:《昌耀诗文总集》,作家出版社,2010年,第857-858页。

〔2〕 昌耀:《意绪》(1985),燎原、班果增:《昌耀诗文总集》,作家出版社,2010年,第284页。

〔3〕 骆一禾,张玞:《太阳说:来,朝前走——评〈一首长诗和三首短诗〉》,《西藏文学》1988年第5期,第357-367页。

而较少对人的灵魂层面的关注和生命本体的思考。在这样的历史和文化语境中，重新认识昌耀的浪漫主义诗歌的价值便显得更为重要了。昌耀迫切关注人的灵魂拯救的问题，努力以诗性的想象世界重铸强劲有力的生命感受，重新唤起对神性和永恒性的渴求。始终关注人类的灵魂拯救，关注人类的精神困境，使得昌耀在中国文学史和当下文化中具有独特和重要的意义。而昌耀所作的艰难努力，正如他所喜爱的诗人惠特曼所言："你们为永生作出了你们的贡献，/不论是伟大还是渺小，你们为灵魂作出了贡献。"〔1〕

东南大学现代汉诗诗研究所　东南大学中文系

〔1〕［美］惠特曼：《一路摆过布鲁克林渡口》，惠特曼：《草叶集》，上海译文出版社，楚图南译，1991年，第286页。

附录一：中国现代汉诗研讨会开幕式领导和嘉宾讲话录音

人文学院王珏院长致辞（节选）

各位专家：上午好！

非常感谢也非常高兴，因为正如王珂所说一来开会就感觉格外的轻松愉快。王珂主任还非常认真地给我准备了一个讲话稿，他非常细心，主要是觉得我跟诗歌界很多人不认识，所以就准备了这个讲话稿。我个人在这个场合不免有点激动，在这之前我就看到这个会议有点意思，我提前十分钟到，我看到各位领导、各位来宾已经在台阶上与同学们照相了，我就躲在一旁的小树林中，我想不要干扰王珂。了解王珂的都知道他很率性，也正是因为这一点，学者的真诚，诗人的不拘礼，受到了大家的喜欢。人文学院前院长樊和平教授在引进王珂到东大任教时，我在做副院长，协助分管人事，他当时就说了一句话："我们东南大学要藏一点人才、储备一点人才。"当时我们的樊院长非常的有远见，就说"藏一个诗人"在这儿，这么"一藏"，包括我们参会的现代汉诗研究所的李玫老师、张娟老师，他们给我们的校园带来了不一样的感觉。比如前天我和学界朋友聊到李玫老师，他说李玫老师是南大中文系毕业的，很有才，说你是学哲学的，你们学哲学的讲话太干了。我说怎么了，他说李玫原来有微博，经常有签名，有个签名是"走着走着花就开了"。他说你想这多有意境啊！我说："哎，这个是。"所以我们那天餐桌上的一个主题就是套用了这句话"走着走着花就开了"。张娟老师在给大学生上课的时候，有个创意写作叫"笔走龙湖"，就是我们的九龙湖，专家们可以去看看。在上这个创意写作的时候，她与学生的文章就汇成一个文集叫《赏物有心》，我们九龙湖这个富有野趣的地方顿时就有了文艺色彩。我们校园几乎是一个影视基地。大礼堂、喷水池，包括我们今天就座的老图书馆都是非常有历史的。王珂老师早上带大家去看的六朝松和体育馆也颇有来历，我们东南大学是当时的国立中央大学，在更往前的东南大学，有很多著名学者都曾在这儿工作过。所以今天各位的到来使东南大学更增添一份生机和活力。刚刚立冬，能迎来这么多对诗歌研究很有造诣的专家学者，我本人也非常高兴，所以王珂问王院长能不能来，我说一定来，我们八点开会，我三点钟就醒了，一般在九龙湖开大会九点开始，王珂有创意，八点开始，我怕堵车啊，所以早早就起来了，六点多就到了四牌楼。

首先我代表东南大学人文学院欢迎各位在百忙中参加中国现代汉诗研讨会！尤其感谢中国新诗研究界的领军人物谢冕教授、《中国当代文学史》和《中国当代新诗史》的主编洪子诚教授、中国当代文学学会副会长吴思敬教授等名家的光临。谢冕教授曾经接受东南大学素质教育中心的邀请做过讲座，目前东南大学教学楼里还挂有您的相片。听说今年 84 岁的您这次又要来东南大学，东大学子兴奋极了，要求校团委及素质教育中心委托王珂教授请您做讲座。中文系的很多师生也好想见到他们的当代文学教材的主编洪子诚教授。今天，他们的愿望终于实现了。也有很多同学想目睹叶橹教授、傅天虹教授、沈奇教授、章亚昕教授、熊国华教授等诗论家的风采。近日吴思敬教授、郑政恒教授将为东大学子做讲座的好消息已经传遍校园，你们的讲座相片已经成为校园的一道美丽风景。你们将参加东南大学第九届“中华赞”朗诵大赛的好消息更是让大家兴奋。同学们还为专家准备了富有诗意的小礼物。

这次中国现代汉诗研讨会不仅给东南大学的新诗研究者带来了多场学术盛会，也给东南大学的学生，尤其是人文学院的学生带来了多场学术盛宴。初冬的南京是美丽的，东南大学校园更是以美闻名南京，你们的到来，让东大校园更美。感谢各位专家带来了诗歌的美丽，带来了学术的美丽。……中文系是人文学院的第二大系，在人文学院学科体系中不但具有学科交叉的特色，而且具有更加悠久的诗歌传统，闻一多、宗白华、吴宓、梁实秋等大家都曾汇集在此。近年中文系正在高速发展，近五年获得科研经费 400 多万，发表论文 200 多篇，出版著作 20 多部。现代汉诗研究所成立于 2016 年 1 月，负责人是王珂教授，现有专业研究人员 7 人，兼职研究员 3 人。还处于基础建设中，需要各位同行专家的大力支持。相信这次会议会促进我校正在进行的中央高校“双一流”人文社会科学建设，让我院的学科建设更上新的台阶。

（史诗源　王　珂　整理）

社科处甘锋副处长致辞(节选)

尊敬专家、学者：上午好!

首先请允许我代表东南大学社科处欢迎各位光临!

学中文的我今天非常高兴,见到了这么多的中文学科的“牛人”。有很多前辈是我早想目睹风采的。如新诗理论界的领袖谢冕先生,又如洪子诚先生,当年我读本科用的当代文学教材就是您主编的《当代文学史》。我还细读过您与刘登翰教授写的《中国当代新诗史》。此次参会的专家都来自北京大学、北京师范大学等著名高校和中国社会科学院等权威研究机构,希望大家以后大力支持东南大学的学科建设。东南大学过去以工科为主,现在正在加强文科建设,正在努力办成一流的综合性大学。因此本次研讨会既是人文学院重点支持的东南大学中央高校“双一流”人文社会科学建设项目,也是社科处重点支持的东南大学“社会科学学术沙龙”的重要项目。……用“现代汉诗”取代“新诗”的目的是为了体现东南大学新诗研究机构与其他十多家的研究特色——强调新诗的现代汉语性和现代精神性。东南大学现代汉诗研究所研究中心主任王珂教授2015年出版的《新诗现代性建设研究》,是现代汉诗研究所成立以来的重要学术成果,入选了“东南学术文库”。他给现代汉诗下的定义是：现代汉诗是用现代汉语和现代诗体,抒写现代情感和现代生活,具有现代意识和现代精神的语言艺术。本次会议的两大主题是：现代汉诗与现代精神和现代汉诗与现代人及现代国家,就是要探讨出新诗现代性建设的主要任务是培养现代国人和打造现代国家。这是渴望实现“中国梦”的伟大时代赋予新诗的重任。所以这次研讨会具有重要的现实意义。东南大学具有非常幽静、深邃的人文氛围,在四牌楼校区处处展现了历史沧桑变幻的痕迹,如大家住的榴园宾馆附近就有梅庵、六朝松、泰戈尔讲学处等。矗立在校园中心的大礼堂更是与这些人文景观共同构成东南大学的特色。九龙湖校区也十分美丽,尤其是人文学院所在的文科楼处在具有诗情画意的美丽湖畔。欢迎大家在会议期间参观,感受东南大学过去的辉煌和现在的活力。

(史诗源　王　珂　整理)

北京大学中国诗歌研究院院长谢冕教授致辞

各位朋友：上午好！

我们的会议题目叫做“现代汉诗”，我没有用这个概念，王珂用了，王光明也用了现代汉诗。我用的是“中国新诗”，我不知道这两个概念之间的关系是什么，今天我还是用中国新诗这个名字。现在全国各地都在纪念、庆祝中国新诗诞生一百周年，我在这个会的时候想起胡适先生在1919年双十节的时候，他写的文章叫《谈新诗》，他的副标题是《八年来的一件大事》，八年是说从辛亥革命到他写这篇文章的时候的这段时间。八年来的一件大事呢，他说与其谈那些无谓的政治，不如来谈谈有意思的新诗这个话题。那么无谓的政治他说的是他对现实的失望，辛亥革命取得成功，但现实很糟糕，新诗是他认为八年来最值得谈的一件事。我借用胡适先生的话来说，就是轮到我们来谈论新诗的时候是一百年。我们是后学，我们是套胡先生的话来说的，与其谈论那八年来这些无谓的政治，我们倒不如谈论这件一百年来很有意义的事情，就是中国新诗的诞生与建设。我今天想就是轮到我们来谈这件事情，诞生发展了100多年的新的诗歌形态，或者如王珂所讲的“现代汉诗”。

100年来世界上发生了很多事情，最大的两件事情就是发生两次世界大战，千万人流离失所，家破人亡，从航空母舰到原子弹都出现了。这100年留给我们的惨痛记忆，那就是废墟、荒原、孤儿和伤残。我想起了我国台湾一位作家笔下的在菲律宾的一座山下，有一万多名美军将士埋在那儿，满是墓碑和十字架，这都是战乱带来的，美国人为了正义、为了真理而战，这些是非常惨痛的记忆。现在那么多的墓碑还在那里，还在沉思。对中国也有惨痛的教训，我们可以到云南的腾冲，那里高黎贡山下有座小山，埋着成千上万的国军士兵，那里竖着的墓碑也让人感到很沉痛，是无边的死亡在提醒我们。

我们在想到这些的时候，千年的汉字，百年的新诗，一切都是欲说还休的，我们与其来谈论那些悲痛的历史，我们倒不如来谈论文化的传承与建设，谈论100年来我们中国新诗所带来的新气象，这样新的一种表达方式，我们想谈论的是战争之后的和平，在和平的氛围之下，我们如何将这辉煌的传统文化传承下去，并且建设得更好。

诗歌看似无用，其实它是永恒的，它给我们带来希望。我们从事着的事业，我常说我们从事的事业是一个做梦的事业，谁都会做梦，也做各种各样的梦，诗歌就是让我们做梦的，让我们幻想的，提醒我们要去想象的。谈论诗歌，就是谈论一种非常高远的事情，谈论一种非常恒久的事情。

王珂今天让我来说一些开头的话，我就想用这些话来回应大家的期待。我就是说，目前全国各地都在庆祝新诗的诞生，纪念新诗的诞生，有许多的诗歌研讨会，我刚从扬州赶到这里，接连的两个新诗研讨会让我有一种感受，有人文学科的这些学校集合了全国的青年才俊到一起来讨论诗歌的理论问题，意义非常重大。因为从扬州到这儿，我看了很多人写的论文，借这个机会来交流我们对于新诗建设的很多意见和看法。我自己读了大家的论文也受了很多启发，得了很多的知识，所以我们是有希望的。诗人们谈论创作，我们谈论理论建设，这是非常有必要的。大家都认真地做这件事情，特别是王珂新任中文系主任和东南大学新诗研究所所长，他是很有抱负的。所以，我觉得我应该感谢大家，给我这样一个学习交流的机会。

（董　艳　王　珂　整理）

首都师范大学中国诗歌研究中心副主任
吴思敬教授致辞

各位朋友：上午好！

我这是第二次来东南大学，1998 年是第一次，这是第二次，两次来都是参加关于新诗的会议，所以我觉得东南大学作为一所偏向于理工科的全国重点大学，既是 985 又是 211，能这么重视人文学科，重视新诗的研究，我是很感动的。今天王院长和甘处长的发言代表了学院和学校对新诗研究的重视。今天有个程序，就是为东南大学现代汉诗研究所授予兼职研究员，我觉得这件事也是意义重大的。

在大学里边，新诗研究机构能单独出现，是新时期以来出现的事情，第一家出现的是原来的西南师大，现在的西南大学，建立的新诗研究所。此后到了世纪初，新诗研究机构纷纷成立，我们首都师范大学有一个教育部人文社会科学研究基地，就是首都师范大学中国诗歌研究中心，在 2001 年建立，接着就是北京大学中国新诗研究所，现在的北京大学诗歌研究院。近年也有大学建立了新诗研究的单独机构，像北京师范大学的当代诗歌研究中心，山东大学威海分校的现代诗歌研究中心，南京大学的新诗研究所……人民大学在王家新的主持下也成立了这样的机构。到了今年似乎有加速度出现。今年上半年南开大学成立了穆旦诗歌研究中心，华中师范大学成立了华中师范大学诗歌研究中心，上个月河南师范大学成立了华语诗歌研究中心。还有就是今天我们参加的东南大学现代汉诗研究所的揭牌仪式，成立于今天1月。所以一年之内，在四所非常有影响的大学出现新诗研究机构，表明新诗研究受到了许多大学的重视，而机构的成立将会有力地促进当下及未来的新诗研究。这样一个局面真是让我深受鼓舞。

东南大学现代汉诗研究所由王珂出任所长，他又是中文系的主任，我相信在王珂的领导下，在王院长和甘处长的支持下，这个研究所一定会有非常好的发展。

实际上我是王珂的博士后合作导师，也是他的朋友。我对他是很了解的。他是一个对诗歌非常热爱，甚至可以说他的一生都献给了诗歌事业，非常勤奋，也很有才华。他跟着我念博士后的时候，正赶上2003年的SARS，也就是非典，当时他被隔离了。我们首都师范大学那时候有两个校区，市内有一个主校区，另一个地方有一个新校区，就把王珂隔离在那里，他哪儿也去不了。在那小半年的隔离期间，他就念书写文章，结果那一年他发的论文高达57篇，所以他这种科研能力和勤奋的程度可以想象。所以我觉得这样勤奋的很有才华的教师领导现代汉诗研究所，我对于东南大学现代汉诗研究所的未来非常有信心。当然作为王珂的朋友，我对于这个研究所的建立不仅表示祝贺，也提出几点希望。希望它能做得更好。

第一点希望东南大学的现代汉诗研究所真正成为我国新诗研究的一个中心，一个科研中心。要把科研作为研究所第一要务。你叫研究中心，如果不研究，只是搞些活动，或者弄些宣传效果的东西，当然有时候这些也有点必要，比如你开个朗诵会啊，在学生中间，这个很重要，但是根本任务是研究工作。所以我希望你能规划一些课题，这些课题要有一个长远的规划，其中要申请一些重大的课题。因为这个中心已经有了自己的力量，同时我们还有兼职研究员。而这个课题你可以申报教育部的、国家社科基金的，包括省里的，东南大学实力雄厚，还可以设计自己的课题。所以课题的规划和设计是王珂很重要的任务。必要的时候也可以召开课题规划的小型研讨会。这个让大家互相取长补短，既有长期规划的大课题，又有小课题，所以我觉得中心能不能站得住，就在于日后能不能推出有重要影响的成果。如果没有这个成果，你这个挂牌没有多大意义。这一点我相信在王珂的领导下肯定可以实现。

第二点就是这个研究所要成为资料中心。因为研究机构不光要出成果，还要给我们的科研人员，包括我们的博士生、硕士生提供研究条件，这个研究条件就在于我们要掌握丰富的、大量的资料，资料中心的建设不是一个人能完成的，需要学校的投入，资金的投入还有人力的投入。我们首师大的研究中心成立后，就是一直想建立一个资料中心，建设一个真正为大家向往的资料中心，还差得很远。我们也想到了很多，比如建立什么库。因为我们中心是古代诗歌和现代诗歌在一块。古代诗歌中心一大块，现代诗歌中心怎么弄，我们有很多想法，但实际上我个人觉得我们的资料建设还差得很远。这里既有经费的问题，也有投入的问题，搞资料没有人不行，可是现在每个人又要教学，又要搞科研，所以没有工夫再去做这个，虽然想法很多。所以我觉得这个资料中心是长远的试验，也要分配人来做。我觉得你们东南大学实力雄厚，又有钱，你们的钱要比一般的院校多，比地方院校，如首都师范大学要多得多，能够投入，所以你们要把东南大学新诗资料中心建设成一流的资料中心。

第三个就是人才培养中心。一个研究所一定要出人才，只有王珂一个人是不够的，今后，按照今天王院长说的，王珂就是老母鸡，你就要为我们未来的诗坛培养出一些小鸡雏，然后让他们长出翅膀，自由飞翔。这一点希望东南大学能够为我们未来的，不是今天，而是十年、二十年甚至于我们整个21世纪培养出真正优秀的诗歌理论和诗歌创作人才。

我想，你们既出成果，又成为资料中心，必将吸引全国各地和来自海外的人。这个我就有深切体会。比如刘福春老师，他是为新诗资料建设做出巨大贡献的第一人，所以到北京的时候，很多海外的人来第一件事就是拜访刘福春老师，刘福春的资料对他们有重大的吸引力，他们不一定非要拜访某一位诗歌研究专家。所以我觉得建立资料中心意义重大，但它又是非常艰苦的，绝对不是一个简单的事，所以我个人觉得这个研究所今后既出成果，又吸引全国各地和世界各地的人才，不断地为我们中国培养出更多的诗歌评论的人才。我想这就是在全国乃至在世界成为有重大影响的诗歌研究中心。

我有这样的期待。谢谢大家！

（王　宁　王　珂　整理）

附录二：中国现代汉诗研讨会四位老专家“自由发言”录音

谢冕先生发言录音

最近在思考现代汉诗，即中国新诗的一些问题，因为大家的一些焦虑，认为中国新诗造成了与中国传统诗歌的断裂，是一个断层。我觉得事实不一定是这样，从哪些方面来讲呢，语言没有变，使用的是汉语。就是从古代汉语到现代汉语，从文言到白话，白话当中又保留很多文言成分。所以我们几千年的诗歌延续下来使用的语言就是一个，就是汉语。只不过随着时间的变迁，汉语有一些变化，古代汉语变成了白话，变成了现代汉语，现代汉语中又有古代汉语的成分。另外诗歌观念也没变。观念是什么呢？是诗言志，是诗歌对人的精神情感的教化作用。这个没有变，新诗的诞生是为什么呢？新诗的诞生就是因为它的教化作用嘛。原本中国的社会衰败，民心有问题，所以就需要诗歌来振兴，就是所谓“振兴国运改造民心启发民志”。所以这个问题没变。所以从这两点，我觉得中国诗歌几千年下来是延续不变的，只不过发生在五四时期的变革是一场大变局，这种大变局的原因呢有很多，改变的地方也有很多，我就不细讲了。那么几千年的中国诗歌，从《诗经》的民歌及无名者的创作，到楚辞有了一个正式的诗人名称的出现，可以说是专业的创作，以后各个朝代都有诗歌形态，到了五四新诗的形态，不过是诗歌形态的变化而已。所以我认为我们新诗百年的焦虑没有必要。诗歌如何适应时代，向内适应时代，向外走向开放，这才是很大的问题。唐代就是这样，唐代长安大街上到处走的就是胡人，一些音乐就是外来的。……今天所说的“欧化”也好，“西化”也好，甚至“全盘西化”也好，这些都没有问题，这是随着时代的变化产生的诗歌大格局。终究新诗新在什么地方，就是新在创造了一种空前自由的表达情感的方式，为什么这样呢？和李白、杜甫这些古代诗人不同，因为我们现代诗人有自己的方式，从郭沫若到艾青到穆旦，这一系列的诗人，他们的歌唱方式，他们的语言的方式和古代诗人有绝对的大不同，那么这个就是由于我们开放的结果，就是因为开放。究竟新诗的新存在什么问题，我记得臧克家先生写过一篇文章，这个文章讲的是精炼、押韵。那时候我的思想比较激进，我觉得臧先生思想很守旧，现在不这样看，我觉得精炼、押韵大体整齐，这讲的是诗歌非常基本的要素，诗歌的精炼和文学的情感不太一样的地方，别的东西你刻意讲很多，几百万年都可以，诗歌一般是不提倡的。诗歌要求精炼，一个字顶上一千个字，顶上一万个字，顶上无数的字，我们不能忘记这一点。押韵大体整齐讲的是诗歌的音乐性，我认为这是非常重要的一点，我们一切可以忘掉，但诗歌本身的音乐性不能忘掉。我有一个基本的判断，诗歌就是音乐的文学，我们现在把这两点忘掉，就是把诗歌给忘掉了。我们现在忘掉得相当多，新诗越写越不精炼了。古人的那种遣词造句，这样的心情，这样的境界现在没有了，这个就是很大的问题，我们现在的诗歌不好听了，不好看了，记不住了。我讲这些话不是说恢复过去，我们恢复旧体诗的做法，写七言、五言、七律，不是这个意思，我说的是诗歌的节奏感，我们押韵都没有了，什么都没有了，这种内在的节奏感非常重要，读起来好听，记得住，这点我们没有了，所以我们百年的经验是我们获得了表达的自由、歌唱的自由，自由地表达情感的情况，但是忘掉了本质的东西，那就是精炼和音乐性。

洪子诚先生发言录音

我就讲两点，我对新诗一直抱有非常大的信心，即使在90年代大家都在骂新诗的时候，我一直坚信自己是新诗的崇拜者，我对新诗一直有敬仰的心情，一直认为新诗是很有前途的。我认为百年来新诗做得非常好，当然也有一些地方做得不好。具体内容我就不发挥了。另外一点，存在这样一种极端的说法，上午听了太胜的发言后，我也与沈奇作了交流，从基本观点看，太胜认为新诗是主流我是赞成的，但是他那种对旧诗持很排斥的态度，我认为不应该。他认为一些诗人年纪大了以后写旧诗是一种堕落。我不同意这种看法。那么我就介绍一下我最近读的一本书，这本书是三联书店出版的，印了四千册，很快就被卖光了，又加印了八千册，是日本神奈川大学的教授木山英雄写的，这本书写的是毛泽东时代的旧诗的写作。书名叫做《人歌人哭大旗前》，这个是套用中国古代一位诗人的诗，好像是杜牧的，我记不太清楚了。他主要是考察大家熟悉的一些知识分子遭难之后，在监狱里头，或者失去自由以后的旧诗写作，包括杨宪益、黄苗子、启功，还有郑超麟，当年中国托派的主要成员，大家不熟悉，还有李锐、潘汉年，还有胡风等等，我觉得这本书还是很有意思，这提出了一个什么问题呢？旧诗可能在我们当代社会里头有时候还是能起到很重要的作用，特别是这些人他们并不是为了发表写旧诗，而是作为寄托自己的情感，那种细微的情感在当时怎么表达，这是他们遇到的问题，因为他们并不是专业的写作者。所以我觉得非常绝对化地认为旧诗无用这可能是不切合实际的。旧诗有一个什么问题呢？就是木山英雄提出一种观点，他们这种不寻常的经历，遭难后的特殊经历，怎么通过艺术典型加以寻常化，这是旧诗容易提供的经验，而新诗不容易提供这种经验，这就是他们为什么用旧诗的原因。在表达某些特殊的个人经历时，旧诗可能比新诗更合适。

叶橹先生发言录音

我近些年对新诗看了一些，有一定的了解，就我个人而言，我觉得旧体诗和新诗区别最大的就是它的形式。对于旧体诗，我喜欢一些旧体诗，但是不主张在我们这个时代写旧体诗。刚才洪老师讲的有些遭难的知识分子，很困窘情况下写的一些旧体诗写得比较好，这个是事实，但是那是很特殊的一种历史情况，但是我有个感觉，如陈太胜所说，为什么现在旧体诗老先生不太反感，青年人比较反感，那是因为看了很多那种所谓的“老干体”的旧体诗。最近有个人老给我发旧体诗，让我恼火了，我在微信中把他拉黑了。他既不押韵，根本不懂什么是平仄。其实新诗的形式应该是自由的。新诗形式的主要内容有：第一，它的形式不长；第二，它的结构，也就是精炼；第三是音乐，就是这首诗我们读了有什么感受。这是我们研究形式必须考虑的问题。你不要去想建立一种规范的形式，如果要想建立一种规范的形式，老实说在 50 年代就建立起来了，当时很多老先生都主张七言、九言，但是建立不起来啊。所以那一年我们在武夷山开会时我说这个话题是一个伪话题。你根本没办法建立这个东西，是徒劳的。我们要认认真真去研究怎么把诗写好，现代诗怎么会没有形式呢，每一首诗都有它的形式。新诗本身它就有形式的，没有形式是因为你用旧体诗这样固定的形式来要求它。所以我认为在对待新诗的形式问题时一定要用发展的眼光。谢老师讲的内在韵律很重要，它不一定要押韵，但一定要有节奏。我喜欢讲的是戈宝权译的普希金的诗，我中学读的《致大海》，“再见吧，自由的元素！这是你最后一次在我眼前滚动着蔚蓝色的波涛和闪耀着骄傲的美色”。不押韵啊，却有鲜明的节奏。所以现代诗不一定像旧体诗要押韵，旧体诗一定要写得好，如果写得不好，像那种“老干体”，只会增加年轻人对它的厌恶。只有聂绀弩等少数人的旧体诗写得好，整体是不行的。旧体诗形式是越来越会走向式微的，我说这种话没有人相信，可惜我们没有这么长的命，若不相信百年后来看，写旧体诗的人绝对会越来越少。

吴思敬先生发言录音

我想借这个机会谈一个比较沉重的话题，也是我长期以来思考的问题。如果要对我的发言列个标题，那就是《向死而生——对自杀诗人的炒作应该缓行》。中国历史上，从古代到近代，再到现代，自杀的诗人极少。其中最著名的是屈原，但他主要不是因为诗自杀的，而是跟当时的政治环境，他的政治理想不能得到实现，最终自沉，保持了自身的清白，保持一种人格的高尚，并不是因为他写不出诗来自杀的。此后我们有些诗人倒有不少是被杀的，像嵇康等，像明代的高启，是被杀而不是自杀。近代诗人中没有著名的诗人自杀，现代诗人最著名的是朱湘 1933 年在长江自沉，朱湘的自杀也是有多方面的原因，主要是因为贫困，他在安徽大学失去了教职，他借了 20 块钱买了张船票，在长江自杀。此后我们现代文学史上，直到建国后一段时间诗人的政治生活环境十分恶劣，也没有哪位诗人自杀，如我们“归来的诗人”中的胡风集团、右派集团的诗人。他们受到了从来没有过的残酷的折磨，有的是死去了，不是自杀。到了“文革”，文革当中有那么多人自杀，但知名诗人的自杀只有闻捷，但他的死因不明，也是被迫害致死。从朱湘自沉到 1989 年海子的自杀，中间隔了两个时代，有五六十年的时间空档，但海子自杀确实对后来产生了重大影响，海子自杀才 25 岁，后来一些诗人的自杀与他有很多内在的联系，包括一些诗人没有正确地看待海子，认为是由于自杀给海子带来了巨大名声。这种看法是片面的。海子今天在诗坛上有位置，首先不是因为他的自杀，而是因为他的文本的力量。海子的名篇名句进入中学的课本这大家都知道。如他的《亚洲铜》中的句子：“亚洲铜，亚洲铜/看见了吗？那两只白鸽子，它是屈原遗落在沙滩上的白鞋子。”你看他的那种想象力，想到白鸽子，把它想象成屈原遗落在沙滩上的白鞋子。这种想象力不是一般的想象力，所以海子归根到底是因为他文本的力量使他能够在我们今天的文坛立足，而不是因为他的自杀。何况海子自杀的原因非常复杂。西川是海子的好朋友，他就提出过不要神化海子，而且西川分析了海子自杀的原因，发表了一篇文章。北京政法大学一位教授也发表了一篇文章，他与海子在同一个教研室。这篇文章回忆了海子在中国政法大学时的状态，包括海子的失恋，所以有人说海子是“殉诗”的说法太简单了，用自己的生命“殉诗”，这就成了一个神话。这就导致后来有些诗人在写出一些作品之后，希望用自己自杀这样类似行为艺术的行动来提升自己作品的价值。而我们后来有些诗人去世以后，他周围的朋友，在网络上拼命地加以炒作。以致海子自杀以后，不断出现诗人自杀。1990 年 10 月份浙江诗人方向服毒自杀，1991 年 9 月份北大的诗人弋麦在万泉河自沉，更有深远影响的是 1993 年 10 月顾城的自杀，但顾城的自杀也是有非常复杂的原因。但他的自杀和海子的自杀，两位非常著名的诗人的自杀对一些诗人的心理影响是非常深远的。2007 年 10 月份余地自杀，他在死之前就在诗中写出“下一步我就是自杀诗人的王”，死之前他就写下了这种想自杀的意向。到 2010 年 10 月四川女诗人马艳在上海跳楼自杀。前几年许立志自杀，他自杀前在诗歌中明显表现了对生活的绝望，他对死亡的向往。有人统计大约有近 20 位诗人用自杀的方式结束自己的生命。所以我觉得非常的沉重，我认为评论界没有对自杀的诗人和自杀现象给予一个冷静的回答。并对这些诗人启发他们，你的诗不会因为你的自杀而变得更有价值。而诗人首先要有时间意识，本质上是一种死亡意识，因为任何一个人在时间的无限面前，生命是短暂的，在空间的浩瀚面前，诗人的自身是渺小的，你看到这点，但是并不是导致你对生活的绝望，每个人生下来之后就面临着死亡，距离这个终点只是时间长短的问题，也就是每个人都是向死而生，最终都要面对死亡，但是我们不能人为地自己把自己的生命给终止了。在这方面，我们应该对青年诗人加以引导，特别是不要去赞美那些所谓的殉诗行为，我觉得那是不值得的，我们应该让他们知道生命的价值才是最可贵的，你为了你的理想去生存、奋斗，那才是最真挚的。所以我觉得现在的新闻界，尤其是青年评论家更要与年青人沟通，如何让我们的年轻诗人认识到你的那种所谓的殉诗是一种愚蠢的行为，不会提高你自身的作品，你的作品的价值靠的是文本，放在一个历史长河中，未来的人看你的作品绝不是看你怎么死的，而是看你的文本有没有价值。所以就是一定要打破那种所谓殉诗，用自杀来提升自身作品的价值这样愚蠢的行为，打消掉这种迷信。当然这里头是一种非常复杂的现象，当然我也不想全面展开，我指出这样一种现象，不要再去宣传、鼓吹，这样导致更多的年青人走向这样一条绝路。所以还是要引导诗人相信未来，热爱生命。我觉得这才是我们现在年青人应该走的正确方向。

（施衔茹　王　珂　整理）

附录三：中国现代汉诗研讨会会议综述

王 珂

新诗又名“现代诗”，更应该称为“现代汉诗”——用现代汉语和现代诗体，抒写现代情感和现代生活，具有现代意识和现代精神的语言艺术。新诗现代性建设的主要任务是培养现代国人和打造现代国家。在不同时空，都存在以“诗歌文体建设”为主的审美现代性建设和以“诗歌精神建设”为主的启蒙现代性建设。有必要总结其经验与教训。2016 年 11 月 8 日至 10 日，东南大学现代汉诗研究所、东南大学中文系及东南大学人文学院在江苏南京举办了“中国现代汉诗研讨会”。谢冕、洪子诚、吴思敬、陈素琰、叶橹、傅天虹、郑政恒、章亚昕、沈奇、熊国华、江锡铨、汪政、陈太胜、子张、钱文亮、李润霞、何平、吴投文、张立群、陈义海、陈爱中、宋宝伟、傅元峰、李章斌、杨亮、鄢冬、赵娜、汪楚红、王珂、李玫、张娟等 30 多位新诗学者，子川、胡弦、黄梵等 10 多位诗人参加了会议。他们来自北京大学、中国社会科学院、北京师范大学、首都师范大学、南开大学、南京大学、山东大学、上海师范大学、哈尔滨师范大学、内蒙古大学、南京师范大学、江苏省作家协会、东南大学等单位。东南大学人文学院、艺术学院的部分博士、硕士研究生参加了研讨会。东南大学现代汉诗研究所研究中心主任、中文系主任王珂教授主持研讨会开幕式。北京大学新诗研究院院长谢冕教授、首都师范大学中国诗歌研究中心副主任吴思敬教授先后致辞。研讨会分三个时段进行。北京师范大学珠海分校文学院傅天虹教授、西安财经学院文学院沈奇教授、广东第二师范学院熊国华教授、山东大学文学院章亚昕教授、湖南科技大学吴投文教授、哈尔滨师范大学陈爱中教授分别担任主持人和点评人。与会嘉宾围绕现代汉诗与现代精神，现代汉诗与现代汉语，现代汉诗与现代文体，现代汉诗与现代人及现代国家，现代小诗、现代格律诗、现代散文诗，如何界定“现代汉诗”等主题进行了认真研讨，获得了诸多成果。

谢冕教授的“致辞”点明了此次会议的主题。作为一生都在为新诗奉献的老教授，他的发言充满激情，他提出的问题更令人深思。他说：“现在全国各地都在纪念、庆祝中国新诗诞生一百周年，我在这个会的时候想起胡适先生在1919年双十节的时候，他写的文章叫《谈新诗》，他的副标题是《八年来的一件大事》，八年是说从辛亥革命到他写这篇文章的时候的这段时间。八年来的一件大事呢，他说与其谈那些无谓的政治，不如来谈谈有意思的新诗这个话题。那么无谓的政治他说的是他对现实的失望，辛亥革命取得了成功，但现实很糟糕，新诗是他认为八年来最值得谈的一件事。我借用胡适先生的话来说，就是轮到我们来谈论新诗的时候是一百年。我们是后学的，我们是套胡先生的话来说的，与其谈论那八年来这些无谓的政治，我们倒不如谈论这件一百年来很有意义的事情，就是中国新诗的诞生与建设。我今天想就是轮到我们来谈这件事情，诞生发展了100多年的新的诗歌形态，或者如王珂所讲的'现代汉诗'。100年来世界上发生了很多事情，最大的两件事情就是发生两次世界大战，千万人流离失所，家破人亡，从航空母舰到原子弹都出现了。这100年留给我们的惨痛记忆，那就是废墟、荒原、孤儿和伤残。我想起了我国台湾一位作家笔下的在菲律宾的一座山下有一万多名美军将士埋在那，满是墓碑和十字架，这都是战乱带来的，美国人为了正义、为了真理而战，这些是非常惨痛的记忆。现在那么多的墓碑还在那里，还在沉思。对中国也有惨痛的教训，我们可以到云南的腾冲，那里高丽贡山下有座小山，埋着成千上万的国军士兵，那里竖着的墓碑也让人感到很沉痛，是无边的死亡在提醒我们。我们在想到这些的时候，千年的汉字，百年的新诗，一切都是欲说还休的，我们与其来谈论那些悲痛的历史，我们倒不如来谈论文化的传承与建设，谈论100年来我们中国新诗所带来的新气象，这样新的一种表达方式，我们想谈论的是战争之后的和平，在和平的氛围之下，我们如何将这辉煌的传统文化传承下去，并且建设得更好。诗歌看似无用，其实它是永恒的，它给我们带来希望。我们从事着的事业，我常说我们从事的事业是一个做梦的事业，谁都会做梦，也做各种各样的梦，诗歌就是让我们做梦的，让我们幻想的，提醒我们要去想象的。谈论诗歌，就是谈论一种非常高远的事情，谈论一种非常恒久的事情。王珂今天让我来说一些开头的话，我就想用这些话来回应大家的期待。我就是说，目前全国各地都在庆祝新诗的诞生，纪念新诗的诞生，有许多的诗歌研讨会，我刚从扬州到这里，接连的两个新诗研讨会让我有一种感受，有人文学科的这些学校集合了全国的青年才俊到一起来讨论诗歌的理论问题，意义非常重大。因为从扬州到这，我看了很多人写的论文，借这个机会来交流我们对于新诗建设的很多意见和看法。我自己读了大家的论文也受了很多启发，得了很多的知识，所以我们是有希望的。诗人们谈论创作，我们谈论理论建设，这是非常有必要的。大家都认真地做这件事情，特别是王珂新任中文系主任和东南大学新诗研究所所长，他是很有抱负的。所以，我觉得我应该感谢大家，给我这样一个学习交流的机会。”

吴思敬教授在《致辞》中认为已出现了“新诗研究热”：“在大学里边，诗歌研究机构能单独出现，是新时期以后的事情，第一家出现的是原来的西南师大，现在的西南大学，建立的新诗研究所。此后到了世纪初，新诗研究机构纷纷成立，我们首都师范大学有一个教育部人文社会科学研究基地，就是首都师范大学中国诗歌研究中心，在 2001 年建立，接着就是北京大学中国新诗研究所，现在的北京大学诗歌研究院。近年也有大学建立了新诗研究的单独机构，像北京师范大学的当代诗歌研究中心，山东大学威海分校的现代诗歌研究中心，南京大学的新诗研究所……人民大学在王家新的主持下也成立了这样的机构。到了今年似乎有加速度出现。今年上半年南开大学成立了穆旦诗歌研究中心，华中师范大学成立了华中师范大学诗歌研究中心，上个月河南师范大学成立了华语诗歌研究中心。还有就是今天我们参加的东南大学现代汉诗研究所的揭牌仪式，成立于今天 1 月。所以一年之内，在四所非常有影响的大学出现新诗研究机构，表明诗歌研究受到了许多大学的重视，而机构的成立将会有力地促进当下及未来的诗歌研究。这样一个局面真是让我深受鼓舞。”

此次研讨会还专门开设了“老学者自由发言”专场，由熊国华教授主持点评。虽然每人只有五分钟发言时间，四位诗坛前辈谢冕、洪子诚、叶橹和吴思敬的即席演讲都十分精彩。谢冕认为：“最近在思考现代汉诗，即中国新诗的一些问题，因为大家的一些焦虑，认为中国新诗造成了与中国传统诗歌的断裂。我觉得问题不一定是这样的，从哪些方面来讲呢，我认为语言没有变，使用的是汉语。就是从古代汉语到现代汉语，从文言到白话，在现代汉语中又保留了很多古典的成分。所以我们几千年的诗歌延续下来使用的语言就是一个，就是汉语。只不过随着时间的变迁，汉语有一些变化，古代汉语变成了白话，变成了现代汉语，现代汉语中又有古典汉语的成分。诗歌观念也没变。观念是什么呢？是诗言志，是诗歌对人的情感思想的教化作用。这个没有变，新诗的诞生就是因为它的教化作用嘛。在中国的社会，民心社会有问题，就需要诗歌来振兴，就是所谓‘振兴国运改造民心启发民志’。所以几千年下来，中国诗歌发生在五四时期的是一场大变局，这种大变局的原因呢有很多，改变的地方也有很多，我就不细讲了。从《诗经》的民歌及无名者的创作，到了五四新诗的形态，不过是诗歌形态的变化而已。所以我认为我们新诗百年的焦虑没有必要。诗歌如何适应时代，向内适应时代，向外走向开放，这才是很大的问题。唐代长安大街上到处走的就是胡人，一些音乐就是外来的。……今天所说的'欧化'也好，'西化'也好，甚至'全盘西化'也好，这些都没有问题，这是诗歌产生的大格局。终究新诗新在什么地方，就是新诗新在创造了一种空前自由的表达情感的方式……我们一切都可以忘掉，但是诗歌的音乐性不能忘掉。我有一个基本的判断，诗是音乐的文学。我们现在忘掉得相当多，新诗越写越不精炼。……我们现在的诗歌不好听了，不好看了。……百年经验是我们获得了表达的自由、歌唱的自由，但是忘掉了本质的东西，那就是精炼和音乐性。"洪子诚认为："……我对新诗一直抱有非常大的信心，即使在90年代大家都在骂新诗的时候，我一直坚持自己是新诗的崇拜者，我对新诗一直有敬仰的心情，一直认为新诗是很有前途的。我认为百年来新诗做得非常好，当然也有一些地方做得不好。具体内容我就不发挥了。……但我不同意对旧诗的完全排斥态度，不同意有的新诗诗人写旧诗是一种堕落的看法。……我觉得非常绝对化地认为旧诗无用是不可以的。在表达某些特殊的个人经历时，旧诗可能比新诗更合适。"叶橹认为："……我喜欢一些旧体诗，但是不主张在我们这个时代写旧体诗。……旧体诗令人讨厌的一大原因是'老干体'流行。……新诗的形式应该是自由的。新诗形式的主要内容有，第一，不长，它的形式是不长。第二是精炼。第三是音乐。你不要去想建立一种规范的形式。所以那一年我们在武夷山开会时我认为这是一个伪话题。关键是如何把诗写好，现代诗怎么会没有形式呢，每一首诗都有它的形式。……对待新诗的形式问题一定要用发展的眼光。谢老师讲的内在韵律很重要，它不一定要押韵，但一定要有内在节奏。旧体诗的形式是越来越会走向式微的，若不相信百年后来看，写旧体诗的人会越来越少。"吴思敬认为："我想谈一个沉重的话题，如果要对我的发言列个标题，那就是《向死而生——对自杀诗人的炒作应该缓行》。中国历史上，从古代，到近代，到现代，自然的诗人是很少的。最著名的是屈原，但他主要不是因为诗自杀的。……并不是因为他写不出诗来自杀的。……现代最著名的是朱湘1933年在长江自沉，朱湘的自杀也是多方面的原因，主要是因为贫困。……建国后一段时间诗人的政治生活环境十分恶劣，也没有哪位诗人自杀，如胡风集团、右派集团的诗人。文革有那么多人自杀，但知名诗人的自杀只有闻捷，但他的死因不明。当代海子的自杀产生了重大影响，后来一些诗人的自杀与他有一些相关，一些诗人甚至认为海子后来的诗名是他的自杀带来的。海子今天在诗坛上有位置，首先不是因为他的自杀，而是因为他的文本有力量。海子自杀的原因非常繁复。……说海子是‘殉诗’的说法太简单了，这就成了一个神话。这就导致后来有些诗人在写出一些作品之后，希望用自己自杀这样的行为艺术来提升自己作品的价值。有些诗人去世以后，他的有些朋友拼命地加以炒作。以致海子自杀以后，不断出现诗人自杀。余地自杀前就在诗中写出‘下一步我就是自杀诗人的王’。大约有近 20 位诗人用自杀的方式结束自己的生命。……我们评论界没有对自杀的诗人和自杀现象给予一个冷静的回答，没有启发他们你的诗不会因为你的自杀而变得更有价值。……我们不能人为地终止自己的生命，在这方面，我们应该对青年诗人加以引导，不要去赞美哪些所谓的殉诗行为。”

这次研讨会给中青年学者提供了每人十分钟的发言时间，每人都根据自己提交的论文作了精彩的发言，有的话题还当场引起了争论，如洪子诚和沈奇不赞成陈太胜对旧诗的否定，叶橹不赞成王珂的新诗形式需要适度规范，需要建立准定型诗体的诗体重建观，也不太同意谢冕要重视诗的音乐性的观点。但是老中青新诗学者一致赞同王珂提出的新诗要加强现代性建设的主张，尤其是谢冕、吴思敬、陈太胜等人强调新诗的开放性。

多位学者关注“现代汉诗”这一命名。如子张认为：“我理解的现代汉诗就是现代的或现在的汉语诗歌，它的基本内涵不超出‘新诗’的基本内涵，这也就是说，所谓现代的汉语诗，仍然是区别于传统旧诗的新诗，其主要诗体特征仍然是非定型自由诗。除了诗体上的‘定型化’，它有着一切的可能性，这些可能性就体现在它与现代精神、与现代汉语、与现代文体、与现代人及现代国家的种种关联之中，但这种可能性只能是自然生成的，而不是理论家先入为主预先设计、预先规定出来由诗人们按规定动作操练的。‘现代汉诗’只能从每一个诗歌写作的个体求之。”

作为此次会议的主办者和东南大学现代汉诗研究所的创办者，王珂给本次会议确定的两大主题是：现代汉诗与现代精神和现代汉诗与现代人及现代国家，就是探讨新诗现代性建设的主要任务是要培养现代国人和打造现代国家，他认为这是渴望实现“中国梦”的伟大时代赋予新诗的重任。他说：“现代汉诗是用现代汉语和现代诗体，抒写现代情感和现代生活，具有现代意识和现代精神的语言艺术。新诗现代性建设的总方针是：新诗应该绝对现代，但是不能极端现代。新诗本身就是一种现代性文体，是与政治文化的现代性建设基本同步的先锋性文体。今日新诗与古诗以及不同时期的新诗比较，这种文体在功能、体裁、题材、技法，特别是在写作方式和传播方式方面都有较大变化，这种变化通常是'现代性变化'。今日的新诗现代性建设必须强调现代性面孔的丰富性，一定要重视现代性的中庸甚至保守的一面。21 世纪的新诗现代性建设必须吸取 20 世纪新诗革命的教训，只有把它限定为稳健的现代汉语诗歌改良活动，而不是激进的现代汉语诗歌革命运动，才能通过新诗的现代性建设促进中国人的现代性建设和中国社会的现代性建设。只有通过新诗的诗体现代性建设带动新诗文体现代性建设，通过新诗的文体建设带动整个新诗的建设；通过改善诗歌生态来改善文学生态，通过改善文学生态来改善政治文化生态，才能完成新诗现代性建设培养现代公民和建设现代国家的神圣使命，才能拓展新诗的功能，完善新诗的文体，提升新诗的价值，净化新诗的生态，让现代诗真正'现代'，让新诗真正'新'。"

陈太胜也认真研究了新诗的现代性，他认为："无论是西方诗学，还是中国古典诗学，要谈其对中国现代新诗的影响，都只有放到中国现代文学这一现实场域中来才是合宜的。同时，也应当考虑到个人（诗人）在这当中的创造性作用。完全可以理解，在文化的接受和影响中，并不存在真的原封不动地被接受或影响了的东西。以之对新诗进行贬低或非议的人，首先是违反这一基本常识的。我们所期待于文学的，其实何尝不就是人的问题呢？只有在文学真正揭示了我们的存在境遇和生命境界的某种秘密的时候，我们才可以真正地谈论'文学'和'人性'，才可以说在'奥斯维辛'之中和'奥斯维辛'之后仍然还可以有诗。"

傅元峰从新诗的抒情主体角度探讨了新诗的现代性，他认为象征主义作为现代派文学的源头，对中国诗人影响深远，但象征主义在中国并未如文学史家描述的那样获得创作实绩。象征主义的中国接受存在理论认知与创作实践的失衡。由于新诗抒情主体未完成观念转换，亦缺乏合适的文化土壤，新诗未能超越技法范畴在更深的抒情主体层面接纳象征主义的诗学养分，形成了对象征主义的错失。上世纪 80 年代以来，当代诗人重寻返乡的精神路向，新诗的抒情主体迅速裂变，展示出对象征主义诗学进行回望的新趋势。

一些学者呼应了王珂的现代汉诗的一大任务是培养现代人的观点。一些学者认为新诗已成为"大众"的文体。汪政认为："诗歌，绝不应该只是诗人与诗歌理论家的事，而可能是、也应该是每一个诗歌参与者的事，那些翻开诗歌作品的人，诗歌的受教育者，那些为诗的诞生和传播奉献过劳作的人，都是新诗共同体中的一员。这一中国新诗主体的新认定所意味的理论与实践上的意义有待阐释与在现实层面推广。”吴投文认为：“新世纪诗歌的不断升温已经是一个不争的事实，预示着新一轮‘诗歌热’的到来已经为期不远，中国新诗极有可能重现1980年代的辉煌。如果说前几年诗歌的境遇还显得有些暧昧不明，似乎并未完全摆脱‘边缘化’的困局，当前我们所面对的诗歌现实已经逐步清晰起来，诗歌开始重新回到社会公众的生活之中。新世纪的诗歌升温包含着复杂的文化症结，一方面是公众围观和全民写作的造势驱动，另一方面是新诗文化在大众文化语境下面临着实质性的提升。公众围观、全民写作是新世纪重要的文化现象，既是新世纪诗歌升温的外在表征，也是新世纪诗歌升温的重要促动因素，同时也是构成新诗文化的群体性基础。在新世纪的大众文化语境下，新诗文化表现出异质性的精神特征，又与公众围观、全民写作纠结着深刻的文化关联。”

一些学者提出了构建现代汉诗的具体策略。沈奇提出要重视“汉语诗心”与“汉语诗性”，他说：“笔者生造‘汉语诗心’的说法，在本文语境中有两层意思：一是说汉语诗人该有汉语自性的诗心所在，不能总是翻译诗歌主导的‘范’；一是说汉语诗人为诗而诗时，多少还得操心点汉语的事。百年新诗，其潜在‘危机’正在这里——屡屡变动不拘，在创新不断，‘滚动的石头不生苔’（法国谚语），只剩下大众化的、运动性的模仿性创新或创新性模仿。如此结果，只能是不断‘下行’而泛化，乃至连‘分行’也只是一种表面性的存在，内里的文体意识亦即诗体意识，已经相当模糊。道成肉身，这‘肉身’之‘体要’，是诗之‘道’所以然的根本属性。”江锡铨从汉语新诗的形式美学建设来探讨现代汉诗，他认为：“诗歌形式问题一直困扰着新诗的艺术发展。在汉语新诗百年来的多声部‘合唱’中，格律诗的声音是十分微弱的。这种‘奇特现象’，与近现代国际诗歌文学艺术发展的大背景也是极不协调的。在世界范围内，在很多国家，尽管一个世纪以来，自由诗似乎已经成为一种时尚，但它仍然只是各体诗歌中的一体，好像并没有成为整个世界诗歌的主体，更不是全体。”子川从翻译诗角度来探讨现代汉诗，他认为：“中国新诗创作实践整体上已经跨越对翻译文体直接模仿的练习阶段，在强调现代汉诗的汉语性的同时，诗人笔下已呈现出母语的丰富性，这是在所有文体写作中，诗歌对语言的最大贡献。也许可以这么描述：在学习借鉴翻译文本基础上所诞生的中国新诗文体，经过长达百年的培育成长，已经渐渐成长为一株树。”陈爱中的论文题目是《论汉语新诗命名的异质性——基于翻译的视角》，他认为：“翻译不仅仅是一种不同语符之间的相互转换，它实际上蕴含着一种内在的语言交际理念，是不同族群之间语词经验的互相应和。囿于语言符号本身的特性，源语言与目标语言之间等值置换的翻译理想很难在实践意义上实现。于是也就存在一个抵制与归依的翻译选择问题。汉语新诗的命名同样是在这种翻译的不均衡状态下自成体系的。汉语新诗将相关的称谓从西方源语言中直接翻译过来，然后寻找到相应的汉语语符，甚至抛弃语词的所指而追求单纯的音译，以此来实现对某一种汉语新诗现象的标示。”

一些学者通过研究某段时期的新诗来研究现代汉诗的文体特点。杨亮认为：“‘叙事性’不仅仅是一种艺术技巧，而是一种新型的艺术创造，是90年代诗歌有效性诗学命题之一。正是由于‘叙事性’诗学的出现，诗歌告别了80年代‘纯诗’的形式主义追求，从狭小的艺术天地中走出，重新建立同现实人生、经验世界的联系，诗由封闭走向了敞开，呈现出包容的态势，使诗获得了内在的平衡，即艺术与人生、想象与现实、抒情与叙事间的平衡。”张立群讨论了抗战诗歌的正面书写及其复杂化，他认为：“抗日战争（1937—1945）作为现代中国历史上一个特定的阶段，自然影响了包括诗歌在内的一切文学创作。‘抗战’不仅为诗歌提供了鲜明而集中的国家主题，而且也在很大程度上制约了诗歌的面貌。”

一些学者还通过具体作品来讨论现代汉诗的现代精神或现代文体。郑政恒的论文题目是《空洞与卖梦——昆南的现代诗风》，他认为：“昆南在新古典风格时期的诗作，并不是对旧式古典文学的全情回归，也不是打着新古典主义的名号招摇过市，而是追本溯源的一个动向。”钱文亮的论文题目是《词语的镜像——读张枣的〈镜中〉》。他认为：“张枣的成名作《镜中》在当代诗歌经典中是一首望之亲切、即之却远的出色的现代抒情诗。这显然得益于张枣对汉语及其古典诗歌特性的领会与参悟。诗歌巧妙地抓住了抒情诗的特质——音乐性，这一中国古典诗歌最为伟大最为优秀的传统，在重复、迭句与谐音的巧妙运用中获得自我循环的整体感，……正是对中国古典诗歌语言的象征性借用，这首诗举重若轻地获得了统一不可分割的，如施泰格尔所说的‘情调’，或者是中国古代诗评家所说的‘意境’，王国维所说的‘境界’。他揣摩透了这之后的中国传统文化精神——一种天人合一的宇宙人生观，一种静观天地人事的道禅审美态度……它仍然是地地道道的现代诗，也颇多西方诗歌艺术资源的征用。”李玫的论文题目是《在四月里如何谈论衰老——西川〈一个人老了〉解读》，她认为：“28岁的西川何以会突然意识到衰老的存在，在无限春光里，一个28岁男人的世界不应该是长空浩荡大地无限地伸向远方吗？……从抒情肌理生成的影响渊源看，中国现当代诗歌的影响因素主要有三点：中国古典诗歌、西方诗歌和汉译英诗。创作主体的个性化整合，以及由此生成的三种元素配比差异，是不同诗歌个性特征的生成机制。变动中的20世纪中国，在现代性的焦虑中追循速度和效率，在对旧的恐慌中追赶什么或者被什么所追赶，因而在'老'中更多的解读出陈旧与过期，需要在对'老'和'旧'的不断超越中缓解焦虑和确认方向，时间在这里是单向和单维的，是向前和谋新的。"傅天虹的论文题目是《从〈从俗如流〉看朱寿桐散文诗"汉语诗性"的追求》，他认为："按照王蒙在序言中的说法，朱寿桐可算是大器晚成的散文家。在学术方面，他提出和阐释了'汉语新文学'这一概念，是对中国现当代文学、台港澳文学、海外华文文学的一种整体性的把握和整合。作为作家，他出版的散文集《从俗如流》，收集较多的是成熟优美的散文诗，而一般散文也都包含汉语诗性的追求，也是'汉语新文学'这一概念理论运行的体现。通过解读、品味他的散文，我们不仅感受到了中国传统文人身上的道德情怀与艺术气质，更体会到了他对归属汉语文化的迫切追寻。"何平的论文题目是《诗人在诗人中间——1980年代汉语长诗写作兼及任白的几首长诗》，他认为："研究当下诗歌写作，可以发现几乎每一个优秀的汉语诗人都有长诗写作的经历或者正在进行长诗写作实践。应该说，当下汉语长诗在遗忘和记忆中建构个人的精神史方面已提供了相当丰富的经验，而且'八十年代''九十年代'的历史幽灵在许多诗人的文本中徘徊。'语境'作为对话的基本前提在诗人与诗人之间已经形成。"张娟的论文题目是《渡也诗歌"私密空间"的诗学研究》，她认为："渡也通过这种私密空间的写作，承载了自己的知识分子情怀、男性胸怀和具有日常现代性的情感体验。渡也诗歌中常有私密的日常生活空间意象，看似信手拈来，实际又形成独特的美学风格。"汪楚红的论文题目是《从颜色词看梁小斌早期诗歌中的儿童观》，她认为："梁小斌作为'朦胧诗'的代表诗人，擅长以丰富的颜色词入诗，诗歌具有浓郁的色彩性。颜色词凝聚了梁小斌对儿童的关注和希冀，是打量诗人对儿童认知的一扇窗口。"

一些学者，尤其是年轻学者的视野新颖。李章斌的论文题目是《韵律如何由"内"而"外"？——谈"内在韵律"理论的限度与出路问题》，他认为："'内在韵律'理念长期主导了学界对自由体新诗韵律特征的认识，有必要开拓一条探讨新诗韵律是如何由'内'而'外'的路径，以补充'内在韵律'说的缺陷。

为了回答韵律之‘生于内而形于外’，必须认识韵律的构成基础(重复)、韵律的实现方式(与时间及书面形式之关系)。在这些问题上取得突破后，才有可能为新诗韵律研究开启新的‘范式’。”宋宝伟的论文题目是《新口语写作：智性与鲜活的融汇》，他认为：“口语是一种原生态的言说和语言，最贴近生活，日常生活琐碎、粗粝、凡俗甚至是杂乱无章的状态，与口语的自然、不加修饰、脱口而出的流畅语感，有着一种浑然天成的协调感和一致性，用口语表现日常生活有着先天的独到优势。”鄢冬的论文题目是《新诗中的非诗因素——情感伦理、现实物象与合理化想象》，他认为：“新诗在发展的过程中，文本成熟的魅力与陌生的味道相伴相生。正是由于形式的无限打开，使得新诗诗人拥有无限的话语权，自然而然也就面临着文本现场失控的风险。传统的诗歌观对待新诗文本时越来越迟滞、沉重，以文学性考量诗歌文本也已经是诗人并不买账的手段。情感伦理、现实物象、合理化想象，这三个并不能占据文学文本中心的要素，却有可能成为文化文本的重要标尺，而新诗的每一次突破，有可能昭示着它以文化文本的身份脱离文学文本的开始。”赵娜的论文题目是《意义的瞬间聚集——由长诗〈信札〉》解读杨克的现代精神，她认为：“杨克的长诗《信札》，实现了人的内部生命感受和体验的意义的瞬间聚集。现代诗人比任何时代都更加关注埋藏在肉体生命中的灵魂。在这人类被工业和技术不断异化的时代，灵魂需要摆脱更多看不见的束缚。”

东南大学现代汉诗研究所